Yves Klein

L'Ere du Verseau

Chroniques d'une fin de civilisation

(Tome 3)

Éditions Dédicaces

L'ERE DU VERSEAU (TOME 3), par YVES KLEIN

ÉDITIONS DÉDICACES LLC

www.dedicaces.ca | www.dedicaces.info
Courriel : info@dedicaces.ca

Yves Klein

L'Ere du Verseau

Chroniques d'une fin de civilisation

Livre quatrième :
Le Paradis perdu Si vis pacem, para bellum

Les Froides-Aigues vivaient dans l'agitation des fièvres d'avant bataille. Depuis une semaine, on ne respirait plus qu'en perspective d'une confrontation avec des adversaires supérieurs en nombre et en équipement. Pour réparer cette infériorité, les Périontes étaient au four et au moulin, ne s'adjugeant de repos que le minimum indispensable, levés à l'aube, couchés à la nuit close. La manufacture des armes tournait à plein régime et les garçons étaient déjà tous bardés de leur fourniment intégral de parfaits guerriers, à savoir un arc avec son carquois et une fronde flanquée d'un petit sac dans lequel on serrait les projectiles. Quant aux exercices, ils se partageaient entre les tirs en champ clos sur cibles et les manœuvres de groupe. Olivier avait souligné la nécessité d'une parfaite condition physique ; les âmes nonchalantes en pâtissaient furieusement, mais comme à quelque chose malheur est bon et que la loi des antithèses est toujours profitable à l'épanouissement personnel, elles en extrayaient l'art de se faire violence.

De l'opinion générale, le pivot de la réussite s'articulait autour de deux atouts majeurs, la cohésion et le sang-froid :

– Il s'agit, dit Olivier, de décourager les Routiers non par de la terreur de pacotille, ils s'en foutent pas mal, mais par des actes. La terreur se maîtrise, mais des morts, ça engage à la réflexion. Tailler dans la masse des Routiers, y faire des coupes claires, les exterminer tous s'il le faut, voilà l'objectif. Et ne me taxez plus de férocité, s'il vous plaît : Camille vous l'a expliqué en bon français, s'ils nous prennent, pauvres de nous, on n'aura pas assez de larmes pour pleurer sur notre sentimentalisme.

Autre département important de la défense, celle-ci préventive, les alertes nocturnes. Car qui aurait eu le front d'affirmer que les Routiers n'attaqueraient pas de nuit ? Afin de pourvoir à toutes les éventualités, les plus improbables étaient pesées à stricte égalité dans la balance des pronostics : assaut en force, assaut par la ruse, offensives menées de tous les points cardinaux, jusqu'aux présomptions farfelues comme une remontée de la rivière avec escalade du toboggan. A chaque cas de figure, solution appropriée, d'abord la parade, puis la riposte : coordination sans faille du bouclier et du glaive.

Restait à couronner ce luxe de précautions d'une précaution souveraine : au soir du dix juin, Olivier et Cyprien confirmèrent le principe des patrouilles.

– Anticiper, dit le chef des Périontes, c'est la moitié de la victoire. Anticiper au loin, c'est la victoire elle-même.

Ces patrouilles, rappelons-le, avaient pour mission de surveiller le domaine jusqu'à la barrière, par le Sillon. De cent à cent mètres, les sentinelles s'embusquaient sur le sommet de la Crête et observaient le sentier au-dessous. Si elles repéraient quelqu'un, l'une d'elles se détachait aux Froides-Aigues et sonnait le tocsin. Pendant ce temps, l'autre complétait la fiche signalétique des intrus, leur effectif, leur vitesse de déplacement, l'impédiment qu'ils transportaient, et surtout l'armement dont ils disposaient. Deux rondes par jour, l'une au petit matin, l'autre en fin d'après-midi. Deux heures pour se véhiculer à la barrière, délai raisonnable compte tenu des stations de guet, une pour le retour. A sept heures du soir, les vedettes devaient avoir rallié les pénates. Dans le cas contraire, on volait à leur secours selon une tactique elle-même peaufinée avec soin.

Tant de dispositions draconiennes auraient encore péché par insuffisance, sans leur verrou de sûreté, la garde de nuit.

La garde de nuit, c'était le cautère appliquée au talon d'Achille de la forteresse, et qui comblait un hiatus béant, l'intervalle entre le crépuscule et l'aube. Comment en effet ne pas redouter une algarade des Routiers pendant ces heures où la vigilance fait relâche ? Les entraînements nocturnes résolvaient

6

la question stratégique mais non celle de la sécurité passive. D'où la faction à la belle étoile. Là, nouvelle difficulté : où loger les hommes assignés à cet office ? Quel poste de vigie à la fois commode et efficace leur affecter ? Il y avait bien la Crête, mais ses aspérités ne se prêtaient guère aux longues veilles, et dans le noir il était aisé aux Routiers de se faufiler en contrebas sans éveiller les soupçons. Bonus, la Roche Tarpéienne effondrée. Un écueil aussi titanesque était d'un gabarit à attiédir plus d'un enthousiasme conquérant. Florent l'avait décrit comme, je cite, un *charybde démotivant*, argument trop péremptoire pour Olivier qu'il s'était empressé de raboter :

— Ce serait une grave inadvertance, nous ne devons jamais être tributaires d'une loterie, et dans ce cas la loterie ce serait la roulette russe : si Claude et toi vous avez franchi la Roche, les Routiers peuvent la franchir aussi. Charybde, d'accord, mais derrière il doit y avoir Scylla, c'est-à-dire nous, et en fin de parcours, le Barathre.

Il en était donc à étudier le problème sous toutes ses coutures, quand il interpella Jérémie :

— Tu es habile de tes mains, dit-il, et avec quelques planches tu pourrais nous reconstruire le palais de l'Europe, version démo limitée à trente jours.

— Pourquoi tu me dis ça ? fit l'intéressé en boudinant une moue dubitative.

— Parce que tu vas nous ériger une cabane.

— Une… quoi ?

— Une cabane, une guérite, pour contrôler le chemin.

— Tu veux rire ?

— Je n'ai pas envie de rire dans les circonstances actuelles.

Jérémie haussa les épaules, mais la prunelle acérée de son vis-à-vis l'enhardit à prompte composition ; cela ne le dissuada pas de soulever une objection, au demeurant parfaitement pertinente :

— Elle sera trop visible, ta guérite, on la repérera au premier coup d'œil.

— Pas du tout, puisqu'on la bâtira à couvert.

— A couvert ? A couvert de quoi ?

– D'un feuillage.

– D'un feuillage ?

– Comme je te le dis.

– Quel feuillage ?

– Celui d'un arbre.

– Quoi ? Tu veux que je vous construise une cabane dans…

– …un arbre. Tu as fait ça quand tu étais enfant, je ne vois pas pourquoi tu ne le referais pas alors que tu es un homme, pas vrai ?

– Et où est-ce que tu le situes, ton arbre ? reprit Jérémie.

– A toi de décider, c'est toi le patron du chantier.

Depuis la péripétie des céréales, Jérémie s'était radouci autour de ses camarades et trafiquait avec eux le brouillon d'un consensus de bric et de broc auquel il s'efforçait d'ajuster sa science du compromis. En réalité, cette componction à odeur tenace de diplomatie masquait un crève-cœur déchirant : l'altercation avec les Routiers, en dégrevant sa valeur marchande à un fait dont il était l'unique dépositaire,[1] effaçait le privilège d'être instruit de ce qu'ignoraient les autres. Du coup, plus moyen d'escamoter dans sa manche une carte maîtresse qu'il aurait volontiers indexée au barème de quelques prérogatives, lesquelles lui était dues à titre d'apanage seigneurial. Unique échappatoire, une bonne palinodie. Ajoutons que la chronique des Routiers qu'avait historiée Camille n'était pas étrangère à ce revirement et que Jérémie, tout misérable qu'il était, avait réprimé un frisson à la peinture très réaliste de ce que serait son sort si ces bonnes gens-là l'accommodaient à leur marmite. Et puis, la mercuriale subséquente de ce même Camille résonnait encore sous son crâne avec le fracas orchestral d'un fortissimo strié des foudres et des éclairs d'un Olympe vengeur. Aussi rasait-il les murs tout en balayant assidûment la boutique des Périontes les moins hostiles à sa réhabilitation.

---

[1] Le fait en question, on ne l'aura pas oublié, était la découverte des empreintes de chaussures cloutée à la Roche Tarpéienne.

Il ne manquait à cette capucinade, pour être totale, que de ratifier la cérémonie d'ennoblissement de de son blason par un habile transfert de l'ancien à celui qui présentement en réhabilitait l'apothéose. Les arcs et les flèches y avaient préludé, mais de sa propre initiative, clause restrictive qui l'amoindrissait en l'obligeant à tambouriner sa réclame comme un artisan qui vient de se mettre à son compte et qui démarche des clients. L'innovation de la cabane corrigeait cette ingratitude, et d'une justice de guingois lui tressait enfin des lauriers à la hauteur de son prestige : pour la première fois de sa vie, on le sollicitait. Et à qui devait-il cette élection ? Au commandant des Périontes, à Olivier lui-même ! Honneur qui le sanctifiait à jamais à la gloire de la postérité périontesque. Quant à l'objet de son génie, le travail manuel, il le contrariait bien un peu, étant, comme il a été dit, indigne de son rang ; cependant, après réflexion, il ne détesta pas caresser la douce et fructueuse philosophie que ce chausse-pied lui défraierait bien des avenues royales.

Jérémie, donc, à la proposition d'Olivier, laquelle s'auréolait d'une collation [2] de grade, réfléchit quelques secondes, se rengorgea, et se mit à caracoler devant ses camarades :

— Bon, voyons, dit-il, un doigt sur la bouche, il faut un arbre qui soit un mastodonte, qui ait une crue large et dégagée, qui ne soit ni trop près ni trop éloigné du chemin, une vingtaine de mètres par exemple, dont l'étage supérieur dépasse le niveau de ce chemin de deux ou trois mètres au minimum, de façon qu'on y ait une vue synoptique plongeante. L'emplacement géographique ? Attendez... je le verrais bien aux deux tiers de la distance à la barrière : ça permettrait d'avoir un rayon d'action suffisant pour avertir en cas de danger. Son feuillage doit faire écran sans boucher la vue, un peu comme un œil-de-bœuf : car il ne faut pas être vu, d'accord, mais il faut pas non plus être aveugle.

Olivier se gratta le menton, cogita quelques secondes et dit, avec l'intonation dont on gargarise son timbre quand on

---

[2] La collation est l'action de conférer un droit, un grade, à titre exceptionnel.

approuve une idée téméraire exposée sous un tel label de compétence :

— Des arbres de cette envergure, il n'y a que l'embarras du choix…

Il ajouta, après un silence :

— Et puis, pourquoi ne pas faire coup double ?

Le codicille, volontairement énigmatique, exigeait explication de texte. Olivier ne fit pas languir son public :

— A l'époque où avec Alexandre on était sur le qui-vive d'une visite de l'inspecteur de police Janos, on avait installé un système électronique qui devait nous tinter aux oreilles chaque fois qu'un corps un peu volumineux interceptait le rayon. L'ennui, c'est que le moindre oiseau mettait le système en branle et que les fausses alertes se succédaient sans arrêt. On l'avait donc supprimé. Mais c'était au printemps, il y avait des oiseaux partout. On est quasiment en été, la canicule sévit, les oiseaux se font rares, l'appareil pourrait fonctionner sans trop rechigner, surtout si on le fixe mieux qu'il n'était. En tout cas, avec un machin pareil, les Routiers seraient plus détectables qu'une verrue sur le nez de la Joconde. Inutile de préciser que ça se dissimule comme qui rigole.

Thomas, qui avait toujours la critique opportune hors du fourreau, estima politique de faire une petite scarification à l'enthousiasme de son compagnon :

— Excuse-moi, dit-il, mais je ne vois pas l'avantage de faire le Sioux dans un arbre, de voir passer les Routiers, coucou ! puis d'être benoîtement coincé à attendre que ces messieurs aient disparu de ton champ visuel, ce qui peut durer de longues minutes. Comment tu résous le théorème suivant : sauter à bas de l'arbre, recoller au chemin, grimper sur le Sillon, dépasser les Routiers, tout ça incognito ?

— C'est là que je sors un lapin inédit de mon chapeau, répondit Olivier ; vous avez tous vu le poste émetteur-récepteur qui trône dans le bureau ; et bien, il n'y a qu'à lui redonner du service.

— Ah oui ? fit Geoffroy, et avec quelle énergie tu l'alimenteras, ton poste ? Celle du Saint-Esprit ?

— Tu n'y crois même pas, au Saint-Esprit… Figurez-vous que ce poste ne bougera pas de la maison, ce sera celui du Quartier Général. Mais j'en possède un autre, une vieillerie dont on dotera la cabane, pour peu qu'il soit en état de marche, ce qu'on saura bientôt. Seulement, il y a deux inconvénients.

— Commence par le premier, fit Cyprien.

— D'abord, comme disait Geoffroy, il lui faut de l'énergie. Or, la seule énergie que nous avons en stock inépuisable, c'est celle de nos jambes.

— Ah, ah, fit Jérôme, tout guilleret, j'ai compris ; tu as aussi une génératrice. Ça, c'est le bouquet !

— Vive les jeunes cerveaux, les connexions s'y font en un éclair !

— Une génératrice ! s'exclama Xavier, par tous les jets de foutre du diantre, tu nous avais caché çà !

— Je n'ai rien caché du tout, il y a un tas de bazar dans l'atelier, dont ces appareils. D'ailleurs, ne vous emballez pas, c'est peut-être hors d'usage.

— L'autre inconvénient, s'il te plaît, intervint Dorothée.

— Celui-là est de taille : admettons que la gégène et le récepteur carburent au poil, il faut encore l'utiliser selon les règles.

— Quelles règles ?

— Ce poste est un poste militaire qu'on employait il y a un siècle, pendant la seconde guerre mondiale. Son appellation officielle est C9. Un C9 a cette particularité qu'il n'émet que des signaux morse.

— Bout du con ! fit Thomas, ça se complique.

— Ben oui ! Vous devrez tous apprendre le morse.

— Tu dis : *vous*. Ça signifie que tu t'exclus du lot ?

— Je sais aussi bien le morse que le solfège, le grec et le latin.

— Et où as-tu appris ce morse ?

— Chez les scouts.

— Parce que tu as été scout ?

— Ne te déplaise…

— Ça ne m'étonne plus.

– Qu'est-ce qui ne t'étonne plus ?

– Que tu aies été scout.

– Et pourquoi ça ne t'étonne plus ?

– Parce que chez les scouts on en apprend de bonnes.

– Ah oui ?

– Je veux dire : en sus des activités traditionnelles, signes de piste, morse, secourisme, etc.., on m'a toujours affirmé qu'il se diffusait chez les scouts certaine instruction réservée aux seuls initiés et qui…

– Suffit, Thomas, interrompit Camille en riant sous cape. C'est bien le moment de faire des fines plaisanteries quand on débat de notre survie.

– Ouais, fit Alexandre, on a d'autres scouts à fouetter.

– Fouetter, justement, renchérit Thomas, est-ce que les scouts reçoivent aussi une initiation au fouettage ? Est-ce que les fautes sont encore punies d'écourgées publiques, short ou pantalon baissé, dans la pure tradition de Baden-Powell, lequel s'y entendait en pédagogie puisqu'il était le plus fieffé pédéraste de son temps ?

Il fallait bien un peu détendre une atmosphère qui depuis trois jours s'empâtait d'une pesanteur peu propice aux fariboles. La verve de Thomas, trop débonnairement stigmatisée par Camille, venait comme marée en carême pour atténuer un peu l'oppression. On se licencia sur les dessous inavouables du scoutisme, on troussa des chansons, on improvisa des épigrammes, on aurait même oublié un peu les Routiers si quelqu'un n'avait eu la maladresse d'en renouer le fil à la gaieté unanime. Du coup le sérieux revendiqua l'exclusivité de la controverse, un peu comme un vieux barbon menace de sa férule des écoliers en récréation.

D'après ce qui en avait été commenté, le succès de l'opération était entièrement subordonné à une condition *sine qua non*, l'établissement d'un moyen de communication rapide, sûr et discret entre la cabane et la maison. Sans ce truchement, inutile de consumer son temps et sa sueur à échafauder une baraque qui ne servirait qu'à décorer la forêt. Par conséquent, la première leçon à potasser était celle dont le rapport publierait si oui ou non le C9 était apte à coopérer. Olivier l'exhuma du fouillis où il gisait, probablement depuis des lustres, le dépoussiéra, nettoya la génératrice, testa les contacts, s'assura que le quartz, élément indispensable, n'était pas détérioré, et quand il eut satisfait à l'expertise technique de l'engin, il brancha ce qui devait être branché et pria l'un de ses camarades de pédaler.

Mesures de salut public

Le lendemain, dès l'aube, un étrange équipage déambulait en file indienne et avec mille précautions en direction de la barrière. Il y avait quelque chose de solennel dans cette procession d'une dizaine de silhouettes demi-nues qui s'échelonnaient avec la lenteur cérémonieuse d'une théorie,[3] exhaussant seuls ou à deux au-dessus de leurs épaules de longues planches de bois, des cordes, de la ficelle et un fort contingent de caisses à outils.

On avait emprunté le Sillon, en dépit de son incommodité et du surcroît d'itinéraire qu'il imposait, à cause de de la Roche Tarpéienne infranchissable avec un tel encombrement.

Une heure plus tard, le cortège jouxtait le petit promontoire où d'abord Xavier et Olivier, ensuite Yannick et Alexandre s'étaient promptement réfugiés, ceux-ci pour élucider l'origine d'un raffut nocturne inquiétant, ceux-là pour épier les frères Guglieux et leur jeune comparse miraculé de l'orage fatal aux deux autres. Le Sillon naissait là de plain-pied avec le chemin officiel ; la colonne bifurqua à cent quatre-vingt degrés pour l'enfiler dans le sens ascendant sur un peu plus de trois kilomètres, avant de s'arrêter à un endroit annoté sur une carte et d'y déposer bagage. Quelqu'un s'affala à flanc de ravine jusqu'à un énorme chêne dont la base du tronc concédait une déclivité de deux mètres au sentier tandis que la cime le surpassait de trois ; puis il dénoua une grosse corde en bandoulière et l'enroula autour de la branche inférieure la plus accessible. Cela fait, il assujettit la corde, vérifia la solidité de son appui et grimpa dans l'arbre.

Un deuxième larron occupa sa place précédente pendant que les autres s'émiettaient de deux à deux mètres, de façon à

---

[3] La théorie, dans les Grèce antique, était une députation que l'on envoyait pour offrir, au nom d'une ville, des sacrifices à un dieu, ou lui demander un oracle.

étirer un cordon solidaire dont une extrémité aboutissait au chemin. Ce cordon une fois aligné, équipement et outillage relayèrent de mains en mains. Opération délicate, un faux mouvement menaçant de déséquilibrer l'un des maillons et de rompre toute la chaîne. Il faut savoir que si le ravin ne plongeait qu'à une trentaine de mètres, la sévérité de sa pente incitait à la plus grande prudence. Aussi les garçons se campaient-ils sur leurs jambes à demi pliées afin d'affermir leur stabilité. Quand un matériau était paumoyé[4] en terminaison de leur haie humaine, on l'arrimait à la corde et la corde était guindée.[5] Difficultés entre toutes, lier solidement les planches les plus volumineuses. Pour cet exercice ô combien ardu, les Périontes comptaient un spécialiste des attaches, le décidément irremplaçable Jérémie. Jérémie s'y entendait en nœuds mieux qu'un marin des îles anglo-normandes et il aurait fait concurrence à Giliatt pour réparer la Durande.[6] Selon l'épaisseur, la géométrie, le gabarit, la longueur, le volume et la largeur de l'attirail à transborder, il usait du nœud plat, du nœud croisé, du nœud de jambe de chien, du nœud d'orin, du nœud de drisse de bonnette, du nœud d'anguille, du nœud de chaise simple, du nœud laguis, ou du nœud dit demi-clef, lequel admet deux façons, tour mort avec demi-clef ou avec demi-clef renversée.

Nous étions au onzième jour de juin.

Si une grosse semaine plus tard, quelqu'un, un hypothétique badaud, avait croisé d'aval en amont ce voisinage de la forêt où nous avons vu s'affairer les ouvriers, rien ne l'aurait distrait de sa promenade et il l'aurait continuée plus tranquille qu'un pèlerin sur la route de Compostelle.

En réalité, il était scrupuleusement observé. A une vingtaine de mètres à sa droite, un superbe *quercus ilex*, ou yeuse, anonyme parmi l'épaisse futaie environnante, dominait le chemin de sa stature majestueuse, comme sur une

---

[4] Paumoyer, en terme de marine, c'est faire passer d'une main à l'autre un cordage pour en examiner les défauts.
[5] C'est-à-dire hissée dans l'arbre.
[6] Voir Les Travailleurs de la mer, de Victor Hugo.

photographie de classe d'école le plus grand élève surplombe ses camarades tout en se confondant avec eux. La densité du feuillage camouflant son limbe, le promeneur n'aurait pas gambergé une seconde que deux paires de rétines affûtées scrutaient sous elles ce qui s'y déplaçait. C'étaient les deux Périontes factionnaires.

Sans doute la cabane était-elle l'œuvre de tous les Périontes. Mais il est honnête d'affirmer que l'étonnant Jérémie s'y tailla la part du lion. Tant que dura le chantier, il en assura avec une rare précision le rôle épineux de directeur. C'est lui qui, tel un chef d'orchestre, coordonna et conjugua les efforts de ses compagnons et empêcha qu'on n'accouchât d'un édifice de bric et de broc. Il mesura, agença, calcula, égalisa, symétrisa, rectifia, aussi minutieux et avisé que le plus féru des professionnels. Il prodigua la plénitude de son exceptionnel talent jusque dans l'assemblage final, épisode le plus complexe de cet échafaudage à hauts risques.

A l'égard de l'arbre, choisi de l'autorité même de Jérémie, il renchérissait sur le compas dont était armé l'œil du fantasque et imprévisible adolescent, tant il paraissait avoir été spécialement institué pour y ériger, justement, une cabane. Sa crue large et évasée s'étançonnait à un confluent de quatre branches secondaires d'un diamètre de dix pouces, de sorte que les entailles dont il avait fallu entamer ce soutènement naturel afin d'y ajuster l'assise de la construction, étaient superficielles et ne compromettait en rien la solidité de l'ensemble.

En ce qui concerne la cahute en elle-même, un petit croquis de sa dégaine n'est pas superflu. Imaginez un cube de neuf mètres au carré, au toit en appentis bâché d'un prélart étanche de couleur kaki, camouflage idéal. Du côté chemin, le système de fermeture simple et robuste par excellence, un parapet à hauteur de poitrine surmonté d'un panneau mobile ajouré d'un vasistas. A droite en retrait du parapet, l'entrée, communicable à une branche d'appui maîtresse du chêne. Cette branche menait, par une ramification de branches sous-jacentes, à une échelle de corde amovible suspendue au-dessus de la piste jointive du sentier et de la rivière. Le mobilier se réduisait à deux matelas de mousse à même le plancher, et l'éclairage consistait en une lampe à huile pendue à un crochet fixé au plafond par une grosse vis à bois. Dans un coin, une bonbonne de cinquante litres fournissait l'eau de consommation, à renouveler régulièrement grâce à des bidons de dix litres qu'on remplissait au ruisseau. Lacune de taille au sein d'un logement aussi spartiate, l'hygiène : du coup, unique palliatif à cet inconfort de taille, descendre jusqu'au torrent par un raidillon de quarante pour cent d'inclinaison. L'entreprise était déconseillée, mais comme il y avait fort à parier que beaucoup, en ces temps de canicule, traiteraient le règlement ainsi que les anciens Espagnols traitaient les bulles des papes, avec le plus grand respect et sans en faire aucun usage, Olivier avait déroulé un long filin le long de la pente en guise de main courante.

Parmi les curiosités de l'édicule, l'une d'elles passait presque inaperçue tant elle semblait insignifiante. Ajoutez à l'insignifiance la laideur, deux raisons pour lui vouer une totale indifférence. Mais enfin la chose étant là, et le regard s'y accoutumant, on se disait : *qu'est-ce que c'est que ce machin ?*

Le *machin*, relégué dans le coin immédiatement à gauche de l'ouverture, était un engin massif, trapu, d'une méchante teinte vert olive zébrée de brun. A son flanc en trônait un second, haut et long de trois ou quatre pieds, lequel disputait à son compère l'esthétisme particulier où l'on devine la griffe austère et uniforme de l'armée. C'étaient respectivement l'émetteur-récepteur et la génératrice. Cet assortiment hétéroclite éveillait l'image de Don Quichotte et Sancho Pança, version surréaliste. Personne ne niera que les objets, les arbres, les animaux, suggèrent parfois de vivantes analogies avec des personnages de quelque notoriété et qu'en vertu de ce parallèle ils frappent tout de suite l'esprit. Louis-Philippe ressemblait incontestablement à une poire, Louis XVIII à un dindon, et il est certain que monsieur Rocard n'était pas sans évoquer le corbeau de la fable. Quant à monsieur Le Pen, il m'a toujours fait songer au monstre du film *La guerre des étoiles,* si métaboliquement assimilable à une paroi de montagne vivante qui aurait une bouche, un nez, des yeux, et peu d'âme.

Les deux appareils, patauds, gauches, balourds, prêtaient à rire. C'était le salut des Périontes.

La décision de bâtir la cabane n'avait été officiellement agréée, rappelons-le, qu'en vertu du fonctionnement opérationnel de ces instruments. Sans eux, elle aurait été plus inutile qu'un missel dans la bibliothèque d'un athée. Enfin, un dernier ustensile métallique, pas plus gros qu'un morceau de sucre, serti à la structure extérieure face au chemin, parachevait la logistique en la complétant par le récepteur du fameux kit électronique d'alarme qu'Olivier et Alexandre avaient étrenné deux ans plus tôt. Ce tout petit accessoire était relié à un capteur fiché dans une alvéole de la paroi de la Crête. Dès qu'un corps interceptait son rayon, celui-ci transmettait un long son continu au niveau sonore paramétré pour n'être pas audible à plus de cinq mètres. Evidemment, Jérôme et Alexandre s'amusèrent pendant un bon quart d'heure à déclencher le signal sous prétexte de l'éprouver, en criant : *aux Routiers ! aux Routiers !*

Le vingt et un juin au soir, la première faction inaugura ses quartiers dans ce qu'on appelait l'*Observatoire*.

L'âme des Périontes

Concluons avec le dossier de la défense des Froides-Aigues.

Les factions à l'Observatoire, nommées aussi *brigades*, se répartissaient entre la veille de jour, de sept heures à dix-neuf heures, et la veille de nuit, de dix-neuf heures à sept heures le lendemain matin. Ainsi, en condensant ces offices sur deux demi-journées, on s'évitait des déplacements superflus. On simplifiait aussi le casse-tête de l'employé chargé d'établir les tours de service, en l'occurrence Florent, plébiscité pour ce ministère.

Ce bon Florent, en l'occurrence, fin psychologue et profond humaniste devant l'Eternel, avait fait son capital d'apparier les sentinelles de préférence par affinités, mais sans s'affranchir de la souplesse d'adaptation aux desiderata et autres requêtes de dernière minute, en vertu du caprice et de la fantaisie qui gouvernent peu ou prou les accointances humaines. En sorte que ces jumelages associaient les tempéraments qui se convenaient le mieux.

Ce n'est pas chose aisée d'être arraché aux douceurs d'une existence pacifique et précipité jette presque sans transition dans une atmosphère de *casus belli*, où l'incertitude du lendemain bat le rappel de toutes les menaces suspendues au-dessus des têtes comme autant d'épées de Damoclès. Les Périontes avaient pourtant accepté le fait avec un dévouement intrépide. Les âmes bien trempées ont en stock une provision de bravoure qui nourrit leur aptitude à s'assortir aux conjonctures. Il n'est pas de meilleure école que l'adversité solidaire pour accroître le courage en héroïsme et la persévérance en vertu .

Une telle abnégation expliquait que personne ne se plaignit. S'apitoyer sur son sort aurait semblé une absurdité et une faiblesse, étant à la fois vain et ridicule. Nous avons naguère plaisanté la paresse de Claude et de Gervais, au demeurant toute relative : sous l'autorité des circonstances, elle s'était raturée d'elle-même. Rien ne se convertit mieux en légionnaire qu'un épicurien. A la première bourrasque, la nonchalance se raffermit, la torpeur fait sa mue, la peau délicate s'endurcit, le crâne occupé de choses légères bouillonne de la détermination de l'hoplite âpre à défendre sa cité. Une situation exceptionnelle donnée, Endymion se réveille, le sybarite dépouille la chlamyde et endosse le harnais de Du Guesclin. Les *Dioscures du gros dodo*, ainsi qu'on les nommait, avaient revêtu la cotte de mailles et redoublaient d'acharnement au maniement des frondes et des arcs.

Cette capacité à discipliner les événements tirait raison de ce que chacun entretenait la hantise des crimes des Routiers si opportunément remémorés par Camille. La perspective d'affronter l'essaim des scélérats qui terrorisait tout un canton juxtaposait deux sentiments complémentaires, la colère et l'aversion. La colère n'avait qu'à énumérer leurs exploits pour éteindre toute lueur de pitié. Est-ce à dire que les Périontes haïssaient leurs ennemis ? Nous n'oserons ni l'affirmer ni le nier. Probablement oscillaient-ils entre l'horreur qu'inspiraient leurs carnages et la miséricorde, quintessence de la sublime utopie de Geoffroy, qui prodigue absolution aux âmes mêmes les plus perverties. Quand ils discutaient, le soir à la veillée sur les berges de l'étang, c'était souvent autour du même sujet, celui de la cruauté presque pathologique dont la lente percolation corrompt si tragiquement le cœur de certains individus et les incite d'autant plus à en extraire le besoin viscéral d'assassiner que les contingences leur cautionnent une totale impunité. Ils s'interrogeaient si l'habitude crée à la longue une dépendance qui tend à banaliser des forfaits qu'un homme ordinaire repousserait avec épouvante. De là dérivait la thèse du mal extrême comme du bien extrême, qui, justement, n'est peut-être qu'une affaire d'accoutumance. Yannick professait avec toute la profondeur de son amertume que l'homme n'est qu'une éternelle girouette subjuguée par des enchaînements de hasards qui le commettent indifféremment à la générosité, au don de soi, au sacrifice, comme aux pires dépravations.

Un mot sur les Routiers.

Sans doute avaient-ils été des garçons et des filles pareils aux autres, avec une famille, des amis, avec les aspirations et les enthousiasmes de la jeunesse. Quelle malédiction pesait sur eux ? Malédiction ! Voilà bien une notion calcifiée d'un mystère qui nous dépasse tous et dont les ossements sont vénérés comme reliques par tant de prosateurs scripturaires ! Malédiction de qui, d'abord, et pourquoi ? Y a-t-il une volonté immanente qui décide arbitrairement de notre naissance en ce monde ? Supposé que nous nous soyons incarnés pour une fin précise, ce dessein inclut-il une distribution discrétionnaire des rôles, depuis le tortionnaire le plus infâme jusqu'au saint le plus angélique ? Si comme il est dit la mort doit être rassasiée, si la guerre est *bonne*,[7] parce qu'il faut qu'elle soit, parce que la force utilisée à tort, la force destructrice ne s'arrêterait jamais s'il n'y avait pas de victimes pour l'absorber, alors la déchéance de ceux qui sont bourreaux ici-bas est-elle le conditionnement d'une prédestination inéluctable ? Ce concept même de prédestination, comment ne pas en frémir quand ses ligatures sanglent tant d'hommes à cordes et à courroie dans une camisole indénouable ? En un mot, comment discerner, à travers l'à peu près des choses indécises et précaires, la vocation qu'assume le fatum, cet indéchiffrable ordre de mission, et la part qui échoit au libre arbitre, si toutefois il en est un ? Questions sans réponse. Toutes les métaphysiques sont muettes devant cet immense et impénétrable escarpement, et parmi ses exégètes les plus sages, ceux qui auraient été dignes de lever un pan du voile lui ont voué un silence accablant.

Un dilemme déchirait les Périontes.

S'ils étaient attaqués, ils riposteraient. Ils riposteraient, c'est à dire qu'ils tueraient à leur tour. Tuer ! Se condamner à

---

[7] Ce passage s'inspire des Dialogues avec l'Ange où l'Ange précisément prononce ces mots terribles pour nous humains : la guerre est bonne.

reproduire la barbarie de ceux qu'ils combattaient précisément pour leur barbarie ! Triompher du meurtre en lui empruntant sa panoplie ! Après avoir chanté l'amour et l'altruisme, perforer des viscères ! Après avoir bu l'ambroisie, se désaltérer de sang ! Leur lumineuse fraternité avait-elle pour éteignoir un cloaque pareil à celui où pataugeaient les Routiers et où ils pataugeraient bientôt de compte à demi avec eux ? Etaient-ils les fantoches impuissants d'une implacable autorité qui les exhortait verge en main à égaler l'abjection de ceux dont le seul nom était une abjection ? Devaient-il acheter leur survie au prix d'un massacre planifié avec le flegme imperturbable de ceux qui savent ce qu'ils font et qui vont le faire ?

Une nuit, peu après la construction de la cabane, Olivier se réveilla en sursaut. L'angoisse lui nouait les entrailles. Il était le siège d'une de ces éruptions d'anxiété dont la violence est si abrupte qu'elle affole la conscience d'une panique proche de l'égarement. Son regard erra sur ses camarades qui sommeillaient à côté de lui, dans leurs charmantes et fantasques postures. Deux lits étaient vides, ceux des deux plantons à l'Observatoire. Alors il se serra les tempes de ses poings et murmura, éperdu et haletant : *on en est donc là !*

Il est temps, du reste, de sonder les courants tumultueux dont le garçon était à la fois l'épicentre et le tantale.

Depuis plusieurs semaines, Olivier endurait les affres d'une sourde appréhension qui empirait comme une fièvre maligne. Même pendant la saison si prospère et si tranquille des jours alcyoniens, il n'avait jamais vraiment été en repos. Certes, ces frayeurs, plutôt cycliques, lui ménageaient des phases de répit, mais dès qu'une intermittence de solitude l'arrachait à la rassurante compagnie de ses compagnons, elles le harcelaient de plus belle.

Pour traduire fidèlement et la genèse et le développement de cette phobie, il convient d'insister sur les aptitudes prémonitoires du jeune homme, dont quelques illustrations ont déjà été mentionnées au cours de cette histoire, notamment à l'époque de son rodéo automobile deux ans plus tôt, on se rappelle peut-être la rubrique. Ce qui le tourmentait pour l'heure était de même acabit. Il pressentait avec une acuité douloureuse l'imminence d'un chambardement majeur. Olivier était une sensitive à fleur d'intuition. Le grossissement des dangers inhérents à la période eschatologique que l'on traversait allumait en lui un sixième sens visionnaire qui lui faisait flairer la calamité en gestation comme l'instinct de certains animaux les avertit de la tempête. Il avait présagé les manigances de Wilfried et l'irruption de Janos ; il avait auguré les catastrophes climatiques et les catastrophes sociales ; il avait pronostiqué le péril insidieux des Routiers. Enfin, n'oublions pas ses doutes, débiteurs eux aussi de ce don stupéfiant, sur la physionomie des soldats entrevus en compagnie de Xavier, il y a peu de temps de cela.

Une fois de plus, cette espèce de sirène d'alarme se manifestait à cru. Seulement, une nouveauté de taille modifiait ses angles de diffraction. Au lieu de claironner une fatalité incoercible, elle semblait intercéder en faveur d'une prise de responsabilité radicale assumée sans faiblesse qui dompterait les fluctuations de l'avenir en retournant son visage. Or, retourner son visage se résumait par la locution la plus explicite dans le contexte, saisir le taureau par les cornes.

Quelques jours avant la malheureuse mais ô combien providentielle expédition des céréales, alors qu'on se baignait à l'étang, Olivier avait attiré Alexandre à quartier pour lui confier tout ce que nous venons de relater. Ce dernier, vivement ébranlé par un récit d'où dégorgeait à flots continus une tension divinatoire dont il avait si souvent été témoin, demanda anxieusement :

– Et si c'était une sommation, un signal ?

– Je crois même que c'est une supplication, répondit Olivier. Mais comment...

La fin de la phrase lui sécha sur les lèvres : il pivota vers l'adolescent, l'attrapa eux épaules et articula, cette fois avec véhémence :

– On dort, Alexandre, on dort ! Voilà pourquoi mes antennes captent un message...

Olivier avait d'abord escaladé seul les ressauts de la fascinante aventure intérieure dont il était le réceptacle. En épanchant dans le cœur de son grand ami le dernier avatar en date de cette épopée, il dénudait les rouages d'un mécanisme par lequel les résolutions théoriques déblayaient subitement un extraordinaire champ d'action à exploiter :

— Tu te rends compte, avait-il ajouté, si nous savons profiter des avantages d'une position supérieure sur tous les plans, c'est gagné. Oui, je l'affirme, supérieure sur tous les plans, même celui de l'armement. Bon sang, est-ce que ce n'est pas un exploit stupéfiant d'avoir compensé un déséquilibre initial par la dextérité, la souplesse, la mobilité et la stratégie ? Et je passe sous silence l'effet de surprise : les Routiers ignorent totalement ce qui s'est fait ici, chez nous, ils ignorent que nous les avons dans notre ligne de mire, que nous les attendons, que tout est en place pour leur infliger la plus cuisante déroute de leur carrière !

Conjoncture inouïe dont il dérivait la certitude qu'on possédait d'incomparables atouts et qu'en les abattant au moment opportun on tordrait le cou aux précarités d'un avenir jusque-là approximatif. Seulement, la clef de cette évolution positive se résumait dans un mot, agir ! Ce qui adviendrait était du ressort exclusif des Périontes, de leur action concertée intelligemment, approuvée à l'unanimité et exécutée sans état d'âme ! Surtout, trêve de sensiblerie ! Devant la barbarie, quelle autre latitude que l'intransigeance au service de la sagacité, de l'audace et de la ruse ?

— On a les coudées franches, avait-il répété à Alexandre, l'aplomb, le culot, la hardiesse sont garants de la victoire finale. Il faut juste la vouloir et surtout la vouloir d'un bloc d'opiniâtreté inflexible, sans se laisser attiédir par des demi-succès qui se retourneraient contre nous. Nous combinons des pièces sur un échiquier dont nous avons tant la maîtrise que la partie n'admet qu'une issue, et une seule : Routier, échec et mat !

Cette fixation quasi obsessionnelle de l'ennemi à pourfendre l'accaparait depuis si longtemps qu'ayant percé à clair le talon d'Achille de la communauté, son impréparation militaire, il en avait logiquement inféré le devoir d'y obvier sans délais, c'est-à-dire de déclarer les Froides-Aigues en état d'hostilités ouvertes. Condition *sine qua non* : un tel décret ne se justifiait que s'il extrayait sa légitimité de la preuve irréfragable des intentions belliqueuses des Routiers. Aussi, quand ceux-ci eurent été débusqués de la tanière où ils se terraient, le fardeau qui écrasait le jeune homme s'était allégé d'un coup. La confirmation qu'ils n'avaient pas péri, en consolidant la justesse de son instinct, balayait les atermoiements et leur substituait l'initiative. Dès qu'il sut à quoi s'en tenir, il fit table rase de ses craintes et subrogea la hardiesse à l'inertie. Ce poète, ce voluptueux à ses heures se sentit pousser les ailes qui dilatent l'éphèbe en chevalier et le paysan en Cincinnatus.

Quant à ses camarades, nous l'avons vu, ils se rangèrent spontanément sous ses drapeaux. Geoffroy même, grand cœur si prompt à réformer tout antagonisme sur la loi de fraternité, confessa de lassitude la pertinence d'un commandement dont le pragmatisme était le plus sûr garant du salut collectif. Il n'est pas interdit de présumer que son attitude n'était qu'une concession à l'intérêt général et que s'il adhéra à la conscription, ce fut comme les recrues qu'on enrégimente contre leur gré, en s'efforçant de faire bonne figure à mauvais jeu.

Paix armée

Les jours s'égrenèrent dans cette ambiance singulière que l'histoire a retenue et illustrée par l'expression *drôle de guerre*, où l'inaction démobilise à demi le soldat ; correctif, le fusil au pied. Le prodigieux travail accompli avait hérissé les Froides-Aigues d'une formidable circonvallation qui les rendait pratiquement inexpugnables. Sauf imprévu, ce sur quoi Olivier et Xavier planchaient sans cesse, les Périontes, excellemment entraînés et dotés d'un arsenal impressionnant, étaient de taille à parer à toutes les éventualités ; que pouvait-on faire de mieux ? À l'aube et au crépuscule, les patrouilles arpentaient le domaine de long en large, observaient, examinaient, scrutaient, sans négliger un pouce de terrain ; les sentinelles assuraient leur service avec un enthousiasme lacédémonien ; l'alarme électronique, régulièrement vérifiée, fonctionnait à merveille.

Pas de trace des Routiers.

En sus de la surveillance ordinaire, Xavier et Olivier poussaient des escapades régulières soit au-delà de la *Cheminée*, soit du côté de l'ancienne cabane, le *boui-boui* comme l'appelait Cyprien. Il était fort peu probable que les Routiers fissent intrusion par l'une ou l'autre de ces passes au relief escarpé, mais selon le proverbe, on ne s'avise jamais de tout.

Il est nécessaire d'appuyer sur la rapidité avec laquelle les jeunes gens s'étaient perfectionnés au maniement des arcs et des frondes. Certains, Florent et Claude en tête, mais aussi Xavier et Cyprien, y avaient fait de tels progrès qu'ils vous fendaient en deux une pomme à trente pas. Les exercices se multipliaient, on avait même en trois ou quatre occasions simulé une alerte nocturne, histoire d'estimer l'efficacité d'un branle-bas. Conclusion unanime : les Routiers feraient bien de numéroter leurs abattis.

Avec tant de sûretés, la fièvre du début s'était assoupie. Une bonne dose de confiance suintait de la besogne harassante mais ô combien précieuse dont on recueillait les fruits. L'issue du sentier à la tombée de la nuit ne s'apparentait plus à la gueule de l'enfer prête à vomir sa horde de coupe-jarret. L'effondrement de la Roche Tarpéienne, les factions à l'Observatoire, les mille préventions renouvelées chaque jour contribuaient à consolider les Froides-Aigues en véritable oppidum. Une fois, c'était à la toute fin de juin, Olivier, quoique peu enclin à se bouillir du lait,[8] encore moins à vendre la peau de l'ours, déclara : *le traquenard est prêt, on n'attend plus que le gibier.*

La vie renoua donc avec sa quiétude de naguère, à ce détail près que deux Périontes faisaient régulièrement défection. Pendant la journée, le dérivatif des activités domestiques amortissait l'impact psychologique de ces absences. Mais au crépuscule, les lits vacants étreignaient les garçons et les filles d'une vague et mélancolique tristesse qui leur récapitulait la fragilité de leur situation.

La tristesse, néanmoins, ne résistait pas longtemps au premier prétexte de dissipation saisi au vol. On avait inventé un moyen de pimenter l'éloignement des plantons de service, en s'égayant sur leur compte et en tricotant à leur intimité officieuse toutes sortes de médisances plus ou moins spirituelles. Un soir que c'était le tour de Xavier et de Jérémie de *grimper aux hunes*,[9] vieille expression exhumée par l'érudition littéraire d'Olivier, les langues affûtées ne se firent pas prier pour persifler joyeusement ce qu'il en était de cette association contre nature :

— Pas grand'chose, dit Geoffroy, pour se bisouter il faut être deux et le pauvre Xavier est seul.

— Mais non, dit Claude, je vous parie que le Jérémie attrapera sous peu le pompon de la rédemption.

---

[8] Bouillir du lait à quelqu'un, lui être agréable, le flatter.
[9] Par métaphore de la vigie de l'ancienne marine qui sur un navire observait l'océan.

— Tiens donc ! fit Gervais, je voudrais bien savoir par quel miracle.

— Notre Xavier a de la tendresse pour lui, on sait ça. L'autre s'en fout pas mal, surtout depuis l'épisode de la mise à poil sur le chemin, et c'est là où ça devient intéressant, car les amitiés les plus durables commencent toujours par des engueulades homériques. Vous verrez qu'au petit matin on les trouvera enlacés comme deux amants.

— Tu parles d'un amant ! s'écria Alexandre, ce monstre d'égoïsme est incapable d'une affection vraie. La cause du pauvre Xavier est *déplorée*, comme on dit dans le langage juridique.

— Ça veut dire quoi, déplorée ? fit Jérôme.

— Perdue d'avance.

— Mince alors…

En dépit de la version pasteurisée et bon enfant de Claude, on regretta que Xavier eût pour collègue un héritier présomptif de la continence de Scipion. Présomptif seulement, car il y avait belle lurette que les cachotteries du petit génie du bâtiment étaient tirées à clair, et ce qu'elles révélaient faisait plutôt crouler de rire.

Le propos ayant épuisé le filon Xavier, il fit un crochet par Gervais dont la substance n'était pas moins prolifique. Gervais, faut-il le préciser, s'était excusé avec son compère Claude pour honorer Morphée de son indéfectible fidélité de militant au parti des *pionceurs*.

— Claude et Gervais, dit Olivier, c'est comme les Dioscures, version platonique.

— Pourquoi tu précises *platonique* ? s'exclama Thomas, Castor et Pollux étaient des frères, rien de plus.

— Alors là, y a de quoi se taper sur le ventre ! Je ne crois pas plus au platonisme de ces deux-là qu'au tien. Quand on se tripote le cou toute sa vie, on finit forcément par des tripotages moins conformes à la morale platonicienne fraternelle.

— Quel homme, pourtant, que notre Gervais, reprit Thomas : il est le seul d'entre nous dont la distance qui sépare le nombril de l'IPE soit tapissée d'un semis de poils bien virils.

— Qu'est-ce que c'est que ton IPE ? fit Alexandre. T'as ce ces acronymes énigmatiques...

— L'Instrument de la Perpétuité de l'Espèce.

— Ah, ah ! rétorqua Alexandre, pour parler ainsi, il faut que tu aies souvent brouté ce pâturage ! Mais appliqué à Gervais, trouves-lui un autre nom : il n'est pas céladon à engendrer lignée.

— Pute borgne ! fit Camille, je suis bien certain que plus d'une gourgandine en a eu des vapeurs et des pâmoisons, bien loin d'imaginer qu'il ne propose rien de comestible aux dames...

La pilosité de Gervais était célèbre, n'ayant pas de rivale. Son cœur tendre et affectueux ne l'était pas moins. Un petit pamphlet avait été griffonnée sur la première des vertus cardinales précitées dont évidemment l'auteur n'eut jamais la hardiesse de se déceler :

Le poil de Gervais est fort dru
Depuis les cuisses jusqu'au cul.
Mais ce poil jamais ne frémit
Qu'au contact des mâles pubis.
S'en exhale-t-il des parfums
A tourner la tête aux catins ?
Oncques ne le vit s'égarer
Qu'en compagnie fort bien membrée.

Quant à Cyprien, son horreur de l'uranisme n'avait pas mieux aiguisé les cervelles des rimailleurs. Cet hétéro pur et dur, incapable d'une exception à sa règle, était plus glabre qu'un nouveau-né et vouait par-là à son confrère pelu la jalousie de Salieri à Mozart. Une telle disparité de pelleterie ne pouvait que fournir son eau au moulin des satiriques patentés :

A-t-il du chérubin l'allure,
Du berger la fière encolure ?
Le poil, hélas, est fort absent
De cette peau glabre d'enfant.

Quoi ? Ce pastoureau impavide,
Du bougre n'a pas une ride ?
C'est donc faire un bien mauvais choix
Que de l'agréger à nos lois...

Las ! son nez est tourné aux dames ;
Dont il goûte, dit-on, les charmes
Tous les onze jeudis du mois
En de bien peu fréquents émois.

Les onzièmes jeudis faisaient allusion à la modestie des filles, dont l'une désavouait les coups d'Etat de la routine amoureuse, et l'autre entendait encore parfois craquer le vernis de pruderie qui l'avait si longtemps retranchée des effusions. Nonobstant ces clauses déhortatoires éminemment légitimes, elles ne rebutaient les sollicitudes qu'à l'appui de deux arguments majeurs, le refus catégorique des prétentions feudataires et la restriction relative aux cycles lunaires indissociables de la complexion féminine. Du coup, les garçons s'étaient fait une raison et comme pas mal d'entre eux pêchaient en eaux hybrides, peu prétendaient zèle de galanterie envers de si circonspectes compagnes.

Le soir, quand la chaleur s'atténuait un peu, était une bénédiction. Quoi de plus enchanteur que ces longues heures à la belle étoile où les nudités se jouxtaient, en attendant que quelques-unes se confondissent...

Dans un coin, à l'abri d'un coffrage de bois, raccordé par une longue rallonge à une prise électrique de l'atelier, trônait le poste radio.

Ce poste rassérénait et exaspérait.

Une nuit, Thomas et Nadine retenaient à grand'peine la flamme dévorante d'une délicieuse accolade, lorsque le garçon heurta l'engin de la tête :

— Maudits Routiers ! souffla-t-il, ils nous gâtent tout, jusqu'aux plaisirs les plus innocents.

Le lendemain, il conta la chose à ses camarades :

— Faire l'amour avec pour toile de fond ce rappel obstiné du croque-mitaine, c'est pas contrariant, c'est décourageant :

— Bah, fit Florent, ne désespère pas : on a fait ce qu'il faut, et d'ailleurs il est probable que les Routiers ont du plomb dans l'aile.

Il ajouta :

— Dans quelques mois, voire quelques semaines, il n'y paraîtra plus…

Florent avait énoncé cela avec la spontanéité de son indéracinable optimisme. Une voix modulée d'un étrange écho lui fit chorus. Yannick avait répété la phrase, mais sur ce ton particulièrement sinistre qui retrousse l'optimisme et en montre les revers :

— Comme tu dis, murmura-t-il, *il n'y paraîtra plus…*

Le silence glacial qui en une seconde congela une chambrée jusqu'ici conviviale, était de ceux qui y injectent d'une même seringue la gêne, l'embarras, toutes les inaptitudes à protester, tous les replis prudents au giron d'un mutisme circonstanciel. Qui de nous ne s'est au moins une fois déshonoré de ce genre de complaisance dilatoire qui s'efforce d'exorciser une réflexion malheureuse en feignant de l'ignorer ?

Un garçon n'adhérait pas, mais alors pas du tout à l'odeur d'abdication qui suintait de la scène, Olivier. Le chef des Périontes, nous savons cela, était un ennemi juré des consentements tacites et des compromis frileux de la diplomatie qui fait dos rond. Rien ne lui échauffait plus la bile que la tiédeur organisant ses évasions de couleuvre, surtout la tiédeur qui a pour canne blanche la poltronnerie.

En un éclair, un souvenir avait fouetté sa mémoire, celle du mystérieux cartomancien qui avait filé à l'anglaise quelques semaines plus tôt. Jamais comme en cet instant où une échappée verbale confirmait peut-être l'identité du responsable de ce regrettable incident, du reste déjà hameçonné à la barrière par Alexandre, jamais Olivier n'avait éprouvé envers l'un de ses compagnons un sentiment aussi désagréable. Yannick lui apparaissait subitement empêtré d'un défaitisme de gâte-sauce. Or, ce qui aiguillonnait Olivier, c'était l'énergie de son tempérament offensif : les redditions homologuées d'avance, les accablements étendus de tisane mélodramatique, les rengaines en faux-bourdon serinées sur l'air favori des pleurnichards *à quoi bon ?*, les cessations de combat par pusillanimité, tout cela lui faisait un effet de désertion de champ de bataille. Bon sang ! On avait tissé un à un et avec une patience infinie les filets d'une nasse où les Routiers frétilleraient bientôt comme des ablettes s'ils s'aventuraient à y fourrer leurs sandales ; on avait le bénéfice du discernement, la prérogative de la surprise, on disposait d'insoupçonnables ressources de cohésion, de vélocité, on avait menuisé une tactique militaire imparable, on s'était forgé toutes les suprématies, on avait érigé avec une ingéniosité de professionnels un poste de vigie dans un arbre, relié l'arbre à la maison par un réseau radio, et pour comble de perfectionnisme tout le monde avait appris le morse ; on avait remédié aux difficultés les plus ardues, on avait atteint un niveau d'experts en artillerie, frondes et arcs ; au premier coup de sifflet, et en moins d'une minute, les Périontes faisaient le vide autour de soi, la maison était cadenassée à triple cran, les Froides-Aigues se muaient en Corinthe, chacun était imprégné de son rôle comme des acteurs au théâtre, les hypothèses les plus invraisemblables, rigoureusement disséquées, opposaient autant de parades appropriées. Et bien, ce n'était pas assez ! Il y avait un trublion que cette débauche de compétence ne satisfaisait pas. Voilà que soudain il agréait à un pisse-vinaigre de chicaner l'avenir à contre-saison, à un colporteur de fumigations de contester le soleil levant de demain. Comment ? En se plaignant des taches à la surface.

Olivier scruta Yannick avec l'acuité d'Elmire démystifiant Tartuffe. Le regard d'Olivier, dans ces moments-là, était une vrille qui vous forait d'outre en outre. Selon la formule d'Alexandre, il taraudait la conscience.

Tout à coup, il lui balança sans aménité :

— Yannick, tu as le droit de te résigner au mauvais sort si ça te chante ; tu as le droit de broyer du noir, de croire en la pérennité de l'enfer, de préférer la tragédie aux happy end. A une condition : que cette soupe indigeste ne soit pas servie à notre table.

Yannick baissa les yeux et, comme dit le duc de Saint-Simon, *ne put rien répondre parce que les répliques lui manquèrent.*

Florestan et Eusébius

Les doubles patrouilles quotidiennes ayant été homologuées le trois juin et l'édification de l'Observatoire datant du vingt-et-un, il échut à Alexandre et à Jérôme d'y inaugurer officiellement les factions. Confessons qu'ils s'amusèrent comme des fous à grimper à tous les arbres, sans trop se soucier de leur mission. Puis après diverses combinaisons, ce fut le tour de Xavier et de Jérémie, ainsi que cela a été évoqué au chapitre précédent. Le roman de ces deux-là mérite qu'on y consacre quelques lignes. Nous étions au soir du trente juin 2042.

Depuis la péripétie de la mise à nu de l'adolescent et de l'altercation qui l'avait sanctionnée, il aurait été logique que Xavier eût distendu ses liens avec un mauvais bougre réfractaire à toute notion d'amitié en particulier comme à tout sentiment d'altruisme en général.

Seulement, on n'extirpe pas l'affection qui s'est enracinée dans le cœur ainsi qu'on arrache une épine de la peau. En dépit des motifs qu'il avait de vouer aux Gémonies l'irritant marmouset, Xavier lui vouait une tendresse tenace. Patience et longueur de temps faisant toujours plus que force ni que rage, il s'était assagi à limer les aspérités d'une rigueur que justifiait certes un caprice particulièrement grotesque, mais qui ne l'avait pas moins bourrelé d'incessants remords. Le Jérémie, qui flairait dans cet assouplissement du régime rancunier l'aubaine à ne manquer sous aucun prétexte, et fidèle en cela à sa vocation, avait d'abord affecté l'indifférence, histoire de se faire désirer. Quand la garde l'associa à celui qui lui avait si rudement dressé l'échine et qui ne savait quel saint invoquer pour entériner raccommodement, il se hâta d'agréer les sollicitudes dont il était l'objet.

L'après-midi, il se déborda en civilités, courtoisies et délicatesses. Sur le chemin, il confirma ces excellentes dispositions, ce qui étonna Xavier et ne fut pas loin de l'émouvoir. Enfin, il n'eut pas assez de la gamme de sa sympathie reconquise pour ratifier contrat de réconciliation.

Néanmoins, palinodie ou résipiscence sincère, on était de service, avec toutes les sujétions domestiques et sanitaires d'un séjour resserré entre les dix mètres au carré d'une casemate exiguë : dès qu'ils eurent relevé leurs collègues, les deux garçons se démontrèrent à quel point la villégiature où ils allaient croupir douze heures tapantes était tout ce qu'on voulait, sauf un hôtel de luxe. D'abord, ils fondaient de sueur, ce qui est extrêmement désagréable quand on est proprets comme des ratons-laveurs, et l'unique accès à la douche avalisait le recours, certes illicite, mais toléré au titre de la canicule, d'une escapade vers la rivière, trente mètres en contrebas, par un raidillon à vous donner le goût des plaines. Au surplus, une fois baignés, il n'était pas interdit d'envisager la remontée. Là, le ridicule du vaudeville éclatait dans toute sa déconfiture sudorifique : car la chaleur aidant, l'effort pour se hisser à la cabane convertissait le bénéfice de la trempette en une nouvelle suée dégoûtante.

— Les locaux ont besoin d'un surcroît d'équipement, dit Xavier, par exemple une bonbonne d'eau un peu plus volumineuse que celle qu'on a, quelque chose comme cent litres, ça permettrait de se rebouiser la couenne sans risquer de se rompre les os.

— C'est quoi, rebouiser ?

— Ça veut dire lustrer à grande eau. C'est un mot qui s'employait autrefois pour les chapeaux.

— Les chapeaux ?

— Oui, les chapeaux, quoi ! Les trucs qu'on se met sur la tête...

— Avec ce soleil, on finira par en travailler, du chapeau.

Deuxième bémol, hors de question de cuisiner. Les vigies emportaient leur viatique, soit le déjeuner de midi, soit le dîner du soir et le petit déjeuner du lendemain.

Enfin, pour brocher sur ces austérités, les lits avaient une âpreté de paillasses de galérien. Il est vrai qu'on était censé vivre à la dure, mais tout de même. Xavier et Jérémie tâtèrent des minces matelas de mousse auxquels ils allaient confier leurs rêves et leurs lombaires. Ils les jugèrent en contradiction flagrante avec leur conception hédoniste de l'existence.

— Avec ça, s'exclama Xavier, on sue comme des bœufs ; ce pagne me colle aux bonbons comme une feuille de cigarette à une rouleuse.

Jérémie sourit et siffla, d'une voix déliée :

— Qu'est-ce qui t'empêche de l'enlever ?

L'autre fit celui qui n'avait rien entendu.

Cependant, Jérémie, de plus en plus fringant, piaillait comme un passereau :

— Bon, on y va, à la flotte ?

— On y va, fit Xavier.

La rivière, à l'issue de l'étroit et pentu sillon, abritait une petite crique où le flot, ailleurs vif, était plus calme ; à peine quelques remous. Les deux camarades s'y affalèrent sans trop de difficultés en s'aidant de la main-courante et s'y prélassèrent bientôt, ayant de l'eau jusqu'aux genoux. Du reste, eau délicieusement fraîche. Par les températures qui sévissaient, c'était marée en carême. Cependant l'étiage attestait les méfaits de la sécheresse : la base des rochers rivulaires se démarquait d'une frange de couleur plus sombre, un peu comme les strates des montagnes témoignent leur histoire géologique. C'était l'affouillement habituellement immergé :

— Si ça continue, dit Xavier, elle sera bientôt à sec, cette rivière. Regarde, il y a au moins trente centimètres de moins que d'habitude.

— C'est vrai, répondit Jérémie, il faut qu'il pleuve !

En débitant cette banalité de façon incongrue et avec un intérêt intégralement postiche pour le sujet, le cadet avait dénoué son pagne et s'en était chaussé la tête. Sa puérilité consommée, il avisa Xavier et s'exclama :

— Tu parlais de chapeau, tout à l'heure : t'as vu le mien ?

Xavier se força à rire.

Quelque fût l'honnêteté de ses élans à l'égard de l'adolescent, sa vitalité ardente et son ambivalence physiologique l'exposaient à bien des commotions intempestives. Avec tout autre que Jérémie, il n'en aurait pas fait grand cas. Mais de ruminer pour celui qu'il aimait comme un frère des pulsions suspectes à la fraternité, cela le gênait. C'est pourquoi, tout en s'accordant au ton de son compère, c'est à dire en imitant sa parure, il s'asservit à ne se concéder aucune intention frauduleuse. Quelques minutes plus tard, il pressait le retour à la cabane.

Le dîner avalé, tandis que Jérémie, prétextant un *coup de pompe*, avait déclaré forfait, Xavier s'assit dans l'enfourchure de deux branches qui modelaient un petit entablement commode. Un ravissant murmure enveloppait les feuillages de cette ineffable sérénité qui est tout à la fois paix, sourire et mélodie. Il contemplait les halos du crépuscule qui s'évadaient en nuées impalpables au-dessus des frondaisons. Sur les pans de la Crête se profilaient d'artistes aquarelles que les clartés expirantes du soleil diapraient d'un magnifique camaïeu d'ocres fauves et d'une subtile palette de rouges orangés.

Xavier n'était pas mécontent que son compagnon lui eût fait faux bond. Son attitude à la rivière l'avait chagriné. Il s'était vigoureusement martelé la réflexion que le meilleur moyen d'astreindre le chenapan à une certaine pondération était encore de prêcher d'exemple, et par-là d'amortir les quelques velléités libertines qu'il lui avait entrevues.

Le jour déclinait, les couleurs de la forêt s'éteignaient une à une comme des veilleuses que l'on souffle ; mille petits bruissements fredonnaient en sourdine de joyeuses et discrètes mélopées et semblaient dialoguer avec la harpe veloutée du ruisseau tout auprès. Xavier s'était abandonné à la magie de la poésie qui s'exhale de la nature assoupie. Une suave torpeur appesantissait ses paupières et l'attirait dans les spirales dont le labyrinthe invite au mystérieux voyage des rêves. Il détira ses membres et se glissa à pas de loups jusqu'aux couchages : Jérémie dormait sur le ventre, nu comme un baptisé. L'espace de deux ou trois secondes, Xavier hésita ; puis, sans un bruit, il s'étendit sur le grabat libre.

L'impudicité ostentatoire du godelureau le déconcertait. Il était surtout effrayé de ce que qu'aucun département secret de sa complexion ne l'ayant commis à l'attrait de la chair envers celui qu'il chérissait avec la plus sincère dilection, une contiguïté trop provocante ne lézardât ce bel édifice en l'excédant de tentations auxquelles il ne résisterait peut-être pas.

Il était si pénétré de la lutte qu'il avait engagée contre lui-même qu'il songea à déplacer sa couche à l'entrée de la cabane.

Ce sauve l'honneur à peine conçu, il le raya de ses papiers : *si je m'éloigne,* se dit-il, *il y verra une aversion pour sa personne, et je détruis tout ce que j'essaie de reconstruire.*

Il se contraignit donc à ressemeler cette conviction, et pour mieux préluder au sommeil pivota sur le flanc.

Une légère pression contre son dos lui rendit toutes ses craintes. Xavier ne bougea pas, mais son sang s'était enflammé.

La pression s'accentua. Un bras se faufila le long de sa hanche jusqu'à l'intervalle entre le ventre et le thorax, et coulissa vers le nombril.

Une formidable écume de bien-être et de terreur déferlait sur l'aîné, si étourdissante que tout effort pour lui substituer un soupçon de flegme était impitoyablement anéanti. L'étreinte de Jérémie le comblait de volupté et le tyrannisait d'épouvante. C'était un rayon à double incidence, l'un pour la glorification de l'amour, l'autre pour sa damnation.

Deux ans auparavant, en plein hiver, une autre conscience affrontait la même redoutable séduction où l'ange radieux combat l'ange déchu.

En ce moment, une voix papelarde et caressante lui murmura :

— Tu m'aimes ?

Sans savoir ce qu'il faisait, tant il ne s'appartenait plus, Xavier exerça une rotation latérale sur sa gauche : ses bras s'enroulèrent autour du cou de l'adolescent, ses lèvres baisèrent sa joue, son cœur se fondit d'allégresse, il resplendissait de la félicité qui prospère sur une offrande dont un autre être vous embrase. Il bredouilla :

— Mon petit bonhomme…

Il n'était plus Xavier, il était le prodigieux archange du bonheur universel au zénith de son absolue plénitude. Pour la première fois de sa vie, l'astre qui fascine toujours et aveugle si souvent l'éblouissait d'un faisceau d'aigrettes qui convergeaient en un brasier dont le pétillement l'enivrait. Quel sommet que l'amalgame de deux créatures dans une unique béatitude ! Quand le ciel vous a gratifié de ce trésor inestimable, que demander de plus ! On est à la fois agent et réceptacle, semeur et moissonneur, on est Cupidon chevauchant Pégase.

Et puis aussi, quelle revanche, quelle plaidoirie envers ce pauvre garçon, ce paria, ce vilain petit canard, aujourd'hui cygne, dont personne ne voulait, que le monde fuyait comme un lépreux ! Jérémie décrié, Jérémie conspué, Jérémie vilipendé, pestiféré, honni, éternellement en quarantaine, était en train de muer, la chrysalide se métamorphosait en papillon, et cette transfiguration épanouissait le Jérémie embelli par la miraculeuse alchimie du don de soi. Xavier, les yeux embués, l'étreignait avec une ferveur presque insupportable tant elle versait d'ambroisie sur ce malheureux ado enfin réhabilité, et lui balbutiait d'un accent d'émotion intraduisible :

— Mon Jérémie, je t'aime plus que je n'ai jamais aimé personne sur cette terre, je t'adore depuis si longtemps. Enfin, le jour est venu, tu es là, avec moi, et rien ne compte plus que cet instant…

Xavier s'aperçut-il que son vis-à-vis le harcelait à présent d'une excitation vorace et qu'il emportait un à un ses retranchements ? Ce qui est sûr, c'est qu'il consentit. Il ne vit pas malice à un appétit charnel de plus en plus impétueux : n'était-ce pas là le canal humain où la passion opère sa décantation pour ceindre la couronne de lauriers ? C'est pourquoi il ne refusa rien à Jérémie. Il céda à toutes ses exigences, à tous ses caprices, il s'acquitta des complaisances les plus exorbitantes, et même au-delà. Son transport était tel qu'à deux reprises et sans interruption il partagea avec celui qui était désormais son alter ego l'étincelle par laquelle la fusion des chairs glorifie la communion des cœurs.

Jérémie, exténué, s'endormit. Xavier, lui, s'accouda au parapet de la cabane, si euphorique, si envoûté qu'il en aurait pleuré. Il ne se reprochait plus d'avoir joui par son corps.

L'amour terrestre et l'amour céleste avaient fait alliance et enfanté une merveille. Il était si léger, si en paix avec soi-même qu'il eut envie de chanter à tue-tête.

Les contrecoups des grands bouleversements sont des assommoirs. Xavier, terrassé, se recoucha auprès de l'adolescent et allongea un bras autour de sa poitrine.

Un mouvement brusque le rabroua vertement :

— Fait trop chaud, tu m'asphyxies...

— Excuse-moi, fit Xavier, désorienté par cette réaction.

En ce moment, Jérémie obliqua vers lui deux prunelles pétillantes d'une arrogance qui mêlait dans un même ricanement la morgue et la bravade, et lui postillonna :

— T'es d'accord pour que la prochaine fois ça soit moi qui t'encule ?

Nuits d'été, nuits agitées

Le lendemain, il était un peu moins de minuit, une fois n'est pas coutume tout le monde dormait à poings fermés. Tout le monde, sauf Yannick. Celui-ci écoutait, vaguement rêveur, les respirations, les grognements, les petits râles, les toussotements qui s'épanchaient de la Feuillée. La pleine lune, au couchant, se festonnait d'argentures qui l'échevelaient d'un nimbe opaque. Une multitude d'oiseaux, hiboux taciturnes, orfraies au cri rauque, engoulevents dont l'autre nom est crapauds-volants, interprétaient la symphonie en demi-teinte de cette chaude pénombre de juillet commençante. Dans les arbres, pas une feuille ne frémissait. C'était l'heure où l'homme confie ses vœux à l'alchimie des songes. Parfois, un buisson bruissait du frôlement d'on ne savait quelle créature tapie qui observait, probablement. Une longue plainte lointaine déchirait sans heurt la quiétude des halliers et des sous-bois. Les bruits de la nature participent à sa sérénité : ce sont les pupitres du grand orchestre qui joue en sourdine la même partition chaque fois renouvelée. Les étoiles piquaient le ciel de myriades d'aiguilles qui imitaient des clignements d'yeux complices. Rien n'était triste ni même mélancolique. Quels entr'actes vite clos que les nuits d'été ! Ces courts intermèdes ont quelque chose de bon enfant ; il s'en dégage une tranquille félicité qui ravit les poètes et enchante les insomniaques.

L'insomnie, pour le coup, brouillait Yannick avec le chevet, mais il ne s'en plaignait pas : un spectacle attendrissant le captivait. Il contemplait alternativement la voûte au-dessus de lui et ses camarades tout auprès. Ces corps étendus les uns sur le ventre, les autres sur le dos, celui-ci recroquevillé, celui-là dont ne dépassait qu'une touffe de cheveux hirsutes, cet autre encore bras en croix et bouche béante, ces garçons et ces filles dont les haleines l'enveloppaient de leur baume, qu'étaient-ils ?

Des astres pareils à ceux qui resplendissaient au firmament. Chacun d'eux avait part intégrale à l'extraordinaire sentiment qui l'exaltait avec la puissance d'une volupté idéale.

Il se disait que s'il avait fallu endurer les épreuves les plus cuisantes pour moissonner cet inestimable présent, on était comblé au-delà de tout ; que les souffrances passées étaient un prix modeste, et que pour sa part il était prêt à souffrir encore, pourvu que cette perle, l'amour, brillât toujours dans son écrin. Il se répétait que l'amour est un sacre, que le monde ne se sauvera que par l'amour, qu'il était temps de faire entre le rayonnement d'un cœur qui adore et les noirceurs d'une âme qui hait un choix irrévocable ; que tout le reste n'était que rhétorique spécieuse, fatras de verbiage sans consistance, imposture, poussière que le vent balaie, néant.

Il se leva à grandes précautions afin de ne pas déranger, hasarda quelques pas du côté du mail, puis s'aventura jusqu'à la Tour. L'idée de grimper sur la Tour le séduisit ; c'est ce qu'il fit. L'escalier intérieur courbe et solidaire du mur qui menait à la terrasse, était dangereux, n'ayant pas de garde-fou. Yannick longea le mur en s'y étançonnant et déboucha sur le toit plat semé de petits cailloux comme ceux des maisons carrées des *pueblos* mexicains. Il s'accouda à un créneau entre deux merlons et, insensiblement, s'abandonna à l'une de ces méditations dont il aimait à s'imprégner, parfois jusqu'à l'égarement.

Les conjonctions de la solitude et du silence cristallisent les esprits réceptifs. Ce que l'on perçoit s'amplifie d'étranges vibrations. Le temps est suspendu, la matière se dilate d'une exhalaison inconnue, et de ce rhythme naît un battement dont chaque pulsation élargit une brèche derrière laquelle une pléiade d'univers récapitulent la Création.

Yannick s'était amalgamé à ce macrocosme qui se recomposait immuablement sans jamais altérer l'essence de son unité. Les molécules de son corps gravitaient autour d'un foyer dont il était à la fois élément distinct et ensemble indissociable de l'élément. Il était le trait d'union de la terre avec un principe primitif et primordial qui le reliait au cosmos, l'individualité immergée au sein d'un espace d'une absolue pureté ; ce qui le

42

sidérait, c'était qu'il s'y oubliait tout en se réaffirmant, et que ce paradoxe se conciliait avec une stupéfiante logique : son *moi* triomphait par l'addition des autres *moi*, à la fois complémentaires, inséparables et autonomes.

Par degrés, à la profonde hégémonie qui résultait de la fusion du palpable et de l'immatériel, se superposaient les Froides-Aigues. Les Froides-Aigues, c'était le jardin d'Eden, et les êtres qui le peuplaient ses ambassadeurs. Certes, ces créatures portaient en elles tout le poids de l'humain ; mais ce poids même était garant de leur divinité. N'était-ce pas sur ce terreau fertile que le Nouveau monde dont parlait si souvent Olivier avait germé ? N'était-ce pas sur la destruction de l'ancien qu'il fructifiait, ainsi qu'on voit une fleur éclore dans un carré de tourbe ? N'était-ce pas au milieu des décombres de ce qui avait définitivement péri, de ce qui était mort et enterré, de ce qui ne renaîtrait jamais plus, que sa future frondaison pousserait ses premières feuilles, puis ses premiers rameaux, ayant pour artisans ceux qui étaient aussi ses pionniers ? N'était-ce pas de la douleur qu'avait jailli la félicité, comme si la tâche de l'homme qui aspire aux sommets était d'avoir à fouler d'abord le pavé de l'enfer ?

Peu à peu, l'espèce d'hypnose qui l'imbibait décrut, Yannick recouvra si l'on peut dire son enveloppe charnelle, et avec elle les sensations terrestres. Il devina confusément qu'il n'aurait pas supporté plus longtemps cet état si proche de la désincarnation, qu'à défier le soleil Icare s'est brûlé les ailes, et que ce qu'il venait de vivre procédait des immixtions de l'intemporel dans le temporel qui empruntent le canal de la spiritualité humaine la plus élevée pour se joindre à elle.

Trois ans plus tôt, un autre garçon, encore adolescent, absorbé par les mêmes lumineuses ténèbres, blanc d'histoire et vierge de malheur, avait bu au même calice avec la même ivresse.[10]

Comme Yannick allait se retirer, une silhouette se découpa à l'angle de l'escalier. Il reconnut Jérémie.

---

[10] Voir Tome 1, fin du chapitre Les Froides-Aigues (suite).

— Je t'ai vu te lever, dit le jeune garçon ; moi non plus je n'arrivais pas à dormir. Tu es fâché que je t'embête ?

Yannick sourit :

— Pas du tout, répondit-il, je ne suis fâché qu'avec Morphée.

Jérémie s'était adossé au parapet ; détail importun, cet adversaire obstiné de la nudité était nu. Un tel costume, en notoire discordance avec les préceptes de modestie vestimentaire dont il abreuvait la cantonade, inspira de l'humeur à l'aîné : chez tout autre que Jérémie, la nudité était une parure ; exhibée par ce champion de la duplicité, elle suintait des relents malsains de duperie. Malgré son peu de désir d'entamer une conversation par une pique, Yannick ne se dispensa pas de lui en faire la remarque.

— Il fait chaud, répondit l'adolescent, avant de balbutier, entre cuir et chair :

— Et puis, je suis sûr de toi.

Si l'obscurité n'avait pas soustrait à Jérémie le froncement de sourcils qui rembrunissait la physionomie de son interlocuteur, il aurait peut-être mal auguré de la suite. A défaut de la visière, il y avait l'ouïe ; Yannick, qui était rompu aux grosses ficelles du turlupin, lui rétorqua sèchement :

— Ce qui signifie que tu n'es pas sûr des autres ?

La riposte fit mouche ; Jérémie eut une velléité d'embarras guillemetée par ce bredouillement :

— Oh, tu sais, les autres…

Le ton sur lequel avaient été prononcés ces mots, où *les autres* dégringolait en une sorte de demi arpège descendant, était intraduisible : c'était un crachat de mépris juché sur de l'impertinence insultante qui s'ingénie à apprivoiser une approbation agiotée à la surenchère. Pour Yannick, c'en était trop, la moutarde lui aigrit furieusement les narines :

— Quoi, les autres ? vociféra-t-il sourdement en détachant le *quoi*.

— Eh bien, bégaya Jérémie, c'est que…, enfin, ils font des trucs, et…

— Ils font des… trucs ! Et alors ?

Comme le gosier du drôle était aphone, Yannick enchaîna avec la promptitude d'une réplique de Scapin :

— Personne n'exige de toi que tu fasses des *trucs,* mais tout le monde est en droit d'exiger que tu renonces à débiner tes copains, lesquels sont infiniment plus honnêtes que toi qui prétends ne faire aucun *truc,* ce qui d'ailleurs reste à démontrer, attendu que ta discrétion sur cette matière est aussi grotesque que ton acharnement à jouer les saintes Nitouches.

Dans cette foire d'empoignade verbale où la petite taille de l'un écrasait de sa rectitude un godelureau emmêlé à tous les enchevêtrements de ses infirmités, Jérémie avait le maintien, la mine, l'allure d'un cabotin qui s'escrime à feindre une gêne de raccroc. Il s'était panadé d'un effet de poitrail qui aurait été comique s'il n'y avait percé le stratagème de ses intentions, évidemment peu louables, où la volupté de médire à bon compte s'octroyait privilège de noblesse. Yannick le toisa et lui siffla entre les dents :

— Je ne sais pas si tu prends plaisir à te faire détester, mais sois sûr que tu y réussis à cent pour cent. C'est dommage, car dernièrement tu as prouvé que tu pouvais être d'une autre trempe.

Ayant tonné cette mercuriale, il tourna les talons et allait planter là le tabarin quand celui-ci le rappela timidement :

— Yannick, je voudrais te parler.

L'aîné s'arrêta court et lui fit face :

— A quel sujet ? dit-il laconiquement.

Jérémie adopta la contenance mi-partie boudeuse et faussement humble de ceux que démange un abcès de méchanceté. Soudain il fulmina d'une seule syllabe, mais *sotto voce*, ce qui greffait le risible sur le pitoyable :

— Xavier m'a violé.

Yannick ne broncha pas. Il scruta son protagoniste, sans avoir vraiment compris. L'autre s'imagina peut-être faire sa proie de ce mutisme, aussi s'empressa-t-il de renchérir en débagoulant de plus belle :

— Il m'a violé hier soir à l'Observatoire.

Une insulte idiote, ça va, on en rigole ; mais une insulte idiote qui en remet une couche, il y a de quoi désagréger l'âme du meilleur des hommes. Yannick inhala une bouffée d'oxygène, sa voix résonna, calme, presque indifférente :

– Jérémie, Jérémie, dit-il, pourquoi es-tu le seul d'entre nous qui n'éprouve aucune amitié authentique pour ses camarades ? Pourquoi faut-il que tu sois leur mauvais larron ? Qu'est-ce que tu espères, mon pauvre ami ? Que je fasse un procès à Xavier ? Comment l'extravagance a-t-elle pu t'effleurer que je prêterais foi à tes balivernes ? Xavier t'a violé ? Tu parles ! Je mets mon cou sur le billot que c'est toi qui l'as emberlificoté, que malheureusement il gobé l'hameçon et qu'à présent, vu que tu es incapable d'assumer ta bougrerie *post coïtum*, tu décharges ta responsabilité en chargeant celle d'un autre..

Il se recueillit quelques secondes, avant de poursuivre :

– Tu n'admires rien, sauf toi, tu n'écoutes rien, sauf ton égoïsme, tu n'apprécies rien, sauf ce qui t'arrange, tu es constamment aveugle, sourd et bête. Tu diffames un garçon qui a pour toi la tendresse d'un frère. Viol, quelle rigolade ! Tu veux savoir ? Tu mérites qu'il t'abandonne à ton sort de sale petit morveux qui n'a pas reçu assez de coups de pieds au cul dans sa prime jeunesse. Voilà ce que tu mérites.

L'aîné succombait sous l'invincible appesantissement d'une chape de plomb. Il reprit, mais à grand'peine :

– Ces dernières semaines, tu t'es montré sous un jour qui laissait présager des lendemains encourageants. Les armes, la cabane, mille choses qu'on te doit… On se prenait à croire à une conversion ; d'ailleurs, elle allait bon train à telle enseigne qu'elle inspirait les commentaires les plus élogieux. Je dis élogieux, c'est le mot exact. Sais-tu qu'Olivier me faisait ton panégyrique pas plus tard qu'avant-hier, qu'Alexandre me confiait qu'en ajustant sous ta direction les derniers éléments de la cabane il ne tarissait pas de superlatifs sur ton talent ? Tous ici se réjouissaient du nouveau Jérémie. Tous, tu entends ?

Il riva ses prunelles dans celles de l'adolescent et continua :

– Je ne pige pas, fit-il ; je voudrais être sous ton crâne pour piger. Pourquoi tu bousilles tout, comme ça, d'un seul coup ?

Pourquoi outrager Xavier ? Qui persuaderas-tu que tes accusations ne sont autre chose que des calomnies ? Tu injuries un Périonte, ce qui est déjà grave, mais il faut encore que ce soit celui qui t'aime plus que personne ne t'aimera jamais. Avec ça, tu as l'imbécillité de gueuser auprès de moi une oreille condescendante. Tu vois, Jérémie, je ne suis même pas en colère. La colère est superflue. Mais j'ai le cœur brisé.

Il s'approcha de lui, posa ses mains à plat sur ses deux joues en les lui pétrissant des pouces, geste bienveillant entre tous, et souffla :

– Dis-moi : pourquoi est-ce que tu ne nous aimes pas ?

Tout en soupirant ainsi sa désolation, il eut l'impression que ses doigts étaient humides :

– Tu pleures… fit-il.

Le ton avait changé. Ce n'était plus la froide sévérité d'un procureur alignant les chefs d'accusation, mais une invitation à la contrition d'un garçon bourré de complexes. Il n'en fallait pas davantage à Yannick pour oblitérer le Jérémie coupable sous le Jérémie repentant. Avec une infinie tendresse, il attira le visage de son jeune camarade contre le sien et l'embrassa.

Dans l'ambiance nocturne où se déroulait la scène, le champ visuel de Yannick était limité au haut du corps de son vis-à-vis, à cause d'un pan gironné que dessinait la lune sur le porche d'entrée de la Tour. Il advint que ses yeux se baissèrent machinalement. Son sang lui reflua à la gorge. Il recula trois pas, un torrent de dégoût et de colère le submergea sans qu'il fît rien pour en amortir la violence :

– Sale petit menteur, tempêta-t-il, misérable morpion ! Xavier ne t'a jamais violé, c'est toi qui l'as aguiché, comme tu essaies de m'aguicher en ce moment ! Tu n'es qu'un faux-jeton, un cafard de la dernière espèce, de ceux qui se font enculer avec délectation et qui crient au viol après !

Le rechange de l'impertinence, c'est la bassesse. Jérémie bafouilla, plus quinaud qu'une vestale épinglée en flagrant délit de fornication :

– C'est pas ma faute, ça me fait ça quand on m'embrasse…

Devant tant de fourberie puérile, Yannick ne savait plus où il en était. On a remué en soi les pires exaspérations, on a été le tantale de sentiments si volumineux, si démesurés que leur excès même les absout et les disculpe ; quand ils débordent comme lait sur la gazinière, il n'y a plus d'autre issue que l'éclat de rire. Yannick partit donc d'un rire homérique. Il appuya ses deux bras tendus contre le mur et, entre deux spasmes, dégobilla sa rate :

— Tu vois, mon pauvre Jérémie, se falsifier n'est pas donné à tout le monde ! Il faut avoir le génie de ses ambitions, sinon c'est le bide. Tu me diras, on aurait pu te confondre dès le début et publier ta biographie en gros titres ; on ne l'a pas fait. Pourquoi ? J'en sais rien. Sans doute la fatigue des interminables redites ; la mansuétude aussi, celle qui ferme les yeux de peur d'avoir à employer des méthodes trop expéditives. Tant que l'anecdote demeure ce qu'elle est, une bagatelle, il est plus sage de s'en accommoder. Et puis, après tout, c'est mieux de te pardonner ; tu as des excuses, entre autres ton immaturité. Ah oui ! Je sais, tes compétences sont dignes d'admiration, on est tous d'accord. Mais l'intelligence, surtout l'intelligence sélective, ne fait pas l'homme : il y a autre chose qui réclame son complément à la cervelle, faute de quoi le mec reste désespérément stérile. C'est là que ton bât blesse : tu viens de m'en fournir le certificat estampillé à ta norme jérémiesque : se plaindre de viol et bander comme un âne en rut contre celui qu'on a choisi pour auditeur de ses récriminations, il fallait le faire. Tu l'as fait. Finalement, dans le genre, ça tient du chef-d'œuvre ; tu es une sorte d'artiste.

Yannick se dirigea vers l'escalier, s'arrêta sur le seuil et ajouta en guise d'épiphonème :

— Au réveil, Xavier et Olivier seront instruits de tes prouesses.

Jérémie se retrouva seul et, disons-le, bien couillon.

En entérinant sa défaite, son premier réflexe à chaud fut de se déclarer qu'il se jetterait de la Tour, et qu'ainsi on aurait sa mort sur la conscience. Seulement, Yannick s'était esquivé sans autre procédé : du coup, plus moyen de romancer un effet dramatique. Quant à la menace d'avertir Xavier et Olivier, il s'en moquait royalement. Au pire essuierait-il une admonestation bien formelle, bien académique, par conséquent aussi inutile que le manuel du kamasoutra chez un eunuque, ce qui était loin de le chagriner, attendu que toute semonce le confortait dans son opiniâtreté à trancher du martyr.

Jérémie maugréa encore tout son saoul, puis s'éclipsa à son tour. Pour l'heure, il détestait deux personnes d'une haine cordiale, Yannick et Xavier ; l'un parce qu'il l'avait décelé et licencié sans indemnités compensatoires, l'autre parce ses prétentions à une fraternité de guimauve l'évaluait à l'aune d'un enfant alors qu'il était un homme. Jérémie cultivait une propension à reprocher beaucoup de choses à beaucoup de monde, étant persuadé que la terre entière était son ennemie irréductible.

Sa bouderie s'était épaissie de la rage froide qui est la ruade de l'impuissance mauvais perdants. Prestement, il s'introduisit dans la maison. Un quart d'heure plus tard, il se hâtait vers la grille, l'entrouvrait juste assez pour se faufiler, louvoyait jusqu'au Sillon et s'y volatilisait.

Quant à Yannick, il se coucha hérissé de remords.

L'inexorabilité de son intolérance le navrait. Lui qui répugnait à juger son prochain, il avait jugé celui-ci. Il ne lui avait fait grâce sur rien, et en dépit de raisons peut-être pertinentes, il ne s'en était pas moins comporté en magistrat qui abuse de ses prérogatives et qui n'accorde au prévenu qu'une insignifiante plaidoirie bredouillée du bout des lèvres. Certes, Jérémie était un freluquet. Mais ce freluquet était un Périonte c'est-à-dire un égal au même titre que n'importe quel autre. Et puis, s'il fallait honorer l'axiome que tout être ici-bas est susceptible de rachat, s'il était vrai qu'on n'a rien fait tant qu'on n'a pas tout fait, certainement la meilleure méthode pour contribuer à l'amendement du marmouset n'était pas de lui assener une leçon de morale aussi comminatoire. Or, comment avait-il agi ? En le condamnant. Pire, il l'avait envoyé paître alors qu'avec un peu plus de psychologie il aurait peut-être été le moteur d'un revirement déterminant. Au lieu de cela,

Jérémie devait ruminer sa déroute et anticiper sans plaisir une prochaine explication de gravures avec Xavier.

A force de s'enfoncer dans la chair les brocards qu'il avait aiguisés contre l'adolescent, sa probité naturelle le rattrapait et les lui désignait comme autant de couteaux qu'avec un zeste de longanimité il n'était peut-être pas surhumain d'émousser. Il s'écria, autant qu'on peut s'écrier à voix basse : *quel imbécile !*

Ce qui motivait cette interjection était la scène que nous appellerons de *l'émoi physique* de Jérémie. Le rebuter pour une telle peccadille ! Par quel artifice de pudibonderie avait-il décrété malséante une pulsion qu'il n'aurait pas estimée scandaleuse chez tout autre que lui ? Comment avait-il manqué de sagacité en ne s'instruisant pas ou en refusant de s'instruire que la réforme de son camarade, si avantageusement amorcée avec la confection des arcs et des frondes et la construction de l'Observatoire, était liée à l'exorcisme d'une inhibition tenace qui avait besoin d'une main tendue, avec ou sans jeu de mots, pour la conjurer ? Qu'il était impraticable à Jérémie de faire seul ce grand saut, que le secours d'un épaulement était nécessaire ? Comment n'avait-il pas réfléchi qu'un acte de générosité aurait peut-être apporté sa pierre à l'édifice et que pour satisfaire les appétits d'un désir juvénile aussi incontrôlable que despotique, il aurait contribué à fixer le mercure de cette âme torturée de contradictions ?

En cédant à sa requête, il faisait l'oblation de son désintéressement ; en sacrifiant à une concession qui, sans lui être d'un attrait irrésistible, ne lui répugnait pourtant pas ouvertement, il s'oubliait par amour d'autrui. Or, qu'avait-il fait ? Il était monté sur ses échasses de moraliste, il s'était harnaché des attributs du pédagogue bégueule. Lui le détracteur des préjugés, il avait brandi l'anathème comme autrefois les docteurs de la foi brandissaient la Bible sur la tête de l'hérétique.

D'abord, Yannick envisagea de réparer sa bévue sur-le-champ.

Il y renonça incontinent. Nos thèses les plus louables ont presque toujours un écueil, l'antithèse qui les démolit impitoyablement. A une version des choses s'endente presque toujours son démenti ; tout examen impartial d'un cas d'espèce pèse le pour et le contre et obéit à une loi des contrastes qui en modifie la tonalité dominante, pour le mieux ou pour le pire. Après s'être battu des verges, voilà que Yannick répudiait son mea culpa amolli de sentimentalisme pleurnichard. De quelque mansuétude dont il mitigeât ses griefs, il n'en était pas moins avéré que Jérémie puait l'égocentrisme par tous les orifices de son anatomie. Que serait-il advenu s'il avait agréé sa requête ? Probablement la même piperie qu'avec Xavier. Les intrigues sexuelles de ce tartuffe en culottes courtes se complotaient par méandres et sinuosités d'un labyrinthe où il pourléchait son goût du dénigrement. S'emmitoufler dans une simarre de vertus tout en assouvissant ses instincts, se badigeonner d'un vernis respectable après avoir friponné la dose de turpitude indispensable au dégorgement de sa libido, c'était là toute sa politique, on n'ose dire sa philosophie.

Les émotions avaient épuisé Yannick. Ajoutons que la cote du cas Jérémie chutait à l'indice de sa bourse des valeurs façon récession économique. La surdose de scrupules envers ce morpion ayant distillé son antidote, il s'écria pour lui-même :

– Qu'il aille larmoyer ses heurts et malheurs au diantre si ça lui chante !

Il allait s'assoupir lorsqu'il éructa un bougonnement : il bondit sur ses mollets en ronchonnant une bordée d'imprécations contre la dictature des servitudes vésicales.

Le sanctuaire d'élection des pisseux noctambules, qu'Olivier appelait *le mictodrome,* traduction : *l'endroit où l'on pisse,* se situait à l'intersection de la grande cour et des Brosses. Ce fut là que trotta Yannick.

Comme il diligentait son affaire, deux bruits insolites se succédant à bref intervalle quelque part sur le chemin le firent sursauter. Le premier était une sorte de fracas lointain comparable au bris d'un objet ; le second, à la fois feutré et saccadé, suggérait le tempo cadencé d'un coureur de fond. Yannick affina sa rétine, rectifia l'angle de sa posture au risque de se mouiller les pieds, et distingua une espèce d'ombre ambulante, pas plus haute qu'une bamboche, qui filait comme le vent d'amont en aval. L'apparition ne fut qu'un météore, car elle s'évanouit aussitôt.

Les Périontes, on sait cela, étaient entraînés à ne rien négliger de ce qui concernait la sécurité commune, discipline qu'Olivier avait soumise à une rigoureuse intransigeance. C'est pourquoi Yannick se récita positivement et à la lettre les consignes gravées au burin dans sa mémoire : il se coula à pas de loup jusqu'à la Feuillée et réveilla Olivier. Il n'était pas bien sûr qu'un si sobre tapage justifiât tant de remue-ménage, mais enfin l'ordre était formel et y déroger aurait été une désinvolture. Il se déhancha donc vers la couche de son camarade et lui tapota la joue :

– Ne dis rien, fit-il, lève-toi , on a de la visite.

Olivier, réagit avec la promptitude d'un indien sur le sentier de la guerre : sans se déconcerter, il s'empara de son arc, ce que fit aussi Yannick, et engagea ce dernier à avertir Xavier et quelques autres. Thomas, Geoffroy et Gervais furent arrachés au sommeil et brièvement *briefés*, pour employer le langage à la mode. Précision remarquable, tous agirent dans la stricte subordination à la célérité feutrée sur laquelle Olivier avait tant insisté. Leur nudité était un atout majeur, en ce qu'elle évitait non seulement les froissements des tissus mais aussi le délai de l'habillage. Quand tout le monde fut fin prêt, Olivier disposa le petit groupe de moitié le long de la haie et à l'abri de la remise, un genou à terre, arcs bandés, flèches en encoche.

En cet instant, un écho bourdonna au loin quelque part entre la Cheminée et le Sillon. Les Périontes se recroquevillèrent. Quelqu'un qui aurait circulé même à quelques toises n'aurait pas conçu le moindre soupçon que cinq paires d'yeux confluaient sur l'espace au-delà de la grille, tant leur coordination, développée et opérée dans un silence pythagorique, ne s'était pas dénoncée une seconde. Exercice cent fois travaillé et qui pour son inauguration pratique se décernait la médaille de la plus parfaite efficacité. Car la présomption que les noctambules étaient les Routiers et qu'ils tâtaient le terrain avant d'attaquer en nombre, avait d'abord fait l'unanimité. Je dis *d'abord*, parce qu'après *d'abord* il y a *ensuite*, et que cet *ensuite*-là suggérait le post-scriptum d'une clause révisionnelle. C'est que ces bonnes gens palabraient libéralement, certes *pianissimo*, mais sans se formaliser outre mesure, ce qui est une infraction plutôt balourde aux directives référencées dans le guide du parfait envahisseur, chapitre *actions commando*, lesquelles actions requièrent tout de même un minimum de discrétion. La ficelle était si énorme qu'Olivier se gratta le menton d'un air capable, métaphore gestuelle de l'expression *ricaner dans sa barbe*.

Ce fut au plus cocasse de cette commedia dell'arte que Yannick se remémora une anomalie, *qui, maintenant qu'il y pensait aurait dû lui tinter au ciboulot*. Il murmura à Olivier :

— Dis-moi, t'as rien remarqué, en te levant ?

— Non.

— Il y a cinq lits désertés dans l'auberge.

— Cinq ? C'est trois de trop.

— Deux de trop, seulement, je te raconterai. A mon avis…

Avis lui avorta aux lèvres : Thomas, qui était le plus près de la grille, avait déplié sa carcasse droit comme un i et, les poings sur les hanches, claironnait de toute la sonorité de son timbre de stentor :

— C'est malin !

Deux frimousses familières se détachèrent de la phosphorescence de la lune comme deux citrouilles pendant les fêtes d'Halloween. C'étaient celles d'Alexandre et de Camille.

— Ben quoi ? se récria le plus jeune, *esta prohibido caminar de noche* ?[11]

---

[11] Il est interdit de se balader la nuit ? Probablement que les bel Alexandre doit à Olivier d'hispaniser parfois de manière assez saugrenue, Olivier possédant parfaitement le langue de Cervantès.

Indices diurnes

Quoique son compte de sommeil eût été écorné, Olivier sauta à bas du lit à la première heure afin de se ragaillardir d'un peu de natation. Ces baignades à la fraîche étaient l'apanage d'une poignée d'intrépides amoureux des joies de la douche sportive matutinale. Il n'était donc pas rare que l'étang des Sources fût le théâtre des batifolages des lève-tôt, lesquels selon la loi des vases communicants, faisaient contrepoids à la catalepsie narcotique des couve-plumes.

Comme il dépassait le Tertre, le martèlement d'un pas de course derrière lui l'arrêta court ; c'était Alexandre qui se hâtait à sa rencontre :

— Je viens avec toi, dit l'adolescent.

Olivier sourit et lança, sur un ton débonnaire :

— Debout à la diane après une nuit de guilledou, c'est de l'héroïsme !

— Tu sais, je dors mal en ce moment, et je ne suis pas le seul ; alors, quand deux noctambules se croisent, ils se divertissent comme ils peuvent. Je suis désolé d'avoir été cause de l'alerte de cette nuit.

— Aucune importance, ça nous a donné l'occasion d'un exercice de style.

Tout en marchant d'un pas allègre, Alexandre avait noué un bras autour du cou de l'aîné, le plus gentiment du monde. Son joli visage d'écuyer, avec ses beaux et longs cheveux qui avaient repoussé drus, lui prêtait la physionomie d'un prince des légendes dont les nymphes et les faunes sont éperdument amoureux. Jamais il n'avait été aussi épanoui. Ce n'était plus le jouvenceau farouche qu'un hiver rigoureux avait embastillé malgré lui entre les quatre murs d'une chartreuse, mais un fier ado en qui la beauté s'alliait à la robustesse et la robustesse à la grâce. Deux années et demie l'avaient totalement transformé :

ses joues s'étaient à la fois affûtées et remplies, ce qui est l'idéal de la maturation, ses yeux brillaient d'un éclat printanier, ses jambes, son torse s'étaient étoffés, toute sa personne respirait l'énergie de seize ans qui n'est jamais si admirable que quand elle combine dans une même floraison la spontanéité de l'enfant et la vigueur du jeune homme.

Ils jouxtaient le canal d'adduction du Grand Aqueduc, creusé juste après le petit randon d'accès à l'étang, quand Olivier s'exclama :

– Oh, oh ! Y aurait-il eu de la casse, ici ?

– De la casse ?

– On dirait que quelqu'un s'est pris récemment les charentaises dans le tapis, avant de remettre le tapis en place : regarde, la terre est encore humide…

– Ça doit être un poète nuitamment égaré sous ces romantiques latitudes.

– Un poète ? répondit Olivier d'un air préoccupé, il n'y avait d'autres poètes de sortie hier soir que Camille et toi.

Il s'était accroupi et observait les solives qui étançonnaient les tuiles dans lesquelles coulait l'eau. Il se releva bientôt et accrocha sa préoccupation à ce commentaire :

– Il va falloir tirer au clair cette énigme…

Les deux amis firent leurs ablutions, lesquelles consistaient en deux tours complets de l'étang, avec petite station intermédiaire sur l'îlot. Puis ils s'en retournèrent, revigorés, l'âme enchantée de la jubilation qui naît d'un rien, d'une odeur sucrée en flottaison au-dessus d'un bouquet de fleurs sauvages, des feuillages où rutile un ravissant kaléidoscope d'escarboucles, d'un sourire dont l'éloquence muette est si troublante qu'elle esquisse sur les pagnes les gibbosités d'un petit émoi coquin. Leurs nonchalantes silhouettes évoquaient ces frères-amants dont l'antiquité offre de si glorieux exemples, et qui de nos jours ont inspiré un dessinateur de génie[12] ;

---

[12] Le dessinateur de génie, c'est Jacques Martin, auteur d'une série de bandes dessinées, Alix, d'une intelligence rare.

Alexandre et Olivier, c'étaient Alix et Enak, à cette différence qu'Alix était moins blond et Enak moins brun.

Seulement, les amours aux aurores étant judicieusement déconseillées autant par les casuistes soucieux du salut des âmes que par la médecine prophylactique attentive à l'équipondérance des énergies, ils résolurent au même diapason d'éteindre dans leurs reins l'humeur de luxure qui y circulait pourtant pire que sur le périph aux heures de pointe.

Alors qu'ils doublaient le Tertre, le pied du plus jeune marcha sur quelque chose dont le contact l'intrigua. Il se baissa et saisit une espèce de broche métallique qui brillait dans la poussière :

— C'est la journée des trouvailles, fit-il, Camille a paumé sa gourmette !

— Sa gourmette ? rétorqua Olivier ; je ne me rappelle pas qu'il ait jamais eu de gourmette...

— Pourtant, ce ne peut être qu'à lui : regarde, il y a ses initiales dessus, CG. Guglielmo, c'est bien son nom de famille ?

— Si tu le dis... mais j'ai des doutes, d'autant qu'il n'a pas rempli de formulaire de réclamation.

— Il l'aura perdue cette nuit ; n'oublie pas qu'on s'est baladés jusqu'à une heure indue...

Avant d'aller déjeuner, ils firent un crochet par le dortoir et déposèrent la gourmette sur l'oreiller de son propriétaire putatif. Celui-ci, comme la plupart des nyctalopes de la nuit précédente, en écrasait encore pas mal. Puis ils filèrent à la cuisine, où les filles, assistées de Thomas qui les galantisait d'une cour assidue en vers blancs, engloutissaient chocolat, café et tranches de pain grillées :

— Quelle surprise ! fit Thomas, voilà deux des autres absents...

— Des *autres* ? s'étonna Olivier ; qui sont les *uns* ?

— D'abord Cyprien et Geoffroy, de faction. Ensuite, je vais vous en apprendre une bien bonne : Jérémie a disparu.

Le ton sur lequel Thomas avait débité sa nouvelle n'était pas de ceux qui accusent l'aspect dramatique d'une anecdote pourtant inhabituelle et peut-être inquiétante. Il vous avait énoncé cela avec le flegme désabusé dont on passemente un sujet aussi digne d'intérêt que le coït des diplodocus au Crétacé. Il est vrai que les caprices de Jérémie avaient usé plus d'une patience et qu'on les traitait par-dessus la jambe, ce qui, de l'opinion de beaucoup, était le seul moyen de s'en absoudre.

Là-dessus, une bouille de noceur au retour d'un bal fait une intrusion inopinée en brandissant un bibelot à bout de bras ; en l'occurrence Camille :

— Vous savez pas ? dit-il, le père Noël est passé cette nuit, quoique ce ne soit pas la saison de Noël, et il a mis ceci dans mon sabot.

— Le père Noël, c'est moi, répondit Olivier ; je croyais que ce truc t'appartenait.

— Que nenni, mon bon.

— Il y a pourtant tes initiales dessus.

— Il y a des initiales qui effectivement pourraient être les miennes, et qui ne le sont pas.

— Alors, dit Alexandre, c'est à Cyprien ou à Claude.

— Pardon, intervint Dorothée, qui était en train de mordre dans une tartine, mais ça m'étonnerait…

— Laisse-moi deviner, fit Olivier, leurs patronymes ne sont pas en G.

— Quelle flair ! Tout juste, moineau ! Claude, c'est Pélissier, je crois, et notre Cyprien a pour nom générique quelque chose comme Escabaillou, Escagouille… enfin un nom bien de chez nous dans le Béarn.

Cela a été dit à l'époque des heptètes, *moineau* était un des sobriquets d'Olivier hérité du pensionnat. Réhabilité par les Périontes via le truchement d'Alexandre, il illustrait avec un pittoresque réalisme sa coiffure irrémédiablement vouée à l'anarchie de la broussaille. Cette tignasse en jachères lui croquait, surtout au réveil, une mine de passereau qui s'ébroue dans la luzerne mouillée. De même, nous avons glissé quelque part qu'on surnommait Cyprien *citron,* le bon berger devant cette allégorie fruitière à sa peau mate virant sur le jaune.

Cependant, l'ambiance légère s'était un peu épaissie. La gourmette en chiffonnait et même en préoccupait plus d'un.

— On ne s'affole pas ! fit Alexandre, cette gourmette est peut-être égarée depuis des lustres. Si ça se trouve…

— Si ça se trouve, trancha Camille de son style offensif ordinaire, c'est la gourmette d'un Routier.

Chaque fois que quelqu'un épelait ce mot, Routier, c'était comme si un vent froid coulis d'hiver frigorifiait les épidermes. Olivier s'empressa de rasséréner la compagnie, n'étant pas homme à s'émouvoir si facilement :

— Allons, dit-il, pas de panique, si les Routiers étaient venus ici, on le saurait ; ou plutôt on l'aurait su.

— D'accord, d'accord, intervint Camille, l'optimisme est de rigueur ; n'empêche, rien n'interdit de penser qu'ils se soient pointés, je sais pas, moi, disons… en reconnaissance.

— Admettons, reprit Olivier, dans ce cas, par où se seraient-ils pointés ? Cyprien et Geoffroy sont de faction à l'Observatoire.

Ce fut Thomas qui renchérit sur la controverse en cours :

— Et alors ! fit-il, on pense avoir décroché la timbale avec une cabane de surveillance et quelques circuits électroniques. Je t'en ficherai, moi, de l'œil qui voit tout ! Et puis, est-ce qu'on n'est pas en train de les sous-estimer, ces Routiers ? Sont-ils vraiment aussi imbéciles qu'on a décrété qu'ils le seraient ? Est-ce qu'ils ne se doutent pas qu'après la bagarre du mois dernier on doit forcément se tenir sur nos gardes ? Pendant qu'on les prévoit ici, c'est par-là qu'ils se radinent. Rien de plus logique, ils cherchent le ventre mou.

Il ajouta, après un silence éloquent :

— Ils nous ont peut-être bel et bien débusqués, mes agneaux.

— Qu'est-ce que tu veux dire ? fit Olivier.

— Figurez-vous que m'étant arraché à l'influence néfaste de Gervais et de Claude pour me requinquer à l'étang, je me suis aperçu que deux piquets de soutènement de l'aqueduc étaient par terre. J'ai d'abord pensé que c'était un accident causé par l'un d'entre nous. Mais ça ne tient pas, il l'aurait réparé illico. C'est donc quelqu'un d'autre que les Périontes. Les petits enfants, que ça vous plaise ou non, on a eu de la visite cette nuit, et on n'y a vu que du feu…

— Donc, c'est bien ça, fit Olivier, l'alarme n'était pas aussi fortuite qu'on l'a cru, Yannick a effectivement vu quelqu'un, et ce quelqu'un n'était ni Alexandre ni Camille.

En cet instant, une cavalcade de bisons ébranla le couloir, la trombine de Claude s'épata dans l'embrasure de la porte :

— Venez tous ! dit-il en haletant, Jérémie a découvert quelque chose.

— Décidément, fit Olivier, c'est la loi des séries...

Claude et Jérémie, ce matin-là, étaient censés de patrouille. Mais la défection du plus jeune, outre qu'elle perturbait le déroulement de cet indispensable service, avait semé quelque tracas chez deux ou trois garçons, dont Yannick, pour les raisons que l'on sait. Craintes vaines, car le Jérémie n'ayant pas estimé conforme à son sens du mélodrame de publier le suicide qu'il avait médité toute la nuit, venait de faire une survenue tonitruante. Olivier, Alexandre, Thomas, Nadine, Dorothée et Camille déboulèrent l'escalier, tandis que des voix les hélaient du dehors. Jérémie était dans la Grande Cour, pâle comme un linceul et le regard panique, cette fois sans affectation :

— Qu'est-ce qui se passe ? fit Olivier.

Claude endossa le rôle de porte-parole du réfractaire godelureau, incapable de remuer les lèvres :

— Il a trouvé un mort.

— Un… quoi ?

— Un mort ! Un macchabée, quoi !

— Où ça ?

— Près de la rivière, à la barrière.

— Qu'est-ce que tu foutais à la barrière tout seul, Jérémie ?

— Je me promenais, bégaya piteusement l'adolescent.

— Il me semble qu'on était convenu de ne jamais aller seul où que ce soit, mais toujours par deux…

— Oui, mais...

— Quoi, oui mais… ? On a dit : à deux ! Jamais seul, à deux ! Tu entends, bordel ?

— Excuse-moi…

— Tu mérites une grande baffe en plus d'une fessée cul nu ! Tu mets tout le monde en danger avec tes conneries, et tu t'y mets toi-même.

— Je ne le ferai plus.

— C'est quand même incroyable, il faut avoir l'œil sur toi comme sur un môme de maternelle ! En attendant, on va voir ce mort. Tu viens avec nous. Tu en profites aussi pour t'armer : je te rappelle que c'est ton tour de patrouille, avec Claude qui te cherchait partout !

Devant Olivier, Jérémie n'en menait jamais très large. L'aîné avait sur lui une autorité absolue. Au reste, nous connaissons Olivier, il n'en abusait pas. Toute la différence entre un chef éclairé et un tyran se nuançait par ce préfixe, *ab*.

Une minute plus tard, Olivier, Alexandre, Camille, Thomas, Claude et Jérémie volaient à la barrière. Un corps entièrement dénudé gisait face contre terre non loin du cours d'eau. Olivier le fit basculer d'un quart de tour sur le flanc.

C'était un jeune garçon de douze ou treize printemps, de type antillais, aux cheveux très courts surmontant un visage d'une pureté angélique. Seulement, de cette pureté il ne subsistait qu'un masque ; un hideux rictus l'avait déformé comme si l'enfant avait enduré d'abominables souffrances avant de rendre l'âme ; ses orbites démesurément béantes, sa bouche tordue, les doigts de ses mains crispés trahissaient une de ces visions de cauchemar qui se fixent sur la rétine et y demeurent longtemps même après que la vie s'en est allée.

Les Périontes étaient *sous le choc*, ainsi que le baragouine à longueur d'années le langage banal et insipide des medias. Camille, un genou à terre, étreignait un de ses bras avec une pathétique tendresse. Les autres ne respiraient plus. La scène répandait une atmosphère de recueillement horrifié où se réécrivaient par la puissance rétroactive de l'imagination les grandes lignes de ce qui s'était passé ici.

— Mais enfin, bredouilla Camille, si c'est lui qu'a signalé Yannick la nuit dernière, il est passé comme qui rigole devant l'Observatoire…

60

– Sa petite taille, répondit Olivier, l'œil de Caïn est à un mètre cinquante, il en fait moins ; il y a urgence à corriger sa hauteur.

Cependant, le besoin de secouer un état d'apitoiement désormais inutile imposait ses prescriptions :

– Qu'on en finisse, dit Camille, enterrons-le.

Ce fut alors qu'Olivier l'interrompit d'un geste lent et décomposé :

– Attends un peu… murmura-t-il.

Depuis quelques secondes, il étudiait le cadavre avec une scrupuleuse minutie doublée d'une perplexité croissante. Visiblement, quelque chose l'intriguait. Il pria Camille de l'aider à le replacer sur le ventre, sa posture initiale. Celui-ci, pressentant une intuition poussée au noir, obéit sans discuter. La macabre manipulation expédiée, Olivier lui écarta les fesses. Une vague de répulsion souleva l'assemblée :

– Qu'est-ce que tu fais ? murmura Thomas, plus livide que le mort même.

Olivier ignora et dit à Camille :

– Aide-moi à lui maintenir les jambes disjointes.

Là encore, Camille ne protesta pas. Il était peut-être le seul à subodorer une fin d'expertise dans cette initiative apparemment répugnante. Tous deux dégagèrent l'entrecuisses du garçon ; toutefois, Camille fut incapable d'aller plus loin, il laissa son camarade continuer seul.

Quelques minutes s'écoulèrent pendant lesquelles Olivier examina l'enfant exactement comme l'aurait fait un médecin. Tout à coup, il pivota sur ses jambes accroupies et se voila la face :

– Ah, mon Dieu, fit-il…

Aucune langue ne traduira jamais l'accent que modulaient ces trois mots. C'était un râle à peine ébauché, un hurlement mort-né qui résumait tout ensemble l'abjection et l'épouvante. Olivier, prostré, avait la pupille vitreuse, l'haleine courte, le teint blafard, les yeux rouges et gonflés. Lentement, il promena le regard sur ses compagnons plus figées que des statues de marbre :

— Je sais qui a tué ce petit bonhomme, bégaya-t-il.

Personne ne souffla.

— Je le sais, enchaîna Olivier d'une voix caverneuse, parce que j'ai déjà vu cette signature.

Il avala une grande bouffée d'air comme un nageur après une apnée, se leva debout en surmontant un malaise et ajouta :

— Vous vous en souvenez peut-être, quand on vous a raconté l'histoire des Bordiers.

— Tu veux dire que… balbutia Thomas.

— Que je connais l'auteur de…çà.

Olivier tremblait tant, les lèvres convulsives, les dents serrées, qu'il dut se rasseoir pour recouvrer un peu d'assiette.

Ce que les Périontes étaient supposés se rappeler, le lecteur ne l'aura peut-être pas distrait de sa mémoire. Trois ans plus tôt, au cours d'une banale promenade, Olivier filait d'abord par jeu, puis par procédé, ceux qu'il allait nommer les *huttiers*. Le lendemain, s'étant proposé de les secourir, il découvrait la dépouille d'Hippolyte, ce pauvre gros garçon valet, laquais et larbin de ses camarades, atrocement mutilé d'une aiguille de fer introduite dans l'intestin.

C'était précisément cette torture qui avait été infligée au malheureux petit Antillais. Aucune ambiguïté : dès le début, Olivier l'avait soupçonné, à cause des jambes en arceau, position de toute évidence révélatrice des spasmes contractiles provoqués par une douleur particulièrement intolérable. La filiation s'était immédiatement opérée entre cette posture et celle d'Hippolyte, avec le fulgurant raccourci d'une chronologie qui juxtaposait deux monstruosités perpétrées par un seul et même bourreau. Alors, ce qui avait été jadis effarement et désespoir se tuméfia d'une tel abcès de haine qu'Olivier eut l'impression que ses glandes salivaires secrétaient du venin. Cette nature probe, généreuse, bienveillante, qui avait élevé la compassion jusqu'à la sainteté en n'hésitant pas à sacrifier sa liberté et celle de son compagnon pour sauver la vie d'un homme mauvais, Janos, ce cœur épris de concorde et de paix, ce regard pur comme l'azur, appela de ses vœux l'expiation dans ce qu'elle a de plus inexorable. La bête qui sommeille en tout homme cracha son fiel, il éprouva le plaisir physique, le plaisir viscéral qu'il aurait à tuer à son tour, et à tuer lentement, à petit feu, à rembourser férocité pour férocité à l'artisan de cette ignominie dont le prénom maudit, Alexis, ne s'effacerait de la liste noire des assassins que quand il lui aurait fait subir un sort analogue.

Abrégeons. Les Périontes transportèrent la dépouille sur un brancard improvisé et l'ensevelirent au fond des Petites Brosses. En lui rendant les derniers hommages, ils détachèrent de son cou un médaillon où étaient gravées son identité et sa date de naissance. Ils le conservèrent avec la gourmette, deuxième de la série des chroniques les plus tragiques des Froides-Aigues.[13]

Au soir de cette triste journée, les quinze jeunes gens se recueillirent sur la sépulture de leur jeune frère martyr. Pour épitaphe, cette formule laconique :

CORYDON CORENTIN GODEFROY.
DOUZE ANS, DEUX MOIS ET DIX-NEUF OU VINGT JOURS.
VICTIME INNOCENTE DE LA BARBARIE SANGUINAIRE
DES HOMMES.

---

[13] La première, on ne l'aura pas oublié, étant celle de Romuald.

Dies irae

Qu'était-ce que l'épisode de Corydon ?

Du point de vue de la philosophie que l'histoire des civilisations déroule à larges plis depuis la nuit des temps, l'éternel symbole du crime corrupteur de l'âme humaine.

Au-delà du symbole, et restreint aux Périontes, un avertissement.

La mort du jeune Antillais avait jeté une passerelle entre les Froides-Aigues et le monde du dehors. Cette bastille à l'abri du théâtre des convulsions sociales était soudain de plain-pied avec lui. Le mal jusqu'ici circonscrit aux frontières avait rampé jusqu'au cœur de la cité impénétrable. Les garçons et les filles furent brusquement environnés d'une haleine fétide, et assaillis par l'imprégnation physique que des ténèbres rôdaient, qu'une nuée d'outre-tombe faisait patte pelue, que le ciel n'avait plus le même bleu, et que la forêt, la montagne, s'étaient drapées de deuil. L'insouciance, la joie, les légèretés frivoles sur la pointe des vents, la spontanéité des effusions, et même la mâle détermination qui armait les volontés, tout s'éteignit, tout se résorba en une irrépressible apathie entrecoupée de violents accès de révolte ; extrêmes qui, quand ils sont en conjonction, s'endurcissent l'un l'autre.

L'horizon changea de perspective, comme le vent du sud anordit et de brise vire à la bise. Congélation qui n'épargna personne. La colère d'Olivier avait entonné la trompette d'un credo dont chacun se faisait une application à part égale. Chose poignante que des êtres de paix aspirés tout à coup dans une spirale infernale où la fureur du châtiment à infliger sans pitié se déchaîne jusqu'au paroxysme de la frénésie ! Hélas, chose bien plus déplorable qu'il existe en ce monde tant d'individus pour attiser cette fureur et dénaturer des justes, par simple contagion.

Les Périontes ratifièrent spontanément et à l'unanimité l'élimination coûte que coûte des Routiers. Pas une voix pour leur concéder la moindre circonstance atténuante. Il y eut jugement et condamnation. Liquider cette engeance était désormais l'inaltérable mot d'ordre. Les liquider tous, n'importe comment, et vite, les sabrer, les perforer, les embrocher jusqu'à ce qu'ils ne soient plus que des monceaux de cadavres, tel fut le verdict, immédiatement exécutoire.

Restait à planifier l'agenda de ce qu'on aurait appelé la solution finale, si l'expression n'avait exhumé les éphémérides les plus effroyables de l'histoire. L'écume de Pégase jaillit de la bouche d'Olivier :

– Cette fois, dit-il, plus de demi-mesures. On était en mode *wait and see*, on passe à l'attaque. La cabane, très bien, les patrouilles, encore mieux. Mais ce n'est qu'un pis-aller, et à force de s'en contenter, il arrivera inévitablement qu'on commettra la faute grave qui nous sera fatale. Les Routiers sont patients, ils reniflent le gibier. En plus, ils ne doivent pas être loin : si le pauvre Corydon a pu se traîner jusqu'ici, si on a trouvé sa gourmette près du Tertre et l'Aqueduc brisé, c'est qu'il a été poursuivi sur le même sentier que nos pieds foulent tous les jours. Est-ce que vous vous rendez compte que ce gamin a couru devant chez nous, et que quelqu'un d'autre a peut-être couru à sa suite ? D'où je conclus que l'incognito de la maison n'est plus qu'une douce utopie de contes de fée et que les Routiers se préparent à nous rentrer dedans. Si je me trompe, tant pis ! Présumons que je ne me trompe pas. Prêtons-leur toutes les intentions et toutes les finesses. Par conséquent, le pire serait pour les semaines à venir. Je dis : *serait* et non *est*. Le conditionnel, c'est l'antidote de la résignation. Il y a un moyen, un seul, de modifier à notre avantage le cours des événements, c'est de couper l'herbe sous le pied de ces enfoirés, en les frappant là où ils ne s'y attendent pas : chez eux, à la Buge. Demain matin, on marche sur la Buge et on y broie ces insectes nuisibles.

Personne n'objecta. Les filles mêmes approuvèrent : la fin du petit Godefroy les avait choquées à telle enseigne que

Nadine sombrait dans d'interminables dépressions et que Dorothée pleurait à chaudes larmes dès qu'elle était seule. Quant aux garçons, certains en perdirent le sommeil. Pour tous l'angoisse, la redoutable angoisse qui se dilate et redouble et s'enfle encore et encore à travers la vision du corps affreusement mutilé d'un enfant. Jamais comme en ces jours funestes les Froides-Aigues n'avaient ployé sous un tel joug d'accablement. La chaleur y ajoutait l'agaçante ankylose du calme avant la tempête qui exacerbe les nerfs, dérègle les esprits et les fait chavirer dans un gouffre de perceptions contradictoires qui s'enchevêtrent pêle-mêle, depuis le découragement qui rend apathique jusqu'à l'hystérie qui frise la paranoïa.

Ainsi que l'avait proclamé Olivier, le salut des Périontes dépendait de leur aptitude à anticiper rapidement le combat en le déplaçant chez l'ennemi. Sorte de variante de la *Blitzkrieg*. Le garçon, là-dessus, était sans nuances : harceler les Routiers, les harceler sans relâche, surgir d'un trou, d'un buisson, d'un escarpement, se dérober ici, foudroyer là, ne lui consentir aucun répit, ruiner la bête par petits anéantissements successifs, l'écraser du talon comme on piétine un serpent, voilà ce que voulait Olivier, voilà ce que ses compagnons homologuèrent, redisons-le, sans une abstention au vote, sans un litige dans le consentement.

Le lendemain matin, huit garçons déjeunaient sur le pouce, puis se harnachaient de pied en cap, et tandis que les pâles vapeurs de l'aube se déchiraient aux arêtes de la montagne, quittaient les Froides-Aigues en file indienne. Au lieu d'emprunter le Sillon vers la barrière, ils s'étaient engagés à l'opposé, sur le chemin par lequel, quatre mois auparavant, treize êtres dépenaillés avaient croisé ceux de la fusion avec lesquels allaient naître les Périontes. Chacun emportait son arc en bandoulière et un carquois garni de flèches. A leurs hanches pendaient des couteaux et les fameuses frondes accostées de volumineuses aumônières bourrées de billes de plomb. Les billes avaient été extraites des roulements de vieilles roues de camion extirpées du bric-à-brac de l'atelier et échouées là on ne savait comment. Leur vêtement se réduisait à un pagne de tissu fin serré à la taille et à une tunique afin de prévenir les insolations. Ils chaussaient des mocassins souples renforcés de cuir et des chaussettes légères mais efficaces à se garantir des ampoules. Quelques-uns avaient ceint leur front d'un bandeau, à cause de la sueur.

L'offensive des Périontes

Les Périontes étaient quasi certains de débusquer l'ennemi à La Buge. Aussi foncèrent-ils droit sur le hameau, par le sud.

Pour constituer leur armada, ils avaient dû négocier ferme, tout le monde ayant voulu en être, y compris les filles. Si, en qualité de guide, Olivier avait été requis d'office, si pour des motifs essentiellement physiques la présence de Xavier et de Camille ne se discutait pas, en revanche il fut extrêmement difficile de convaincre les exclus de se résigner à leur sort. Mais le choix s'appuyait sur de solides arguments, entre autres l'équilibre des effectifs. Les mobiles spécifiquement qualificatifs ne se justifiaient pas moins : ainsi Cyprien, indispensable à la tutelle du domaine, était-il secondé par Alexandre, autochthone de longue date. Quant à Yannick, il fut le perdant de la vieille méthode de la courte paille. Sa philosophie l'aida à valider de bonne grâce le verdict. A l'égard de Jérôme et de Jérémie, le premier ne se fit pas trop tirer l'oreille, ayant plus de goût pour les jeux que pour les opérations guerrières, et le second, sévèrement surveillé du coin de l'œil par Yannick, n'osa probablement pas réchauffer des souvenirs récents qui auraient nui à sa superbe en exhumant quelques dessous inavouables. Evidemment, passée l'inévitable phase d'effervescence, les filles renoncèrent à leur tour et se gaussèrent de leur revendication à endosser le costume d'amazones. Ce fut d'ailleurs l'occasion pour Nadine d'aiguiser un bon sarcasme à l'encontre des féministes de tout poil :

— Tout bien pesé, dit-elle, je ne porterai jamais de flingue, pas plus que je ne manierai de muleta. J'abandonne volontiers ces distractions à celles de mes consœurs dont les hormones sont chamboulées.

Il fut donc réglé que l'algarade associerait Olivier, Camille, Xavier, Florent, Claude, Thomas, Gervais et Geoffroy.

Au moment du départ, pas d'effusions superflues, quoiqu'il ne soit pas exclu que dans des circonstances moins critiques quelqu'un aurait peut-être troussé une belle ode en l'honneur des vaillants hoplites mobilisés pour le salut de la cité. Mais l'ambiance n'était pas aux péans ; l'ennemi appartenait à des temps moins héroïques, ses procédés n'empruntaient rien de la noblesse de l'Anglais rendant justice à l'adversaire sur le sommet du mont Saint-Jean,[14] et confondant dans un même hommage ses soldats et ceux de l'armée vaincue.

Comme il était primordial de s'adjuger de A à Z la suprématie que confère l'initiative, les Périontes étaient convenus de ne rien hasarder. Plusieurs consignes draconiennes se déduisaient d'elles-mêmes d'une tactique pensée et travaillée avec un soin méticuleux du détail. La première stipulait l'interdiction formelle de s'aventurer sans examen préalable au-delà de l'inflexion même la plus anodine du moindre relief : car le relief emprisonne la vue et rompt toute perspective. Dans cette véritable action commando, l'efficacité collective reposait étroitement sur les compétences individuelles spécifiques. Par exemple, à Claude, doué d'une vue d'aigle, étaient dévolues les missions d'éclaireur.

Un deuxième article réaffirmait la nécessité de joindre le bastion des Routiers par le méridien. Selon toute logique, ceux-ci l'avaient consolidé du côté septentrional, presque de plain-pied avec la campagne environnante, partant le plus vulnérable ; il était donc essentiel de surgir dans leur dos. Enfin, troisième directive, pas d'attaque avant une fructueuse période d'observation : noter la répartition des Routiers s'ils étaient séparés du groupe tout entier dans l'hypothèse inverse, répertorier leurs habitudes, préférences et autres petits rituels, présumer leurs déplacements, telle était l'annonce de la pièce qui allait se jouer sur un théâtre dont on espérait le dénouement que récapitule la formule lapidaire : contrat rempli.

Les expéditionnaires franchirent sans encombre la vallée du Falgoux près du village éponyme, et avoisinèrent la lisière

---

[14] A l'issue de la bataille de Waterloo.

de la petite forêt où menait l'ancien chemin de randonnée numéroté 400 sur les cartes. Là, ils bifurquèrent au sud-est, doublèrent le sommet de 1610 mètres solidaire du massif dont le bec s'avance en se rétrécissant vers le Pas de Peyrol, le Puy de la Tourte et le Puy Mary, s'évadèrent progressivement des flancs de la montagne et cinglèrent plein nord pour s'enfourner dans la vallée du Rhue de Cheylade. Ce voisinage nous est familier ; c'était celui des cascades de la Roche et du Sartre où Alexandre et Olivier avaient relaissé lors de l'équipée de février. La Buge se nichait au sud-ouest, c'est-à-dire à gauche d'un triangle isocèle dont les hameaux de Giraldès et du Fouilloux délimitaient respectivement les angles inférieurs et supérieurs. Une ancienne route, presque biffée sous le tapis des herbes qui la rongeaient, précédait le repaire convoité. Les Périontes ignorèrent ce tronçon, trop *inscrit*, comme on dit en géométrie, dans son emprise, et coupèrent environ deux kilomètres avant Giraldès. Droit au septentrion, à moins d'une lieue, La Buge.

Dès que la forêt les eut absorbés, ils s'y fondirent, échine demi courbée, en s'échelonnant les uns derrière les autres d'un pas souple et délié qui leur prêtait l'allure d'un cortège de faunes. Ils ondulaient entre les arbres, épousaient les orées des sous-bois, les escarpements des monticules, éminences et autres déclivités, se coulaient parmi les futaies, glissaient d'un taillis à un buisson, ballet fantastique dont la chorégraphie semblait parodier on ne savait quel *Sacre du printemps* surréaliste. Olivier, qui battait l'estrade, dépêchait régulièrement Claude en avant-garde. Ce dernier serpentait à couvert d'un dais de végétation et *sortait le périscope*, selon sa propre métaphore. S'il faisait volte-face tête levée, c'est que la voie était libre ; tout autre attitude traduisait un danger potentiel. Claude n'eut pas l'occasion d'alarmer ses camarades, la contrée était déserte à perte de vue. Les Périontes se véhiculèrent ainsi au pied des très hautes collines qui érigeaient un dernier rempart avant leur but.

Depuis quelques minutes, la physionomie d'Olivier s'était mitigée d'une expression mi-figue mi-raisin dont on pourrait dire que le *processus embryogénique* révélait l'inspiration impromptue qui y mijotait, exactement comme les phases successives d'une épreuve photographique. La légendaire perspicacité de Geoffroy en fit immédiatement ses choux gras :

— Toi, fit-il assez haut pour monopoliser incontinent les six autres garçons, tu as une idée derrière la tête...

— Écoutez, articula Olivier, vu la chaleur, une partie d'entre eux ou même toute la bande pourrait bien se prélasser à l'une des deux cascades, pourquoi pas au deux, puisqu'elles se jouxtent. C'est une aubaine exceptionnelle pour réussir un grand coup : s'ils sont disséminés, ça les affaiblit, et on a tout à gagner de cette division. S'ils se baignent, on s'occupe de ceux qui sont sur la berge, ou bien on patiente qu'une fraction s'isole : l'opportunité de nous simplifier le boulot par petites attaques successives est trop belle, faut pas la laisser passer.

L'inventivité d'Olivier, sa capacité à résoudre les équations les plus complexes, son extraordinaire aptitude à anticiper au loin les multiples ramifications de n'importe quelle conjoncture, suscitaient un respect admiratif et raffermissait la confiance qu'on avait dans sa *vista*. Cela fit qu'aucun veto ne contraria cette clause surérogatoire au contrat originel. Xavier se dit même à part lui : *quelle acuité, ce moineau !*

Rallier au plus bref la cascade, c'était d'abord recoller à l'ancienne départementale de la vallée de la Cheylade. Si tout se déroulait sans anicroche, si une phalange des Routiers était rassemblée à l'aiguade, on les cernait, une nuée de flèches pleuvait sur leurs épidermes, on expédiait les survivants, pas de quartier, pas de prisonniers, l'affaire était dans le sac ; les Périontes, maîtres du terrain, escamotaient les corps et volaient à La Buge.

— Et s'il n'y a personne ? demanda Xavier.

— Retour au plan initial, dit Olivier.

Les garçons s'étaient coltinés vingt kilomètres en trois heures. Vingt kilomètres, ce n'est rien, me direz-vous, les randonneurs font pire. Sauf qu'ici, il ne s'agissait pas de randonnée ordinaire, avec chemins balisés et vues imprenables annoncées par des placards touristiques. Les jeunes gens crapahutaient à travers un dédale ininterrompu de broussailles épineuses, de rochers aux arêtes griffues comme des harpons, acérées comme des lames de rasoir, ou bien contondantes comme des massues ; ils avaient à braver les fourches caudines de défilés exigus entre deux pics vertigineux, autant de déclivités ascendantes ou descendantes, ils devaient guéer des ruisseaux caillouteux au risque de se tordre les chevilles, escalader puis dévaler des pistes étroites à flanc de montagne, tout cela sous quarante degrés de soleil. Comment n'auraient-ils pas subi, à un moment ou à un autre, les oscillations d'une endurance soumise à tant de contraintes ? Vous êtes parti plein de fougue, bardé d'une inébranlable conviction, vous voilà diminué sans avoir remarqué que ce qui a usé peu à peu votre résistance physique se double d'une autre usure, celle du moral. Une sourde appréhension, d'autant plus pernicieuse qu'elle s'infiltrait avec l'efficacité sournoise de ce qui fait patte-pelue, leur sapait le moral, lentement mais sûrement. Nous avons tous tâté, au seuil d'une entreprise dont notre avenir, notre vie parfois, est tributaire, de l'impatience à brusquer les événements en éludant les étapes, comme si l'urgence d'une rapide conclusion dégageait l'impuissance à envisager sous un angle trop abrupt les impondérables, accidents de parcours et autres périls auxquels nous sommes exposés. Le caractère fatal de leur algarade avait distendu les ressorts de la prime vaillance dont il ne subsistait plus qu'un maussade *à quoi bon* qui résonnait à écho perdu. L'imminence d'un dénouement tragique les anesthésiaient, en dépit de quelques ruades d'opiniâtreté de plus en plus sporadiques. Certes, personne ne disconvenait que le dessein de liquider les Routiers ne dût être accompli dans toute son étendue, et que s'ils fléchissaient ils paraphaient tacitement protocole de reddition, ce qui revenait à leur tresser eux-mêmes les lauriers de leur victoire. Seulement, le cœur n'y était plus, du moins plus tout à fait.

Le cœur, c'est bien souvent un reflet de la conscience. Celle-ci tamisait en eux la gravité du drame dont ils étaient les instigateurs. Ils avaient beau récuser comme on le fait d'un témoin au tribunal la petite voix qui les tyrannisait, ils n'en estimaient pas moins à son prix l'aveuglement qui gouverne ce que nous appelons le libre-arbitre, et qui neuf fois sur dix n'est qu'un chaos d'orgueil où se fourvoient nos résolutions mêmes les plus louables. C'était pourtant au nom de ce libre arbitre qu'ils exerçaient la loi du talion, qu'ils aiguisaient le fer qui allait verser le sang et qu'ils resserraient l'étau d'un affrontement dont le bilan les maculerait pour jamais de la souillure indélébile des criminels. En provoquant délibérément et ouvertement les hostilités, ils accréditaient d'une clause légitime leur rôle de bourreaux, ils ternissaient le radieux soleil des jours alcyoniens ; le royaume de paix, de joie et d'abondance qu'ils avaient érigé vacillait sur ses bases, avant de s'effondrer en poussière.

Il y eut un intervalle durant lequel le découragement les dévitalisa, à telle enseigne qu'ils durent s'insurger violemment contre ce sursaut de faiblesse pour ne pas y céder. Ce qui enraya sur la pente dangereuse de la démission, c'étaient sept visages, les sept visages aimés auxquels personne n'aurait eu la lâcheté de se soustraire, ceux des camarades des Froides-Aigues,.

Ils n'avaient pourtant pas épuisé tous les sujets de turbulence et d'inquiétude. L'un d'eux les harcelait avec une insidieuse insistance qui s'enflait en véritable psychose : et si précisément aujourd'hui le calendrier des Routiers avait programmé l'annexion d'un fief qu'ils maraudaient depuis tant de saisons ? Et si cette coïncidence manifestait la suprême ironie d'une Providence dont les décrets contrecarrent presque systématiquement les pronostics humains les plus rassis ? Que feraient une poignée de pauvres hères désemparés sur qui fondrait une tribu de brigands rompus à toutes les ficelles de la guérilla ? Ils n'avaient pas la moindre chance. Jamais si peu de flèches et de billes d'acier ne surclasseraient des fusils. Les deux filles rayées des cadres actifs, leur nombre se ratatinait à cinq paires de bras privées du renfort des huit actuellement en vadrouille. Or, ces huit-là absents, l'hémorragie des Périontes devenait irrémédiable, car c'est sur la base de l'effectif complet qu'Olivier fondait l'irremplaçable coordination, nerf de la victoire, dont elle était la poulie, le levier et le biceps. Dans cette lutte inégale qui écrirait son épilogue à trente kilomètres d'ici, ceux qui auraient été inefficaces à secourir leurs infortunés compagnons fouleraient un territoire conquis et jonché de leurs cadavres encore chauds. Alors, ivres d'une férocité décuplée par l'énergie du désespoir, ils se rueraient et tueraient, tueraient encore avant d'être tués à leur tour. Les Froides-Aigues, nées d'une aurore flamboyante, disparaîtraient sous le plus sinistre des crépuscules, les semailles d'un printemps lumineux auraient pour moisson un sépulcre.

Il était midi lorsqu'ils abordèrent à la périphérie de la cascade. Le site, nous ne l'avons peut-être pas oublié, offrait l'ombrage d'un joli bosquet de châtaigniers, de saules pleureurs, d'aulnes et d'ormes. C'était un de ces sous-bois féeriques où les taillis sont peuplés de lutins et les eaux de sylphes et de naïades. Une délicieuse odeur d'arbousiers s'exhalait des feuillages et de l'humus. Une poignée de passereaux rebelles à la canicule vocalisaient parmi les buissons en fleur. Tout était charmant, bucolique et mélodieux.

Cet éden était l'antichambre de l'enfer.

Devant une pareille magnificence, un nouveau flottement démoralisa les jeunes gens. C'était là qu'il fallait se battre ? C'était dans un tel décor virgilien que le meurtre, le massacre, la souffrance dresseraient leurs échafauds ? C'était au cœur du paradis sur terre qu'on allait perpétrer une hécatombe ! L'horreur et l'absurdité d'une si effarante aberration étaient telles que pendant un bon quart d'heure un vent de défaitisme souffla sur les hardiesses en capilotade.

L'évocation de leurs camarades avait dissipé une première défaillance ; un simple prénom contribua à congédier la seconde. Trois syllabes, Corydon, furent l'écho qui administra une bottée rageuse dans les mollesses. Le feu de la honte leur brûla les joues et se dénonça sa pusillanimité. Florent, assurément le plus tendre, murmura :

— On est venus jusqu'ici pour nettoyer le canton des Routiers. On ne repartira qu'avec leurs têtes au bout de nos piques. Si après avoir fanfaronné comme des matamores on se barre en chialant et se pissant dessus, ma décision est sans appel : ce soir même je fais mon baluchon.

Dix minutes plus tard la phalange cernait les deux cascades, puis l'étang par la gauche, c'est à dire par l'est.

Pas de trace de Routiers à l'horizon.

Aussi loin que se développaient leurs champs visuels, nuls autres profils que ceux des arbres.

Cet échec était embarrassant, mais non définitif, ce que ratifia Xavier :

— Ils sont certainement à La Buge, dit-il.

— On y va ! dit Olivier.

Ce dernier renchérit aussitôt :

— Déployez-vous en tirailleurs, trois mètres entre chacun d'entre nous.

Nous ne répéterons pas ce qui a été dit de la stratégie élaborée par le chef des Périontes. Précisons seulement que si les choses se gâtaient, son érudition de la topographie locale disposait d'une solution de repli en bon ordre. Rien de plus aisé à des jeunes gens robustes et véloces que de s'esquiver au plus épais labyrinthe d'une forêt où toute poursuite ferait immanquablement buisson creux.

Pour l'heure, on avait le vent en poupe. Les huit Périontes en front de bandière, hirsutes, charbonnées de poussière et à demi-nus, gravirent le versant sud de la colline derrière laquelle se pelotonnait le hameau.

Du môle où ils s'étaient hissés, ils embrassaient d'un même panorama presque tous les édifices.

Même constat qu'aux cascades : rien ni personne.

— Raison de plus pour se méfier, dit Olivier.

Pendant une demi-heure, ils observèrent scrupuleusement : la Buge ressemblait à une coquille vide.

Ce qui était étrange, c'était que le chemin vicinal avoisinant, poudreux et de ce fait malléable aux empreintes, était plus uni qu'une plage en hiver. L'éloquence de cette virginité n'avait besoin d'autre paraphrase que celle qui convertit la perplexité en évidence : les fermes et leurs pourpris étaient tout bonnement chômés de locataires. Olivier improvisa délibération circonstancielle :

— On ne part pas sans être sûrs, dit-il ; faut voir de plus près.

— Et si c'était un piège ? fit Thomas.

— Dans ce cas, ils sont balaises, répondit Xavier, ils nous auraient repérés depuis le début et ils auraient deviné nos intentions. Je ne crois pas à cette version.

— Ni moi non plus, reprit Olivier ; ils ont dû se faire pendre ailleurs.

— Bon ! dit Claude, on se bouge, on ne va pas passer Noël ici...

Ils dévalèrent la colline cette fois par le nord et circonscrivirent la métairie en longeant les bâtiments qui, du côté oriental, s'aboutaient les uns aux autres presque sans discontinuité. Dans l'intervalle de deux d'entre eux, une mince ruelle bétonnée en canal à recueillir l'eau de pluie perçait sur la cour centrale où elle alimentait un puisard. La rigole était à sec, le puisard délabré. Un à un, les huit jeunes gens s'insinuèrent entre les hautes parois mitoyennes du petit isthme et débouchèrent au milieu de la cour. Partout, les vitres des habitations étaient brisées, les portes arrachées de leurs gonds, et les pièces du rez-de-chaussée encombrées d'amoncellements de gravats. Tant de déprédations attestaient sans l'ombre d'un doute un abandon catégorique et irrévocable.

— Ni les Routiers, fit Xavier, ni le diable cornu n'ont traîné ici leurs pompes depuis au moins trois semaines.

Une rapide perquisition corrobora la sentence.

— Pourtant, dit Florent, La Buge était bien leur fief : qu'est-ce qui les a incités à...

Il n'alla pas plus loin : Camille lui avait, si l'on peut dire, emboîté la parole :

— L'armée, fit-il.

— L'armée ?

— Ben oui, qui veux-tu que ce soit d'autre ?

— Pas impossible, dit Xavier ; avec Olivier on a bien vu des camions il n'y a pas si longtemps.

— Ouais ! fit Florent, c'est sûrement l'explication.

Un verdict trop hâtivement unanime tintait toujours aux oreilles d'Olivier avec la stridence d'une alarme dans un poste de pilotage d'avion. Il s'était mis à inspecter les murs et les volets des corps de logis, avant d'allonger l'expertise sur un plus grand périmètre autour des bâtisses. Son enquête achevée, il hocha le chef et énonça :

— Il n'y a nulle part le moindre impact de balle, pas d'arme oubliée dans un coin, pas une douille de cartouche, pas de vestiges de combat : regardez bien les décombres, ça ne date pas d'hier, et de plus ça sent le sabotage, comme si quelqu'un avait sciemment tout démoli avant de déguerpir. Alors, que les Routiers se soient fait surprendre à l'improviste, sans avoir eu le temps de réagir, le scénario est déjà assez boiteux. Mais là où il claudique grave, c'est si on prend la peine de passer au peigne fin le réseau routier qui dessert notre objectif du jour : il devrait y avoir partout des rainurages de roues de camion ou de véhicules légers ; allez-y, cherchez vous-mêmes, que dalle. Et ce qui me chiffonne encore davantage, pas plus de moulages de godasses style *rangers* ou autres croquenots militaires ! Pourtant, si des bidasses avaient comploté de tomber sur le paletot des Routiers, et sachant que ces derniers possédaient des fusils, ils devaient être nombreux et ça se verrait. Or, le sable est vierge, uniment...

L'analyse d'Olivier était si troublante qu'elle avait perturbé ses camarades. Thomas et Xavier se malaxaient le menton, indice d'une indécision à son plus haut étiage :

— Tu penches pour quelle version ? demanda le premier.

— Il s'est passé quelque chose qui les a incités à foutre le camp, mais quoi ? Mystère...

— Dans ce cas, reprit Xavier, ils peuvent être n'importe où.

— N'importe où, c'est aussi bien à deux pas de chez nous qu'au diable vauvert...

— Merde ! fit Thomas, ça sent mauvais...

— En tous cas, pour nous c'est le bide. On se casse, les copains copines doivent se faire du mouron...

Il était quinze heures lorsque les Périontes tournèrent casaque par le même chemin où quelques semaines plus tôt ils s'étaient frottés à une bande d'escarpes bien décidés à les occire jusqu'au dernier. Le grisollement des alouettes dans le ciel d'airain surplombait la campagne brûlante, relayé çà et là par le cri rauque des grands vautours jaunes.

Yannick gâte-sauce

Malgré la fatigue, ils forcèrent l'allure. Quand un péril change d'optique, l'inquiétude s'improvise de nouveaux points d'appui. Les Routiers évaporés de leur ancien quartier général, cette anomalie, si c'en était une, ratissait large le champ des présomptions. La hantise que la bande était peut-être en train de procéder à l'extermination de leurs compagnons virait à l'idée fixe avec l'obsession d'une psychose.

Durant tout le trajet, ils ne se parlèrent presque pas. Les angoisses à fleur de peau se résorbent souvent en mutisme. Quand ils abordaient un ombrage, ils tâchaient d'aller au pas de course. Mais la chaleur et l'épuisement ne leur permettaient pas d'efforts soutenus. Avec cela, une enfilade de petits incidents : Thomas eut un début d'insolation, il fallut lui accorder un peu de repos et lui mouiller la nuque. Camille contracta une entorse à la cheville, par bonheur légère, et boita pendant deux ou trois kilomètres. Quant à Geoffroy, une dent qui lui faisait mal depuis des semaines s'était brusquement réveillée ; le pauvre garçon souffrait le martyre. Olivier lui promit des soins énergiques.

Vers les neuf heures du soir, les parages familiers se profilèrent enfin. Le cœur leur battait violemment. Le chemin désert, la pesanteur de l'air, les crissements des semelles sur les cailloux, le rhythme saccadé des haleines, tout cela en s'additionnant façonnait une de ces ambiances de sourde appréhension qui vous noue les tripes et vous égare le ciboulot. Quand il doublèrent le Tertre, un cri rauque les fit sursauter. C'était un faucon qui plongeait en piqué sur quelque mulot au-dessous de lui. Olivier ordonna d'armer arcs et frondes. Pas l'encolure d'une silhouette dans leur visière. Les huit garçons longèrent la haie en se rapetissant presque accroupis comme une colonne de maquisards devant la Kommandantur.

Alors qu'ils n'étaient plus qu'à quelques coudées de la grille, une espèce de gazouillis se détacha confusément et par degrés du silence qui plombait les Froides-Aigues. C'était un babillage dont le foyer se nichait quelque part entre la remise et le mail ; avec l'accoutumance, ils se firent la réflexion que le ton de cette logorrhée puérile imitait à s'y méprendre un bavardage d'enfants. Le bavardage palabrait ainsi :

— D'abord, le grand Schtroumf, c'est lui qui commande tous les Schtroumfs.

— Sauf le Schtroumf grognon.

— Le Schtroumf grognon des Périontes, c'est Jérémie.

— Qu'est-ce qu'il peut être grognon, celui-là !

— C'est comme Potiron, le copain de Oui-Oui !

— Il est grognon aussi ?

— Et comment !

— Comment tu le sais ?

— Je le sais, c'est tout.

— Peuh ! c'est même pas vrai…

— Si, c'est vrai !

Les huit expéditionnaires se dévisagèrent, interdits. Dire qu'un rayon les avait illuminés serait faible. L'émotion transitive de l'anxiété à sa soudaine dépressurisation se déversait en grosses coulées de miel dans leur poitrine. Ils baissèrent les arcs et les désarmèrent de leurs flèches qu'ils rangèrent dans leurs carquois. Subitement, Olivier s'esbouffa de rire, Florent rit à son tour, le rire se généralisa à toute la troupe.

Les moins ébahis ne furent pas les deux galopins qui causaient tranquillement, ventrouillés sur un grand tapis de plage, toutes fesses au bronzage, et qui se croyaient bien malins. C'était Jérôme et Alexandre, plus inséparables que jamais. Le caractère saugrenu de leur dialogue consacrait l'énième épisode d'un jeu qu'ils avaient inventé et qu'ils appelaient le *jeu des petits*. Cette privauté leur remémorait l'heureux âge de l'innocence et ils s'y livraient de plus en plus souvent ; *entre deux branlettes*, précisaient-ils. Quand ils avisèrent les survenants, barbouillés de poussière et dégoulinants de transpiration, la figure hâve, les yeux cernés, ils bondirent

80

comme des cabris et feignirent une insurmontable répugnance tout en éprouvant la plus grande envie de leur sauter au cou. Les huit cartels furent embrassés, plébiscités, pire que le retour de l'enfant prodigue version famille nombreuse.

— Eh, mais vous puez comme des putois sans hygiène ! s'exclama Alexandre.

— Vous ne pouvez pas savoir à quel point on est content de vous voir, résuma Olivier...

Une minute plus tard, le peloton faisait au milieu des autres Périontes accourus au grand complet un défilé de triomphe digne de poilus rapatriés du front. Les acclamations, les hourras, les joues qu'on pinçait et frottait avec frénésie, composaient un tableau de la glorification des anges. Enfin, un peu de calme tempéra l'agitation, Cyprien leur pérora, tout excité et avec l'aplomb de celui qui est sûr de soi :

— Tenez-vous bien : les Routiers ne sont plus qu'un souvenir.

— Qu'est-ce que ça veut signifie ? s'exclama Thomas.

— Qu'on n'était pas inquiets ; qu'on s'est dit : *diable, les voilà en campagne pour rien, les pauvres, c'est comme s'ils allaient à la chasse au dahu...* Du coup, on s'était mis au frais tous ensemble, et on discutait ferme de la nouvelle du jour.

— Le plus beau, enchaîna Dorothée, c'est que cette nouvelle nous est venue de la radio.

— De la radio ? s'écria Olivier ; la radio fonctionne ?

— Exactement ! intervint Alexandre, il y a une station qui émet en modulation d'amplitude, sur les ondes moyennes.

— Bon sang ! fit Olivier, c'est pas croyable ! A part la fameuse émission en morse, ça fait presque deux ans qu'elle est aphone, et tout à coup...

— Oh, bien sûr, reprit Cyprien, c'est pas une radio du genre de celles qu'on avait avant, mais enfin c'est toujours bon d'apprendre que le recensement du pays ne frise pas le zéro absolu...

— Ça réchauffe un peu le cœur d'apprendre qu'on n'est pas les derniers survivants, confirma Nadine.

— Et pour les Routiers ? demanda Gervais, comment vous avez su...

— Des soldats les ont surpris en train de dévaliser je ne sais quoi, dit Alexandre ; tous collés au mur et fusillés.

— Loi martiale, enchaîna Dorothée ; dans les temps de guerre, c'est le sort réservé aux pillards.

— Enfin, reprit Cyprien, tout ça pour dire que désormais on est à l'abri de ces bonnes gens.

— On va pouvoir ensemencer.

— Et supprimer les factions de nuit à l'Observatoire.

— D'ailleurs, j'ai déjà pris l'initiative, renchérit Cyprien. Désormais plus de patrouilles, plus de garde, plus de défense contre l'ennemi, et pour cause ! L'ennemi bouffe les pissenlits par la racine.

— C'est un sacré poids en moins sur nos épaules !

— Depuis le temps qu'il nous pesait !

— Tiens, pour fêter l'événement, je propose une bonne partie d'étang ce soir. On picole, on se bâfre, on fait l'amour sous les feuillages à la pleine lune, ce sera super.

— Et on plaindra un peu les Routiers : s'ils n'avaient pas été de telles canailles, ils auraient pu en être, de la fête ; de celle-là comme des autres.

— Ils ont préféré le crime, c'est leur affaire.

— Quand même, il y a de la fatalité là-dessous.

— Ouf, on respire ; ça devenait étouffant…

Pendant que s'échangeaient ces propos régénérateurs d'un bel optimisme, les regards d'Olivier et de Yannick s'étaient croisés et ce dernier avait adressé au premier un discret hochement de tête aisément traduisible ainsi : *j'ai à te parler, mais seul à seul.* Personne ne remarqua cet aparté. Olivier louvoya en catimini jusqu'à la Tour.

Quelques instants plus tard, les expéditionnaires vaquant à leurs ablutions, les uns à l'étang des Sources, les autres aux salles de bains de la maison, Olivier hasarda une œillade par-dessus un créneau et distingua Yannick qui venait vers lui.

A l'évocation de la ruine des Routiers, celui qu'on surnommait le *mage* des Périontes avait été le seul à nourrir une bonne dose de réticence. Olivier avait tout de suite noté cet étrange comportement sur sa physionomie, habituellement sereine, cette fois-ci singulièrement pensive. L'exorde fut directe :

— Cette histoire de Routiers fusillés, c'est du flan, dit-il.

— Je m'en doutais, répondit Olivier.

— Ah oui ?

— Il y a des expressions qui en disent long. La tienne était du genre qui va à rebrousse-poil de l'opinion majoritaire.

— Ecoute, reprit Yannick, je suis peut-être naturellement alarmiste, tu me l'as déjà reproché et je ne t'en veux pas pour autant ; seulement là, c'est différent. L'émission à la radio, je l'ai entendue, j'étais aux premières loges. Ils sont tous tombés dans le panneau, ils m'ont fait l'effet d'avoir un gros furoncle sous la casquette. Même Alexandre, d'ordinaire si difficile à berner, s'est fait couillonner.

— Continue...

— Voilà : d'abord, j'ai trouvé bizarre le genre d'émission qu'on diffusait. C'était un timbre... comment dire ?... pas fait pour parler devant un micro. Ensuite, le débit, brut, sec, on aurait dit un caporal qui récitait son manuel. De plus, il avait une drôle d'intonation, comme un accent étranger qu'on s'efforce d'estomper. Mais ce n'est pas le pire...

— Ouh, là..., fit Olivier de plus en plus intrigué :

— Ils n'a pas été question de Routiers dans son discours, mais de Bordiers. Ça te rappelle quelque chose ?

La mine d'Olivier s'était rembrunie comme quelqu'un qui sonde déjà les conséquences d'une erreur de jugement collectif.

— Et bien, reprit Yannick, qu'est-ce que tu dis de tout ça ?

— Qu'effectivement on a peut-être tort de se croire tirés d'affaire.

— C'est aussi mon avis. Mais les autres...

— Il faut les persuader.

— Tu vas passer pour un casse-pieds, et moi aussi...

— Et alors ?

— ...pour une espèce de Cassandre locale qu'on n'écoutera pas plus qu'on n'a écouté l'autre...

— Qu'est-ce que ça nous fait ?

— C'est un peu comme si on annonçait un blizzard au mois de juillet.

— Ça tombe bien, on est en juillet et les Routiers m'ont toujours réfrigéré. Je te soutiens, Yannick, ta cause est la mienne.

— Comment tu comptes t'employer pour publier nos estimations ?

— Le plus directement et le plus simplement du monde : ce soir, allocution officielle.

— Alors, vivement ce soir.

— En attendant, il serait bon de maintenir les patrouilles.

— Je vais en faire une : toi, repose-toi, tu es fatigué.

— Fatigué mais vivant : je t'accompagne, il faut être deux.

— Qu'est-ce qu'on dit aux copains ?

— La vérité.

— Ils vont rire.

— Ça leur évitera de pleurer, par exemple le jour où les Routiers leur enfonceront un fil de fer dans le trou du cul.

Cinq minutes après, les deux garçons partaient pour une inspection, et Olivier glissait à Cyprien :

— Arrange-toi pour rassembler tout le monde vers onze heures, Yannick et moi on a de petites rectifications à apporter à l'engouement général.

L'autre acquiesça, mais en se décorant d'une moue de dégoût, façon qu'il avait de s'offusquer de quelqu'un ou de quelque chose.

La voix dans le désert

Comme annoncé, dès son retour Olivier convoqua les Périontes en réunion extraordinaire.

La plupart des garçons et des filles n'aimaient pas trop ce genre de conciles. Il en transpirait un formalisme qui chagrinait les uns et gênait les autres. C'est pourquoi Olivier, sans être ouvertement rabroué ne fut pas accueilli avec un enthousiasme débordant. Ayant tâté la température de l'auditoire, il prétendit dissiper l'humeur qui l'assombrissait, en coupant au plus court.

Couper au plus court, c'est parfois manquer de tact. Olivier commit la gaucherie de heurter ses camarades. Au lieu d'aborder le sujet par petites touches graduelles, ce qui y aurait préparé chacun par une habile introduction, il affirma sans ambages :

– Les Routiers morts, c'est du pipeau !

L'écho qui ponctua cette injonction, avouons-le, passablement maladroite, se récapitula ainsi, une rumeur de soupirs désapprobateurs. Claude lui répliqua du tac au tac : *qu'est-ce que tu viens nous chanter là ?* Quant à Cyprien, il ne cachait pas son irritation, tout en faisant son poing dans sa poche. Ce fut lui qui tira le premier boulet :

– Olivier, dit-il, je ne pense pas que tu sois mieux placé, toi qui étais sur les chemins, que nous qui avons écouté la radio. A moins que tu n'aies des preuves…

– Je n'ai pas de preuves, répondit Olivier, uniquement mon nez, mon flair.

– Et sur quoi il se fonde, ton… flair ?

Le garçon respira un grand coup, puis reprit, malheureusement d'une voix trop humble pour être convaincante :

– Précisément, sur ce que vous avez entendu.

— Eh là ! fulmina Camille, tu te fais arbitre de ce dont tu n'as pas été témoin. Est-ce que tu te rends compte de ça ?

— J'ai discuté avec Yannick : dans le message radiophonique, il n'a pas été question de Routiers, mais de Bordiers.

— Bordiers ! Routiers ! reprit Camille, c'est du pareil au même : les Bordiers, c'est toi qui nous l'a appris, ont fait leurs valises plus depuis belle lurette. Les Routiers, eux, étaient dans le collimateur de l'armée ; on aura interverti les noms. Quant à Yannick, c'est un fort bon garçon, mais il a tendance à voir partout des lutins, des trolls et des farfadets.

— Je vois les choses comme je les pressens, fit Yannick ; c'est ce qu'on appelle l'intuition. Libre à vous de me coiffer de la marotte [15], mais je suis de l'avis d'Olivier, les Routiers pourraient bien être aussi vivants que toi et moi.

Cyprien se pinça le menton de deux doigts, avant de pivoter vers Olivier :

— Donc, d'après toi, d'après vous, ce qui a été dit à la radio, c'est de l'intox ?

— Disons que ça demande vérification.

— Pourquoi est-ce qu'on aurait raconté des sornettes ?

— Par ignorance ; les Routiers et les Bordiers, ce sont deux sociétés distinctes. Que les Routiers soient nés des Bordiers, rien de surprenant ; mais là s'arrête la parenté. Avant d'être forcés à l'exil, certains parmi les plus jeunes des Bordiers s'étaient organisés en bandes pendant que leurs familles fuyaient le pays. Mon avis est qu'ils sont revenus et qu'on les a pris pour les vrais Routiers. Même dégaine, même misère, rien de plus aisé que de fourrer tout le monde dans le même sac.

Avec cette démonstration empirique, Olivier avait espéré reconquérir un peu de terrain. Il se trompait. Tout à coup, Geoffroy lui vociféra sans ménagement :

— Mon avis à moi, c'est que tu en fais trop.

La réflexion tranchait par la franchise habituelle de son auteur, mais cette fois envenimée d'une touche d'animosité offensive. Jamais jusqu'ici un Périonte n'avait aiguisé de

---

[15] La marotte était autrefois une espèce de chapeau, attributs des fous.

pareilles griffes envers un autre Périonte. Même les calomnies de Jérémie, du reste plus puériles et immatures que sérieuses, donc pardonnables, n'étaient pas empreintes de cette aigreur. Quoiqu'il fût choqué, Olivier encaissa sans sourciller et riposta séance tenante, en se bardant d'autant de douceur que Geoffroy avait été impétueux :

— J'aime mieux en faire trop que pas assez, si ça ne t'ennuie pas. Le trop, ça s'oublie, c'est gratuit, on le donne, et puis on n'y pense plus. Mais la négligence, c'est le grain à moudre du malheur.

Ce fut dans cet intervalle où la jugeote et la pondération de l'un rectifiaient l'inconséquence de l'autre en la contrebalançant, que Cyprien réattaqua bille en tête. Un demi sourire de mauvais augure chevronnait la commissure de ses lèvres. Son front s'était nimbé d'un nuage malsain, et quelque effort auquel il s'asservît pour en atténuer la dureté, Olivier frémit d'y subodorer ce qu'il n'aurait jamais soupçonné chez aucun de ses compagnons, de la malveillance :

— Geoffroy a raison, dit-il, tu en fais trop ; les Froides-Aigues ressemblent à une caserne avec sa cellule spéciale grand banditisme, ses entraînements à la baguette, sa fabrique d'armes et de munitions et son service militaire obligé. Tant qu'on y est, pourquoi pas la diane au réveil, sonnez trompettes ? On en a assez de cette ambiance de va-t-en-guerre, on n'en veut plus. Les Routiers, c'est fini, ils ont pris la tangente, la poudre d'escampette, ils sont ou morts ou au diable ! Mais toi, ça te défrise, les temps de paix, il te faut de l'action. Par conséquent tu te la joues et tu nous la joues façon héros, histoire de justifier ton salaire. Mais ça prend plus. On va vivre sans avoir au-dessus de nous cette menace bidon d'un péril qui est dégonflé comme baudruche, et surtout sans quelqu'un pour nous abreuver d'ordres et décider de ce qu'on doit faire, et à quel moment de la journée, et comme ci et pas comme çà ! Je ne sais pas pourquoi tu persistes, bon sang ! Est-ce que vous n'avez pas été à La Buge ? Y avez-vous vu les Routiers ? Non. Pourtant, des mecs comme eux qui méditent un coup doivent avoir un pied-à-terre, une base d'où ils rayonnent. Plus de pied-à-terre, plus de base, exit les Routiers ; où se seraient-ils cantonnés, d'après toi ? Près d'ici ? Non, ni près d'ici ni près de quoi que soit d'autre que dans le charnier où les vautours sont en train de les bouffer tout crus. Les Routiers sont morts ! Morts et enterrés ! Leur dernière victime, ils l'ont faite l'autre jour. Il faudra bien que tu l'admettes et que tu nous fiches la paix avec ta mégalomanie de dictateur ! Pour qui tu te prends, à la fin ? Pour Turenne ? Pour Napoléon ? Y en a marre de tes airs à quémander galons et médailles ! Si tu veux ton nom dans le dictionnaire des hommes fameux du siècle, et bien on te réservera une place d'honneur avec cartouche, filigrane et estampe. Si tu veux ton portrait avec citation sur les murs de la maison, façon Ceausescu, rien de plus facile, il y a un bon dessinateur parmi nous, Florent, c'est un artiste, il te fera ça aux petits oignons. Si tu désires qu'on chante tes louanges, tu es musicien, compose-toi toi-même une ode à ta gloire, on fera chorus.

Tandis qu'il s'échauffait dans son harnais en pérorant sa mercuriale, son timbre s'était emballé crescendo pour plafonner, avec l'épiphonème, sur ce qui n'était ni plus ni moins qu'une injure à bout portant. Olivier ne saisit pas tout de suite. Les postillons qu'avait vomis cette bouche presque haineuse, ce fiel craché en plein visage, c'était tout bonnement inconcevable. Sa stupeur était telle que l'incrédulité s'y substituait presque diamétralement ; il se persuada qu'il avait mal compris, que Cyprien avait parlé dans une autre langue que le français, que ce pilonnage d'outrages vitupérés contre lui procédait d'une hallucination acoustique, qu'il faisait un cauchemar, qu'il allait se réveiller et qu'il était impensable que ce fût un Périonte qui eût débité un tel déluge d'avanies.

Brusquement, la réalité le bouscula, les circuits déconnectés dans son esprit se rebranchèrent, la coordination s'opéra entre ce qui y était encore disjoint, il eut la sensation physique qu'on lui avait assené un coup de massue derrière la nuque. L'affreuse déformation de la face de Cyprien, tuméfiée de reproches et de quelque chose de pis, l'électrocuta des pieds à la tête au point d'être incapable non seulement d'une réaction, mais encore d'une pensée cohérente.

La diatribe avait explosé en une déflagration d'une rare violence. Une autre la relaya aussitôt. Cyprien n'avait pas vidé son sac d'invectives que quelqu'un s'était catapulté debout sur ses jambes avec une promptitude de cougouar.

C'était Thomas. Ses yeux rougeoyaient comme deux braises et fusillaient l'aîné des Périontes. Il siffla, d'une voix sourde qui se domptait à grand'peine :

– Quelle honte !

Cyprien, décontenancé, improvisa un revers de bras qui ne réussit qu'à ulcérer davantage son interlocuteur. Peut-être calculait-il en cette minute qu'il avait passé les bornes. Cependant, les torts que l'on a s'enflant toujours en proportion de l'orgueil qui les caresse dans le sens du poil, l'unique rechange de l'outrecuidance blasphémée est la parade du paon. Cyprien adopta donc la pose de torse ad hoc. Mais Thomas n'en avait cure : il se carra devant lui, les orbites brillant d'un éclat métallique et rugit :

– Tu es insultant et tu es ignoble ! Insultant parce que ta tirade fait croire qu'Olivier est un imbécile qui ne sait ni ce qu'il dit ni ce qu'il fait ; ignoble parce que tu manques de respect à un Périonte, à un frère, dont tu n'auras jamais à craindre qu'il ne te rende ta monnaie, que pourtant tu mériterais, et au centuple. Qu'Olivier se goure, c'est possible, et d'ailleurs il est le premier à le souhaiter. Mais il se peut aussi qu'il soit dans le vrai, et alors là, tu deviens dangereux, mon bonhomme, parce que tu nous exposes tous au pire avec tes assurances du meilleur des mondes. Zéro de conduite et d'intelligence, Cyprien, zéro pointé ! Rive-toi bien ça dans la caboche : tant qu'on n'aura pas la preuve formelle, incontestable, définitive que les Routiers sont trucidés, tant que leurs cadavres n'auront pas été exhumés et identifiés un à un, on devra les considérer vivants, par conséquent prêts à nous zigouiller, là tout de suite, dans une heure, demain, dans une semaine, n'importe quand. Toi et Geoffroy vous dénotez une faiblesse de caractère si infantile que c'en serait presque comique. Vous me faites peur, autant que les Routiers. Vous vous décrétez hors de danger parce qu'un speaker dont on ne sait rien, ni d'où il vient ni de qui ou de quoi il est le porte-parole, a ânonné sur un ton mécanique une information que personne n'est en mesure de vérifier. Et bien moi, je vous parie que les Routiers pètent la forme et qu'à l'heure actuelle ils n'ont qu'une ambition, s'approprier nos pénates. J'irai même plus loin : ils y sont d'autant plus incités qu'ils ont l'armée au cul ! Or, ils connaissent le terroir par cœur, ils ont appris sur le tas à passer entre les mailles, à se terrer dans des recoins où l'armée n'ira jamais : alors, s'être fait pincer, je n'y crois pas une seconde, ils sont trop malins pour finir aussi minablement.

Devant ce feu de mitraille qui roulait comme une canonnade, pas une interruption : la stature de Thomas en imposait avec un tel ascendant qu'elle embrasait largement au-delà du périmètre de la Feuillée. Il reprit haleine, et poursuivit :

– Quant à en faire trop, si c'est le rôle de chef que tu contestes à Olivier, alors je vais te rafraîchir la mémoire, à toi et à tes supporters : ce rôle, c'est nous, nous tous ici, à l'unanimité, qui l'en avons investi. C'est nous qui lui avons confié la direction des affaires de salut public, et je ne vois pas qu'on ait eu à s'en plaindre. Parbleu, ta réprimande est un vrai chef-d'œuvre du genre *merci t'as bien bossé, encaisse tes indemnités et va chercher du boulot ailleurs !* Voilà que je me proclame fatigué par prérogative spéciale, que j'en ai assez d'arpenter les Froides-Aigues de long en large, ça fait de la peine à mes petits muscles et aussi à mon petit ego, puisque j'obéis et que je ne commande pas. La vie de mes copains ? Bah ! on va lui appliquer l'emplâtre si opportunément fourni par le bla-bla d'un nasillonneur officiel. Tant pis s'il n'est qu'un cautère sur une jambe de bois, advienne que pourra ! Un peu de hasard, après tout, ça épice les longues journées oisives, on peut bien jouer à la roulette russe, c'est si amusant ! Ton attitude, Cyprien, ça s'appelle du je-m'en-foutisme. Au fait, dans une conjoncture comme celle-ci, à quoi ça nous mène, le je-m'en-foutisme ? A servir de pitance aux vautours que tu as évoqués, en lieu et place des Routiers. Changement de provenance de la barbaque sur la carte du menu, et traçabilité périontesque garantie !

Il pimenta son expression d'une causticité acerbe et repartit de plus belle :

— Les vérités trop crues vous déstabilisent, messieurs les baba cool ? Remarquez que vous aurez toujours l'occasion de méditer le sujet quand les trois quarts d'entre nous auront au milieu du ventre un gros trou rouge d'où dégoulineront les boyaux. Continuez donc, continuez de vous persuader qu'en niant le péril vous allez le faire disparaître comme par enchantement. Bordel de merde ! Vous aimez mieux ajouter foi à une radio à la con que de cautionner le boulot d'un garçon qui n'agit que pour le bien de tous, dont les actes sont réglés par le dévouement pour ses potes ! C'est phénoménal comme vous vous faites emberlificoter par les apparences, alors que vous n'avez jamais hésité à vous mettre en quatre même pour une baliverne ! J'en suis sur le cul : vous avez été exemplaires, opiniâtres, vous vous êtes mis en quatre pendant des semaines pour conserver au coin qu'on habite son statut de havre de paix, et aujourd'hui vous reculez ? Vous les intrépides, vous vous transformez en limaces ? Tandis que là, dehors, il y a des chacals qui guettent et des hyènes qui hurlent, vous, les Périontes, hier encore aigles, vous voilà aujourd'hui autruches !

Ayant exhalé ainsi sa bile, Thomas s'empara de son arc et de sa fronde et s'exclama sèchement avant de déguerpir hors de la Feuillée :

— Je risque fort de prêcher dans le désert, mais tant pis : je carillonne et je tambourine que tant qu'on ne les auras pas vus cloués au pilori, les Routiers sont et restent notre bête noire. Par conséquent, qu'on doit maintenir les patrouilles et les factions à l'Observatoire.

Il ajouta, après un court silence :

— Que ceux qui partagent mon avis prouvent qu'ils ont des couilles ; autrement dit, qui m'aime me suive…

La catilinaire de Thomas avait claqué comme un fouet. Dans l'assistance, un traumatisme proche de la commotion, soit contrite, soit embarrassée. Désavouer celui-ci, offrir son suffrage à celui-là, ce n'était ni plus ni moins qu'entériner le plus calamiteux des scénarios, une division ! La consternation était telle que la moindre étincelle de plus dans la poudrière aurait entraîné l'irréparable. Au demeurant, elle se résolvait différemment, pour les uns en indécision, pour d'autres en vergogne, pour deux ou trois en surcroît de morgue. Florent, Gervais et Jérôme ne cachaient pas leur réprobation à l'égard de Cyprien, profondément scandalisés qu'il eût déprécié l'honnêteté foncière d'Olivier, élu librement et comme l'avait rappelé Thomas, à l'unanimité. En ces instants dramatiques où un antagonisme menaçait scission au sein d'un groupe jusqu'ici homogène, le sauvetage de ce bien précieux reléguait au second plan toute autre préoccupation. D'où l'urgence à tuer le serpent dans l'œuf. Pour cela, un seul moyen, écraser la coquille.

Il s'agissait de faire vite. Camille, Geoffroy avaient sciemment rallié ses étendards des séparatistes. Les *fidèles au régime* s'étaient rangés sous ceux d'Olivier, de Yannick et de Thomas. Les Périontes prodiguèrent bientôt l'ahurissant et invraisemblable spectacle de deux clans à couteaux tirés prêts à en découdre, exactement comme deux bandes de cités.

Olivier n'avait pas eu le courage de patienter l'épilogue de l'altercation. Il s'était retiré sur la Tour sans que personne se fût soucié de lui, ce qui fit que lorsqu'il eut disparu, nul ne savait où il se nichait.

Il s'assit à l'angle d'un créneau, à même les graviers, et demeura ainsi, étanche à toute perception extérieure, excédé de harassement et brûlant de fièvre. Ses jambes pesaient des tonnes, ses paupières papillotaient, il murmura :

– Je suis archi crevé !

Il s'endormit.

Le chuintement d'une chouette le réveilla en sursaut. Il balbutia :

– Qu'est-ce que je fous là ?

Il se rétorqua aussitôt, en épongeant la sueur qui l'inondait :

– Ah oui, c'est vrai…

Peu à peu, son cerveau se nettoya et recouvra un peu de consistance ; il proféra, avec une ironie macabre :

– Oh, les imbéciles…

Trois simples mots, et c'est le verdict que rend l'impitoyable lucidité de ceux qui sondent les consciences à travers les actes ! Le glaive de la sécession avait donc frappé, l'hydre de la discorde rompait l'union sacrée ! Et qui étaient les instigateurs de cette rupture ? Des êtres dont chaque souffle de vie ne se justifiait que par le souffle des autres.

Ce qui le navrait, ce n'était pas le différend en soi, souhaitable dans un régime démocratique ; beaucoup d'ordonnances liées aux Routiers avaient fréquemment excité des litiges. Seulement, tout contentieux, quel qu'il fût, s'étançonnait à un principe inviolable, l'intérêt de la communauté, pierre angulaire d'une cohésion sans faille. Que subsistait-il de cette harmonie ? Deux camps ennemis qui pour un peu se seraient tapés dessus comme des voyous. Sur ce champ de bataille fratricide prospérait la plus nocive des fleurs vénéneuses, celle qui en corrodant le cœur rabougrit l'âme : l'égoïsme.

L'égoïsme ! Quelle pitié ! Si encore on avait eu quelque chose à soi à revendiquer ! Mais pas un ne possédait quoi que ce fût qui lui appartînt en propre. Pourtant, deux phalanges rivales étaient nées d'une chicane aussi médiocre que celle de Trissottin et de Vadius.[16] Petite cause, grands effets.

Quand on est à tâtons dans les conjectures, on fouille en aval et en amont, on ausculte tous les mobiles et on dissèque toutes les probabilités. Quelques fragments d'explication s'embranchèrent bientôt à cette opération chirurgicale. Lueur trouble qui lui fit bredouiller, avec un redoublement d'amertume : *et si c'était ça ?*

Ça le confrontait d'abord à une présomption si difforme qu'il la repoussa ; nous verrons plus bas ce qu'il en est de cette présomption. Il la repoussa, mais avec colère, ce qui lui fut immédiatement suspect, la colère dans ces cas-là n'étant jamais que le paravent d'un refuge de poltronnerie trop heureux de s'escamoter une réalité tortionnaire. Néanmoins, comme on

---

[16] Voir les Femmes savantes de Molière.

est toujours plus ou moins complaisant avec les palliatifs confortables, même s'ils nagent dans un océan de sophismes, il fut tenté de passer carrière. Pour justifier ce faux-fuyant, il se rabattit sur le scrupule qu'entretient chez un être intègre l'horreur de la diffamation. De là, il glissa sur une pente savonneuse d'autant plus redoutable que sa déclivité en constante aggravation en dérobait sans cesse l'issue. L'issue, c'était son abdication pure et simple, à lui Olivier. Il songea sincèrement à renoncer aux patrouilles, à aligner concession sur concession, tout cela dans l'impérieux dessein de ressemeler une ébauche de concorde. Il alla même jusqu'à envisager de faire ses excuses à ceux qu'il s'étudiait à nommer les pacifistes, en réalité démissionnaires, et qui par leur attitude creusaient les sépultures où les Routiers n'auraient plus qu'à les ensevelir.

Soudainement, l'énormité d'un tel compromis le cingla de plein fouet et se divulgua pour ce qu'il était, la plus inqualifiable des palinodies, celle qui homologue la tiédeur fadasse d'un accommodement à la Talleyrand, qui avalise les décrets d'un aréopage d'usurpateurs et lui prononce à genoux l'abjuration de Galilée. Il s'accusa vertement d'homologuer une clause de rétractation à un traité impossible à modifier sans le casser aux gages de A à Z. Son projet de résipiscence, du reste déjà malmené par le paradoxe de sa conclusion, puait trop l'artifice pour ne pas être aussitôt balayé. Les retranchements de couardise qu'il dénonçait, en lui dévoilant la voie de garage où il s'était esquivé, corrigèrent aussitôt l'erreur d'aiguillage et lui inspirèrent une semonce contre lui-même. Semonce, du reste, parfaitement impulsive et, comme il est naturel chez un jeune homme, dilatée à l'excès sous l'empire de l'émotion.

Ce qui le bouleversait surtout, qui expliquait son *et si c'était ça* balbutié plus haut, et qui se révélerait catastrophique si le proche avenir devait le confirmer, c'était ceci : quelques-uns parmi les Périontes vivaient depuis toujours en marge de leurs vraies personnalités, par pure spéculation. Les bons petits mecs sympatoches, les bouilles attendrissantes n'étaient que vitrines décoratives, masques de comédie : une situation extraordinaire survenait-elle en requérant la vertu suprême, l'abnégation ? Les vitrines se fissuraient, les masques tombaient et affichaient de hideux faciès torturés par les ravages du nombrilisme. Il avait suffi d'un pavé dans la mare pour trahir l'imposture et décanter la mentalité d'un quatuor de byzantins acquis à la cause du *après moi, le déluge.* La raideur butée de Cyprien, l'agressivité blessante de Camille, le sentimentalisme sirupeux de Geoffroy, la veulerie douceâtre de Claude, quatre fondrières de la décrépitude où s'engloutissent toutes les sociétés abâtardies par une surdose d'opulence, et qui du jour au lendemain, comme cela, décident de brouiller les cartes, d'inverser les valeurs en subordonnant le devoir au à la jouissance, en un mot en servant le rôti avant le potage. Partout où la fatuité s'allie à la paresse pour dérouler le tapis rouge du laisser-aller, elle n'a plus qu'à lustrer le fleuron qui couronnera le chef-d'œuvre, l'indifférence. L'indifférence, c'est le *moi, je…* vorace qui hurle la primauté du *ma gueule d'abord,* et piétine en cadence la notion d'altérité sans réfléchir que c'est grâce à elle que chacun s'épanouit. Qu'espéraient ces trublions ? Bâtir un monde nouveau sur le modèle réhabilité de l'ancien ? Maquignonner le principe sacré du don de soi, du désintéressement par amour de l'autre, sous le mesquin petit règlement intérieur du bon plaisir égocentrique ?

Olivier était si déprimé qu'il avait beau explorer tous les méandres du labyrinthe où il tournait en rond, ceux-ci le ramenaient invariablement au point de départ. En arrière-plan de cette impuissance à discipliner sa pensée surgissait une armada de spectres armés de fusils à qui l'on remettait les clefs de la cité comme les bourgeois de Calais au roi Edouard. Avec un effet supplémentaire de mélodrame, et pour faire encore plus vrai, on pourrait même aller jusqu'à implorer leur clémence la corde au cou. Après tout, une fois le froc baissé, le reste n'est plus qu'une question d'accoutumance à la nouvelle étiquette.

Le jeune homme avait gravi tous les échelons qui vont de leur stade initial, l'ébahissement abasourdi, à une clairvoyance de plus en plus limpide. Il mâchait et remâchait la frustration de celui qui avait tant aimé, que cet idéal écroulé, tout s'écroulait avec lui. Les grandes déceptions accouchent bien souvent de ce genre de revirement catégorique. Ces garçons et ces filles qu'il avait adorés, qui étaient ses alter ego, qu'il chérissait autant qu'il avait d'abord chéri Alexandre, glorieux et magnifique archétype d'un amour plus vaste, cette confiance dont il avait embelli le plus sublime des sentiments humains, cette joie indicible de s'amalgamer à des créatures chez qui tout lui était félicité, jetait une lumière effrayante sur ceux qui n'en étaient pas dignes, qui n'en avaient jamais été dignes, histrions empêtrés dans leur misérable pantalonnade qu'ils travestissaient en réclamations syndicales, sans daigner en anticiper les désastreuses séquelles.

Saturé de désenchantement, Olivier quitta la Tour et marcha vers l'étang. En croisant la Feuillée lui parvint l'écho amorti d'un groupuscule qui débattait à voix feutrée. Débattre de quoi ! Il était si pénétré de dépit qu'il s'enfonça dans la nuit ; il n'avertit personne, pas même ceux qui le soutenaient. Il alla seul avec sa tristesse, bringuebalé par un tumulte de sourdes appréhensions.

Le soir était avancé, il faisait un beau clair d'étoiles. Jamais la forêt ne lui avait paru aussi morne. Le grossissement fantasmagorique que les ténèbres prêtaient aux arbres et aux reliefs lointains se reflétait en lui comme l'effigie des sables mouvants où les Périontes étaient déjà à mi-corps. Il murmura, les bras ballants : *aujourd'hui échec, demain mat.*

Il ne fallait qu'une sentence de cet acabit pour catalyser le flux et le reflux de ses pensées tempétueuses, mais cette fois en y braquant l'appareil optique qui greffe à un cas particulier la rallonge d'un axiome général. Il s'interrogea si les desseins les plus nobles, les entreprises les plus généreuses étaient vouées au naufrage et sans cesse culbutées de l'espérance la plus légitime dans une inéluctable banqueroute. Pourquoi là où la fertilité d'une terre cultivée avec soin promettait une riche récolte, était-ce toujours l'ivraie qui y proliférait ? Olivier se remémorait avec une pathétique dérision les vieilles légendes des âges d'or condamnés d'avance à leur lente et irrémédiable déconfiture. Puis sa douloureuse méditation l'attirait vers le confluent de son implication dans la dissidence des Périontes. Ce mouvement giratoire autour de lui-même l'avait d'abord exaspéré ; il fut bien forcé de lui accorder audience. Sa modestie dût-elle en souffrir, aurait-il délibérément occulté sans se mentir par omission qu'il était l'artère fémorale de l'inviolabilité des Froides-Aigues et la caution de sa pérennité ?

Certaines conjonctions de temps et d'espace, combinées avec la sensibilité des aptitudes réceptrices, allume en nous, et à plus forte raison chez Olivier, la paupière sous laquelle sommeille notre œil visionnaire. Depuis quelques minutes, le garçon était le l'épicentre d'un phénomène de réfraction qui mettait en exergue les perspectives avec une affolante perspicacité. Ce véritable télescope lui désignait les malfaçons du temple inachevé qu'étaient les Périontes en lui rebattant le crâne que malfaçons et inachèvement vont toujours de pair, et pour donner du poids à sa rhétorique, il enfonçait le clou en y allant de sa leçon de philosophie : *qu'est-ce qu'un ouvrage*, disait-il, *qui n'a pas été travaillé vingt, cinquante, cent fois, sinon une pochade ? Qui n'a pas tout fait n'a rien fait : tu es le chef du chantier, à toi de discipliner et de remotiver les artisans. Pour cela, lutte à un contre tous s'il le faut, mais n'arrête pas le combat avant la victoire totale ; régénère les enthousiasmes languissants, les vaillances engourdies, les ardeurs abouliques, les volontés gangrenées par la fainéantise, désintoxique les engouements chloroformés, ressuscite les ferveurs qui ont l'onglée, réchauffe les énergies qui ont pris un coup de froid, ranime la cotisation des volontés tendues vers un seul but. Fais tout cela, et la concorde renaîtra de ses cendres.*

Oui, mais comment réclamer l'héritage des indomptables dégénérés en sybarites, comment restaurer Spartes et s'atteler à la gageure de saigner le jus de navet qui circulait dans les veines pour y opérer la saine transfusion d'un sang viril ?

L'importance fondamentale de son ministère ne l'avait jamais autant chatouillé du côté d'un narcissisme qu'il exécrait que depuis que les événements en réévaluaient la pertinence ; non par gloriole, est-il besoin d'insister là-dessus, mais parce sans la soumission à cette législature, les Périontes couraient les yeux bandés au désastre. Or, ce désastre, qui mieux que lui était le plus compétent pour le prévoir à travers ses prémisses ? Au sein de toute confrérie, même la plus évoluée, l'être d'exception, celui dont le génie surclasse les talents ordinaires, celui qui transcende les immobilismes routiniers jusque dans leurs concrétions les plus figées, est bien souvent celui que la multitude conspue et pilorie, haï pour ce qu'il a de vrai, flétri pour ce qu'il a de juste et diminué pour ce qu'il a de grand. Aux yeux des infirmes, des myrmidons à jamais noués dans leur rachitisme, Haydn est un croque-note de salon, Moussorgski un alcoolique, Baudelaire un drogué et Dali un illuminé. L'histoire est pavée de ces petites médiocrités critiques qui confondent trois cents pages de pataraffes inintelligibles avec le roman du siècle, les beuglements d'une drag-queen hystérique avec de la musique, et qui attelleraient volontiers Bucéphale[17] à la charrue.

L'autorité d'Olivier étrillée, c'était la structure entière qui se lézardait, c'était l'unité bifurquée abandonnant tout au désordre, à l'anarchie, à la subversion, à la prépondérance du laxisme sur la discipline. Une pareille ségrégation et ses inévitables prolongements, licence, marasme, inertie, instrumentalisaient la charte de la capitulation : plus de patrouilles, plus de sentinelles, plus de cordon sanitaire ceinturant comme une circonvallation l'oppidum où avait éclos, au milieu de l'effondrement de la civilisation, un îlot de quiétude. Et lui, Olivier, qui était la cheville ouvrière de ce municipe, le maître artisan de son autonomie et de sa sécurité, qui y avait endossé la fonction la plus ingrate, on le destituait de son rang pour lui assigner celui des charlatans qui méritent au mieux une révocation, au pire l'ostracisme. Ceux qui hier l'avaient postulé lui infligeaient aujourd'hui un stigmate indélébile et le rebutaient avant probablement de l'élaguer comme une branche morte. Et sur quelle foi ? Sur des rumeurs radiophoniques si chétives, si ténues, si fragiles qu'un enfant n'en aurait pas été dupe, sur de prétendues certitudes qui n'étaient pas même des vraisemblances et qui convertissaient

---

[17] Le cheval d'Alexandre le Grand.

les héros d'hier en bourgeois n'ayant plus qu'une hâte, pendre l'armure au clou et la remplacer par la couette.

Quant à Cyprien, qu'il se fût acquis la complicité de trois ou quatre affidés de même tabac que lui, c'était déjà quelque chose ; mais qu'il assortît à ses mauvaises raisons les gesticulations d'un sale gosse qui rechigne à faire ses devoirs du soir, quel plus éloquent témoignage que la jalousie est aveugle ?

Un mécompte personnel se soldant par un abîme collectif, ce n'est pas un simple revers de fortune, c'est une déroute consommée. Conclure une campagne fructueuse par un codicille délivrant congé sans solde au plus utile des mandats, c'était ce qu'on avait fait, c'était l'acte notarié d'une fratrie déchue en camarilla. Les Périontes mesuraient-ils au moins qu'en dépréciant la couronne du chef, ils rétrogradaient de Lacédémone à Capoue/Gomorrhe, qu'ils dégringolaient de la bravoure à la pleutrerie, qu'ils troquaient la cotte de mailles contre on ne savait quelle chlamyde que les coupe-coupe des Routiers n'aurait aucun mal à taillader en lambeaux ?

Olivier se livra à sa mélancolie jusqu'à une heure tardive. La colère s'était épuisée, il n'en surnageait plus qu'une incommensurable détresse. La masse noire de la maison se découpait au loin sur les pâles rayons de la pleine lune. Alors défila dans sa mémoire comme un diaporama la chronique des trois années qui avaient buriné tant d'épopées sur ce fronton héroïque et qui aujourd'hui en gravaient peut-être la sinistre péroraison. La toute petite veilleuse qui trouait encore les ténèbres où il chancelait s'éteignit, il n'y eut plus rien qu'un tragique dais de mort et de deuil. Olivier serra ses tempes de ses paumes et épancha le même sanglot convulsif qui en une nuit avait blanchi les cheveux de Jean Valjean. Les larmes gonflèrent ses paupières, la douleur le brisa, il pleura comme un enfant, avec l'effusion poignante de ceux qui sentent, à travers l'inanité des approximations terrestres, la pitoyable indigence de la versatilité humaine.

A cœurs aimants rien d'impossible

Un bruissement l'arracha à son humeur noire, une silhouette se détacha du clair-obscur de l'oppressante nuit d'été où il s'était cloîtré. En d'autres circonstances, il se serait réjoui. Mais cette intrusion-là l'importunait. Or, il n'y a guère de transition de l'accablement à une bile qui s'échauffe : Olivier serra les dents et se dit : *si c'est un de ces minables factieux, tant pis, je provoque la bagarre et je lui rentre dedans !*

Il avait à peine fulminé cette menace outrée de colère, du reste parfaitement sincère, que les bords de l'étang s'illuminèrent d'une miraculeuse clarté ; un sourire l'enveloppa avec la douceur exquise d'une haleine printanière, deux bras l'enlacèrent, une onde de chaleur ruissela dans ses reins, Olivier se fondit en une inexprimable félicité. Il murmura :

– Alexandre…

Qu'est-ce que l'amour ? Une oblation divine, une parcelle de Dieu ensemencée dans l'homme pour l'homme, une urne qui distille le plus céleste des breuvages. En cette heure sombre où Olivier épelait le mot solitude en bégaiements sinistres, son jeune ami était un prodigieux rayon qui se décuplait, une source inépuisable d'ambroisie versée par un messager de félicité. L'adolescent exhalait des bouquets enivrants, sur sa peau fraîche flottait un parfum de musc, ses lèvres pourpres avaient un goût de fruit sucré.

Olivier, le contemplait, ébloui de tant de beauté. Il enfouit sa main dans ses longs cheveux soyeux, il baisa son torse voluptueux, son petit nez retroussé, ses oreilles de nacre, il n'eut pas assez de toute la plénitude de son adoration pour se rassasier de la coupe de nectar qui lui était tendue. Il embrassait le merveilleux garçon avec un transport muet qui s'immergeait dans une vasque d'allégresse. Il jubilait sur un zénith d'où l'on contemple, à travers la fusion de deux êtres éperdus l'un de l'autre, les univers sans bornes et les plaisirs sans fin.

Ces extases-là n'expirent que pour ressusciter, leur flamme est un incendie qui nous consume avec délectation, et quand elle s'apaise sa chaleur flotte au-dessus du brasier comme l'esprit au-dessus des eaux. Alexandre lui dit du bout de ses lèvres frémissantes :

– Je suis venu apporter la paix.

– Par toi, répondit Olivier, toutes choses trouvent la paix.

Le cadet relata en peu de mots que sa démarche était à la fois délibérée et missionnée ; que dans un éclair de sagacité qui se manifeste d'autant plus vivement qu'on a été plus têtu, les infracteurs des patrouilles avaient gambergé qu'en matière de querelle il y avait deux écoles, celle qui appelle le consensus à la rescousse, et celle qui déterre la hache de guerre sans sommations. La première souffrait la discussion franche et honnête, la controverse profitable à tous, les opinions échenillées de leurs sous-entendus, l'argumentation étayant ou affaiblissant les théories débattues, la réflexion qui estompe les angles aigus de la passion. L'autre avait pour rejeton un conflit à bannière levée, avec sa sanction, forcément calamiteuse.

– Il y a eu contrition générale, reprit le cadet. Claude a même dit que c'était une gaffe nécessaire, qu'on s'endormait, que tout était trop beau, qu'il fallait bien chercher la petite bête, puisqu'on était devenu des espèces de goinfres du confort et que les aléas de l'existence nous réapprennent de temps en temps qu'il est bon de se contenter de ce qu'on a et qu'à vouloir toujours davantage, on risque de tout perdre.

– Il a dit ça ?

– Parfaitement ; il a même parachevé son discours en affirmant que celui qui n'est pas capable d'affliger son frère, même à tort, surtout à tort, n'est peut-être pas capable de l'aimer vraiment ; que les imperfections de l'homme font partie de l'homme, de même que les inconvénients de la loi font partie de la loi. Enfin, son intervention a clos par un épilogue heureux un incident qui, de l'avis unanime, n'aurait jamais dû trouver terrain favorable parmi nous.

— Ce bon Claude ! soupira Olivier.

— Je t'avoue que ça valait mieux. Car peu de temps après le coup de gueule de Thomas, l'incendie avait embrasé toute la communauté. De Cyprien à Geoffroy d'une part, de Thomas à moi de l'autre, ça s'était rapidement envenimé ; Florent disait que les manigances de Cyprien, c'était comme un Deux-Décembre [18] au petit pied, et Jérôme, Gervais et Yannick étaient tellement ulcérés qu'ils avaient déjà fait leur baluchon pour foutre le camp des Froides-Aigues. Je te prie de croire qu'ils étaient remontés, décision immédiatement exécutoire. Heureusement, *les excès portent parfois, comme la lance d'Achille, le remède au mal qu'ils font*, j'ai lu ça dans les *Liaisons*[19] : on était tout près du cap à ne pas passer, parce qu'il aurait été irréversible, ça a refroidi pas mal les quatre mutins. Sûr qu'ils ont pesé les suites à très court terme d'une rupture, c'est-à-dire finis les Périontes, ça n'existe plus. Et bien, Olivier, sache-le, ce n'était qu'une broutille que cette fâcherie. J'ai vu se peindre sur les physionomies un authentique désarroi, celui qui proclame le cas que l'on fait de ceux avec qui on vient de se frotter. Autant Claude et Camille avaient été acrimonieux, autant ils se sont montrés prompts à réparer leurs torts. Ils sont sincères, je m'en porte garant.

— Tu le dis, répondit Olivier, je n'en doute pas.

Il ajouta :

— Venant de toi, je ne doute jamais de rien.

— Que vas-tu faire ?

— Songer au meilleur moyen de tout raccommoder.

— Alors, songes-y bien, mais ne tarde pas, il faut battre le fer tant qu'il est chaud. Moi, je m'escape.

Il articula en s'esclaffant :

— J'ai une invitation de Nadine. Elle est impatiente de tâter du jeunot. Je n'avais pas prévu notre intermède, il a pas mal bouffé mon blé en herbe.

— Allez, fit Olivier, tu as de l'énergie à revendre…

---

[18] Allusion au coup d'Etat de Louis-Bonaparte, futur Napoléon III, le 2 décembre 1851.
[19] En effet, il s'agit bien d'une citation des Liaisons dangereuses de Choderlos de Laclos.

Alexandre l'enveloppa d'un regard qu'Olivier ne devait jamais oublier, et lui dit, exalté par l'enthousiasme d'une incomparable ferveur :

— Olivier, tu es le seul au monde avec qui je mourrais d'amour...

Il s'en alla vers la maison.

L'aîné aurait bien sommeillé quelques heures, mais pas moyen de fermer l'œil. En dépit de la sublime parenthèse de son jeune ami dont il était si imbibé qu'il en avait des vertiges, une idée fixe le harcelait et n'en démordait pas. L'aposthume non vidé, même mûr, fait mal. Il résolut d'appuyer dessus jusqu'à dégorgement complet du pus.

Il entama cette prophylaxie en se convainquant qu'il avait peut-être été au-delà de ce que l'exigence d'un seul est censée obtenir de tous ; que sa tutelle avait couru des bordées contraires à l'amitié en éclipsant le camarade sous le capitaine ; qu'effectivement, selon le mot de Geoffroy il en faisait trop et qu'à considérer les choses avec impartialité il aurait dû s'attendre à être récusé par ceux à qui toute attitude péremptoire heurtait leur idéal de liberté.

Oui, mais quand même, nuançait-il, n'aurait-on pas été moins abrupt à lui contester son sceptre sans brandir le glaive d'une rébellion aussi belliqueuse ? La loyauté dont on s'était si souvent armorié désavouait les comportements outranciers, et avec de la pondération et une tape dans le dos, tout se réglait sans esclandre.

A force de remuer les mille supputations qui le turlupinaient, les solutions se présentaient pour ainsi dire dans l'ordre rationnel et dialectique qui remonte des effets aux causes. L'une de ces causes, du reste déjà effleurée à l'instant, mais insuffisamment, sans dépasser le stade embryonnaire, lui frappa soudain la paupière, il s'exclama :

— Vraiment ? Ce pourrait être ...?

Ce que traduisait cette interjection tronquée, c'était un éblouissement qui dénudait tout un pan d'ombre de la zizanie, et qui condensé en une sentence brutale, lui fournissait peut-être la clef de l'énigme : est-ce qu'on ne lui imputait pas des ambitions régaliennes ?

Olivier se grattouilla le cuir chevelu, façon de confronter l'énormité d'une telle supposition aux démentis qui la réfutaient :

— Mais enfin, se murmura-t-il, comment ont-ils pu croire...

Il enchaîna incontinent :

— Ils devraient savoir que je suis aussi peu enclin à la dictature qu'ennemi de l'esclavage. Moi, monarque absolu ! Oliver Ier régnant sur les Froides-Aigues, ses sujets courbés devant son trône, c'est du délire !

Il plongea dans l'étang, nagea jusqu'à l'îlot, s'assit sur une butte et s'immergea de nouveau, mais cette fois dans ses méditations.

Ce qu'elles lui développaient le désappointait, assurément, mais le chagrinait bien davantage. Le désappointement augmentait le chagrin qui lui remboursait sa quote-part de frustration. Cercle vicieux dont on ne se délivre que par une vigoureuse hygiène intérieure. Cette hygiène, c'était le recours à un raisonnement méthodique.

Il se mentionna que si son hégémonie avait été estimée despotique, à la rigueur il le concevait, mais qu'elle n'en demeurait pas moins occasionnelle, en tant qu'épiphénomène lié aux impératifs d'une conjoncture particulière limitée dans le temps. De là à le soupçonner d'agioter sur sa nomination de grand sachem pour marauder des desseins totalitaires et étendre d'un sacre impérial les âpretés de sa politique, il y avait une motion tacitement déhortatoire que ses camarades, auxquels il vouait une suprême confiance, n'auraient jamais dû omettre.

Olivier avait prononcé sa plaidoirie ; il était juste de ne pas esquiver le réquisitoire afin d'instruire son procès à balance égale du pour et du contre.

Seulement, il avait beau examiner ses torts sous toutes les coutures, il comptabilisait plus de motifs de s'applaudir que de se condamner. Olivier n'était pas de ces pharisiens qui se fouettent des verges en affectant une modestie feinte. Son inaltérable droiture stipulait la pleine et entière capacité à assumer les conséquences de décisions qui, pour impopulaires qu'elles fussent, n'en étaient pas moins les seules valables. Il inférait le bien-fondé de sa conduite de l'inaptitude où est presque toujours l'officier subalterne de surpasser celui à qui est dévolue l'écrasante responsabilité de piloter le navire entre les récifs, fondement de toutes les hiérarchies. Alors, oui, il s'était galvanisé à combattre d'une poigne virile les petits relâchements, les menues lassitudes, l'ennui qu'engendre le train-train des besognes répétitives et fastidieuses, les corvées en un mot ; bien sur qu'il avait bataillé ferme contre la légèreté des uns, la nonchalance des autres, l'absorption du devoir par les tentations du laisser-aller, l'oubli de la prudence par la dévaluation de la menace ; assurément qu'il avait insisté sur la nécessité de rectifier en les disciplinant les inévitables inadvertances qui dérivent du tempérament juvénile. Et bien, c'était cette fermeté qui avait cristallisé les mécontentements ; c'était cette inflexibilité qui avait brodé à la dimension souveraine de sa fonction des attributs de caporalisme ! Tandis qu'il supervisait un travail de Tantale, tenaillé par l'angoisse que la moindre faute d'appréciation serait peut-être fatale, tandis qu'il contrôlait tout avec la plus grande minutie, qu'il coordonnait, qu'il planifiait, qu'il régissait et administrait, pas une seconde il n'avait imaginé que cette débauche d'énergie aiguisait contre lui ses propres armes et qu'aux yeux des Périontes son habit d'hoplite emprunterait la coupe d'un costume de satrape.

Olivier était effaré : lui qui avait endossé son harnais éperonné par l'âme de Coriolan, voilà qu'on lui subrogeait l'arrivisme d'un Bonaparte. Alors qu'il n'agissait que par sollicitude, on le suspectait de tramer un dix-huit Brumaire. Lui dont les décisions, les sentences, les verdicts résumaient et condensaient un mot d'ordre irréductible, ne pas hasarder un seul des cheveux de ses frères, lui qui se démenait et se multipliait sans plaindre sa peine, qui s'éveillait la nuit pour contempler, attendri, ces garçons et ces filles qu'il aimait et pour lesquels il aurait sacrifié sa vie, à quelle diablerie souterraine était-il associé ? A celle d'un ambitieux intrigant.

Il s'efforça d'agencer un peu de logique dans cette pagaille.

Par quel enchaînement de malentendus en était-on arrivé là ? Olivier tergiversait entre plusieurs présomptions toutes aussi insatisfaisantes les unes que les autres, lorsqu'une étincelle d'eurêka éclaira par en-dessous tout ce qu'il avait cogité jusque-là. Cela fit comme le bris du cadenas qu'on déverrouille après plusieurs essais infructueux. Il dévida le fil de la quenouille qui lui était encore une tablature une minute plus tôt, éplucha méticuleusement la genèse de la discorde et hocha le chef :

— Ben oui, dit-il, c'est bien ça qui les dérange, j'aurais dû y songer plut tôt...

Que n'eût-il en effet songé plus tôt à ce qui se démontrait comme une proposition d'Euclide : ne détenait-il pas sans partage le suprême pouvoir discrétionnaire ? N'était-il pas agréé à en disposer selon son arbitrage exclusif ? Et bien, cette couronne déplaisait. On redoutait qu'elle ne se boulonnât sur sa tête en s'y déclarant inamovible.

Les Périontes n'étaient pas assez gothiques pour ignorer que dans tout chef il y a un potentat en embuscade et que rien ne fascine plus à escroquer une autorité que son usage privatif. Exercer le consulat, soit, cela se justifie lorsque les contingences le réclament, mais qui oserait affirmer que la procuration censée provisoire n'a pas tendance à se proroger d'elle-même ? Est-on bien certain que le centurion d'hier ne va pas coudre à son armure une passementerie fleurdelisée et gueuser les suffrages nécessaires à lui décerner les apanages de l'autocrate ? Entre ces deux paliers d'une investiture à une autre, imperator[20] et empereur, il n'y a que le décret d'une promotion dont il est aisé de s'improviser son propre signataire, et l'histoire est prolifique de ces glissements du sabre à la pourpre. Et puis, il est dur, quand on a été capitaine, de rétrograder soldat.

Le garçon respira à fond, soulagé que sa conscience l'eût délesté du poids qui l'avait tant écrasée. D'évidence, il avait

---

[20] Rappelons qu'imperator désignait le commandant en chef des armées à Rome, et non l'empereur.

manqué de souplesse. La sécheresse de ses directives avait été propice à la fermentation du quiproquo qu'il briguait un titre et que ses lauriers d'aujourd'hui servaient à écussonner ses galons de demain.

Ce dont il aurait dû persuader ses compagnons, c'était qu'une fois les Routiers hors de gamme, il n'aurait qu'une hâte, pendre son casque au clou, troquer le glaive contre la houlette et l'uniforme contre la peau de mouton. Heureusement, quelques-uns, Yannick et Thomas en tête, ne lui prêtaient pas d'autres visées.

Olivier avait pressé l'abcès. Il n'avait plus qu'à détromper les sceptiques et les incrédules, à démystifier l'équivoque en attestant ce qu'il y avait de plus probe en lui : qui oserait le taxer de dissimulation ? On l'expertiserait non tel que le contexte l'avait contraint à jouer un personnage rébarbatif, mais tel qu'il était sous cette écorce. Il alléguerait la pureté de ses intentions, et si on l'exigeait il regagnerait sa place dans le rang ; au fait, ce rang, l'avait-il jamais quitté ? La première erreur de Cyprien était d'avoir présumé que lui, Olivier, s'était inscrit sur son propre registre d'avancement.

La nage, puis l'introspection à laquelle il s'était livré, l'avait rasséréné. Les Froides-Aigues allaient reconquérir de nouvelles couleurs sur une redistribution des cartes, cette fois à franc jeu. Cyprien, Camille, Claude, Geoffroy l'avaient réprouvé par conclusion obreptice[21] prématurée. A lui dès lors de dénoncer le méchant habit qu'un imbroglio lui avait taillé en manteau de Tibère. Pour entériner cette réconciliation, il marcha droit sur la Feuillée.

Alors qu'il croisait le Tertre, un chuchotis de voix l'arrêta net. Après quelques tâtonnements, il le localisa à l'intérieur de la petite casemate naturelle qui ménageait un abri discret où quelques malicieux céladons consignaient gaillardement les éphémérides de leurs accointances. Olivier sautilla sur la pointe des pieds, s'accroupit, et distingua Cyprien et Dorothée, cette

---

[21] Obreptice : où l'on a oublié quelque chose d'essentiel.

dernière mitigeant avec énergie les assauts frénétiques du garçon. Ses oreilles s'allongèrent comme des antennes mobiles.

Voici ce qui se disait entre les deux jeunes gens et qu'Olivier recueillit mot pour mot :

— Dorothée, je t'aime…

— Moi aussi, mais pas dans le même registre.

— Pourquoi tu ne veux pas être mienne ? Je veux t'épouser. On n'a pas le droit de s'épouser, aux Froides-Aigues ?

— On a le droit de s'aimer, c'est tout ; s'épouser est superflu.

— Il n'y a que toi que j'aime avec cette ardeur.

— Il n'y a que toi qui aimes avec une ardeur qui n'en est pas une, mais de la passion désordonnée.

— C'est un mal ?

— Ni un mal, ni un bien : on n'appartient à personne. Tiens-toi le pour dit.

— Dorothée, je n'en peux plus, je suis fou de toi.

— Sois fou de nous tous.

— Impossible, les sentiments ne se commandent pas.

— Ils s'apprivoisent, ce qui est mieux.

— Pourquoi me faire souffrir ?

— Pour ne pas faire souffrir les autres.

— Qu'est-ce que ça peut bien leur faire, aux autres, qu'on annonce notre mariage ?

— Mariage ? Comme tu y vas ! Je me vois déjà te passant la bague devant l'autel ; au fait, qui fera le curé ? Mon pauvre Cyprien, tu es tellement possessif que tu en délires…

— Tu crois pas si bien dire : je délire, oui, mais c'est d'amour pour toi.

— Ne parle pas d'amour, Cyprien ; en ce moment, ce mot dans ta bouche est un sordide contre-sens.

— Qu'est-ce que tu dis ? Dorothée…

— Tais-toi ! votre attitude envers Olivier, à toi et à tes fans, est minable.

— Ne sois pas sévère : tout le monde sait qu'Olivier a la grosse tête. Tu vois pas comme il se la joue super héros ? On dirait un maréchal de France en campagne…

— Ce que je vois, c'est que vous, vous ne voyez pas plus loin que le bout de votre nez : Olivier n'a jamais eu la grosse tête, c'est vous qui avez le gros orgueil et la grosse jalousie. Le gros orgueil, c'est à dire pas assez d'humilité, la grosse jalousie c'est à dire pas assez d'amitié. Quant à la campagne du maréchal, vous feriez bien de vous y associer avant qu'elle dégénère en Bérézina ; et ce ne sera pas à Olivier qu'on pourra le reprocher.

— N'exagère pas : les patrouilles, les factions, le règlement, ça commence à bien faire. Olivier aime ça, alors il l'impose.

— Tes propos de Sinon m'affligent, Cyprien. Tu ne sais pas qui était Sinon ? Celui qui a fait entrer les Grecs dans Troie. Vous, vous êtes en train de faire entrer les Routiers aux Froides-Aigues. C'est de la trahison, si tu veux le savoir. J'ai repéré le petit clan que vous avez formé entre vous, les petits Che Guevara d'opérette, et je ne suis pas la seule : Nadine en est outrée. Je ne te dis rien de Florent, de Thomas, de Yannick et de Gervais, ils menacent tout bonnement de déménager. Tout ça parce qu'il a plu à une misérable coterie de salon de foutre en l'air le boulot d'un garçon qui se met en quatre pour vous assurer une longue vie tranquille. Tu veux que je te dise ? Vous êtes indignes des Périontes, c'est vous qui devriez vous en aller, et vite encore. Oui, toi, et aussi le Camille avec ses airs de redresseur de torts, plus le Geoffroy qui fait autant la cour à Nadine que tu me la fais à moi, sans plus de succès, d'ailleurs ! Ah, tu croyais peut-être qu'on allait rester les bras ballants tandis que leur clique d'agitateurs en culottes courtes bavassent sur leurs copains et donnent des leçons de morale ! Et vous vous êtes dits : *une fois Olivier hors service, on se met les gonzesses dans la poche, c'est pas bien difficile, une gonzesse, ça se manie comme on veut, c'est une question de grosseur de bite, il n'y a qu'à l'exhiber et elle tombe à genoux aussi sec !* Le résultat, le triste résultat, Cyprien, c'est ceci : la honte pour vous, la honte plus le mépris. Quant à vos prétentions sur nous les filles, un conseil : passez au large ! Passez bien au large, assurez-vous de grandes distances entre vous et nous, et ne vous avisez pas d'insister, vous pourriez en garder quelques marques ineffaçables ! Note bien que tu as toute latitude de te consoler avec tes sbires, ça mettra une corde utile à ton arc où il paraît qu'elle fait défaut. Sur ce, lâche-moi les crampons, s'il te plaît, avec tes rencards foireux à des heures merdiques !

— Dorothée, je t'en prie…

— Prie plutôt pour racheter les saloperies que tu as débitées sur Olivier.

— Mais je n'ai rien dit de mal, j'ai exprimé mon opinion, c'est tout !

— Ton opinion est abjecte : Olivier n'aime pas la bagarre, contrairement à ce que vous clabaudez comme des roquets, je peux même te dire qu'il déteste cordialement tout ce qui de près ou de loin ressemble à une arme ; s'il agit comme il fait, c'est uniquement pour neutraliser les Routiers, que vous vous obstinez à croire morts.

— Pourquoi on les aurait déclarés morts s'ils ne l'étaient pas ?

— Comment veux-tu que je le sache ? Ce qui me sidère, c'est qu'après avoir été si fermes vous soyez devenus si inconsistants, et cela sur la seule foi d'une vague émission radio. On dirait un prétexte saisi au vol. Par votre faute, un jour on paiera cher la note.

— On paiera rien du tout, il n'y a plus de danger.

— Là, tu me gonfles, Cyprien ! Il n'y a plus de danger ? Faites comme s'il y en avait encore. Ce sera prouver que vous avez souci de vos potes, vertu qui n'a pas l'air de vous étouffer, toi et tes adeptes.

— Ne sois pas injuste, on a sué sang et eau pendant des semaines.

— Le sang, il vaut mieux le suer que le pisser quand les Routiers nous auront saignés comme des gorets.

— Si je te promets de me réconcilier avec Olivier, tu accepteras d'être mienne ?

— N'y compte pas !

— Dorothée, je t'aime…

— Tu n'aimes personne, Cyprien, sauf toi : tu es comme Jérémie, à cette différence que lui au moins a des excuses, c'est un gamin.

110

— Donc, si je comprends bien, tu ne veux rien savoir…

— Exactement.

— Tu feras l'amour avec tout le monde, sauf avec moi.

— Ajoute à la liste tes trois compères en bêtise pure et dure.

— Dorothée, ce n'est pas possible.

— Ce que copine veut, femme l'obtient.

— Qu'est-ce qu'il faut que je fasse ?

— Si tu ne le sais pas encore, alors prends tes affaires et quitte les Froides-Aigues.

— Tu es inexorable.

— Comme vous l'avez été avec Olivier.

— Olivier ! Olivier ! Tu n'as que ce prénom à la bouche ! Tu en es amoureuse, ma parole !

— Pas plus que de toi.

— Bon sang ! Il y a bien un garçon que tu préfères ! Ne me dis pas le contraire, c'est humain…

— Mon humanité est différente.

— La mienne aussi, Dorothée ; eux font leurs… machins entre eux, moi je ne peux pas. J'ai besoin d'une fille.

— Arrête ton char ! Tu auras la fille quand tu aimeras le garçon : il fut un temps où toi et Olivier vous étiez toujours ensemble à parler de météo et à dessiner des graphiques sur l'ordinateur. Ce temps-là est révolu, je le regrette.

Un silence d'une quinzaine de secondes se suspendit à cette dernière apostrophe. Subitement, la voix de Cyprien résonna, mais cette fois mélancolique :

— Moi aussi, je le regrette…

Il ajouta, avec une étrange inflexion :

— Tu ne peux pas savoir à quel point…

L'instant d'après, il sautait hors du Tertre. Olivier, invisible derrière le buisson où il s'était embusqué, le vit s'éloigner dans la pénombre.

Calme plat, mer belle

Le temps est au beau depuis des mois ; le ciel d'azur s'épanche du nadir au zénith. Tout est paix, harmonie, calme profond, douceur virgilienne. Survient une tempête : furie des éléments, arbres déracinés, toitures arrachées, maisons détruites. L'instant d'après les nuages se dissipent, le soleil luit dans son écrin, on est tout ébaubi de la violence de l'ouragan qui s'est abattu, et encore plus que ce paradis, auquel on s'était tant habitué qu'il n'inspirait plus que l'indifférence, brille d'un éclat tout neuf à nos yeux comme il brille de nouveau au firmament. La tentatrice de la satiété, c'est la gourmandise, et sa sanction l'embonpoint. Remède radical, un bon régime. L'homme a un besoin régulier d'intervalles de carême qui lui confisquent son superflu, faute de quoi ses facultés créatrices se liquéfient, l'enthousiasme se chloroforme, le génie se met en veilleuse, l'énergie est sous perfusion, l'aptitude à se renouveler n'est plus qu'un fœtus dans un bocal de formol. Les langueurs des édens somnifères, l'absence de saillants dans l'existence, c'est le narcotique de l'âme. Elle s'y complaît volontiers jusqu'à ce qu'un événement lui inculque en la rudoyant que la mort commence presque toujours par un assoupissement. Coup de caveçon qui est le coup de pied au cul de la Providence.

Les Périontes s'étaient lassés d'eux-mêmes. Quand ce poison s'inocule dans vos veines au goutte à goutte, trop heureux qu'il n'injecte que la dose nécessaire à fabriquer l'anticorps ; par bonheur, c'est ce qui était advenu : si la perspective d'une sécession les avait tenus en haleine près de deux jours, le feu de paille s'éteignit comme il s'était embrasé. Tous ceux qui, selon l'expression, avaient voté la mort du roi, suspendirent leur verdict et mesurèrent à quel point il ne fallait que la menace de la perte d'un trésor pour lui rattacher son prix. Camille, Geoffroy, Claude, Cyprien, déclinèrent désinence après désinence le sens du mot *déshonneur* qui transpire de certains sentiments comme de certains actes.

Il n'y eut que Jérémie pour battre froid à la l'amende honorable des insurgés. Jérémie avait grossi leur effectif un peu par hasard, histoire de prouver qu'il était pétri dans une pâte à façonner les grands révolutionnaires du siècle. Quand le traité de paix eut été signé, il fut tout médusé d'apprendre qu'il n'avait jamais été qu'un bouchon ballotté par la première vague venue, une girouette à l'axe bien huilé ralliant au vent dominant, et que son mérite se bornait à n'avoir fait fructifier pour leçon de la discorde que l'art consommé de parler pour ne rien dire en affectant des postures de matamore. Une paire de réflexions acides lui ayant calligraphié son misérable en lettres capitulaires, il se décréta encore plus mal aimé qu'auparavant et se drapa de plus belle dans sa superbe. Dès lors, il ne fréquenta plus personne que sous impératif d'obligation circonstancielle. Olivier même, garçon altruiste par excellence et incliné au pardon des fautes d'autrui par considération des siennes, ne parvenait pas à se distraire à son égard d'une méfiance qui le stimulait à surveiller de près les agissements du versatile marmot.

Pour homologuer le dénouement pacifique de la dissension, les *conservateurs* avaient accepté, quoique contre leur gré et du bout des lèvres, un compromis qui étriquait le nombre des patrouilles et raccourcissait les horaires de surveillance à l'Observatoire. On ne commentera pas ce qu'un tel dégraissage inspirait de douleur à Olivier, en le hérissant d'une irritation qu'accroissait encore la suffisance avec laquelle Cyprien et ses aficionados se félicitaient de la bonne aubaine. C'est que son scepticisme au sujet de la prétendue extinction des Routiers ne faisait que s'aggraver, et se consolidait d'un détail pour tout le monde insignifiant, pour lui plus que primordial : la radio n'avait plus émis le moindre message depuis celui du trois juillet, détonateur de la rupture. Bizarrerie supplémentaire dans un contexte d'incertitudes soudées les unes aux autres et qui ne dégageaient rien de tangible. Comment ne l'aurait-elle pas incité à obvier à l'amenuisement d'un personnel réduit à un service minimum en période de grève ? C'est pourquoi, tous les après-midi, il prétextait de longues promenades pour inspecter le ventre mou des Froides-Aigues.

Le ventre mou, de son opinion, c'étaient les collines de l'ouest et le plateau méridional. Sans doute une incursion par ces deux sévères escarpements requérait-elle une bonne dose d'intrépidité et une condition physique de haut étage. Mais enfin, si Olivier avalisait ses soupçons que les noms des Routiers n'avaient pas encore étoffé le registre obituaire du canton, leurs enveloppes charnelles ne devaient pas moins marcher sur des braises, ayant l'armée aux trousses. Or, rien n'exhorte à se surpasser comme l'imminence de son propre cercueil. La bête aux abois aiguise ses canines et sort les griffes. Quand on a pour unique avenir le poteau d'exécution, on ne fait pas volonté revêche de se secouer les puces pour lui tirer sa révérence, et les arguties philosophiques les doigts de pied en éventail ne sont pas plus de saison que les neuvaines à l'église du coin. Du coup, par cet étrange mécanisme qui chez les êtres perspicaces élève le regard au-dessus de la muraille où achoppent les myopies ordinaires, tandis que la majorité de ses camarades se la coulaient douce, Olivier était plus inquiet que jamais.

Il n'aurait osé confier ses craintes à quiconque, si quelques bonnes têtes de même tonneau que la sienne n'avaient spontanément épousé son postulat. Ces fidèles du culte, nous le savons, outre l'inséparable Alexandre, étaient Yannick, Gervais et Thomas, mais aussi Florent, Jérôme et les deux filles. Devons-nous confesser que leur commerce interlope s'emmitouflait de la plus grande discrétion et qu'ils rivalisaient de subterfuges afin de s'assurer les coudées franches avec leurs escampativos sans souffler sur les tisons des susceptibilités encore convalescentes.

Ces incessantes reptations de couleuvre à récidiver quotidiennement pénétraient Olivier de la répulsion que lui dictait l'horreur viscérale de la duplicité. Cependant, de quel autre latitude disposait-il ? Sa marge de manœuvre était étroite entre l'abjuration pure et simple de son mandat et le rapiécetage par lequel il s'efforçait de sauver quelques meubles.

Il n'était pas assez romanesque pour ignorer qu'une requête papiers sur table se heurterait non à un veto catégorique, mais à un de ces désaveux alambiqués qui en guise de formule de politesse vous sucrent niaisement la moutarde, variante de *l'humble serviteur.*[22]

Plus les jours s'écoulaient, plus Olivier ruminait une nervosité de mauvais aloi et surtout de mauvais augure. Devant ceux qu'il nommait les *mous du chibre*, il feignait un flegme toujours plus agaçant à contrefaire. Cependant, à la première occasion, il multipliait les rondes, talonné par l'ultimatum d'un péril qu'il devinait tout proche et d'une insouciance au péril qu'il prévoyait tragique. Seulement, le pauvre garçon n'était pas superman : quand la chaleur, la fatigue l'avaient exténué, alors la persévérance flanchait, l'opiniâtreté vacillait sur son socle, la détermination crevait comme baudruche et il sombrait corps et âme dans un abîme de terreur que grossissait la vision cauchemardesque d'un abordage impromptu des Routiers.

Il n'avait pourtant pas bu le calice jusqu'à la lie. La mutilation du système de défense avait engendré la négligence des entraînements. Presque plus personne ne maniait ni l'arc ni la fronde, si ce n'est de distraction, comme cela, une fois de temps en temps. Quant aux exercices d'alerte, classement vertical au rayon des archives, rubrique vieilleries bonnes pour la retraite.

Mais le pire était encore à venir. Le gouffre où avaient dégringolé les Périontes escamotait un double fond bien plus calamiteux, une de ses sentines qui non contente de loger la fainéantise à bonne enseigne, y convie cordialement son affidé, sachant qu'un vice n'est complet que s'il s'acoquine à un autre, exactement comme deux godailleurs s'adressent des coups d'œil clandestins pour se donner rendez-vous au lupanar. Ce dernier sous-sol de la déliquescence, c'était le stupre.

La démobilisation avait d'abord destitué le soldat en condottiere. Restait, gradation logique, à le ravaler en jouisseur.

---

[22] Formule de politesse employée sous l'ancien régime.

La délicatesse dont les filles et les garçons épiçaient leurs connivences avait fait long feu. Finis, les raffinements de pudeur qui sont l'aristocratie de l'érotisme. Hier chantres de l'amour courtois, ils n'en étaient plus à présent qu'une sordide caricature. Quelle chute qu'une confrérie hédoniste dégénérée en pourceaux de lubricité ! Il suffit de céder au chant des sirènes et les suintements dartreux de la débauche imprègnent tout, la boulimie n'a plus de frein, les appétits se vautrent dans la goinfrerie, la réplétion de la panse vomit son dégueulis à la conscience, et ce qui avait mûri avec la fière virilité de Romulus expire dans l'abjection de Caligula.

Parallèle saisissant ! La faillite des Périontes ne résumait-elle pas en petit ce que l'agonie de la civilisation incarnait en grand ? Tous les ingrédients étaient là : la dépréciation des valeurs, l'imposture qui se coiffe de légitimité, les notions de devoir, d'équité et de justice vilipendées par les hurlements de la contestation systématique, la médiocrité extinctrice du mérite qu'elle asphyxie comme les algues parasites étouffent la flore indigène, le vrai talent piliorié et humilié par les faquins rentables, le nivellement par le bas d'un savoir et d'une culture réduits au rebut d'une vulgaire épluchure, la contrefaçon immédiatement disponible ridiculisant le long et pénible travail bien fait, l'infantilisation des peuples abêtis par le prêt-à-penser, et les couronnes qui ne sont dues qu'aux artistes authentiques s'épatant sans vergogne sur le front des faiseurs de platitudes lucratives. Une telle accumulation de symptômes n'est jamais fortuite : quand une société s'est enlisée dans les eaux croupies de ce genre de marais, elle y stagne puis y pourrit, et son cadavre en sursis est immanquablement voué à la décomposition.

Olivier constatait tous les jours les progrès de la disgrâce de ses camarades : *qu'est-ce qu'un déclin*, se disait-il, *sinon l'incubation du capotage final ?*

Il n'était pas seul à penser ainsi.

A deux ou trois jours de là, il bouclait une longue excursion du côté de la passe méridionale, puis de la barrière. Comme il venait de gravir la Roche Tarpéienne, particulièrement escalabreuse depuis son écroulement, il avisa la silhouette d'Alexandre. L'adolescent avait la mine soucieuse. Olivier improvisa une petite plaisanterie sur l'exiguïté de son pagne, propre à réveiller les démons toujours à l'affût.

— Oh ! répondit l'adolescent, c'est rien ce que tu me dis-là. Entre nous, les plaisirs ont des agréments qui les embellissent ; mais il en va autrement de quelques-uns de nos copains.

Le jeune garçon s'assit sur une pierre, croisa les mains de part et d'autre de son menton, les deux coudes ayant ses cuisses pour appui, et reprit d'une voix maussade :

— C'est triste, tu vois… Beaucoup parmi nous ne font plus de distinction entre un moyen de raffermir l'amitié et ce tourbillon d'incontinence dont on finit toujours par avoir la gerbe, un jour ou l'autre.

— Tu parles latin devant un clerc, fit Olivier.

— Figure-toi qu'hier soir, continua l'adolescent, Cyprien, ce hiérophante de la pudibonderie, faisait gaillardement son affaire à Nadine, toute couverture à bas, lui qui a toujours tremblé qu'on ne voie le bout de son machin quand il pisse.

— Je note, fit Olivier, que la réconciliation a eu ses effets bénéfiques sur les accès de Cyprien auprès des demoiselles. Il n'y a pas si longtemps, elles lui avaient déclaré guerre inexpiable, à lui comme à deux ou trois autres.

— Je veux bien, reprit Alexandre, qu'on ait pris pas mal de distances avec la morale cache-sexe et que ses anciens tributaires aient mis de l'eau dans leur vin, mais il y a des limites. De là que les Froides-Aigues soient devenues une vraie pétaudière de fornicateurs, j'avoue qu'il faut l'avoir vu pour le croire. Mes deux bambocheurs semblaient tout contents d'être matés, si bien que quand je me suis tourné de l'autre côté, je suis sûr qu'ils ont été déçus.

Olivier s'assit à son tour et serra contre lui l'adorable garçon :

— Tu sais, dit-il avec une tendresse infinie, toutes les communautés, même les plus prometteuses, pèchent par bien des faiblesses ; le défaut de l'armure est indissociable de l'armure. Il nous avertit à chaque instant qu'on doit veiller au grain, que l'ennemi est là, qu'il n'attend que le moment opportun pour investir la place et que pour peu qu'on se relâche, il aura beau jeu de nous posséder ; tant d'âmes lui sont vendues et ne s'en aperçoivent même pas. Et ce n'est pas des Routiers que je parle... le véritable ennemi, c'est nous-mêmes. On a vécu plus de quatre mois dans une sorte d'idéal quasi miraculeux ; on a été les artisans d'un monde dépouillé de ses vieux oripeaux. Mais les miracles, ça ne dure pas : à présent que l'expérience est faite, on efface ce qui a été, parce que ce qui a été n'est qu'un échantillon. Ce n'est pas avec la photo d'une scie qu'on fait de la menuiserie, il faut en étudier le maniement outil en main, et une fois la dextérité acquise, il reste encore à poser l'ouvrage sur le métier, dix fois, cent fois, mille fois, tant que ce qu'on a forgé n'est pas de bonne facture, parce que confondre l'esquisse avec l'épure, c'est arrêter le tableau de maître à l'étape où il n'est encore qu'une croûte.

Alexandre releva vers son compagnon des yeux pleins de soleil :

– Je t'aime, lui dit-il.

Olivier embrassa la joue du garçon avec une effusion qui avait quelque chose de pathétique :

– Moi aussi je t'aime, fit-il, tu le sais ; mais n'oublie pas d'aimer nos camarades. C'est en ces jours pénibles où ils s'exhibent sous un aspect peu reluisant que cette affection est précieuse. Ils en ont besoin, comme d'une suprême fidélité qui les engagera peut-être à se réformer. Allons-y de toute notre bienveillance. Qu'est-ce que qu'on serait si on n'était disposé qu'à aimer ceux qu'on estime dignes d'amour ? A-t-on jamais vu une mère chérir moins son enfant parce qu'il est un criminel ? Je vais loin dans la comparaison, mais quels que soient nos désenchantements actuels, nous n'avons aucun droit de juger et encore moins de renier ceux que nous avons adorés et que nous adorerons toujours. Tu connais l'histoire de Jenni[23], c'est une bonne enseigne.

Olivier inhala une bouffée d'air et continua :

---

[23] Roman de Voltaire.

— Ces derniers temps ont été dramatiques ; peut-être que nous nous sommes tous un peu endormis à l'ombre du mancenillier.[24] Les licences où ont sombré une bonne partie d'entre nous, c'est par notre émulation qu'on y mettra un terme ou du moins qu'on les amortira. Ne condamnons pas nos copains, ils perdent un peu la boule mais une fois dissipées les vapeurs de la cuite, le fêtard prend une douche froide et il va mieux ; effet du choc en retour, leurs sottises leur reviendront en pleine poire comme un boomerang. Bientôt tout le monde aura digéré ce petit-lait et la vie reprendra sous des auspices plus favorables. Après quoi...

Il s'interrompit avec l'embarras d'un pianiste qui a fait une fausse note. Alexandre s'était lentement dégagé de son étreinte et rivait ses prunelles dans les siennes. Sa physionomie avait graduellement franchi les étapes de la réflexion soudaine à une stupeur haletante. D'une voix blanche mais sonore, il dit :

— Olivier, il y a deux ans et demi, après les convulsions climatiques, on était sur la Roche, tu te rappelles ? On se réjouissait de la fin des catastrophes qu'on avait vaincues ensemble, le premier soleil perçait, j'étais heureux, tu semblais l'être aussi. Tout à coup, mes yeux ont vu dans les tiens quelque chose qu'ils n'ont jamais oublié, l'épouvante telle qu'il m'a été impossible de ne pas en frissonner de la tête aux pieds. Je n'ai jamais voulu exhumer ce souvenir, tellement il m'avait bouleversé. Aujourd'hui, je dois savoir. Olivier, réponds-moi : qu'avais-tu vu ?

L'aîné dévisagea son jeune ami, ses paupières se gonflèrent, il articula ces trois mots avec un accent inexprimable :

— Le voile déchiré.

Il se leva, ramassa son équipement et s'en retourna, sans ajouter une parole.

Alexandre n'avait pas bougé.

Le vent brûlant détachait les feuilles des arbres qui se parachutaient en vrille sur le sol avec de petits crissements

---

[24] Le fruit et le suc du mancenillier étant des poisons, une légende voulait que son ombre fût elle-même fatale.

métalliques. Un corbeau croassait non loin. Haut dans le ciel, une escadrille de gypaètes tournoyait en décrivant de larges cercles concentriques.

L'adolescent avait enfoui sa tête dans ses bras, et semblait réfléchir.

Il ne réfléchissait pas.

Quelqu'un qui l'aurait observé attentivement se serait aperçu qu'il pleurait.

Les délices de Capoue

Juillet entamait son deuxième tiers, le temps était de plus en plus aride. Jours de hâle, nuits d'airain. La plupart des Périontes ne dormaient plus que d'un sommeil rare et entrecoupé. Ils compensaient tant bien que mal cette insomnie par de longues siestes à l'ombre des amples et magnifiques feuillages qui peuplaient l'étang des Sources, leur villégiature attitrée. Après déjeuner, ils s'y rendaient par groupes et s'y prélassaient jusqu'au crépuscule.

Grâce à l'excellente cuisine végétarienne dont quelques industrieux gourmets concoctaient de fort succulentes recettes — citons pour exemple, entre vingt autres, un gratin d'aubergines et de pommes de terre à l'échalote et au persil, à se pâmer — personne ne souffrait de l'inappétence qui affecte plus ou moins les organismes pendant les canicules. A noter que l'absence de gelées printanières était à l'origine d'une une exceptionnelle abondance de cerises, soigneusement conservées au congélateur, et dont deux ou trois marmousets, le sémillant Jérôme en tête, s'amusaient autant à orner leurs oreilles qu'à garnir leur estomac. Seulement tout abus ici-bas acquittant sa dette sur-le-champ, la gloutonnerie renchérissait la cote de fréquentation de certain lieu pour lequel Alfred de Musset a écrit deux quatrains fort spirituels :

Vous qui venez ici dans une humble posture,
Débarrasser vos flancs d'un importun fardeau,
Veuillez, quand vous aurez soulagé la nature,
Et déposé dans l'urne un modeste cadeau

Epancher sans tarder le courant d'onde pure
Et placer sur l'autel fumant, pour chapiteau,
Le couvercle arrondi dont l'austère jointure
Aux parfums indiscrets doit servir de tombeau

Partant, le régime alimentaire suscitait de grands débats sur la question du végétarisme. Au cours de l'une des siestes à rallonge que nous venons d'évoquer, elle fut agitée par une poignée d'oisifs réunis sous le dais protecteur d'une triade de grands chênes que Jérémie, un peu revenu de ses bouderies, et ses assistants bricoleurs, Thomas et Florent, avaient aménagé en tonnelle, histoire de rafraîchir l'atmosphère estivale. Tous s'étaient mollement appesantis sur des draps de bain, dans des postures de chanoines après ripaille.

— Le végétarisme, dit Gervais, est une bénédiction. Le corps se déleste de ses impuretés, ce qui fait que l'âme lui *emboîte le pas*, si l'Académie me permet la facilité de la métaphore. Les pensées noires qui empêchent l'homme de s'ennoblir, ce dont dans la plupart des cas il se bat éperdument les couilles, tout ça vient en partie de ce qu'il se nourrit de chair morte. Apprenez qu'à chaque fois que vous ingurgitez une entrecôte, c'est autant d'atomes de cadavre qui circulent à travers vos molécules. Après ça, vous vous plaindrez de ne pas avoir l'entendement vif, la mémoire libre et les jambes lestes. Heureusement, la vie que nous menons ici a pourvu à notre salut en nous déniant la viande.

— Eh là ! protesta Camille, tu prétends que pour aller en droite ligne au septième ciel, il suffit de se priver de barbaque ?

— Attends, reprit l'autre, est-ce que j'ai dit ça ? Tu falsifies mon texte pire qu'un journaliste. Ce serait trop facile, surtout à un ogre comme toi, de n'avoir à faire que le sacrifice d'un rumsteck pour gagner son billet *ad excelsis*. Mais on peut toujours commencer par-là et se réformer de l'intérieur en cessant de mâcher de la bidoche.

Pendant que Gervais soutenait ainsi sa thèse, Claude s'était accoudé en face de lui et, allongé sur le ventre, les poings dans les joues, le toisait d'un drôle d'air. Sa mine, que relevaient ses cheveux châtains retombant en arceaux de part et d'autre du front, était exactement celle d'un renardeau qui aurait repéré une poule :

— Dis-moi, fit-il avec une lueur de malice au fond des prunelles, est-ce que le végétarisme favorise les vigueurs mâles ?

Gervais, qui subodorait vaguement les intentions du drôle, déclina l'invitation :

— Apprends une grande vérité, dit-il, que pour être le plus bougre d'entre nous, je n'en ai pas moins ma dignité ; on ne me claque pas du doigt.

— Qui t'a parlé de te claquer du doigt ? reprit Claude. Je voulais juste savoir si avaler des salades et des salsifis est ou non préjudiciable aux émois de la chair.

— Question superflue, répondit Gervais ; on est tous réduits à la même besace, ce qui devrait nous donner à réfléchir.

— Parbleu, tu le fais exprès ! Je te demande ton avis de philosophe.

— Vraiment ? Voilà que tu te meubles de philosophie, tout d'un coup ? Et bien, je crois qu'il en va du doigt qui a un œil comme du reste, il est plus enclin à se mettre en branle, si j'ose dire, quand le reste y répond. Tout est lié dans notre corps ; l'organe en question n'échappe pas à la règle.

— Tant mieux, fit Claude en souriant bénignement ; donc, si en ce moment précis j'éprouve certaines dispositions encourageantes, je le dois à ma bonne santé générale, par contrecoup à la nourriture saine et abondante des Froides-Aigues, c'est ça ?

— La pertinence de ta conclusion me laisse baba.

Les auditeurs de ce dialogue amphibologique, égayés par la transition d'un sujet anodin à ses ramifications à double entente, recueillaient sa substance avec une curiosité avide d'en tâter les développements. Mais quand Gervais se rembrunit et jeta sur son compère un regard propre à lui faire rendre gorge, ils déchantèrent.

Gervais était de ceux que toute idée de libertinage révulsait. La veille, tandis qu'Olivier et Alexandre en constataient les dangereux progrès chez certains Périontes, il en avait lui aussi délibéré avec Yannick, et tous deux étaient convenus de la nécessité de ne pas se mêler à ce qu'ils estimaient contraire à leur conception de l'amitié, qu'elle fût fraternelle ou, ainsi que le disait Olivier, *plus épicée de salaisons.*

C'était exactement la tendance opposée qui sévissait chez Claude. Depuis quelques jours, ce tiède en amour, cet inamovible titulaire de la chaire de continence pathologique pour qui rien sur terre ne valait un bon gros et long sommeil, s'était furieusement réveillé à Priape et y allait des ressources de ses dix-huit ans comme un affamé se précipite sur un gigot d'agneau aux cèpes. De là à tenter de séduire celui que son goût exclusif des garçons exposait le plus aux sollicitudes garçonnières, il n'y avait qu'une insolence à promouvoir en droit d'aubaine.

Gervais se chargea sans ménagement de couper broche à ses ambitions. Il avait fort à faire, car la scène avait allumé chez quelques siesteurs des velléités de connivences dont leur plus ou moins de nudité escamotait à grand'peine les dilatations qui palpitaient sous les pagnes.

Olivier et Alexandre, dans la coulisse de ce théâtre, en observaient les phases avec une égale mesure de dépit et de tristesse. Quand la coupe fut pleine, ils retournèrent vers la maison, rejoints par Yannick et Gervais.

Il n'est pas superflu de scruter de plus près les sentiments qui animaient le quatuor des adversaires de la débauche. Nous avons déjà épluché ceux d'Olivier et d'Alexandre. A l'égard de Yannick, sans désavouer le fond de la chose, selon lui assez pardonnable sous certains aspects, et voué à mourir de sa belle mort, ce qui le tracassait, c'était surtout la nonchalance qui sapait ces garçons naguère taillés sur un patron autrement plus coriace :

— Qu'ils prennent du bon temps, dit-il à ses trois camarades, cela ne me nuit pas : il faut avoir tout connu dans la vie, tout dévoré, même les expériences de ce genre, surtout les expériences de ce genre. Seulement, je cite un grand esprit, *il est illusoire de prétendre faire cohabiter la santé et l'intempérance.*[25] Si par exemple les Routiers nous rentraient dans le chou, là maintenant, pas un d'entre nous n'en réchapperait.

— Moi, ce qui me navre, répondit Olivier, c'est qu'à force de baiser comme des ânes en rut, ils finiront par devenir des objets de paillardise, des machines à plaisir, et uniquement ça. Avant, on était les uns pour les autres les émanations d'une même conscience qui dirigeait nos actes et nos pensées, et

---

[25] Voltaire.

cette conscience était la boussole de notre conduite. Aujourd'hui, on ne fait plus qu'assouvir nos sens, et encore de la pire manière, celle qui ne voit même pas qu'elle creuse sa tombe, physique et morale.

Il avait décoré la dernière phrase de sa catilinaire d'une modulation particulièrement résignée. Yannick lui fit écho en demi-teinte, il souffla :

— La tombe, mes pauvres amis, on la creusera bientôt.

Les jérémiades qui larmoient à répétition leur fatalisme sirupeux, les rabâchages à tout bout de champ des mêmes pleurnicheries, ont de secrètes affinités avec un prône nasillé par un curé insipide : c'est fastidieux, pesant et insupportable. Leur disque tourne en boucle sur la sempiternelle litanie des inépuisables redites qui délayent de la rhétorique mélasse en tentant d'imiter le ton sentencieux de quelque Bossuet amaigri par un excès de carême. Yannick avait parlé comme un moulin à prières qui sérine la même antienne. Chanson trop rebattue pour n'être pas fatigante. Il en résulta qu'Alexandre lui rétorqua vertement :

— Yannick, s'il te plaît, ne nous prend pas le chou avec tes oracles ! Personne parmi nous ne peut prétendre savoir ce qu'il adviendra. Personne, pas même toi.

L'autre haussa les épaules. Il allait peut-être en remettre une couche, quand ses yeux croisèrent ceux d'Olivier.

Olivier le lorgnait avec, disons-le, peu d'aménité. On se rappelle que trois semaines auparavant, dans des circonstances presque analogues, il lui avait pilonné une brève mais éloquente mercuriale censée corriger sa tendance à renifler les fumigations de la Pythie et à en publier les calamiteux rapports. Or, voilà qu'il resservait le même plat, et avec les mêmes sauces. Olivier se demanda s'il ne se fichait pas de lui. Il soupira de cette manière qui ne dissimule pas un certain agacement et allait quitter l'assemblée quand Yannick lui fit obstruction :

— Ma thaumaturgie te gêne ? dit-il.

Olivier lui répliqua, au carrefour de la moue désabusé et de la volée de bois vert qui lui titillait la langue :

— Ne mélange pas les termes : la thaumaturgie, c'est l'art de faire des miracles. Non, Yannick, je n'éprouve pas de gêne au milieu de ceux que j'aime. En revanche, beaucoup de choses me chagrinent. J'ai même tant de sujets de chagrin que je ne saurais par où commencer.

Tout à coup, il se planta devant lui et proféra, d'une voix ferme :

— Tu te souviens du jour de l'expédition des céréales ? Le matin, j'étais allé dans la bibliothèque et j'y avais surpris un visiteur qui avait consulté un jeu de tarots. Quand je suis entré, je l'ai hélé, il s'est débiné. Seulement il avait laissé sur le lutrin sept cartes bien en vue. Ces cartes, je m'y connais un peu, ne disaient rien de bon. Je te le demande, Yannick : était-ce toi ?

— Oui, fit le garçon.

Olivier réprima une légère commotion. Il reprit :

— Pourquoi t'être sauvé ?

— Parce que l'heure n'était pas venue...

— Et aujourd'hui, elle l'est ?

— Elle l'est.

— J'ai encore ces lames en mémoire, elles annonçaient un malheur.

— Le malheur est à nos frontières, parce que le déshonneur est dans la cité : nous en sommes le ferment.

— Ce qui est à nos frontières, Yannick, mon quarante-trois fillette au derche, et ça valdingue à dix mètres.

Cette fois, Yannick s'empourpra tout cramoisi :

— Olivier, vociféra-t-il, je ne te parle pas d'un petit chapardeur à qui on met une bonne fessée avec sanction de travaux d'intérêt général en option, mais d'une armada de Routiers armés jusqu'aux dents ! Une armada, Olivier, une armada de tueurs sans scrupules ! Tu t'imagines qu'on est capables je ne dis même pas de la vaincre, mais seulement de la repousser ? Ecoute les autres, ils batifolent, ils rigolent, ils se tripotent, ils ne songent qu'à baisouiller, et pendant ce temps la bête est là, dehors, prête à nous dévorer les uns après les autres.

L'épiphonème avait de quoi faire frémir le plus bronzé des Périontes. Olivier l'avala, certes, mais pas au-delà du nœud de la gorge :

— Il n'y a donc pas moyen de leur faire entendre raison…, fit-il.

— Si, il y a moyen.

— Lequel ?

— Les châtrer !

Alexandre et Gervais écoutaient en silence. Quelle que fût leur opinion en matière de vaticinations, tous deux entrevoyaient, à travers la gravité des paroles qui s'échangeaient, qu'elle accordait peu de marge à des spéculations de songe-creux.

Il paraît que le lendemain, Gervais déclara :

— J'ai senti une haleine glacée me ruisseler le long de l'échine. Pourtant, il faisait trente-huit degrés.

Du reste, le tête-à-tête avait épuisé ses cartouches. Yannick en était à ce point de désolation qu'il balbutia, faute de mieux :

— Mais bon sang, qu'est-ce qu'on peut faire ? Quoi donc ? Merde, à la fin…

Brusquement, Olivier se déplia lentement sur ses jambes et fixa son vis-à-vis avec cette majesté qui lui sculptait la stature d'un tribun. Son timbre vibra à l'unisson d'une foi si absolue qu'on aurait dit le verbe de l'archange ; il en jaillissait des accents poignants et désespérés :

— Yannick, dit-il, rien n'est perdu ; rien n'est jamais perdu. On peut déplacer les montagnes, il suffit de le vouloir. Tout homme a le pouvoir d'interjeter le verdict de sa destinée. On va raisonner nos camarades, on les suppliera s'il le faut, ils ne resteront pas insensibles, ils m'écouteront, ils nous écouteront car tu me seconderas, tu seras mon soutien, et vous aussi, Gervais, Alexandre. Plus de dérobades, tout au grand jour, sans cachotteries, sans crainte de déplaire, de fâcher ou même, tiens ! d'exciter une nouvelle querelle. Un à un nos copains comprendront qu'il est temps de lâcher l'ombre pour saisir la proie, de faire violence au laxisme et reprendre le collier qui jusqu'ici nous a préservés de l'infortune.

Il se cramponnait à Yannick avec une fièvre héroïque dont la puissance illuminative dissolvait toutes les appréhensions et pulvérisait tous les défaitismes :

— Allons, reprit-il, on y va, on les bouscule, on fait péter une bombe dans leur déduit à partouzes, on les accule au pied du mur. Je prends le risque de réchauffer l'engueulade, mais cette fois je mettrai tant de persuasion dans ce que j'ai à dire que je pose ma tête sur le billot qu'il n'y en aura pas un à qui ce discours ne causera un traumatisme tel qu'il n'en dormira plus de huit jours.

L'enthousiasme d'Olivier, magnifié par la noblesse naturelle de son maintien de jeune prince, avait quelque chose de surnaturel. C'était un foyer incandescent qui embrasait, un déferlement d'une confiance si totale, si souveraine, qu'elle courait au-devant de son propre triomphe. Le timbre de sa voix chantante modulait des accents d'insurrection contre la fatalité. Il était possédé, au sens mythique du mot, par l'inaltérable audace du paladin que ne rebute plus aucun obstacle, parce que pour lui aucun n'étant infranchissable, rien n'est impossible, surtout pas l'impossible.

Yannick, ému autant que réconforté, serra les deux bras de son camarade :

— Olivier, répondit-il, je suis avec toi : tu es le levier, je serai celui qui l'actionnera. Tu as été notre sauveur naguère, tu le seras de nouveau aujourd'hui.

Alexandre et Gervais, emportés eux aussi sur les ailes du charisme détergent que déployait cet aigle décidément indomptable, l'embrassèrent avec une chaleur/flamme qui renonça spontanément à endiguer et l'émoi sensuel qui les transcendait, et une chute brutale de tension nerveuse qui s'illustra par une cascade de petits rires entrecoupés. Ce dernier articula :

— Cette nuit, c'est l'ultime coup de poker. En avant, les enfants !

Une minute plus tard, le quatuor faisait au milieu de la bacchanale une apparition de messagers de l'Olympe.

Tempus irreparabile fugit [26]

Le lendemain, à la première heure, Cyprien s'extirpa du lit selon sa vocation de berger béarnais. Il avait les paupières battues, la mine plombée, la dégaine d'un fêtard qui a fait bamboche en pleine semaine et qui doit se lever pour aller au boulot. Il se rendit pesamment au *mictodrome*[27] et y avisa Camille qui en était à la dernière gougoutte que l'on secoue en tapotant le bout du tuyau. Comme il assurait stabilité pour diligenter sa propre prestation urinaire, Camille, dont le masque reflétait une lassitude copie conforme de la sienne, lui glissa, plus penaud qu'un enfant qui a fait une bêtise et qui appréhende la punition :

– J'ai pas roupillé de la nuit.

– Moi non plus, répondit laconiquement l'aîné des Périontes.

Un silence pythagorique précéda l'essor du style direct en le sollicitant :

– Il m'a foutu les boules, reprit Camille.

– T'es pas le seul…

– Je me sens mal, ce matin, mais mal…

– On n'a pas été sympas avec lui.

– Et le pire, pas un mot de reproche, rien d'offensant, juste une requête.

– Oui, mais quelle requête ! Merde… on est en train de déconner sévère.

Camille avala une grosse bouffée d'oxygène et articula, avec une précipitation hachée :

– Tiens, puisqu'on vient de pisser dans la luzerne, ça me fait penser à une expression, *pisser contre le soleil*[28], c'est exactement ce qu'on a fait…

---

[26] Le temps irréparable s'enfuit.
[27] Nom donné par Olivier au pissoir commun.
[28] Pisser contre le soleil, offenser ses amis, ses protecteurs.

— Ouais…

Les deux garçons s'assirent sur la murette de la poterne, antique accès au couloir souterrain qu'Olivier et Alexandre avaient condamné après l'affaire Janos, et se recueillirent. Ils avaient l'impression que les oscillations de leurs pensées dévoilaient tout un pan jusqu'ici dérobé de lendemains sinistres.

Subitement, Camille proféra :

— Cyprien, faut arrêter nos conneries. L'autre jour, Olivier m'a balancé en pleine poire, je sais plus comment il a tourné ça, c'était chiadé, qu'on prenait *des vraisemblances pour des démonstrations* ; c'est ce qu'il a dit.

— Et il a raison, on est les rois des cons.

— Et il a ajouté que notre comportement, c'était de la lâcheté qui découle directement de la paresse.

— Bien d'accord avec toi, c'est-à-dire avec lui.

— Moi qui ai été para, j'ai honte… Mais bon, on peut réparer en se montrant adultes et responsables.

— Entièrement de ton avis.

— On y va ?

— On y va.

Ce que récapitulait ce bref dialogue, c'était l'assommoir que leur avait asséné l'exhortation d'Olivier, ultime chant du cygne, dernière perche tendue avant la dislocation irrémédiable des Périontes et, probablement, l'exil des deux tiers d'entre eux.

Revenons quelques heures en arrière, précisément la veille au soir du dix juillet, où Olivier, Alexandre, Yannick et Gervais firent en plein tumulte de luxure une survenue de mercures tombés des nues. Irruption aussi foudroyante que l'aurait été une attaque des Routiers. Les noceurs interrompirent les pauvres travaux forcés de leur fornication avec une promptitude bien trop spontanée pour qu'elle ne fût pas tributaire d'un vœu que tout le monde avait formé par-devers soi, et qui s'exauçait. Car ils en étaient à ce stade de la turpitude qu'ils ne s'y adonnaient plus que par cette même oisiveté qui nous cloue dans notre lit le matin alors que nous n'avons plus sommeil : bras morts du plaisir où les langueurs de la routine rabibochent tant bien que mal des voluptés à bout d'haleine. Cela fit que non seulement aucun d'eux ne broncha, mais qu'ils embranchèrent aussitôt l'intrusion du quatuor au sentiment de culpabilité qui les rongeait. Il y eut pourtant quelques secondes de flottement : l'intervalle de leur paillardise à l'ingérence de ces figures d'apocalypse exigeait un délai d'adaptation, un peu comme un nageur qui remonte d'apnée observe des paliers. Cet intervalle comblé, les dernières brumes de la transition dissipées, l'étonnement qui les avait transis dégivra, tandis que quatre faces prométhéennes les fixaient gravement. L'une d'elles, échevelée, charbonnée de poussière, avait l'encolure d'un prophète sur son char de feu.

L'encolure, c'était celle d'Olivier. D'un geste irrité, il désigna les nudités maculées de fange :

— Les Routiers doivent baiser comme ça entre eux, dit-il sans aménité.

Sur ce préambule, il étendit un bras, les attentions se mobilisèrent d'instinct.

Alors, de cette bouche pure comme le cristal jaillit un langage d'une absolue vérité. C'était une harangue aux inflexions de prière, l'intercession de la grande âme tutélaire qui implorait. Olivier parla pendant dix minutes, avec une concision chauffée à blanc qui excluait toute litote et rebutait toute diplomatie. Peinture crue, sans nuances et totalement dépourvue de la moindre concession. Comme on disait jadis, il se déboutonna.[29] Lorsqu'il eut fini, il adjoignit ce post-scriptum :

— Je vais dormir dans la mansarde beige. Si je n'ai pas causé en vain, vous viendrez me le faire savoir et nous nous remettrons au boulot comme au début. Dans le cas contraire, je vous présente ma démission et je m'en vais avec ceux qui voudront m'accompagner.

Est-ce que ce furent les harmoniques de ce mot, *démission*, qui emportèrent la balance ? Toujours est-il que le *on y va ?* relayé de Camille à Cyprien, prononçait la réhabilitation de leur chef enfin rétabli dans ses fonctions. A l'instar de leurs

---

[29] Se déboutonner, dire sans réserve ce que l'on pense.

camarades, son plaidoyer les avaient fouettés à bout portant comme une cinglée de lanières : dans le langage populaire on dirait qu'ils en avaient *pris plein la gueule*, et cela en deux actes, d'abord le dur choc frontal du préambule relatif à leurs ébats, puis la douche glacée à seaux continus d'un ultimatum proféré d'un seul jet de réalisme brut. Dès la première syllabe, ils comprirent qu'Olivier leur tendait une perche d'un bord à l'autre du pont granitique par lequel les Périontes soit écrivaient un second tome de leur roman, soit abandonnaient en cours un ouvrage inachevé. Ses accents pathétiques leur avaient labouré les entrailles, tant ils défalquaient le vrai du faux, le vrai guidant le bien, le faux détruisant le mal, l'essentiel absorbant et dissolvant tout superflu.

Certains êtres, qu'on le veuille on non, possèdent à l'état naturel un air de grandeur qui jette leur entourage dans un abaissement profond : la stature d'Olivier, la netteté de sa parole, l'extraordinaire majesté qu'irradiait sa présence, immense nuée tragique derrière laquelle perçait un firmament d'azur plus immense encore, firent table rase de toutes les réticences comme de toutes les questions subsidiaires. Etre aspiré de l'intérieur par un verbe qui vous vide, littéralement, ce n'est pas une hyperbole gratuite. Son éloquence bouleversante s'agrégeait à une dimension d'une telle élévation qu'elle imposait le respect le plus inviolable, et si quelqu'un s'était permis ne fût-ce que la moindre interruption, c'en était fini, ce qui avait habité Olivier se retirait pour ne plus reparaître. Ses intonations mêmes n'avaient plus leur sonorité habituelle, elles vibraient d'étranges trémolos émotionnels qui modulaient chaque mot d'une puissance à la fois suppliante et terrifiante. Pas une syllabe, pas une virgule qui n'induisît à l'impitoyable confrontation avec soi-même en accusant le contraste qui comptabilisait le bilan d'un naufrage. Miroir d'autant plus fidèle que les Périontes étaient bel et bien saturés de leurs fautes et qu'aucun d'eux n'ignorait qu'ils défrayaient une voie sans issue. Pourquoi ne s'en étaient-ils pas détournés d'eux-mêmes ? Qui de nous, après avoir rompu sa gourme, n'a jamais caressé la fascination à persister dans l'erreur par entêtement autant que par bravade ? Qui n'a jamais chevauché bride sur le cou aiguillonné par l'aveuglement bête qui hâte sa propre ruine ? Il y a peut-être chez l'homme de ces replis morbides où l'attrait du suicide est en attente.

Il s'agissait dès lors de sevrer ce beau monde d'une drogue qui au-delà de sa dose limite les aurait asservis à une irrémédiable accoutumance. C'est ce que fit Olivier, mais aussi Alexandre, Yannick et Gervais : en les acculant au dilemme rigoureux de redorer leur ancien blason ou de le piétiner définitivement, ils braquaient sur leur conscience un miroir impitoyable dont les angles de diffraction leur rappelaient qu'ils avaient renoncé à l'idéal, forgé dans l'adversité, qui chante l'altruisme, le don de soi, en glorifiant son corollaire, l'oubli de soi. L'oraison d'Olivier les obligea à renifler nez sur la crotte leur propre pestilence sans autre latitude que de se divulguer tels qu'ils étaient ; elle remua ce qui croupissait de dignité trop longtemps refoulée et bafouée par les tyrannies de la chair, de l'orgueil et des passions anarchiques. La résipiscence de Cyprien et de Camille n'était autre chose que l'ambassade d'une résipiscence générale dans le sillage de laquelle ce constat : *qu'avons-nous fait ?* leur attestait que le chaos qu'ils avaient laissé croître n'était pas loin du cloaque.

Les enseignements explicites de la providence se manifestent toujours à l'improviste : les arguments d'Olivier, hier dispersés à écho perdu, s'étaient polarisés cette fois au confluent d'une question primordiale, et sous les projecteurs une actualité impossible à éluder. Exit, les oripeaux de sybarites qui avaient avachis ces filles et ces garçons dans le leurre d'une sécurité factice, alors qu'ils vivaient plus que jamais en perfusion du hasard. Exit surtout la détestable mentalité défaitiste qui par complaisance, facilité ou mièvrerie contaminait la communauté, tandis qu'il suffisait de transfuser un bon contingent de sang neuf pour faire pencher la balance d'une destinée beaucoup moins inéluctable que quelques-uns le ruminaient, notamment Yannick.

Au soir de cette journée mémorable, chacun y alla de son commentaire selon la quantité de confidences qu'il estimait devoir faire à ses compagnons. Ne nous méprenons pas, néanmoins : ces mini réquisitoires désavouaient toute coercition à trembloter un déballage d'autocritique genre révolution culturelle chinoise, même si elles tutoyaient de fort près le *mea culpa*. Repentance, certes, mais de plein gré et librement consentie. Aucun œil inquisiteur, par exemple, ne fit sa proie de Jérémie, dont l'hypocrisie dégoulinait pourtant comme marmelade de ses dédains les plus arrogants. Pareillement on se dispensa d'offenser Nadine, que son éducation avait si longtemps tenue en marge des effusions charnelles, et qui s'était si bien rattrapée depuis, de se justifier. En un mot, personne ne commit la balourdise ni de battre sa nourrice, ni de cracher dans la soupe.

Encore un mot.

La rédemption des Périontes ne remboursait pas d'indemnités compensatoires à un ascétisme usuraire. Ils se contenteraient de ne céder aux sommations du *prurit juvénile* qu'en vertu de ses exigences, sans *tyranniser la quéquette*, locutions l'une et l'autre de Xavier. Contrairement à ce que l'on serait tenté de présumer, le retour au giron de la cordialité s'effectua en douceur, comme sous anesthésie. Leur dévergondage avait été accidentel, ils étaient foncièrement trop honnêtes pour endurer longtemps les affres d'une déchéance qu'ils réprouvaient par-devers eux. Allons plus loin : le fâcheux chapitre de la désunion fut une expérience profitable, on pourrait presque dire prophylactique, en ce qu'il prononça son propre arrêt de mort. Le venin aurait pu les tuer, il fabriqua à temps le remède providentiel. Vaccination qui engendra d'abord une forte fièvre. La fièvre apaisée, l'immunisation fut totale.

Une fois balayés les derniers relents des vapeurs délétères, la sécurité des Froides-Aigues réoccupa le devant de la scène. Les Périontes en renouèrent les ligatures distendues aux engagements dont ils avaient naguère si unanimement approuvé la constitution. On assista alors à une chose inconcevable dix jours plus tôt, la réouverture du camp d'entraînement. Comme il ne faut qu'une impulsion initiale pour faire boule de neige, tout le reste s'engouffra dans la brèche : les repas réinventèrent leur communauté bruyante, les couchers le luxe de joyeusetés qui se prolongeaient parfois fort tard. Une nuit, Cyprien et Olivier se croisèrent près de la Tour, échangèrent un timide sourire, et Cyprien dit :

— Tu as continué tes relevés, malgré tout ?

— Plus ou moins.

— Il est peut-être temps de les mettre à jour.

— J'allais le faire.

— Tu veux bien que je le fasse avec toi ?

— Bien sûr, avec plaisir, Cyprien...

L'instant d'après, ces deux anciens adversaires noircissaient côte à côte l'ordinateur de données météorologiques en les illustrant de savantes exégèses sur les méfaits d'une sécheresse de mauvaise augure. Leur étude les mena jusqu'à trois heures du matin. La touchante simplicité de leur raccommodement pinça la corde lyrique de Claude qui la commenta ainsi : *ils se sont chamaillés comme des écoliers, à présent ils sont comme cul et chemise. Je crois que je vais m'évanouir d'émotion.*

Il convient ici de souligner une singularité qui de prime abord semblera superfétatoire et même redondante. De prime abord, seulement, car comme on dit, où il y a de la fumée, le feu n'est pas loin. Certains phénomènes, anodins ou spectaculaires, sont et ne seront jamais que des épiphénomènes qui résultent de combinaisons auxquelles nous ne concourons en rien. Que faire contre une tornade, un froid sibérien ou un déluge, sinon s'en préserver au mieux et attendre que cela passe ? En subir les nuisances, c'est déjà bien assez : leurs amplifications à plus ou moins long terme nous affectent de manière fragmentaire, c'est-à-dire circonscrites à notre petit chez nous, *home sweet home.* L'exception n'étant pas la règle, le besoin de stabilité inhérent au tempérament humain n'accorde au stéréotype qui est son cadre familier que la dérogation d'un accident temporaire ; après quoi on n'en parle plus.

L'excentricité dont il est parlé ici concernait la température. Jusqu'ici, elle avait été caniculaire. A compter du dix juillet, l'adjectif caniculaire ne fut plus qu'un plaisant euphémisme. A l'altitude des Froides-Aigues, rappelons-le, 1147 mètres, elle déconcertait tous les paradigmes climatiques. Le thermomètre

135

outrepassait les quarante degrés le jour et ne descendait plus à moins de trente la nuit. Avec cela, pas un souffle de vent. La végétation, plus desséchée qu'une savane africaine, se mourait. Les arbres étaient dévitalisés par l'implacable fournaise du soleil, les animaux se terraient ; symptôme dramatique, le tarissement menaçait les sources. Lentement, mais sûrement, le niveau de l'étang diminuait ; cela se remarquait aux berges dont l'empreinte de l'étiage dessinait à la périphérie une longue frange brunâtre. Si le ruisseau qui alimentait ce séjour de fraîcheur et de bien-être fournissait encore du débit, quoique bien moins dru qu'auparavant, qu'en serait-il dans un ou deux mois ?

Quant à l'irrigation des cultures grâce à l'eau directement prélevée à l'étang, elle avait de quoi tourmenter les Triptolème locaux. Pour obvier à une sévère déconvenue, le filet d'adduction s'amaigrissant toujours davantage, un seul expédient, se retrousser les manches et s'attaquer au reliquat de la récolte, une bonne partie, on s'en souvient, ayant déjà été emmagasinée. La quasi-totalité des légumes avaient poussé au-delà de toute spéculation. Les Périontes ramassèrent une bonne centaine de kilos de navets, de tomates, de céleris, de choux et autres pommes de terre, liste non exhaustive. Ils transportèrent ce butin dans le cellier que soixante centimètres de paroi protégeaient des ardeurs de l'astre. Jérémie avait confectionné des étals ajourés sur lesquels on opéra un tri par regroupement, exactement comme dans un supermarché. Ce travail accompli, l'Aqueduc fut démonté et les bacs d'argile entreposés au rez-de-chaussée de la Tour.

– Mater une calamité, dit Geoffroy, voilà ce qui console.

Apparemment que Geoffroy avait prononcé *calamité* sans intention. Il n'en sema pas moins le trouble chez ses camarades. En dépit du remplissage de la cambuse, personne n'était tranquille. On flairait confusément la chose qui n'est pas à sa place, le frein qui s'est bloqué quelque part et qui empêche la machine d'aller à son rhythme de croisière ; perception indéfinissable, mais si irritante qu'elle exacerbait la fébrilité des uns et la fatigue des autres. Sans doute la chaleur y contribuaitelle par la consomption dont elle accablait les organismes. Mais une conjoncture météorologique n'expliquait pas tout.

Ce qui était surtout insolite, c'était que depuis quelques temps, une poignée de garçons, entre autres Florent et Olivier, scrutaient les basses collines de l'ouest, comme si cet horizon dissimulait des remous ou autres turbulences évidemment invisibles à l'œil nu, mais palpables par ricochets de flux ondulatoires, selon le même processus que les poils et les cheveux réagissent à l'électricité de l'air. Sensation, ainsi que l'affirma Camille, *complétement idiote*. Toutefois, Camille non plus que les autres n'accréditait l'a priori d'une hallucination collective. De là à susciter une controverse, il n'y avait qu'une occasion à saisir aux cheveux. Le symposium improvisé tint son forum à l'Etang des Sources, au beau milieu de l'île, entre deux baignades. Au loin, vers la maison, un crépitement imitait les notes/doubles croches pointées d'un régiment de grillons géants : c'était le haut-parleur du récepteur en liaison avec les factionnaires de service. En cas d'alerte, essais concluants à l'appui, l'émission morse pétaradait même à cette distance avec la sonorité métallique d'un orchestre de trompettes de Saxe.

Cependant, Gervais goguenardait en lorgnant Olivier et Florent, dont les mines évaporées auraient admirablement iconographié la *Vie des Saints* de Paul Guérin :

— L'ouest a toujours attiré les hommes, gargarisa-t-il, les chercheurs d'or, les Celtes, Éric le Rouge...

— Tu as tort de railler, répondit Olivier ; je suis persuadé qu'il s'est encore passé un truc à nous compliquer la vie et qu'on en reçoit le contre-coup via notre chakra du haut.

Il ajouta, pensif :

— Rappelez-vous le message en morse.

— Peuh ! fit Jérôme, ton message, c'est du samoyède.[30]

— Du... quoi ? fit Thomas, en pouffant de rire.

— Monsieur fait son intéressant, repartit Olivier, pour nous prouver qu'il a été assidu à l'école.

---

[30] Sans doute le pimpant Jérôme voulait-il dire : c'est du chinois, ou de l'hébreux, mais il aima mieux se rabattre sur samoyède. Ces étrangetés dans le cerveau d'un gamin de quinze ans sont un abîme d'incompréhension pour le psychologue.

— Tu peux toujours te martyriser le cortex, rétorqua l'adolescent, il n'empêche qu'un message bourré d'abréviations, ça s'interprète dans tous les sens qu'on veut. C'est la même chose que les prophéties de Nostra, on leur fait dire n'importe quoi...

— Ça, mon pote, riposta Olivier en renversant le galopin, c'est du baragouin à la fois de gros flemmard et de pyrrhoniste : flemmard, parce que tes petits lobes frontaux, temporaux, occipitaux et pariétaux n'ont jamais pris la peine d'étudier le contenu du message ; pyrrhoniste parce qu'il est commode de justifier le poil qu'on a dans la main en réfutant ce qu'il ne permet pas de comprendre.

— Beuah, beuah !

Ces cinq lettres pour le moins baroques, beuah, répétées deux fois, signifiaient approximativement : *d'ailleurs, je m'en moque, et puis tu m'embêtes avec ton message et même si j'ai tort, j'ai raison quand même.*

— Eh ! fit Cyprien, et si on le relisait, ce message ? Avec le recul...

— Quel recul ? s'étonna Claude ; c'est comme pour les problèmes de géométrie, si tu sais pas la formule, bernique et boule de sperme !

— C'est rigolo les boules de sperme, s'émoustilla Jérôme, tout sourire, c'est quand on fait joujou avec son zizi dans la baignoire et puis après on fait des boules avec le...

La censure virile et décidée de Xavier coupa broche à la logorrhée spermologique du godelureau, plus en verve que jamais :

— Jérôme, dit-il, mon petit Jérôme, tu es adorable, tu es mignon, tu es le prince des Froides-Aigues ; mais tes aventures onano-aquatiques ne sont pas de saison, tu comprends ? Hors sujet !

— Reprenons, fit Dorothée, aussi hilare que les autres, tu disais, Claude ? Est-ce que toi aussi Nostra te laisse de glace ?

— Et comment ! Il m'énerve avec ses quatrains indéchiffrables qu'on dirait du langage de programmation Java ou C++. J'aime mieux m'en remettre à mes propres horoscopes.

— Parce que tu donnes dans l'astral, maintenant ? s'esclaffa Alexandre.

— Exactement ! Figurez-vous que des fois, l'esprit me visite et me téléporte dans la quatrième dimension...

— Oh, oh ! s'écria Thomas, oyez tous ! Claude la pythie inaugure son cabinet de voyance...

— Pourquoi pas ? Je suis un être imprévisible, le yin et le yang s'affrontent dans mon métabolisme énergisant. Du coup, mon subconscient, ou bien mon ultraconscient, enfin mon conscient pas conscient, est le champ de bataille des armées de lumière et d'obscurité qui y guerroient. Ça fait du dégât !

— Quelle fable ! s'esclaffa Olivier ; ton yin s'appelle douze heures de sommeil la nuit et ton yang deux heures de sieste l'après-midi. Si c'est ça ta quatrième dimension, vaut mieux passer à la cinquième...

— La langue en biseau des persifleurs ne déboussole pas le yogi assis sur sa planche à clous ; celui-ci les ignore, il fait même mieux, il leur pardonne !

— Euh..., protesta Jérôme un doigt dans la bouche, ce ne serait pas plutôt le fakir ? Rapport à la planche à clous...

— Ne le contrarie pas, lui conseilla Olivier, il est en pleine extase visionnaire intersidérale.

— N'empêche que j'ai eu un songe horrifique il n'y a pas longtemps, poursuivit Claude : je me baladais dans un joli pré tout fleuri, tout à coup voilà une énorme vague qui avance sur moi. J'ai eu beau courir, tintin, elle m'a rattrapée et je me suis noyé, positivement.

— Çà, c'est normal, intervint Dorothée, en plus de dormir comme un ours, tu bois comme un trou. Les ivrognes font toujours des songes où il y a du liquide. Après viennent les bestioles qui grimpent le long des jambes, beurk !

— Tu oublies que depuis quelques jours, tout est tourneboulé, fit Claude : plus de beuveries, plus de vomis partout, plus de touche-pipi ou de touche-minou, les temps sont au repentir et à la flagellation.

Il ajouta, en bâillant :

— D'ailleurs, tant mieux : je me réencanaille avec Morphée, à qui j'ai fait trop d'infidélités ces derniers temps.

Si une petite brise de surnaturel soufflait sur les Périontes, beaucoup, pour se tirer d'affaire, soutenaient qu'il n'y avait là rien que de très vraisemblable, attendu qu'on se jouxtait les uns les autres, et que cette promiscuité charnelle impliquait l'attraction moléculaire du spirituel.

— Procédé un peu facile, dit Florent, pour éluder ce qu'on ne pige pas.

— C'est quand même terrible, renchérit Olivier, ce scepticisme qui trouve toujours chaussure à son pied.

— Bon sang ! ironisa Cyprien, vous n'allez tout de même pas me faire avaler que sous prétexte qu'on a des visions en groupe comme des touristes, il ne s'agit pas de visions cornues ! Qu'est-ce que ça veut dire ? On est attiré par l'occident, comme ça, tout à coup, sans crier gare ? Et alors ? On l'est autant à sept heures du soir par l'odeur du ragoût de pommes de terre aux courgettes, du pain perdu au miel, ou le matin par celle du café et des tartines…

— Tais-toi, fit Gervais, tu me donnes faim.

— Pardon Gervais, je plaisante, mais je ne me persuaderai jamais qu'il y a là-dedans la moindre anguille sous roche.

— C'est bien un gros paysan des montagnes qui parle, fit Nadine en riant, bien collé à sa terre et n'en démordant pas ; comment ? On sent tous des choses, et toi, qui sens autant que les autres, tu trouves ça fortuit ?

— Par tous les vautours d'Ansabère ! rétorqua Cyprien, les Froides-Aigues nouveau Fatima, c'est du costaud, un vrai scoop ; il ne reste plus qu'à y organiser des pèlerinages. Tu pousses pas un peu, non ?

— Je m'interroge, protesta Nadine, c'est tout. Ce qui nous arrive, tout de même c'est pas banal…

— Evidemment que c'est pas banal ! On est ensemble depuis cinq mois, il est normal qu'on se branche parfois sur la même longueur d'onde : du coup, l'un pense à quelque chose et tout le monde se met à y penser aussi. De la télépathie, en quelque sorte. Mais pour le reste, vous pourriez me le démontrer en samoyède, langue chère à Jérôme, c'est pas pour autant que je prendrais ma carte du parti. Tout ça pour vous réaffirmer que ces élucubrations ne sont que fantasme, divagation, hystérie et grave ébullition de la cafetière.

— L'avenir nous le dira, fit Alexandre.

Personne n'avait remarqué, dans son coin, Geoffroy qui ne disait rien, qui ne participait pas directement à la conversation, et qui faisait une drôle de tête comme quelqu'un qui aurait un *coup de blues.*

A l'espèce de synthèse zététicienne de Cyprien marginée par Alexandre, il jeta ex abrupto son pavé dans la mare :

— L'avenir ? Tu veux que je te le peigne, l'avenir ? Ça tombe bien, on en est aux oracles. Voilà le mien, d'oracle : on va vieillir dans l'égoïsme, ça sera tous les jours de pire en pire, on se tirera dans les pattes, et ensuite on se bouffera le nez. Il y a un antécédent tout frais, comme un banc d'essai. A force de se côtoyer, on se supportera plus. Pendant ce temps, mesdemoiselles ici présentes auront accouché de beaux enfants à multiples pères putatifs, qu'il faudra élever à la diable dans un environnement dont les limites nous seront vite odieuses. Des engueulades éclateront, pour un rien, pour une broutille, c'est toujours comme ça que ça commence, les mesquineries tailleront en pièces la bonne entente qu'on vient juste de rafistoler. Qu'est-ce qui nous dit même qu'on n'ira pas jusqu'à se battre ? Vous vous prétendez hors d'atteinte de ces extrémités parce qu'on a décrété qu'elles sont étrangères à nos caractères ? Mais si la chair est faible, les égoïsmes ne le sont pas moins et les bons petits copains d'hier se changeront demain en mecs qui nous seront d'abord indifférents, puis carrément hostiles. Oh, tenez ! Même pas la peine d'aller si loin, admettons entre nous l'impossibilité viscérale de lever la main sur un camarade : il faudra bien compenser ce qui ne sera ni plus ni moins qu'une frustration ; vous voulez savoir comment ? C'est simple : un jour, certains d'entre nous feront leur baluchon, ne pouvant plus blairer ni les autres, ni eux-mêmes. Ça a failli arriver, d'ailleurs ! Ils s'en iront et ceux qui resteront n'auront plus que leurs yeux pour pleurer et leur whisky pour s'étourdir, s'il y en a encore, avec au fond de la mémoire le souvenir des jours heureux. Voilà l'avenir tel que je l'envisage ; et ne me taxez pas de pessimisme, s'il vous plaît : mon pessimisme a un synonyme exact, il s'appelle réalisme.

Si l'ambition de Geoffroy avait été d'abasourdir ses camarades, c'était gagné, et au-delà car il les avait carrément atterrés. C'est que certaines vérités sont contondantes et que pour argoter crûment, quand elles vous bourrent le pif, ça fait mal, et longtemps.

Hélas, ce qu'il avait déblatéré, qu'était-ce sinon la traduction en clair de ce que chacun éprouvait peu ou prou par-devers soi ? Geoffroy n'avait fait que brosser in extenso un tableau sans complaisance couronné d'une irrépressible sentence qui aurait pu se résumer ainsi : les Périontes, naguère creuset d'une indéfectible dynastie, rabougris par des chicanes domestiques.

Que répliquer ? Comment combattre une sagacité qui ne concédait à un quelque contradicteur que ce fût qu'un ramas de lieux communs que personne n'aurait eu l'aplomb de dégoiser sans rougir ? L'alerte d'une incursion des Routiers n'aurait sans doute pas égalé la consternation qui avait assommé l'assistance. Jamais les Périontes n'avaient ployé sous une telle épaisseur écrasante de désenchantement. On aurait dit qu'un immuable fatum homologuait un verdict promulgué déjà par une scission encore chaude, comme pour rappeler aux bâtisseurs de châteaux de sable qu'aucun édifice en ce monde n'est garant de pérennité.

Ce fut dans cette ambiance saumâtre qu'une bombe creva.

– Objection ! tonna un intervenant.

Les regards convergèrent d'une seule brassée vers Olivier. Le garçon resplendissait sous la clarté solaire de son magnifique et royal profil aristocratique. Plus un bruit, un silence claustral pareil à celui qui précède le lever de rideau au théâtre. En ces minutes ineffables où, qu'on me passe la métaphore, la crevaison de ses camarades n'espérait même plus une roue de secours, le plus indomptable enthousiasme la leur fournissait. Encore une fois, Olivier se trouvait à point nommé pour combler les brèches des vaillances déficientes :

– Ecoutez-moi ! s'exclama-t-il, écoutez-moi tous…

L'espace d'une seconde, il tituba et dut s'étançonner à un arbre pour recouvrer son équilibre. Le malaise s'estompa sur-le-champ. Il poursuivit, au carrefour du tribun qui galvanise une foule, et du messager d'annonciation qui déchire le voile derrière lequel il est le seul à discerner de radieuses perspectives :

– Vous prédisez la fin des Périontes ? Et bien, moi je prends acte de leur naissance ! Hier, nous étions encore des enfants, l'épreuve nous a mûris, nous voici adultes. Adultes, car nous savons qu'il est de notre ressort de contrecarrer ce qui n'est irrémédiable que par notre consentement passif. Le consentement, ce sont les âmes abouliques, comme Hamlet, le soleil noir qui dévore ses propres rayons. Nous ne sommes pas faits pour nous dévorer nous-mêmes, encore moins les uns les autres, mais pour rayonner. Et on ne rayonne que par l'amour. L'amour est un superlatif. Vous n'avez pas eu l'exemple, dans vos familles, dans votre entourage, avant la catastrophe, de gens qui se sont aimés sans faillir ? Ça n'existe donc pas ? Et nous alors ! Nous ne sommes rien, juste un accident, la loterie d'une martingale pseudo-divine ? Parce qu'une menue bisbille nous a divisés pendant quelques jours, vous vous focalisez sur cette bagatelle sans égards pour tout ce qui a été avant et ce qui sera après ? Dans notre ciel si bleu, vous ne voyez que le nuage qui l'a obscurci et qui a été si vite dissipé ? Quelle amnésie, tout de même, et quelle myopie ! Non, mes amis, une tache sur l'astre ne lui ôte rien de son éclat : nous grandirons ensemble, je n'ose même pas dire sans nous détester, mais au contraire en nous aimant davantage. On n'arrête pas la rivière dans son cours : essayez donc un peu d'imaginer quelle perte irréparable serait pour tous la disparition d'un seul d'entre nous… Que ce scénario serve d'étalon à votre clairvoyance et de repoussoir aux tentations de voir les choses en noir, et vous mesurerez bientôt à quel point nous sommes profondément unis, comme une entité solidaire partagée en quinze individus. Les Froides-Aigues épicentre d'une fabuleuse aventure humaine, ce n'est pas un jeu de dés, c'est un essai qui est fait avec nous, celui de l'extension à l'infini de ce qui est fini, de l'inversion des polarités qui régissent le monde où ce qui était lourd est léger, et où ce qui est encore fractionné, le temps, n'aura bientôt plus ni alpha ni oméga. C'est à nous de faire en sorte que cet essai ne soit pas vain, mais au contraire concluant, jusqu'à son achèvement, et son achèvement sera notre apothéose. Notre route est encore jalonnée de bien des pièges, et des plus sournois, et des plus dangereux, et malgré notre horreur de la violence et du meurtre, nous aurons à combattre ceux qui n'ont que la violence et le meurtre à leur menu. Là est notre prochaine gageure, et elle sera terrifiante car elle attentera à ce que nous avons de plus pur en nous. Mais interdit de reculer ! La besogne est rude : affronter ceux qui ne sont nos bourreaux que par ce hasard qui semble distribuer les destins des hommes au gré d'un incompréhensible caprice. Nous les affronterons et quand nous les aurons vaincus, ceux qui en auront marre de leur vie de crapules viendront avec nous et nous nous enrichirons, nous de leur malédiction à jamais abolie par l'oblation de notre cœur, eux de notre bénédiction à jamais sanctifiée par ce sacrifice. Alors tous ensemble, nous bâtirons la nouvelle terre où l'homme sera pour l'homme à la fois un frère, un père, une mère, en un mot le Bien-aimé, où les enfants de la planète seront les enfants de tous, où la vie sacrée, la parole sacrée, le chant sacré rendront un perpétuel hommage à la beauté et à l'authentique que profanent tant de falsificateurs, où la prière, loin des génuflexions contrites et contraintes, dédiera son temple à l'autre, cet inaltérable alter ego. Nous épancherons partout l'essence de notre être le plus parfait, et chaque jour rapprochera l'homme de l'ange, l'ange de l'homme, tous deux de Dieu. Certains mots, chagrins, larmes, affliction, maladie, désespoir, n'existeront que comme de vieux termes d'une langue caduque. Tes propos, Geoffroy, je les comprends, parce que je comprends tes inquiétudes. Je les comprends, mais je ne les ressens pas. Pourquoi tant d'amertume ? Pourquoi peindre l'avenir d'un crayon si sombre et négliger l'immense privilège que nous avons reçu de tout transmuer en or autour de nous, chose que, soit dit en passant, nous avons déjà réalisée en partie ? Pourquoi nous dénier l'aptitude à surpasser les bornes de l'humain et à accéder à un zénith qui nous a été si splendidement octroyé depuis que les Froides-Aigues sont notre patrie ? Avez-vous les quinquets si chiasseux que vous ne voyiez pas l'épure derrière l'ébauche ? Et bien, nettoyez-les à grande eau, regardez au-delà de la muraille qui les emprisonne, et les merveilles écloront partout. Vous verrez par exemple que ce déclin dont on se plaint tant est en réalité la pierre de touche de notre expansion, celle qui nous adjure de poursuivre l'œuvre commencée. Geoffroy, tu commets toi-même et tous les jours des actes admirables dans leur simplicité. Qu'est-ce donc que cette compassion qui t'animait hier quand tu faisais la toilette des cheveux de Thomas, que tu en extirpais une dizaine de bestioles qui y avaient fait leur nid, et cela sans le moindre dégoût ? Qu'est-ce donc que l'attitude de Camille soignant ta gencive avec la même aisance que s'il avait soigné un rhume, tant il souffrait de te voir souffrir ? Qu'est-ce que Cyprien qui berçait Jérôme endormi dans ses bras en lui caressant doucement les cheveux avec un regard attendri ? Qu'est-ce enfin que cette spontanéité avec laquelle toi, encore toi, Geoffroy, tu as remplacé spontanément ce même Jérôme à l'Observatoire parce qu'il avait eu une insolation ? Ah, tu doutes ? Tu doutes de la réforme en pleine poussée végétative, de ce travail invisible et mystérieux, pourtant si flagrant, qui s'accomplit dans nos murs depuis près d'une demi-année et qui nous a déjà convertis, pauvres humains faibles et nus, en hérauts du Monde Nouveau ? Oh, Geoffroy ! Nous sommes ici pour chanter l'avènement d'une ère échenillée des erreurs de la précédente, de quelque chose qui n'a jamais existé au cours de la longue histoire de l'humanité . Nos souffles, nos espoirs, nos allégresses, nos peines se sont confondues, et de cette fusion est né l'homme plus qu'homme. Nous avons serti nos bagues de fiançailles d'un diamant, cette bague c'est l'Arche d'Alliance, foyer des générations futures. Les Froides-Aigues sont le berceau de l'éternel printemps qui unifiera le ciel et la terre, le haut et le bas, et sanctifiera l'un par l'autre. Tout se transforme, tout s'embellit, le prodige est autour de nous. Nous avons franchi le palier décisif, le sombre crépuscule d'un règne barbare souillé de rapines et de sang a enfanté une aube étincelante. Je vous le dis, mes compagnons, nous n'appartenons plus à la civilisation de cruauté féroce et d'abominables tueries qui a si longtemps pesé sur la terre comme une fatalité inexorable. Nous avons chancelé dans un moment de faiblesse, soit ! Et bien, cela se reproduira peut-être, car rien ici-bas ne s'obtient sans peine ni tâtonnements, mais à chaque faiblesse surmontée, le monstre perdra de sa substance, à chaque écueil vaincu on l'entendra éructer ses derniers râles. Bientôt aucune discorde ne trouvera plus de terrain favorable pour y prospérer, ce mot même de discorde sera rayé de notre dictionnaire, et là où toi, Geoffroy, tu vois la lente érosion de l'unité par l'usure, moi je vous en prédis la plénitude par l'amour.

Il fit une pause, puis reprit, transfiguré :

– Mes frères, que vous le vouliez ou non, nous sommes les enfants de l'Ere du Verseau.

Le cauchemar de Yannick

Il faisait nuit. Tout dormait autour de l'étang. Une fois n'est pas coutume, la veillée avait été brève ; trop d'émotions accumulées au fil des semaines avaient rabroué les résistances. Au hasard de la mosaïque de damiers multicolores que dessinaient les couvertures sur le sol, s'étendait une pléiade de corps les uns bouches béantes vers le ciel comme pour aspirer les étoiles, les autres en chien de fusil, d'autres encore à plat ventre. Une vague odeur de citronnelle s'exhalait des peaux bronzées par trois mois d'un soleil implacable.

Il transpirait de cet éventail de nudités assoupies une innocence qui serrait le cœur. Çà et là de petits hoquets, des gémissements indistincts rhythmaient la stridulation monotone des cigales ; des bras ébauchaient des mouvements d'enlacement machinal, comme s'ils cherchaient un autre bras, instinctif soutien contre la solitude qui étreint l'homme lorsque les songes l'invitent à leur mystérieux voyage. Parfois quelqu'un secouait sa torpeur, promenait un regard effaré autour de lui avec une sourde hébétude qu'exorcisait aussitôt la rassurante contiguïté de ses compagnons.

Deux garçons étaient absents, Yannick et Jérémie, de garde à l'Observatoire.

Le plus jeune, d'ordinaire peu docile aux servitudes domestiques, s'était présenté pour une fois à son avantage, c'est à dire sous l'angle coopératif. Il est vrai que son équipier du jour lui était un répertoire de souvenirs encombrants ; d'où un empressement à sucrer la tisane diplomatique via la posture respectueuse dite du chien couchant. Depuis l'incident de la Tour, Jérémie avait évité comme la peste ce trop aveuglant miroir de son infirmité morale. De son côté, Yannick ne se privait pas de lui en asticoter la mémoire façon *souviens-toi du vase de Soissons*, à l'instar de la plupart des Périontes, excédés par ses éternelles toquades. Quand le tour de service les eut appariés pour la faction, l'adolescent fit d'abord grise mine. L'aîné eut l'intelligence de dorer la pilule[31] ; il en résulta que chacun concéda à l'autre la courtoisie d'un armistice. Yannick s'afficha même ouvertement amical, ce qui incita le cadet à feindre un zèle à tous les coups peu sincère, mais qu'il déguisa de son mieux.

Au demeurant, ils n'eurent guère le loisir d'éplucher l'historique de leurs démêlés ; le dîner avalé, l'épuisement d'une longue journée les avait terrassés. Yannick ne s'en était pas moins mentionné que le capricieux garnement reconduisait admirablement ses propensions à la mitoyenneté, en pivotant résolument de son côté. Une minute plus tard, il ronflait comme une locomotive à vapeur. Yannick s'accorda bientôt au même diapason.

Vers les cinq heures, il se réveilla en sursaut.

Quelqu'un qui l'aurait vu, haletant, imbibé de sueur, se serait dit : *il est malade*. Yannick était malade, en effet, mais non d'une maladie organique.

Nous avons tous fait de ces cauchemars sinistres qui incrustent au fond de nous une empreinte puissante et durable. Celui de Yannick était de cette espèce tenace. Le jeune homme se leva, s'accouda au parapet et respira à fond. Quant il eut la tête plus libre, il alla vers Jérémie, s'accroupit à son chevet, hésita quelques secondes, puis lui effleura le bras :

– Viens avec moi, murmura-t-il, faut que je vérifie quelque chose.

L'opinion à chaud du cadet fut que l'ami Yannick était en pleine crise de paranoïa, qu'il avait mangé des champignons hallucinogènes ou bien qu'il avait fumé une décoction de plantes stupéfiantes, genre pavot ou coquelicot, peut-être un panachage des deux. Par conséquent, il fit son œil noir, ronchonna, prétendit ne pas obtempérer et fut au seuil d'engager une repartie qui aurait à coup sûr viré à la prise de bec.

---

[31] Dorer la pilule, adoucir quelque chose de rude, de malaisé.

148

Seulement, la physionomie de Yannick était si bouleversée que même Jérémie s'en émut. D'un ton pâteux, il balbutia :

— Mais qu'est-ce qu'il y a ?

— Il y a, dit Yannick, que j'ai fait un sale rêve et que ça ne me plaît pas.

Il ajouta aussitôt :

— Je sais, c'est idiot : un rêve, c'est rien, mais celui-là m'a remué les tripes...

En d'autres circonstances, l'adolescent aurait débagoulé une plaisanterie de son cru, c'est-à-dire alambiquée et de mauvais goût. Il aima mieux se taire et suivre Yannick. Il fit cela sans se mettre en peine d'une parure ithyphallique dont l'impétueuse énergie authentifiait l'allégorie des *matins triomphants* [32] célébrés par le poète. L'aîné ignora :

— Ramasse tes armes, dit-il, et amène-toi ; on va passer au crible le chemin et les alentours...

Jérémie ne rechigna pas.

Il avait d'autant moins de motifs de rouspéter qu'il avait dormi neuf heures d'affilée et qu'il se sentait vigoureux comme un martin-pêcheur. Cette heureuse disposition fit qu'en deux bonds et trois décarades il arpentait le Sillon avec Yannick, où tous deux effectuèrent quelques stations d'observation, bénignement émargées de ce rapport, RAS. Yannick conclut à voix haute qu'en fin de compte il n'était peut-être pas très rationnel de s'affoler pour un rêve, que tout le monde fait des rêves, et qu'il n'y avait pas de quoi arracher son camarade à un sommeil qui aurait bien accepté une petite rallonge.

— C'était juste ça alors, dit Jérémie. Tu sais, quelquefois, quand on roupille on voit le contraire de ce qui va se passer. Une fois, j'avais vu mon chien, il était plein de vie, il sautait sur moi, je jouais avec lui, c'était vraiment super. Le lendemain, il est mort.

— Excuse-moi de t'avoir cassé les pieds pour rien.

---

[32] La jeunesse a des matins triomphants (Victor Hugo).

Réaction surprenante, Jérémie sourit et eut même un petit geste cordial à l'égard de l'aîné. Celui-ci en fut tout à fait charmé :

— Et bien, fit-il, te voilà presque comme je le souhaite depuis le début.

Jérémie ayant le vent en poupe, entendait bien naviguer toutes voiles dehors :

— Tu sais, minauda-t-il, je ne suis plus le même…

— Vraiment ? Et bien, tant mieux.

Le benjamin esquissa une moue à peu près correcte, c'est à dire sans trop d'afféterie, et enchaîna :

— Depuis l'autre nuit, j'ai réfléchi…

— A la bonne heure, fit Yannick.

— Je crois, reprit l'adolescent, que c'est vrai que c'est mal de faire exprès de ce qu'on n'est pas ; et bien, tu vois, Xavier ne m'a jamais violé. En fait, c'est moi qui lui ai fait des avances… même que lui voulait pas aller trop loin, mais on s'est laissé aller finalement, mais je te jure c'était sympa, t'as qu'à demander à Xavier.

— Enfin ! s'exclama Yannick, voilà un aveu qui répare bien des préjudices. Félicitations, Jérémie ! Mais n'affecte plus de dissimuler ce qui parmi nous n'a pas à l'être. Ta liaison avec Xavier n'a jamais choqué quiconque qu'en vertu du caractère hypocrite dont tu l'affublais. Qu'elle soit platonique ou sensuelle, ou les deux, on s'en fout…

Pendant que s'égayait cette petite conversation, laquelle tranchait par sa légèreté avec le sérieux des dernières minutes, les deux garçons parachevaient l'épisode de la fausse alerte d'un examen synoptique des environs sur la crête d'un rocher d'où l'on embrassait un vaste panorama. On ne débrouillera probablement jamais quelle fantaisie démangea l'encéphale de Jérémie : le fait est qu'étant sur une pente favorable, il abreuva son camarade d'un déluge de confessions en cascade :

— Vous avez tous raison, dit-il, après tout j'ai été bien idiot, mais tu vois, dans ma famille on m'avait dit que c'était un péché abominable, si bien que je savais plus quoi penser. D'abord, j'ai essayé de faire comme Cyprien, d'aller uniquement avec les filles. Mais elles voulaient pas, surtout Nadine qui est timide là-dessus, du moins qui l'était à l'époque où je la draguais. Et puis une nuit, j'ai vu Gervais qui le faisait avec... c'était Thomas je crois, et ça m'a remué les sangs. Même que je me suis bien défoulé rien qu'à les voir. Une autre nuit, j'ai été dans le lit de Xavier ; il était étonné. Moi je voulais... tu sais quoi, mais lui non, il m'a juste fait des bisous comme il aime bien le faire avec moi. Olivier nous a vus. Heureusement il n'a rien dit, mais le coup d'après c'est Geoffroy qui a tout vu et il s'est pas gêné pour tout raconter dans son style où il se moque, que ça te fait rougir. Moi, j'ai nié mais les autres ont cru Geoffroy et pas moi.

Le jargon qu'avait débité l'adolescent aurait dû formaliser Yannick et lui inspirer un commentaire sinon désobligeant, du moins teinté d'un zeste de causticité. Il s'en abstint ; il ne lui infligea pas l'axiome que quand on a parlé sa langue correctement, et même au-delà, notamment lors de l'élaboration de l'Observatoire, on gagnerait en élégance de se dispenser ensuite de causer margajat[33].

Tout en captant ses confidences, Yannick avait convié le cadet au retour. Celui-ci ayant une urgence à dépêcher s'excusa par ces mots, *juste un pissou*, et arrosa copieusement un refend de roche. Comme on était tout près du layon d'accès à l'Observatoire, l'aîné s'y hissa seul. Une fois en place, il délibéra avec lui-même.

L'attitude du drôle le déboussolait. De coriaces relents de scepticisme l'empêchaient d'en pronostiquer de trop favorables auspices. Que Jérémie l'eût élu dépositaire d'une contrition aussi spontanée, c'était certes encourageant, mais tout de même, un peu étrange. Il n'osait se flatter que sa mercuriale de l'autre nuit avait fructifié en exhortant à la toilette de sa conscience cet archétype de la vanité à tendance narcissique. Il y avait là quelque chose de trop beau pour être vrai. Et puis, tout de même, avec quelle effronterie, presque pardonnable tant elle greffait la naïveté sur l'insolence, Jérémie avait-il

---

[33] Parler margajat, parler un sabir incompréhensible.

dévalué son mensonge relatif au viol fictif de Xavier, en le traitant par-dessus la jambe comme une simple galéjade !

Cependant, l'adolescent traînait la savate, aussi l'apostropha-t-il.

– Je viens, je viens, répondit l'intéressé…

Sa brune silhouette agrippa l'échelle de corde avec une souplesse de puma.

Un autre que Yannick aurait peut-être subodoré dans le timbre articulant par deux fois *je viens*…, une élocution en porte-à-faux, sorte de *falsetto* pas très catholique aux arrière-plans plus qu'équivoques. Mais l'aîné n'avait pas la sévérité suspicieuse d'un Olivier ou d'un Camille. Là où ces derniers n'auraient pas distendu leur surveillance du godelureau même pour un exercice aussi banal qu'une vessie à soulager, lui aima mieux passer carrière.

Il avait bien tort.

Alors que Jérémie se rajustait, si c'est se rajuster que de lacer le cordon d'un pagne, il fut attiré par un objet qui brillait à terre. Il se pencha et le ramassa. L'objet était une montre. Il s'interrogea qui avait bien pu égarer sa montre sur le chemin des Froides-Aigues. Une courte réflexion lui retraça qu'un seul Périonte, Olivier, en possédait encore une. Sa bouche déformée par la contrariété grimaça un affreux rictus, comme quelqu'un qui s'insurge contre un dilemme extrêmement déplaisant. Brusquement, il catapulta la montre le plus loin possible entre deux pans de la Crête. Puis, encore chaud de son geste, comme on le hélait, il répondit : *je viens, je viens*…

Pourquoi l'adolescent agit-il ainsi ? Qu'est-ce qui le détermina, lui l'instant d'avant si transformé et apparemment si heureux de l'être, à user de duplicité envers Yannick, en lui oblitérant une trouvaille au moins saugrenue, si ce n'est capitale ?

A la seconde même où il subtilisa la montre, et le mot subtiliser est le seul qui convienne, voici le laïus qu'il se bonimenta : *il est certain qu'aucun Périonte, sauf Olivier, ne porte de montre. Si j'en fais cas, Yannick envoie un message, toute la smala est sur la brèche dans moins d'une heure, mes espérances sont à l'eau. D'ailleurs, qu'est-ce que c'est que cette montre ? Si ça se trouve, ça fait des lustres qu'elle est là.*

Les lignes de force de l'histoire qui est racontée dans ce livre auraient peut-être convergé vers un tout autre confluent si un adolescent, au lieu d'étouffer dans l'œuf ce qui n'était rien de moins que la rescousse tutélaire de la Providence, avait eu la générosité de l'asservir aux nouveaux préceptes dont il venait de se pavaner. La destinée est libérale de ces alternatives qu'elle soumet à notre libre-arbitre. Celle qui en cette aurore du quatorzième jour de juillet 2042 chargeait l'astre noir des Périontes d'un mandat qu'il ne lui était loisible d'honorer que par le désintéressement, était peut-être une gageure, mais surtout et avant tout une probation d'honnêteté. Une pincée d'altruisme aurait consacré l'amendement d'un méchant bougre et consolidé par ricochet l'édifice qu'avaient bâti ses aînés et auquel cette offrande l'eût pleinement et définitivement agrégé. Mais l'altruisme était étranger à Jérémie. Au moment où il hâta, avec l'angoisse d'être pris sur le fait, reproduisant en cela une première fourberie perpétrée quelques semaines plus tôt[34], sa volonté de biffer la preuve mille fois flairée par Olivier que les Routiers non seulement ne mangeaient pas les pissenlits par la racine, mais qu'ils rôdaient dans les parages, il ne songeait qu'à lui et à lui seul. Que complotait-il ? Il sera toujours temps de l'apprendre.

Avant d'aller plus loin, un excursus n'est pas inutile. Il réintroduit des personnages que leurs exactions auraient dû éradiquer de la surface de la planète, et à qui une autre exaction venait de fournir une branche de raccroc.

On l'aura présumé depuis longtemps, les Routiers ne servaient pas le moins du monde de pâture aux vautours. S'ils se faisaient rares, c'est qu'ils ne menaient pas spécialement une vie à grandes guides. Pour tout dire, ils serraient les fesses. Les inclémences de la politique répressive et leur accréditation de spadassins les assimilaient à des funambules qui font de la corde raide au-dessus d'un gouffre.

---

[34] Voir le chapitre Conséquences d'un jeu innocent, tome 2.

L'atmosphère belliqueuse qui pesait sur cet été torride ne sera convenablement appréhendée que par un effort d'immersion au cœur même de la précarité qu'elle avait engendrée. Les Routiers vomissaient les derniers crachats d'une civilisation moribonde. Leur plaie purulente avaient infecté un corps souffreteux. Sous leur férule, la décomposition de toute une province confinait au pourrissement. Ils pillaient, violaient, écorchaient, décapitaient, énucléaient, mutilaient ; leur besogne expédiée, ils s'en allaient, repus. Seulement, on n'incarne pas l'horreur sans exciter un jour ou l'autre la rébellion qui court à la mort avec l'héroïsme résigné de ce qui n'a plus rien à perdre. Les atrocités des Routiers étaient telles qu'elles avaient hérissé contre eux tout ce qui était encore apte à coordonner une rébellion organisée. La colère, la haine enflammaient les populations, stimulées par les croisades punitives de l'armée. Celle-ci, instruite dans les détails, codifia les alinéas d'une impitoyable répression qui obéissait à la politique dite du *collé au mur avec bandeau sur les yeux.*

Ces prescriptions draconiennes ne tardèrent pas à intervertir les rôles sur une scène occupé jusque-là par les seuls Routiers. Du jour au lendemain, le combat changea d'âme ; de chasseurs ils rétrogradèrent gibier. En plusieurs occasions, ils furent à deux doigts d'être débusqués. Débusqués, mais non pris : il doit y avoir une protection occulte pour la canaille, car à chaque fois ils esquivèrent. Ils perfectionnèrent alors un stratagème de scission en deux pelotons afin de ramifier la traque, ce qui l'affaiblissait. La manœuvre réussit, les soldats firent chasse morte. Quand les Routiers s'estimèrent hors de danger, ils se regroupèrent et se tapirent au plus escalabreux de reliefs connus d'eux seuls, de surcroît difficilement accessibles, où ils étaient plus invisibles que des rose-croix. Le besoin de ravitaillement les pressait-il ? Quelques coups de main nocturnes y pourvoyaient, après quoi ils réintégraient leur tanière.

Ce fut dans les intervalles de ce jeu de chat et de la souris que s'intercale le drame de Corydon.

Vers la fin du mois de juin, les Routiers avaient forpaisé[35] entre les villages de Fontanges et de Saint-Georges, près du hameau de Restivalgues à peu de distance d'une toute petite route en piteux état, sévèrement écroulée par les éruptions volcaniques. Cette route, arc inférieur d'une ellipse que surplombait le Puy Violent au nord, desservait le Pas de Peyrol à l'est et S... à l'ouest. Son adossement à une chaîne de montagnes la recommandait pour solution de planque idéale.

La famine sévissait. L'insécurité dégonflait comme baudruche les aspirations à l'autarcie, une bise aigre d'expiation soufflait sur le brigandage. Les Routiers étaient instruits de ce que S... s'était tirée indemne des cataclysmes qui avaient ruiné la quasi-totalité du canton, qu'une population de trois mille citoyens y survivait, que le bourg était doté d'une infrastructure intacte, par conséquent qu'on n'y aurait que le choix des cambuses à pirater. Y orchestrer une incursion devenait donc un objectif pressant. Il s'agissait de frapper vite et fort, de joindre l'utile, le remplissage d'une marmite qui depuis quelques semaines sonnait creux, à l'agréable, la délectation d'inciser quelques abdomens. Ils fondirent donc sur S... Or, détail qu'ils ignoraient et qui élucide le caractère erratique de leurs pérégrinations antérieures, S... n'appartenait pas à la sphère d'influence de l'armée, pour des raisons administratives inutiles à développer ici. Les troupes, stationnées à M..., plus au nord, rayonnaient dans un périmètre qui allait d'U... au nord-est, à A... au sud-ouest, et délaissaient une bonne parcelle méridionale du canton. L'armée avait ses frontières réglementairement définies qu'il ne lui était pas permis de transgresser. Ce qui se passait à S... n'était pas de son ressort. Du moins, pas encore.

Pour pénétrer à S..., les Routiers se fièrent à la route dans la mouvance de laquelle ils avaient élu domicile provisoire, jusqu'à une patte-d'oie où une autre l'interceptait à angle droit. Le graphisme du T majuscule qui a déjà été employé du temps

---

[35] Forpaiser, en terme de vénerie, se dit d'une bête qui quitte son gîte pour s'en aller dans des parages éloignés. Dans tout ce qui concerne la traque des Routiers par l'armée, j'emploie à dessein des termes de chasse afin de gagner en clarté et en précision.

de l'aventure d'Alexandre dans la crypte, convient de nouveau ici. Cette route, traverse horizontale perpendiculaire de son fût vertical, figurait assez bien un chemin de ronde à flanc de forteresse ; la forteresse, c'était une montagne de près de mille mètres ; derrière la montagne, S... Une fois à la bretelle des deux routes, c'est-à-dire au point de partage du fût et de la traverse, les Routiers n'avaient pas été long à calculer que le plus aisé pour investir le bourg était l'aile droite du T, laquelle allait en pente déclive par une série de lacets fort exigus ; que s'ils s'embarquaient à faire de l'alpinisme sauvage au petit bonheur dans des escarpements impraticables, la débilité de leurs complexions, surtout celle du gros Herbert, s'y collerait avec le même engouement qu'un cul-de-jatte à qui l'on proposerait de courir un marathon. Ils se rabattirent donc sur la voie royale, malgré le péril de la soldatesque. Répétons-le, la soldatesque s'éliminait d'elle-même, l'armée évoluant en deçà de ces latitudes, mais les Routiers n'étaient pas dans le secret de l'état-major. C'est ainsi qu'ils abordèrent à un village, nommé Saint-Paul de S... Souvenons-nous : c'est là que trois ans plus tôt, Olivier, après avoir été pourchassé par les frères Guglieux, avait appris dans un journal l'attentat contre le comte de Pompignac. Au sortir du village, les Routiers repérèrent un bâtiment qui abritait le patronage d'une vingtaine d'orphelins de la région dont les familles avaient été anéanties par les tribulations climatiques de l'hiver précédent. Les Routiers crochetèrent les serrures des portes de l'édifice et tuèrent méthodiquement le personnel d'encadrement, en tout sept employés ; après quoi ils se soucièrent des enfants. Il serait indécent de brocher sur le catalogue de ce qui fut commis pendant cette nouvelle mouture de la Saint-Barthélémy, version juvénile ; ce qu'il faut retenir, c'est qu'un garçon de douze ans, prénommé Corydon, s'enfuit in extremis, mais non incognito. Le René, exténué par deux ou trois viols consécutifs, renonça à lui filer le train ; malheureusement, il y avait dans la bande un élément en qui la volupté d'étriper était une vocation sacerdotale et qui, par conséquent, avait scrupuleusement épargné son énergie. C'était Alexis. Alexis

156

huma les brisées du fuyard jusqu'à la cascade de la Maronne et releva son défaut[36] à l'intersection de la route de Recusset, ce même croisement qui allait sceller l'union d'Alexandre et d'Olivier avec les futurs Périontes après leur expédition de la Buge. Corydon, et ceci est remarquable, emprunta presque au millimètre leur itinéraire : il escalada à peu près le même versant, coupa la piste des Froides-Aigues là où les deux garçons avaient été circonscrits par une tribu de spectres en haillons, continua droit devant jusqu'à la maison sans soupçonner une seconde qu'un refuge, son salut, trônait à moins de dix mètres, et pour cause, puisque aucune lumière ne filtrait des fenêtres. Il accomplit cette randonnée dans un état quasi comateux, convaincu qu'Alexis le talonnait et ne supposant pas que ce dernier décrivait une courbe qui l'aiguillait dans son sillage, mais en sens inverse. Ce fut, si l'on peut dire, le coup de génie du Routier. Modérons notre admiration, cependant, il y eut pas mal d'aléas dans ce qui était moins une tactique pensée qu'une de ces foucades à l'emporte-pièce qui ont une chance sur mille de réussir et à qui l'orgueil décerne ses faux insignes de mérite. En réalité, l'Alexis en avait plein les bottes, et s'il était mortifié de ce qu'un gamin lui eût fait la nique, il l'était plus encore d'avoir lâché la proie, entendez la chair fraîche de l'orphelinat, pour une ombre qui de toute évidence l'avait mouché.

Cette même nuit, après son altercation avec Jérémie, Yannick apercevait un parfait inconnu qui courait d'amont en aval sur le sentier des Froides-Aigues ; c'était Corydon. Le jeune Antillais avait heurté l'Aqueduc, sa gourmette s'était décrochée de son poignet entre l'étang des Sources et la maison. Il avait causé assez de tapage pour éveiller l'attention d'un insomniaque et trop peu pour perturber le sommeil des dormeurs. Il faisait nuit noire, il était éreinté, terrorisé, mourant de faim et de soif ; trois kilomètres plus loin, la Roche Tarpéienne l'arrêtait net.

---

[36] Relever le défaut, se dit des chiens qui, ayant perdu le gibier, se remettent sur sa voie.

Redisons-le, il n'en pouvait plus. Il s'affala épuisé au pied de la Roche. Des voix retentirent tout auprès ; des voix, c'est-à-dire celles d'autres assassins, le reste de la bande de Saint-Paul de S... dont la montagne était l'ermitage. Si la peur est l'aiguillon de la hardiesse, elle est aussi parfois son éteignoir. Les noctambules éloignés, il coulissa on ne sait trop comment entre la Roche et le ravin, au risque de dégringoler de deux cents mètres, et poussa jusqu'à la barrière. Le clapotis du ruisseau lui signala la proximité d'un point d'eau. Il s'y précipita pour se désaltérer. Puis il s'assit sur un coin d'herbe, et patienta la pointe du jour.

Le navrant, c'est que les voix dont il s'était fait une si rébarbative interprétation n'étaient autres que celles d'Alexandre et de Camille. Il suffisait d'une parole, d'une plainte, d'un éternuement, il suffisait d'un rien et son horoscope basculait du nadir au zénith. Mais le pauvre petit bonhomme avait dans la rétine l'épreuve photographique du carnage perpétré sur ses camarades, et ne concevait pas que ceux qui devisaient à quelques toises de lui fussent autre chose que des bouchers de même acabit que ceux de Saint-Paul. Rien ne se résorbe plus en silence que l'épouvante, surtout chez un enfant. Quant à l'œil de Caïn, second coup d'étrivières de l'infortune, il passa dessous sans l'activer, à cause de sa petite taille et parce qu'il trébuchait à chaque pas. Fourches caudines qui pour quelques centimètres se convertissaient en fourches patibulaires. Du reste, comme l'avait dit Olivier, l'anomalie devait être subséquemment corrigée afin d'obvier à une déconvenue de même tonneau.

Pendant ce temps, Alexis progressait sur la route du Pas de Peyrol. Malgré l'obscurité, il se remémora un voisinage où il lui semblait bien qu'il avait fourré jadis ses chausses. Il appuya vers la rivière, pour étancher lui aussi une soif ardente. Un trémolo de râles entrecoupés lui fit dresser les oreilles. C'étaient les sanglots du malheureux Corydon, pétrifié de terreur. Nous répugnons une fois de plus à décortiquer les raffinements de torture qui illustrèrent ce qui advint ensuite ; on n'a pas oublié, depuis le meurtre odieux d'Hippolyte, quel

158

sort était dévolu à qui échouait entre les griffes de cet immonde bourreau qu'était le plus jeune des Routiers.

L'affaire de Saint-P... de S... alluma à S... une riposte immédiate : la milice du bourg concerta une battue à grande échelle.

Coup d'épée dans l'eau, car les Routiers étaient déjà loin ; leur crédence garnie, ils avaient déguerpi direction non la Buge, où on les attendait, mais bien plus à l'ouest, du côté de Saignes. Ce faisant, en se soustrayant à une filature, ils s'empêtraient dans une autre. Au surplus, leur mobilité, bonne pour l'offensive, dénonçait son talon d'Achille dès lors que s'y substituait la débandade : la passivité d'un sauve-qui-peut est une cible aux hallalis d'un adversaire à l'effectif infiniment plus étoffé et soumis à une discipline de professionnels. En dépit de leurs précautions, une section d'infanterie releva leurs voiries, non loin de M... Par quel miracle les Routiers parvinrent-il à les brouiller ? Il faut croire que l'instinct de conservation fait des prodiges, car ils se fendirent de trésors d'astuce et d'habileté. Cent fois, les fantassins furent à deux doigts de les colleter ; cent fois ils les manquèrent. Les brèches, les défilés, les souterrains, les inextricables dédales de la montagne étaient autant de gîtes imprenables où les Routiers multipliaient les évasions de couleuvre grâce à l'érudition parfaite de la topographie des terrains où ils évoluaient. Dans un pays où dominent les deux atouts du trabucaire[37], relief et forêt, le nombre ne fait pas la force. La véritable maîtrise est la capacité, c'est Napoléon qui le dit, de *prévoir l'humeur de l'ennemi.* Encadrés avec art par l'un des leurs, expert en guérilla, ils se véhiculèrent de repaire en repaire jusqu'au Puy du Griou, puis au Puy Mary, enfin au Pas de Peyrol. Là, ils furent informés qu'un détachement fonçait sur eux au sud, tandis que trois autres ratissaient la contrée du septentrion au ponant, en un trois quart de cercle enveloppant : harcelés sans relâche, la nasse se resserrant comme un étau, ils se blottirent dans des cavernes dont ils ne bougèrent plus. Les soldats, persuadés

---

[37] Trabucaire était le nom qu'on donnait autrefois aux bandits espagnols.

d'avoir écumé la remise[38], regagnèrent bredouilles leur quartier général de M... Dans cette partie d'échec, les Routiers se payèrent d'une audace supplémentaire en s'assurant que cette reculade n'était pas une ruse. Ayant désormais les coudées franches, ils délogèrent et partirent de nuit pour A..., où ils se cantonnèrent.

C'est que les vivres collectées à Saint-Paul de S... étaient tout ce qu'on veut, sauf une corne d'abondance. La hantise d'un nouveau carême les assujettissaient à de régulières incartades. Il est vrai qu'ils les bornèrent à la stricte collecte de subsistances, mais de là à œuvrer incognito, il y avait loin. L'armée, renseignée par ses éclaireurs, contre-attaqua, cette fois dotée d'un outil redoutable, les chiens. Une compagnie leur serra les éperons, avec hourvari et forhu. Les chiens, c'est l'arme imparable contre le desperado. Les Routiers, refoulés, sentirent le froid de la déroute.

Ce fut alors qu'un coup de tonnerre modifia les événements, et cela de manière radicale.

L'anecdote, en soi parfaitement fortuite, l'aurait été plus encore si elle n'avait fait resurgir des profondeurs où il s'était évanoui un paroissien que nous avons coudoyé en deux circonstances au cours de ce récit, et qui était une des pires bêtes noires d'Olivier. Ce triste sire, c'était Wilfried.

Wilfried avait fait cavalier seul, farouchement cramponné à son autonomie comme un puritain à son dogme. Son implication dans la mort de Victor avait plu aux Routiers qui apprécièrent en lui une *pointure*. Avoir pour cric un espion augmenté d'un délateur, c'est ainsi qu'on bâtit de bons empires bien joufflus. Herbert lui suggéra donc de s'embrigader sous sa bannière, mais en vain : le soir même de l'éventration de Victor, Wilfried s'éclipsa sans plus de formalités. La déception fut vive, mais pas autant que la gratitude. Le mercenaire qui apparaît et disparaît se nimbe d'une aura de mystère comparable à celle d'une star de show-business. Aussi les

---

[38] Ecumer la remise, se dit de l'oiseau de proie qui passe sur le gibier sans l'apercevoir, donc sans s'arrêter.

Routiers vénéraient-ils sa mémoire. Ils parlaient souvent de ce passe-volant[39] comme d'un renfort qui n'aurait pas été de trop dans leurs rangs. On n'en déplorait que davantage qu'il eût des *affaires* ailleurs.

Tout à coup, après une demi-année d'absence, Wilfried déterrait ses anciens collègues. Coïncidence trop extraordinaire pour ne pas procéder d'un cas de thaumaturgie, genre *hoc signo vinces*[40]. Leurs retrouvailles furent d'autant plus touchantes que lui aussi était dans le collimateur des militaires ; imaginez Ceausescu et Amin Dada exilés se rencontrant au marché du village, leur petit panier sous le bras. Que d'albums photos attendrissants n'a-t-on pas à feuilleter ! Pour l'enfant prodigue, cette fois, plus question de faire son pot à part. Au demeurant, les équipées solitaires l'avaient un peu délabré. Il en était à ce stade où, après avoir statué sur ses carences, l'urgence d'un prompt recyclage lui conseillait expressément la filière fédérative. Il s'acoquina donc aux Routiers par cette attraction moléculaire qui, dans tout corporatisme, attire non les contraires mais les semblables. On appelle cela, je crois, le consumérisme.

Qu'on nous pardonne une nouvelle digression, mais c'est par elle que nous allons affiner un portrait qui doit être le moins lacunaire possible. Bien avant de se rabibocher avec Herbert et sa meute, Wilfried avait d'abord médité de courtiser asile aux Froides-Aigues. Il n'était pas sûr d'y être bienvenu, non plus qu'il n'était sûr que quelqu'un y habitât encore, des rumeurs ayant circulé que le pensionnaire avait pendu la crémaillère ailleurs. Cependant, après des mois de vagabondage, la fringale de se bonifier d'un pied-à-terre de cette architecture avait écorné ses a priori néfastes. Ecorné seulement, car bien des zones nébuleuses le taraudaient. Elles le taraudaient tant que pour avoir manigancé à profusion le

---

[39] Se dit de quelqu'un qui ne reste jamais longtemps à la même place, qui ne fait que passer.
[40] Les catéchismes de bon aloi nous apprennent que l'empereur Constantin avait lu ces trois mot calligraphiés dans le ciel avant la bataille du Pont Milvius en 312 après J.C. Nous ne doutons pas que Dieu lui-même lui ait fait l'honneur d'une apparition qu'il méritait bien, eu égard ses états de service.

voyage de la chartreuse où trois ans plus tôt il s'était distingué de la manière que l'on sait, à chaque fois il se rétractait et classait le dossier au rayon des projets en suspens. C'est qu'on n'improvise pas comme cela son répertoire de *commediante* qui larmoie l'absolution du confesseur local : Wilfried avait nourrissait des raisons de mitiger son enthousiasme de ce qu'Olivier, entre tous ses anciens camarades du lycée, était celui qui transigeait le moins avec l'honneur, et que là où la différence athlétique avait penché une fois en sa faveur, à lui Wilfried, elle bâterait mal face à un gaillard autrement plus robuste que Romuald. Pourquoi, nous dirons-nous, à l'époque de l'assassinat de Victor, divulgua-t-il la localisation des Froides-Aigues aux Routiers alors qu'il y postulait retraite ? Parce que latéralement à la revendication que nous venons d'énoncer, il caressait l'espérance de s'y faire coopter une fois ses habitants liquidés et de débarquer ainsi en territoire conquis, ceint de la prestigieuse couronne d'avoir été par deux fois successives la bouée de sauvetage des Routiers. Cela, dans l'hypothèse où les choses tourneraient au vinaigre pour lui.

Les choses, précisément, s'étaient envenimées.

Tant que les excursions des soldats ne l'avaient pas trop concerné, Wilfried avait fait nomadisme opulent et noué des accointances parmi la racaille indigène. Indiquons que répugnant à souiller ses mains d'hémoglobine, il déléguait de préférence cet office à ses affidés. Ce n'est pas qu'il eût le crime en exécration, à beaucoup près, mais sa poltronnerie l'inclinait plus à catéchiser des théories qu'à les pratiquer lui-même : régler, minuter et minutier une razzia, c'était dans ses cordes ; de là à y participer physiquement, tout de même... Wilfried aimait les potences et les bûchers, mais en spectateur benoîtement accoudé aux créneaux de sa tour d'ivoire. Les chroniques de l'histoire sont pleines de scélérats qu'une goutte de sang répandue fait évanouir. Wilfried, planificateur d'un bon contingent de supplices, avait des mœurs de dameret. Nous verrons bientôt en plein boum un autre paltoquet de la même étoffe, presque son décalcomanie, à l'âge près.

La promulgation de la loi martiale lui fut un coup aussi rude qu'aux Routiers : l'armée qui avait déjà fait bonne pêche de quelques escarpes de seconde main, étendit son halieutique [41] jusque dans sa mouvance. De là une réactualisation des modalités d'un sauve-qui-peut de plus en plus problématique ; ses chances d'échapper aux soldats se rétrécissant jour après jour comme peau de chagrin, son unique air respirable se nichait à douze cents mètres d'altitude, dans une maison forée de sapes et de boyaux où il lui serait aisé de se volatiliser[42].

Fort bien, mais un une conspiration de cette envergure exigeait quelques soins préalables, comme qui dirait un rodage psychologique : Wilfried harmonisa un programme où les options du droit de préemption et du pèlerinage en lieu saint épousaient la courbe de variabilité de la conjoncture : si les Froides-Aigues étaient chômées d'autochthones, il s'y installait sans autre protocole ; si quelqu'un y séjournait, ou c'était Olivier et il tombait à ses genoux en implorant pardon la corde au cou ; ou c'étaient les Routiers, et les difficultés s'aplanissaient d'elles-mêmes.

On aura compris qu'en procurant la carte à Herbert et à ses sbires, il avait indexé sa carrière sur une spéculation qui lui garantissait son picotin quelque fût le râtelier où il s'en goinfrerait ; Wilfried était doué d'un caractère à double, voire à triple compartiment. Il s'était bien gardé de trop détailler ses indications, escomptant avant tout jouir du fruit et de l'usufruit indivis des Froides-Aigues en qualité de légataire universel par tacite subrogation. Seulement, le prix attaché au partenariat des Routiers étant en proportion inverse d'un succès dû à lui seul, il était fondamental de faire bouillir la marmite de bienveillance de la part de collaborateurs potentiellement compétents à replâtrer un avenir toujours plus ou moins fluctuant. De là la livraison de Victor, revalorisée par le bonus de la carte. Concession fragmentaire, toutefois, et qui exposait ses

---

[41] C'est-à-dire, sa pêche, l'halieutique désignant la pêche en haute mer.
[42] Wilfried ignorait comme de raison que les sapes en question avaient été condamnées.

bénéficiaires à bien des erreurs de randonnée, l'accès exact aux Froides-Aigues ayant été obrepticement escamoté sur le document, hormis ce talisman, 732, décryptable uniquement à un Sherlock Holmes de bonne médaille, denrée rare dans la bande à Herbert. Par ce biais, Wilfried se flattait que les Routiers soit feraient chou blanc et se dégoûteraient d'une quête mort-née, ce qui lui abandonnait le champ libre, soit qu'y ayant débusqué ses résidents, ils fissent le sale boulot au terme duquel lui Wilfried n'avait plus qu'à y débouler avec la certitude d'être acclamé en rédempteur.

La carte égarée, le soir du fameux camping où Herbert contracta un lumbago, invalida net le gros fantasme si longtemps salivé.

Là-dessus, les deux clans refaisant copain-copain, c'était le coup de crédit inattendu d'un destin décidément bien versatile. Pour Wilfried, l'heure des suppliques avec éventualité de pénitence de Canossa[43] était révolue. Ce qu'il n'aurait peut-être pas obtenu même par la condescendance, une nouvelle distribution des mandats lui offrait de le conquérir flamberge au vent. En outre, son affiliation aux Routiers avait ceci de providentiel qu'elle assemblait les éléments d'un puzzle dont chacun des deux camps détenait un morceau impossible à reconstituer sans le complément de l'autre. Dès lors, tout s'éclaircissait : tandis que Wilfried certifiait la réalité tangible des Froides-Aigues, il apprenait pour sa gouverne qu'elles étaient probablement habitées, que leur peuplade recensait au moins huit citoyens mâles, qu'on s'était escaïlbotté avec ces quidams et qu'il s'en était fallu de peu qu'on ne les eût estourbis bellement. Petit post-scriptum amoindrissant au contrat d'euphorie, ils ne paraissaient pas trop partisans du drapeau blanc, témoins quelques projectiles fort douloureux dont deux ou trois caboches s'étaient durement ressenties. D'où l'obligation de fignoler une invasion bien léchée.

Le treize juillet, Wilfried et les Routiers pactisaient.

---

[43] Pour entendre cette expression, il faut savoir qu'en janvier 1077 le roi germanique Henri IV dut s'agenouiller devant le pape Grégoire VII afin que celui-ci levât l'excommunication qu'il avait prononcée contre son royaume.

Le quatorze, à l'aube, Jérémie ramassait une montre sur le chemin. Explication toute simple : la veille, René, Alexis, Wilfried et un certain Abdel, s'étaient faufilés jusqu'à la barrière, afin d'y tenir conseil. Quelqu'un fit remarquer qu'un figurant avait déserté la coulisse, le cadavre du jeune Corydon, occis par Alexis. Cela confirmait comme un trait de foudre les assertions de Wilfried. De là à battre l'estrade d'une petite reconnaissance sur deux ou trois kilomètres, il n'y avait qu'une bouffée d'*audaces fortuna juvat* [44] à sniffer comme un popper, ce qu'ils firent. Néanmoins, le René, dont l'instinct de prédateur n'avait d'égal que la sagacité qui l'affûtait en toutes circonstances, s'empressa de métisser les enthousiasmes en alléguant qu'une chétive avant-garde de quatre pékins était de peu de poids et qu'en se trahissant par n'importe quelle bourde, on se préparait un calendrier pas trop folichon. La motion fut entérinée, le quatuor fit volte-face à quelques toises de *l'œil de Caïn*, [45] récemment réaménagé après l'odyssée du jeune Antillais. Dix mètres de plus, et l'alarme de l'Observatoire tintait aux oreilles des sentinelles.

Avant de s'en retourner, René souhaita consigner l'heure de ce qu'il appelait *l'ultime répétition avant le concert*. L'un de ses acolytes, prénommé Abdel, était le seul Routier à posséder une montre. La montre ne fonctionnait plus. Abdel l'ôta de son poignet et l'envoya rouler dans la poussière.

Si Jérémie avait cultivé ne fût-ce qu'une once de générosité, le plan d'Olivier était exécuté à la lettre, les Périontes se retranchaient aux Froides-Aigues, tous volets clos, grille barricadée de barbelés, les Routiers donnaient à plein collier dans la souricière avant d'être criblés de billes d'acier et de flèches depuis quatre positions d'artillerie conjointes. Victoire indubitable et écrasante, l'effet de surprise se superposant à l'efficacité d'une balistique mille fois expérimentée. En quelques minutes, on purgeait le canton de sa lèpre la plus malsaine. Mais Jérémie était aussi aride de générosité que de loyauté. Ce pauvre garçon n'avait

---

[44] La fortune sourit aux audacieux, proverbe latin.
[45] On se rappelle que c'est le nom qui avait été donné à l'œil électronique qui avertissait d'une présence sur le chemin.

de sa vie donné quoi que ce fût à quiconque sans éprouver le pincement, propre aux ronge-maille, de la chose dont on ne fera aucun usage, qui est superflue, à laquelle on voue le dédain le plus intégral, mais dont on se sépare à regrets.

Jérémie, donc, jeta la montre, puis grimpa sur l'Observatoire. Là, pour éteindre quelques prurits de remords qui le titillaient malgré lui, il badigeonna une nouvelle couche de sa *conversion* dont il *se réjouissait des répercussions bénéfiques.* Jamais il ne fut plus loquace avec plus de babil. On aurait dit un pickpocket qui vous proteste sa probité tout en reluquant votre portefeuille. Comme Yannick était à des années-lumière de rien suspecter par-devers ce flux de verbiage, il lui adjugea bénéfice de sa bonne foi.

Subitement, l'autre, transitant *du plaisant au sévère,* pérora, ex abrupto :

— C'est pas le tout, mais on a crevé notre nuit, il serait bon de rattraper un peu de repos.

Tout en disant cela, il se recoucha et loucha sur son aîné des œillades émues de convoitise.

Yannick, estimant qu'un additif de farniente n'ébranlerait pas la galaxie, se coucha à son tour. Au moment où il s'allongeait, son camarade lui balbutia :

— Tu sais, j'aimerais bien... enfin, avec toi...tu vois ce que je veux dire ?

L'aîné ébaucha un demi-sourire jaune :

— Je vois, dit-il en soupirant, je vois même très bien.

L'amertume de sa réponse sondait la quantité de vulgarité à peine feutrée dont on chamarre une supplique obscène. Sans se démonter, il tenta de le raisonner :

— Ecoute, je n'ai pas la tête à ça ; excuse-moi, mais je partage les inquiétudes d'Olivier sur la menace des Routiers, et…

— Qu'est-ce ça fait ? interrompit l'autre avec une brusquerie boudeuse, c'est bien de s'en évader un peu, des inquiétudes.

— D'accord, mais…

Tandis que Jérémie tartinait ainsi sa prose, il avait subrepticement insinué une main dans l'entre-jambes de son compagnon. Yannick la retira sans hostilité, mais fermement :

— Arrête, s'il te plaît : aucun Périonte n'a jamais rien obtenu d'un autre Périonte contre son gré.

Il nuança derechef :

— Tu devrais savoir aussi une chose, que je ne suis pas particulièrement friand de garçons ; c'est ainsi, on ne se refait pas. Et puis, je viens de te le dire, je suis soucieux ; les soucis et les touche-pipi font mauvais ménage. Excuse-moi...

Pour Jérémie, une fin de non-recevoir, quelle qu'elle fût, était une déclaration de guerre et justifiait la convention d'une rancune tenace, épicée ou non de vengeance, le tout dépendant du gabarit opposé. Jérémie ne souffrait pas les rebuffades ; on lui avait inculqué dès la prime enfance que ses désirs étaient des titres de propriété inaliénables implicitement alloués à sa seigneurie. Or, voilà que Yannick, non seulement lui contestait un plaisir légitime, comme une juste rémunération des louables efforts auxquels il s'astreignait depuis plus d'une heure, mais comble de la goujaterie, colorait son veto d'un prétexte où perçait le pire des outrages possibles, la répulsion envers sa personne. Jérémie se détendit debout, fixa son camarade d'un œil cafard, le pourpre lui enlumina le front, une féroce vague d'humiliation fouetta son ego. Soudain, il se précipita hors de la cabane, descendit de l'arbre, fit une ruade rageuse sur la pente qui menait au sentier et y disparut, tout cela sans avoir prononcé une parole.

Yannick ne le poursuivit pas. Il aima mieux étrangler la quinte d'indignation qui bouillonnait comme magma dans la cheminée d'un volcan. Il se philosopha que s'il coursait le misérable marmot, cette fois il lui administrait une raclée dont l'autre se souviendrait tout le restant de sa foutue existence.

Il en était à invoquer tous les dieux de la longanimité quand lui parvint l'écho tumultueux d'un roulis de jurements incompréhensibles fulminées à travers la forêt ; c'était Jérémie qui l'insultait.

Conséquences d'un enfantillage

Il fallut peu de réflexion à Yannick pour se désabuser de son compère. Avec un dégoût qui confinait à l'écœurement, il réalisa que le méchant drôle l'avait mené en bateau, que tout son train n'était que supercherie, mystification, prétexte à lui filouter ses bonnes grâces, sans doute par surcroît d'appétit de celles que l'infortuné Xavier lui avait concédées. La bile fort échauffée, il s'exclama, les poings et les lèvres convulsives :

– Le petit connard !

Surprendre à Yannick pareille violence verbale, qui aurait jamais parié un liard là-dessus ? Pour proférer celle-ci, c'est qu'il y avait surdose d'acrimonie. Or l'acrimonie lui charriait des torrents d'interrogations subsidiaires, au nombre desquelles la plus logique dans l'ordre du mérite jérémiesque : combien de complaisances ce monstre de duplicité avait-il extorquées ou tenté d'extorquer, et à qui ? Hélas, une triste évidence, mille fois attestée, dégoulinait de sa mascarade, le malheureux garçon n'aimait personne. Ses résipiscences n'étaient qu'un théâtre d'Arlequin, ses regrets des capucinades, ses repentirs pures grimaces de saltimbanque. Le masque en carton-pâte sur lequel était peinturlurée la pub de son altruisme de rebut s'était déchiré et révélait uniment le sordide portrait d'un histrion en culottes courtes.

Outre le désarroi qu'infligeait à Yannick sa défection, elle chamboulait aussi la faction de garde, réduite à un planton. Or, Olivier avait insisté sur ce point de discipline d'être toujours et invariablement à deux, afin d'avoir riposte immédiate à tout incident, comme un malaise, une blessure, etc. Aussi Yannick informa-t-il le quartier général par la radio. Une heure plus tard, Cyprien et Alexandre relevaient leur compagnon.

– Bizarre, dit l'aîné, on ne l'a pas croisé.

— Tu parles, répondit Yannick, il a dû vous apercevoir et se planquer, ou bien il fait sa gueule dans un coin.

— Il ne perd rien pour attendre, fulmina Alexandre, Olivier te va le savonner qu'il s'en souviendra longtemps.

En arpentant le sentier, le pauvre Yannick fut pénétré du terrible pressentiment que Jérémie décidément était bel et bien la quadrature[46] des Périontes ; il avait beau briller par son talent manuel, il puait le sale môme à fesser trois fois par jour et après chaque repas. A la colère avait succédé par degrés une sourde inquiétude. Il se disait qu'à cause d'un tel énergumène, on marchait peut-être sur des sables mouvants ; que ces conjonctures ne sont pas rares où la cohésion d'une communauté est compromise par l'attitude d'un seul hurluberlu, et qu'un grain de sable suffit pour enrayer la machine la mieux huilée. Il était d'autant plus découragé que la marge d'aisance d'une rémission sincère de l'adolescent illustrait à merveille l'allégorie du rocher de Sisyphe. Rémission ! Ce mot appliqué à Jérémie était dans le meilleur des cas une douce raillerie, dans le pire l'antiphrase du siècle : quelle rémission à espérer d'un escobar au sac bourré d'un fourniment intégral de sournoiserie où il puisait à l'envi selon son bon plaisir ? Où dénicher, dans cette âme escroc, la moindre lueur de justice, de vérité, de probité ? Il se targuait de remords, il baragouinait des *confiteor* en veux-tu en voilà, et il accumulait mensonges sur mensonges ; il se vernissait d'une candeur de novice, et sa fausseté était en perpétuel boursicotage de ses machinations. Ses discours étaient des plans inclinés constamment tendus vers le même but, son intérêt. Il ne respirait que la pantomime, la contrefaçon, la manigance, l'intrigue, tous les manèges de la perfidie. Jérémie, c'était Tartufe et Barkilphedro[47] se disputant la suprématie de l'hypocrisie sur la calomnie, et vice-versa.

---

[46] Il faut comprendre quadrature dans le sens qui lui confère l'astrologie : en effet, des planètes en quadrature prédisent des événements néfastes.
[47] Personnage de l'Homme qui rit, de Victor Hugo, archétype de l'arrivisme veule.

Yannick aborda à la maison, consterné. Il y régnait de l'effervescence. Il ne douta pas que l'objet de cette agitation fût le méchant drôle.

Comme il franchissait la grille, Florent se hâta à sa rencontre. Derrière Florent, Camille, Xavier et Gervais.

— Jérémie a tenté de se suicider, dit Florent d'une voix anxieuse.

Là, Yannick durcit le ton :

— Où il est ? répliqua-t-il sèchement sans s'émouvoir une demi-seconde.

— Dans une des piaules du deuxième étage, répondit Camille.

Il ajouta :

— Il a perdu connaissance…

— Et comment il s'y est pris ? dit Yannick.

— A grandes doses de barbituriques je crois, ou quelque chose dans le genre. Olivier est à son chevet, pas moyen de le réveiller…

Yannick en avait assez entendu ; quelques secondes plus tard, il était dans la pièce où gisait le trublion, apparemment évanoui, au milieu de quatre ou cinq garçons, dont Olivier. Ce dernier accueillit le visiteur avec une mimique mi-partie contrariée et soucieuse :

— Il a ingurgité vingt cachets d'un seul coup, dit-il ; du Halcyon, c'est un hallucinogène. Regarde le tube ! Vide ! Tous les cachets y sont passés.

Il avait à peine rendu ce verdict que la rétine de Yannick fut comme attirée magnétiquement par une corbeille de bureau qui était là, la chambre servant dans l'occasion d'office d'étude. Il écarta un amas de papiers froissés qui l'encombraient et fourgonna jusqu'au fond. Puis il avisa le *malade* et dit à la cantonade :

— Laissez-moi donc seul avec lui….

Il avait accroché à sa phrase de gros points de suspension où le *donc* faisait une saillie particulièrement mordicante. L'intraduisible ton de dérision sur lequel elle avait été formulée, en sens composé de la pitié, de la lassitude et de

170

l'amertume, s'aggravait d'un maintien de surveillant général qui testerait le claquement de la férule dans la paume de ses mains.

Ses camarades sortis, Yannick s'accroupit au chevet du *suicidé*. Tout à coup, d'une voix qui tâchait de comprimer l'exaspération en lui superposant la quantité de tempérance digérable à un être humain à bout de stoïcisme, il articula ceci :

– Jérémie, attention, ne va pas trop loin. Il y a des bornes à toutes les patiences. Tu viens d'outrepasser la mienne et si je me retiens encore, c'est par je ne sais quel suprême effort sur moi-même. En ce moment, les poings me picotent, tu peux pas savoir... Et puis, écoute bien, ouvre en grand tes esgourdes, il y a une chose à laquelle tu n'as pas songé, c'est qu'on pourrait bien te mettre hors d'état de nuire. De nuire, tu comprends ce que ça veut dire ? Jérémie, tu as oublié ceci : on est en guerre. Quand on est en guerre, on ne s'embarrasse pas de blancs-becs de ton espèce. J'ai vu les cachets dans la corbeille, tu n'es pas plus dans les vaps qu'un chat devant un poisson frais, et d'ailleurs tu es bien trop infatué de ton nombril pour attenter à ta vie. Ce qui te plaît, ce qui te passionne, c'est de braquer l'attention d'autrui sur toi et tes malheurs de commedia dell'arte. Je vais te dire : ta bouffonnerie à la con ne fait plus rire. Tu n'obtiendras rien, mon pauvre vieux, rien de rien, ni de moi ni des autres, pas même de Xavier, surtout pas de Xavier. Il saura tout, de A à Z, je me charge de le documenter, lui et tous les Périontes au grand complet, sur la qualité de l'étoffe bouffée des mites dans laquelle tu te drapes depuis des mois, avec l'apothéose d'aujourd'hui. Que ce soit bien clair, pitoyable petit scélérat, et jusqu'au temps heureux où tu auras décidé de te corriger pour de bon, ce à quoi je ne crois plus, mais alors plus du tout, il y a entre toi et nous un gouffre plus abyssal que la fosse des Mariannes, et ce n'est pas moi ni aucun de nos copains qui l'avons creusé.

Tandis qu'il discourait ainsi, Yannick avait repéré un pot à eau où logeait un bouquet de fleurs intérieures, délicatesse des filles. Il vous attrape le pot, s'assure qu'il est rempli à ras bord et déverse son contenu sur le grabataire, lequel couine des hurlements de goret qu'on mène à l'abattoir. Puis il quitte la pièce et clame à la cantonade :

– Le moribond est ressuscité, on peut différer les sacrements.

La pantalonnade de Jérémie fit sur-le-champ les gros titres de la gazette locale, de l'initiative même de Yannick qui la publia sans omettre une virgule, depuis l'épisode de la Tour jusqu'à sa dernière pitrerie en date. Quand le Jérémie apprit qu'il était divulgué, il piqua une crise et s'improvisa une fugue d'enfant battu, avec force pleurnicheries criardes en guise de contre-point. Olivier le harponna sans ménagements :

– Halte-là ! Pour décrocher le pompon, il ne te manque plus que d'aller nous dénoncer aux Routiers par une couillonnade supplémentaire. Désolé, mais ton crédit est tombé pire que le CAC 40 en période de récession. Par conséquent, je veux t'avoir dans ma ligne de mire à tout instant. Où je vais, tu vas. Tu me suis comme mon ombre. La nuit, tu dors à mes côtés.

D'une poigne de fer, il agrippa l'adolescent aux épaules et lui morigéna, les prunelles étincelantes :

– J'aime mieux t'avertir : au moindre pas de travers, mets-toi bien ça dans la tronche, je te sangle à cordes et à courroies ! Et quant à te faire la malle comme l'autre nuit[48], je cours deux fois plus vite que toi, et deux fois plus longtemps, et je n'aurai pas le moindre scrupule à te boucler à double tour au troisième étage. Tu as pigé ? Est-ce que tu as pigé ?

Le soir, Jérémie se coucha aux flancs de son vigile, honteux, quinaud, penaud et *diplomatiquement* résigné. Personne ne lui prodigua le moindre réconfort, tout le monde se détourna de lui, tant il avait horripilé jusqu'aux patiences les plus indulgentes .

Le lendemain matin, quinze juillet, Camille et Xavier remplacèrent Thomas et Gervais, les factionnaires nocturnes, successeurs d'Alexandre et de Cyprien, comme on l'a vu. Une fois seuls, ils délibérèrent.

---

[48] Après l'altercation avec Yannick sur la Tour.

Les frasques de Jérémie les avaient d'abord ulcérés. A présent, elle les tracassaient. Il y avait mille à parier contre un qu'en cas de confrontation avec les Routiers, il serait chimérique de compter sur un indocile que le premier ordre un peu sec ébourifferait et ferait ruer, regimber et cabrer. Seulement, la stratégie d'Olivier prévoyait Jérémie. Du fait du nombre restreint des combattants, il était comme tous les autres, un rouage indispensable. Retrancher ce bras aux Périontes, c'était diminuer leur potentiel, c'était compromettre les chances de vaincre un adversaire dont on ignorait l'effectif exact, par conséquent la puissance de feu.

— Il faut régler ce problème, dit Xavier, et rapidos.

— Je vais contacter Olivier, fit Camille, il saura sûrement quoi faire.

Il était facile de solliciter qui que ce fût depuis la cabane : Xavier, un des Périontes les plus talentueux à manier le manipulateur, que dans le langage des radios on appelle le *manche*, envoya un message qu'il prit bien soin de faire précéder du signal SVC. Le signal SVC, abréviation de *service, exclut*, dit le manuel, *tout caractère d'urgence relatif à la transmission*. Une heure plus tard, Olivier déboulait à l'Observatoire. Les deux sentinelles lui exposèrent leurs craintes. Olivier les rasséréna :

— Soyez tranquilles, le Jérémie se tiendra à carreau, ou bien il finira attaché par les pieds et les mains dans la mansarde aveugle, avec un quignon de pain sec pour béqueter, une cruche d'eau pour boire et une poupée gonflable pour dégorger sa libido. Je vous fiche mon billet qu'il est déjà en train de cogiter sévère sur son nouveau statut d'emmerdeur non agréé. Et puis, avec tous ses torts, il y en a un qu'on n'ira pas lui reprocher, c'est la couardise. Je ne sais pas comment il se fait qu'on est le dernier des cafards, un casse-couilles invétéré, et qu'on n'a peur de rien. De ce point de vue, j'ai plus confiance en lui qu'en notre petit Jérôme, qui est bien trop jeune et qui lâchera à la première détonation. Fiez-vous à moi : Jérémie n'est peut-être pas un foudre de rectitude morale, mais dans la mêlée il sera un foudre de guerre. A présent, il faut que je m'en aille, j'ai un furoncle à vider avec lui, et après une ronde de grande envergure à me coltiner avec Cyprien...

— Je croyais que tu devais coller Jérémie à tes basques, fit Xavier.

— C'est justement le furoncle dont je parle : jusqu'à mon retour, il est consigné dans la salle de jeux, avec Alexandre pour garde-chiourme. Il ne perd pas au change, il y a là-dedans de quoi faire mumuse pendant des semaines.

Le chef des Périontes parti, Xavier, adossé au parapet, l'accompagna du regard, tout en marmonnant :

— Dieu fasse que l'autre n'aille pas encore inventer un tour de cochon pour nous mettre des bâtons dans les roues.

— Le bâton, répliqua Camille, c'est sur la caboche qu'il risque de le prendre, et avant longtemps...

Camille dort, Xavier veille

Olivier parti, Xavier et Camille, rappelons-le de service de jour à l'Observatoire, saluèrent Florent et Gervais, les patrouilleurs qui bouclaient leur périple :

— Les pauvres, dit Florent, ils vont en baver...

— Tu m'étonnes ! répondit Gervais, cette guérite est un vrai bain-marie.

Il faut bien reparler de la chaleur ; elle était épouvantable. La cabane, toute de bois, l'y entretenait comme dans une étuve. Les hommes de garde enduraient là un véritable calvaire, à telle enseigne que les malaises, vertiges, étourdissements et autres nausées affectaient jusqu'aux plus endurcis. Afin d'améliorer tant soit peu ces conditions d'hébergement, quelqu'un avait suggéré d'adjoindre à la literie l'agrément d'une paire de hamacs arrimés à quatre solides branches. Seulement, quoiqu'on dormît sans couvertures et dans le plus simple appareil, en quelques minutes les hamacs n'étaient plus que des serpillières.

Ce fut vers les huit heures que le martyr donna sa pleine mesure. Il ne faisait en cela qu'épouser la courbe de la température, laquelle établissait un record sans doute historique, quelque chose comme quarante-cinq degrés à l'ombre. Le record enregistré en France, à l'époque où sont écrites ces lignes, est pour Toulouse avec 44,8°. La peau des sentinelles était leur tunique de Nessus. Ils l'auraient volontiers arrachée s'ils avaient pu ajouter une nudité à celle qui ne les soulageait plus depuis longtemps. On objectera qu'il leur était loisible de se rafraîchir au torrent, mais outre que le déplacement s'était révélé plus périlleux qu'il n'y paraissait, beaucoup avaient tendance à sous-estimer un élément fondamental de l'efficacité de leur office, que si le haut-parleur des Froides-Aigues faisait un barouf du diable à sonner le tocsin dans tout le canton, celui de la guérite, simple petit écouteur de peu de puissance, était inaudible à plus de cinq mètres. Or, on sait cela, un malheur n'arrive jamais que quand on le provoque, et il suffisait d'une humeur de la mauvaise fortune pour délivrer visa à n'importe quel pèlerin de couper l'Œil de Caïn ni vu ni connu. Défaut de la cuirasse qui turlupinait fort Olivier.

Mais le pire épouvantail, celui que rien n'égalait, c'était l'ennui. N'avoir rien à faire, quelle torture pour des tempéraments naturellement actifs confinés dans un espace de dix mètres au carré ! Il n'est pas hasardeux d'affirmer que l'un des ferments de la discorde dénonçait cette servitude que beaucoup ne supportaient plus.

Les plus avisés ou les plus patients avaient élucubré une poignée de divertissements censés tuer le temps, comme des jeux de société ou de courtes évasions dans la nature environnante. D'autres distractions, moins innocentes, avaient l'avantage d'éviter la dissipation extra muros, mais l'inconvénient de leur brièveté. L'une des trouvailles les plus cocasses, intitulée *pique la fesse*, fruit du profond génie d'Alexandre et de Jérôme, consistait à courser l'autre pour lui fustiger le fondement d'une écourgée d'épines d'ajoncs en lui vociférant : *pas parler, groupir !* Ce n'était pas très malin, mais ça faisait passer un petit moment.

Un délassement exutoire un peu plus sérieux, qui ne frondait pas la consigne et que les sportifs avaient adopté, c'était d'improviser quelques séances de gymnastique à même l'arbre, prolongées de chevauchées jusqu'au sentier, elles-mêmes émaillées de stations de guet sur la Crête. Ce fut à quoi se disposèrent les deux bouillants jeunes gens. L'immobilité, la canicule, avaient affolé leur taux d'adrénaline, d'où une nervosité en rapide inflation. Ils évacuèrent ainsi pendant une bonne heure leur trop-plein de dynamisme dans cette saine dépense de leurs muscles. Après quoi, ils réintégrèrent l'Observatoire, fourbus, dégoulinants de sueur, mais heureux :

— Ouf ! s'écria Camille en s'affalant sur le plancher, ça fait du bien.

— C'est dingue ce qu'il y a de différences entre les constitutions : Gervais et Claude ne feraient pas le dixième de ce qu'on a fait, mais nous, comme Olivier, comme Alexandre, Cyprien, Thomas, une journée sans effort physique et c'est l'insomnie...

— C'est vrai, ce que tu dis : par conséquent, mon pote, ce soir on rentre au bercail à petites foulées.

— Si tu me prends par les sentiments...

Revigorés par leurs prestations athlétiques, Xavier et Camille tâchèrent de se détendre. Se détendre, quand on est deux et qu'il fait une cagna à griller plus vif que poulet en broche, il n'y a pas trente-six carrières ; les discussions étant épuisées, un silence morne avait plombé l'ambiance. Camille s'allongea sur l'un des hamacs, Xavier s'immergea dans le vif d'une lecture en cours, celle de *William Shakespeare,* de Victor Hugo. Genre d'école qui développe tant les intelligences et les aptitudes à penser par soi-même, qu'on l'étouffe soigneusement sous le boisseau, histoire de ne pas inciter la jeunesse à rééditer le coup de mai 68.

Xavier ayant clos un chapitre, une kyrielle de solides réflexions gravitaient autour de son épicentre, ce qui est si l'on peut dire la magnétisation mentale des bons livres. Il aurait volontiers communiqué son engouement à son compagnon, mais celui-ci somnolait, dans la somptueuse parure de ses dix-neuf ans.

Insensiblement, la silhouette du garçon, les courbes et les saillants de son anatomie, monopolisèrent une espèce de méditation discursive.

Entre les deux jeunes hommes, il y avait belle lurette que les réticences, timidités et à plus forte raison les pudibonderies sur le sujet de la sexualité croupissaient au rayon des fadaises bonnes pour les éducations cache-zizi. Cette honnêteté de mœurs les incitait à se relater, quelquefois fort gaillardement, les minuties de leurs papillonnages. Cela ne les empêchait pas d'entretenir une amitié bien virile, sur le parangon des recrues du contingent qui font leurs classes dans un même régiment. Du reste, l'un comme l'autre ayant tâté de ce régime chez les paras, il ne contribuait pas peu à en cimenter les vertus cardinales. Il y a ainsi des garçons dont l'ambivalence n'est pourtant plus à démontrer, mais qui n'éprouveront jamais

177

envers certains autres garçons qu'une inclination hors de toute ambiguïté. Xavier, complexion éclectique en ce qu'elle folâtrait indifféremment au poil ou à la plume, ayant au surplus une prédilection pour qui l'on sait, vouait à Camille une fraternité intégralement platonique.

Ce jour-là, pourtant, il l'examina d'une drôle de façon.

Quelqu'un qui aurait été familier des subtilités et des stratagèmes de la convoitise amoureuse, aurait été tenté de conclure : *Eros est dans la place, il guigne son copain du même air qu'un mort de faim lorgne une entrecôte.* Pourtant, en observant plus attentivement l'observateur, cette première impression ne tardait pas à se dissoudre. Loin de suggérer quelque concupiscence que ce fût, le visage de Xavier s'était empreint d'une nuance mélancolique nullement triste, encore moins sombre, mais poignante, comme si de mystérieux linéaments flottaient au-dessus de celui qu'il contemplait.

Xavier n'était pas ce qu'on appelle, au sens romantique du terme, un poète. Plutôt romain que grec et plutôt gaulois qu'épicurien. C'était un garçon direct, sincère et loyal, imperméable non seulement au moindre mensonge mais encore à la plus légère dissimulation. Dans la société d'avant, vendue aux apparences et aux simulacres, il n'aurait certes pas glané abondante récolte d'une intégrité aussi littérale. Chez les Périontes, on avait taillé patron à son modèle. Autres temps, autres mœurs. Jamais au cours d'une conversation il ne s'imputait à privilège la fâcheuse propension qu'ont les faux modestes de feindre l'humilité pour courtiser la louange. Un jour, Olivier lui avait dit : *tu es un frère de cœur rectifié par le coup de pompe au cul.* Ces compliments ne le dissuadaient pas de faire son pain quotidien du *carpe diem*. Par-là, peut-être le plus mûr des Périontes et, athée forcené, le plus proche de Jésus, lequel a donné de l'adage la traduction éloquente entre toutes : *à chaque jour suffit sa peine.*

En ce matin torride, le Xavier absorbé par son compagnon endormi n'était pas le Xavier habituel. Il était la proie d'un trouble qu'il ne démêlait pas. Il naviguait au gré de caps et de détroits qui lui charriaient des flottaisons de rêveries sans

178

queue ni tête. On a de ces élasticités-là lorsqu'un esprit nous visite. Xavier adhérait à Camille, le mot n'est pas excessif, parce que celui-ci lui renvoyait son propre reflet, parce que cet être était lui, parce qu'entre eux deux comme entre eux et les autres Périontes il y avait eu fécondation, et que de cette longue grossesse était née une merveille.

Cette merveille, c'était l'amour.

Il considérait la peau brunie par le soleil, sous laquelle circulait un sang vif et ardent, la poitrine qui se soulevait et se déprimait au rhythme de la respiration, il s'agrégeait à l'haleine qui distillait dans l'air brûlant des essaims de songes insaisissables, à la frise des cheveux collés au front par la sueur, au ventre plat et noueux dont la cadence scandait les dilatations du torse ; rien ne l'aurait distrait du spectacle somptueux de la plus énigmatique machine de l'univers, des jambes robustes et vigoureuses qui avaient foulé tant de sols, grimpé à tant d'arbres et s'étaient déchirées à tant de ronces, et des bras pendants de part et d'autre du hamac dans la nonchalance du repos. Qu'était-ce cet assemblage si homogène de diverses parties aussi disparates ? Les attributs de Camille ? Non, le couronnement de la Création. Sa physionomie, la plus altière d'entre les Périontes, était pourtant pareille à toutes les autres. De quel archétype avait-elle été enfantée ? Qui lui avait façonné ces formes si familières ? Où était la dissimilitude dans cette ressemblance ? Où était le Moi dans ce ménechme ?

Xavier glissa avec délectation vers les transitions qui font jaillir de toute pensée un bouquet de pensées succursales, et au premier chef celle-ci, pièce maîtresse sur l'échiquier : quelle est donc le générateur de l'être humain, et à quelles fins l'a-t-il créé ? Son enveloppe charnelle, comme le prétendent certains ésotérismes, est-elle en petit l'image de l'univers d'où elle puise son énergie ? Si oui, pourquoi l'épreuve de la Terre ? Pourquoi la souffrance, pourquoi la mort ? Qu'y a-t-il au-delà de la porte qui, à la seconde que l'on qualifie fatale, et qui mériterait peut-être une autre épithète, s'ouvre à grands battants ? Quelle fabuleuse mathématique qu'un conglomérat de molécules aboutissant à une âme, qu'un imbroglio de circuits intégrés ayant pour résultat une

179

conscience autonome ! Xavier éleva sa main devant ses yeux, la remua et se dit : *qu'est-ce qui fait que par ma seule volonté, je remue cette main ?* Puis il fournit à sa question non une réponse mais une question subséquente : *pourquoi est-ce que j'ordonne à mes jambes de bouger alors que mon estomac digère de lui-même ?*

Une odeur âcre d'humus s'exhalait des sous-bois, il en inhala une large bouffée et bredouilla :

— Pourquoi la résine est-elle bonne pour les poumons et le monoxyde d'azote toxique ?

Quand on est lancé, il n'y a plus qu'à escalader un à un les ressauts qui résument et récapitulent le cheminement des spéculations en cours ; il persista donc en posant une nouvelle pierre à son édifice de curiosité :

— Où donc se niche le principe premier, le facteur originel de tout ce qui appartient à notre monde ?

L'instant d'après, il s'enfouissait encore plus avant dans le tunnel qu'il forait avec un enthousiasme presque puéril :

— C'est quand même bien foutu, la cervelle : un simple corps nu, et nous voilà sur le seuil du porche de l'invisible où se dérobent tant d'interrogations...

Cette dernière apostrophe l'avait animé d'une irrésistible jubilation. Il écarta les bras, et alors il eut la sensation qu'une pluie bienfaisante s'infiltrait en lui, depuis le sommet du crâne jusqu'aux orteils.

Que s'était-il passé ? La même chose qui avait subjugué Yannick quelques jours plus tôt sur la Tour, en cette nuit où l'adoration désincarnée s'était soldée par un si trivial épilogue. Xavier à son tour avait atteint le sommet du promontoire où s'épellent en bégayant tant de fascinantes incertitudes. Une voix lui murmurait : *est-ce que tu ne te rends pas compte que tu aimes ?* Alors, il plissa les paupières et se laissa griser. Oui, il aimait, et ce miracle se renouvelait sans interruption à chaque seconde. Sa vie, sa raison d'être, se reliaient à la vie et à la raison d'être des minéraux, des plantes, des oiseaux et de la lumière qui imprégnait chaque atome de la grande volupté, substance prolifique d'une source intarissable à laquelle l'homme étanche sa soif d'absolu.

180

Et puis, ses camarades, ses alter ego, les Périontes, comme il se fondait en eux ! Comme cette fusion avait consommé à travers le prodige de ses imprévisibles avatars la plus extraordinaire des aventures humaines ! En cette heure calme que rien ne dérangeait, la même voix avec laquelle il dialoguait lui chuchotait que le coin de terre où quinze survivants de la civilisation caduque avaient élu domicile pour bâtir un monument encore jamais vu, était le berceau rayonnant d'une phénoménale unité en marche, le germe inaltérable de la grande métamorphose désormais incoercible dont l'édification utilisait un matériau inconnu auparavant, que sur toute la terre d'autre viviers semblables à celui-ci prospéraient et que chacun ayant sa propre œuvre à construire, la solidarité de tous travaillait à l'accomplissement de l'œuvre commune.

Quelle leçon que ces cinq mois aux Froides-Aigues ! C'était parce que le cordon avait failli se rompre qu'il était plus indestructible que jamais. Xavier était si transporté d'allégresse qu'il se serait volontiers jeté sur Camille pour l'embrasser. Il se contenta de sourire. Un sourire est parfois plus beau qu'un baiser, étant le baiser de l'âme.

Tout à coup, sans transition, l'enchantement s'évanouit. Le jeune homme eut un dressement de daim ; toutes ses facultés en exergue, il bondit de l'arbre dans la cabane, s'accroupit et scruta autour de lui ; le ciel était aussi incandescent, la chaleur aussi suffocante, le silence encore plus lourd et la forêt plus immobile. Il secoua un frisson d'angoisse inexplicable. Ses yeux trouvèrent les feuillages qui faisaient soupirail sur le sentier. Personne. Pas un bruit.

– Décidément, se dit-il, je deviens fou.

Il ajouta, en s'épongeant le front :

– Ça doit être le soleil, la marmite est en ébullition.

En ce moment, l'alarme émit un long son continu.

Rencontre d'un type connu

Sans se départir de son flegme, il réveilla Camille. Celui-ci eut alors un réflexe extraordinaire où se condensaient les ressources spontanées de ce même sang-froid que l'armée leur avait enseigné à tous deux, et que les exercices de défense aux Froides-Aigues avaient si bien développé : il suppléa immédiatement l'éloquence du doigt en travers de la bouche de son compagnon doublé de hochements de tête en direction du chemin.

Avec une promptitude et une souplesse de félin, Camille sauta à bas du hamac et ne fit qu'un entrechat derrière le parapet où il s'accroupit. Les prunelles chevillées au sentier, il observa pendant quelques secondes avant d'énoncer *sotto voce* :

– Une dizaine de personnes... attends ! Non, douze, exactement, c'est ça, douze, progressant vers les Froides-Aigues.

Xavier s'était glissé jusqu'à l'émetteur ; quand son camarade eut confirmé son rapport, il transmit un message dont la copie mot pour mot est reproduite ici : « ZUI - ZDA - HNI SENT DIR FA NBR12 - AR », à quoi il fut répondu : « R - ALT MAX - F - RVSIL QRQ - INT INC PRD – AR ».

Ce langage sibyllin, mélange de code morse officiel et d'abréviations propres aux Périontes, signifiait ceci :

– *Attention, ceci est un message réel. Suspects dans la direction des Froides-Aigues, au nombre de 12, fin de transmission.*

– *Bien reçu, alerte maximum, ne répondez pas, revenez par le Sillon au plus vite, s'il vous est possible d'avoir des précisions, faites-le mais sans vous exposer, fin de transmission.*

Les deux garçons ceignirent leurs pagnes, se harnachèrent des arcs et des frondes, chaussèrent leurs mocassins légers si admirablement adaptés aux pérégrinations dans la montagne, dégringolèrent de l'arbre et s'élancèrent d'un prodigieux coup de rein sur le raidillon d'accès au chemin, tout cela à pas de loups. Ils hasardèrent d'abord une œillade furtive à leur gauche, histoire de ne pas tomber nez à nez avec des traînards. De traînards, point. Un déhanchement dans le sens opposé leur divulgua l'arrière-garde des intrus. Quand le premier virage l'eut absorbée, ils volèrent au Sillon par le *Défilé des huttiers*. Une fois sur la piste, ils ajustèrent leur rhythme de course à un train de foulée moyenne, afin de ne pas se surmener.

Ils s'allongèrent ainsi une bonne lieue en un peu moins d'un quart d'heure, avant d'élire poste d'affût sur le sommet de la Crête, suant comme des baudets à pleine charge, cramoisis et palpitants.

L'entablement où ils s'étaient transportés évaluait approximativement l'équidistance de l'Observatoire à la Roche ; jalon qui leur concédait un délai suffisant pour rallier la maison avec une avance raisonnable. Cet avantage se majorait encore de l'écroulement de la Roche Tarpéienne. La Roche Tarpéienne, c'était l'obstacle imprévu, le hors-d'œuvre de Charybde proposant un avant-goût du plat de résistance de Scylla. Et puis, pour vaincre un écueil aussi babélique, on était confronté au dilemme de son ascension ou de son contournement, les deux étant dissuasifs à part égale de grosse frousse garantie. La première technique se heurtait à une énorme mosaïque de verrues disparates tailladées de profondes échancrures à vous déchiqueter les jambes jusqu'au genou, et hérissées de corniches instables et d'éperons plus effilés que des rasoirs. L'option flanc du ravin n'était guère plus alléchante : son inclinaison à quarante-cinq degrés proposait pour unique étançon un assortiment de moignons pointus comme des dagues, reliquat de branches basses de quelques conifères sectionnés par les tempêtes ; tout cela sur un sol meuble tapissé d'aiguilles de pins, par conséquent extrêmement glissant ; un faux pas se résolvait soit par un embrochement, soit par une chute de deux cents mètres. Telle était la Roche Tarpéienne, immense édifice que la nature avait pyramidé en sentinelle des Froides-Aigues, hier borne kilométrique, aujourd'hui récif. C'est pourquoi Camille et Xavier s'étaient hâtés, certes, mais sans précipitation, afin de renseigner avec minutie la fiche signalétique des survenants.

Une dizaine de minutes s'égrenèrent. Je dis s'égrenèrent, car comment les deux camarades n'auraient-ils pas décomposé une à une les secondes de l'horloge qui avait entamé son décompte ? La galéjade encore tout fraîche de Camille, *on rentre au bercail à petites foulées,* résonnait sous leur crâne avec une sinistre ironie. Depuis que l'alarme avait retenti, ils n'avaient échangé d'autre parole que le commentaire bref et laconique de l'un formulant à l'autre les données à traduire en morse. Mutisme qui obéissait à une discipline dont aujourd'hui on appréciait l'efficacité.

Bien juchés sur leur promontoire, les deux Périontes étaient, à l'altitude près, en enfilade de la piste qui, pour employer un terme de pilote d'avion, s'étirait à deux heures en contrebas sur une centaine de mètres. A son autre extrémité, c'est-à-dire juste sous eux, il s'incurvait en simulant le coude d'une rivière qui ricoche sur une falaise après l'avoir heurtée, comme un J majuscule.

Cependant, pas un pékin à la ronde :

— Tu crois que ce sont les Routiers ? chuchota Camille.

— Ce sont eux.

— Il faudrait en avoir le cœur net.

— Il n'y a pas de cœur net qui tienne, je suis affirmatif.

— Comment tu peux être affirmatif ? Ils n'étaient pas de face.

— Des fois, tu vois quelqu'un de dos, c'est comme si tu voyais sa gueule : il y a en un qui ressemble à une girafe vérolée. C'est lui qui m'a tailladé la poitrine, il y a un mois.

Il avait à peine tamponné ce verdict qu'un profil lointain, sorte de clair-obscur vivant, se superposa au fond ocre du sentier. Un deuxième le talonnait, lui-même précédant un troisième, et ainsi de suite. Bientôt, douze silhouettes s'échelonnèrent à la queue leu leu comme les anneaux d'un polype géant. Ces quidams transbahutaient soit en bandoulière, soit exhaussés de part et d'autre de la nuque, de longs objets assez volumineux. La colonne étant encore assez éloignée, on ne distinguait pas ce que c'était que cet impédiment.

Ce qu'on ne distingue pas, l'intuition vous le souffle à l'oreille ; Camille s'exclama sotto voce :

– Des fusils !

Son compère et lui énumérèrent patiemment l'effectif. Arithmétique, nous l'avons dit, capitale : éplucher l'ennemi, c'est une double caution de suprématie, la partie adverse étant ignorante d'un recensement qui n'est pas réciproque. Du reste, si un doute avait subsisté sur l'immatriculation des intrus, il venait de se volatiliser. Ces gens-là étaient bien les Routiers. Certains faciès sont des épreuves photographiques indélébiles. Outre les deux filles, ils identifièrent Herbert, Alexis, l'auteur présomptif du meurtre de Corydon, et à qui Olivier avait eu affaire en son temps ; le couple Manuel/Jean-Louis, archivé lui aussi dans les éphémérides d'Olivier ; et surtout l'épouvantable René, surnommé le *charcutier-boucher*, âme damnée de la bande, incarnation tutélaire de ce que le mal a de plus absolu, féroce stipendiaire du crime érigé en art avec un raffinement et une maestria sans rivaux. Les cinq autres leur étaient étrangers : parmi eux, un grand garçon blond un peu enrobé, deux à peu près d'adolescents au teint mat et aux cheveux frisés, probablement maghrébins. L'addition se complétait de deux autres jouvenceaux presque semblables aux Maghrébins, mais d'un type plutôt calabrais ou andalou. Les douze cartels se mouvaient nonchalamment, avec une placidité de scouts en vacances. Ils défilèrent ainsi sous leurs espions. Quand le dernier se fut évanoui de leur champ visuel, Xavier éructa :

– Allez, on fonce !

Cette fois, canicule ou pas canicule, ils n'épargnèrent pas leurs mollets. Une demi-heure plus tard, ils déboulaient aux Froides-Aigues, hors d'eux-mêmes.

L'air du matin

Le même matin du quinze juillet, Cyprien et Olivier, ce dernier après sa visite aux factionnaires montants, Xavier et Camille, étaient allés en villégiature entre le Bois des Sources et un site dont il n'a pas encore été fait mention et que l'on nommait *Les Bruyères*. Appellation éponyme justifiée, les bruyères y prospérant avec une tranquille persévérance. Dans la bonne saison, c'était un enchantement que ce vaste parterre mauve qui avait des faux airs de lande bretonne, et qui ouvrait d'un côté sur la forêt, de l'autre sur un plateau en pente assez escarpée vers la vallée du Falgoux. Dans la *bonne saison*, seulement, car depuis quelques semaines les pauvres *Bruyères* ressemblaient à un champ de moignons calcinés. L'été avait carbonisé la lande à peu près avec le même souci du rendement au mètre carré qu'un bombardement au napalm.

Cyprien et Olivier appartenaient à la famille des lève-tôt invétérés à qui le désœuvrement des grasses matinées au fond d'un lit oiseux inflige l'insurmontable chagrin de céder malgré eux à une paresse aux antipodes de leur conception du *mens sana in corpore sano*. Cyprien était d'ailleurs, de tous les Périontes, celui qui avait le sommeil le plus bref et la santé la plus égale. Son éducation paysanne l'avait endurci aux deux qualités du berger habitué à séjourner deux mois par an dans les cayolars d'altitude, le coucher avec le soleil et le lever au chant du coq ; il n'était pas rare que ses guiboles se fussent déjà coltinées une demi douzaine de kilomètres quand les couve-plumes s'éveillaient à peine. Ce personnage digne de Tityre[49] n'aimait rien tant que la cassolette des parfums odoriférants que distillent les futaies dans la clarté diffuse de l'aube, et les joyeux piaillements des oiseaux qui y font leurs vocalises.

---

[49] Nom d'un berger dans les Bucoliques de Virgile.

Il ne lui manquait qu'un compagnon taillé dans une même étoffe pour s'associer à son pèlerinage quotidien rituel. Olivier, après son crochet à l'Observatoire ainsi que nous l'avons relaté, s'était proposé spontanément. Les deux aînés des Périontes, autre article rigoureux de discipline, avaient griffonné le précis de leur itinéraire à l'intention de leur congénères sur un carré de papier collé au récepteur radio, et s'en étaient allés.

A sept heures et demie, ayant bouclé leur villégiature, ils réintégrèrent la compagnie et improvisèrent, pour la gouverne des flemmards, une tapageuse publicité en faveur des mœurs à la Huronne[50]. Ils n'obtinrent que des sourires emberlificotés de finesses métaphoriques assez creuses, ce qui ne les surprit que médiocrement.

Peu après, ils réitérèrent l'escapade, mais cette fois par le versant méridional de la propriété.

Toute récréative qu'elle était, la promenade sous-entendait aussi sa petite note utilitaire : Olivier, ayant décidément du mal à homologuer l'évanouissement des Routiers, n'en démordait pas qu'il y avait anguille sous roche, que ces animaux-là devaient bien vagabonder quelque part, et qu'il ne serait pas malvenu de les débusquer avant qu'ils jouassent un sale tour. C'est pourquoi il avait crayonné un programme d'inspection au crible des Froides-Aigues, en débordant largement les frontières.

Confirmons que depuis quelques jours, Cyprien vouait à Olivier un vif regain d'intérêt. Ces anciens rivaux se fréquentaient plus diligemment que ripailleurs en foire, et ceci de l'initiative du plus âgé ; peut-être remboursait-il bénignement des torts qui lui flagellaient encore la conscience, car il s'était gracieusé autour de lui et l'assiégeait d'une cour assidue. L'autre ne souhaitant rien de mieux que d'entériner réconciliation, les deux garçons cousinaient, muguetaient et se galantisaient à telle enseigne d'attraction mutuelle qu'ils ne se quittaient plus d'une semelle. Il en va souvent ainsi : on se crêpe le chignon, après quoi on est copains comme cochons.

---

[50] Allusion à l'Ingénu de Voltaire.

L'excursion prévoyait une vaste ellipse qui englobait l'extrême limite des Froides-Aigues depuis le débouché de la piste de Gymnésie, Gymnode jusqu'à la barrière. On finalisait le circuit par le sentier principal, occasion de présenter ses civilités aux collègues de l'Observatoire et de chronométrer, montre en main, Olivier étant le seul à posséder encore la sienne, le délai imparti à de vaillantes constitutions pour vaincre l'obstacle de la Roche Tarpéienne.

— Toujours bon à savoir, dit Olivier, au cas que nos potes les Routiers nous mijoteraient un méchant plat de leur recette.

Il ajouta :

— Sous-estimer l'adversaire, c'est une souscription sur la défaite : c'est pourquoi il faut juger selon l'athlète et non d'après le pantouflard.

— Une chose est sûre, fit Cyprien, c'est que cette Roche, si on n'est pas d'ici, on ne l'affronte pas, on la contourne. Il y a une technique que nous avons apprivoisée, et que la bande à Herbert ignore…

Il était huit heures lorsqu'ils s'élancèrent vers la barrière.

Les craintes d'Olivier relatives aux Routiers subissaient parfois de curieuses éclipses. Il ne débrouillait pas le pourquoi de ces soudains affaissements d'une préoccupation pourtant cramponnée depuis des mois en obsession à ses méninges. Ce fut le cas précisément ce jour-là : tandis que Cyprien et lui trottaient, il discourut des Routiers avec une désinvolture toute proche du badinage. Cela ne déconcerta pas peu son camarade, accoutumé à ses sévérités intransigeantes sur un sujet d'autant plus sensible qu'il concernait le principe même de la sécurité des Froides-Aigues. Comme Cyprien s'étonnait de tant de légèreté, Olivier lui rétorqua que sa conviction était sujette à des hauts et des bas, qu'après tout il n'était pas hors de vraisemblance que la troupe eût essuyé son petit Waterloo à elle face à l'armée ; il ajoutait qu'en outre un projet d'invasion des Froides-Aigues ne résistait pas au délai beaucoup trop long que ces messieurs se prescrivaient pour l'exécuter ; enfin, concluait-il, depuis l'orage, aucun Routier ne s'était manifesté de visu.

Il est certain que les apparences corroboraient ce bel optimisme : quelque horizon que l'on scrutât, la campagne déroulait le panorama d'un vaste désert humain appesanti sous un soleil tropical. Pas un bruit, une succession de silences où somnolait une vie engourdie qui, dans tout autre contexte que celui-ci, aurait convié les âmes nonchalantes à se repaître de l'heureuse et sereine mélancolie des après-midi estivaux. Olivier s'en réjouissait. Cette morne viduité mitigeait des présomptions qui attribuaient à l'ennemi des aptitudes dont il était peut-être dépourvu.

– Je finirai par croire que j'ai fait un gros délire, dit-il.

– Tu vois, répondit Cyprien, on s'est bien engueulé à cause de ça, et bien si ça doit nous assurer une longue vie paisible, tant mieux et vivent les engueulades.

Peu avant neuf heures et demie, ils avaient déjà avalé près de dix kilomètres à travers les taillis, les futaies, les collines, à gravir des flancs abrupts, à examiner et à fouiller les moindres recoins, sans plaindre leur peine et sous plus de quarante degrés de cagna. Aussi, lorsqu'ils avoisinèrent le torrent, non loin de la barrière, ils s'y précipitèrent dare-dare.

Torrent, ce n'est peut-être pas le terme exact : car pour son débit, si l'on a le sens des comparaisons, proportions gardées il évoquait plutôt celui du Guadalquivir au mois d'août. Autrement dit, il accusait l'étiage qui dans les monographies de référence définit les critères du climat semi-aride.

Olivier et Cyprien rebroussèrent le cours, à la quête d'un trou assez profond et surtout, rempli. Tout ce qu'ils conquirent pour rafraîchissement fut un ersatz de flaque stagnante au creux d'une concavité. Partout ailleurs, la rivière était presque à sec.

Conséquence de la canicule, l'eau coulait rare et clairsemée, encore que *coulait* ne convienne pas plus que *torrent* ; à peu près partout, la batture des galets affleurait à cru et alternait avec des parcelles de végétation rabougrie mêlée à la fine poudre blanche des tout petits cailloux qui ont subi l'érosion du flux.

Les garçons tournèrent casaque, de fort mauvais poil. Il est vrai que quand on salive un bain complet et qu'on a pour viatique tout juste de quoi se mouiller les chevilles, ce n'est pas un caprice d'enfant gâté que de maugréer son désappointement. La trempette achevée, *trempette du pauvre,* dit Cyprien, ils se débarrassèrent de leur bagage, arcs, frondes et sacs à dos, et s'étendirent sous un dais de chênes pubescents. L'ombrage était délicieux et leur versa une volupté d'antichambre de paradis en plein enfer.

Les deux jeunes gens partageant le goût de la météorologie, c'est sur celle-ci que Cyprien s'espaça :

– S'il ne pleut pas avant une semaine, dit-il, on risque d'avoir de gros problèmes…

– Il ne pleuvra pas avant plusieurs semaines, peut-être même des mois, répondit Olivier. On a vu ça ensemble ce matin, le vent est nul, la pression trop haute, 1045 hectopascals, l'humidité trop basse, moins de trente pour cent. Aucune chance, dans l'immédiat.

– Olivier, c'est terrible : la rivière n'est plus une rivière, mais un chemin de randonnée… ça va virer au Sahel, dans le coin.

– Ne dramatise pas : d'abord, l'étang est toujours alimenté, même si son niveau a baissé notablement. Ensuite, j'ai sondé la nappe qui nous stocke l'eau potable, cent mille litres, ce n'est pas demain qu'elle tarira. La montagne est le dernier *biotope,* pour parler classe, où la sécheresse soit à redouter. Il faudrait des années sans pluie pour transformer ces plateaux en ergs.

– Dieu t'entende…

– D'ici à quelques mois, tout dégoulinera de flotte et de froid, et on songera avec nostalgie au doux temps de juillet.

– Pour le doux temps, tu repasseras. J'aime la chaleur, mais là, il y a de l'abus.

– Ne bougonne pas, ça nous permet de ménager nos haillons. Et puis, les gourdes sont bien accrochées aux ceintures, on ne crèvera pas de soif.

– C'est bien le seul plaisir du moment, boire un coup.

Olivier ne put se défendre d'arracher le chardon qui le chatouillait et d'en piquer son compagnon, ce qui n'était rien de moins qu'une malice de collégien :

– Il y en aurait bien un autre, fit-il en riant sous cape, mais t'es pas amateur...

Cyprien ne répliqua rien, mais étrangement, sans grommeler ses protestations d'usage chaque fois qu'on l'égratignait de cette taquinerie. Il semblait accaparé par une contention d'esprit particulièrement intense. Tout à coup, il promena sur Olivier un regard hésitant, remua les lèvres comme s'il allait dire quelque chose, puis se ravisa. La scène n'avait duré que deux ou trois secondes, mais Olivier, qui cultivait un certain art de la psychologie et qui n'était pas dupe, eut tout loisir pour ainsi dire d'en gratter le palimpseste. Quoiqu'il fût peu entiché du style allusif, tout en lui délivrant parfois un certificat de nécessité, une telle attitude stipulait un encouragement ferme et franc. A coup sûr, Cyprien avait été à deux doigts de lui faire une confidence qui lui coûtait. Il s'agissait de lui tendre la perche :

– Cyprien, dit-il posément, je ne suis ni le grand inquisiteur, ni un débile mental, ni un coincé de la quéquette. Si tu as quelque chose sur le cœur, quoi que ce soit, c'est le moment, vide ta besace.

Il ajouta :

– Maintenant ou peut-être jamais.

– Pardon, répondit l'autre, mais je cuis, je n'en peux plus, je vais me décomposer.

Dans toute autre circonstance, cette réaction aurait incendié l'humeur d'Olivier en prise directe à ce qu'il appelait *les sauve-qui-peut in extremis de la mentalité tortueuse*. Il se contenta de sourire. Décidément, ce gaillard secrétait l'énigme par tous ses pores. L'épaisseur d'inhibitions qui le compliquait était aussi impénétrable que celle de Jérémie, mais avec une clause déhortatoire[51] qui l'assimilait à un sphinx. Olivier n'insista pas et dériva la discussion sur une banalité :

– Tu aurais infiniment plus chaud, dit-il, si on avait croisé les Routiers. Aussi, tu ferais bien de savourer la minute rare

---

[51] Une clause déhortatoire incite à ne pas faire une chose, ici en l'occurrence à ne pas répondre directement à la franchise d'Olivier.

qu'on vit, là maintenant : seuls avec une piscine pas loin, quoique un peu évaporée, c'est du grand luxe.

— Evaporée, approuva Cyprien, c'est le mot juste ; piscine pour piscine, j'ai hâte de tâter de l'autre, celle qui ne nous trahit pas pour une ridicule sécheresse.

— Eh oui ! reprit Olivier, l'étang des Sources, où tant d'amours illicites se sont donné carrière, sous l'œil goguenard de ceux qui s'en pourléchaient dans l'ombre ! Ah, quels bougres que ces Périontes !

En pérorant ce discours salé, évidemment à dessein de narguer le marmoréen Cyprien, il extirpa de son sac un paquet de tabac. Le paquet de tabac, ainsi qu'un attirail de confection de cigarettes, autrement dit une rouleuse, sans oublier un lot de papier gommé, remplaçait les cigares, épuisés. Pour la petite histoire, on saura qu'il avait déniché ce trésor à l'intérieur d'une grosse boîte de fer apparemment scellée et dont la clef était perdue. Un tournevis en vint à bout. Le tabac, un peu aride, avait été humecté pour le rendre à peu près fumable.

Olivier se roula une cigarette, agrément dont il ne s'était jamais sacrifié la fantaisie au nom de l'anti-tabagisme à la mode. Cyprien le regarda faire, sans autre expression qu'une figure de carême. Dans ces instants-là il était, disons-le à son détriment, ennuyeux à mourir. C'est le lot des caractères peu joviaux que de disséminer une insubmersible maussaderie. Coiffez la maussaderie d'un laconisme souvent réfractaire à tout dialogue, et vous aurez le portrait d'un de ces jeunes hommes qui, à force de se contraindre sur tout, vieillissent prématurément. En décortiquant Cyprien, il était facile de lui pronostiquer, à vingt ans de là, les rides qui coutureraient ses joues et les cheveux chenus qui blanchiraient son crâne. Pourtant, Olivier aimait sa compagnie ; par quel extraordinaire ? L'amour des grands horizons, les débats climatiques, de même que le besoin de replâtrer leur amitié, n'expliquait pas tout : il n'est pas rare que deux tempéraments foncièrement opposés nourrissent une prédilection commune. Ils ne se conviennent pas, mais ils s'accordent sous une rubrique qui est leur passion. On est libre de supposer que si Olivier se faisait un devoir de frayer avec lui, c'était pour asticoter un peu son rigorisme puritain, quitte à accroître la fréquence de ses ronchonnements. Travail de longue haleine, sans doute, mais dont il ne désespérait pas de cueillir le fruit un de ces jours. *Défriser l'indéfrisable,* disait-il, *il n'y a pas de plus grande prouesse.*

Cyprien avait-il mesuré qu'il était plus assommant qu'un révérend entre deux prônes ? Toujours est-il qu'il concéda entorse assez stupéfiante à sa règle janséniste en sollicitant une cigarette. Les deux jeunes gens se mirent donc à fumer et s'envoyèrent des nuages dans le nez. Le jeu dégénéra en petite chamaillerie puérile. Il advint que les joueurs adhérant plus ou moins l'un à l'autre, Cyprien pressa son compagnon avec une fougue singulière. De la part d'un garçon que le contact d'un autre garçon était censé révulser, il y avait de quoi diffuser la nouvelle en première page. Assez éberlué tout de même par les complaisances dont Cyprien épiçait cette querelle pour rire, Olivier tenta d'échapper à un ceinturage ; ce faisant, il pivota à plat ventre dans l'alignement du chemin.

En ce moment, Cyprien colla son visage au sien, entoura sa poitrine de ses deux bras et bégaya :

— Olivier, il faut que je te dise...

Olivier n'écouta pas, ne broncha pas, ne remua pas. D'une voix brève et sourde, il articula :

— Plus un mot ! Regarde qui est là !

Cyprien obéit d'instinct. Ses prunelles se rivèrent au sentier, une sueur glacée lui ruissela entre ses omoplates.

Préparatifs

Olivier réagit sur-le-champ. Avec la prodigieuse sagacité qui lui dictait instantanément la riposte à n'importe quelle pot au noir, fût-il le plus critique, il analysa froidement la situation :

— Xavier et Camille sont hors d'atteinte, dit-il, on perdrait du temps à les informer ; l'œil de Caïn s'en chargera avant peu. Il faut filer en vitesse : ils marchent lentement, on n'aura aucun mal à les dépasser si on fait fissa…

Cyprien, livide, ne répliqua rien. En avisant ce qui ne pouvait être que les Routiers, il avait essuyé un malaise d'une telle violence que l'espace de quelques secondes son cœur avait cessé de battre au sens pathologique du terme, et qu'il s'était senti partir comme s'il rendait effectivement l'âme. Une bouffée d'oxygène avalée à grandes goulées lui permit de reprendre haleine, mais au prix d'un énorme effort sur soi.

La colonne évanouie, les deux garçons volèrent au Sillon et y galopèrent en cadence. Course silencieuse, foulée olympique ; trois quarts d'heure plus tard, ils faisaient au milieu de leurs camarades un débarquement de sismologues publiant l'imminence d'un séisme. Leur survenue coïncida avec le message de Xavier que décodait Geoffroy :

— Les Routiers ! clama Olivier.

Comme pour accentuer le caractère dramatique de son interjection, les crépitements du haut-parleur semblaient caricaturer la pétarade d'un nid de mitrailleuses. La danse macabre du morse martelait un rhythme irrégulier dont les syncopes évoquaient les gambades d'un démon ricanant sur le bord d'un cercueil.

La pyrrhique sonore s'arrêta net, Geoffroy s'égosilla d'une voix blanche :

— Douze personnes signalées qui remontent le sentier…

Il avait à peine publié ce compte-rendu qu'un remous saisissant s'opéra parmi les onze garçons présents : avec une impressionnante simultanéité, ils se harnachèrent de pied en cap et se groupèrent autour d'Olivier. Celui-ci, palpitant, la peau huileuse, le cheveu hirsute, la prunelle flamboyante, trancha dans le vif :

— Vous connaissez vos positions, dit-il, Camille et Xavier connaissent les leurs, ils ne vont pas tarder. Les filles, vous vous planquez dans la maison, portes et volets fermés, sauf les volets de la cuisine qui doivent entrebâiller. Alexandre et Jérôme, entravez la grille des chaînes et des barbelés, mais ne la barricadez pas avant le retour des vedettes, à cause de Camille qui a son poste sur la Tour. Les autres, en place ; pliez-vous en quatre, faites-vous fantômes, on ne doit pas entendre un bruit ni apercevoir un épi de cheveux. Deux flèches à la hanche, le reste dans les carquois. Pareil pour les frondes, deux billes immédiatement disponibles ; l'ordre de tir sera donné par ceux de la Crête. Attention ! Je le répète : personne ne prend d'initiative avant la Crête. La clef du succès tient dans la stricte synchronisation de nos manœuvres. Si quelqu'un cède à l'affolement, c'est foutu, le plan est par terre.

On assista alors à l'application au moindre détail près de la discipline aguerrie par les exercices inlassablement répétés qui coordonnaient leurs phases en les asservissant à un automatisme de professionnels ; corps constitué d'une masse homogène de diverses parties parfaitement endentées les unes dans les autres, de ce fait d'une cohésion exemplaire : les matelas furent remisés dans la salle d'énergie, les portes verrouillées à triple serrure, les objets suspects retirés, dont le récepteur radio ; sinistre appel d'air qui aspirait toute vie d'une maison et de ses abords où avaient régné tant de joyeux tumultes !

Bientôt après, Xavier et Camille accouraient par la Cheminée. Ils se désaltérèrent, confirmèrent l'identité des Routiers, puis se ruèrent à leurs emplacements, le premier dans le Tertre, le second sur la Tour, avec la froide promptitude de ceux qui tremblent de ce qu'ils font et qui l'exécutent sans désemparer.

On se peint peut-être les treize garçons sous le costume de jeunes Lacédémoniens prêts à en découdre avec le Perse, symbole de la barbarie, sans autre état d'âme que la résolution qui court les yeux fermés au sacrifice suprême. L'image d'Epinal serait merveilleuse, si elle n'était précisément qu'une icône. Les romans et les réalités ont ceci de foncièrement contradictoire qu'ils se raturent souvent l'un l'autre. Il y a un gouffre entre une fiction idéale et l'odeur de sang qui empeste d'un champ de bataille.

A l'annonce de l'incursion des Routiers, les Périontes avaient encaissé de plein fouet l'inexprimable secousse galvanique qui glace les os, humecte les mains d'une moiteur maladive, emballe les respirations et fait perler sur les fronts une suée dont on dit qu'elle dévoile l'avenir en un éclair. Ainsi donc, l'événement tant redouté des uns et si dévalorisé par les autres ratifiait, avec la sécheresse d'un couperet qui s'abat sur une nuque, les présomptions d'Olivier mille fois rabâchées sous les horions mêmes de l'hostilité qu'elles lui avaient valu. Ainsi donc, il avait extrapolé juste depuis le début ; par devers les moqueries, les persiflages, les diatribes, l'irascibilité de ceux-ci, les quolibets de ceux-là, ayant pour contempteurs un tiers de ses camarades, opposant le bon sens aux scepticismes démissionnaires, l'obstination et le courage aux rebuffades, il avait nettoyé les consciences de leur laxisme et replâtré la communauté d'une unité sans laquelle, à l'heure qu'il était, son sort était scellé. Qui parmi ses anciens détracteurs n'aurait pas mesuré combien la poigne de fer, la volonté d'un seul était la caution de la survie de tous ? Lesquels d'entre eux ne restituaient-ils pas gratitude honteuse à ce visionnaire opiniâtre ? Dans le for intérieur des jeunes gens qui allaient hypothéquer leurs vies à ceux pour qui aucune vie ne valait un monneron, beaucoup songeaient, avec le grossissement de l'épouvante qui se nourrit de sa propre substance, aux tribulations du mois de juin, à la dissidence qui avait brisé la concorde, mais aussi à l'expiation qui avait si heureusement

196

enrayé sur cette pente désastreuse. Quant aux Routiers, merci, ils se portaient comme des charmes ! Les capitulards qui en avaient si bruyamment corné le trépas auraient le temps de peser leur erreur d'arbitrage. Après avoir tourné en vain autour du pot pendant des mois, après avoir peuplé leurs rêves de cette oasis légendaire, les Froides-Aigues, toujours plus convaincus qu'elle n'était qu'un fantasme, après avoir buté contre la Roche Tarpéienne au-delà de laquelle il était décidément inconcevable d'y inventer même un cabanon, voilà qu'ils ébranlaient leur colonne avec la détermination de Xerxès franchissant l'Hellespont.

Comment en était-on arrivé là ? Par quel incroyable écheveau de circonstances ou fortuites ou délibérées, par quelle désignation d'un hasard versatile un conflit latent entre deux peuplades que tout prédisposait à s'ignorer avait-il au contraire ourdi sa trame pour aboutir à cette calamité, un casus belli ?

Il était évident qu'en provoquant une rencontre inutile, les Périontes avaient commis une maladresse ; qu'ils n'auraient jamais dû s'écarter de leurs parages et se claironner extra-muros, fût-ce pour glaner des graines ; quand on est maître du fief, on ne s'aventure pas hors de sa mouvance de même qu'on ne remue pas des braises chaudes avec les doigts sans se brûler. Or les Routiers, bien avant que Wilfried eût refait jonction avec eux, avaient obscurément subodoré les carences de la théorie qu'ils ruminaient depuis longtemps, selon laquelle ils n'étaient pas plus habilités à dénicher un château en plein cœur d'un escarpement inhospitalier qu'un marin n'est à même de rallier un port d'attache au milieu de la mer de Ross. Par exemple, ils avaient examiné des traces de pas sur le sentier. Qu'étaient-ce que ces pas ? L'empreinte d'un vagabondage quelconque ? Mais rien n'interdisait de les attribuer à ces ectoplasmes qui leur avaient échappé en une occasion mais qui, bon sang ! devaient bien loger quelque part, et même fort à leur aise, puisqu'ils étaient si fringants. La péripétie des frères Guglieux, contemporaine de l'effondrement de la Roche, avait dévalué la conjecture et oblitéré des indices dont avec un peu de jugeote ils auraient fait moisson plus pléthorique.

Qu'importe, dira-t-on, attendu qu'au défaut d'une piste, ils eurent un guide et qu'en vertu de ce renfort, l'ambition d'envahir les Froides-Aigues quittait le bourbier où ils pataugeaient pour renaître sur un sol enfin solide. C'est éluder un peu vite ce qui devait se révéler le rouage décisif d'un rebondissement qui allait retourner de fond en comble le cours des événements, précisément le *come back* si opportunément théâtral de Wilfried : après la tragédie de l'orage[52], les Routiers ne conspiraient plus qu'à évacuer la région, et cela sans délai : outre le danger des algarades militaires, l'économie locale frisait la pénurie généralisée : les maisons étaient en ruine, les villages sens dessus-dessous, plus de victuailles, rien à marauder. Le spectre de la famine semait la dissidence au sein de leur confrérie. Si la solde est le chausse-pied du légionnaire, le pillage est l'éperon du brigand. Or, ce viatique s'amaigrissait façon indemnités de chômage en fin de droit. Toutefois, malgré un contexte aussi morose, l'un des Routiers obtint d'Herbert de différer le départ. Comme on le sommait de motiver sa requête, il allégua les fameuses traces de pas notées à l'époque où la bande s'était cassée le nez contre la Roche Tarpéienne. *S'il y a des pas,* disait-il, *c'est qu'il y a quelqu'un* ; *s'il y a quelqu'un, il doit habiter quelque part ; et ça peut pas être loin, car quand on a un chez soi on se risque pas à le faire repérer, à moins qu'on est idiot.* Ce Columbo s'était donc ressassé que pour avoir affalé au bon vent, il n'y avait plus qu'à carguer la grand'voile en espérant que la boussole ne fût pas détraquée. Par conséquent, il était d'avis qu'il y aurait paille à engranger, pourvu qu'on réactualisât les procédures d'une enquête préalablement bâclée. Il s'était tant flagorné à lui-même le bien-fondé de son jugement et avec de si virulentes instances auprès du gros Herbert, qu'il emporta son adhésion. L'épisode de Corydon invalida le projet de manière, il faut bien le confesser, assez ridicule, voyez plutôt : celui-ci avait été pourchassé par Alexis.

---

[52] Pour rappel, épisode qui coûta la vie aux frères Guglieux.

Alexis, dont l'unique talent consistait à trucider sur le modèle de son patron René, le mot patron étant ici à double compartiment, avait moins de cervelle qu'un oison bridé. Pas une seconde il ne calcula que le sentier à l'extrémité duquel la fuite du jeune Antillais l'avait trimbalé était composé d'un alpha et d'un oméga, et que si un gamin de douze ans avait bouclé la boucle, il serait judicieux de refaire le circuit, cette fois sans se rebuter d'obstacles forcément franchissables, puisque un enfant les avait franchis. Les méninges du drôle étaient si mal conformées qu'en établissant le parallèle entre un quartier où il avait fourré ses guêtres trois ans plus tôt et celui qu'il arpentait présentement, il conclut que de n'avoir croisé personne hier entérinait l'irréfragable axiome qu'il ne croiserait personne aujourd'hui. A son retour, comme on le pressait d'un rapport, il répondit n'avoir remarqué ni croisé quiconque, à l'exclusion de l'enfant, ce qui était la pure vérité. Ses complices se fièrent à sa sentence, l'Eldorado fut décrété plus chimérique que jamais et les Routiers hâtèrent un déménagement qu'ils n'avaient que trop ajourné.

Si ce départ n'avait pas été retardé, ils partaient la nuit même pour leur nouvelle villégiature entre le Puy du Sancy et le Mont-Dore, ils ne relayaient pas à Colture, Wilfried traversait un village désert, et l'épopée des Périontes n'allait pas plus loin que ce chapitre. Wilfried s'abouchant avec la gueusaille d'Herbert, ce fut le changement de cap inespéré, le bouleversement radical qui redistribuait les cartes. L'irruption de Wilfried au giron des Routiers étranglait les perplexités et leur substituait des certitudes ; grâce à lui, le mythe s'habillait de concret, une perspective de lendemains d'azur copulait avec leurs appétences territoriales, une douce brise de nettoyage de printemps aérait leur galetas, la jubilation du sceptre et du glaive associés dessinait à leur firmament le bienheureux zodiaque du prélude à une fondation d'empire. Quant à la descendance, il y avait les filles. Les filles, c'était la multiplication des pains. Les Routiers, après avoir fait école, caressèrent l'enivrant dessein de faire souche, et pourquoi pas, lignée.

Le quinze juillet de l'année de grâce 2042, ils cinglaient sur les Froides-Aigues, en empruntant la seule trajectoire carrossable, le chemin principal. Si le lecteur est bon exégète des péripéties qui ont jalonné ce livre, il se formulera à bon escient que les dénommés Alexis, Manuel et Jean-Louis étaient en familiarité du Sillon, tout comme Alexis, pour y avoir jadis planté leur hutte. Par quelle incompréhensible amnésie pas un d'entre eux n'inféra de cette vieille chronique que le périmètre restreint où ils se soustrayaient alors aux hourvaris de la gendarmerie escamotait accessoirement des extensions intéressantes ? Qu'en battant l'estrade d'un layon accessible par un couloir connu d'eux seuls, le *Défilé des huttiers*, ils exhumeraient un itinéraire camouflé avec en guise de friandise le succulent privilège d'insulter[53] à revers la cité convoitée ? La disette de matière grise est pourtant censée avoir un tuteur, l'instinct. Là où le syllogisme démonstratif est à sec, le flair de l'animal veille à sa suppléance, un peu comme la saccharine remplace le sucre. Mais ces pauvres garçons, outre que leur hébétude confinait au crétinisme le plus intégral, tenaient le pot de chambre de leurs seigneurs et maîtres, Herbert et René, avec un tel aplatissement que la simple idée d'avoir l'air de contester leur science infuse en s'autorisant une opinion auxiliaire ne les effleurait jamais. C'étaient de la chair à canon, des hilotes corvéables à merci, et rien d'autre.

Ce qui vient d'être mentionné, Olivier, évidemment, n'en était pas instruit. Si l'effraction des Routiers se déduisait d'un renseignement exogène, l'identité du délateur s'évanouissait derrière une brume opaque d'où ne surnageait que la vraisemblance d'un commérage, sans doute du côté de S..., Canulle, Hound ou quelque autre citoyen de même bagage. Comment aurait-il souscrit à l'extravagante gageure que leur oracle fût Wilfried ? Wilfried était une archive maudite, expirée à jamais dans l'avilissement d'un abominable crime.

Pour l'heure, lacunes d'information ou non, on n'en était pas moins sur les charbons ardents. Estimée la cadence initiale

---

[53] Vieux mot pour envahir.

des Routiers et sans préjudice de l'entrave de la Roche Tarpéienne, si rien n'avait accroché ils devaient déjà avoir abordé le dernier tronçon avant le pinacle des Froides-Aigues, autant dire une formalité.

Quoique l'affrontement, hélas inéluctable, eût tétanisé les entrailles des Périontes, quelques considérations les rassuraient, pour autant qu'un raisonnement ait d'empire sur le sentiment quand l'hydre de la mort rampe là, tout auprès, et se rapproche de minute en minute. D'abord, la question de l'appréciation des effectifs penchait sans contredit en leur faveur : ici, un recensement complet non seulement des personnes, mais aussi de l'équipement, là au mieux une supputation théorique, au pire la cécité la plus totale. Deuxième atout, les Routiers n'étaient pas au fait de la préparation militaire et sportive de leurs concurrents, même si un avant-goût leur avait été proposé qui aurait dû les inciter à quelque circonspection, voire à réviser leur copie de A à Z. Mais ils étaient si sûrs de croquer la proie à pleines dents qu'ils n'avaient pas potassé la possibilité d'une retraite en bon ordre en cas de mauvaise surprise ou pire, d'échec : car une fois vaincue à grandes contorsions, la Roche les claquemurait dans l'autre sens en rendant à l'expression *se jeter dans la gueule du loup* sa primitive acception. Aussi avaient-ils décoré leur procession sur le sentier de l'aplomb de desperados qui vont investir un village sans défense. Orgueil et éclipse de ceux qui se sont trop accoutumés aux victoires faciles.

Un quart d'heure s'écoula. Un quart d'heure, c'est à dire un siècle. Les Périontes, invisibles, attendaient.

Leur plan, répétons-le, reposait sur un leurre. Persuader les assaillants que la maison était vacante depuis belle lurette, c'était la clef de voûte du combat. D'où la grille sanglée de chaînes comme Goliath forçat et surmontée d'un treillis inextricable de fils barbelés. Les Routiers trébuchaient sur le seuil d'une propriété abandonnée, ne soupçonnaient pas le piège et, avec un peu d'enthousiasme, se massaient à découvert. Olivier avait ordonné expressément de n'ouvrir le bal que lorsque le plus grand nombre d'individus serait exposés à l'artillerie.

Il s'agissait cependant d'harmoniser entre elles ces séquences, c'est à dire de les imbriquer comme des tuiles sur un toit. De ce point de vue, le rôle des vigies, surtout celles du Tertre, était prépondérant : dès que Xavier, Yannick et Jérémie repéraient les intrus, ils avertissaient grâce à une paire de walkie-talkie exhumée du fouillis de l'atelier et qu'Olivier avait soigneusement dépoussiérée et rénovée. Le signal, le traditionnel SOS, devait être capté des trois autres positions, et homologué par la lettre R qui en morse signifie *reçu*. Il n'y avait plus dès lors qu'à déblayer champ net à l'armada d'en face pour la stimuler à s'approcher tout à sa discrétion et sans méfiance. Première déconvenue, pas moyen de sectionner la clôture enchevêtrée de la grille autrement qu'à l'aide de pinces coupantes. Quant à la haie, inutile d'espérer l'enjamber, le houx ne s'enjambe pas, surtout quand il pousse sur plus d'un mètre de largeur et du reste, cette haie était dans la visière des archers de la cuisine. Enfin, s'ils bifurquaient par la ravine, ils ne cuisinaient pas meilleure recette : sa pente inégale, abrupte, rebroussée et horripilée de ronces et de buissons de genévriers, l'estampillait à la norme d'impraticabilité garantie à vie. Les Routiers n'avaient donc d'autre échelle, pour subjuguer la forteresse, que d'apprivoiser son pont-levis.

On le voit, toutes les finalités avaient été étudiées. Quelque fût le programme des séides d'Herbert, si programme il y avait, les entrées de service leur semaient d'insurmontables embûches et ils n'avaient plus qu'à se rabattre sur l'unique option viable, l'entrée officielle du public.

On a beau cogiter cent fois l'arsenal des préventions fourbies et polies comme autant de pièces d'orfèvrerie, se prouver encore et encore que tel ressort ne peut qu'actionner telle mécanique, éplucher les filiations rationnelles, les enchaînements mathématiques, démontrer qu'une équation n'admet qu'une solution adaptée, la trouille que dévore le combattant avant l'engagement a quelque chose d'odieux. Ce qui se tapit là, dans l'obscurité, qu'on ne discerne pas encore, mais qui va surgir tout à l'heure, qui agace les nerfs et rend irrespirable chaque bouffée d'air que l'on avale, c'est peut-être la camarde muette en pleine orgie des cadavres qu'elle éparpillera un peu partout. La sauvagerie sanguinaire acculée à l'irrévocable alternative de triompher ou de périr, comment se flatter qu'elle n'anéantira pas toute la belle tactique censée lui faire échec en déjouant les traquenards un à un ?

Et puis on se remémore les fâcheux précédents, la guerre de 1870 où il ne manquait pas un lacet aux guêtres du soldat français. Alors les interrogations se focalisent sur les dysfonctionnements possible de la machine : est-on bien sûr qu'elle n'escamote pas des défectuosités que l'examen même le plus rigoureux n'aurait pas mises en exergue ? On n'en démordrait pas de s'applaudir que tout a été fignolé aux petits oignons, que les articulations de cet arthropode que sont les éléments d'un corps de bataille sont lubrifiés et ne se gripperont pas, si l'incrédulité inhérente à la complexion humaine n'était là pour nous rappeler que rien ici-bas n'est à l'abri d'un imprévu. C'est bien souvent après coup qu'une négligence insignifiante écroule l'édifice le plus consciencieusement bâti, parce que l'on a omis quelque chose d'essentiel, parce que l'armure prétendument indestructible souffre de malfaçons ; toute citadelle vantée inexpugnable n'est pas sans ressemblance avec le Titanic, et les boulons de fer troqués contre les boulons d'acier ont vite fait de déchoir la croisière en naufrage. Les Périontes avaient réglé leur mécanique avec la plus extrême minutie. Ce perfectionnisme ne masquait-il pas un vice fondamental de fabrication ?

Olivier n'était pas assez dupe de lui-même pour se maquiller les impondérables où les plans les mieux ciselés pèchent par le grain de sable qui fera tout capoter. Sa froide clairvoyance désavouait les triomphes déflorées d'avance. Comme l'artiste qui peaufine cent fois son chef-d'œuvre, il avait disséqué le sien sous toutes les coutures. Cette incessante besogne lui avait fait toucher du doigt *in fine* le faible du dispositif : ce ventre mou, c'était paradoxalement la déroute des Routiers. Expliquons-nous.

Si tout se déroulait selon le canevas élaboré, ceux-ci, du moins les survivants, n'avaient bientôt plus qu'à déguerpir à toute volée. Or, aucune traque n'était prévue, l'option originelle de la Roche Tarpéienne ayant été corrigée pour concentrer la première salve sur la densité humaine la plus compacte. L'après succès avait donc la virginité d'une page blanche, et les Routiers sains et saufs étaient libres de décrocher à leur gré. Décrocher, c'est à dire doubler la Roche d'amont en aval sans être inquiétés, et gouverner une seconde offensive, cette fois plus compétente.

Ce talon d'Achille chiffonnait fort Olivier. Pour lui, la Roche Tarpéienne représentait la nasse dans laquelle il était impératif d'embastiller la bête, de peur qu'elle ne se refît une santé. D'où la nécessité d'en trucider le maximum dès la première fournée afin de démoraliser les autres.

Un deuxième quart d'heure s'égrena. Toujours pas de Routiers. Probablement que la Roche leur compliquait la tablature. Olivier employa ce sursis à se réciter le scénario dont en qualité de stratège, il lui était échu de posséder les plus infimes ponctuations, avec la même austère exactitude qu'un chef d'orchestre recorde les pupitres de ses musiciens. Avantage, la puissance balistique des flèches s'accroissait du surplomb de la Crête, de la Tour et des fenêtres. Les Périontes luttant à armes inégales compensaient cette infériorité par un bonus de choix, le terrain. Le terrain, c'était un trois quarts de cercle au centre duquel les Routiers seraient soumis à quatre feux conjoints. A condition d'agir avec discernement, ni trop tôt ni trop tard, c'est à dire quand ils se seraient agglutinés en masse compacte devant la grille, on en broyait un maximum en préambule, et les rescapés soit se rendaient soit étaient criblés à leur tour. Quant au mot final de la joute, Olivier y planchait depuis une bonne heure. S'il regrettait la modification de la première mouture du plan qui déléguait une escouade à la Roche Tarpéienne pour parachever la traque, il n'en inscrivit pas moins cet appendice sur ses tablettes et sélectionna déjà ceux de ses camarades à qui serait dévolu le mandat de transformer le fiasco des Routiers en déroute irrémédiable :

— Excellent, se fit-il à lui-même, la toile est tissée, la mouche n'a plus aucune chance...

Ce qu'il aurait dû méditer, c'est qu'un chef qui a été contesté une fois n'a plus tout à fait la même autorité, et qu'il suffit d'un veto parlementaire pour le renvoyer à ses chères études.

Claude, qui le jouxtait, lui glissa *pianissimo* :

— S'ils attaquent en bloc, ils sont perdus ; s'ils attaquent par petites touches, ils sont perdus ; s'ils n'attaquent pas, il sont perdus.

Il ajouta, en le réconfortant d'un petit coup de coude :

— Pour eux, le vin est tiré ; ils le boiront jusqu'à la lie. Quel capitaine tu fais ! Mieux que Bonaparte à Rivoli...

Olivier esquissa un sourire. Une telle confiance le rassérénait. La mentalité de Claude reflétait celle de tous les Périontes. La plupart, torturés par l'expectative, s'agitaient entre cuir et chair ; d'autres, immobiles et pensifs, ranimaient en eux on ne savait quel âge d'or où défilait le diaporama des jours heureux. Les filles pleuraient doucement. Mais filles ou garçons, pas un qui ne fût consterné d'avoir été happés par l'infernal engrenage qui, depuis que l'homme est l'homme, l'entraîne de massacre en massacre, d'horreur en horreur vers cet abîme qui semble être son unique panthéon.

Tout à coup l'appareil récepteur, confié à Claude, émit trois points, trois traits et trois points. Le garçon prodigua un geste saccadé :

— Ça y est, souffla-t-il, haletant, je réponds.

Claude transmit un *reçu* réitéré par la Tour puis par la Crête.

— Tout le monde est prêt, dit-il.

— Alea jacta est, fit Olivier.

La bataille

Il n'est pas hors de propos de rappeler les dispositions exactes des Périontes. Cela, certes, a été dit plus haut, mais le lecteur ayant tout intérêt à visualiser explicitement les phases de l'affrontement qui se prépare, qu'on nous permette un bref survol des quatre retranchements tels qu'ils étaient répartis lorsque Xavier confia à Yannick : *il est onze heures ; d'habitude, on se baigne à l'Etang*, à quoi Yannick répondit : *un bain, il va y en avoir un, mais moins plaisant.*

Derrière la Crête, à l'abri d'un promontoire de rochers en déclive vers la Cheminée, et y débordant comme un nappage de sucre glacé sur un gâteau, Cyprien, Gervais et Geoffroy. Face au grand potager, dans le Tertre, Xavier, Yannick et Jérémie. Aux deux fenêtres de la cuisine, l'une embrassant le méridien, l'autre l'orient, toutes deux ayant la grille dans leur lunette, les deux paires Florent-Thomas et Olivier-Claude. Sur la Tour, enfin, Alexandre, Jérôme et Camille. Les filles s'étaient rapatriées à la bibliothèque où elles s'efforçaient de faire bonne figure à mauvais jeu. Mais elles n'en menaient pas large.

Entre l'instant où Claude rendit compte du SOS et celui où les premiers Routiers pointèrent le museau, quelqu'un chronométra trente secondes. Subitement, les corps se recroquevillèrent, les chuchotements cessèrent, ce qui était vivant fut comme avalé par de l'ombre. A Waterloo, c'est ainsi que la ligne anglaise, se repliant au-delà des collines de la Haie-Sainte, fourvoya Napoléon et lui arracha cette exclamation : *commencement de retraite !*

A noter que chaque cellule était affectée de son rapporteur exclusif chargé de commenter les déplacements de l'adversaire. Vigilance qui se justifiait de ce que trop d'yeux convergeant sur un point identique augmentaient le risque d'être repéré. Sur la

Crête, ce rôle était dévolu à Geoffroy, aux fenêtres à Olivier, dans le Tertre à Yannick. La Tour avait pour Argus Alexandre.

Soudain, au débouché de la forêt s'ébaucha un remuement indistinct, sorte de polype dont l'image la plus juste serait celle d'un chapelet d'anneaux qui ondulait à la façon d'une chenille processionnaire. De cette sinuosité scintillaient des clignotements irréguliers. Yannick, depuis le Tertre qui aplanissait la perspective la plus directe, corrobora le compte de Xavier et Camille de douze individus, tous armés, dont deux filles. Cette analogie, en d'autres circonstances, aurait été amusante. Mais nul n'avait envie de rire.

Les miroitements sporadiques étaient un effet de réfraction du soleil sur les armatures métalliques des fusils. Les Routiers, marchant contre le ponant, étaient latéralement gênés par les rayons du méridien, ce qui confortait l'invisibilité du trio de la Crête. Prérogative pour les uns, inconvénient pour les autres qui s'illustra tout de suite par des mains en visière qui témoignaient l'embarras de scruter dans cette direction.

Ils n'en progressaient pas moins, en file indienne, échine ployée, avec des contorsions et des trémoussement effarouchées. L'un de ceux qui étaient en queue de la colonne la dépassa à toute vitesse et bondit jusqu'à la grille. Aucun bruit, pas le moindre éclat de voix, silence total ; on aurait dit les acteurs d'un film muet.

L'initiative, indubitablement concertée, avait suspendu l'avancée du cortège. Le garçon examina la complication de chaînes entortillées à la structure et les barbelés qui la sommaient, puis adressa un signe à quelqu'un qui le rejoignit aussitôt et avec qui il débattit, probablement de la meilleure technique pour surmonter l'obstacle. Leur délibération fut brève ; ils rétrogradèrent bientôt vers le gros de la troupe et dialoguèrent avec un autre larron, avant de rappliquer de nouveau tous trois devant le portail. Leurs congénères tâchaient d'éplucher les environs, le doigt sur la détente.

Celui dont on avait sollicité les compétences était un jeune garçon de morphologie modeste, à la crinière ambrée comme les blés, avec quelque chose de sautillant dans son allure de lutin des bois. D'un seul élan, il se catapulta sur le treillis des barbelés avant de s'assujettir au harnais d'une corde à fermoir. La dextérité avec laquelle il accomplit son acrobatie attestait une longue expérience de la vie errante où la souplesse et la vélocité qui n'ont pas froid aux yeux apprivoisent les innombrables facettes de la débrouillardise. Dès qu'il fut bien arrimé, il dégaina de sa ceinture une paire de ciseaux à froid et se mit à taillader les fils de fer.

Sur la Crête, Geoffroy avait glissé à Cyprien et à Gervais :

— C'est une pince coupante, il va nous cisailler tout ça comme qui rigole.

L'escadron, jusqu'ici assez distendu, s'était graduellement resserré. C'était ce qu'escomptait Olivier : inspirer une sécurité croissante qui rendrait superflue la panoplie des circonspections de reconnaissance préalable, en persuadant les Routiers que l'annexion de leur nouveau fief ne dépendait que de quelques barbelés à sectionner. Bourde magistrale qu'avec un soupçon de discernement ils auraient rectifiée dès le départ. Mais si les Périontes possédaient un authentique capitaine, doué d'une acuité supérieure, chez les Routiers ce grade était l'apanage par droit de seigneurie non de celui qui lui aurait fait honneur, René, mais de l'inepte et incompétent Herbert. Du reste, René avait immédiatement flairé l'entourloupe que dénonçait un déplacement bien trop à l'aise et sans encombres pour être honnête : — *Ça sent le piège*, avait-il dit au Herbert. — *T'inquiète, bonhomme*, s'était récrié le gros pandour, *j'ai tout prévu*.

Il avait *tout prévu*, sauf qu'à céder aux sirènes des faux-semblants, on a tôt fait d'abdiquer le B.A.-BA de la vigilance. Car les investigations s'étant soldées par un RAS décrété à la va-vite d'excellent augure, le scepticisme qui aurait dû être un garde-fou s'était amoindri en conséquence pour dériver bientôt vers un sentiment de sécurité prématurée. Le Herbert s'était même moqué ouvertement des craintes de René en lui balançant cette gasconnade :

— Tu vois quelqu'un ici ? Y a pas un chat : la baraque est à nous.

Ce n'était pas l'avis de son vicaire : René, comme Olivier, était doué d'une vive intelligence. Intelligence du mal, certes, mais indéniable. Il tâchait d'examiner partout le petit détail dont on ne fait pas grand cas, mais qui pourrait bien être le morceau émergé de l'iceberg qui tout à l'heure éventrera le navire. Sa suspicion aux aguets lui rabâchait qu'on savourait trop tôt mainmise sur une gentilhommière vacante où il n'y avait plus qu'à pendre la crémaillère, et il avait raison. Car si ses collègues avaient accordé audience tant soit peu à quelques excentricités qui le tarabiscotaient, lui René, ils se seraient peut-être étonnés de ce que pour une villégiature chômée de résidents, elle avait plutôt bon air, qu'elle était fort bien agencée, bichonnée avec soin, les deux cours nettoyées, la remise repeinte de frais et, contre-sens flagrant qui aurait dû leur tinter à l'oreille, les bordures fleuries. Une telle addition de bizarreries dégageait une équation d'un niveau de classe maternelle : canicule étant synonyme de sécheresse, si des fleurs s'épanouissaient, c'est qu'elles avaient été arrosées ; du coup, l'abandon présomptif de la chartreuse divulguait une grosse lacune dans la résolution d'un syllogisme pourtant rudimentaire. Au surplus, aucun d'eux ne s'était mentionné la proximité d'un étrange édifice qui trônait, haut sur pattes, à la lisière d'un jardin cultivé, et à la façade duquel des pales tournaient placidement au suroît. Or, une éolienne qui fonctionne est assurément un gage que quelqu'un pourvoit à sa maintenance.

Pas une docte tête parmi les Routiers ne releva ces anomalies, hors René. Mais son patron ne l'entendait pas de la même oreille et comme il détenait les pleins pouvoirs, comme il s'engouait de son optimisme béat, les appels à la défiance de l'autre furent un coup d'épée dans l'eau .

C'est pourquoi le blondinet une fois à sa besogne, ce fut sans trop de précautions que, comme l'avait souhaité Olivier, tous firent peloton autour de lui. Cyprien eut un tressaillement de fauve :

— C'est le moment ou jamais, murmura-t-il ; en avant pour la première salve !

Tout à coup, ceux des Périontes qui étaient aux fenêtres et aux créneaux de la Tour sentirent leur sang leur refluer au cœur : trois formidables carrures s'étaient déployées à l'unisson et bandaient à bout de bras leurs arcs au-dessous d'elles. Les Routiers, ne surveillant que les abords de la maison, et encore, un voisinage restreint, au surplus adossé à la Crête, ne soupçonnèrent pas une seconde ce qui se tramait. Subitement, une voix de stentor retentit, de toute la sonorité de sa tessiture mâle ; c'était Cyprien. Le lieutenant d'Olivier, poitrail au vent, vociféra : *feu à volonté !* Concomitamment, trois sagettes effilées comme des dagues étaient décochés et sifflaient dans l'air moite avec la vélocité fulgurante de la foudre.

Le choc de la stupeur et le choc de la douleur ont ceci de similaire qu'ils ne se communiquent aux nerfs qu'après un délai de quelques secondes. Les Routiers ne réagirent pas. Deux d'entre eux avaient été fauchés net. Les autres, accroupis, pivotaient à droite et à gauche sans rien démêler de ce qui advenait. Cette inaptitude à la riposte les avait figés comme des oiseaux englués sur une branche d'arbre. Quelqu'un finit tout de même par se secouer en braillant : *c'est quoi, ce bordel ?* L'apostrophe décongela ses compères, mais superficiellement et au prix d'un affolement qui ne fit qu'augmenter la confusion. Décontenancés par le traquet dans lequel ils avaient donné à plein collier, incapables de localiser la source de la pluie de flèches et de billes d'acier qui leur dégringolait dessus, ils subirent ce premier assaut avec une apathie intégralement passive. A grands charivaris de jurons, ils essayaient de s'organiser et n'y réussissaient pas. L'artillerie de la Crête avait entraîné sur-le-champ la bordée des autres redoutes, en sorte que les Routiers plièrent de toutes parts sous une nuée de projectiles. Quant à répliquer, comment et qui mettre en joue lorsque ce qui est autour de soi se dérobe sans cesse ? Ils étaient si impuissants à rétablir un semblant de cohésion dans leurs rangs que s'ils n'avaient rudoyé leur paralysie en refluant dare-dare dans la forêt, ils se seraient fait massacrer jusqu'au dernier. L'un d'eux, éperdu de panique, débrida sauve-qui-peut en amont, où était le Tertre : trois billes d'acier lui fracassèrent la boîte crânienne, il s'effondra à la renverse.

Entre le nœud et le dénouement de la bataille, moins d'une minute. En une minute, les Routiers avaient essuyé un revers d'une ampleur inappréciable, et ceci sans avoir tiré un coup de fusil.

Le bilan était effroyable ; les flèches et les boules avaient fait ample ménage : le jouvenceau empêtré dans le réseau des fils barbelés, y était épinglé comme un papillon sur une planche d'étude, l'abdomen perforé, les bras écartés, pathétique caricature de la crucifixion. Deux autres gisaient inertes, l'un devant la grille, l'autre à mi-distance de la grille au Tertre. Celui-ci, la veine jugulaire transpercée d'un carreau dont la pointe ressortait par la nuque, était déjà mort. Le crâne du second n'était plus qu'un trou d'où giclaient des flots de sang et des bribes de cervelle.

Deux autres Routiers étaient plus ou moins grièvement touchés. Le premier, le ventre labouré, la chair d'une cuisse à nu, se vidait affreusement. Il avait rampé jusqu'au chemin, mais terrassé par la douleur n'avait pu aller plus loin. Ses camarades ne lui prodiguèrent pas de secours ; comme on dit, ils le lâchèrent. Usage coutumier chez la canaille, où la vie du compagnon n'a qu'une côte strictement utilitaire. Le second avait eu plus de chance, une flèche ne lui ayant entamé que le mollet. Il recolla à la cohorte des fuyards en boitant bas.

En tout, cinq Routiers hors de combat, compte non tenu des blessés plus légers. Cinq sur douze, dans l'option la plus pessimiste, cela réduisait l'effectif valide des rescapés à sept individus.

Les Périontes, forts de leurs treize combattants, ne déploraient pas une égratignure. Leur victoire était complète.

La déconfiture des Routiers exhorta Olivier à héler Cyprien :

— Il faut les harceler, dit-t-il ; la moitié d'entre vous avec moi sur le Sillon, on va les coincer sur l'autre versant de la Roche.

— Laisse tomber, répondit Cyprien, c'est trop dangereux ; n'oublie pas qu'ils ont toujours leurs fusils ; si on les accule à la dernière extrémité, ils pourraient faire du grabuge dans nos rangs.

— Je suis d'accord, intervint Geoffroy, on leur a infligé une bonne leçon, inutile d'en remettre une couche. Tout ce qu'on peut faire, c'est de contrôler leur débâcle.

Il ajouta, en souriant jaune :

— C'est assez d'hémoglobine comme ça...

Olivier encaissa sans ciller ces deux fins de non-recevoir ; mais l'espace d'un dixième de seconde, l'aile noire d'une chauve-souris lui obscurcit la paupière.

Cependant, il était indispensable de pénétrer les intentions des survivants ; aussi prescrivit-t-il à Xavier et à Camille de les épier depuis le Sillon.

En sus de ces préventions, il ajusta une batterie d'archers en sentinelle du sentier même, afin d'anticiper toute velléité de contre-attaque. Personne n'aurait gagé un bouton de culotte sur cette contre-attaque, mais Olivier, répétons-le, tenait à tout prévoir, surtout l'imprévisible. Il fut obéi avec diligence.

Cette docilité à obtempérer l'enhardit à proposer de nouveau la poursuite. Cyprien s'y refusa :

— Non, Olivier, fit-il, c'est fini ; on est tous vivants, les Routiers sont démolis, ils en ont pris plein la gueule, on n'est pas près de les revoir.

Olivier darda son camarade de deux prunelles d'airain qui le fouillèrent comme une lame. L'autre ne trouva rien de mieux pour se déculpabiliser que de bafouiller platement :

— Et puis, même si j'approuvais, comment convaincre les autres ? On n'est pas des écorcheurs, on a notre compte de tripaille ; si on continue, on en aura la gerbe.

Olivier, une fois de plus, passa carrière[54].

— On s'occupe des blessés, alors, fit-il avec une sécheresse glaçante.

---

[54] Rappelons que l'expression passer carrière signifie accepter certaines conditions.

Hélas, de blessés, il n'en subsistait pas beaucoup. Trois d'entre eux avaient péri, un quatrième expirait.

L'ivresse d'une action brutale n'est pas une métaphore. Les Périontes nageaient dans les eaux fluctuantes d'une semi-inconscience où le traumatisme façonne une gangue si compacte, si étanche, qu'elle inhibe toute appréciation saine. Il y avait trop de contiguïté entre le fait brut et sa constatation. Pour appréhender les remous même des pires vicissitudes, il faut du recul. Quand on est au cœur de la mêlée, ce qu'on en perçoit n'est qu'un écho.

L'hypnose, cependant, s'estompa peu à peu, ce qui faisait écran se dissipa, le carnage se matérialisa du flou qui en troublait la netteté, quelqu'un dit :

– C'est une vraie boucherie...

Celui qui avait parlé, peu importe de qui il s'agit, qui était-il, sinon le porte-parole de la justice tutélaire qui instruit le procès des exactions humaines ? Cette Thémis était d'autant plus effrayante qu'elle ne condamnait pas. Elle plaignait, elle énumérait les suppliciés, elle adjurait les Périontes de s'en imbiber, de se repaître des corps défunts, de se barbouiller de l'odeur du sang qui faisait avec la poudre du chemin une boue visqueuse. Alors l'aversion, l'aversion viscérale, celle qui soulève le cœur, les satura d'une invincible nausée. Il y avait là, sous leurs yeux, des adolescents naguère en pleine jouissance de leur jeunesse, à présent amas de chair voués à la putréfaction, et ces adolescents avaient des bourreaux, et ces bourreaux, c'étaient eux, les Périontes. En ce matin ensoleillé où les superlatifs de l'horreur s'épuisaient d'eux-mêmes, tous sans exception ployaient sous le joug d'une inqualifiable infamie consommée.

Quelques-uns s'étaient assis, les poings dans leurs joues, les pupilles vitreuses. D'autres faisaient le pied de grue, bêtement immobiles, hagards, les bras ballants. Olivier avait serré la main d'Alexandre à lui faire mal. Ce dernier dit, sur un ton qui nourrissait sa causticité d'une amère désinvolture :

– La mort s'est de nouveau invitée chez nous. C'est drôle, j'étais sûr qu'elle n'en avait pas fini. Elle nous a changés en

213

tortionnaires. Nous, des tortionnaires. Comme les Routiers ! Plus de distinction, tortionnaires dans les deux camps.

Il fit une pause entrecoupée d'une espèce de demi-ricanement morbide et reprit :

– Il sera toujours temps d'invoquer la fatalité. Pourquoi pas ? Après tout, c'est logique, ce qui vient d'arriver, non ? Qu'est-ce qu'on y peut ?

– On n'y peut rien, fit Olivier.

Un garçon était prostré sur l'escalier de la maison et marmonnait des onomatopées incompréhensibles. Deux ou trois Périontes allèrent à lui. Il les rembarra rudement. C'était Florent.

Florent avait tué. Il avait tendu son arc vers la grille et décoché une flèche. La flèche avait embroché la gorge du Routier qui tranchait les barbelés. Le responsable de ce trépas, c'était lui. Lui, Florent, il avait oblitéré une vie de ce monde. De quel droit ? Du droit de celui qui protège la sienne ? Il se répéta cela et s'affirma à lui-même la légitimité de son acte. Il se plastronna de ces lieux communs mille fois rebattus où les aphorismes en vogue, œil pour œil, dent pour dent, élaborent l'essentiel de la dialectique des meurtriers de tous poils. Il se rassasia de périphrases ouatée sur les notions du devoir, du destin collectif et individuel, du karma tracé d'avance, lequel karma doit nécessairement se payer du sacrifice d'autrui, histoire de ne pas entraver son bon déroulement. Puis il partit d'un grand rire et le rire s'étrangla dans une convulsion.

Convulsion qui n'était qu'un raté du moteur. Le cauchemar n'avait pas vomi tout son fiel. On ne pleure pas à mi-côte, il faut d'abord vider le pus jusqu'au dernier bourbillon. Florent pressa donc l'apostume. Il le pressa avec le plaisir d'une torture si insupportable qu'elle en est une volupté.

On avait tué ? Fort bien. Pourquoi ne pas tuer encore ? C'était Olivier qui avait raison : liquider les Routiers, les liquider jusqu'au dernier, ah ça c'était le fin du fin, le vrai boulot de pros ! Une fois qu'il a bu à cette coupe de délices, un homme, un vrai, s'y abreuve jusqu'à l'ivrognerie !

Sa colère s'affaissa d'un coup, une résignation presque indifférente lui ravit la couronne. Florent songea que le linceul qui drapait les Froides-Aigues était aussi celui des Périontes. Ceux qu'ils avaient exterminés, ce n'était pas seulement les belligérants d'en face, c'était eux-mêmes. En trucidant, froidement, avec méthode, avec l'impassibilité d'une section de barbouzes, ils avaient paraphé la charte de leur propre suicide, le pire de tous, celui de leur âme, ils s'étaient convertis en ménechmes des Routiers, leurs alter ego, parfaits imitateurs, peut-être même supérieurs au modèle. Et maintenant ? Quoi, maintenant ? La voix, l'inexorable voix qui ne se tait jamais, le persécutait comme une vieille matrone revêche : *de quel front continuerez-vous à vivre ? De celui qui consiste à s'applaudir de vos exploits ? Au fait, qui avez-vous zigouillé ? De la vermine ? Non, vos frères.*

Alors s'insurgeait une autre voix, furieuse, exaspérée : quels frères ? Allons ! soyons sérieux : les Routiers, des frères ? Qu'est-ce que c'est que cette pleutrerie qui se flagelle, ce tas de mauviettes qui larmoient tandis que tout un canton hurle de terreur, que des enfants sont saignés, des femmes abusées, des hommes décapités ! Est-ce que cette racaille ne méritait pas le salaire de ses forfaits ? Il aurait été plus humain sans doute de l'accueillir en bons samaritains du coin, Avec tapis rouge, bisous et hymnes à la paix entre les hommes de bonne volonté ? Qui aurait été assez ingénument absurde pour ânonner sur le mode prêchi-prêcha sa litanie lénifiante supposée métamorphoser en gentils petits gars une engeance d'une bestialité inégalée, et biffer comme cela des années d'ignominies tels que les gens de l'AFCR n'en avaient pas commis de pareilles ? Leur sentence, les Routiers l'avaient eux-mêmes prononcée, leurs carcasses jetées en pâture aux vautours remboursaient les émoluments de leurs prouesses, et si ceux qu'ils ambitionnaient d'occire avaient été choisis pour être les instruments de cette vendetta, il n'y avait pas à chialer sur un dilemme existentiel de fillettes où tout scrupule puait sa mièvrerie.

Vous vous promenez avec votre fils ou votre fille. Un individu surgit et le menace. Vous abattez l'individu. Légitime défense, dit la loi. Que dit la conscience ?

La conscience, c'est le filtre qui tamise les sophismes des philosophies douillettes et des moelleux axiomes chers aux partisans de la loi du talion. Les Périontes étaient les alambics d'une alchimie sous laquelle ils succombaient, et sa pesanteur les empêchait de se détourner du charnier où pourrissaient déjà les macchabées que leurs frondes et leurs arcs avaient amalgamés à la poussière.

Un rassemblement spontané s'était ébauché autour des malheureux. Quelques-uns, agenouillés, leur effleuraient les mains du bout des doigts. Gestes dérisoires, les mains étaient inanimées. On avait couché côte à côte deux garçons de type latin, celui qui avait été fauché d'un trait sagittaire dans le cou et celui qui avait couru à l'opposé de la débandade, ignorant l'obstacle du Tertre. La difformité de leurs blessures ne les déparait pas de leur extraordinaire beauté. Le premier, d'un suave brun méditerranéen, évoquait les ménétriers qui autrefois sillonnaient les villes et les campagnes, habillés de haillons et de la gloire de leur insouciance. Son compagnon lui ressemblait, quoique de teint plus clair. Même taille, même âge, même hébétude sur leurs minois de jeunes princes. A leurs poignets, des gourmettes avec leur nom et leur date de naissance. Terrible post-scriptum à l'inventaire de la tuerie quand on apprit qu'ils auraient fêtés leur dix-neuvième anniversaire le même jour, à trois semaines de là. Ils étaient donc jumeaux. Ils s'appelaient Roberto et Giovanni Masaniello. Sans doute appartenaient-ils aux recrues de frais contingent que le gros Herbert et son couteau pendant, René, rameutaient à grande réclame d'avenir mirifique.

La Parque a de ces libéralités : en les réunissant sous le même dais mortuaire, elle les dispensait du désespoir de perdurer l'un sans l'autre.

Autre trépassé, le gavroche à la tignasse bouton d'or. Ses bras, enchevêtrés dans le réseau des barbelés l'y soutenaient comme une bamboche dégingandée. Le détacher fut atroce. Florent, qui l'avait observé avec cette macabre attirance qu'on a pour ses propres victimes, eut l'illusion qu'il vivait encore ; il appela à la rescousse, on le dépendit de sa claie de martyr. Une fois à terre, il ne bougea plus.

C'était un gamin de dix-huit ans qui n'en faisait guère plus de quinze, avec de longs cheveux de paille flottant harmonieusement sur ses épaules, une bonne bouille de chérubin propre à attendrir n'importe quelle maman, la parfaite frimousse du petit ado à qui on donnerait le bon Dieu sans confession. A moins de dix pas, ce vernis craquait et se liquéfiait exactement comme un masque de cire qui fond sous la chaleur. Alors l'envers du décor s'exhibait sans fard et l'on saisissait avec un ineffable frémissement que sur cette face d'enfant de chœur avait fructifié une excroissance maladive, que la candeur y était rongée d'une gangrène qui totalisait une incalculable somme de vices. Même à travers la mort qui l'avait ravi, sa physionomie accusait les stigmates d'un irrémédiable sadisme. Ses petits yeux mesquins en exsudaient la variété qui est sa quintessence le sadisme heureux de se sentir bien dans sa peau ; sa bouche dédaigneuse, la froide et dure méchanceté qui habitait encore son regard éteint, tout en lui récapitulait ce qu'il avait été, un innommable assassin sans une lueur de pitié, sans une once de remords.

Ce mirliflore du sépulcre, ce féroce séraphin, nous l'avons vu à l'œuvre. C'était lui qui, trois ans auparavant, avait mutilé l'un de ses complices *huttiers*, le gros Hippolyte, avant d'en user plus récemment d'un même talent sur Corydon, le jeune antillais. C'était Alexis.

Il devait être midi lorsque quelqu'un lança à la cantonade : *où est Olivier ?*

— Là bas, répondit un camarade en indiquant l'orée du chemin...

Il ajouta aussitôt :

— Mais n'y allez pas, il ne veut voir personne...

Olivier se tenait au chevet de l'un des deux blessés, l'autre, nous l'avons relaté, s'étant sauvé en claudiquant. Soit dit en passant, ce n'est pas ce qu'il avait fait de mieux, nous aurons bientôt l'occasion de disserter là-dessus.

Pour celui-ci, blessé était un euphémisme. Une flèche s'était empalée dans sa cuisse d'outre en outre, vraisemblablement en déchiquetant l'artère fémorale, car des cataractes de sang débondaient en flaques poisseuses. La percussion de plusieurs billes avait raviné une énorme cavité dans la région du foie et tuméfié un bourrelet de viscères qui débordaient sur son ventre comme le lait bouillant d'une casserole. Lorsqu'il s'était incorporé à ceux qui secondaient Alexis au cisaillement des barbelés, l'attention d'Olivier s'était polarisée sur ce godelureau pataud et rondouillard, à la toison plus topaze encore que le cadet des Routiers. Mais l'imminence des hostilités avait enrayé cette récollection. Ce ne fut qu'après que le puzzle se reconstitua et avec lui tout l'arrière-plan d'une chronique exhumée des sapes les plus ignominieuses des Froides-Aigues.

Dégrossir le portrait de ce pèlerin, ce serait aggraver encore celui qui a été croqué en son temps. Trois années vous développent, soit à la verticale comme un arbre sain, soit à plat comme les végétaux qui s'étalent en surface sans aucune autre solution d'expansion. Celui-ci avait prospéré, certes, mais à la manière des algues parasites, en phagocytant son environnement. Là où le processus d'évolution stimule l'essor naturel vers la maturité, il s'était interrompu chez lui au stade de la plante lacustre. Du reste, son relief extérieur annonçait sans grande marge d'erreur la tendance à l'hypotrophie qui résorbe certains êtres en un irrémédiable nanisme. C'était une de ces figures fadasses où l'outrecuidance et la médiocrité se sont coalisées, peut-être parce que le clinquant de l'une donne l'illusion d'escamoter la persistance maladive de l'autre. De là, une expression d'animosité fourbe étançonnée à une insubmersible fatuité. Tout en lui secrétait la gloriole de ceux qui n'ont jamais voyagé par monts et par vaux que du haut de leur char d'orgueil.

Il était flagrant que la présence d'Olivier ne l'avait pas surpris, mais qu'elle le dérangeait. La comparution fortuite, on pourrait dire la main dans le sac, d'un coupable devant son juge exacerbe l'ego et incite aux palliatifs. Les palliatifs, ce sont d'abord les grimaces dont se décore le paltoquet, notation simiesque de la vanité piquée au vif, ensuite une débâcle au giron des strass, des falbalas et du bling-bling de la roguerie érigés en institution. Olivier lisait à livre ouvert sous les attributs en capilotade du saltimbanque. Une interjection lapidaire fusa en un simple pronom qui en disait plus long qu'un discours :

– Toi !

Il s'accroupit sur ses jambes et répéta :

– Toi, parmi ces…

L'autre le toisait, les lèvres bleuies, l'haleine précipitée qui expulsait à intervalles réguliers du sang sur sa poitrine :

– Ces… quoi ? tu trouves pas le mot juste ? Et bien oui, c'est moi. Ça t'étonne ?

– Qu'est-ce qui peut bien m'étonner, venant d'un mec de ton acabit ?

Le moribond se raidit, tant la douleur le déchirait ; puis il pérora, la parole empâtée de sanglots écumeux :

– Voilà une bonne chose de faite, hein ?

– Je ne comprends pas…

– Je vais y passer, fit-il, c'est ça la bonne chose.

– Pour qui la mort est-elle une bonne chose ?...

– A mon tour de ne pas comprendre…

Ne le cachons pas, Olivier n'était pas aussi ému qu'il aurait souhaité l'être. Son cœur, d'ordinaire si prompt à s'épancher, ne vibrait pas. Il se contenta d'articuler :

– Tu as passé ta vie à ne rien comprendre, Wilfried, mais alors rien du tout. La preuve, cette voie de garage, les Routiers. Finir chez les Routiers, quelle promotion !

L'autre, suffocant, défiait de plus belle son vis-à-vis d'un luxe de hâblerie qu'il s'ingéniait à superposer aux spasmes mêmes de la souffrance. Raffinement consternant d'inanité à quoi la proximité de la tombe ne défalquait rien de son ascendant.

– Pourquoi tu as fait ça ? dit Olivier.

Wilfried esquissa un rire sardonique :

– Tu poses la question ? Je te croyais plus intelligent…

— Tu n'entendras rien, pauvre con ; moi je vais crever, mais je m'en fous. Toi, tu y tiens, à ta vie de merde...

— Vie de merde que tu convoitais, entre nous ! Réponds-moi, c'est toi qui les a menés ici, ça tombe sous le sens ; mais pourquoi ? Par dépit ? Par vengeance ?

Wilfried allait déblatérer quelque chose, mais une nouvelle crise le raidit comme un monolithe. Une lippe démesurée lui gauchissait les maxillaires et postillonnait des éclaboussures écarlates sur son menton. Olivier était sûr qu'il n'y avait dans cet être artificieux et artificiel aucun département où logeait le moindre regret. Etre odieux jusqu'au bout, il semblait que ce fût pour Wilfried un devoir, presque un apostolat. Olivier n'en tenta pas moins une dernière intercession :

— Ecoute, dit-il, tu peux te mettre en paix ; il suffit d'une seconde de sincérité. Songes-y.

Un piaulement endigué par une hémorragie éternua cette repartie :

— Pauvre Olivier, toujours aussi plein de bonnes intentions...

— Ne te préoccupe pas de mon cas, mais plutôt du tien.

— Qu'est-ce que tu veux, encore ? T'as rien à faire ici, dégage !

— Non, Wilfried, je ne m'en irai pas ; tu vas mourir, que crois-tu qu'il t'arrivera, une fois le dernier soupir rendu ?

— Qu'est-ce que ça peut te foutre ?

— Ça me fout, comme tu dis, oui, ça me fout...

Le moribond essaya de se redresser, sans succès, ce qui ne le départit pas d'aboyer de plus belle :

— Allez, vas-y, sermonne-moi le bien et le mal. Les gentils, c'est vous, hein ? La raclure du monde, tu l'as sous les yeux. Quelle pitié ! Tu me dégoûtes tant que je suis content de claquer...

— Le dégoût d'autrui, Wilfried, ce n'est souvent que le dégoût de soi qui nous revient en pleine poire comme un boomerang. Parce que toute ton existence n'a été qu'une piteuse comédie de menteur, de fanfaron et de lâche, te voilà à agoniser sur le bord d'un chemin...

Wilfried serra les dents et expectora une énième fois sur son torse une girandole de crachats vermeils.

– J'ai mal… gémit-il.

Jusqu'ici, Olivier s'était tenu à équidistance de la sévérité que justifiait le lourd passif du personnage, et de la pitié qu'inspirait son piteux état. Cette plainte, *j'ai mal*, éconduisit la pitié, l'indignation explosa comme une bombe :

– Tu as mal ? gronda-t-il hors de lui ; je connais quelqu'un qui a eu mal, lui aussi, pendant des jours et des jours, quelqu'un qui te doit d'avoir dévoré les affres d'une mort qu'on ne souhaiterait pas à son pire ennemi ! Wilfried, la flèche, la bille qui te tuent, ce n'est pas à moi ou à un autre que tu la dois. Il y avait un bras pour diriger le bras ! Il a un prénom, ce bras, il s'appelle Romuald !

Olivier s'était rageusement détendu debout, pourpre d'une colère que décuplait l'évocation de la péripétie la plus immonde qui eût endeuillé les Froides-Aigues. Face à cette crapule qui avait, nous ne le savons que trop, perpétré cet abominable attentat, toute compassion lui aurait fait l'effet de profaner la mémoire de celui qui avait été pendant sept ans au pensionnat un de ses plus chers compagnons.

Il allait tout bonnement le planter là, quand Wilfried murmura :

– Au fait, on est à égalité, mon pote !

– Ah oui ? De quoi ?

L'autre balbutia méchamment :

– J'ai fait en sorte que toi et tes copains vous soyez obligés de nous buter contre les préceptes de vos évangiles de culs bénis. C'est mon triomphe à moi !

Dans un effort inconcevable, il s'était appuyé sur les avant-bras et fusillait son ancien camarade de ses orbites enflammées :

– C'est comme ça, poursuivit-il, l'œil de plus en plus venimeux et salivant une bave brunâtre, c'est comme ça qu'on est à égalité ; tous les deux en enfer, tous les deux, toi et moi, pour l'éternité ! Unis comme deux amants…

Ces quatre mots, *unis comme deux amants*, l'asphyxièrent ; il bascula sur le dos, à demi évanoui.

Olivier ne le toisait plus qu'avec une lassitude qui supputait à perte le bilan comptable d'un scélérat. Celui de Wilfried publiait ceci : un solde négatif à tout apitoiement.

Ce dernier luttait contre un nouvel accès de faiblesse, puis tout à coup, une commotion particulièrement rude le cahota avec des soubresauts d'automate démantibulé. Il se passa alors quelque chose qu'il n'avait pas prévu, Olivier s'accroupit à son flanc, saisit un de ses bras et lui parla :

— Wilfried, au seuil de la mort qui va t'emporter, sache qu'au tout dernier instant tu seras absout si tu exprimes au moins un regret authentique. Songe à Romuald et implore miséricorde. Wilfried, je t'en prie…

Inutile d'altérer la vérité, Olivier ne consentait à cette espèce d'extrême onction qu'à titre formel. Les confesseurs officiellement patentés se livrent à ce genre de génuflexions mécaniques où la prière que l'on nasille participe de la même routine que l'oraison au programme de la messe du jour. Olivier lui bredouillant les derniers sacrements s'acquittait d'un devoir. Par là il respectait en lui l'être humain, rien de plus.

En ce moment, Wilfried lui tendit la main. Olivier ne la rebuta pas ; ses doigts serrèrent les doigts sanguinolents. Les deux garçons demeurèrent ainsi, sans mot dire. Etrange adieu où germait peut-être un embryon de réconciliation muette.

Le silence fut abruptement rompu :

— Je demande pardon pour le mal que j'ai fait, dit Wilfried, je demande pardon d'avoir tué.

Son timbre, atone pendant le premier membre de la phrase, s'était panaché d'un *rinforzando* [55] inquiétant sur *d'avoir tué* ; puisque nous en sommes à la terminologie musicale, cela correspondait à un *mordant* bref et rêche, générateur d'une intonation dont l'agressivité couvait l'amorce d'un crescendo. Ses yeux, brouillés d'une pellicule malsaine, étaient hallucinés. Il haletait, tout en s'efforçant d'extraire d'on ne savait quel

---

[55] En renforçant le son, terme musical italien.

chaos une énergie d'outre-tombe avec une effronterie obscène où ses angoisses étaient comme raturées par un monstrueux cynisme :

— Je demande pardon, rugit-t-il, d'avoir fait valdinguer Romuald dans la crypte. Au fait, tu sais pas ? On était trois. Y avait aussi deux mecs de l'AFCR, on avait rencard... C'est pour ça que les petits papiers pour désigner les volontaires du ravitaillement, quel fabuleux coup de poker ! Dommage, ils sont clamsés, ces deux connards, sinon y a longtemps qu'on l'aurait prise, ta foutue baraque ! C'étaient des témoins, je devais me barrer avec eux et te cafarder au maire comme pédé, t'aurais été arrêté par les flics, c'est le Hound qui m'avait acheté pour te blouser, grâce à la carte postale que les autres abrutis t'avaient envoyée et où il y avait la date de leur venue chez toi. Mais ta connerie de Gymnésie a tout fout en l'air, c'est pour ça que je faisais la gueule et c'est pour ça que je me suis radouci, pour inspirer confiance et retourner à la maison. Ça tombait bien, c'était le bon jour. On s'est bien éclaté quand même, et on l'a éclaté, le Romuald. A trois, qu'on se l'est fait ! Chacun son tour ! On lui a demandé de participer, il a pas voulu, le con ! Alors on l'a balancé dans la grotte. Il était pas crevé, ah non, il a crevé lentement, ah, ah...

Wilfried avait dégorgé ce furoncle pratiquement comme un monosyllabe, éperonné par le regain de vigueur caractéristique de la courte rémission qui précède la mort. Olivier, livide, recula trois pas. Mais l'autre n'en avait pas fini :

— Je demande pardon... d'avoir livré le Victor aux potes de René, et lui, tu sais pas, il l'a éventré en se l'enfilant. Je demande pardon d'avoir enculé des gosses ! Défoncé le cul ! Filles, garçons, huit ans, dix ans, quel pied !

Olivier faisait *non* de la tête, les orbites dilatées d'épouvante. Wilfried se hissa à demi sur les coudes et hurla, cramoisi de congestion :

— Je demande pardon d'avoir...

Un cri rauque aussitôt suivi d'une pandiculation de tout le corps endigua sa logorrhée ordurière ; son faciès se tirailla dans tous les sens comme s'il générait lui-même sa propre

223

dislocation, ses paupières se révulsèrent, ses mâchoires s'écartelèrent à en entendre les os se briser. Il s'écroula sur le sol, d'une seule pièce.

Achevons.

Les cadavres furent ensevelis dans la parcelle des Brosses défrichée quelques semaines plus tôt pour y semer des céréales. Il était quatre heures de l'après-midi lorsque la dernière pelletée eut été jetée sur ces tombeaux de fortune.

Olivier, seul avec ses visions d'outre-tombe, sondait un abîme. La révélation relative à Victor, quelle catastrophe ! Ainsi, il l'avait supprimé lui aussi, ou plutôt il l'avait fait supprimer ! Car il n'était pas dans les mœurs de ce dameret homicide de se salir les mains ! Monsieur revêtait le grand seigneur, commanditait ses crimes à des mercenaires, leur refilait la corvée et les envoyait au turbin. Romuald, Victor, rayés de la surface de la terre par ce fratricide doublé d'un dépravé sexuel ! Pour l'un comme pour l'autre, la mort la plus répugnante, celle qui macule le sang que l'on fait jaillir du sperme dont on pollue des entrailles ! Celui-ci emmuré, celui-là suriné, tous les deux violés. Et qui était l'instigateur de cette exécrable turpitude ? Un garçon qui les avait côtoyés au lycée, qui avait sué sur les même pages blanches, fourbi les mêmes bancs et dormi dans le même dortoir. Olivier se désagrégeait littéralement, avec la sensation qu'un acide le dissolvait de l'intérieur.

Il en était à ce stade où le désenchantement est tel qu'il anesthésie toute vitalité, et peut-être aurait-il capoté lorsque le baume d'une étreinte affectueuse l'arracha à ce pernicieux somnambulisme :

— Viens, dit Alexandre, il faut arranger la veille pour cette nuit. Chacun devra être son poste. Demain, c'est notre tour de patrouille à tous les deux.

Olivier acquiesça machinalement.

Une chose à laquelle personne ne s'intéressa, les fusils des Routiers. Ils étaient éparpillés au hasard du sentier et de la grille. Les Périontes ne s'en soucièrent pas.

Le jour déclina, la nuit étoilée enveloppa les Froides-Aigues. Le vent du sud charriait des sous-bois de suaves bouquets épicés, comme pour mitiger la cruauté des hommes par le baiser de la nature.

Bilan d'un combat : quatre morts

Il était près de dix heures du soir lorsque quelqu'un proposa de manger. Cela fit que l'on dîna, si on peut appeler dîner le pauvre et amer repas sur le pouce qu'improvisèrent Dorothée et Nadine. Les malheureuses filles étaient à deux doigts de la crise de nerfs. Soit dit en passant, ce qui, selon le mot d'un auteur, est la ressource de la femme et l'humiliation de l'homme, se trouver mal, on pense bien que cette notion ne faisait pas florès chez les Périontes : une fois l'action digérée, tous en avaient subi les inévitables séquelles. A l'instar de Florent, assurément le plus meurtri, un garçon, effaré de la brutalité des événements, pleurait à longs sanglots en bredouillant des discours décousus. C'était Jérôme. L'adolescent avait combattu, certes, et même de son mieux, mais comme un enfant qui joue et qui peu à peu réfléchit que le jeu n'en est pas un, que les flèches qui perforent les chairs sont bel et bien réelles, que les victimes n'empruntent pas les costumes de figurants de théâtre et que le sang qui gicle est bien du sang et non un succédané de mise en scène. Les autres n'étaient guère mieux lotis : Cyprien, Camille, Xavier, censés les plus résistants, gesticulaient nerveusement en faisant les cent pas. Gervais et Geoffroy refusaient toute pitance et, immobiles, assis les coudes sur les genoux, se cloisonnaient dans un silence claustral. Claude et Yannick causaient ensemble à voix basse en ponctuant chacune de leurs phrases de mornes soupirs. Jérémie, fidèle à son personnage, caracolait, tout fier d'avoir occis de sa fronde un Routier, sous l'œil de Thomas qui branlait du chef en répétant : *mais quel arsouille, celui-là !* Il n'y avait qu'Alexandre qui eût apprivoisé un flegme olympien. En cette soirée à jamais marquée d'une pierre noire où le remords taraudait les consciences dans ce qu'elles avaient de plus profondément humain, y compris Jérémie quoiqu'il affectât un détachement noble, le compagnon d'Olivier se révélait sous un jour d'héroïsme et de bravoure qui forçait l'admiration. Comme ses camarades s'abandonnaient au délabrement intérieur qui est bien souvent le prélude à l'abdication pure et simple de soi, il entreprit de les rudoyer. Il fouetta, conspua, secoua, fit la mouche du coche, gourmanda les indécis, sermonna, morigéna, admonesta, rabroua, rudoya, et ne consentit à clore son homérique et fraternelle mercuriale que quand les Périontes acquiescèrent favorablement à sa requête de se réunir sous sa houlette. *Pour délibérer,* précisa-t-il.

– Qu'est-ce que tu veux délibérer ? lui lança Florent.

– Sur ceci, objecta Alexandre : c'est pas le moment de faire les chochottes. Les Routiers sont déconfits, c'est bien ce qu'on voulait, non ? Comment tu croyais qu'on y parviendrait ? Par l'opération du saint Esprit ?

– Enfin, Alexandre, répondit Florent, on a tué ! Tu piges ? Tué ! Quatre cadavres, bordel, pas un de moins !

– Et bien, quand il faudrait occire tous les Routiers, j'y souscris d'avance.

Il ajouta, fermement :

– Selon la formule, c'est eux ou nous.

L'intercession d'Alexandre avait été suffisamment énergique pour ne pas perpétuer les atteintes d'une langueur qui sans cet aiguillon aurait dégénéré en capitulation quasi unanime. Coup de caveçon efficace : les garçons et les filles bousculèrent leur apathie ; au lieu de se cantonner en petites solitudes égoïstes, ils se serrèrent les coudes. Résultat, un soulagement immédiat. Et puis, se plaindre, c'est bien joli, mais à trop forte dose on court le risque de ratatiner un drame en mélodrame, c'est à dire de chamarrer le tragique de ridicule. Jérôme même sécha ses larmes et troqua son accablement pour une espèce de résignation plus ou moins convalescente.

Il importait à Alexandre de profiter de cette hausse du baromètre moral en ranimant la flamme jusqu'à embrasement du foyer. Cependant, quelques-uns ne l'entendaient toujours pas de l'oreille droite. Un tel cataclysme était en eux que rien n'aurait pu les y soustraire.

Ce fut alors que Gervais parla. La tristesse dont il accentua son timbre grave et chantant lui prêtait une éloquence pathétique :

— Il y a six mois, dit-il, on a vu mourir quatre des nôtres, les uns après les autres. C'était un calvaire sans fin, comme un jeu de hasard, chacun de nous patientait son tour ; qui sera le prochain ? Vous ne vous rappelez pas cette loterie ? Après ça, un vent d'espoir, quand on est venus ici et qu'on s'est choisi le nom de Périontes. Les plaies qui se cicatrisent, la vie à laquelle on reprend goût, notre petite société qui s'organise autour des lendemains un peu plus tranquilles, chose inconcevable avant. Là, question : est-ce que ce don du ciel est un passe-droit à titre définitif ? Est-ce qu'enfin on va pouvoir prospérer en paix au milieu de la guerre ? Et bien, non ! Ce n'était qu'une trêve, un cessez-le-feu provisoire. Cinq mois de quiétude, cinq mois de printemps, cinq mois d'insouciance ou presque, cinq mois pendant lesquels on a peut-être épelé le mot paradis ! Brutalement, c'en est fini, exit le paradis.

Gervais promena un regard circulaire sur ses camarades. Ce qui vibrait de cette poitrine était extraordinaire. Tous écoutaient, bouche bée :

— Vous ne savez pas ? reprit-il, on n'avait pas bien compris le message ; ce qu'on avait reçu, ce n'était qu'un prêt, un spécimen à l'essai limité dans le temps, une démo ! Nous, on l'a pris pour acquit, pour un bail à vie, on s'est cru nantis d'une rente viagère sur le destin. Qu'est-ce qu'on avait fait pour en être dignes ? Il y a des hommes qui souffrent toute leur vie, qui ont à peine quelques moments de relâche dans le flux continu de leurs chagrins, mais qui vont leur chemin épineux le front haut, sans un murmure. Nous, avant les Froides-Aigues, on a dévoré six mois de nomadisme, voilà tout notre mérite. Vous croyez que c'est assez pour aspirer aux hauts galons sans passer par les grades intermédiaires ? Vous croyez qu'une couronne, ça ne se conquiert pas pied à pied ? L'épreuve qu'on traverse n'est pas fortuite. On ne côtoie pas la tempête sans en essuyer les embruns. Apparemment, les embruns n'ont pas été explicites, il faut la douche complète. Nous voici au cœur de la trombe. Le cyclone est lâché. On a repoussé son premier assaut. Je vous le dis, il y en aura d'autres. Préparons-nous.

L'épiphonème avait culminé sur un sommet d'impétuosité farouche. Ce qu'il venait de désosser, si l'on peut dire, c'était le sentiment, mal démêlé mais irréfragable, que le combat contre les Routiers n'était pas terminé, et que les jours à venir seraient décisifs. Ces éclairs-là dessillent les paupières. Il continua :

— Aujourd'hui, on pleure nos ennemis. On les pleure parce qu'on aurait voulu qu'ils ne soient pas nos ennemis. Mais demain, si on ne fait rien, c'est sur nos propres compagnons qu'on pleurera. Supposez ce scénario, la moitié d'entre nous trucidés, ayant leur tombe à côté de celles des quatre qu'on a enterrés tout à l'heure, et ensevelis par les mêmes mains. Et les survivants de ce massacre stupide se bouffant les poings jusqu'au vif en songeant aux fautes commises, avec cette clairvoyance effrayante et tardive qui montre comment une telle conclusion aurait pu être évitée. Qu'est-ce que vous pensez de ça ? Quelle sera votre vie après ?

Dans l'assistance, commotion intégrale. Gervais remua le couteau dans la plaie tant qu'elle faisait mal :

— Il faut agir, dit-il, et vite ! Le brochet est ferré, il s'agit de tendre l'épuisette.

Quand on n'a rien à répliquer, on se tait. Le verbe explosif de l'orateur, en roulant comme un tonnerre, avait perclus les langues, même celle de Camille qui n'eut que ceci à lui opposer :

— Qu'est-ce que tu veux faire, alors ?

— Ce qu'Olivier avait préconisé juste après la bataille et à quoi personne n'a voulu adhérer : éperonner, presser, pourchasser les Routiers, leur casser la baraque une fois pour toutes, ne leur concéder aucune initiative, être sur eux comme des frelons, n'avoir ni pitié ni faiblesse, assainir les Froides-Aigues de cette vermine. Et ne me prenez plus la tête avec vos scrupules ! J'en ai ma claque des pleurnichards qui se lamentent sur leur mal de vivre parce que de sordides crapules ont cru intelligent de se faire hacher menu. Merde à la fin ! On est les Périontes, et si les Périontes ne sont pas des tortionnaires, malgré ce que certains se plaisent à geindre, ils ne sont pas non plus des pieds-plats ! Il y a un moyen terme entre les deux. Autrement dit, on n'a pas tué pour le plaisir, mes petits amis, mais de là à se faire tuer par plaisir, ça jamais ! Alors de deux choses l'une : ou on va jusqu'au bout, ou il vaut mieux remiser arcs et frondes et faire comme les moines qui défendaient Byzance, tomber à genoux en implorant la clémence du vainqueur.

Comme la galerie était aphone, il enchaîna :

– Olivier est notre fer de lance, et bien nous a pris de l'élire à cette fonction. Sans lui, on serait tous les pieds devant, à l'heure qu'il est. Osez nier cette évidence ! Il n'y a pas une estafilade sur nos peaux. Alors on lui obéit les yeux fermés. Dans les situations exceptionnelles, il faut non seulement des hommes exceptionnels mais une discipline, une obstination exceptionnelle, un entêtement et une abnégation de même tonneau. Quoi que nous coûte l'exécution de ses ordres, ce ne sera rien à côté de ce que le sort nous réserve si on fait comme Danton à Arcis-sur-Aube, à se la couler douce pendant que Robespierre affûte la guillotine. On est en guerre, que ça vous plaise ou non. Quant aux Routiers, je suis de l'avis d'Olivier, leur défaite n'est que provisoire, et quatre sur douze ça en fait huit de valides. On a raté l'occasion, il fallait les mettre tous hors d'état de nuire ; c'est trop tard, tant pis. Mais dites-vous bien une chose : ce ne sera d'aucune conséquence à une condition, corriger la bévue. Et vite.

Gervais avala une lampée d'un cognac de derrière les fagots que les filles avaient débouché, et sollicita les réactions. Ce fut Cyprien qui s'y colla :

– Si je comprends bien, dit-il, tu veux qu'on se remette en campagne.

– Je voudrais nous assurer à tous une longue vie…

Claude faisait partie des Périontes gravement choqués par les détails sordides du massacre, notamment le crâne défoncé d'un des frères Masaniello :

– On laisse les Routiers, insista-t-il, on les laisse panser leurs plaies. Ça va comme ça, ils reviendront pas ; si tu étais eux, tu reviendrais, toi ? D'ailleurs, ils n'en ont plus les moyens.

On les a battus, archi battus. Pour moi, mon parti est pris, je ne toucherai plus une arme de ma vie.

— Alors, tonna quelqu'un, on n'a plus qu'à creuser notre fosse commune !

Tous dévisagèrent dans un éblouissement de ténèbres, car les ténèbres éblouissent à leur manière, la stature prométhéenne d'Olivier.

Olivier — est-il besoin de le répéter ? — était partisan de la solution radicale. Sa hargne à nettoyer les Froides-Aigues de ce qu'il appelait sa plaie purulente lui interdisait toute composition avec les geignards. Pour lui, les Routiers avaient douze têtes ; on en avait coupé quatre. Huit frétillaient encore et c'était huit de trop. L'intervention de Gervais lui avait fait espérer un sursaut de hardiesse chez ses camarades. Celle de Claude l'exaspéra. Il incendia l'assemblée d'un regard de braise, avec des stations prolongées à l'attention de Claude et de Cyprien et énonça, sans la moindre aménité :

— Excusez-moi, mais vous les capitulards, les mous du chibre, vous commencez à me briser les burnes, et sérieusement ! Il y a un arbre sain, les Froides-Aigues, et des punaises qui courent dessus, les Routiers. Aplatir les punaises, les aplatir toutes sans exception, voilà notre boulot, et ce boulot on est passé à travers, car qui n'a pas tout fait n'a rien fait. On a eu notre petite déprime passagère, c'est naturel. Maintenant, ça suffit ! Personne n'a le droit de se croire seul au monde, ici : qu'est-ce que vous faites du copain d'à côté ? Le copain, vous devez le défendre, becs et ongles, parce que quand il sera à six pieds sous terre, il n'y aura plus rien à défendre. Alors, vos grandes dissertations sur le fas et le nefas, est-ce que j'irai au ciel ou en enfer parce que j'ai buté un Routier, tout le train-train habituel des ardeurs dégonflées par la trouille des réalités, je vous conseille d'en faire un usage par voie rectale, des fois que ça aiderait à guérir votre constipation. Vous me décevez de plus en plus, et je mâche mes mots. Il y en a ici qui se conduisent comme des petits chéris à leur maman, alors que les Routiers sont peut-être à la veille de faire ce que personne d'entre vous n'a le cran de présumer, sauf

231

deux ou trois, les plus perspicaces. Depuis une heure, vous chialez à grandes eaux, comme si chialer allait arranger quelque chose. Ah, vous regrettez d'avoir tendu l'arc et la fronde, à présent que l'hémoglobine vous coule sur les doigts ! Et bien, il fallait se déjuger avant, on aurait tous couru à perdre haleine vers Gymnésie, par exemple, et les Routiers se seraient tapés sur le ventre en nous voyant déguerpir comme des lapins ; il n'est plus temps de psychoter, l'abcès est crevé, et si on ne le vide pas, il nous pétera à la gueule ! Cela fait plus de huit heures que les Routiers ont eu le temps de débattre entre eux, vous vous flattez qu'ils préparent le document signé de leur reddition et qu'ils vont nous le porter en grande cérémonie ? Vous croyez que parce que vous étalez vos états d'âme comme du miel sur du pain, vous les dissuaderez de revenir à la charge ? Ils n'ont plus rien à perdre, plus rien, surtout pas la vie. C'est pour ça que je voulais les harceler ! Mais on m'a mis un bras *compréhensif* sur l'épaule, n'est-ce pas Cyprien ? en me susurrant sur un ton de mansuétude : *non, Olivier, c'est assez de sang comme ça.* Moi, comme un con, j'ai cédé. J'aurais dû foutre mon poing dans la gueule des deux pacifistes non-violents qui m'ont débagoulé de pareils discours, et même les enfermer dans le cellier comme on met des soldats pétochards aux arrêts. C'est étonnant comme les expériences des semaines passées ont rebondi sur votre discernement et sur votre témérité ! Pourtant, on ne peut être plus prévenu qu'on ne l'est en ce moment. Sans vouloir tirer la couverture à moi, il me semble que j'ai vu juste hier ! Pourquoi est-ce que je ne verrais pas juste aujourd'hui ? Vous m'avez insulté naguère parce qu'il paraît que je guignais la couronne de César ; alors je vais vous dire une bonne chose : puisque j'ai été César, les circonstances exigent je sois Caton, et je n'aurai de repos que quand je comptabiliserai formulaire en main avec cases à cocher les dépouilles puniques des Routiers sans un déserteur au cénotaphe. Delenda est Carthago[56] !

---

[56] Il faut détruire Carthage, mot célèbre par lequel Caton l'Ancien achevait ses discours au Sénat pour inciter les sénateurs à voter la guerre qui éliminerait définitivement la cité punique.

Olivier respira haut et fort, se leva, attrapa ses armes, et ajouta :

– Je suis encore le patron, ou bien il y a vacance du pouvoir ? Et bien, le patron vous ordonne de regagner vos postes, de ne pas en bouger de la nuit, de vous relayer pour dormir, de veiller au grain, de vous préparer comme si on savait de certitude que les Routiers mijotent un réchauffé. Voilà ce que je vous ordonne ; faites-le, ne le faites pas, je vous avoue que je m'en contrefous. Je suis crevé autant que vous, mais j'en ai encore plus ma claque d'avoir affaire à des clampins qui passent leur temps à jacasser leurs jérémiades quand il faudrait monter au créneau...

Cinq minutes plus tard, les Périontes se rapatriaient un à un à leurs places assignées. Olivier manda Gervais, Camille et Xavier en vedette le long du Sillon, avec mission expresse de déléguer un rapporteur s'ils constataient quelque anomalie. Le trio partit aussitôt.

Pour tous, commençait une longue nuit.

Dispositions tardives

La colère d'Olivier s'était délayée en fort mauvaise humeur. A la fenêtre où il faisait faction avec les deux filles et Thomas, il ne se gênait pas pour leur fulminer combien l'attitude que ce qu'il appelait *le quatuor des mièvres* lui hérissait le poil, à telle enseigne qu'il se déclara *à la veille de tout laisser tomber.* Il proféra cette menace à haute voix, sans le moindre bémol diplomatique. Florent et Claude, qui étaient en tiers, n'osèrent le contrarier, surtout pas Claude, dont il avait eu à combattre une tiédeur qui dans de telles conjonctures frisait la trahison. Au demeurant, les deux concernés, trop harassés pour attiser la controverse, s'assoupirent dans un coin. Au salon, Dorothée et Nadine somnolaient. Thomas, le menton sur la paume d'une main, contemplait vaguement à travers la croisée la nuit qui avait envahi la forêt. Sa figure d'ordinaire joviale et rieuse s'était rembrunie d'une immense tristesse où se reflétait le désarroi de celui qui ne croit plus en rien, surtout pas en l'avenir :

— C'est drôle comme les choses ont changé en si peu de temps, murmura-t-il...

Olivier ne commenta pas. Mais ces paroles lui percèrent le cœur avec la rigidité d'un poignard. Thomas s'étant endormi à son tour, il veilla seul.

De longue minutes s'égrenèrent ainsi. Aucun bruit ne filtrait, hors la scie monotone et sereine des cigales. Pour faire barrage au sommeil, Olivier visita un à un les postes de la garnison. Soulagement, il avait été obéi à la lettre : derrière la Crête, Cyprien ronflait comme une turbine, mais Geoffroy était en alerte, à grand renfort de café. Le Tertre était lui aussi bien tenu, Yannick palliant la semi-léthargie de Jérémie. Enfin, aux créneaux de la Tour, Alexandre s'accrochait ferme à son parapet. Olivier, rasséréné, rejoignit la maison.

Il faisait nuit noire. Le capitaine des Périontes, dont l'esprit vagabondait sur l'écume des récentes tribulations, était le tantale d'une foule de soucis qui le harcelaient. D'abord, la patrouille était bien longue à boucler son périple. Ensuite, et quoiqu'il n'en montrât rien, surtout pas à ceux qu'il devinait tout près de flancher, les quatre morts l'obsédaient. Quatre morts ! C'était donc le prix à payer pour reconquérir la paix ! Quel amer sarcasme dérivait de ce mot, paix... Les Routiers vaincus avaient au moins remporté cette victoire que cette paix, leurs adversaires ne la connaîtraient jamais plus.

A force d'extraire philosophie, fût-elle morbide, de ses préoccupations, au moins ce dérivatif s'improvisait brise-lames et endiguait un déferlement d'angoisse bien plus redoutable. Sans ce rempart amortisseur, Dieu sait ce qui serait advenu, et le martyr de Victor qui en réactualisant celui de Romuald, l'avait saturé d'épouvante, au lieu de l'anéantir s'atténua par son excès.

Un autre excès, celui-là nullement émoussé, lui allongeait l'étrivière. Il songeait que si l'on marchait sur des braises, à qui le devait-on ? Aux Routiers ou aux Périontes eux-mêmes ? La pusillanimité qui semblait être la marque de fabrique d'une poignée d'entre eux lui était si odieuse que sa fureur ricocha sur les meubles, les cloisons décorées de tableaux, les pendules, les petits objets rigolos, jusqu'aux chaises et aux appareils ménagers. Un tel découragement le bringuebalait en tous sens et à en devenir fou qu'à plusieurs reprises il fut tenté de supplier Alexandre et quelques autres de partir avec lui et de renoncer à cette communauté dont la pleutrerie annonçait la ruine.

Et puis, ce n'était pas tout, il n'avait pas mangé tout son pain bis. Car en admettant qu'on se débarrassât définitivement des Routiers, une fois l'affaire consommée, il était bien convaincu qu'on lui en imputerait les torts à foison ! Etant l'instigateur de la manière forte, on ne la lui pardonnerait pas, on le stigmatiserait d'avoir planifié et peaufiné un massacre, et les bonnes âmes hier acquises à sa cause contre leur gré n'hésiteraient pas à pilorier celui dont l'imperturbable détermination était déjà estimée suspecte par beaucoup. Olivier ruminait l'inexprimable tourment du chef que l'incompréhension de ceux qu'il aime enveloppe dans une condamnation presque unanime. Il y avait de quoi se cogner la tête contre les murs.

Il était si hors de lui qu'il balança arc et fronde à terre et s'écria : *et bien, démerdez-vous !*

Les convulsions de l'acrimonie secrètent leur propre antalgique : l'instant d'après, il était de nouveau à la fenêtre, effondré, et chose désolante à dire, plein d'une aigreur qui n'avait besoin que d'un renfort de griefs pour chauffer à blanc. Un pathétique monologue attestait ses récriminations contre l'aréopage de poules mouillées qu'étaient un bon tiers des Périontes :

— Mais qu'est-ce que j'aurais dû faire ? dit-il de plus en plus ulcéré, je n'ai entendu que ces mots, pitié, mansuétude, amnistie. Quelle amnistie ? L'amnistie de quoi ? Est-ce qu'on amnistie des mecs comme les Routiers ? Quand le mal est ancré à ce point, y a-t-il encore un remède ? La preuve, ce Wilfried qui est mort en crachant sa haine à la face de Dieu. Le repentir, la pitié, vocabulaire inconnu des scélérats. Voilà la vérité, voilà les Routiers, tels qu'ils sont et tels qu'ils continueront à être si on ne les extermine pas ! Pas capables de respirer une autre odeur que celle de la tripaille. Comment peut-on être naïf au point de se figurer qu'il y a quoi que ce soit d'humain dans ce rebut de l'humanité ? Tout le monde ici a été témoin de leurs saloperies. Alors, qu'est-ce qu'on a contre moi ? J'en gerberais, si j'avais bouffé quelque chose. Comme c'est facile de se défausser sur le bouc émissaire prêt à l'emploi ! Ça me dégoûte ! Les Périontes réduits à désigner parmi eux un coupable, parce qu'ils n'ont pas assez de couilles pour s'assumer, c'est à pleurer ! Le fardeau est devenu trop lourd pour leurs frêles épaules, donc il faut bâter l'âne de service, faire endosser toute responsabilité au pauvre imbécile qui se trouve là à point nommé, puis l'immoler sur l'autel de la résipiscence évangélique qui s'applaudit ! Pourquoi se gêner ? Et bien, puisque je reluquais le sceptre de Napoléon, qu'il se change en serpent ! Ce sera le salaire équitable dont on rétribue des poltrons. Oh, misère !

Il fit quelques pas dans la cuisine, s'adossa au mur, et tout à coup une terrible bouffée d'angoisse le fit trembler de tous ses membres. Le menton sur la poitrine, il traduisit en trois mots toute la mercuriale qu'il venait de déclamer :

— Est-ce possible ?

Olivier braquait malgré lui son œil intérieur vers les recoins mystérieux qu'un flambeau éclaire parfois en dégageant nos pensées, nos résolutions et nos actes de la brume qui les obscurcissait. Un ruissellement glacé lui dégoulinait le long de l'échine, la sueur enflammait son front et y agglutinait ses cheveux noirs de poussière ; et tandis qu'il haletait, éperdu, sous son crâne défilait un hideux cortège qui ne lui épargnait rien, ni les questions, ni les réponses, ni les réquisitoires, ni les verdicts.

Hélas, qu'était-il devenu ? Les Routiers lui avaient-ils inoculé de leur substance ? Leur venin s'était-il transmis à lui par insémination morale ? Avait-il tant ingurgité leur férocité qu'elle l'avait contaminé ?

Ce n'était pas assez, il était loin d'avoir digéré toute la potion : il se demanda avec un indescriptible effroi s'il existait en lui de toute hérédité et à l'état latent un monstre qui n'attendait qu'une circonstance propice pour délier ses ligatures ? Cette alternative entre deux sacrifices, celui de son âme ou celui de ses compagnons, n'avait-elle pas galvanisé la bête engourdie qui ressuscitait avec un contexte opportun ?

Les bourrasques qui ballottent une conscience honnête sont des cataclysmes. Celles qu'affrontait Olivier l'impliquaient tant et tant et avec une telle violence qu'elles le noyaient sous un déluge de contradictions insoutenables.

Tout à coup, il se frappa la paume de son poing et s'exclama :

— Ça suffit, y en a marre !

Il se rappela ce qu'il avait éprouvé devant les cadavres qui agonisaient, ce qu'il éprouvait encore à la perspective que ces cadavres ne totalisaient certainement pas un compte définitif. Non, l'inflexibilité de ses décisions n'était pas un paravent derrière lequel il se retranchait pour escamoter des relents de barbarie ! Il combattait l'assassin, d'accord, mais de nécessité, au rebours de son tempérament. Si demain les Routiers faisaient acte de contrition, si au lieu d'insulter et de menacer leurs bouches suppliaient, si au lieu de haïr ils pleuraient, ne leur tendrait-il pas les bras pour les y étreindre avec autant de ferveur qu'il avait si souvent étreint les Périontes ?

Dans les combats herculéens qu'engage la probité contre les remords dont elle est submergée, l'ingérence des scrupules superflus sont des pétards mouillés. Le garçon ébaucha un rire, comme quand on s'apostrophe une verte réprimande. Qu'est-ce qui lui prenait, tout à coup ? Serrer dans ses bras les Routiers ! Et puis quoi encore ? Fallait-il être imbécile pour échafauder de tels contes sous son bonnet ! Les Routiers faisant leur pèlerinage de Compostelle avec auréole optionnelle pour certificat de sainteté et chœur des anges pour ornement musical, il y avait de quoi se marrer ! Olivier crispa rageusement se poings et se harangua, hors de lui :

– Tant qu'on ne les aura pas tous anéantis, il n'y aura de sécurité pour personne : si tu revêts la peau d'un Claude, d'un Florent ou d'un Cyprien, alors autant courir ventre à terre à la recherche des Routiers pour leur présenter un bail de location !

Et puis il s'accusait à nouveau, et les mêmes thèses contraires lançaient un énième assaut, et l'incessante noria de sentiments contradictoires, ici l'apitoiement, la clémence, là l'inexorable rigueur, troublait son jugement jusqu'à l'égarement.

Il eut une fois de plus envie de fuir à toutes jambes à travers la forêt, de s'évader d'un pandémonium d'où bruissaient tant de clameurs, celles des innocents comme celles des damnés, de dire adieu pour jamais à ces Froides-Aigues où si souvent la vie et la mort s'étaient imbriquées selon une espèce de loi arbitraire plus impénétrable que l'énigme du sphinx, et qu'à présent il ne tolérait plus.

Sa mémoire lui retraçait les sinistres et lumineuses archives des dernières années ; les Bordiers, dont la pitoyable épopée s'acheminait aujourd'hui à un si fatal épilogue ; la rencontre avec Alexandre, éblouissante fusion de deux parias de la société ; l'épisode de Janos, la dramatique péripétie du souterrain, l'abominable exhumation du squelette de Romuald, le suicide du policier modifiant radicalement le front d'horizon de deux destinées ; et puis, les convulsions climatiques et telluriques, l'écroulement d'un monde qui expiait ses iniquités ; enfin les Périontes faisant resplendir sur les Froides-Aigues le printemps de leur étincelante jeunesse, rayon éphémère balayé par un souffle tragique de paradis perdu.

Olivier endurait les affres d'une telle extinction de soi que ce fut tout juste s'il aperçut les trois patrouilleurs qui lui faisaient des signes de leurs lampes torche. Moins d'une minute plus tard, Xavier était à ses côtés :

– Alors ? fit le garçon, tu roupilles ?

– Pas exactement, répondit Olivier.

– Et bien, reprit l'autre, tu peux dormir sur tes deux oreilles : on a tout passé au peigne fin ; pas un chat dans le secteur. Ça fait des plombes qu'on fouille la forêt de fond en comble : disparus, volatilisés ! Hier, avec Camille on les avaient vus rétrograder jusqu'à la barrière. A mon avis, ils ont déguerpi. Fin d'un épisode.

Olivier répondit par un *tant mieux* du bout des lèvres qui étonna son vis-à-vis. Celui-ci devinant qu'il n'était pas dans son assiette, lui prodigua une petite bourrade amicale assaisonnée de ces paroles : *tu as fait du bon boulot, moineau...* Olivier recommanda de ne pas se relâcher, au moins le temps de corroborer le rapport :

– Ne divulgue pas tes déductions à ceux qui en profiteraient pour s'avachir encore plus ; les deux ou trois jours prochains seront cruciaux : si les Routiers ont effectivement renoncé, ils ne se manifesteront plus. Mais s'ils nous goupillent encore un sale coup, on le saura assez tôt.

– Tu as raison, dit Xavier, mais je suis optimiste.

– Dieu t'entende...

Xavier s'en alla ; Olivier accompagna du regard la silhouette de celui qui était avec Alexandre l'archétype de la loyauté et du dévouement. Merveilleux garçon qui combinait dans un compendium de vertu inégalable l'abnégation et la plus affectueuse fidélité.

Le cordial interlude de Xavier lui avait retranché un peu de son anxiété. Et si les Routiers avaient bel et bien troussé bagage ? Et si, flairant d'instinct qu'ils étaient débiteurs d'un arriéré de centaines de suppliciés qui exigeaient châtiment, ils s'étaient définitivement éclipsés ? Olivier n'osait accréditer un tel *happy end.* Une persistante prémonition s'acharnait à tailler des croupières aux perles mirifiques qui dansent parfois devant nos yeux et nous font prendre des vessies pour des lanternes. Sans révoquer en doute la logique de Xavier, il macérait dans la circonspection de l'automobiliste qui a actionné la clef de contact et à qui un cliquetis inhabituel du moteur fait froncer les sourcils : tout paraît fonctionner, et pourtant quelque chose cloche. C'est imperceptible, il n'y a pas de franche anomalie, mais le mécanisme ne tourne pas rond. Le diagnostic de Xavier avait beau esquisser le plus heureux des dénouements et raturer d'un grand trait de plume l'épisode Routiers, Olivier était incrédule. De là à conclure que sa hantise du péril virait à la paranoïa, il n'y avait pas loin.

Soit dit en passant, ce sixième sens lui était de plus en plus pénible. La surabondance d'acuité, comme le génie, est un vertige. Un œil trop visionnaire plane perpétuellement au-dessus d'un à-pic. Or, à ces altitudes, on étouffe par raréfaction d'oxygène.

Le garçon était brisé. Xavier et ses auxiliaires ayant achevé leur ronde, il ne lui était pas interdit de se détendre une paire d'heures. Il se traîna au salon et s'affala sur le canapé.

Un frôlement l'effleura.

Il sursauta et murmura :

– Nadine…

D'abord, Olivier présuma que la délicate fille était insomniaque et que, ma foi, fonder un club de noctambules avec un autre insomniaque était une distraction comme une autre.

Seulement, elle était nue.

Nue, c'est-à-dire offrande palpitante, creuset de tous les fantasmes et confluent de tous les désirs inassouvis.

Tout à coup, elle entoura sa poitrine de ses bras. La tension accumulée explosa dans ce contact torride. Jamais excitation plus soudaine n'avait embrasé sa chair : avec une fougue incendiaire qu'éperonnait la concupiscence poussée au noir, certains que nous sommes que l'autre s'y associera sans réserve, il dirigea les lèvres de Nadine vers son pénis qui l'effleurèrent puis s'y enroulèrent. Olivier éructa un long feulement.

Alors, une inconcevable frénésie l'électrisa. Il embrassait sa compagne, lui mordillait les seins, baisait ses cuisses, caressait les fesses, multipliait les détours vers le pubis volcanique, la cambrait en arrière, s'abouchait au duvet embué d'une exquise rosée qui versait dans sa gorge des trésors d'ambroisie. Les deux jeunes gens, pour qui les aurait aperçus ainsi livrés aux tyrannies de leur libido, ressemblaient à deux faunes s'accouplant sous la lune.

Par degrés, Nadine s'était arc-boutée au canapé et jouait des feuilles humides de sa gerçure avec la verge grisée de volupté qui se domptait encore à prolonger les *divines longueurs* dont seuls l'amour et Schubert ont le secret. Mais l'impatience le persécutait, la peau rebroussa, il épancha une longue plainte, l'aiguillon coulissa entre les parois, un formidable rugissement s'exhala de sa poitrine. Le rugissement s'aiguisa en sanglot flûté, la gerbe fusa de petites saccades nerveuses, une pluie d'une prodigieuse énergie éternua au giron du calice en innombrables cascades ; chacune d'elle arrachait aux deux amants des bégaiements suraigus. Nadine était fouillée par une vigueur que décuplait l'extraordinaire sensation de liberté où le plaisir est si intense qu'il se recompose avant même d'avoir expiré. Sans quitter la tunique qui agaçait sa virilité de myriades de démangeaisons, Olivier savoura et fit savourer à sa camarade une félicité au-delà de tout superlatif.

Au petit matin, Thomas avisa le couple entrelacé, singea une moue admirative et dit tout bas en se triturant le menton :

— Diable ! Voilà la version Périontes du repos du guerrier…

Trois ou quatre heures plus tard, les filles et les garçons se réveillaient un à un. Les visages étaient hâves, les cheveux hirsutes, les yeux éraillés, les joues couturées des empreintes des oreillers de fortune, pierres, fougères, herbes dont il avait bien fallu s'accommoder. Beaucoup titubaient, d'autres se massaient les reins, perclus de courbatures.

Olivier canalisa l'attention :

≠Il y a de grandes probabilités, dit-il, pour que les Routiers aient été se faire pendre ailleurs. Xavier, Camille et Gervais ont exploré notre fief cette nuit : pas l'ombre d'un de leurs mufles à l'horizon. Alexandre et moi, dont c'est le tour de patrouille, on tâchera d'homologuer la bonne nouvelle. On est peut-être au bout du tunnel, mais je voudrais un dernier effort de votre part : tant qu'on n'a pas la preuve irréfutable qu'ils se sont escapés, la vigilance la plus stricte est encore au menu. Pas de laisser-aller. Si on ne voit personne, et je vous prie de croire qu'on n'épargnera pas un pouce carré des Froides-Aigues, on déclarera notoirement la fin de la loi martiale. Plus tard, on refera un tour complet du propriétaire, celui qui enterre la hache de guerre : ce sera la touche finale.

Olivier avait débité cette litanie sur un ton si monocorde et d'une une mine si abattue qu'à supposer que quelques-uns eussent été en humeur de protestation, ils se seraient autocensurés illico. Un déjeuner expédié, la discipline qui avait fait l'invincible cohésion des Périontes ranima un surcroît de synergie en s'exerçant avec une précision plutôt rassurante. Cependant, Olivier pressait Alexandre ; il avait hâte de verrouiller le temple de Janus[57]. Peu avant onze heures, les deux compagnons filaient par le Sillon. A Cyprien échut le commandement de la place.

Aussitôt, le second d'Olivier se diligenta à vider un différend dont l'auteur était, devinez qui ? Comme par hasard, Jérémie.

Racontons l'anecdote.

Le soir précédent, le fantasque adolescent, peu enclin à adopter la literie de la mère nature, en l'occurrence celle du Tertre, avait fait évasion d'anguille vers la Feuillée avec la ferme ambition de s'y agencer un dortoir conforme à ses inclinations épicuriennes. Comme les matelas avaient été déménagés dans la salle d'énergie, il s'empara de l'un d'eux, le véhicula subrepticement sous la Feuillée et s'y prélassa sans plus de

---

[57] Les anciens Romains ouvraient ou fermaient le temple de Janus selon qu'ils étaient en guerre ou en paix.

vergogne. Cyprien, qui dormait sur la Crête, s'était éveillé ainsi qu'à son ordinaire au chant du coq. Il avait passé en revue une à une les positions de ses camarades, renouvelant à six heures d'intervalle l'inspection d'Olivier. On se rappelle que ce dernier n'avait rien noté d'anormal ; c'est que le Jérémie en était encore à tâter le gras et le maigre d'une désertion qui certainement lui attirerait les foudres de la hiérarchie. Il faisait bien, car tandis qu'il guerroyait ainsi contre quelques bouffées de scrupules, Olivier effectuait sa ronde. Seulement, Olivier éloigné, il n'était pas interdit aux scrupules, déjà bien faiblards, de s'éloigner avec lui ; aussi Jérémie jugea-t-il qu'il n'y aurait probablement plus de contrôle avant longtemps et qu'il avait toute latitude d'élire duvet plus moelleux pour faire concurrence à la couche de trappeur de sa guérite. Là-dessus, Xavier au retour de la patrouille, après avoir rendu compte à Olivier, comme nous l'avons vu, se transporte au Tertre ; surprise ! Il n'était plus habité que par Yannick. Ce dernier, en pleine activité favorite des couve-plumes et se moquant bien de la qualité médiocre des conditions d'hôtellerie, n'avait pas été témoin de l'escapade de son artificieux compagnon. Comment ne pas en inférer un nouveau caprice du méchant drôle ? Un petit encart par la Feuillée authentifia les suspicions de Xavier. Le voilà qui vous cahote le rénitent mutin et le somme de réintégrer dare-dare son affectation officielle. L'autre s'entortille de mauvais prétextes, proteste, menace d'un scandale, va même jusqu'à monnayer de quelques complaisances un passe-droit dont il s'estime l'apanagiste par défaut, *étant plus fatigué que les autres*. On laisse à penser si sa dialectique était d'une éloquence à émouvoir l'aîné : il bouscule le Jérémie sans trop de civilité, le renvoie au Tertre avec force horions, ce qui arrache à l'insoumis une bordée d'invectives, quoique prudemment enrobées de métaphores, le gabarit de Xavier induisant tout de même à une certaine circonspection. Ce dernier remise le matelas dans la salle d'énergie, cadenasse la pièce à double cran et dissimule la clef dans un placard de la cuisine.

Le matin, donc, Xavier mâchait rancune tenace envers l'horripilant galopin. Il conta l'incident à Cyprien, à qui il n'en fallait pas davantage pour rallumer une bile fort peu indulgente à l'encontre de tous les Jérémies de la création. Nouvelles explications de gravure, cette fois sur la place publique. On suppléera l'abondance et la richesse des gloses qu'inspira aux spectateurs de l'engueulade la facétie musquée du godelureau. Mais plus que l'agacement, ce qui dominait était l'extrême lassitude d'avoir à supporter les toquades d'un sale môme qui pour s'épargner une contrainte acceptée de bonne grâce par ses camarades, avait passé outre à la plus élémentaire urbanité.

— Décidément, dit Jérôme en traduisant l'opinion générale, ce morveux est à baffer trois fois par jour et après chaque repas.

Cyprien partageait l'exaspération du cadet des Périontes, mais il y ajoutait beaucoup d'inquiétude :

— Ce fils à papa me rend malade, pesta-t-il ; comment est-il possible de se conduire ainsi, alors qu'il est si primordial de resserrer la solidarité la plus étroite, qu'on est tout près du but, et qu'une seule défection peut tout faire capoter ?

Xavier opina et, avec une moue mi-figue mi-raisin :

— On n'est plus que onze, dit-il ; onze moins un, ça fait dix. J'espère qu'effectivement les Routiers sont loin, sinon…

Cinq minutes plus tard, il était avec Yannick dans le Tertre, flanqué du Jérémie mi-honteux mi-goguenard.

— Un conseil, dit-il à l'ado, tiens-toi à carreau…

L'autre le toisa de haut en bas et répondit :

— T'es un peu plus conciliant quand tu m'encules.

Expectatives

Tandis qu'Olivier et Alexandre se hâtaient sur le Sillon, les Périontes tinrent conseil, de l'initiative de Cyprien. Ce qui motivait cette réunion extraordinaire ressortissait à un pressant besoin comme on dit de laver son linge sale en famille. Maintenant que l'issue des hostilités autorisait un prudent optimisme, les contempteurs d'Olivier auscultaient leur attitude avec beaucoup d'embarras. L'inflexibilité de sa politique se soldait par une addition : quatre morts. Or, de l'addition au procès, il n'y avait que la manœuvre serpentine des bons petits copains d'hier rapetassant tout à coup mille raisons de se grimer en Ponce Pilate. D'où la question : procès, oui, mais de qui ? Du théoricien, des exécuteurs, ou de la communauté tout entière logée à la même enseigne ? Les Périontes allaient-ils se défausser d'une responsabilité collective équitablement départie entre les acteurs du drame ? N'avaient-ils tendu arcs et frondes que sous clause que ce qu'ils accomplissaient relevait d'une autorité dont on avait complaisamment accepté le joug, quitte à le dénoncer ensuite ? Au contraire, le vin étant tiré, la plus élémentaire honnêteté n'impliquait-elle pas que chacun le bût à égales gorgées ?

Le plus résolu à laver ses taches, était un de ceux qui naguère avaient réprouvé avec le plus de véhémence ce que lui-même appelait *le régime de caserne* instauré par Olivier :

— Bon, dit Claude, une chose est sûre, c'est Olivier et Olivier seul qui nous a tirés du merdier. Sincèrement, qu'est-ce qu'on serait devenus s'il n'avait pas tout inventé, dirigé et organisé, les patrouilles, les entraînements, l'Observatoire, l'émetteur-récepteur ? Tiens, ces entraînements, il faut bien en dire un mot : ils nous ont permis de zigouiller quatre Routiers, non ? Tant mieux ou tant pis, il reste que sans cet apprentissage, sans les coups de gueule d'Olivier quand on avait tendance à glander, sans les exercices de jour et de nuit, on n'aurait pas été capables de viser aussi ferme le moment venu, et les Routiers nous auraient tous saignés les doigts dans le nez ! Combien d'entre nous boufferaient les pissenlits par la racine, à l'heure qu'il est ? Rendons-lui justice ; nous lui sommes redevables de nos vies sauves, rien que ça. Quant aux Routiers expédiés, Olivier a raison, personne ne les a forcés à se faire massacrer.

Une plaidoirie impartiale opère toujours sur les âmes nobles un curage assainissant. Depuis l'époque de la discorde, les Périontes respiraient à l'ombre d'une réconciliation sincère, homologation de celle qu'on s'était contenté d'entériner *officiellement* du bout des lèvres. Thomas avait eu à ce propos un mot remarquable, il avait dit : *on a encore de la puanteur dans la conscience, il serait bon de faire entre nous une sérieuse lessive décrassante.* La formule avait fait mouche, comme tout ce qui est expressif et éloquent. La nécessité d'un changement complet d'écharpe avait donc lentement mais sûrement colonisé les esprits. C'est surtout aux époques charnières de l'existence que la vérité se désolidarise des excuses spécieuses et des mesquineries dont on l'a travestie. En dépit de leur succès, les Périontes l'avaient échappé belle, et ils étaient au pied d'un mur qui les soumettait tous sans exception à une analyse rétroactive qu'aucun d'eux n'aurait eu le front de minimiser. Les théories humanistes tartinées en grandes périodes oratoires autour d'un apéritif, les envolées métaphysiques sur le karma, les arguties spéculatives disputant de la pertinence du *tu ne tueras point* et lui brodant des ourlets académiques, tout cela avait été confronté, l'espace de quelques minutes, à une réalité palpable, et cette réalité s'était manifestée à travers la plus simple et la plus tragique des alternatives, la vie ou la mort. Chacun avait eu loisir de scander les secondes de l'horloge fatale, en convergeant d'un unique mouvement vers la même interrogation : pour qui l'arrêt de la mécanique ? Au-dessus de quelles têtes l'*ultima necat* [58]?

---

[58] Omnes vulnerant ultima necat, toutes blessent, la dernière tue, en parlant des secondes qui s'écoulent dans une vie humaine.

L'horloge des Périontes avançait toujours, et si le carillon avait sonné, c'était pour les soustraire à un cauchemar.

A qui le devait-on ?

A celui qui résumait l'éternelle résistance de l'homme intègre en guerre contre l'homme fourbe ; à celui qui avait exhaussé sur ses épaules le faix du salut de tous, qui avait persisté malgré l'indifférence, l'insulte, la trahison et les masques de la pusillanimité dont se parent les âmes écrevisses. Parce qu'Olivier avait saisi avec une formidable perspicacité qu'on n'avait pas encore basculé dans l'ère où les loups se font agneaux, mais que l'édification d'un nouveau monde stipulait l'éradication de l'ancien, on l'avait vilipendé, hué, honni, éreinté, étrillé. Parce qu'un garçon de vingt ans, refusant de se bercer de chimères, s'était dompté à démontrer le fallacieux des palinodies teintées de bons sentiments, on lui avait taillé un costume de satrape.

Il n'avait donc tenu qu'au dénouement favorable d'une bataille meurtrière de convertir Olivier, hier encore suspect, en homme providentiel. Son absence n'en fut que plus durement ressentie.

— Mince, fit Camille, les savoir sur les chemins, ça me fout le bourdon.

— Je sais pas, dit Jérôme, mais je me sens nerveux. Je ne serai pas tranquille tant qu'ils seront pas de retour.

— Tenez, fit Geoffroy, ce qu'il aurait fallu faire, ce n'est pas une patrouille classique, mais une battue, comme à la chasse.

— Ce qu'il aurait fallu faire, ironisa Xavier, c'était de ne pas opposer de veto à Olivier quand il nous a ordonné de talonner les Routiers. En ce moment même, on serait en train de démonter l'Observatoire, comme des forains après une tournée...

— C'est vrai, avoua Cyprien, mais je ne l'ai pas voulu...

Le chef par intérim des Périontes se frappa le front :

— Et puis, c'est trop idiot ! C'est toujours après qu'on regrette ses conneries, jamais pendant. Bien sûr qu'il fallait les harceler !

Il soupira et reprit :

— Bon sang ! J'espère que ce sera sans conséquences…

Un bras lui serra affectueusement la nuque. Pour une fois, il ne s'en offusqua pas :

— Allez, mon bon citron[59], fit Camille, pas de rancœur envers toi-même : les conneries, comme tu dis, on les a tous accumulées les unes après les autres, à l'époque où on tombait sur le poil d'Olivier. Le pauvre ! Il en a bavé à cause de nous…

— Il a dû surtout être très déçu, dit Geoffroy.

— Bon, allez ! intervint Florent, c'est du passé. Fini, le passé, on a un avenir devant nous.

— Ouais, conclut Xavier en s'étirant, toutes ces palabres sont bien jolies, il n'empêche que si nul n'est prophète en son pays, Olivier n'a pas été épargné par ce foutu proverbe et qu'on s'est pas gêné pour le conspuer comme le diable cornu.

Pour la première fois depuis presque une semaine, les visages rayonnaient le soulagement qui procède directement d'un acte de probité intérieure, et cette probité clamait que ce qui était advenu, tous ces morts, personne ne l'avait souhaité, surtout pas Olivier. Enfin, pour brocher sur le chapitre, il n'y avait plus qu'à espérer qu'on en écrivait les dernières lignes, que les Routiers ne seraient plus qu'un anachronisme, et qu'une saison nettoyée des affres du sang versé rétrocéderait aux Froides-Aigues leur statut d'îlot de prospérité.

Cyprien trancha net dans l'euphorie :

— Ne vous emballez pas, dit-il en se gendarmant, on aura le temps plus tard, ce soir peut-être, de défiler sous l'arc de triomphe. Mais rien ne nous garantit encore que le danger est écarté. Donc, à vos postes ; on mange sur place. Dorothée et Nadine, si vous y consentiez, vous pourvoirez au ravitaillement.

L'enthousiasme presque débridé avec lequel obtempérèrent les Périontes arracha un sourire satisfait à Cyprien. Même abasourdis, ils avaient le cran de se rejointoyer une armure toute neuve. Comme Yannick filait vers sa redoute, le Tertre, le lieutenant d'Olivier le rattrapa et lui dit :

— Quel dommage qu'Olivier n'ait pas vu ça en direct...

---

[59] Rappelons que citron était le sobriquet de Cyprien, à cause de son teint jaune.

Yannick pivota sur son axe, scruta son vis-à-vis avec une expression au-delà de toute peinture tant elle sondait un gouffre, et s'en alla sans autre paraphrase. Cyprien, livide, eut l'impression que sous lui le sol se lézardait.

Notons, en cette journée du seize juillet, il était onze heures et demie, deux incidents. Nous relaterons plus loin le premier, dont les conséquences devaient se révéler incalculables. L'autre, anodin en apparence, concernait Jérôme. Jérôme, de faction sur la Tour, fut victime d'un évanouissement consécutif à une hémorragie nasale. Heureusement, Camille était à ses côtés ; il appela à l'aide, Cyprien, Xavier et les filles accoururent. On diagnostiqua une insolation. L'adolescent, aussitôt transporté dans la maison et abondamment rafraîchi à grandes aspersions d'eau, recouvra ses sens, mais au prix d'une insigne faiblesse. On lui recommanda de se reposer un peu ; le vaillant jouvenceau rechigna :

— Mon boulot est d'être sur la Tour, dit-il d'une voix osseuse ; on n'est pas de trop pour la besogne qu'on a.

— Jérôme, protesta doucement Camille, tu es sujet aux coups de chaleur, c'est pas la première fois, laisse tomber…

— Non ! s'obstina le jeune garçon, je veux faire mon devoir…

Devant son insistance, il fallut mettre pavillon bas. Jérôme réintégra donc le sommet de la Tour, veillé de près par Camille. Il s'allongea au coin du seuil du grand escalier que protégeait un auvent en corniche. Quelques secondes plus tard, il s'endormait.

L'autre incident était en quelque sorte, le deuxième tome de l'altercation opposant Jérémie au duo Xavier-Cyprien. On se souvient de la grossièreté que le lascar, du haut de sa superbe, avait postillonnée à la face de Xavier dans le Tertre. Ce dernier se formula alors, avec autant de colère que de dépit, que Jérémie ne reculerait devant rien pour revendiquer des émoluments dont il s'estimait le bénéficiaire à titre d'indemnités, malgré les rigueurs d'une conjoncture encore bien aléatoire.

Il arriva ce qui devait arriver, Xavier s'emporta tout rouge, Jérémie se dressa sur ses ergots, le toupet s'échauffa, les deux garçons s'affrontèrent verbalement, l'éclat tinta aux oreilles de Cyprien et de quelques autres, un attroupement s'aggloméra dans la petite cour.

L'altercation avait été virulente et menaçait de s'envenimer. Cyprien ne fit un une ni deux, il harponna les épaules du trublion de deux serres d'aigle, geste redoutable qui chez lui était synonyme d'une patience à bout de cuisson, et lui siffla :

– Tu sais pas, Jérémie ? Tu commences à me gonfler, mais gravissime !

L'adolescent, mortifié, allait peut-être exploser, mais Xavier s'interposa :

– Ecoute, lui dit-il, tu es un Périonte, ni plus ni moins que nous tous, et comme nous tous tu es dans le viseur des Routiers. On a besoin de ton bras, pas de ton bras d'honneur, mais de l'autre qui s'est si bien activé hier. Je te préviens gentiment : essaie un peu de taper des pieds par terre, de nous roucouler en grande aria ton caprice de prima donna, et je te jure que je te lie comme fagot ; j'irai même plus loin, je t'attrape par la peau du cul et je te fiche au fond de la chambre aveugle avec une écuelle d'eau et un pain rassis pour compagnons de cellule.

Ayant trompeté cela sur la tessiture assortie à la température de l'ambiance, mais ayant tout de même à cœur de sucrer la moutarde, Xavier gratifia le marmouset d'un baiser bien charnu sur les lèvres avec petite palpation auxiliaire des corbignolles, et trotta vers la Tour, afin d'emprunter une longue vue que Camille avait dénichée à l'atelier. Les spectateurs de l'empoignade se séparèrent, sauf Jérémie et Yannick, assignés au Tertre.

Abreuver le premier venu de la litanie de ses malheurs, se lamenter sur le sein du copain qui est là, n'importe lequel pourvu qu'il vous plaigne en retour à longs sniffs de compassion, tout cela en insistant sur l'iniquité dont on est la victime innocente, c'est le rechange des caractères entortillés à leurs propres paradoxes. Jérémie avait Yannick pour auditoire, il entreprit de l'inonder de ses romancines. L'autre se récria :

— Tout doux, bonhomme, tu couineras plus tard.

Il ajouta, en délayant le conseil d'ami dans la leçon de pédagogie :

— Tâche d'être un jeune homme, pour une fois, et non un enfant...

Jérémie baissa la tête. Yannick crut que c'était de honte, c'était de rage.

Les frasques de Jérémie

Plus vexé qu'un prédicant qui aurait bafouillé son homélie, Jérémie fit son œil noir pendant quelques minutes. Puis il sourit pour lui-même, avec cette malice effrontée qui épice déjà la bonne vengeance à cuire aux petits oignons. Après réflexion, toutefois, il rabattait de son outrecuidance et jugeait plus politique de dorer la pilule : vengeance, sans doute, mais en finesse, car avec de tels gaillards, vu la vigueur de leurs muscles, on ne savait jamais. Afin de se ménager échappatoire honorable, il s'embarqua dans une campagne de dénigrement envers Cyprien et Xavier, le premier pour l'avoir humilié, le second pour avoir aggravé l'humiliation non seulement en lui taillant une barboteuse de bambin de maternelle, mais en assaisonnant cet outrage d'une galoche assortie d'un touche-pipi *dégradant*.

Ses deux contempteurs, cependant, ayant d'autres chats à fouetter, ne présumaient pas que leur double gourmade, loin de l'assagir, n'avait fait qu'exacerber sa rancœur. Ils n'avaient donc pas anticipé ce qu'il machinait : profitant d'une relâche dans la surveillance, Jérémie s'éclipsa du Tertre avec le puissant dessein de clabauder à la cantonade de quel bois il se chauffait. Là, déception, les *dignes objets de son ressentiment* avaient déserté le forum. Du coup, sa colère se bifurqua sur le *passant qui passe*. Ce badaud était Florent. En l'absence du lion, le Jérémie se met à battre le chien[60], et débagoule par tous les diables qu'il se fichait pas mal des ordres péremptoires, et que si celui du jour roulait sur les modalités de sa coopération, il s'agissait de lui bouillir un peu plus de lait[61]. C'est ainsi qu'il vida pêle-mêle son sac en grand épandage de cette colère froide que résume

---

[60] Battre le chien devant le lion, détourner sur un tiers un reproche qui s'adresse à une autre personne.
[61] Bouillir du lait à quelqu'un, le flatter.

l'expression *grêler sur le persil*, c'est à dire faire beaucoup de bruit pour rien. En d'autres circonstances, une telle pantomime aurait été sanctionnée au pire d'un bon lardon, au mieux de la plus franche indifférence. Mais on n'était pas en d'autres circonstances. Le prurit narcissique de Jérémie lui chatouillait la superbe dans un moment où l'on avait le moins besoin de se consacrer à ce genre de toilettage. Son *one man show* du pauvre petit être incompris et seul au monde empestait tant l'arrogance puérile que le teint de Florent vira furieusement au cramoisi. Dans cet intervalle, Thomas ayant capté quelques bribes du verbiage jérémiesque, avait rallié la cause de Florent et ne se privait pas d'arroser de son huile à lui les braises qui pétillaient :

— Laisse-le donc, fit-il, sa fierté en a pris un coup.

— Sa fierté ? Quelle fierté ? Il est bien question de fierté aujourd'hui ! La vérité, c'est que monsieur a une grosse merde dans la cervelle. Qu'est-ce que tu veux ? C'est le défaut de l'âge des boutons.

On imagine si *l'âge des boutons* fit bonne fortune auprès du boutonneux. Il ne lui fallait d'ailleurs qu'un argument à charge pour convoquer la création entière à la barre des témoins de son holocauste. Le procureur du procès étant incarné par Florent, voilà le Jérémie qui se carre devant lui et lui tonitrue à brûle-pourpoint :

— Florent, écoute-moi bien : l'âge des boutons te fait un bon gros doigt pointé et te le fourre profond là où j'espère que tu en auras un jour un max !

— Jérémie, répliqua Florent, tu n'es qu'un petit con !

— Et toi, une grosse tapette !

Florent, pâle et frémissant, Jérémie sur ses échasses, il y eut quelques secondes pendant lesquelles on frisa la bagarre.

Ce fut Florent qui céda ; il respira un grand coup et fit volte-face :

— Fais ce que tu veux ! dit-il sourdement, après tout, personne n'a de droit sur toi. Seulement, je te promets qu'Olivier saura tout, et tu auras à en découdre avec lui.

— Olivier ? ricana l'autre, je l'ai mis dans ma poche.

Ce n'était pas assez, sa causticité canonna ce chef-d'œuvre d'impertinence :

– En plus, je l'emmerde !

L'adolescent pirouetta sur ses talons et s'en alla en sifflotant.

Non loin de là, Claude n'avait pas raté une virgule de l'empoignade ; il s'approche de ses deux camarades et leur dit :

– J'ai une idée : on n'attend pas Olivier, on lui met une fessée ; ensuite, laver, pyjama et au lit. On appelle ça de l'éducation.

Florent était trop accablé pour brocher sur la galéjade :

– Je ne sais pas, murmura-t-il, on ne s'est jamais savonnés comme ça ; c'est de mauvais augure.

– Allez, fit Claude, dans deux heures, trois au plus, Olivier sera de retour. Cette fois, le Jérémie n'y coupera pas, il est bon pour la camisole.

– Deux heures ! souffla Florent, c'est long. Qu'est-ce qu'ils fabriquent ? Tenez, j'ai peur ; cette patrouille ne s'imposait pas.

– Pas d'affolement, dit Claude, tu sais le temps qu'il faut pour s'allonger le tour du propriétaire ; quant à la patrouille, c'est un pis-aller : sans nos tergiversations d'hier, la comédie serait déjà finie et on aurait tiré le rideau.

Tandis que s'échangeaient ces propos désabusés, Jérémie, en qui sa *victoire* sur Florent avait déployé le paon, s'était transporté sur la Tour. Or, sur la Tour il y avait Camille et Jérôme. Ce dernier, ayant somnolé un petit quart d'heure, s'était à peu près requinqué. Si l'initiative du survenant nourrissait l'ambition de racoler des sympathisants, pure chimère car Camille l'accueillit fraîchement :

– Tu devrais être avec Xavier, le sermonna-t-il : on est tous à nos postes, excepté toi, une fois de plus !

Devant cette unanimité dans la malédiction, l'adolescent singea une moue de mauvais fils de famille à qui on exigerait des comptes de son argent de poche. Tout renfrogné, il dépensa le quotient de son impudence en deux lèvres lippues et s'écria, les poings sur les hanches :

— Toi aussi, tu m'envoies chier ? Ma parole, c'est une conspiration ! Vous vous êtes donné le mot !

Camille était, nous le savons, d'une complexion peu conciliante. Le regard de basilic qu'il décocha au turlupin eut une éloquence muette dont l'autre compléta tout de suite les implicites développements, d'évidence plus expéditifs que ceux de Florent ou de Thomas. Du coup, sa morgue subit une précautionneuse diminution de désinvolture. Quant à Camille, il s'efforça de se posséder en lui apostrophant une dernière médiation :

— Au cas où tu l'aurais oublié, gronda-t-il, il y a une consigne, et on est tenus de la respecter, toi comme les autres !

— Laisse moi rire, fit Jérémie, il y a belle lurette que les Routiers ont bouclé leur malle, après la dérouillée qu'ils ont prise...

— Ce n'est pas ce que pense Olivier et ce n'est pas ce que nous pensons tous. Tu n'as pas à discuter les instructions, elles ne sont pas prescrites au hasard !

Sur ces entrefaites, Xavier était accouru pour rendre la longue vue. Quelques arpèges du *colloque* avaient bourdonné à ses esgourdes et il s'était mentionné avec déplaisir que l'un des pupitres de la chorale avait l'intonation, le timbre, l'accent et la tessiture de Jérémie. Là, il se dit : *voyons, si je m'énerve, ça n'arrange rien, le misérable se braque ; donc, doucement Xavier, vas-y en bon aîné compréhensif et philosophe...*

Ayant invoqué ainsi le sage qui était en lui, il s'astreignit à sucrer sa prière faite au cadet d'obéir diligemment et sans esclandre. Celui-ci, après avoir maugréé qu'on lui tînt tant de rigueur d'une simple foucade, révisant à la baisse la cote de ses velléités d'indépendance, leva les bras au ciel :

— D'accord, d'accord ! J'y vais, puisque c'est l'avis de la majorité.

Il pérora ce post-scriptum, en goguenardant de plus belle :

— Vous vous prenez vraiment au sérieux...

Un témoin discret semblait guetter un hiatus dans le dialogue pour y piquer sa banderille. C'était Jérôme. Jérôme, jusque-là, n'avait pas ramené son grain de sel : d'abord il estimait que c'était assez de deux pour invectiver un seul ; ensuite, ayant loupé le début, il lui importait de démêler exactement le sujet de la controverse. Quand Jérémie crut spirituel de se distinguer de nouveau par un poncif, le plus jeune des Périontes dépouilla toute neutralité :

— Parce que quatre morts, c'est pas sérieux ? dit-il.

L'autre marmonna on ne sait plus trop quel aphorisme en tout point conforme à son blason.

Cependant, Xavier était pressé ; il agrippe Jérémie par le bras et l'entraîne avec lui :

— Allez, magne-toi, dit-il, on a besoin de toutes les énergies.

Si ce mouvement n'avait été teinté d'impétuosité, il aurait peut-être clos le fâcheux épisode en cours. L'impétuosité fit évanouir les bonnes dispositions moissonnées par la condescendance précédente : Jérémie se dégagea vivement. Xavier le bouscula, le marmouset regimba, et dans la chaleur de ce qui lui était à présent une persécution en règle, lui cracha cette insulte : *connard !*

Alors, on assista à une scène insensée : Xavier se planta résolument face à l'adolescent et, sans que ce dernier eût esquissé un geste, lui administra une gifle retentissante.

Autour des deux garçons, congélation intégrale. Une gifle, c'est à dire un acte de violence d'un Périonte sur un autre Périonte, cette chose invraisemblable, cette chose impensable, l'un d'eux l'avait commise. Il y avait eu là, aux Froides-Aigues, une voie de fait entre deux membres d'une même communauté, entre deux compagnons de joie et de misère, réunis non pour se battre mais pour s'aimer ; il y avait eu le pire de tous les attentats, celui qui réduit à néant les connivences, les privautés, les baisers, qui lézarde tout un édifice patiemment bâti et lui communique les premières oscillations du descellement. Jérémie, stupéfait, se palpa la joue, comme s'il doutait de ce qui était advenu. Brusquement, il écarta Xavier et descendit/dévala l'escalier. Quand il eut atteint le rez-de-chaussée, il se dirigea non vers le Tertre mais à l'opposé, vers les Brosses. Qu'allait-il y faire ? Ce qu'on fait lorsqu'on est à la fois affligé et déconfit, rien. Qui de nous n'a jamais erré à but perdu pour fuir un endroit où l'on vient d'essuyer un cuir ? Alors qu'il enfilait le petit layon d'accès aux Trois-Chênes, il eut une velléité d'hésitation. Les bouderies les plus têtues se mitigent parfois des conseils à l'improviste de la tempérance. Celle-ci n'était qu'une lune dans un seau d'eau, car Jérémie éconduisit l'hésitation et décanilla incontinent.

Sur la Tour, Xavier l'observait avec une consternation qui récapitulait le bilan de son désarroi.

Qu'est-ce que le destin ? Un carrefour d'où rayonnent plusieurs itinéraires. Si Xavier avait fléchi aux grosses bouffées de remords qui le déchiraient, s'il n'avait pas enrayé l'élan spontané qui l'exhortait à se précipiter sur les talons du godelureau et à l'adjurer de lui pardonner son geste, évidemment impulsif, il le rattrapait, l'autre rechignait bien un peu pour la forme, mais le premier pas était fait, un raccommodement fleurissait sur un parterre de bisous et de gros câlins, et l'horizon des Périontes changeait d'écliptique à cent quatre-vingt degrés. Car souvent tel essor qui nous arrache à notre passivité allume en nous la lampe d'une intuition résiduelle. Mais Xavier était effondré autant par le traumatisme des vingt-quatre dernières heures que par sa prise de bec avec Jérémie. Il ne bougea pas. Pour se rasséréner, il s'affirma que la brouille ne serait qu'un coup d'épée dans l'eau et que la fugue du galopin ne survivrait pas à la médecine curative d'un conseil de prompte résipiscence.

Quant à la taloche, dire qu'il la regrettait, quel euphémisme ! Cette âme façonnée d'un seul bloc de probité inaltérable, cet hoplite au front nimbé d'étoiles, ce modèle de droiture incapable d'une pensée faussaire, pur, chaleureux, ce mâle exemple de la virilité qui s'ignore et qui n'en est que plus auguste, que même les heures les plus sombres n'avaient jamais entamé , se sentit ballotté comme fétu sous un raz-de-marée de fin du monde ; son visage s'empourpra, ses paupières s'embuèrent, il soupira :

— Et voilà, voilà comment on trahit en une seconde ceux que vous aimez…

Il reprit, avec un rire forcé qui refoulait un insubmersible chagrin :

— Parce que, vous savez pas ? C'est que je l'adore, ce satané morveux...

L'instant d'après, il s'en allait vers le Tertre, dévoré de remords.

Camille et Jérôme l'auraient bien réconforté, mais leur découragement était tel qu'ils y renoncèrent. Ils s'accoudèrent à un créneau. La silhouette de Jérémie n'était plus qu'un point obscur, là bas au bord du ravin. Jérôme s'en alarma tout de même un peu :

— Tu crois pas que...? balbutia-t-il.

— Mais non, fit Camille, c'est pas dans ses cordes. Laissons-le, c'est l'affaire d'une heure ou deux ; après quoi, il n'y paraîtra plus. Quant à Xavier, la prochaine fois qu'il le rencontre, il lui saute au cou, mais pas pour le baffer.

Il résuma, plutôt blasé :

— Ce Jérémie est un cas très spécial.

— Tu vois, Camille, dit Jérôme, ces bisbilles à répétition ne me disent rien qui vaille.

— Ouais, trop d'engueulades depuis quelques temps, et trop d'anarchie ; on est revenu des plus virulentes, mais les secousses secondaires achèvent parfois ce que la principale n'a pas fichu par terre. Tout ça nous rappelle combien il est difficile de vivre ensemble, même entre Périontes.

— Et encore, on n'a pas à se lamenter ; ce qu'on a fait, c'est quand même balaise...

— Oui, mais pour combien de temps ?

Pendant que les deux garçons se répandaient en prose dolosive, qu'en était-il de Jérémie ?

Le garnement était parvenu à la limite des Brosses. Qu'on se rassure, il n'avait pas l'intention de plonger dans le barathre, ainsi que l'avait craint Jérôme ; sa superbe manquait peut-être de la stature nécessaire aux suicides, surtout aux suicides sans spectateurs. Du reste, il avait beau vouer aux Gémonies l'humanité entière, son bon génie lui susurrait qu'en définitive, il était peut-être plus mortifié que fâché. Le soufflet de Xavier, tout bien considéré, ne lui faisait pas si mal que ça. Il y a chez l'être humain de curieux recoins/ressauts où nichent des émotions qui se ramifient en sens inverse de leur expansion naturelle. Une remontrance, une nasarde, poussent quelquefois d'étonnants et imprévisibles rejetons. Jérémie se complaisait dans un tel margouillis de paradoxes, psychologiquement explicable par les fêlures de son tempérament, que sans se le confesser il remerciait presque Xavier de l'avoir corrigé. Mieux, il en extrayait quelque chose comme du plaisir.

Cependant, un sentiment est une chose, l'accorder à un zeste de sincérité en est une autre. L'adolescent était si désespérément orienté à l'adulation de son nombril, il avait si accoutumé à s'ériger en victime de l'univers, que cette petite bluette de loyauté ploya illico sous le vent d'orgueil qui était son vent dominant, ce qui se traduisit pas une escopetterie d'injures aux échos ; les échos, entendez l'esprit de Xavier planant au-dessous du sien, cela sans dire. Afin de se convaincre de la pertinence de son coup de gueule, il revêtit la simarre de l'éternel mal aimé en bombant le torse comme s'il allait déclamer des vers de Racine. Comme ce n'était pas assez, il embraya avec le tableau suivant, lequel introduisait sur la scène sa disparition corps et âme de cette terre de douleurs. Il se crayonna donc le libretto de son *opera seria*, où le héros disgracié, lui, n'avait plus qu'à croquer la capsule de cyanure. Seulement, se retrancher du monde, fort bien, encore faut-il y être lyriquement encouragé par un environnement intérieur de *tædium vitae* [62] . Ici, désappointement : Jérémie fut bien embarrassé de verser une larme, fût-elle de crocodile. Il accusa Xavier d'être le responsable de ce tarissement.

Pour prêter plus de poids à son drame intime, il s'était laissé glisser sur le raidillon qu'encaissaient de part et d'autre deux de rocailles de tous calibres et de toutes géométries. Ce raidillon, nommé on s'en souvient le *toboggan*, seul itinéraire en ligne directe vers le torrent deux cents mètres plus bas, exaltait le haut fait d'une prouesse homérique que le lecteur n'aura

---

[62] Le dégoût de la vie.

peut-être pas distraite de sa mémoire : trois ans plus tôt, un jeune homme, sans autre étançon que sa foi et son opiniâtreté, y avait transporté à dos son jeune ami agonisant. Pente dangereuse, mais excitante, car pour la dévaler, c'était rigolo, on s'accroupissait et on se servait de ses jambes en guise de frein. Bien avant la péripétie d'Alexandre, Olivier avait expérimenté du divertissement les fonds de culottes qu'il râpe et les écorchures dont il lacère les fesses, une fois les fonds de culotte râpés.

Le petit jeu plut à Jérémie. Il s'y oublia et y oublia la gifle. A vrai dire, il s'amusait comme un fou. Il déboula ainsi une cinquantaine de mètres et fit station sur une corniche d'où ne cachons qu'il pissa fort insolemment. Puis il poursuivit la descente, afin d'admirer de près la rivière.

Un incident rompit ses mesures : ayant mal calculé la déclivité, son centre de gravité fit défection et il faillit culbuter de l'avant. Comme il avait du réflexe, comme d'autre part il n'était jamais à court d'aplomb, il se rétablit d'un coup de rein magistral en pivotant sur le ventre et s'arrima énergiquement la première aspérité venue.

La virtuosité avec laquelle il s'était acquitté de cette gymnastique attestait une nouvelle palette de ses indéniables qualités. Ces qualités, nous en avons apprécié quelques-unes. De même, dans l'action, nulle poltronnerie : pendant l'attaque des Routiers, il avait été d'une vaillance à faire école. Jérémie était tout ce qu'on voudra, sauf un pleutre. Ce fils à papa qui jadis roulait sur l'or et que l'oisiveté aurait dû avachir, était caparaçonné d'une intrépidité à braver tous les dangers. On est libre de conjecturer que la misérable affaire de la montre l'avait fourré d'un peu de repentir. Il n'empêche : si Xavier n'avait modéré son ardeur, il est probable qu'il se serait fait tuer comme Richard au siège de Châlus.

Ce culot illustra la maestria avec laquelle il se dépêtra d'un piège pourtant périlleux.

Toutefois, il s'était blessé dans l'action : un de ses mollets était entaillé d'une vilaine estafilade. Cela ne le chagrinait que médiocrement mais le détermina à rejoindre ses camarades.

Pour obvier au ridicule qui s'attache toujours à l'inévitable conclusion en brouet d'andouille d'une lubie, il boiterait un peu, histoire de polariser l'attention sur lui et de gueuser sa ration d'apitoiements. Après avoir été si cruellement molesté, n'était-ce pas la moindre des choses ? Sa chair meurtrie ne portait-elle pas le stigmate physiquement vérifiable de son martyre ? Au besoin, il enfoncerait le clou en imputant cette blessure, à coup sûr mortelle, à la responsabilité de son bourreau.

En un tournemain, il s'était catapulté sur un éperon rocheux assez bien dégagé, d'où l'on embrassait une fascinante perspective : entre deux à-pic, la rivière déroulait une mosaïque de galets délicatement diaprés d'une population de lichens et de racines qui s'entrecroisaient, s'imbriquaient, se mêlaient dans un de ces enchevêtrements farouches qui sont un hommage à la beauté brute de la nature. Le soleil de juillet moirait de grosses pierres plates, blanches comme les toits des maisons grecques et y dessinait une soierie d'escarboucles dont l'éclat variait selon l'angle de réfraction.

Jérémie contemplait le spectacle de cette petite vallée semblable à une voie romaine : l'eau l'ayant désertée, la voie romaine reparaissait à la faveur de la sécheresse. Quelle trouvaille ! Lui, Jérémie, découvreur d'un site archéologique d'une importance universelle. Après le pâtre de Troie, le pâtre des Froides-Aigues. Son nom, gravé sur un marbre à sa gloire, irait enrichir le patrimoine culturel mondial dont on raconterait partout qu'il devait son accroissement à la curiosité perspicace d'un ado surdoué de seize ans, Jérémie d'Estagnac.

Jusque-là, il avait été tout à son extase.

Tout à coup, une inexplicable bouffée d'angoisse le tétanisa. Avec un tressaillement de chevreuil, il scruta tour à tour les quatre points cardinaux, les oreilles aux aguets. Puis il se recroquevilla lentement position accroupie, les trois premiers doigts des mains appuyés sur la pierre : on se rétracte ainsi sur le qui-vive, prêt à déguerpir, quand la sensation nous imprègne que quelqu'un ou quelque chose nous espionne à notre insu.

Il y a mille moyens de conjurer ses psychoses : Jérémie attribua celle-ci à la rivière qui le fascinait. Il sauta à bas du rocher, rampa jusqu'au toboggan et détala dare-dare direction les Brosses. Un mauvais pressentiment le talonnait. Les mauvais pressentiments sont la reptation de la peur à l'état latent. Leur froide viscosité n'est pas sans suggérer celle du serpent sous le drap. C'est exactement ce qu'éprouvait Jérémie. La chaleur l'écrasait, il cherchait un second souffle. Pour exorciser son appréhension persistante, il se dit :

— Putain, j'ai bien fait de venir ici !…

Cette phrase étant à mi-course de la pensée qui l'avait fait naître, il la compléta aussitôt :

— Ce torrent n'a plus une goutte d'eau ! Quelle connerie…

Afin de faciliter son ascension, il s'étançonnait aux pierres en s'arc-boutant selon la courbure la plus efficace. D'ordinaire, sa souplesse de félin se serait fait un jeu de cette grimpée. Mais, répétons-le, il était hors d'haleine. La négligence d'un petit déjeuner copieux, la canicule, l'anxiété incompréhensible mais viscérale qui lui tordait les tripes, tout cela aiguisait une fébrilité à fleur de peau et d'haleine environnée d'un vent de panique. Ses membres étaient ankylosés, son mollet tailladé diffusait dans ses muscles des élancements de plus en plus pénibles.

Il avala néanmoins trente ou quarante mètres, suant, ahanant, toute volonté concentrée vers un sommet décidément bien éloigné. Un vertige, aggravé d'une soudaine nausée, brisa net sa ténacité. Vertige sur une rampe d'une telle inclinaison, c'était chute inexorable. Jérémie dut reconquérir un peu de mordant. A deux enjambées il y avait un rocher à peu près confortable ; il s'y coulissa à grand'peine. Le rocher était un entablement assez plan entre deux parois abruptes hautes de près de trois mètres. Avec un soupçon d'adresse, il était aisé de s'y improviser un reposoir. C'est ce que fit l'adolescent : épuisé, il s'allongea sur la pierre :

— Merde ! suffoqua-t-il, j'aurais dû bouffer quelque chose, je fais une crise d'hypoglycémie…

Quelques minutes s'égrenèrent dans une atmosphère épaisse et moite qu'alourdissait encore de loin à loin la trompette aigue et rauque d'un rapace. Une irrésistible torpeur l'avait terrassé. Ses paupières papillotaient, sa poitrine se déprimait et se dilatait à grandes contractions du diaphragme. Il avait la gorge râpeuse, il mourait de soif. Il s'efforça de se relaxer, sans succès. Il songea à ses camarades ; une étrange émotion l'oppressait.

— Bordel, murmura-t-il, j'ai eu tort...

Il renchérit :

— C'est que finalement ils sont super...

En même temps qu'il formulait cet exorde de mea-culpa, l'impression d'être côtoyé d'une présence invisible se renouvela, cette fois modulée de chuchotis. Il se figea en arrêt, mais son tympan bourdonnait, ce qui émoussait ses aptitudes auditives :

— J'ai la berlue, se dit-il en s'épongeant le front.

Il y avait fort à parier que le soleil lui avait dérangé le ciboulot. Pour apprivoiser un peu d'assiette, il élucubra le canevas d'un scénario de raccommodement avec Xavier. Xavier ! Bon sang ! Etait-ce donc vrai ? Mais c'est qu'il en raffolait, qu'il en était fou et que... ben oui, il fallait bien passer par-dessus les préjugés idiots et se nettoyer de l'héritage moral de sa famille, il était... amoureux. Amoureux, et depuis toujours ! Comment s'était-il si longtemps soustrait à lui sous des artifices de feintes tiédeurs ? Comment s'était-il acharné à lui mentir et à se mentir en simulant une relation épidermique, quand il se fondait en délices dès qu'il s'abandonnait à ce sublime garçon ? Et puis, il y avait les autres, Olivier, à qui il devait tant, Yannick, Jérôme même, qu'il jalousait... Pourquoi jalouser Jérôme ? Mon Dieu, qui étaient-ils, ces trois là ? Des Périontes, bien sûr ! Qu'étaient-ce que les Périontes ? Des âmes de miel, des anges du paradis ! Qui d'autre qu'eux aurait enduré ses frasques avec une si inépuisable longanimité ? Qui avait si souvent plébiscité son talent manuel et s'en était réjoui avec la joie simple de ceux pour qui le bonheur d'autrui est le leur propre ? Qui, au moindre indice de componction, l'avait pris argent comptant en lui conférant titre d'absolution pleine et entière ? Qui sur cette terre l'avait jamais plus aimé, envers et contre tout, que cette bande de joyeux lurons ? Yannick l'avait traité en frère, Xavier, Olivier l'avaient traité en frère ; et lui, pour toute gratitude, il s'était acharné à empoisonner leur vie et à navrer leur cœur.

Jérémie n'en avait probablement pas conscience, mais la clarté qui l'illuminait était celle d'une prodigieuse réconciliation ; pas seulement avec autrui, mais avec lui-même. Tout ce qui surnageait du Jérémie d'hier se métamorphosait radicalement. Par-delà les sombres tâtonnements de l'incarnation humaine, avec ses erreurs de parcours, ses innombrables leurres, cahots, déviations inopinées et les incompréhensibles contradictions dont elle est parsemée, un rayon parfois guide cet aveugle, l'homme, et l'invite à sa mue libératrice. Jérémie était en train de d'exfolier les lambeaux morts de sa vieille peau sous laquelle une toute neuve, en repoussant, biffait le gamin périmé et l'habillait de la parure du jeune homme régénéré.

La solitude du coin pierreux où se nouait cette rédemption l'enivrait d'un enthousiasme envoûtant . Le soleil scintillait dans un ciel d'un azur splendide. Il était émerveillé par des myriades de petits points phosphorescents qui irisaient un chatoiement féerique. C'était un calice dont ruisselait une pluie de bénédiction infinie. Il ne s'apercevait pas qu'il pleurait et que ces larmes étaient des larmes d'apaisement et de miséricorde.

Tout à coup, l'enchantement s'éteignit. Il se redressa et fit volte-face. Il était sûr d'avoir entendu les mêmes chuchotements que quelques minutes plus tôt. Il ramassa ses jarrets, recula, sauta de l'entablement sur un rocher voisin et y adopta la posture du sprinter qui va s'élancer, les doigts de nouveau en éventail sur la pierre.

En ce moment, une espèce d'entité globuleuse se profila dans l'embrasure des deux parois.

Jérémie ne saisit pas sur-le-champ de quoi il en retournait de ce mollusque géant. C'était entassé, goussaut, mou, la carrure d'un magot géant, entre Polyphème qui aurait eu deux yeux et Quasimodo qui n'aurait pas eu de bosse. Cela se mouvait avec quelque chose de tranquillement obscène, bloc de chair à la fois flaccide et granitique, un mastodonte gélatineux, l'archétype de l'effigie tératologique.

Un deuxième spectre, puis un troisième s'échelonnèrent derrière lui, puis un cortège interminable, comme une procession d'hydres.

Jérémie, de réflexe, avait débridé prompte décarade vers le toboggan : une percussion à l'arrière de son crâne l'assomma. Avant qu'il eût esquissé un geste, il était sanglé par ce qu'on appelle une clef aux bras.

Face à lui, une demi-douzaine de créatures hirsutes, hideuses, effrayantes, le toisaient en grimaçant des rictus à inspirer Bruegel. Jérémie aspira une goulée d'air, bouche béante, une main derrière lui la lui obstrua.

Les individus étaient sinistres non seulement par leur difformité, mais aussi par leur silence. Pas un ne pipait mot. On aurait dit que ce mutisme était un article indissociable du programme qu'ils complotaient.

L'invertébré qui avait ouvert la colonne s'était campé nez à nez avec l'adolescent et le considérait de cette manière qui pimente le narquois de badinerie et retarde son effet de théâtre tout en se réservant la volupté de lui faire succéder autre chose à quoi on n'ose songer. De près, ce colosse couleur de brique était encore plus inconcevable, tant il alliait la laideur à la vulgarité la plus crasse. Image difficile à peindre, sa personne exsudait. Il était gros, gras, bouffi, gluant, son faciès évoquait les poissons comme l'hotu qui ont un mufle carré. Avec cela, front bas, cheveu roux et rare, tempe plate, menton étroit, un cou d'hippopotame, une encolure de pachyderme, des mains boudinées étrangement petites, ce qui faisait un contraste répugnant avec le reste, et des jambes à regretter de ne pas être cul-de-jatte. Pour peaufiner le portrait, il puait comme un putois d'une odeur infecte, mélange d'excréments, d'urine et de sueur.

Le mascaron pinça le menton de Jérémie, toujours en tenaille des bras vigoureux de quelqu'un qu'il ne voyait pas mais dont la respiration fétide coulait sur sa nuque, et lui stridula ce chef d'œuvre d'éloquence d'une voix de fausset :

— Alors, petit pédé, on allait se branler tout seul ?

Il hocha ce qui lui servait de boîte crânienne vers deux ou trois comparses et reprit, un chuintement baveux dégoulinant des commissures des lèvres :

— Pas vrai, que tu allais te branler ?...

Tandis que se débitaient ces banalités ordurières, Jérémie louchait sur un objet que le malabar venait d'extirper de sa ceinture. C'était un poignard effilé en bistouri, grossièrement analogue aux dagues qu'on employait jadis à la cour des Borgia. Les prunelles du jeune garçon s'écarquillèrent d'horreur, la vision d'épouvante accoucha d'un râle mort-né. Il essaya de se dégager, tandis que le gros poussah jouait avec la pointe de l'arme sur son ventre. Plus il se débattait, plus la clef aux bras comprimait son étau, véritable strangulation de boa.

Le rouquin avait feint de se débrailler d'un haillon dont il était attifé pour en vêtir Jérémie. Cette charité vestimentaire se recrutait d'un luxe de commentaires :

— T'est tout nu, mon pauvre chéri, c'est pas bien d'être tout nu, ça se fait pas. T'as pas de pudeur, dis donc...

En même temps, il lui malaxait le sexe à travers le pagne. Jérémie devina peut-être, que tandis qu'une main se livrait à cette palpation, l'autre s'affairait. Les orbites démesurément tuméfiées, il réalisa ce que signifiait cette macabre mise en scène lorsque la paume qui, en arrière de lui, lui clouait la bouche y exerça une pression redoublée.

En cet instant, une douleur atroce lui déchiqueta le ventre. Incapable de hurler, il rua et cabra de ses jambes en une succession de trépidations spasmodiques désespérées. Une deuxième douleur se superposa à la première. Lentement, sans s'émouvoir, le gros butor lui enfila par deux fois la dague jusqu'à la garde au-dessous du nombril. Le malheureux adolescent était survolté de soubresauts galvaniques qui le tordaient en tous sens. Il vomit un jet de sang écumeux avec l'impétuosité d'un hoquet de vin qui débonde d'une outre. L'étreinte se relâcha,

Jérémie s'affaissa le long de la paroi, dans un bruit de succion d'une chair à vif qui glisse sur un liquide huileux.

Peu à peu, les convulsions s'atténuèrent, puis elles cessèrent.

– On le laisse là, fit une voix, il va crever lentement.

Oracle de visionnaire : Jérémie ne mourut pas tout de suite. La vie s'acharna encore de longues minutes, le temps, qui sait, de se repaître de son abdomen échancré, de ses intestins qui s'extravasaient mi-partie sur ses cuisses et sur la pierre, et de comprendre que son sort serait bientôt celui de ses compagnons, lorsque, au milieu des rires qui éclataient, quelqu'un claironna cette interjection : *allez, on va s'occuper des autres.*

Dans un ultime sursaut, il rassembla ce qu'il avait encore d'énergie pour crier : sa gorge s'étrangla, sur sa figure se peignit la stupeur qui clôt par un éclair le chapitre de la vie terrestre.

Ce n'était pourtant pas tout à fait terminé. L'innommable est fertile en paroxysmes. Subitement le plantureux goliath fit demi-tour vers le cadavre, l'empoigna conjointement par les cheveux et par les pieds, le trimballa jusqu'à un espace à claire voie et, avec un beuglement guttural, le balança en contrebas : le corps échoua sur le fil d'une arête en biseau, décrivit une oscillation semblable au tangage d'un autocar accidenté dont l'avant est en équilibre précaire au-dessus d'un ravin, puis bascula, ricocha de rochers en rochers, se fracassa et se disloqua, dans un craquement abominable d'os écrasés, avant de s'engloutir au fond de l'abîme.

Ce qui se passe du côté de la barrière

L'être nauséabond à carrure de portefaix qui avait éventré et précipité Jérémie, c'était Herbert. Ses affidés, autour de lui, riaient d'un rire aigre, avec une trivialité tranquille, comme quand on se félicite d'avoir joué d'un bon tour à quelqu'un.

L'un d'eux, un faciès ovale serti de petits yeux malsains, titillait de sa langue la langue d'une fille en haillons. Cette fille, assimilable à son sexe grâce à deux protubérances thoraciques qui étaient peut-être des seins, mais d'une telle maigreur qu'ils y faisaient à peine saillie, réalisait l'idéal de la féminité trébuchée dans les sapes de la dégénérescence : orbites caves, dents jaunes, teint terreux, joues émaciées, cheveux filasses ; l'archétype du vice accouché de la misère.

Cependant Herbert sommait le couple d'interrompre ses privautés. Il faisait bien, les tourtereaux ayant abordé à la phase déréglée de leurs hormones perceptible à l'érection grandissante du garçon. Car ce groupe composite n'était pas plus vêtu que les Périontes. Seulement, chez ceux-ci, c'était un choix délibéré, chez ceux-là, c'était le salaire de l'indigence.

– Ça suffit, grogna-t-il, vous niquerez plus tard !

Il ajouta, en s'épatant d'une dentition noire et ébréchée :

– Vous niquerez dans une belle baraque, dans la baraque des deupes...

Les *deupes, pédés* en verlan, c'est à dire les Périontes.

L'autre obtempéra, lâcha la fille, non sans lui témoigner un reliquat de galanterie par une caresse fort localisée. Un froncement de sourcils d'Herbert coupa broche à cette pornographie ostentatoire.

Oliver et Herbert avaient ceci en commun qu'au sein de leurs troupes respectives, ils détenaient le commandement suprême. Là cessait le parallèle. L'un consultait les opinions de tous, écoutait, pesait, sondait, sollicitait les bonnes volontés, et rendait son verdict avec justesse.

L'autre régnait sans partage.

La tutelle du chef des Périontes s'appuyait sur un principe démocratique ; celle du gros Herbert s'était imposée à grands coups de ceinturon, de cravache et de poing américain. Sa puissance herculéenne lui octroyait cette prérogative, dont il usait et abusait. C'était un monolithe taillé dans une seule pièce de cuirasse compacte, réfractaire à toute intelligence comme à tout sentiment humain, conglomérat de bêtise et d'incurable méchanceté soudées l'une à l'autre, la niaiserie leur servant de rallonge. Sorte d'Attila ou de Gengis Khan en peinture où s'amalgamaient les vanités du paltoquet et les rusticités du butor. Sa caboche de phacochère évoquait l'avènement de la Bête annoncée par le livre de l'Apocalypse. Il n'avait pas d'yeux, mais des billes ; il n'avait pas d'oreilles, mais des feuilles de chou ; il n'avait pas de tête, mais une hure. Etant invaincu, il se proclamait invincible, refuge et illusion de tous les généraux médiocres, depuis Antoine à Actium jusqu'à Custer à Little Big Horn. Il allait à la rapine flamberge au vent, sans se soucier du péril, écrasant tous les obstacles, les portes des maisons comme les crânes des hommes. Il pesait cent vingt kilos.

Rétrogradons quelques heures en arrière.

La liquidation de Jérémie redorait un peu le blason du Herbert, passablement terni par la déroute de la veille. Les Routiers avaient laissé sur le carreau quatre des leurs, le tiers de leur effectif. Un cinquième était estropié, autant dire bon pour l'infirmerie. L'infirmerie, on verra bientôt ce que c'était. Pour le dire en passant, le monde des affaires, qui a plus d'une similitude avec celui des Routiers, a merveilleusement popularisé l'épithète *improductif* qui qualifie l'élément parasite. L'improductif, ici, était un certain Abdel. Abdel, ce citoyen ne nous dit pas grand'chose, était celui qui avait réussi tant bien que mal à se traîner laborieusement dans le sillage des fuyards. Il n'était pas très sérieusement atteint, une flèche lui ayant traversé le gras du mollet, mais la douleur le torturait. Ses compagnons indemnes ayant déguerpi à toute volée, il avait fait seul les huit kilomètres jusqu'à la barrière, après avoir failli dix fois dégringoler dans le ravin à la Roche Tarpéienne. Quand il eut enfin touché au but, après un interminable calvaire, personne ne s'intéressa à lui, pas même son copain Farid, nous apprendrons pourquoi un peu plus tard. Il s'affala contre un arbre, fiévreux, exténué, dévoré d'une soif inextinguible, et pour cause, puisqu'il n'y avait rien à boire. Sa plaie s'était envenimée ; une plaie par quarante degrés de chaleur n'est pas longtemps bénigne.

Ce à quoi il ne songeait peut-être pas, c'était qu'aux yeux d'Herbert et de René, un blessé représentait un poids superflu, l'employé indésirable à qui il convient de signifier au plus vite son congé. Si l'invalide est la béquille des sociétés rudimentaires, il est aussi celle des sociétés mercantiles. Un trust, examiné au microscope, comme du reste un parti politique, n'est pas sans analogie avec une tribu de l'âge de la guerre du feu, à cette différence que les indigènes ont troqué les peaux de bête contre des costumes dernier chic. Travestissement qui a fait le monde tel qu'il est.

A l'instant où Abdel recollait péniblement au peloton, pour employer le langage des cyclistes, l'idée d'une contre-attaque n'avait pas encore germé chez les Routiers. La défaite avait gravement écorné le moral et nul n'était disposé à un second affrontement, tout simplement parce qu'on le présageait pire que le premier. La tendance était au contraire à l'exil, les Périontes n'ayant qu'à sonner le boute-selle d'un assaut expiatoire pour parachever un succès cette fois décisif et irrémédiable. Quelqu'un pressa le décrochage vers Colture. Seulement Colture était un désert. Or, un désert ne nourrit pas son contingent.

Ce fut alors qu'un incident presque anodin renversa radicalement les pronostics. A combien de reprises dans cette histoire n'avons-nous été confrontés à ces revirements inopinés de la destinée ? La bonne ou la mauvaise fortune ne tient souvent qu'à un fil. Ce fil, l'une des filles le dévida malgré elle. Il y a des Parques qui s'ignorent.

En maraudant de quoi se désaltérer au torrent, celle qui se prénommait Mariska constata avec amertume qu'il ne charriait presque plus d'eau. Elle s'écria, d'une voix dépitée :

– Putain ! cette rivière, c'est taré ça, on dirait un chemin…

Il paraît que l'exclamation tinta aux tympans de René.

Comme la fille dénotait une frugalité de cervelle peu propice aux syllogismes même les plus élémentaires, l'extension de l'anomalie constatée à son prolongement rationnel, la voie triomphale qu'elle aplanissait, glissa sur elle avec l'aisance d'une goutte d'huile sur une vitre. Pas la moindre bouffée de discernement ne suggéra à son encéphale que l'assèchement du torrent reconduisait l'allégorie du *hoc signo vinces*, et qu'il déroulait à larges plis les fastes d'un avenir rutilant. Elle se contenta d'interpeller Herbert :

– Y a pus d'eau, bordel, qu'est-ce qu'on va boire ? On se casse d'ici !

Le gros pandour, dont le tempérament désavouait toute ingérence exogène dans son hégémonie, la bigla avec une bienveillance de videur de boîte et répliqua :

– Depuis quand c'est les gonzesses qui décident ?

Répétons-le, Herbert s'était bombardé souverain *par la dragonne et la cocarde*, ainsi qu'on causait jadis. Procédé cher aux matamores de tous poils où celui qui gesticule le plus haut et aboie le plus fort rallie les suffrages de cette étable à veaux qu'est un électorat ; en sorte qu'une fois ovationné et plébiscité pour les lendemains de jade qu'il avait fait miroiter, son premier soin avait été de courber les échines sous sa férule. Il est de bonne enseigne que la nomination d'un *leader* exalte ses aptitudes à assumer les responsabilités qui lui incomberont. Les capacités d'Herbert se résumaient à ceci, assommer ceux qui ne lui obéissaient pas au doigt et à l'œil. L'imbécillité pourvoyant à la dictature, c'est presque une figure de style dont Mussolini est le symbole le plus comiquement tragique. Herbert pompait gloire de sa bestialité comme d'autres tirent prestige de leur gain au loto : cela les conforte dans l'illusion de n'être pas tout à fait nuls.

Un garçon parmi les Routiers rectifiait l'inanité du satrape. Ce garçon, après l'interjection de la fille, avait fait longue station méditative au cours d'eau, et tout à coup sa trogne de vautour s'était colorée d'un sourire. Sourire est une antiphrase, celui de René ayant un secret cousinage avec le rictus. Puis il avait articulé à Herbert en aparté :

– Tu veux que je te dise ? Ils sont à nous !

A l'instar de tous les potentats idiots et poussifs, Herbert avait besoin de réviser – dans le langage informatique on dirait *réactualiser* – le change qu'il donnait des vertus dont il était dépourvu. On ne sait quel éclair de lucidité avertit un beau jour de son infirmité, quelquefois après des années d'hébétude, même l'ostrogoth le plus vain ou le plus stupide. Il semble que la pédagogie de Dieu ait programmé, à un stade de son évolution, de l'instruire qu'il est temps de s'atteler au labeur de dégrossissement du matériau brut. Herbert était de ces élus invités à entr'ouvrir les yeux sur les malfaçons de leur métabolisme par où ils rappellent le chaos originel. Cette trouée dans sa nébuleuse l'engageait épisodiquement à condescendre aux appréciations d'autrui. Toutefois, un tel privilège était conféré à un seul, et encore, sous clause abrogatoire. C'est que d'abord, trop de collaborateurs s'accoudant au trône risquent de le confondre bientôt avec un zinc de bar ; ensuite, on veut bien recueillir l'avis d'un tiers, mais non sans la garantie expresse qu'il l'enduira de pommade, c'est à dire qu'il fourrera sa critique de la litote nécessaire à beurrer l'oreille. Technique qui épargne la superbe du maître exactement comme on vernit un meuble de bois brut, la couche initiale étant la diplomatie, la deuxième la flagornerie.

Le diplomate patenté d'Herbert était René.

René remplissait chez les Routiers l'office de bras droit du seigneur, à la fois capitaine des gardes, conseiller aulique et exécuteur des basses besognes. Il agréait et revendiquait ce cumul de mandats avec une louable abnégation. Herbert était le biceps, René était la ruse. Le crétinisme avait pour cric et roue de secours l'ingéniosité.

L'histoire est prolixe de ces vizirs qui feraient de l'ombre au calife si un raffinement d'habileté ne les incitait à enluminer de zèle le mépris qu'il leur inspire. Dans ce genre de rapports diagonaux, le bas intersectant le haut et se greffant à lui, le subtil consiste à inoculer un peu de sa propre valeur au philistin. Rien ne flatte Tibère comme les compliments à vide de Séjan : il ne les comprend pas toujours, mais il les approuve entièrement. Quand le monarque est frappé de débilité, il est bon de lui adjoindre une doublure chargée de signer à sa place en lui dirigeant la main et en lui murmurant : *voyez, sire, comme vous écrivez bien.* Se proposer déambulateur de l'estropiat, c'est le tremplin du sous-fifre par lequel il épinglera son tortil à la couronne royale tout en suggérant la baronnie ou la comté qu'il convoite. Louis VIII s'arc-boutait au moine Abélard, Charles IX tétait la mamelle de Catherine de Médicis, Louis XIII se restaurait par Richelieu. Ces noms-là, Abélard, Catherine de Médicis, Richelieu, se sont perpétués dans la mémoire des siècles comme les cratères adventifs qui eurent à provoquer seuls les éruptions du règne, le cratère principal souffrant d'hydropisie.

Herbert, convaincu que rien de bon ne s'accomplit ici-bas sans une soumission absolue du subordonné aux moindres désirs du patron, voyait en René non son lieutenant, concession dangereuse qui aurait divulgué la panoplie complète de son incompétence, mais son factotum, mot qui s'enrobe d'un diminutif domestique rassurant. Précisons que René ne se hasardait jamais à ressemeler de lui-même un projet enfanté des neurones insuffisants de César. Il patientait calmement que César obliquât vers lui son museau en lui rééditant dans son jargon la célèbre apostrophe de Philippe le Bel à Marigny : *qu'en pensez-vous, Enguerrand ?* C'est à ce moment, et seulement à ce moment que René endossait l'intérim de sa régence. Alors, la substitution de la sournoiserie sagace à l'idiotie crasse dépensait des trésors de perspicacité, et de cette âme tourmentée par le génie du mal naissaient des chefs-d'œuvre. A l'origine de tous les massacres que les Routiers commettaient depuis deux ans, il y avait ce cerveau, René.

Ce n'est pas pour autant qu'il lorgnait le trône. Comme beaucoup de surdoués, il cultivait sa modestie à lui et prescrivait des bornes à ses ambitions. Il ne souhaitait qu'une chose, tuer. Tuer lui était plus qu'un aboutissement, plus qu'une consécration, une incomparable jouissance. L'essentiel pour cet individu intégralement voué à la dégustation de toutes les atrocités, était d'égorger, d'éventrer, d'arracher dents et ongles, de dépiauter, de pendre par les chevilles ou par le cou, d'énucléer, d'émasculer, liste non exhaustive.

Cependant, le talent n'en est pas moins le pied à l'étrier des grandes promotions professionnelles. Dès qu'une opération était dans l'air, René s'en faisait confier les modalités. Herbert lui allouait volontiers les émoluments de cette délégation, ayant pour sa part *autre chose à s'occuper*.

René flairait, humait, tissait, arrangeait, élaborait, combinait, peaufinait, quoi ? Les canevas invariablement bancals du mandarin sur lesquels sa dextérité posait un appareil orthopédique. Violer, incendier, sabrer, ces actions, pour René, exigeaient la minutie d'un orfèvre au service de son sens inné de la stratégie ; il ne se ruait jamais sur un objectif sans avoir calculé tous les avantages en cas de succès et tous les palliatifs en cas de revers. Il potassait un pillage comme on élabore un plan de bataille, carte en main. Il estimait le potentiel de l'ennemi et ne risquait rien au-delà de ses moyens. Sa méthode, imitée du plus pur académisme militaire, ennemie des impondérables et fuyant les héroïsmes stériles, n'eût pas déplu à Wellington mais aurait inspiré le plus franc dédain à Napoléon.

La déconvenue des Froides-Aigues l'avait fort contrarié. C'est que primo, l'écroulement de la Roche Tarpéienne, d'autant plus insoupçonnable qu'il ne se rattachait à rien de tangible, les avait déboussolés. Ensuite, l'initiative d'attaquer bille en tête sans avoir d'abord tâté le terrain ne lui était pas imputable. Une fois n'est pas coutume, il n'avait pas eu voix au chapitre. Il n'est pas extravagant de conjecturer que le gros pécore, après tant de razzias où il n'avait jamais eu part d'artisan, s'était pavané de ce que sa science valait bien celle de son vicaire. Persuadé de réussir un coup d'éclat, il avait foncé dans la mêlée avec autant de clairvoyance que la chevalerie française à Azincourt. René, plus saumâtre qu'un jour sans meurtre, avait tout de suite anticipé le désastre. Dans un élan d'audace inouï, s'exposant au risque d'un désaveu cinglant et peut-être même d'une rossée, il avait adjuré le poussah de battre l'estrade, d'effectuer plusieurs vacations de reconnaissance méticuleuses, des fois que le gibier aurait reniflé leurs voiries. L'autre avait rétorqué par une bourrade assortie de cet inoubliable épiphonème, déjà citée dans un chapitre précédent :

– T'inquiète, bonhomme, j'ai tout prévu…

Il avait tout prévu en effet, sauf que les Périontes leur réservaient un comité de réception estampillé à leur label.

La suite, nous l'avons relatée : cinq soldats hors de combat, l'espoir de conquérir les Froides-Aigues renvoyé aux calendes grecques. Fait sans précédent, l'autorité de Herbert fut ouvertement controversée. Cette autorité s'étançonnait à la pierre angulaire de son trône, le savoir-faire correcteur de René. Herbert avait prétendu l'éluder. Ce Flaminius s'était vanté de rivaliser avec Hannibal. Le résultat mesurait à son aune l'usurpation du titre.

Pour René, c'en était trop. Une absurde bévue l'avait privé du plaisir d'étoffer son catalogue de quelques cadavres supplémentaires. Il s'ébaucha en lui un remous de rébellion. Il décréta le sceptre vacant par incurie du roi. De là à comploter un coup d'Etat, il n'y avait que la marge de l'approbation de ses congénères.

La péripétie de la rivière à sec abrogea la sédition en lui emmanchant une main courante inespérée, véritable phaéton sur le char de qui il n'y avait plus qu'à se laisser transporter. Ce rebondissement faisait resplendir au zénith de l'éminence grise des Routiers le scintillement de sa bonne étoile, la coopération, on pourrait presque dire le partenariat de la Providence. Redisons-le, si René briguait le bâton de maréchal, ce n'était pas à dessein de coiffer une tiare dont il se fichait comme d'une guigne. Ce qu'il visait à travers cette subrogation de hiérarchie, c'était la cohésion de la bande, unique chance pour lui d'aller en toute liberté et le plus commodément possible à travers les broussailles du crime.

Il s'accroupit donc sur la berge du torrent et s'en confirma l'assèchement. Une hideuse grimace enlaidit sa trombine anguleuse de prédateur. Le torrent évaporé, c'était le *quid divinum* désignant le ventre mou de l'adversaire, la sombre rescousse de la grande Ame Damnée tutélaire de tous les René du monde.

Un pan entier du zodiaque basculait sur son axe : de la quadrature funeste d'une déculottée avec inscription des Routiers au registre obituaire du canton, on surfait avec ivresse sur les vagues d'une conjonction miraculeuse qui en redistribuant les cartes enrichissait la nouvelle donne d'un atout majeur, le contournement de l'adversaire. Le percer au défaut de la cuirasse, c'était reproduire la délation du berger grec révélant aux Perses le sentier des Thermopyles, mais cette fois sans aide extérieure, par son seul mérite à lui René.

Enfin, il possédait la clef de ce fief qui lui faisait échec depuis des mois. Sa vengeance était consommée. Et puis, il démontrerait aux autres son indéniable supériorité sur Herbert en défrayant une délicieuse carrière de forfaits bien plus excitants que tous ceux qu'ils avaient perpétrés, auxquels il avait toujours manqué le piquant d'une résistance digne de ce nom.

Comme les vampires, René était accro à la perfusion vitale d'un afflux régulier de sang. Les misérables qui avaient occis quatre des siens lui en fournissaient un copieux réservoir.

Il s'agissait encore d'obtenir l'aval du Herbert. Ce fut chose facile, sa culpabilité dans la débâcle ayant dégonflé pas mal son outrecuidance. René lui offrait l'opportunité de réhabiliter ses armoiries en s'amendant par tacite homologation de sa foncière nullité ; le matassin acquiesça sans rechigner.

Il en était déjà à crayonner le brouillon de sa croisade lorsque l'autre fille, Djidjo, lui nasilla :

– Et Abdel ? il est blessé ; qu'est-ce qu'on va en faire ?

René la toisa d'un œil de chacal :

— Je vais le soigner, chuinta-t-il.

Le pauvre garçon était à demi évanoui près de la rivière, dévoré de fièvre. En salivant ce mort en sursis, René, qu'on nous pardonne ce *nota bene*, mais il ne finalise pas peu son portrait, fut le siège d'une irrépressible pulsion sexuelle.

Toute la cruauté du spadassin filtrait de cette façon de guillemeter une intention macabre. René avait le physique de son âme. Sa férocité se condensait dans ses yeux torves d'un bleu délavé, et s'épanouissait sur la frange de cheveux blondasses qui garnissait la moitié de son front, l'autre moitié exhibant un semis purulent de boutons rouges. Son mufle en galoche accentuait les replis d'une physionomie à faire reculer Jack l'Eventreur. René incarnait l'allégorie à peine humaine de la fleur vénéneuse. On aurait dit que les pores de sa peau secrétaient du poison. Il était grand, maigre, efflanqué, avec une démarche raide et instable propre aux dégingandés. En réalité, plus puissant sur ses jarrets qu'un tigre.

Il se dirigea vers Abdel. Abdel allait sur ses dix-sept printemps. Lui et Farid s'étaient acoquinés aux Routiers par les tortueuses sinuosités du vagabondage qui prescrivent ces cooptations insalubres, expédients de la famine et du désœuvrement. Abdel était issu d'une des banlieues des grandes cités où les nations occidentales, après s'être décerné le brevet de démocraties, parquent leurs hilotes. Effrayant mouroir intellectuel, moral et physique qui ronge une civilisation gangrenée par le lucre, le mensonge, tous les artifices de l'hypocrisie sociale rameutée à grands prêchi-prêcha de catéchisme humanitaire. D'année en année, ce cancer fait des progrès ; quand il aura absorbé les organes vitaux, nos sociétés ne seront plus que des momies.

Comme son prénom l'indique, Abdel était un beur, c'est à dire un français né de parents maghrébins. Les convulsions des dernières années l'avaient jeté sur le pavé, lui et son alter ego Farid. Ils avaient erré au hasard d'une existence sans but, en quête de nourriture, se cachant le jour, volant la nuit. Un jour, ils repérèrent une ferme isolée. La ferme était habitée par un couple de vieux paysans à la retraite. Ce fut leur premier homicide. Les circonstances qui avaient occasionné leur affiliation aux Routiers, fort récente, n'ont jamais vraiment été élucidées. On racontait qu'ils avaient sauvé la vie d'une des filles, ce qui leur élargit la gratitude du gros Herbert. Au surplus, Farid et Abdel étaient de fort jolis garçons imprégnés de cette suavité méditerranéenne qui a fait chanter plus d'un poète, et qui séduisit fort René. Hélas, ils ne manifestaient pas pour sa personne un attrait aussi prononcé que l'autre escomptait. Je dis hélas, car si froisser le tsar est grave, déplaire au boyard est terrible.

René alla donc vers le blessé et se costuma d'une affabilité dont il était peu coutumier. Ce trait aurait dû alarmer Abdel. Mais celui-ci n'avait pas étudié son vis-à-vis sous toutes ses coutures ; ce fut donc sans défiance qu'il l'accueillit.

Sa blessure, rappelons-le, lui faisait mal mais n'était nullement mortelle. La flèche s'était fichée dans le mollet. Il n'y avait aucune hémorragie sérieuse et probablement qu'en deux ou trois semaines, avec une désinfection et un bon vulnéraire, il aurait guéri. Aussi, quand René lui dit : *je vais m'occuper de toi*, le garçon lui présenta spontanément sa jambe.

René le fit allonger de profil, en lui énonçant qu'il allait extraire la flèche, que ce n'était pas marrant, certes, mais qu'il en fallait en passer par là et qu'une fois la plaie à nu, il n'y aurait plus qu'à nettoyer et à panser.

— Tu as de la chance, dit-il d'une voix onctueuse, Farid, lui, est mort.

Il mentait comme une oraison funèbre ; Farid avait été détaché en sentinelle sur la route pour parer à un éventuel encerclement des Périontes et s'assurer que le chemin de retour était libre. Soit dit par parenthèse, René postulant rôle de protecteur auprès de ce Farid, lui avait débité les mêmes bourdes sur Abdel après la débandade contre les Périontes, afin de le dissuader de lui prêter une assistance inutile. Du coup, chacun des deux camarades informé, ou plutôt désinformé, du décès de l'autre, il se ménageait tour à tour des accès auprès du survivant.

Quand Abdel apprit la mort supposée de son copain, il eut envie de pleurer. Seulement, on ne pleurait pas chez les Routiers. Aussi rencogna-t-il ses larmes.

Cependant, le ton doucereux de René s'enveloppait d'inflexions suggestives :

— C'était ton pote, pas vrai ? Ah oui, un bon pote ! Vous en avez fait, des choses ensemble !

La tessiture sur laquelle il vocalisait ce langage empruntait la bénignité pateline d'un prêtre fustigeant les amitiés particulières d'un jeune pénitent tout en insinuant une main vers sa braguette.

Cette fois, Abdel flaira la supercherie.

Son inquiétude s'accrut encore de ce que le René, sous prétexte d'ausculter sa blessure, s'était mis à lui pétrir les fesses sans vergogne.

— Qu'est-ce que tu fais ? tonna Abdel.

Il avait éructé cette invective en se déhanchant pour repousser l'intrus, mais sa posture inconfortable et la vivacité de la douleur le gênaient. Il essaya alors de se redresser. Avec une promptitude de félin, René lui imprima un demi-tour sur le ventre et lui bloqua les bras. Puis, s'étant agenouillé entre ses jambes, il les lui écarta en utilisant les siennes à la manière d'un étau.

Abdel lamenta un long gémissement : son mollet le martyrisait d'autant plus que les manutentions du René ne faisaient pas dans la dentelle ; il hurla une bordée d'injures :

— Putain, t'es malade ou quoi ? Je suis blessé, bordel, tu vois pas ? Merde, on fait pas ça à un blessé... Sale pédé !

Mais René n'était plus en état de disserter sur le fas et le nefas de la casuistique dont on l'abreuvait. Par de savants dandinements du bassin, il s'était débarrassé de son pantalon, une loque maculée de taches suspectes ; un membre long et rigide coulissa entre les cuisses du malheureux adolescent. Celui-ci se débattit, René lui entrava la nuque. Comme René était échalas et Abdel plutôt bref, la tête de l'un dépassait de deux ou trois pouces celle de l'autre. Cela permit au premier de charmer son viol d'un peu de conversation, luxe dont il raffolait :

— Pourquoi t'es si difficile ? T'as jamais eu ces accointances avec Farid ? Jamais ? Allez, je suis sûr que si. Et puis, Farid est mort, il faut bien un remplaçant... T'es pas d'accord ?

Ici, il observa une pause liée à la démangeaison qui le lutinait et qui se recrutait d'obscènes trémoussements du pubis. Sa victime tentait de se soustraire à l'étreinte, de toutes les pauvres ressources de ses forces déclinantes.

Brusquement, la pression se relâcha, ce qui fit présumer à Abdel que René renonçait. Mais aussitôt quelque chose de fin et de tranchant s'enroula autour de son cou. Un halètement fétide lui susurra :

— Je vais te dire un truc : tu te laisses faire,... ou tu meurs.

René avait articulé cette phrase comme elle est écrite, en respectant un point d'orgue après la virgule, *ou tu meurs* étant nuancé *smorzando* [63].

Abdel ne protesta pas. S'il n'avait jamais vu à l'œuvre ce tueur, étant redisons-le un acolyte de fraîche conscription, il était instruit par ouï-dire de ce dont il était capable. C'est pourquoi, lorsque l'aiguillon du pénis s'aboucha à l'endroit propice, il se résigna.

Autant que la mort de Jérémie, ce qui advint ensuite excède en horreur toutes les abominations pour lesquelles il semble que certains bourreaux aient acquis un degré de perfectionnement insurpassable.

René l'entonna le garçon avec un feulement de triomphe. Concomitamment, les deux coudes bien fichés au sol, il serra l'objet avec lequel il l'étranglait et qui était une ficelle de corde. Ce dernier crut d'abord à une maladresse. Sa gorge siffla un raclement :

— Eh ! tu serres trop fort...

Le raclement précéda un râle affreux ; la respiration coupée, sa poitrine se dilata, il eut la sensation qu'un gouffre l'aspirait/l'engloutissait, un voile lui obstrua la vue. Tandis qu'il

---

[63] Terme musical qui signifie que l'n doit ralentir le tempo en diminuant le son.

s'asphyxiait, René parvenait au paroxysme de la volupté. Détail sordide s'il en est, ce fut un corps inerte qu'il souilla de sa pollution.

Son orgasme rassasié, il ordonna à un dénommé Jean-Louis, en s'épongeant le front :

— Fais rappeler le Farid ; tu lui montreras le cadavre et tu lui diras que ce sont les enfoirés du château qui ont fait ça. Ça va le foutre dans une colère noire, il va te les éclater à lui tout seul.

Il ajouta, en s'étirant :

— C'est pas tout çà, mais on a un bastion à prendre.

Un demi quart d'heure plus tard, il réunissait ses comparses, réduits désormais à sept, et déclarait :

— Apprêtez-vous à faire une farce aux farceurs.

Chroniques d'un après-midi d'été

Le lendemain, à l'aube, les Routiers appareillèrent, cap au nord. Le plan de René avait la simplicité de la ligne droite : rebrousser le cours de la rivière jusqu'aux Froides-Aigues, gravir le *toboggan* puis examiner soigneusement les parages. Après, on verrait.

Cette fois, ce n'était pas un nabab inapte et inepte qui gouvernait la manœuvre, mais un chef avisé. La veille au soir, il avait fait bivouaquer la troupe à Colture, afin de se soustraire à une patrouille des Périontes, ce qui explique le rapport négatif de Xavier. Il avait ordonné ensuite se désaltérer abondamment, le village étant pourvu d'un puits à l'eau à peu près potable, et surtout de se reposer. Tous avaient déjeuné d'une espèce de bouillie de céréales et de fruit sauvages, en se félicitant d'une journée qui devait réparer la précédente. Vers les sept heures, ils enfilaient le torrent bien avant la barrière, discrétion oblige. A huit, le tiers de la distance à leur objectif était avalé. Là, équation : comment repérer l'accès à la propriété, aucun panneau de signalisation ne le recommandant au vacancier en villégiature ? Wilfried, l'unique source de documentation, était mort. Etre mort, très bien ; cela n'empêche pas d'avoir été vivant et surtout loquace de renseignements sur la chose à documenter. Pressentant peut-être que la conjonction astrale de son horoscope ne brillait pas d'un éclat radieux, il n'avait pas été avare de détails propres à la géographie des Froides-Aigues. Cependant, ce qu'il avait débité concernait le circuit officiel du site, comme qui dirait le chemin battu. Or, le pèlerinage de ce côté-là s'étant soldé par une tripotée homérique, le réagencement du tour operator lui substituait un itinéraire bis vierge de prospectus à l'usage du parfait envahisseur, et la pédagogie wilfriedesque n'aurait été qu'un verbiage sans consistance si une anecdote, évoquée comme cela presque au hasard, n'avait tintinnabulé aux oreilles du René. René, nous n'avons pas sondé cet aspect du chérubin, était doué d'une mémoire exceptionnelle. Soit dit sans ironie, dans l'ancienne société ses facultés intellectuelles lui auraient indéniablement déroulé le tapis rouge d'une carrière enviable. Au collège, où il n'avait pas été du tout mauvais élève, il s'était distingué par son habileté à réciter sans une hésitation la liste complète des rois de France et d'Angleterre, avec les dates, depuis Mérovée jusqu'à Elisabeth II. Pourquoi le mal s'empare-t-il de certaines intelligences et les domestique en Renés ?

Donc, deux jours auparavant, Wilfried avait déballé tout ce qu'il savait et aussi, conformément à sa vocation de hâbleur, ce qu'il ne savait pas. Il avait nommément réchauffé le souvenir d'un raidillon abrupt qui reliait le torrent à l'extrémité d'une lande en jachères, deux cents mètres plus haut. Le raidillon s'incrusta dans le cerveau de René et n'en délogea plus.

Il y était tellement enraciné qu'à peine les randonneurs s'étaient-ils allongés une centaine de mètres sur la pierraille, véritable étoc rivulaire, et qu'un Routier s'inquiétait de l'embarras de débrouiller les arcanes de la topographie locale, René répondit, avec ce sourire dont il se bigarrait dès qu'il reniflait les délectables perspectives d'un avenir riche en promotions :

– Le chenal, c'est comme si je l'avais creusé moi-même.

Il parapha illico sa petite vanterie :

– On ne le ratera pas ; fiez-vous à moi.

Un incident, anodin dans la forme, mais qui pour nous lecteurs ressuscite une macabre rubrique, jalonna l'excursion. Approximativement au deuxième kilomètre, quelqu'un monopolisa l'attention de ses compères sur un objet insolite qui trônait au milieu des caillasses. Cet objet se mêlait à la batture surchauffée de ce qui avait été le lit de la rivière, avec autant d'à propos qu'un comédon sur le cou de Cléopâtre. C'était de la taille et à peu près de la forme d'un ballon de handball, osseux, jaune amadou, lisse, et d'une matière qui réfractait les rayons du soleil presque comme un miroir. Le

Routier auteur de la découverte le bouscula du pied et s'exclama :

— Eh, mais y a un squelette, là !...

Squelette, rectifions, seulement un crâne, le lexique de celui qui avait parlé ayant une propension à la confusion métonymique. La disjonction de son support cervical était probablement l'ouvrage des gypaètes, rapaces en grand accroissement démographique à cette époque dans le Massif Central, tout comme les vautours fauves. René, qui avait le goût des anthologies historiques, examina la relique et ricana :

— C'est ce qui reste d'un des deux connards de paras, le Serre-Cou ou son frangin...

Il attrapa l'ossement et le balança sur la berge avec un inexprimable mépris émargé de cet épiphonème :

— Se faire buter par un orage, faut vraiment être les derniers des abrutis !

Trois heures plus tard, il arrêtait le septuor au point déclive d'une étroite langue de gravats qui ressemblait à un couloir d'avalanche et déclarait :

— C'est là !

On devine la suite : l'escalade du toboggan, Jérémie épié au moment où, étant la proie d'un malaise, il s'efforçait de se soustraire à une gravitation de plus en plus pesante, de ce fait montrant le dos aux Routiers, ceux-ci décrivant un large cercle concentrique sur le flanc dextre de l'infortuné adolescent. Tactique effectuée avec un sang-froid de guérilleros.

Soulignons tout de même – il faut être exact en tout – que Jérémie aurait probablement largué ses poursuiteurs si Herbert, malgré sa suffocation chronique, et au prix de suées de yack pour imposer cet alpinisme à son gras-fondu, n'avait réussi, allez savoir par quel coopération non du Saint-Esprit mais de son rival séculaire le diable, à se trémousser sur le relief sans faire imploser ses deux artères coronaires.

Une fois l'intrus liquidé, un homme de moins pour la garnison, c'était toujours ça de gagné. L'apéritif ayant excité l'appétit, on se pourléchait déjà d'un menu qui s'annonçait copieux.

Celui-ci, néanmoins, conseillait en guise de hors d'œuvre un espionnage dans les règles des allées et venues de l'adversaire, de leur armement, et surtout d'un compte précis de son effectif. Après quoi, il n'y aurait plus qu'à exploiter les irrégularités du terrain afin de se faufiler jusqu'à la maison ni vu ni connu et de s'y introduire. Une fois maître des murs, la supériorité des FSA faisait la différence ; car les arcs, si dévastateurs à plus de cinq mètres, ce dont on avait apprécié un échantillon, l'étaient beaucoup moins dans le combat rapproché. Pour reprendre l'édifice, les Périontes n'auraient d'autre recours que d'accepter le corps à corps. Or, de corps à corps il n'y aurait pas : en occupant les positions clefs, coursives, escaliers, fenêtres, on fusillerait à bout portant : la citadelle investie, la bataille était gagnée. C'était du moins sur cette maquette que René fondait le succès.

Un bon tacticien s'en sera tout de suite mentionné les lacunes et autres approximations. Une place colonisée implique siège couvert[64] afin d'empêcher l'ennemi de contre-attaquer. Sinon, la conquête risque fort de se résorber en souricière. Contrairement à l'autochtone, le conquistador n'est pas dans le secret des recoins, des mille corridors, soubassements et dépendances qui la peuplent ; de quelque prévention dont il se barde, son initiative a pour déficit la nasse où il s'est embastillé. Une cave, un souterrain occulte, une poterne dérobée, un boyau clandestin, sont autant de dédales favorables à la résistance interne. Supposé même les Périontes expulsés *extra muros,* ils disposaient encore d'un riche éventail de subterfuges : s'immiscer dans la Tour jointive du troisième étage leur était sinon aisé, du moins praticable. Et puis, les algarades nocturnes ne sont pas à exclure. Enfin, pour avoir hissé à la va-vite son drapeau sur le donjon de la forteresse, on est acculé à la douloureuse impasse de ne plus mettre le nez au créneau sans risquer le bourre-pif d'une bille d'acier ou la perforation d'une flèche. Car dehors, dix ou douze

---

[64] Couvrir un siège, c'est empêcher que les assiégeants ne soient attaqués de l'extérieur. Dans le cas qui nous occupe, par les Périontes eux-mêmes, devenus assiégeants à leur tour.

paires de bras invisibles seraient en embuscade, projectiles prêts à occire tout ce qui bougerait.

Les Routiers abordèrent aux Brosses selon un front enveloppant qui étirait un intervalle de cinq ou six mètres entre chacun d'eux, et censé se rabattre de part et d'autre de la maison. Sept silhouettes s'élancèrent sur le plateau noyé de soleil, dissimulées derrière l'écran d'une végétation quasi tropicale. Le déploiement passa totalement à la trappe parmi les Périontes, la surveillance étant assoupie de ce côté-là.

Les seuls garçons susceptibles de flairer l'anomalie dans le décor étaient Jérôme et Camille. Mais le premier somnolait, épuisé par son insolation ; quant à son camarade, il s'était assis à l'ombre d'un pan de mur et songeait à Jérémie.

Autre soucieux de la disparition de l'adolescent, Xavier. Il pestait contre une absence qui amputait le Tertre d'une de ses sentinelles. Or le Tertre, cela a été dit, était la pierre angulaire de la défense. Sa situation face au débouché de la forêt lui assignait fonction de vigie par excellence. Là était l'œil des Périontes, là confluait la puissance logistique d'une riposte à une seconde offensive.

– Ce garnement me tape de plus en plus sur les nerfs, fulminait Xavier ; Dieu sait ce qu'il est encore en train de manigancer pour nous pourrir l'existence !

A force de tempêter, il abandonna sa faction quelques minutes afin d'instruire à la cuisine le trio Florent, Thomas et Claude du dossier jérémiesque et s'enquérir si personne n'avait avisé sa trogne à l'horizon, des fois que sa crise pubertaire aurait vidé son abcès. Florent, avec un geste désabusé, le renvoya à la Tour, dans le même style que certains services administratifs vous font ricocher d'un bureau à l'autre. Xavier vola donc à la Tour et réitéra sa question à Camille.

– Monsieur fait sa vie, lui dit ce dernier ; on pourrait organiser une battue, mais il y a d'autres priorités.

Tant de nouvelles peu neuves n'étaient pas pour rassurer Xavier, premier intéressé au rapatriement de l'enfant prodigue, et qui s'échauffait sous son harnais :

— C'est bien beau tout ça, s'écria-t-il, mais Olivier va le prendre mal, mais alors très mal !

L'instant d'après, il avertissait Cyprien des derniers développements de la péripétie. Celui-ci ne se le fit pas dire deux fois :

— Ne laisse pas le Tertre garni par Yannick tout seul, dit-il en tâchant de contenir son exaspération, vous y êtes trop précieux. Je vais envoyer quelqu'un après lui et on te le ramènera par la peau du cul !

Cette âpre détermination soulagea un peu le dépité Xavier qui redoutait qu'il ne lui fût advenu quelque malheur, histoire de compliquer les choses.

Cependant, Cyprien s'était véhiculé à son tour aux fenêtres de la cuisine :

— Florent, Claude, dit-il, allez donc voir où se planque le trublion. S'il fait sa chochotte, pas de mollesse, on n'a pas le temps de jouer les nounous !

Il ajouta ce post-scriptum :

— De toute façon, il n'y coupe pas, je lui en mets une dont il se souviendra longtemps !

Le ton souverain du bras droit d'Olivier transpirait l'autorité naturelle à laquelle on obéit sans barguigner, parce que sa sévérité même s'appuie sur la plus stricte équité. Florent et Claude empoignèrent arcs et frondes, dévalèrent l'escalier, doublèrent la Tour et piquèrent au fort des Brosses.

Les Brosses, nous avons déjà philosophé là-dessus, étaient un capharnaüm. Ce qu'on entend par ce terme, Brosses, s'applique à une surface de sol inculte et sauvage semée de bruyères, de broussailles, d'ajoncs, de genévriers, tout cela s'épanouissant sur un assortiment de concavités, de touffes d'herbes en faisceaux et de niches traîtresses. Les Brosses des Froides-Aigues, en sus de ces gracieusetés, acceptaient volontiers le houx, l'aubépine, les ronces de mûrier plus hautes qu'un homme, toute la variété des espèces de la création ayant pour ministère de lacérer les jambes, de labourer les cuisses, de tordre les chevilles, en un mot de faire douter du talent d'horticulteur paysagiste de Dieu. En hiver, cette vaste friche de plus d'un hectare était déjà à peine pénétrable. Dès le printemps, elle se convertissait en un délicieux panachage de forêt vierge et de savane ; il est vrai, les cobras en moins. Les Anglais intitulent ces maquis *no man's land* ; littéralement, une région où l'homme ne va pas.

Déambuler à travers ces épines qui vous griffaient, ces ornières qui vous faisaient choir à chaque pas, ces bras qui vous agrippaient, ces cailloux qui vous blessaient, était une prouesse de légionnaire en plein parcours du combattant. On croyait fouler quelque chose de ferme : erreur ! la chaussure cédait, un trou vous happait la jambe, vous vous enfonciez dans je ne sais quelle taupinière. Le canal le moins scabreux pour atteindre le ravin était une mince frange à la périphérie, adoptée par les amateurs de siestes champêtres et de batifolages aux Trois-Chênes ; là, les herbes étaient moins arborescentes, les pièges moins fourbes, et à condition d'affûter la rétine et d'avoir le sens inné de la pondération des corps physiques, il n'était pas illusoire de dompter son calvaire sans trop de vicissitudes. C'est ce layon étroit que Jérémie avait emprunté après l'altercation avec Xavier. Ce fut la même piste à laquelle Florent et Claude se confièrent.

Nonobstant, expérience à l'appui, ils étaient parvenus en cinq minutes à quelques coudées du ravin. Florent, hors de lui, tonitrua :

— On y est ; mais où est-ce qu'il se terre, ce maudit...

La fin de l'apostrophe lui tarit à la gorge : à trois ou quatre mètres de là, une espèce de perruque sombre, aplatie dans l'herbe comme la carapace d'une tortue, lui inspira un plissement des quinquets aussitôt ornementé d'une oscillation latérale du chef. Florent ficha ses deux poings sur les hanches avec un rire goguenard et toucha Claude du coude en lui soufflant :

— Vise-moi un peu çà : tout ce cirque pour jouer à cache-cache.

Ce que Florent lui indiquait, c'était, gauchement tapie dans une excavation, une touffe de cheveux. Cette tignasse, celle de

Jérémie évidemment, était comique à voir ; elle avait l'air d'une galette de sarrasin.

Claude ne riait pas. Instinctivement, il saisit son camarade par le bras et lui murmura :

– Il a les cheveux châtains, Jérémie ; ceux-là sont bruns...

Il avait à peine énoncé ce correctif d'une voix étranglée, que la chevelure se désolidarisait de la niche et exhumait le faciès qui était dessous. Au même instant, deux autres gabarits lui faisaient chorus, avec une terrifiante synchronisation. Chacun brandissait à bout de bras, un long objet de métal. Le sang des deux Périontes leur reflua au cœur.

Sur la Tour, Camille avait accompagné du regard le laborieux cheminement des émissaires. Il le glosait par le menu à Jérôme, mais ce dernier n'écoutait guère ; de plus en plus malade, il s'était à nouveau allongé à l'ombre. Ses paupières étaient des herses de plomb. Les paupières se fermèrent, un doux ronflement s'exhala de sa poitrine. Camille s'accroupit à son chevet et contempla le visage d'ange qu'inondait une sueur malsaine. Tant de faiblesse soumise à tant de tribulations, tant de souffrances endurées par une âme si jeune et si candide ! Sa mémoire affective, la plus fidèle de toutes, lui représentait les soirées où il avait eu pour voisin de lit ce compagnon qui combinait en une alliance miraculeuse l'amitié, la beauté, la grâce, l'intelligence, la sensibilité, puisant au sein de chacune de ces vertus l'ambroisie qui le consacrait archétype de l'adolescent radieux, rayonnante figure de l'homme de demain, dans la plénitude de sa joie insouciante. Adorable garçon ! Camille était à fleur d'une de ces émotions qui font palpiter le cœur de la tendresse qui est l'enthousiasme à l'état pur.

En cet instant, deux violentes détonations presque simultanées le catapultèrent debout avec la promptitude d'un jaillissement d'eau gazeuse. Jérôme, réveillé en sursaut, bondit à son tour. Tous deux se précipitèrent au créneau.

Ce qu'ils distinguèrent leur sembla d'abord irréel. Certains tableaux relèvent de la fiction fantasmagorique. Ils ont beau mobiliser votre nerf optique, l'esprit rejette ce que les yeux voient.

Par degrés, l'ophtalmie se nettoya. Camille et Jérôme, pétrifiés, ne sachant plus ni ce qu'ils faisaient là, ni pourquoi le ciel était bleu, considéraient, dubitatifs, le cerveau environné d'une brume opaque, ceci : une demi-douzaine d'espèce d'animaux sauvages sur pattes qui sautillaient, échine ployée, vers les Petites Brosses. Puis leurs prunelles obliquèrent de nouveau vers les Grandes Brosses, à l'issue du toboggan et s'attachèrent à deux gibbosités ocres qui gisaient à même le sol. C'étaient Florent et Claude.

Un cri fusa de la poitrine de Camille ; il hurla : *alerte !* et se rua hors de la Tour, les muscles tétanisés par une éruption de panique qui en un quart de seconde l'avait intégralement coagulé, depuis les orteils jusqu'à l'occiput.

Revenons quelques minutes plus tôt.

Une fois embusqués à la lisière des Brosses, les Routiers s'étaient rapidement convaincus qu'une attaque directe était irréalisable, et cela pour deux raisons ; premièrement, à cause des Brosses elles-mêmes, obstacle trop tourmenté qui concédait aux Périontes latitude de canarder comme qui rigole une colonne empêtrée dans les accidents du terrain. En second lieu, une paire d'individus avançaient vers eux. Ce n'était pas prévu au calendrier. Ces chiens dans leur jeu de quilles déconcertaient les conjectures.

Tout leur projet initial avortait. Il avait manqué à René le coup d'œil distinctif de Napoléon à Austerlitz inspectant préalablement le champ de bataille et modifiant sa stratégie en conséquence. Spécifions, à sa décharge, que les éclaircissements de Wilfried s'étaient bornés au toboggan et n'incluaient pas les Brosses elles-mêmes. Monographie incomplète qui anéantissait un schéma savamment mûri et lui subrogeait le pis-aller d'une improvisation. Quant à l'effet de surprise, à cause de ces promeneurs fortuits, il s'effondrait.

Colmater la brèche, jointoyer une rustine au pneu crevé, c'était là tout le palliatif dont héritaient les Routiers. Il y a de ces déceptions dans la vie ! Premier acte, néanmoins, il faut bien commencer par le commencement, occire les trublions. Au plus dramatique de la raclée du premier assaut, René avait eu le réflexe d'énumérer les Périontes. Imparfaitement, car il en avait recensé une dizaine tout au plus. Cela fit qu'il calcula qu'en envoyant ad patres les deux casse-pieds imprévus, après le freluquet qu'on avait trucidé un peu plus tôt, ils étaient réduits à sept. Sept contre sept, la partie s'équilibrait. René s'était campé au centre de la rangée ; la procédure était de se conformer à ses consignes exactement comme les musiciens sont attentifs à la baguette du chef d'orchestre. Avec un louvoiement de renard, profitant de ce que le duo rabrouait un bouquet de ronces irascibles, il prescrivit *sotto voce* à son aile gauche d'intervenir. Quand Florent et Claude ne furent plus qu'à une dizaine de mètres, trois fusils les couchèrent en joue. Les deux Périontes n'eurent pas le temps d'esquisser parade : les fusils firent feu par salves conjointes. Foudroyés en pleine poitrine, ils s'abattirent à la renverse, d'une seule masse.

Suite de l'après-midi d'été

Chez les Périontes, l'affolement se propagea comme traînée de poudre.

Les cris, les clameurs, s'entrecroisaient dans une indescriptible confusion. Cyprien, Gervais, Geoffroy, Xavier, Yannick accoururent au pied de la Tour, rejoints par Thomas, Camille et les deux filles. Personne ne démêlait vraiment la cause exacte de ce tohu-bohu, mais tous sentaient l'air environné de cataclysmes et multipliaient les gestes inutiles, les ordres contradictoires, éperdus de stupeur.

Un garçon échappait à la panique. Avec une perspicacité magistrale, ayant détecté du va-et-vient aux confins de la serre et du verger, Geoffroy s'était faufilé dans l'interstice des Brosses landières et de la poterne condamnée par Olivier et Alexandre, et baptisée le *spodiaire*, autrement dit *l'incinérateur* ; il y fit une reptation de couleuvre et tâcha d'observer. De tous les Périontes, il était le seul à avoir conservé un flegme intact. Les autres ne savaient plus à quel saint se vouer.

Nul doute que si les Routiers avaient scrupuleusement analysé l'anarchie qui sévissait chez les autochthones, ils chargeaient au coude à coude et faisaient une hécatombe sans coup férir. Mais les Routiers, chats échaudés, se méfiaient. Quand on a été méchamment frottés avec perte et fracas il n'y a pas si longtemps que ça, la prudence est d'autant plus mère de sûreté que votre fiasco d'alors vous sert de *memento te hominem esse* [65].

Cependant, l'examen de Geoffroy portait ses fruits. Il avait clairement localisé des individus en arrière de la haie extérieure, que nous nommerons *Hallier* pour ne pas la confondre avec la

---

[65] Rappelle-toi que tu n'es qu'un homme. Maxime latine plutôt ironique dans le contexte.

haie de houx limitrophe du chemin à la maison, tout au sud de la propriété.

Afin que le lecteur ne se fourvoie pas dans le labyrinthe de la topographie locale, nous lui conseillons ce que nous lui avons conseillé déjà en plusieurs occasions, de consulter les planches de ce livre et de les utiliser comme un guide. Guide morbide, mais qui dépiquera une à une les mailles de l'écheveau avec lequel le destin écrivait son lugubre épitaphe, en ce seizième jour de juillet, sur une parcelle de terre appelée les Froides-Aigues.

Le *Hallier* qui encadrait longitudinalement la serre était une haie coriace de ronces de mûrier de plus d'un mètre de large et longue d'une dizaine. Pour les Routiers, retranchement inexpugnable : car son épaisseur absorbait aux trois quarts la puissance balistique des billes de fronde, et les flèches y rebroussaient sans l'entamer. Ils jouissaient par-là d'une sécurité qui contraignait les Périontes à l'attentisme.

Cette redistribution des pions sur l'échiquier postulait donc deux stratégies à symétrie inversée : pendant que les uns concertaient un canevas de bataille, les autres cherchaient d'abord à l'anticiper, ensuite à l'étouffer dans l'œuf. C'est cette équation que décoda incontinent Geoffroy ; il harponna Cyprien, le mot est ici d'une crudité sans ambages, et le somma de *se bouger le cul* :

— Il faut absolument les tenir à distance, dit-il ; s'ils nous rentrent dans le lard, c'est fini avant qu'on ait dit ouf. Organise la riposte, et vite !

Il enfonça le clou là où ça fait mal :

— Allez, bordel, prouve-nous que tu as quelque chose dans le bide !

Cyprien ne s'était pas départi d'une hébétude dont l'opium s'était répandu à tous les Périontes, excepté à celui qui le houspillait. L'objurgation de Geoffroy l'éperonna avec la vivacité d'une piqûre d'épingle. Tout à coup, sa voix claqua comme une trompette de Saxe :

— Ecoutez-moi ! Les filles à l'étage, vous surveillez aux fenêtres et au balcon du séjour et vous signalez tout ce que vous voyez. Les garçons, par deux moitiés : la première dans les Brosses pour contenir les Routiers ; Geoffroy, Gervais et Camille, vous en êtes. L'autre moitié elle-même fractionnée en deux : Xavier et Yannick, derrière la Feuillée, côté Mail, Thomas et moi à l'angle de l'autre versant de la Feuillée, face au potager. Le premier groupe : espacez-vous de trois mètres au moins, pour ne pas faire masse trop exposée. S'ils vous plombent, vous donnez de la fronde par tirs alternés, deux par deux, de façon qu'il n'y ait pas de temps mort entre les salves. Allez-y sans économie, la réserve de flèches et de billes est abondante. Notre objectif : primo, leur interdire la maison, et cela coûte que coûte ; secundo, en bousiller un max et leur chouraver leurs armes. Après quoi, on rejette le reste au-delà du verger. Une fois repoussés, on les encercle. Surtout, qu'ils n'entrent pas dans la maison, ils y seraient indélogeables.

Sa harangue avait raffermi une détermination aux prémices encore bien balbutiantes, mais au fil des mots de plus en plus virile, et qui se communiqua de proche en proche à tous ceux qui, comme lui, chancelaient encore une minute avant. Les Périontes s'exécutèrent sur-le-champ : Thomas, Yannick et Xavier détalèrent vers la Feuillée. Quant à Geoffroy, Gervais et Camille, ils se déhanchèrent jusqu'à la zone tampon des Grandes Brosses et des Brosses landières. Au-delà, quarante mètres occupés par les jardins, l'éolienne et le Hallier. Les trois cartels rampaient à plat ventre, chacun s'adaptant à son propre périmètre.

Concomitamment, Cyprien grimpait au premier étage où il confiait la longue vue à Dorothée en lui renouvelant les modalités de son office, Nadine étant dévolue à la transmission des informations :

— Vous êtes nos vigies, dit-il, il est primordial que vous notiez chacun de leurs déplacements.

Comme il s'en allait, Dorothée le retint par le bras :

— Où sont Florent et Claude ? demanda-t-elle.

— Je ne sais pas, fit Cyprien…

Il bredouilla :

— Ils doivent se cacher quelque part dans les Brosses.

Il y a des regards qui désavouent les paroles ; celui de Cyprien accusait ce mensonge, pieux.

Dorothée n'insista pas ; mais ses paupières s'étaient mouillées.

Entre l'instant où Geoffroy avait admonesté Cyprien et celui où les Périontes volèrent à leurs postes respectifs, on n'avait pas chronométré trois minutes. En trois minutes, l'entraînement et la discipline cent fois travaillés comme un pianiste travaille ses gammes avait fait prompte soudure de la théorie à la pratique. Véhémence qui, si les Routiers l'avaient appréciée, aurait peut-être refroidi leurs ardeurs.

Il valait mieux, du reste, car dans le Grand-Bois, des événements se préparaient. Xavier et Yannick y avaient perçu un froissement assez peu discret d'herbes sèches. Thomas, qui assurait le rôle de messager, fila se renseigner auprès du groupe des Brosses qualifié *groupe Nord* par Cyprien. Bientôt après, il rendit compte à l'aîné des Périontes :

— Ils se sont séparés ; quatre d'entre eux ont convergé vers le Grand-Bois.

— On ouvre l'œil et on tend l'oreille, répondit Cyprien.

— Qu'est-ce qu'ils mijotent exactement ?

— Nous cerner, pardine ! Ils espèrent peut-être qu'on va se précipiter à leurs basques et dégarnir la maison. Première chose : les détromper sur ce coup-là.

— Au fait, reprit Thomas, t'as des nouvelles de Jérémie ?

— Aucune.

— Où il était ?

Cyprien, blafard, répondit :

— Sur le toboggan.

— Mon Dieu ! s'exclama Thomas, et s'il les a croisés ?

— Peut-être que non, il est malin, il les aura sûrement bernés, on le saura bientôt.

— Sinon ?…

— Je n'ose pas y penser…

Le froissement d'herbes avait cessé. Cyprien et Thomas, accroupis en-deçà des pampres de la Feuillée, s'efforçaient de scruter à travers une frondaison qui étriquait leur champ

295

visuel. Il aurait certes été plus commode de s'étayer au dortoir, mais il était à claire-voie sur le potager, et qui s'y aventurait faisait une cible facile. La scission des Routiers dictant une nouvelle dispensation des effectifs, Cyprien rappela Xavier et Yannick et les envoya au Tertre :

— Hier, dit-il, ils avaient de quoi couper les barbelés ; ils peuvent aussi bien avoir de quoi tailler les ronces et le houx pour accéder au chemin. Si c'est ça leur ambition, ne les en privez pas : vous attendez qu'ils se soient massés, puis vous en faites des écumoires ; nous, on leur proscrit toute reculade et ils sont pris entre deux feux. Quatre de moins, c'est gagné, les autres n'ont plus aucune chance.

Il ajouta, satisfait :

— D'ailleurs, ils se sont divisés : grosse bévue.

Les deux garçons, carquois sur le dos, sacs de billes à la ceinture, les entrailles en chewing-gum, foncèrent sur la petite redoute. La veille, elle contrôlait l'orée de la forêt ; aujourd'hui, elle s'y adossait. Le Tertre, cheville ouvrière de l'inviolabilité des Froides-Aigues, avait pivoté sur son axe de cent quatre-vingts degrés. Rien n'avait auguré ce revirement. Xavier et Yannick se dévisageaient avec une expression où les yeux disent tout et la bouche rien ; les mots auraient expiré sur leurs lèvres.

Les Routiers ne se montraient toujours pas. Il y avait beaucoup à parier que loin de supposer non secourue la façade occidentale de la maison, ainsi que l'estimait Cyprien, ils lui imputaient au contraire un surcroît de défense. Visiblement, la clef de l'affrontement participait de d'adresse de chaque camp à duper l'autre. Etre indéchiffrable, c'est déjà la moitié du succès. Le génie de l'opportunité parachève le boulot en combinant la force et la ruse. Toute compétition de ce type est un jeu de poker où l'art de la mystification conjugué à la lucidité l'emporte presque toujours.

Tout à coup, Cyprien interpella Thomas :

— Et Jérôme, où il est ?

— Probablement sur la Tour ; pas le temps de vérifier….

L'adolescent, en effet, manquait à l'appel. Dans la pagaille qui avait d'abord désemparé les Périontes, on n'avait pas recensé les recrues disponibles. Ce n'est que plus tard que l'absence du jeune garçon intrigua Cyprien. Défection fâcheuse, mais surtout inquiétante. Un soldat de plus ou de moins, c'était le bon ou le mauvais plateau de la balance qui penchait.

Sur ces entrefaites, Nadine divulgua le premier rapport de Dorothée :

– Il y en a quatre accroupis à trente ou quarante mètres dans le Grand-Bois, dit-elle, ils parlent entre eux en faisant de grands gestes.

– Merci, Nadine, fit Cyprien ; j'ai une autre mission pour toi. Jérôme nous a lâchés, il était dans la Tour au début des hostilités. Que quelqu'un lui apprenne ce qu'on sait, et qu'il aille étoffer le groupe Nord.

Nadine acquiesça, dépassa le pignon sud de la maison et s'enfourna prestement à l'intérieur de l'édifice qui avait toujours interloqué les Périontes par son incongruité. Tandis qu'elle gravissait les interminables degrés, une espèce de plainte entrecoupée de hoquets se superposait au morne silence de la bâtisse. Elle prit pied sur le toit, Jérôme était assis contre le mur et pleurait aux sanglots.

Voici ce qui était advenu.

Au vacarme de la fusillade, le cadet des Périontes s'était détendu sur ses jarrets comme s'il avait été électrocuté par une pile de haut voltage. Il ne comprenait pas pourquoi Camille était tout cramoisi et qu'il se ruait hors de la Tour en vociférant des cris d'orfraie. C'est que brutalement arraché à sa somnolence, il était encore trop groggy pour embrancher la filiation de ce sauve-qui-peut à sa genèse. Il s'accouda à un créneau : des créatures presque nues qui gambadaient dans les Brosses excitèrent en lui bien de la perplexité. La perplexité se dissipa aussitôt, son subconscient abattit un rideau pour le soustraire à la réalité. Il se convainquit que cette chorégraphie turbulente était la mise en scène d'un théâtre de plein air et que ses copains s'amusaient, voilà tout. Les braillements claironnés aux quatre coins des Froides-Aigues étaient le texte des comédiens et les pétarades la sonorisation d'un film qu'on tournait. Tout ça était si simple, les Périontes donnaient un spectacle pareil à celui auquel il avait assisté une fois à Castillon, avec des chevaliers empanachés qui guerroyaient les uns contre les autres. Il était tant enfoncé dans son délire qu'il égosilla un rire acidulé. Seulement, il y avait un hic : Camille n'était plus sur la Tour, alors qu'il aurait dû y être. Ah, bah oui ! c'est qu'il était en train de jouer, lui aussi. Là, il y avait de quoi être outré : tout le monde jouait, sauf lui, personne ne l'avait invité ! Et puis, qu'est-ce que c'étaient que ces deux corps à la démarcation des Brosses et des Trois-Chênes ? Drôle d'endroit pour faire la sieste, comme ça, en plein soleil ! Ceux-là n'étaient certes pas des acteurs d'un film, sinon ils auraient au moins un peu gigoté. Jérôme se rabâcha ces six mots, *ce ne sont pas des acteurs*, tout en secouant un frisson qui s'insinuait lentement entre ses omoplates. Il eut beau répéter dix ou quinze fois : *levez-vous donc, vous allez attraper une insolation, comme moi !* les corps ne remuaient pas d'un pouce. Alors la vérité, offusquée par la gaze dont nous la couvrons tous quand elle est trop écrasante, la monstrueuse vérité le cingla de plein fouet. Il voulut protester, ameuter ses camarades, s'époumoner, en vain : ses cordes vocales n'articulèrent pas le moindre son. On aurait dit que le circuit de son cerveau à ses muscles avait été déconnecté. Un liquide s'épanchait le long de ses cuisses.

Quand Nadine s'agenouilla à son chevet, il était dans un état de prostration comateuse. La bouche démesurément étirée, la face d'une lividité lymphatique, la lèvre inférieure proéminente, il adjurait sa camarade de lui certifier que tout cela, les gens qui couraient partout, les détonations, étaient un cauchemar et qu'il allait se réveiller. Celle-ci serra ses mains dans les siennes avec une effusion de grande sœur ; elle eut fort à faire car le pauvre garçon râlait, brûlant de fièvre et les jambes agitées de convulsions spasmodiques. Emue comme elle ne l'avait jamais été, elle le pelotonna au creux de sa poitrine et l'embrassa avec la même tendresse que l'on prodigue à un petit enfant. En ces heures sombres où la mort étendait un voile terrifiant sur des êtres qui avaient été les plus lumineux ambassadeurs de la vie, une scène d'une douceur exquise en contesta l'implacable décret comme si un rayon de joie avait pouvoir d'interjeter la destinée humaine : tout à coup, Nadine chanta ; sa voix résonna, claire et sereine. Elle chanta une de ces comptines qui se transmettent depuis des siècles sans que les modes leur fassent une ride. Sublime étreinte de deux âmes qui exorcisait une tuerie par le baume consolant de la musique. Peu à peu Jérôme se calma ; Nadine lui chuchota, poignante mélodie qui en prolongeait une autre :

— Ne t'inquiète pas, Florent et Claude ne sont que blessés et les Routiers en ont pour leur grade, c'est fini pour eux.

— Je veux dormir, murmura Jérôme.

— Dors, mon ange, dors…

Nadine berça le malheureux ado ; puis elle s'en alla instruire Cyprien. Celui-ci ne lui fit pas de questions auxiliaires. Il respecta son chagrin, qui était aussi le sien, comme il assuma la défection de Jérôme, désormais irréversible. Seulement, rien ni personne n'aurait pu l'empêcher de frapper de ses deux poings le mur de la maison, à se les écorcher jusqu'au vif, en se proférant à lui-même ce reproche qui résumait tant d'impuissants regrets :

— Pourquoi je ne l'ai pas écouté ? Pourquoi ?

Jérôme sur la touche, l'effectif des Périontes s'égalisait avec les Routiers. Geoffroy en effet les avait énumérés :

— Les sept cercles de l'enfer, dit-il.

Parité, peut-être, mais avec ce bémol que les affidés d'Herbert disposaient de FSA et que les Périontes n'avaient que des arcs et des frondes. Petite compensation, ces derniers étaient exercés, leur condition physique infiniment plus aiguisée, et comme les Athéniens à Marathon, ils luttaient pour leur patrie.

Un demi quart d'heure s'égrena. Lesquels parmi ces filles et ces garçons happés malgré eux par la spirale qui déchoit l'homme en brute sanguinaire ne caressaient pas le mirage insensé qu'un duel encore embryonnaire se dégonflera de lui-même, qu'on n'ira pas jusqu'à l'irrémédiable, qu'on pliera voile noire devant cette idiotie, s'étriper ? Toutes chimères évanouies au premier coup de feu.

Quoique ébranlés, ces Périontes-là étaient optimistes. Il était patent que Claude, Jérémie et Florent allaient surgir, que le renfort d'Olivier et d'Alexandre était imminent, et que devant cet afflux de troupes les Routiers flancheraient. Tragiques sophismes où se complaisent les âmes foncièrement pacifiques qui auscultent la guerre comme on ausculte un ciel pluvieux, en attendant l'éclaircie. Après tout, n'y a-t-il pas du soleil ? Ne respire-t-on pas les parfums des sous-bois ? Est-ce que tout cela est compatible avec de l'hémoglobine ? Est-ce que les Routiers ne sont pas eux aussi sensibles à ces choses ? Allons, tout ce ramdam n'est qu'un quiproquo, on s'est un peu frictionné, certes, mais à présent ça suffit ; de toute façon, on se craint et se craindre est un bon motif sinon pour s'aimer, du moins pour ne pas se trucider.

La belle utopie fut brisée net.

Une ombre s'était furtivement évadée par la porte piétonne, avant de contourner la maison, de longer la Tour et de s'élancer sur la piste périphérique des Brosses aux Trois-Chênes.

C'était Dorothée.

Sans en référer à quiconque, elle avait décidé de son propre gré de se pourvoir en ambulance à Florent et à Claude. Elle s'était harnachée d'une panoplie d'infirmière, avait délégué son intérim à Nadine et s'était éclipsée comme une anguille, avec l'abnégation qui fait son capital du serment des jeunes Thébains[66].

Dans tout conflit du genre de celui qui est relaté ici, il ne faut souvent qu'une impulsion d'un côté ou de l'autre pour provoquer une série de réactions en chaîne. L'escapade de Dorothée fut remarquée par les Routiers. Peut-être y suspectèrent-ils quelque coup fourré : le Grand-Bois s'anima, Thomas et Cyprien, de leur guet, y auscultèrent une effervescence qui ne leur disait rien de bon :

---

[66] Je n'abandonnerai pas mon compagnon dans la bataille, titre du reste d'un chapitre de ce roman.

– Je les vois, dit Thomas, ils sont en train de mijoter un truc pas catholique.

Cyprien ne barguigna pas : Dorothée prêtant le flanc, il était impératif d'enrayer les intentions des Routiers en les devançant. Il ordonna au groupe Nord de décocher une volée de flèches ; *histoire de les attiédir,* dit-il. Puis, via Thomas, il transmit la consigne à ceux du Tertre. Moins de trente secondes plus tard, les Périontes bandaient leurs arcs avec une impressionnante synchronisation, une pluie de traits fusait simultanément des trois positions, Tertre, Feuillée, Brosses, arrosait la lisière du Grand-Bois et semait la consternation au milieu des Routiers. Un tumulte de course en rapide décroissance sanctionna cette débauche d'artillerie.

– Ils se cassent, dit Cyprien.

Le contretemps avait été bénéfique à Dorothée, en ce qu'il lui aplanissait la voie du retour. Cyprien s'empressa auprès d'elle :

– Alors ? dit-il.

La fille appuya sur lui un œil vitreux. Son visage n'était pas blême, il était éteint :

– Morts, dit-elle.

– Tous les deux ?

– Tous les deux.

Ayant rendu ce verdict, elle réintégra sa faction ; Cyprien fit part à Thomas de ce qu'il venait d'apprendre et le pria d'en informer les autres. Lorsque les Périontes furent instruits du sort de Florent et de Claude, il n'y eut pas une larme. Seulement, Gervais, dans la niche où il s'était recroquevillé, gronda pour lui-même :

– Mon Dieu, ne leur pardonne pas, car ils savent ce qu'ils font…

Jusqu'ici, les Périontes n'avaient fait que riposter à une agression. Ces Routiers étaient leur cauchemar, sans doute, mais il s'agissait de les battre et non de les massacrer.

A l'annonce du décès de leurs deux camarades, ce qui n'avait été que de la colère se barbouilla de nausée. Les Périontes reproduisirent tacitement par devers eux la sourde apostrophe de Gervais. Dès lors, toute pitié s'effaça sous un insatiable appétit d'exterminer cette vermine sans faire grâce ni à l'âge ni au sexe, sans acception de mains jointes ou de supplications. Il y a un terme, même au sein de la conscience la plus élevée, même chez l'être le plus altruiste, au-delà duquel la compassion dénonce la trahison par pusillanimité. Les Périontes aveint atteint un sommet où la rage obsessionnelle façonne un sadisme qui sanctifie la vengeance. Chose triste, tous savourèrent la volupté qu'il y aurait à faire gicler le sang de ceux qui avaient versé celui de leurs frères. Les Routiers allaient rembourser, à un taux d'usure qu'ils ne soupçonnaient pas, le solde des cadavres dont était pavée leur carrière de charognards. Une irrépressible boulimie de dépecer, de sabrer, fit l'unanimité autour de l'assassinat de Florent et de Claude. En même temps, et par cette intrusion des choses riantes qui est la suprême ironie des grandes tragédies, le souvenir des jours heureux les terrassait.

Sous de semblables auspices, il faudrait ne jamais défaillir. Il faudrait être une statue de marbre, piétiner le superflu d'humanité qui s'opiniâtre et lui substituer la férocité d'une irréductible barbarie ; il faudrait congédier la plus infime lueur susceptible de luire de l'intérieur, il faudrait tuer, tuer, tuer encore jusqu'à la saturation, avec la frénésie de celui pour qui la vie, pas plus la sienne que celle d'autrui, ne vaut qu'on s'y apitoie. Hélas, il nous est aussi impossible d'éconduire notre naturel qu'il est impossible à l'oiseau migrateur de ne pas s'envoler au printemps. Quoi de plus oppressant que cet inintelligible contraste, la fortune d'hier écroulée par le désastre aujourd'hui ? Hier, c'était l'insouciance, la félicité, le ravissement de ce qui s'émerveille, les aurores frémissantes épanouies en jubilation qui en est à la fois le corollaire, la gratitude et l'ornement, le triomphe de la jeunesse exaltée par sa propre magnificence. Hier, c'était le paradis.

Est-ce qu'il y avait eu un hier ? Si oui, pourquoi cette nuit ? Pourquoi cette chute ?

Les Périontes mâchaient l'odieux sentiment qui fait ventouse de la profanation à l'attentat et de l'attentat à l'infamie. Ils constataient leur néant face à une impénétrable sentence. La mémoire musicale de Yannick lui retraçait une voix céleste, celle de Kathleen Ferrier, et une œuvre dont aucune note ne lui était épargnée, le bouleversant *Abschied*[67] de Gustav Mahler. L'adieu, c'était celui des Périontes au jardin d'Eden.

La tension grandissait. On avait hâte de fondre sur le nid de frelons des Routiers et de le détruire du premier au dernier. Comme on exulterait à fouiller ces chairs et à écrabouiller ces os, comme on jouirait de l'expiation de ces tortionnaires ! Comme on serait impitoyable ! Misère ! Les êtres qui préméditaient cela étaient les mêmes qui, un mois plus tôt, accompagnés par Olivier au piano, chantaient le chœur des prisonniers de Fidelio[68].

Il y eut, au cours de cette journée, une longue période d'inertie. Chacune des deux factions campait sur ses positions et tâchait de dépiquer les manèges de l'autre. Un couvercle de plomb asphyxiait les Froides-Aigues. Tout là-haut, dans le ciel, vocalisait la paisible et monotone stridulation des alouettes qui examinaient peut-être au-dessous d'elles de bizarres créatures sans ailes rivées à la terre.

Le vent du sud s'était durci et soufflait par rafales. Le vent du sud, c'est le hâle d'airain qui dessèche les gorges, irrite les yeux et amalgame à l'air que l'on inhale la poussière que l'on ne recrache pas, faute de salive. La fatigue, la faim, la soif, l'épuisement, l'incertitude, l'intuition terrible que l'échéance de cette journée était en conformité avec un inéluctable arbitrage, tout cela entretenait une excitation languissante qui ulcérait les patiences. Les cheveux étaient collants, les corps ruisselaient de sueur, il n'y avait pas un grain de peau où ne se fût agglutinée cette saleté qui rend poisseux tout que l'on touche.

L'inaction perdurait. Les Routiers semblaient s'être volatilisés.

Rien de pire qu'une cécité immobile. Un essaim de spéculations bourdonne sous le crâne : où est l'adversaire ? On

---

[67] Adieu, en allemand, dernier morceau d'une œuvre intitulée Das Lied der Erde, le Chant de la Terre.
[68] Fidelio, l'unique opéra de Beethoven.

croit le deviner où il n'est pas, on ne l'aperçoit pas où il est. Les fluctuations de l'improbable et du virtuel vont et viennent, s'entremêlent, s'infirment, se corroborent, échafaudent des éventualités, serrent et desserrent les nœuds de la logique et accréditent les hypothèses les plus folles. On est submergé d'un torrent de paradoxes. L'endurance, la maîtrise de soi sont tributaires des mille impondérables qui oscillent comme des yo-yo, ébauches trompeuses, mauvais calculs, supputations faussaires. Ce serpent qui ondule sous les broussailles, où et quand mordra-t-il ?

D'où la nécessité d'un capitaine à la clairvoyance souveraine. Cyprien remplissait ce rôle, certes, mais à peu près ; il avait les deux qualités qui font un bon chef, le dévouement et le courage. Mais il était dépourvu de l'amplitude visionnaire qui résout mentalement en un éclair les logarithmes les plus compliqués.

Il est indubitable que privés d'Olivier, les Périontes étaient amoindris, et cela sous deux aspects prédominants, le dynamisme et la compétence. Outre l'apport de ses bras et de ceux d'Alexandre, son incomparable sagacité aurait à la première expertise de la conjoncture délacé le nœud d'embrouillamini qui embarrassait tant Cyprien. Du round d'observation qui s'éternisait, il aurait distillé matière à exploiter la disjonction des Routiers en élargissant leur brèche, c'est-à-dire en rejetant l'aile gauche vers le chemin principal et l'aile droite sur le ravin ; ce faisant, il annihilait toute tentative de reconstitution d'unité. Une fois les deux tronçons disloqués, le premier n'avait plus qu'une échappatoire, la haie. Or, derrière la haie, à la lisière du Bois des Sources, deux paires de biceps seraient embusqués, si l'on peut dire le doigt sur la détente. Les quatre Routiers s'extirpant à grand'peine du houx étaient d'autant plus vulnérables que leurs fusils les gêneraient aux entournures. Quant à l'autre groupe, il n'aurait d'autre échelle que ferrailler à trois contre cinq et à reculons sur un sol accidenté de crevasses contre des archers rompus à toutes les ficelles de leur technique.

Cyprien avait bien ruminé cette opportunité, mais de manière trouble, ce qui fit qu'elle n'excéda pas le stade du croquis. Le flair aigu de l'initiative lui faisait défaut. Il choisit d'atermoyer.

Dix minutes s'écoulèrent. Intermittence qui aurait été favorable aux Périontes s'ils l'avaient asservie à l'élaboration puis à la mise en œuvre d'une tactique pensée. Ce n'était pas le cas. Cyprien, à tâtons dans les pronostics, temporisait contre sa volonté. Il était pressé de conclure, mais plus il s'écharpillait les méninges sur la méthode, plus il pataugeait. Ce qui le turlupinait surtout, c'était que les Routiers comme on dit étaient transparents. Ceux qui s'étaient réfugiés dans le Grand-Bois y étaient-ils encore ? La salve de flèches les avait-elle induits à refondre leur plan, si toutefois ils en avaient un ? Dorothée, depuis sa fenêtre, ne distinguait plus d'autre peuplade parmi les futaies que les futaies elles-mêmes.

Quant au groupe du hallier, il ne se manifestait pas davantage. Les Périontes aux aguets épiaient un belligérant invisible. Pas un bruit, hors les étreintes brûlantes du vent à travers les feuillages. Parfois, le cri d'un rapace déchirait la torpeur de cet après-midi d'été malsain.

Cyprien broyait du noir : cette accalmie spécieuse le chiffonnait. Il redoutait un traquenard.

Oser quelque chose, rudoyer un engourdissement de plus en plus éprouvant, ce fut la résolution à laquelle il lia le sort de ses camarades. Dans tout antagonisme, la fougue mal canalisée fait presque toujours commettre l'impair qui par ricochet accouchera de la défaite finale. Cyprien fut l'instigateur de cette gaucherie, de la meilleure foi du monde. Pour faire tant que se reposer sur l'expectative, il aurait été judicieux de n'en pas démordre, mais aussi de se rajeunir les méninges de quelques antécédents historiques, si riches de leçons. Cyprien sonnant le boute-selle rééditait la négligence de Napoléon à Waterloo de faire fi du potentiel de Grouchy. Il est incroyable que ni lui ni aucun autre n'eût songé à détacher dès le début l'une des filles, par exemple, en émissaire auprès d'Olivier et d'Alexandre ; les deux patrouilleurs une fois réincorporés au contingent, les Périontes s'accroissait du nombre, ils étaient pilotés par un garçon à l'acuité sans rivale ; ce qui a été dit plus haut était mené tambour battant, les Routiers scindés en deux segments s'effilochaient avant de se faire hacher menu.

Cyprien manda Thomas au groupe Nord :

— Mission, dit-il, incendier le hallier : tu leur dis qu'on ouvre le bal, qu'ils s'alignent sur nous, et tu reviens dare-dare avec nous.

Thomas obtempéra illico.

L'objectif du lieutenant d'Olivier se fondait sur une supputation toute simple, et, avouons-le, non dénuée d'ingéniosité : ceux de gauche, suppléant la mauvaise posture de ceux de droite, accouraient pour les soulager ; ce faisant, ils se découvraient. De là une charge globale à travers le Grand-Bois. S'ils refluaient vers les petites Brosses, un nouveau front de bandière les acculait au précipice. Or, le précipice, c'était la nasse. Cyprien rappela Yannick et Xavier du Tertre et les assigna avec lui et Thomas au groupe Sud :

— Enduisez les flèches de funin, dit-il, on va leur proposer une dégustation de l'enfer où ils rôtiront bientôt.

Sept arcs ardents se braquèrent vers leurs buts, pour les uns le Grand-Bois, pour les autres le hallier. Le crépitement caractéristique des fagots qui s'embrasent fit écho au sifflement des flèches, une fumée âcre tourbillonna en volutes dans l'atmosphère surchauffée. Quelques secondes après, les deux colonnes des Périontes s'ébranlaient en avant.

Celle du groupe Sud débusqua en moins de rien les quatre Routiers du Grand-Bois. Le feu, dont le funin décuplait la combustion, les avait circonscrits avec une rapidité instantanée . Pain bénit pour les assaillants, car manœuvrant sous le vent, ils n'en étaient pas incommodés. Inconvénient, la fumée estompait leur gibier. Ces derniers, désorientés par la hardiesse et la soudaineté de l'algarade, débridaient retraite décousue tout en flinguant à la diable. Mais leur pilonnage, trop approximatif, n'occasionna d'autre avarie que quelques morceaux d'écorces disséminés çà et là. Yannick, Xavier, Cyprien et Thomas, respectant entre eux un écart précautionneux, ménageaient autant de stations de protection qu'il y avait d'arbres voisins à l'abri desquels ils s'agenouillaient,

306

sans désunir leur coordination. Ils se trouvèrent bientôt à moins de vingt mètres de l'ennemi. Idéalement contrebutés par les inégalités de la topographie, ils accablèrent les Routiers de bordées nourries.

Une flèche a ceci de plus traître qu'une cartouche, qu'elle décrit une courbe avant de retomber. En terme militaire, c'est l'angle d'incidence. Cela fait qu'un soldat couché évite les balles mais n'évite pas toujours les flèches. En réglant graduellement la hausse, on peaufine un résultat au centimètre. Les Grecs de Léonidas ne périrent pas autrement aux Thermopyles.

Les Routiers furent subitement cernés de tous les points cardinaux. Geoffroy, Camille et Gervais avaient fait flamber les Brosses landières et progressaient inexorablement vers ses trois défenseurs, les deux filles et le garçon prénommé Farid. Toute résistance sur place eût été un suicide. Dès lors, pas d'autre issue que de décaniller à travers le verger, lequel s'adossait à la lisière d'une forêt attenante aux premiers contreforts de Gymnésie. Echappatoire, certes, mais aussi et par-dessus tout ratification d'un revers irréparable.

C'est ce dont se flattait Cyprien : quand il se consigna la débâcle d'une des deux moitiés et la panique de l'autre, il corna l'hallali. Le trophée dépendait étroitement de l'action du groupe Nord : que celui-ci culbutât le trio des deux filles et du jeune beur, et la victoire était dans la poche.

Un concours malencontreux de circonstances fit capoter l'opération, répétons-le émérite dans sa conception et rectifiant la balourdise de départ, celle qui au lieu d'accentuer la dissolution des deux pelotons, tendait au contraire à les ressouder.

Camille, Geoffroy et Gervais avaient d'abord rencontré un succès indiscutable ; le feu dévorait le hallier, le brelan de Routiers lâchait pied. Ceux-ci pressentirent que leur salut découlait d'une prompte imbrication à leurs camarades, non moins dans la panade qu'eux-mêmes.

Ce fut alors que les trois Périontes percèrent l'écran de fumée, à moins de dix mètres.

Cette conduite trop tumultuaire [69] était une grave étourderie. Ce qui l'expliquait, nous l'avons dit, la haine qui corrodait les cœurs, le désir d'en découdre et surtout d'en finir. Et puis, Camille, son initiateur, craignait qu'au lieu de se dérober vers la forêt le trio des Routiers ne décrochât le long de la lisière du ravin. Il ne réfléchit pas que cette option était la plus heureuse, en ce qu'elle restaurait une rupture compromise par la stratégie de Cyprien, et que leurs vis-à-vis s'emprisonnaient au plus inextricable des Brosses où ils étaient cloués comme papillons sur une planche.

Il est certain aussi que lorsqu'ils débouchèrent au-delà du hallier et qu'ils eurent en face d'eux les trois spadassins, ils ne les supposaient pas aussi près.

La surprise était totale de part et d'autre, mais cette fois au bénéfice des Routiers. On ne le rabâchera jamais assez : dans le combat à brève distance, les fusils sont infiniment plus maniables que des arcs ou des frondes. Les deux filles crachèrent conjointement la poudre, mais la vélocité de leurs cibles était telle qu'elles ne tuèrent que les mouches. Camille, Gervais et Geoffroy répliquèrent en visant avec la précision diabolique qui avait si magistralement illustré la journée de la veille. Leurs traits fusèrent au maximum de tension de la corde et embrochèrent les prénommées Mariska et Djidjo, l'une au-dessous du nombril, l'autre en plein cœur

Le troisième personnage du trio, Farid, était indemne. De réflexe, il vida ses munitions avant de déloger. Une balle percuta Geoffroy à la rotule. Ni Camille ni Gervais, qui précédaient leur camarade de cinq ou six mètres, ne s'avisèrent de sa blessure.

Les filles neutralisées, Gervais élucubra alors que s'il escamotait leurs armes, c'était autant de dégrevé au stock de l'adversaire. C'est pourquoi il galopa résolument vers le pactole. Le ramassage néanmoins l'obligeait à jouxter les deux Routières pratiquement nez à nez. L'une d'elle était morte sur le coup, l'autre agonisait. Gervais récupéra le premier fusil et

---

[69] C'est-à-dire hasardeuse.

vira quart de tour à droite pour compléter sa collecte. Il n'alla pas plus loin : galvanisée par le prodigieux instinct de survie qui est l'ultime sursaut avant le grand plongeon, la fille attrapa son FSA qui lui battait la hanche. Gervais n'esquissa pas un geste : la décharge à bout portant lui fit exploser la boîte crânienne.

La péripétie scella le dénouement de la bataille.

Camille ne réalisa pas tout de suite. Quelque chose était auprès de lui, un tronc avec des jambes, mais n'ayant plus pour tête qu'une boule sanglante. Tout à coup, ses orbites dilatées se vissèrent à ce moignon, puis à la fille qui râlait en ceinturant de ses bras son abdomen déchiqueté. Avec un rugissement de fauve, il se rua sur elle et lui planta son poignard par trois fois successives entre les deux seins. Un horrible bruit de tuyauterie qui se vidange le ramena vers son compagnon dont la veine jugulaire sectionnée débondait de son cou en charpie des cataractes d'un liquide noirâtre.

A deux cents mètres de là, René, Herbert, Jean-Louis et Manuel avaient été aux premières loges de la scène, alors que la fumée aveuglait à demi leurs poursuiteurs. Farid s'étant agrégé à eux, leur phalange se montait donc à cinq éléments.

Quand René se fut attesté que les deux filles avaient été supprimées, mais que deux Périontes sur trois étaient l'un lessivé, l'autre impotent, quand il fut flagrant que ceux qui les harcelaient ne bénéficiaient plus que d'un soutien purement théorique, il chuchota quelque chose au gros Herbert puis, avec une célérité de cougouar, détala dans le Grand-Bois où il incurva sa course vers le sentier des Froides-Aigues.

Sa décarade avait été trop intempestive pour ne pas déboussoler le quatuor dont Cyprien était le métronome. Un Routier en cavale, c'était toute l'offensive qui menaçait ruine. Endiguer sa course devenait par-là une urgence absolue. Cyprien, Xavier et Yannick ne raisonnèrent pas autrement. Ils se lancèrent sur les brisées de René. Ce fut la seconde inadvertance des Périontes : ignorant la catastrophe du groupe Nord, ils recommandèrent au seul Thomas de s'étançonner à des forces qui n'existaient plus.

Subitement, les quatre autres Routiers déferlèrent sur les trois Périontes. Thomas, rencogné contre la façade ouest de la maison, ployant sous les balles qui ébréchaient la pierre, était incapable de rameuter ses deux copains sans se faire charcuter. Camille, isolé lui aussi sur le spodiaire, épaulait Geoffroy mais cédait de plus en plus de terrain. Un épouvantable tourbillon échevelait quatre êtres hirsutes qui en refoulaient trois autres dont le premier, estropié, était un bras inutile et le second son tuteur presque aussi éclopé que lui.

Cet épisode culmina au cours de cet après-midi en un sommet de carnage qui n'appartient qu'à l'épopée antique. Un vertige de fureur enivra ses acteurs dans un cyclone où l'abomination se défiait elle-même. Ce n'étaient plus des êtres humains, mais une allégorie des titans de la légende.

La supériorité numérique des Routiers les avantageaient incontestablement. Il y en avait toujours un pour mettre en joue. Cela dit, piètres artilleurs : aucun n'avait le compas dans l'œil, ce qui en disait long sur le sérieux de leur formation militaire. Mais ils se rapprochaient. Seule éclaircie dans la bourrasque, Thomas qui en dépit d'un déluge de mitraille ralentissait leur avance par la justesse de son arc. Cet acharnement à être leur mouche du coche s'étant soldé par une tergiversation profitable, il s'esquiva à toute allure par le mail et les deux cours afin de prêter main-forte au pauvre Camille, à la veille d'être débordé. Il était temps : l'héroïque Camille, caryatide de Geoffroy, fléchissait ; tous deux rétrogradèrent vers la Tour. Cependant, le fardeau de Geoffroy leur était un joug de plus en plus pesant. Ce dernier estima-t-il qu'il était un poids superflu ? D'un coup de rein énergique, domptant l'atroce souffrance de son genou en bouillie, il se dégagea vivement des bras de Camille, rampa sur son flanc valide jusqu'au spodiaire, s'y adossa et empoigna sa fronde. Ses compagnons redoublèrent alors de billes et de flèches, mais rien ne les protégeait et l'intervalle entre eux et les Routiers s'amenuisait. Camille et Thomas tentèrent alors une sortie désespérée, mais sans interrompre les salves, c'était illusoire. Machinalement, ils reculèrent. Ils reculèrent tant que l'espace à leur camarade se creusa et que s'ils parvinrent à se rabattre derrière la Tour, ce fut au prix de l'abandon de Geoffroy.

Ce dernier esseulé près de la poterne, les Routiers à moins de cinq mètres, il fallait faire quelque chose, et vite. Thomas aurait bien improvisé une diversion pour permettre à Camille de se glisser jusqu'à lui, mais une mousqueterie l'en dissuada. Les Routiers criblaient la Tour cette fois à feu continu, et surtout plus minutieux.

Pas plus Camille que Thomas ne fut témoin de ce qui s'accomplit à quelques pas de là. Farid avait bondi sur Geoffroy. Celui-ci riposta, mais la douleur de sa rotule était trop aiguë ; l'autre, de deux impacts de crosse, l'assomma et lui releva le menton. L'infortuné Geoffroy, les yeux écarquillés de terreur, sentit le froid métallique de l'embouchoir du fusil dans sa bouche. Sa tête creva comme un fruit mûr ; des morceaux de cervelle se plaquèrent sur le crépi de la maison qu'ils tapissèrent en y faisant pendiller des filaments visqueux.

La perte de Gervais, la perte de Geoffroy, la situation intolérable de Camille et de Thomas, tout consommait la déroute des Périontes.

En cet instant, une nuée de flèches environna trois des quatre Routiers, qui régressèrent en désordre vers les Brosses et s'y émiettèrent comme chevreuils que courre une meute. Deux secondes plus tard, les encolures de Xavier et de Yannick surgissaient du potager à ciel ouvert. Ils avaient enfin mesuré à son aune la capilotade de leurs compagnons et n'avaient fait qu'un sprint à la rescousse. En pourchassant René dans le Grand-Bois, Xavier avait été touché à une tempe mais ne s'en ressentait que médiocrement. Il n'en pissait pas moins l'hémorragie. Cyprien ayant coincé le René dans un cul-de-sac, les deux autres Périontes avaient cavalé jusqu'à l'angle nord-ouest de la maison, siège présomptif d'une mauvaise affaire. Ils avaient d'abord côtoyé un cadavre mutilé, mais sans l'identifier, tant il était méconnaissable, puis avaient fondu sur Farid encore chaud de son forfait sur Geoffroy. Décontenancé par l'impétuosité de la contre-attaque, le jeune beur en déguerpissant heurta un bossage qui excédait le parapet de la poterne. Yannick le plaqua au sol, lui bloqua les bras aux clavicules et le hissa à la verticale en utilisant son corps comme un bouclier. Les trois autres Routiers avaient fait halte au milieu des Brosses et canonnaient à qui mieux-mieux ; une des balles incisa le cuir chevelu de Xavier, une autre percuta la poitrine de Farid, qui expira en quelques secondes. Sans affolement, avec un calme marmoréen, Xavier et Yannick vidèrent leur sac de billes. Mais ils étaient trop loin, et leurs projectiles ne causèrent pas plus de dégâts que des galets dans une flaque de boue. Bientôt après, Thomas et Camille les rejoignirent, les Routiers s'éparpillaient à travers le fouillis des petites Brosses avant de se débander dans le Grand-Bois où se terrait René. On n'eut pas le courage de les y talonner.

Gervais tué, Geoffroy tué, Xavier blessé, les Périontes se recensaient encore à cinq contre quatre. Inventaire prématuré : brusquement, Xavier se plaignit de sa tempe qui n'était plus qu'une énorme alvéole osseuse, tituba, s'affala en murmurant : *j'ai envie de vomir*, et s'évanouit. Ses camarades le déménagèrent à la cuisine, puis se remobilisèrent auprès de Cyprien, à qui Nadine avait signalé un fusionnement des trois derniers Routiers vivants dans le Grand-Bois : le pauvre Cyprien, à un contre quatre, n'avait eu d'autre marge de repli que de se barricader en arrière de la remise.

Le récit de cette journée macabre serait lacunaire s'il omettait un phénomène parfaitement fortuit mais dont les séquelles en auguraient déjà l'irrévocable épilogue.

On se rappelle que les quatre Périontes du groupe Sud, sur l'injonction de Cyprien, avaient enflammé le Grand-Bois. Avec la canicule qui sévissait et le suroît grand frais qui attisait l'incendie, celui-ci aurait dû tout calciner. Il n'en avait rien été, le feu s'était assoupi. Chose invraisemblable eu égard les conditions climatiques, il ne s'était pas propagé plus avant que le verger. Pire, il n'avait brûlé qu'une étroite bande de forêt. Anomalie qui ne devait jamais être élucidée. Tout, en apparence, conspirait en faveur d'un gigantesque embrasement. Il n'y eut pas d'embrasement, le sinistre, né en quatre foyers différents, ne fut qu'un feu de paille.

Pour les Routiers, cette excentricité des éléments était la perche tendue, le coup de pouce providentiel d'on ne savait quel Léviathan avide d'écussonner à ses créatures les armoiries de leur nouveau fief. La forêt carbonisée, le Grand-Bois était à nu, aucun assaut n'aurait été envisageable. Au lieu de cela, ils renouaient avec un cantonnement sûr et commode. Une flamme ardente ou paresseuse, et les destins basculent du zénith au nadir.

Un peu plus d'une heure après le début des hostilités, on en était donc à un statu quo sans vainqueur ni vaincu, Périontes et Routiers but à but[70]. Correctif, six morts. Toutes les guerres, celle-ci comme les autres, grimacent leur caricature qui en exhibe l'inanité et le ridicule.

Quand Camille et Yannick eurent rallié Cyprien près de la remise, celui-ci s'enquit du sort de Thomas et de Xavier.

– Xavier est dans les vaps, répondit Camille.

Il reprit, d'une voix altérée :

– Quant à Thomas, il avait l'air bizarre, il se tenait le ventre. Il avait revêtu une tunique, pour les coups de soleil. Personne, pas même lui, n'avait remarqué que son abdomen était échancré. Je lui ai dit : *mais tu as vu, tu as une énorme lésion !* Il l'a regardée, puis il m'a regardé, il a perdu l'équilibre, on l'a couché par terre, mais il ne bougeait plus et il avait les yeux grand ouverts ; je crois bien qu'il est mort.

Cyprien suffocant, souffla :

– Ça tombe mal, ils arrivent…

---

[70] But à but, c'est-à-dire sans avantage ni d'un côté, ni de l'autre.

Le désastre

Ils arrivaient, en effet.

Les Routiers n'avaient pas gambergé longtemps sur leurs échecs, dont l'un avait été à deux doigts les écrabouiller et l'autre reconsidérait les modalités d'une victoire, certes, mais à la Pyrrhus. Ils avaient eu tout loisir de cogiter que l'épisode de la Tour, si près de décrocher le pompon, avait sérieusement cahoté le clan adverse. Gervais et Geoffroy tués, Xavier blessé, cet agencement favorable rognait encore l'énumération d'une troupe estimée d'abord à une quinzaine de personnes. D'ailleurs, à y bien réfléchir, ce n'était pas là un des moindres sujets d'étonnement : cette addition restreinte faisait un heureux démenti avec celle de la veille. Il y avait surtout des trombines qui auraient dû être de la noce et qui n'en croquaient pas même d'une dent. René se rappelait un petit châtain flanqué d'un plus grand, ce dernier l'âme de la première bataille, le maître d'œuvre de l'artillerie, prompt à fulminer ses ordres avec un aplomb décoiffant et à enflammer ses camarades de sa formidable intrépidité. Sans ces deux-là, les autres étaient forcément affaiblis. Or, aujourd'hui ils avaient surtout brillé par leur absence. Qu'est-ce qui pouvait bien expliquer cette réduction de personnel ? Mystère. Le fait est que de quinze, ce beau monde était élagué à treize. Là-dessus, défalquez de ces treize le godelureau occis sur le flanc du ravin, les deux zigomars estourbis dans les Brosses, soustrayez encore le mec que Mariska avait trucidé, l'autre explosé par Farid, comptez pour quantité négligeable les deux éclopés, visiblement retirés du champ des opérations, supposez les filles non mobilisables, ce qu'on avait tout lieu de présumer puisqu'elles ne s'étaient pas incorporées aux combattants, l'inventaire ainsi rectifié totalisait quatre paires de bras. Quatre contre quatre, égalité stricte. Stricte ? Ce n'était pas si sûr.

Nous l'avons dit, René avait le nez fin. Il ne sous-estimait jamais le détail, le petit fait pour beaucoup sans importance, pour lui primordial et qui, si on était habile à l'exploiter, *changeait la tempête en bonace* [71].

Un de ces détails s'illustrait de la constatation sur laquelle nous avons plusieurs fois insisté, que les Périontes rechignaient au duel à courte distance. Leurs arcs, leurs frondes étaient redoutables, mais de loin. Dans un intervalle de cinq à vingt mètres, la précision et le potentiel homicide des billes et des traits sagittaires faisaient des ravages : celles-ci hachaient les chairs comme des éclats de grenades, fracassaient les os, enfonçaient les parties molles, ceux-là vous lardaient les viscères d'un même enthousiasme ; preuve, Djidjo enfilée jusqu'à la garde par un de ces projectiles, et hier Alexis, épinglé sur la grille.

A moins de cinq mètres, cette supériorité ne valait plus tripette.

René s'était démontré cela avec sa sagacité habituelle. Dès lors, la péroraison s'imposait, on pourrait dire qu'elle coulait de source : une attaque sur la cendre chaude de l'action précédente, brutale, ultra-rapide, inopinée. Objectif : enrayer toute velléité d'opposition efficace des trois Périontes en les harcelant ; au pire les disperser, au mieux les liquider sur place.

Il enjoignit à ses sbires d'effectuer une lente reptation vers la Feuillée. Un crissement de pattes de fauves dans une savane avertit Cyprien que l'*ite missa est* n'était plus qu'une question de secondes.

Quand il dit à Camille : *ça tombe mal, ils arrivent,* les Périontes, du moins ce qu'il en restait, désemparés par les indisponibilités de Thomas et de Xavier, n'étant plus que trois, avaient déjà tacitement entériné leur capitulation. Dans l'éventualité la plus optimiste, ils auraient eu besoin d'une trêve pour se raffermir et extraire de ce sursis la vaillance nécessaire à redéployer les étendards. Mais ils ne respiraient plus que la pestilence de l'hécatombe qui leur retranchait pour jamais les

---

[71] Expression de Corneille.

deux tiers de leurs camarades. Aucune menace, aucun péril ne les aurait arrachés au cercueil où cette vision cauchemardesque les avait déjà cloués. Circonstance aggravante qui sondait la profondeur de leur désarroi, ils n'avaient pas réarmé ; les arcs reposaient sur leurs genoux. L'épuisement, la lassitude, le sentiment d'inanité de toute bravoure qui n'eût été qu'un raffinement de fanfaronnade les avaient réduits à une irrémissible inertie.

Subitement, quatre créatures noires, hideuses, difformes, blocs de granit surgis d'on ne savait quel Tartare, se ruèrent sur eux. Monstrueuse allégorie des cavaliers de l'Apocalypse qui résumait le principe même du Mal. C'était pourtant les mêmes qu'une heure plus tôt les Périontes traquaient à travers le Grand-Bois en les obligeant à débrider retraite. Mais cette fois, l'initiative était dans l'autre camp. Or, l'initiative, surtout celle qui joue son va-tout, c'est le suprême *audaces fortuna juvat* [72]. Les Routiers s'étaient juré de conclure en beauté la plus rude croisade de leur carrière de desperados.

Camille, Cyprien et Yannick, confondus par la soudaineté de l'offensive, accablés du nombre et de la promptitude, tentèrent d'endiguer le raz de marée. Peine perdue : avant qu'ils eussent esquissé un geste, quatre canons vomissaient conjointement une grenaille d'enfer : l'une défonçait la poitrine de Camille, l'autre tuait net Yannick d'une balle dans le cou, une décharge broyait la moitié du visage de Cyprien. Pas une flèche n'avait été décochée. Les Routiers parachevèrent la besogne à la machette et sabrèrent les garçons aussi commodément qu'on taille un sycomore. L'assaut n'avait pas duré une minute. En une minute, les Routiers avaient fait table rase du dernier carré des défenseurs des Froides-Aigues.

Leur performance les avait tant effarés qu'ils examinaient béatement les trois Périontes affalés dans la poussière. Ils étaient plus pantois que l'athlète qui a battu un record du monde réputé invincible. Cependant, ces ankyloses de la stupéfaction ayant besoin de décongeler pour s'extérioriser,

---

[72] La fortune sourit aux audacieux.

c'est bon pour le moral, ils levèrent les bras au ciel, leurs bouches écumantes postillonnèrent un répertoire de jurons gutturaux d'une éloquence choisie :

– Ouais ! On les a eus, ces enfoirés !

– Putain, quel pied !

– Ça y est, bordel, on a la baraque pour nous.

– Et les gonzesses, elles sont là-haut, j'les ai vues, on va s'les faire.

En cet instant, deux déflagrations assourdissantes claquèrent coup sur coup. Jean-Louis et Manuel, mitraillés en pleine cage thoracique, se cabrèrent en arrière et s'écroulèrent au milieu d'une fontaine de sang. Réflexe conditionné, René plongea comme un gardien de foot derrière la remise, tandis que Herbert, ahuri, s'y pelotonnait à son tour de toute la pesanteur de son encolure de pachyderme. L'autre lui siffla : *ça vient d'en face.* En face, c'était la porte cochère.

Se réjouir trop tôt, c'est le brevet des mauvais capitaines. Pour avoir étrillé trois individus les doigts dans le nez, les Routiers avaient déjà organisé leur défilé sous l'arc de triomphe. Les dépouilles de Jean-Louis et de Manuel leur rappelaient le prix des lauriers que se décernent prématurément les fanfarons.

Il n'est pas superflu de dire un mot succinct des deux jeunes gens fauchés dans le printemps de leur âge, parmi tant d'autres en ce funeste après-midi. Comme Farid et Abdel, Jean-Louis et Manuel étaient unis par une authentique affection ; ils ne s'étaient jamais quittés, partageant tout, la faim, le vagabondage, le désespoir, quelques joies aussi, dérobées çà et là au gré de leurs pérégrinations. Les amitiés sincères, même maculées de fange, n'en sont pas moins touchantes, et en dépit des soubassements du crime dont celle-ci était souillée, elle avait été un modèle de constance. Ce sont des fleurs dont le parfum serait exquis s'il ne se gâtait des puanteurs du lisier où, malgré tout, elles éclosent et prospèrent. Jean-Louis et Manuel étaient les ménechmes d'Olivier et d'Alexandre en négatif. La flaccidité de leurs caractères les avait bringuebalés indifféremment au hasard des aubaines à saisir, n'importe lesquelles, pourvu que l'auberge où l'ont relayera assortisse la taverne de Falstaff au bouge de Messaline. Ils incarnaient l'homme passif et malléable, éternelle girouette que gouvernent les vents dominants et que séduit l'agrément des jouissances faciles.

Chose poignante, ils dessinaient sur le sol une croix, comme si la mort, en ne consentant pas à les séparer, prononçait leur absolution.

Pour Herbert et René, la situation était critique. Ce fâcheux rebondissement retardait le sacre et peut-être même, une fois de plus, le compromettait. Que faire ? Herbert proposa de réitérer la manière expéditive. Comme toujours, la correction judicieuse étincela du cerveau de René. Celui-ci lui chuchota, en désignant la porte :

– Je vais tâcher de zyeuter là-dedans : tu mets en joue, si ça bouge tu tires dans le tas.

Herbert aurait eu mauvais jeu à objecter quoi que ce fût. Si son analyse de l'actualité faisait naufrage, il pressentait confusément malgré la viscosité de ses facultés mentales que la notion de hiérarchie s'abolissait d'elle-même avec la disparition de Jean-Louis et Manuel. Quand on n'est plus que deux, il n'y a plus de chef. Il fit donc ce que lui avait prescrit son compère, il coucha en joue la porte cochère. René s'était faufilé le long du mur attenant et, accroupi dans l'angle mort, lorgnait prudemment par l'interstice.

Peu à peu, son faciès se décora d'un sourire. Sourire du chacal qui a flairé l'odeur de la bête piégée. L'instant d'après, le lourd panneau de bois coulissa sur ses rails, René pénétrait tranquillement dans ce vaste enclos qu'était le rez-de-chaussée.

– Regarde-moi ça, dit-il, goguenard.

On se souvient peut-être de ce que l'aile droite était dédiée au bois de chauffage où l'on entreposait une pile qui s'échafaudait à plus de deux mètres.

Quelqu'un y était adossé.

C'était Xavier. La face ensanglantée, l'un de ses bras en portemanteau à l'extrémité d'un rondin qui faisait saillie, l'autre pendouillant dans le vide, il se cramponnait, à demi prostré comme un supplicié sur sa claie. A ses pieds, un FSA encore fumant.

Racontons ce qui était advenu.

Après la péripétie de la Tour, Xavier, cela a été dit, avait enduré de terribles migraines, d'autant plus alarmantes qu'elles avaient dégénéré en syncope. Ses camarades encore valides, Yannick et Camille, le transportèrent dans la cuisine et lui dispensèrent les premiers soins. En lui retirant le tampon de chiffon qu'il s'était appliqué lui-même aux tempes, Dorothée réprima un cri d'effroi : une balle avait fouillé une cavité jusqu'à l'os du crâne et au-delà. C'était un miracle qu'il vécût encore, mais c'en était un plus invraisemblable qu'il se fût dépensé avec une telle lésion. Tant que l'ouragan de la bagarre avait sollicité son énergie, il ne s'était pas inquiété des symptômes d'étourdissements, de cécité temporaire et de malaises qui multipliaient les vertiges et les nausées. Ce n'est qu'après que, l'esprit ne commandant plus au corps, il avait sombré dans un semi-coma que tout le monde qualifia irrémédiable. Un fracas de pétarades secoua son anesthésie, il recouvra, allez savoir comment, assez de lucidité pour comprendre plus ou moins nettement que les dés en étaient jetés. Au prix d'un effort surhumain, il s'accouda à une croisée de la cuisine et assista au massacre de Cyprien, de Camille et de Yannick. Alors, il empoigna le fusil récupéré sur Farid, se traîna au rez-de-chaussée en titubant, s'embusqua derrière la porte cochère et s'y ménagea un interstice. Tout cela sous l'empire de cette perception à la fois amplifiée et approximative d'un environnement où l'on ne se meut plus qu'à son insu, ivresse moribonde qui n'accepte pas de mourir sans avoir bu le calice jusqu'à la lie. C'était la minute où les Routiers proclamaient leur apothéose. Xavier pointa l'arme sur ce qu'il avait dans sa ligne de mire, en l'occurrence Manuel et Jean-Louis, tenant à peine sur ses jambes flageolantes et sachant que ce serait là le dernier acte de sa vie ; hélas, un acte de mort. La mort frappa par deux fois. Puis il s'étrésillonna au tas de bois et attendit.

Quand René eut ouvert la porte cavalière, la tête de Xavier pendouillait sur sa poitrine, pareil à une bamboche désarticulée. D'abord, les deux Routiers le crurent trépassé. Seulement un trépassé qui soutient la station verticale est un paradoxe. René, qui n'aimait pas les paradoxes, dégaina son coupe-coupe de sa ceinture.

René était déçu de la perte de Jean-Louis et de Manuel. Ces deux-là honoraient un rang d'échansons, de domestiques, accessoirement de mignons, fonction qui épiçait fort ses loisirs. Leur trépas lui infligeait un insurmontable crève-cœur, en ce qu'elle ne lui léguait pour reliquat de compagnonnage que l'adipeux et répugnant Herbert.

Soit dit par anecdote, René méditait depuis peu la destitution du pandour. Le succès de ce seize juillet préludait à une aguichante saison d'ambroisie et de miel, radicalement nettoyée des miasmes de l'ancienne. Le règne du dauphin chamboulait la dynastie, ce qui excluait d'office la bonne santé du potentat déchu, forcément démangé un jour ou l'autre par la reconquête de sa tiare. Ajoutons que le côtoiement du magot lui était physiquement insupportable. Il était persuadé dur comme fer, pour les avoir remarqués qui faisaient sentinelle aux fenêtres, qu'au moins deux filles étoffaient la peuplade de la maisonnée, et il était bien déterminé à se couronner pacha d'un harem riche en odalisques, et à régner sur cette petite cour en maître absolu. Ambition qui introduisait une clause abrogatoire au contrat de mitoyenneté de Polyphème. Il imaginait avec aversion cet amas de chair écœurante palpant de ses grosses pattes ce qui lui appartenait de droit, à lui René. Et puis, à plus longue échéance, on aurait à bâtir un royaume et il incombait à l'élu de crayonner les articles de sa constitution. Ce vaste programme d'investiture spécifiait pour protocole préalable la disgrâce d'Herbert. Disgrâce, entendez élimination.

Pour l'heure, on n'en était pas là, il y avait encore quelqu'un de vivant chez les indigènes. Vivant est ici une hyperbole. Xavier était dans ces limbes où l'âme plane déjà, détachée, au-dessus des futilités terrestres. Son fier visage si probe, sa virilité juvénile de jeune spartiate, cette âme généreuse et fraternelle gravée en lettres lumineuses sur une rayonnante physionomie, n'étaient plus qu'une diaphanéité spectrale.

Il n'eut même pas conscience de ce qui se tramait. René et Herbert le jetèrent en travers d'une souche à fendre les bûches. Sans une hésitation, avec la précision d'un bourreau de métier, René abattit la lame sur la nuque. Un son mat retentit, un geyser vermeil éclaboussa le sol de béton, le tronc y bascula latéralement, galvanisé par deux ou trois spasmes nerveux, puis il ne bougea plus. René peaufina l'ouvrage en décollant la tête qui roula au pied du billot.

Alors, il beugla un rire si gras, si obscène qu'il en était presque homérique. Cette ultime résistance oblitérée, c'était le salaire, la consécration de longs mois d'opiniâtreté et de foi en sa bonne étoile, l'estampille certifiée d'un génie, le sien, et uniquement le sien. Enfin, tout était consommé ! Aucun autre soldat à la ronde, il était presque acquis que le décapité finissait le démembrement des Périontes. Seulement, dans *presque acquis*, le *presque* est une admonition qu'on aurait tort de traiter par-dessus la jambe comme les prophéties de Cassandre : avant de calligraphier le chapitre suivant, peu enclin à vendre une nouvelle fois la peau de l'ours, bévue qui avait coûté si cher à Jean-Louis et à Manuel, il épluchapter soigneusement les alentours. Pas une ombre, pas un souffle, l'éminence grise des Routiers saliva la suite :

– A l'étage, dit-il.

Il se glissa à l'extérieur, son compère sur les talons, doubla l'angle de la petite cour, gravit les escaliers, fusil au poing, promenant à droite et à gauche des œillades effarouchées. Partout, un silence de catacombes. Il poussa la porte, le couloir était désert. Il s'y engagea.

Il n'avait pas allongé trois pas qu'un mugissement rauque lui inspira une fulgurante volte-face : Herbert, les paupières révulsées, la langue tordue à se l'avaler, vacillait comme un poteau électrique désaxé par la tempête, en essayant inutilement d'atteindre son dos de ses mains. Le mascaron s'étala avec la délicatesse d'un paquet de suif sur un carrelage.

Une flèche était fichée au-dessous de l'omoplate gauche. Elle avait été si puissamment catapultée qu'il n'en dépassait plus que l'empennage d'un côté, tandis que de l'autre le fer saillait sous la peau.

Sans égarer son flegme, René se recroquevilla derrière le monceau de gélatine qu'était Herbert. Ce calme inflexible qu'il domptait, disons-le avec une magistrale imperturbabilité, n'empêchait pas une immense vague de rancœur de déformer sa trogne et de l'enlaidir d'un rictus d'indignation. Caligula devait grimacer ainsi quand il regrettait que le temps de son règne n'eût été signalé par aucune calamité.

En cet instant, une silhouette vive comme l'éclair déboula, une longue fourche tridentée tendue devant lui. Rien n'était plus véloce, on aurait dit un feu follet. Le feu follet fonça sur René, qui esquiva de justesse l'empalement. Emportée dans son élan, la silhouette le frôla. D'un croc en jambes, René la déséquilibra, elle s'aplatit sur le ventre, le Routier lui sauta dessus.

Cet assaut de fantassin, pas besoin d'être grand clerc pour lui attribuer une identité. Là aussi, comme pou Xavier, excursus rétroactif dans le récit.

Depuis le début des hostilités, Jérôme avait été pour ainsi dire vissé à la Tour. On n'a pas oublié l'intervention affectueuse et navrée de Nadine. Celle-ci partie, il somnola quelques minutes. Une nouvelle bouffée d'anxiété déglaça sa torpeur. La conviction d'une catastrophe inexorable infiltra par degrés ce qui subsistait en lui de discernement. Mais l'angoisse de mourir, la dénégation obstinée d'une évidence pourtant indubitable l'ankylosaient. Son for intérieur lui enjoignait de prêter main-forte à ses camarades, sa volonté s'y refusait.

Il n'est pas hors d'apparence que ce traumatisme quasi apoplectique confina à une douce démence. Pendant une heure, il tâtonna dans un tunnel qui lui aliéna la mémoire. Une heure, c'est peu, et le temps, on sait cela, est relatif. Brusquement, il s'éveilla et tendit l'oreille. Le vacarme des fusillades avait cessé. Il se dressa sur ses jarrets, cette fois parfaitement sain d'esprit et comme revigoré. Résurrection qui coïncida avec le louvoiement des carrures d'Herbert et de René faisant patte pelue vers l'entrée de la maison. Alors ses yeux se dessillèrent. La certitude que les Routiers étaient vainqueurs aurait dû l'anéantir définitivement, en ranimant les braises de la terreur qui couvaient encore. Mais les braises avaient consumé la terreur. Il attrapa son arc et ses flèches, descendit le long escalier de la Tour, calmement, sans appréhension. Ce n'était plus le petit ado folichon et pimpant, mais un jeune homme en qui s'alliaient la majesté, la hardiesse et la résignation désabusée qui a balayé toute crainte, la crainte étant le luxe de ceux pour qui la vie signifie encore quelque chose. La sienne n'était plus qu'un stupide sursis. Il franchit le seuil du vaste édifice au moment où Herbert escaladait les degrés du perron. Etant pieds nus, il ne se dénonça pas. Il banda l'arc de tous ses muscles et visa avec la dextérité qui lui avait si souvent valu les compliments de ses pairs. La flèche transperça le cœur de part en part. Puis il s'empara d'une fourche qui était là et dont on se servait pour le jardinage. Tel un voltigeur de première ligne, il s'élança crânement dans le corridor, avisa René qui se bricolait une protection du rempart d'Herbert, et déferla sur lui pour l'embrocher. On a vu comment ce dernier conjura l'estocade.

Sa victime à sa merci, le Routier lui aurait volontiers sectionné les vertèbres cervicales, une de ses spécialités. Il n'en fit rien. Plusieurs raisons justifiaient cette mansuétude. En premier lieu, il lui savait gré d'avoir résolu pour lui l'équation Herbert. Mais aussi, celui sur lequel il se trémoussait lui faisait l'effet d'une oblation compensatoire pour pallier la regrettable défection de Jean-Louis et de Manuel. Avoir dans son sérail deux Vénus, c'était bien ; leur adjoindre Ganymède, c'était encore mieux. La délicieuse adhérence de son pubis au charnu de ce jouvenceau lui offrait un échantillon des plaisirs dont ce beau petit diable était le frétillant vivier. Le contact de ses fesses à travers le pagne, surtout à travers le pagne, stimulait son excitation de ce raffinement de vice qui gueuse la volupté au sein même du carnage ambiant. Il se tortillait contre lui, le pressait, le malaxait, ivre de lubricité. En même temps, il lui murmurait, d'une voix sucrée :

— Tu veux vivre ? C'est simple, il suffit de devenir mon giton. Tu entends ? Mon giton. Tu as un beau petit cul qui m'électrise à un point, tu peux pas savoir. L'envahisseur qui soumet l'envahi, c'est une vieille coutume. Moi, je suis le seigneur, toi tu obéis, tu es gentil et dévoué tout plein. Tu vois, je suis bon prince, je te laisse le choix : où tu clamses, ce qui serait dommage, ou tu acceptes d'être mon mignon. Plus tard, si tu es docile, je t'élèverai peut-être au rang d'écuyer. Tu me réponds sans délai, sinon je te brise la nuque.

— Je suis à toi, répondit Jérôme.

René mâcha un brin de perplexité qui renifle par où boiterait une acceptation trop spontanée pour être honnête. Mais le désir le grisait. Il avait là, sous lui, de quoi exaucer les vœux d'une libido que l'odeur de l'hémoglobine avait exacerbée. Il se débarrassa de ce qui lui servait de pantalon, une espèce de haillon informe, et entreprit de déchirer le pagne du jeune garçon.

— Attends, dit celui-ci, je vais l'enlever.

— Dépêche-toi, bégaya René, fou de concupiscence.

Jérôme se souleva légèrement, délaça le nœud, retira l'espèce de justaucorps qu'il portait à cause de l'insolation contractée quelques heures auparavant, et apparut nu à René extasié.

Dans sa pâmoison, ce dernier n'avait pas fait attention qu'en ôtant le justaucorps, l'adolescent y avait fourré une main adroite et qu'il en avait extirpé un objet. Cet objet, c'était un couteau. Quand il chevaucha sa monture, celui-ci, d'une phénoménale impulsion des reins, se projeta latéralement en vociférant un hurlement suraigu ; l'autre, décontenancé, heurta la cloison, Jérôme virevolta avec l'agilité d'un singe et le poignarda. La lame balafra la joue, depuis l'oreille jusqu'au menton. Une nouvelle ruade entailla son épaule. René repoussa son agresseur d'un coup de rotule, mais celui-ci le chargeait de plus belle avec une fureur enragée. Une seconde de plus et il l'énucléait.

Le cadet des Périontes rata le coup décisif. René intercepta son poignet au vol, lui tordit le bras dans le dos et le fractura. Puis il saisit sa machette, agrippa les cheveux d'une main, inclina la tête en arrière et trancha la gorge d'une seule incision, sur toute sa longueur. Une écluse pourpre dégorgea dans un d'abominables borborygmes. René, qui n'était pas du genre à contraindre ses mépris, refoula le cadavre devant lui avec une moue de dédain :

– Connard ! dit-il.

De toutes celles qui endeuillèrent les Froides-Aigues, la mort de Jérôme fut la plus exécrable. Disons-le pour ne plus y revenir, car ces horreurs suscitent un incommensurable dégoût, il fut près de dix minutes à rendre l'âme. Pendant dix minutes, il se vida. Par bribes, il éructait un affreux râle, pareil au raclement de deux pièces de métal qu'on frotte l'une contre l'autre. Cet enfant qui avait fait le ravissement de ses camarades, ce petit être né pour rire, pour chanter, pour courir épanoui parmi les fleurs, étant fleur lui-même, aux yeux pétillants de bonheur et à la peau sucrée qui sentait bon la vanille, espiègle comme un lutin des bois, qui avait tout aimé autour de lui avec une égale ferveur, dont la frimousse faisait fondre de tendresse filles et garçons, ce condensé de la joie, de la gentillesse insouciante, connut à quinze ans non révolus une fin qu'on ne souhaiterait pas à son pire ennemi. Il expira enfin, sans avoir compris pourquoi il y avait sur cette terre des gens qui s'étripaient, alors qu'il était si simple d'être amis, de jouer, de rigoler et de faire des farces.

Le repos du guerrier

De la boucherie qui en était à son point d'orgue, Dorothée et Nadine avaient tout ingurgité, tout avalé, tout digéré : la mort de Florent et de Claude, celle de Gervais, fusillé à bout portant, amas de chair informe qui avait eu une tête et qui n'avait plus qu'un moignon, l'erreur du trio poursuivant René et abandonnant Thomas aux prises avec un adversaire supérieur en nombre, Cyprien, Camille et Yannick mitraillés à leur tour, Xavier trépané, la maison livrée aux Routiers, le sang répandu, les entrailles disséminées, les cervelles dégoulinant sur les murs, l'abominable se lançant défi à lui-même et plongeant les Froides-Aigues dans une bauge d'abjection dont aucune langue n'est capable de peindre l'horreur.

Un trop-plein d'atrocités est un assommoir. On est d'abord ahuri, on titube, le crâne n'a plus prise à rien de tangible ; la phase finale de cette sidération, c'est l'anesthésie générale. Dorothée et Nadine se désagrégèrent, littéralement. Le courage les lâcha, elles abdiquèrent toute capacité à réagir.

Quand le calice est comble à ras bord, faire un pas de plus dans l'innommable est impossible. L'homme est doté d'une certaine quantité d'endurance : au-delà, la raison démissionne. Les deux filles s'engloutissaient dans les spirales d'un immense entonnoir où l'on dirait qu'une pompe aspire la substance corporelle. De temps en temps, l'une d'elles dodelinait de la tête et prononçait des paroles inintelligibles. Une fois, Nadine serra ses poings sur les hanches et s'exclama avec une autorité puérile qui dans toute autre circonstance aurait été comique :

— C'est pas tout çà, mais les garçons vont rentrer, il faut préparer à manger.

Dorothée lui adressa un regard terne ; Nadine se rassit, haussa les épaules et bégaya :

— Ah oui, c'est vrai, ils sont tous morts...

Cette scène se déroulait alors que retentissaient les déflagrations, les cris des blessés et les râles d'agonie des mourants.

Subitement, au vacarme succéda l'épais mutisme d'un après-midi écrasé de chaleur. C'est tout juste si les filles furent sensibles au contraste pourtant extrême qui résultait de cette extinction sonore. Leur état de sidération les avait chloroformées à telle dose qu'elles n'adhéraient plus à rien. Un séisme les aurait enterrées vivantes sans faire une ride à leur pétrification, tant l'indifférence avait tout muré autour d'elles d'une paroi étanche à la moindre émotion. Quant à leur propre sort, l'indifférence totale : on est prostré, rien ne vous atteint, vous voilà autiste à votre volonté défendant à l'intérieur d'une espèce de cage de Faraday qui vous isole de tout.

En cet instant la porte grinça, une silhouette se profila dans l'embrasure.

Silhouette, c'est le mot facile, celui qui vient sous la plume : la chose avait bien les contours d'une entité plus ou moins humaine, mais là cesse l'analogie : c'était de longue taille, avec un mufle ovale moucheté de boutons purulents, une nudité fangeuse, pour vêtement une simple pièce de drap déchiré qui couvrait imparfaitement un pubis ordurier. Cette espèce de faune mâtiné de satyre, vomi d'on ne savait quel bestiaire, se prolongeait par le bas d'une rapière souillée d'un liquide épais et vermeil qui dégouttait sur le plancher. René, dans la gloire du carnage dont il était maculé, venait cueillir les lauriers de son triomphe. Toute sa personne respirait le calme placide et hautain du seigneur de fief qui a bataillé dur et qui réclame ses émoluments. Pas un sourire sur son visage foraminé comme une écumoire. C'était, dans sa splendeur infernale, la superbe assortie au sadisme savourant le trophée de ses exploits guerriers. Il posa la machette à terre, fit quelques pas, ôta son cache-sexe, ce qui dévoila le reliquat d'excitation contracté sur Jérôme, et proféra, cette fois en tordant la bouche pour se décorer d'une grimace théâtrale adaptée à son prestige :

— Vos copains sont dessoudés. Les miens aussi, d'ailleurs. Excellente occasion de se faire de nouveau amis ; qu'en pensez-vous ?

Les filles ne pipèrent mot. Dorothée était un monolithe, Nadine soufflait comme quelqu'un qui est de mauvaise humeur ; tout à coup, cette dernière articula, avec une moue de répulsion :

— Bouh ! t'es pas beau, tu pues...

La mine du René s'assombrit ; brusquement, il la hissa sur la pointe des orteils et la plaqua contre le mur :

— A poil, éructa-t-il, j'ai envie de baiser !

Nadine riva insolemment ses prunelles dans les siennes, et fit non de la tête :

— Va t'en, s'écria-t-elle, tu sens pas bon !

René ne s'offusqua pas de la repartie ; il insista en bigarrant son élocution d'une nuance pateline qui était glaçante, tant elle dérobait d'effrayants arrière-plans :

— Défringue-toi ! Je ne te le redirai pas une troisième fois...

— Non ! objecta Nadine.

René l'observa un instant, observa Dorothée à côté qui avait l'air absent, puis avec une brutalité inouïe, agrippa Nadine aux cheveux, la plia en avant, lui attrapa conjointement une jambe et un bras et la balança au travers de la fenêtre en éructant un rugissement de lion irrité. Le chambranle vola en éclats, un hurlement strident précéda la chute. Le hurlement s'étouffa dans un bruit d'os brisés. Nadine ne souffrit pas : tombée la tête la première, sa nuque fut sectionnée net.

Ayant ainsi réaffirmé le principe élémentaire de son hégémonie de mâle dominateur, il s'accroupit auprès de Dorothée et lui exhiba sa virilité :

— Empale-toi là-dessus, dit-il.

Un incident aussi fortuit que déroutant rompit ses mesures. Sans que rien l'eût annoncé, la fille partit d'un rire acidulé illustré de mimiques et de petites pantomimes enfantines. Puis le rire s'estompa, sa physionomie se voila d'une expression mélancolique ; alors s'éleva au milieu de la chambre empestée d'exhalaisons fétides une mélopée aérienne, éthérée, quelque chose d'à la fois diaphane et désespéré, comme la prière d'une vierge que l'on va sacrifier. René, interdit, eut, on ne sait comment, la patience d'écouter jusqu'au bout :

Que me font ces vallons, ces palais, ces chaumières ?
Vains objets dont pour moi le charme est envolé ;
Fleuves, rochers, forêts, solitudes si chères,
Un seul être vous manque et tout est dépeuplé.

Conformément à son label, la stupéfaction de René ne tarda pas à se ramollir. Il n'avait pas la corde assez mélomane ni assez poétique pour souffrir qu'on lui poussât la cantilène sous le nez, fût-elle signée Lamartine. Du reste ce trait de caractère s'endentait à la perfection au pèlerin : René n'avait jamais chanté de sa vie. Cette faculté lui était étrangère. Le chant, c'est la joie. A nos heures de détresse, le chant nous console. Chanter, cet acte si simple, si naturel, est le soupirail par où la lumière réchauffe le cœur endolori. René vivait dans des ténèbres, froides. D'ailleurs, il détestait la musique. Et puis, il n'était pas venu pour cela.

— Ferme ta gueule et ouvre tes cuisses ! dit-il en se félicitant de son tour de style.

Dorothée n'obtempéra pas et continuait de psalmodier. René, de plus en plus menaçant, siffla entre ses dents :

— Tu veux rejoindre ta copine ?

Dorothée le toisa et protesta, d'une voix fluette et cristalline de petite fille :

— Ah non ! la fenêtre, elle est toute cassée…

Là, le garçon ébaucha la divagation du geste caractéristique du constat d'une pathologie psychotique. Ordinairement, il ne reculait devant rien pour engranger sa ration d'assouvissement de ses appétits sexuels, fort voraces. Mais cette fois, confronté aux élucubrations de cette zombie où il était aisé de diagnostiquer une vraie crise de paranoïa, il hésita :

— Elle est complétement à la masse…, murmura-t-il pour lui-même.

Rien n'était plus vrai. La pauvre Dorothée n'avait plus le sens commun. Elle délirait, souriante, presque légère, en débitant des propos sans suite. Parfois elle s'émerveillait d'un objet, commode, chaise, tableau, et s'exclamait :

— Oh ! comme c'est joli ! n'est-ce pas que c'est joli ?

Il y avait dans un coin de la pièce – nous sommes, rappelons-le, dans l'auditorium – le piano d'Olivier, un superbe queue Bösendorfer qu'il entretenait lui-même grâce à de solides notions d'organologie. Dorothée tapota d'un doigt sur une touche et gazouilla aimablement :

— C'est Moineau qui joue du piano ! Il joue bien, j'aurais voulu savoir jouer comme lui… pas toi ?

Même exposée à un cas d'aliénation mentale, la patience a ses limites. Supputant peut-être les sujétions d'un avenir en compagnie d'une détraquée, René lui arracha ses quelques frusques, la conduisit sans ménagement contre le mur du fond et appliqua sa verge rouge sur la gerçure où enfin il allait rassasier une démangeaison qui l'agaçait d'autant plus qu'elle exorcisait une inhibition toute récente.

Néanmoins, il lui importait de ne rien bousculer. René en amour cultivait la subtilité. Il aimait à temporiser, il savourait les raffinements des voluptés qui s'accroissent et s'embellissent par de savants retardements. Il répugnait à jouir comme il avait vu faire parfois l'immonde Herbert, avec cette gloutonnerie grossière qui ignore les préliminaires. C'est pourquoi, tout en se délectant du fourmillement qui le grisait, il égaya la matière d'un peu de conversation :

— Tu vas voir, dit-il, on sera bien ici, tu seras ma maîtresse, soumise et obéissante. Tu es devenue folle, à quelque chose malheur est bon. Je te jure que si tu es bien gentille, tu ne le regretteras pas. Tu sais, je parais farouche comme ça, mais en réalité je suis un grand sentimental, et même tendre quand je veux… Seulement, la vie n'est pas rose pour tout le monde, elle est même impitoyable et j'ai dû lui faire face…

En ce moment, un écho d'outre-tombe vibra à ses oreilles :

– Fais-nous donc face à nous…

René n'eut pas le temps de pivoter sur son axe : une percussion d'une inconcevable violence lui matraqua la nuque, sa vue se brouilla, avant qu'il eût esquissé un mouvement, il était à terre, un pied d'acier carré sur son torse. Alors il distingua, l'une le surplombant, l'autre accroupie latéralement et serrant ferme autour de son cou la ligature d'une fine cordelette de métal, deux figures de cendre échevelées d'une espèce d'auréole qui flamboyait comme un brasier. Ce qu'irradiaient cette gémellité de rougeoiements incendiaires, inutile d'essayer de le décrire. C'était un blasphème vomi par deux âmes solidaires du crime expiatoire qu'elles allaient perpétrer, où ne logeait plus le moindre sentiment de compassion, un chaos de malédiction inexorable, l'ultime sape de la créature qui a renié Dieu et où aucune pitié se surnage plus.

La même voix le héla sèchement :

– Tu as une prière à baragouiner ?

René, les pupilles exorbitées, fit non de la tête, machinalement. L'autre reprit :

– Alors, va au diable !

Le garrot s'intensifia, celui qui était debout empoigna d'une main le sexe encore en érection tandis que l'autre main, armée d'un coupe-coupe, le lui tranchait à la base d'un seul coup. Pas plus que la mort de Jérôme, celle de René ne se prête aux effets de style littéraire, aux *hypotyposes* [73] comme dit la rhétorique. Là où la cruauté n'a plus de frein, là où la haine est si excessive qu'il n'y luit plus la moindre lueur de miséricorde, il n'y a rien d'autre à relater que le fait brut. L'auteur de la mutilation lui jeta l'organe au visage et s'essuya avec dégoût. L'autre garçon avait quitté sa posture de strangulation et s'était agenouillé devant Dorothée sans se soucier des spasmes qui tordaient René sur le plancher comme un ver de terre.

Le coupe-coupe, comble de l'ironie, était celui-là même qui avait décollé Xavier et égorgé Jérôme. En s'introduisant dans la

---

[73] Description vive et détaillée.

pièce, René, émoustillé par l'attrait de la chair, avait commis l'imprudence de s'en séparer.

Les deux survenants, nous savons de qui il s'agit, emmenèrent Dorothée au salon du premier étage et l'allongèrent sur le divan. Ils allaient sortir lorsqu'Alexandre arrêta son compagnon : son regard plongea dans le sien avec l'éloquence qui n'est jamais si poignante que quand elle est muette. L'aîné épancha un long soupir ; soupir résigné qui se faisait l'application de ce que son cadet, par ce truchement, lui reprochait. Il s'empara d'un fusil, remonta à l'auditorium, se planta devant René qui se tortillait dans tous les sens en vomissant, braqua l'arme contre sa poitrine et la déchargea.

Alexandre s'était affalé sur les marches du perron. Olivier s'affala à son tour et dit, d'une voix blanche totalement détimbrée :

– Il avait raison, le Wilfried : tous en enfer, nous comme eux.

La patrouille de trop

Quand, au matin de ce seize juillet, Olivier et Alexandre s'étaient élancés sur le Sillon pour effectuer leur patrouille, onze heures venaient de sonner. On sait qu'à rhythme moyen, compte tenu des intervalles de surveillance du sentier depuis la Crête, et à condition de n'essuyer aucune anicroche, le circuit complet ne se bouclait pas en moins de trois bonnes heures.

Est-il besoin de préciser que dans l'esprit des factionnaires, l'expédition confinait au sacerdoce ? C'était peut-être la dernière qui se rattachait à un conflit pour lequel on allait enfin enterrer la hache de guerre. Par conséquent, ce devait être aussi la mieux conduite. Eplucher les recoins où les Routiers étaient censés se retrancher, tel était le programme des deux jeunes gens, plus décidés que jamais à tirer un trait sur une chronique qui ne s'était que trop éternisée.

Olivier était certes optimiste, mais non sans circonspection. Les victoires tambourinées à grands fla-fla n'étaient pas son cheval d'orgueil, il ne confondait pas les vraisemblances avec les démonstrations ni ne se flattait d'acheter chat en poche un épilogue favorable.

Pourtant, ce ruban rose dont on boucle un dossier, tout conspirait en sa faveur : la déculottée infligée aux Routiers était de celles qui refroidissent les enthousiasmes les plus débridés. Les Périontes bien campés sur leurs positions d'autant plus imprenables que l'effectif des assaillants avait subi une coupe sévère, on était relativement tranquille : à treize contre huit, la messe semblait dite. A Alexandre qui lui faisait remarquer cette disproportion, Olivier répondit :

– Treize contre huit, c'est bien. Quand on sera treize contre zéro, ce sera mieux. Je ne souhaite qu'une chose, fermer le temple de Janus et même le condamner comme on a condamné la crypte ; à nous de pousser la porte. Mais pour l'heure, je suis d'avis qu'elle entrebâille encore.

– Olivier, fit Alexandre, on a le vent en poupe. Pour les Routiers, les Froides-Aigues c'est un champ de mines. Ils ont tâté de notre artillerie et je te parie qu'ils se terrent comme des lapins je ne sais où...

En parlant ainsi, Alexandre n'avait pas réfléchi qu'il ne faut souvent qu'un grain de sable pour gripper le rouage le mieux huilé. Ce grain de sable, en l'occurrence, c'était Jérémie.

Devons-nous induire de là que Jérémie, exclusivement aux autres Périontes, fut le responsable de la catastrophe ? Evidemment, non. Certes la fantaisie de l'adolescent facilita la besogne des Routiers en ce qu'elle redistribua des forces mieux équilibrées par l'élimination préliminaire de trois des onze défenseurs. Mais quoi qu'il en soit, prétendrons-nous qu'au rebours de cette coïncidence, les Routiers l'auraient fatalement emporté ? Furent-ils redevables de leur réussite uniquement à l'intelligence aiguë de leur éminence grise, René ? Celle-ci était-elle à elle seule d'un poids à faire pencher la balance ? La détermination d'un seul bonhomme suffisait-elle pour intervertir les polarités d'une conjoncture indiscutablement favorable aux habitants des Froides-Aigues ?

Il est difficile de l'affirmer.

L'horizon de cette journée du seize juillet aurait radicalement basculé au zénith des Périontes si un seul parmi eux avait fait son capital de ne pas minimiser les ressources d'un adversaire certes sévèrement frotté, mais non battu à plate couture, et encore moins anéanti. Comment ? D'abord, en s'identifiant à lui : comment est-ce que je m'y prendrais si j'étais leur chef ? De là, une analyse minutieuse des présomptions à exploiter sur un échiquier où il n'était pas assuré qu'un revers ne fût pas le tremplin d'un second tome de l'affrontement en cours, même contre tous les pronostics. Or, il est quasi certain qu'en s'écharpillant un peu les méninges, on aurait dérivé tôt ou tard de l'obsession bien trop rigide et quasi dogmatique du chemin principal, vers des solutions accessoires au nombre desquelles la plus plausible d'entre toutes, la rivière, véritable sentier d'Anopée.

Supposons Florent, ou Gervais, ou Cyprien, ou Nadine, n'importe qui, établissant le rapport de l'évaporation du torrent à celle des Routiers vérifiée lors des rondes précédentes, voici comment se soldait leur dépôt de bilan, cette fois irrémédiable : une sentinelle était dépêchée dans l'un des arbres du lieu-dit les Trois-Chênes, d'où on embrassait à large panorama le flanc du ravin. Les Routiers échelonnés sur l'étroit toboggan, il n'y avait plus qu'à tendre le filet. Là, deux options : soit une batterie s'incurvait à l'abri de l'écran des ronces et mitraillait l'avant-garde avant qu'elle eût débouché sur les Brosses, en semant la panique dans le reste de la colonne ; soit, plus subtil et aussi plus efficace, on écrabouillait la colonne entière grâce à une demi-douzaine de grosses roues de camion dont on avait extrait les billes pour les frondes, et préalablement voiturés à l'embouchure du chenal. Une roue d'un camion de quarante tonnes pèse une centaine de kilos. Polyphème disputant la tactique à Dunois, la deuxième déroute des Routiers confirmait la première et scellait pour jamais l'invalidation de leurs ambitions feudataires. Quant aux survivants, s'il y en avait, ils se débandaient tout seuls ou on les coinçait en aval, au choix, de toute façon c'était cuit pour eux.

La faute des Périontes, avec le recul qui éclaire si nettement les filiations et les corollaires, était énorme. Que nul parmi eux n'eût développé les implications géographiques d'une sécheresse, alors qu'elle sévissait depuis quatre mois, alors qu'à l'Observatoire, à la barrière, Yannick, Alexandre, Xavier, tous s'étaient alarmés d'un fort amoindrissement du débit, cela paraît invraisemblable. Olivier lui-même, après l'avoir subodoré vaguement[74], n'en avait pas fait un sujet d'étude approfondie et ne l'avait pas retenue à titre d'éventualité. Ce stratège d'autant moins susceptible d'une pareille bourde qu'il pratiquait assidûment la météorologie, manqua du plus élémentaire discernement. Sous cet aspect, et

---

[74] Voir le premier chapitre de ce tome 3, *Si vis pacem para bellum*.

un tel verdict est triste à publier, il est incontestable qu'il se montra inférieur à René. Tandis qu'il se concentrait à visière étriquée sur le chemin, l'autre perçait l'avenir et défrayait une voie occulte, comme Hannibal fit traverser les Alpes à son armée. René fut à la fois temporisateur, coordinateur et maître d'œuvre.

Et bien, quand on songe qu'en dépit de la compétence et, il faut bien en convenir, du courage que le chef par intérim des Routiers jeta dans la bataille, si l'on se souvient de ce qu'il eut dès le début pour auxiliaire un affaiblissement substantiel de l'ennemi, trois tués, deux absents ; quand on additionne les étourderies des Périontes, l'hésitation puis le renoncement de Xavier à infléchir la fugue de Jérémie en se lançant à ses basques, l'affolement consécutif à l'exécution de Florent et de Claude, l'indécision de Cyprien, quand on examine comment, malgré la somme d'inadvertances, d'appréciations erronées qui tendaient chaque fois un peu plus la perche au camp adverse, celui-ci aurait pu être écrasé dès les premières escarmouches et qu'il ne dut le renversement de la situation qu'à une cascade de méprises, lequel d'entre nous révoquera encore en doute, dans cette immense trame de deuil qu'est la tragédie des Périontes, l'implacable souveraineté d'un arbitrage supérieur devant lequel celui des hommes doit nécessairement s'effacer ?

Autre chose.

La veille, sur les braises encore brûlantes de la déconfiture des Routiers, Olivier avait exhorté à les harceler. Ni Cyprien ni Geoffroy n'y consentirent : la fatigue, la tension nerveuse, le spectacle des crânes défoncés et des viscères dégoulinant des ventres, tout cela avait anémié leur énergie. Olivier n'insista pas.

Là plus qu'ailleurs est le germe du désastre : plus que la rivière à sec, plus que l'apathie de Xavier, plus que l'offensive maladroite de Cyprien, l'inaptitude à transformer séance tenante un demi-succès en succès complet fut le catalyseur d'une calamité qui en était encore au stade de la page vierge, et qu'avec un zeste d'audace, en parlant cru avec des *couilles*, on aurait étouffée dans l'œuf.

Revenons à Olivier et à Alexandre.

Tant qu'ils arpentèrent le Sillon, ils respectèrent sans déroger les stations de guet de la piste principale. Seulement, cette interminable succession de points de contrôle ralentissait leur allure et différait le rapatriement aux Froides-Aigues. Un tous les deux cents mètres, faites le calcul, c'est une moyenne de quarante pour sept kilomètres et demi. Dilemme irritant s'il en était, ils avaient hâte de rallier leurs pénates, mais leur était-il permis de négliger un si formidable verrou de sécurité ? La vertu d'un bon capitaine, c'est de peser l'impondérable. Sous cette bannière, à l'inverse du cadet, Olivier n'était pas à son aise. La mitoyenneté d'une confiance excessive froisse toujours les tempéraments vigilants. Alexandre s'évertuait à le convaincre qu'on gagnerait un temps précieux en éludant le Sillon. Olivier n'approuva pas :

— On ne sait pas où ils sont, dit-il, on n'est sûr de rien, et c'est bien ça qui me chagrine : il faut absolument les situer avec exactitude, sinon…

— Camille et Xavier ont tout inspecté cette nuit, ils n'ont pas vu un chat.

— La nuit, tous les chats sont gris. Et puis hier, ils ont été bousculés mais non étrillés : qui nous dit qu'ils ne vont pas se radiner aujourd'hui ? Imagine qu'on tombe nez à nez avec eux : nous voilà *arquebusés bellement*, et les autres d'autant plus marris que l'info ne serait certainement pas diffusée au journal de treize heures.

— A toi de décider, fit l'adolescent, tu es le patron.

Olivier estima le pour et le contre et dit :

— On continue par le Sillon.

Deux heures plus tard, ils déboulaient à la barrière. Pas un bruit, pas le moindre indice d'une peuplade quelconque. Cette fois, c'était indubitable, la milice d'Herbert avait délogé. Comment en aurait-il été autrement ?

— Ils sont peut-être à La Buge, dit Alexandre.

— A la Buge ou au diantre, répondit Olivier, pourvu qu'ils nous aient débarrassé le plancher.

Ce fut alors qu'Alexandre se plaignit que sa gourde sonnait creux et qu'il n'avait d'autre élection que de la remplir à la rivière. Il trotta donc vers le cours d'eau, Olivier sur ses talons.

Tout de suite, ils notèrent que les herbes, à proximité de la berge, avaient été froissées sur un certain périmètre :

– Tiens, tiens ! s'exclama le plus jeune, ils ont trimballé leurs arpions dans les parages...

Il n'eut pas le loisir de paraphraser sa trouvaille : les deux garçons encaissèrent deux violentes commotions, presque concomitamment.

La première fut le cadavre d'Abdel. Alexandre avait confusément repéré à même l'humus une sorte de protubérance orbiculaire couleur de chair. La protubérance, c'était une paire de fesses, celles du malheureux jeune beur dont on sait à quelle recette René les avait accommodées. Olivier et Alexandre le retournèrent sur le dos. Sa figure était anthracite, ses yeux révulsés au blanc et il avait avalé sa langue. A son cou, le cisaillement d'une strangulation. Les deux garçons dégobillèrent leur bile à s'en décrocher l'estomac. D'une voix caverneuse, Alexandre éructa :

– Je te parie que c'est le copyright du René...

– C'est tout à fait son poinçon, fit Olivier, pâle comme un marbre.

– Les fumiers ! s'écria sourdement Alexandre, ils l'ont buté parce qu'il était blessé : tu as vu sa jambe, c'est une de nos flèches. Olivier, c'est nous qui avons fait ça...

– Que Dieu nous pardonne...

– Je ne sais pas s'il nous pardonnera, répondit Alexandre, mais ce qui est sûr, c'est qu'à la rémission des péchés, le René risque d'être classé major de promotion des candidats recalés.

Ils improvisèrent un linceul de fortune d'une ramée de branchages et se recueillirent quelques instants : pauvre hommage qu'ils rendaient à un malheureux embrigadé sans doute malgré lui à une horde de malfrats. Mais la secousse avait été rude. Pourtant, ils se dominèrent et appuyèrent vers la rivière.

L'impact d'un choc émotionnel pousse parfois d'inquiétants rameaux. Leur expansion est un embout qui s'emmanche à un syllogisme encore décousu, mais dont les deux prémisses dégagent peu à peu une irréfragable logique. La blessure d'Abdel ayant pour prolongement son assassinat et se reliant à la disparition des Routiers, secrétait sa propre mathématique. Oui, mais laquelle ? La réponse au rébus était là, quelque part. Une mise en scène aussi macabre n'était pas fortuite, elle s'appropriait à un contexte qui trahissait une nécessité pragmatique.

En constatant la quasi-sécheresse du cours d'eau, Olivier allongea son regard en amont, bouche bée, avec la sensation qu'on lui enfonçait un fer rouge entre les omoplates. Une monstrueuse prémonition le consuma sur-le-champ, ses muscles se raidirent, il eut l'impression de se décomposer pièce à pièce. Quant au cerveau, il ne raisonnait plus, il s'émiettait en poussière sur laquelle se reconstituaient, pareil à un puzzle, les linéaments d'un terrifiant canevas :

– Ah, mon Dieu ! s'écria-t-il.

Qu'y a-t-il de plus prompt que la propagation de proche en proche d'une évidence qui jaillit comme un geyser ? Ce qui giflait Olivier ricocha sur Alexandre en une fraction de seconde. Une impitoyable certitude assomma intégralement les deux jeunes gens à telle enseigne que ni l'un ni l'autre ne fut physiquement capable d'articuler un son. Abdel trucidé, les herbes piétinées, le torrent aride, tout concordait : le sacrifice de l'adolescent, qu'était-ce sinon le rebut d'un invalide qui n'est plus d'aucune utilité ? Utilité pour quel dessein ? Celui de rebrousser la rivière, bien sûr ! Olivier et Alexandre, livides, vissèrent leurs regards l'un dans l'autre. L'interjection qui rugit de la poitrine de l'aîné eut l'inflexion d'un insondable désespoir :

– Vite ! dit-il, il faut arriver avant eux...

Ils ne coururent pas, ils se ruèrent. La pulsation de leurs artères leur pilonnait les tempes avec l'intolérable tic-tac d'une bombe à retardement qui aurait actionné son décompte.

Au troisième kilomètre, à bout d'haleine, les semelles plombées, ils durent modérer la cadence.

– Allons moins vite, haleta Olivier, on ira plus vite.

Au cinquième, un lointain claquement de fouet troua l'épaisse moiteur de la forêt. Puis un autre, puis un martèlement de percussions saccadées qui imitaient celui du bec du pivert sur un tronc d'arbre. Ces percussions, c'était la contre-attaque après l'échec de la haie, pour les Périontes le commencement de la débâcle. Olivier et Alexandre, abasourdis, auraient volontiers serré les éperons, mais ils avaient brûlé leurs calories, leurs jambes étaient de la guimauve, la chaleur les écrasait, et ils luttaient constamment contre les malaises que l'anxiété et l'exténuation leur charriaient à grands vertiges. A la Roche Tarpéienne, une fusillade, soutenue mais brève, l'abordage de la Feuillée, le dénouement du combat, les trois derniers Périontes balayés. Là-dessus, silence rompu par deux autres déflagrations, puis plus rien, un engourdissement de la forêt, de la montagne sous une chape sinistre de temps suspendu, l'aile d'une gigantesque chauve-souris planant au-dessus des Froides-Aigues, une émanation insalubre de nuit en plein jour.

La maison se profila enfin. Olivier et Alexandre dédaignèrent toute prudence et firent irruption à poitrail découvert, au risque d'être abattus comme cartons de foire. Ils n'en avaient cure. Quand l'épouvante vous désagrège molécule à molécule, quand vous titubez sur le bord du abîme où votre instinct vous avertit que le sort en est jeté, que c'est ainsi et qu'il n'y a plus rien à faire, que vos pieds foulent déjà un charnier et que ce qui imprègne vos narines en est l'exhalaison, soi-même est superflu.

Jusqu'à un certain angle au-delà de la grille, la perspective vers la Feuillée était intersectée par la remise, en sorte que cette superficie se soustrayait à leur champ visuel. Ils ne discernèrent donc que ce qu'ils avaient dans leur ligne de mire, c'est à dire des planches de bois. Tout à coup, l'attention du plus jeune fut canalisée par une espèce de bossage qui obstruait la porte d'entrée, sur le perron de l'escalier. Il heurta l'aîné du coude et le lui désigna d'un mouvement de tête. Pour aller aux escaliers, tous deux franchirent la petite cour. Par là, ce qui échappait à leur rayon optique s'y aligna diamétralement.

Dante avait visité l'enfer. Si l'enfer possède son étage d'en dessous, Olivier et Alexandre y dégringolèrent ensemble.

Ils s'étaient arrêtés court, comme des robots en panne de batterie. A une dizaine de mètres, cinq corps étaient couchés dans une poussière visqueuse. Alexandre pinça le bras de son camarade à lui en faire mal. Ni l'un ni l'autre ne remuait d'un pouce. L'ankylose d'un cauchemar n'est pas une formule gratuite.

Ankylose, soit, mais minée par un flux de panique incontrôlable. Unique moyen d'endiguer la houle, la briser par l'action : Olivier s'élança.

Le souvenir est trop récent pour qu'on l'ait oublié, les corps étaient ceux de Camille, de Yannick et de Cyprien. Les deux premiers gisaient face contre terre, le troisième était adossé à l'extrémité de la porte cochère. En deçà, deux autres corps, ceux de Jean-Louis et de Manuel.

L'enivrement de la fièvre à trop haute proportion est un hallucinogène. Ce que l'on perçoit oscille entre le rêve éveillé et une réalité fragmentaire. Il s'ensuit que l'on est incrédule. Traduire même approximativement cette ubiquité est illusoire, il faudrait le pinceau d'un Bosch ou la partition d'un Ligeti. Olivier et Alexandre avaient désanglé leurs arcs et s'étaient accroupis auprès des dépouilles ensanglantées. Ne serait-il pas inepte d'esquisser même sommairement ce qu'on appelle, expression ridicule ici, leur *état intérieur* ? Ils ne pleuraient pas. Pleure-t-on quand la souffrance est si rassasiée de douleur qu'elle s'annule elle-même ? Ils effleuraient du bout de leurs doigts les bras inertes. Gestes puérils dont s'épanchaient des trésors d'amour aussi inépuisables que le la détresse qui les oppressait. Ces épreuves sont le premier degré sur l'échelle du calvaire qui n'aura pas de fin.

Ils seraient probablement restés ainsi tout le jour et toute la nuit si Alexandre ne s'était déplié debout, chancelant, et qu'en serrant les dents pour raffermir une stabilité précaire, il ne s'était écrié :

— Olivier, il bouge, Cyprien bouge…

Cyprien bougeait, en effet. La moitié de son visage aplati, le thorax disloqué, il respirait. Un affreux chuintement sifflait de ses poumons que l'on voyait palpiter à cru, tant ils avaient été laminés par la mitraille. Soudain, ses paupières papillotèrent, un sourire illumina sa face qui n'était plus qu'une plaie. Il parla. Il parla d'une voix claire et intelligible, presque sans effort. On aurait dit que la mort, avant de le ravir, bénissait d'avance ce que sa bouche allait dire :

— Vous êtes là, fit-il, vous êtes venus. Eux aussi, ils sont venus ; ils ont tout tué, tout. Ecoutez, cachez-vous, partez, partez vite, ils sont dans nos murs, ils vont vous tuer aussi. Allez, c'est fini ; c'était bien, pas vrai ? C'était la joie, les Froides-Aigues, c'était la joie…

Il s'interrompit, transfiguré par une ineffable sérénité, puis continua, de plus en plus exalté :

— Olivier, j'ai quelque chose à te confesser…

Il avait accentué cette phrase avec une telle candeur qu'elle superposait à la difformité de ses blessures la dimension d'une incomparable noblesse :

— Tu ne sais pas ? reprit-il, pardonne-moi si c'est pas bien : tu vois, c'est pas possible de garder ça pour moi : Olivier, il faut que je te le dise, je t'aime…

Il ajouta, rayonnant jusqu'à l'ivresse :

— Je crois bien que c'est depuis le premier jour, dans la cabane…

Olivier mordillait une de ses mains avec une effusion déchirante. Cette fois, il pleurait, ses larmes ruisselaient à seaux sur la terre souillée de fange.

— Je t'aimais, poursuivit Cyprien, mais j'avais honte. Tu sais, quand on était tous les deux hier à la barrière, j'ai voulu te l'avouer, mais les Routiers sont venus et maintenant, ils ont tué tout le monde… Oh, misère… on aurait dû t'écouter, oh oui, t'écouter : on l'a pas fait, on paie nos fautes…

Olivier enfouit sa tête sur le sein sanguinolent du moribond. Cyprien balbutia encore quelque chose, mais sa voix n'était plus qu'un filet à peine audible :

— Prenez garde, dit-il en puisant dans ses dernières forces, y en a deux qui sont dans la maison. Ah, non, empêchez-les, ils vont violer les filles… Les autres sont tous morts, je crois. Mais les filles, peut-être pas. Olivier…

En prononçant ce prénom, Cyprien, plus que dans sa confidence précédente, récapitulait l'immense secret qui le martyrisait depuis des mois. Une ultime prière s'évada de ce cœur déjà expiré :

— Embrasse-moi…

Olivier baisa de ses lèvres les lèvres noires de sang coagulé. A quels termes se fier pour transcrire ce qui s'opéra entre ces deux êtres ? C'était un éblouissement, une prodigieuse vibration qui psalmodiait que ce que l'on aime ici-bas est au ciel source intarissable d'allégresse :

— Mon Dieu, fit-il avec ferveur, que c'est beau !

Ses cils tremblotèrent encore quelques secondes puis se fixèrent.

Une pression sur l'épaule arracha Olivier à son extase. Car il s'agissait bien d'une extase :

— Viens, dit Alexandre, il n'est plus avec nous.

En cet instant, du côté de la façade ouest, retentit un hurlement suraigu dans un fracas de vaisselle cassée, comme si un objet volumineux avait brisé le chambranle d'une des croisées. Alexandre et Olivier se précipitèrent et alors, eux qui croyaient avoir tout enduré, eux qui n'étaient plus que des fantômes vacillant sur les décombres d'un pandémonium, ce n'était pas assez, il y avait encore une coupe à déglutir de force jusqu'à la lie, celle qui achève la saoulerie dans une espèce d'orgie du sadisme : un corps pantelant était à terre, la nuque brisée et la tête, détail insoutenable, déboîtée dans le sens contraire de l'articulation. C'était Nadine. Les deux garçons firent immédiatement l'accolade de cette défenestration à la remontrance de Cyprien sur la paire de Routiers survivants qui avaient investi la maison. Sans se consulter, ils volèrent à l'escalier et faillirent trébucher sur le cadavre du gros Herbert.

Un deuxième cadavre, un peu plus loin, ventrouillé dans une flaque écarlate, les figea immobiles, pas moyen d'aller plus loin. Alexandre, hors d'haleine, se comprima en équerre sur ses jambes comme un ressort qui se tend et bifurqua violemment à sa gauche où était la cuisine. Ce fut alors qu'il avisa sur le plan de travail une bobine de cordelette métallique dont on s'était servi une semaine plus tôt pour réajuster l'arpentage des clôtures des jardins potagers. Il la subtilisa machinalement, sans trop démêler pourquoi il faisait ça : peut-être une prémonition morbide l'aiguillonnait-il… peut-être tentait-il d'amortir par ce dérivatif les suffocations qui l'asphyxiaient.

Comment Olivier et lui parvinrent-ils à enjamber Jérôme et le cloaque pourpre qui s'extravasait encore de son cou ? Nos prouesses pour surmonter ce qui a priori est insurmontable, sont un mystère.

Alors qu'ils atteignaient l'étage, un son cristallin, celui du piano de l'auditorium, les fit sursauter. Olivier croisa l'index sur ses lèvres, Alexandre acquiesça du chef sans mot dire. Quelqu'un tapotait les touches, ou plutôt une touche, la même à plusieurs reprises. Sur cet ostinato irrégulier flottait un timbre féminin auquel faisait chorus un autre timbre, rauque, éraillé, lugubre à vous glacer l'échine. Olivier poussa précautionneusement la porte qui entrebâillait : un coupe-coupe en travers du plancher lui inspira un de ces réflexes de prime saut que l'on exécute en un dixième de seconde : sans se dénoncer, avec une marmoréenne dextérité, il s'en empara.

C'était l'exacte minute où René soumettait à Dorothée ses clauses de domesticité et d'épousailles, tout en frottant lubriquement son pubis contre le sien. Il ne soupçonna rien de ce qui s'intriguait dans son dos. La luxure a de ces surdités, surtout quand on la chamarre de commentaires insonorisateurs. Ses trémoussements divulguaient latéralement par intermittences le triomphe de son rut. Ce tableau d'une volupté nauséabonde ramena Olivier et Alexandre à Cyprien massacré, à Jérôme égorgé et à la plus récente victime en date, Nadine, de celui qui était le boucher des Routiers au-delà de tout superlatif. Alors, comprenant qu'il allait renchérir par une nouvelle atrocité sur le catalogue pléthorique dont s'enrichissait son palmarès, l'accumulation d'angoisse, d'accablement et d'abjection qui saturait les deux camarades se tuméfia en une bacchanale qui, non plus que tout ce qui a été dit plus haut, n'est propre à la narration. Un beuverie de haine brute noya en eux la moindre trace de miséricorde, ils s'en enivrèrent jusqu'à la dernière goutte, ils acceptèrent tacitement d'assouvir l'exubérance de meurtre qu'elle réclamait. Il l'acceptèrent avec une délectation qui narguait l'ivrognerie.

En un éclair, René était terrassé et garrotté, Olivier saisissait son sexe d'une main et de l'autre le sectionnait.

Ajoutons ceci, pour tous ceux qui croient, à l'instar de l'auteur de ce livre, que la mort nous attire vers ce que nous avons été sur terre : à la seconde où René trépassa, sa face subit une effroyable mutilation, comme si une puissance phénoménale la torsadait de l'intérieur. Wilfried n'avait pas péri autrement.

Qui ou quoi engloutit cet émissaire du Mal, et dans quels soubassements ? En un éclair, l'interrogation muette jaillit à l'esprit d'Olivier pour se résorber aussitôt ; cela fit comme un flash d'une telle intensité qu'il recula, terrifié, et que les cheveux lui hérissèrent au crâne. En présence de cet invisible, de cet *égrégore*, donnez-lui le nom que vous voulez, il se détourna et obéit à une injonction qui lui intimait de quitter la pièce. Qu'est-ce qui avait passé sur l'âme maudite de René ? Nul n'en sait rien et probablement nul n'a le droit de savoir.

Tombeaux

Ils enterrèrent leurs camarades. Ils enterrèrent aussi les Routiers. La mort ne fait pas acception d'identités. La crypte avait été un cimetière en petit, les Brosses furent un cimetière en grand. Ils exécutèrent leur tâche en silence, interrompus par de violents accès de faiblesse. Vers le début de la soirée, il y avait encore quatre ou cinq corps à ensevelir, Alexandre eut un malaise. Olivier le ranima avec un peu d'eau-de-vie. Puis ce fut à son tour de flancher. Rien de plus compréhensible, ni l'un ni l'autre n'avait mangé depuis le matin, leurs estomacs rebutaient toute nourriture, et le travail qu'ils accomplissaient était harassant.

L'épisode de la défenestration de Nadine leur avait momentanément épargné le tableau de Xavier décapité. Cet excédent d'abomination aurait dû être la goutte de trop, ils l'avalèrent comme les autres. Xavier était disjoint en deux morceaux, ici le tronc, là la tête. Ramasser la tête, la brouetter avec le tronc en jugulant les nausées qui soulèvent le cœur et la mémoire qui ricane les souvenirs d'hier, c'est ce qu'ils firent sans plaindre. Les fossoyeurs à qui était dévolue cette effrayante corvée avaient seize et vingt ans, un ado et un tout jeune homme !

Dorothée disparut. La pauvre fille n'avait cessé de divaguer. Comme on se proposait de la secourir, de faire quelque chose pour elle, on ne savait trop quoi, enfin de ne pas l'abandonner, elle se fâcha et menaça Alexandre d'une fourche, celle-là même avec laquelle Jérôme avait failli empaler René. Dès lors, elle refusa de se laisser approcher en proférant aux échos des imprécations incompréhensibles. Il fallut se résigner. Leur macabre besogne achevée, les deux garçons, inquiets de son absence, l'appelèrent, personne ne répondit. Jusqu'à la nuit, ils fouillèrent les alentours, en vain.

Au cours de cette journée du seize juillet, dix-huit excavations furent creusées, qui complétèrent les quatre du jour précédent, en tout vingt-deux fosses. Vingt-deux fosses ajoutées à celle du petit Corydon ! Tel était le bilan de la guerre qui avait opposé ceux que l'on nommait les Périontes à ceux que l'on nommait les Routiers.

Mince rayon d'espoir vite dissipé, Florent et Claude. Un tournoiement de vautours à la lisière des Brosses balaya la faible illusion qu'ils vivaient encore. Ils rejoignirent les autres dans le charnier.

Pour Jérémie, en revanche, énigme à jamais insoluble. Son évaporation du champ de bataille ne devait-elle être élucidée que plus tard[75]. Mais dans l'histoire qui est racontée ici, Olivier et Alexandre ignorèrent ce qu'il était advenu du second benjamin des Périontes. Son secret s'envola avec lui.

Les sépultures consistèrent en de simples trous. Sur chacune d'elles, une croix de bois. On mêla Périontes et Routiers. Anonymat suprême du tombeau. Avant de les recouvrir, ils dirent adieu à leurs compagnons. Lorsque tout fut fini, lorsque la dernière pelletée eut été jetée sur les rectangles de terre fraîche alignés comme les cénotaphes des rois de France à Saint-Denis, la nuit était close, Olivier et Alexandre, incapables d'apprécier le travail titanesque qu'ils avaient fourni, s'écroulèrent sur place. Treize heures plus tôt, ils arpentaient le Sillon pour entériner la défaite des Routiers.

Ils s'éveillèrent au petit matin.

Jusqu'ici, ils avaient agi dans un état second d'hébétude propre aux chocs désastreux de l'existence, impossibles à encaisser de front. Quand ce prisme fit défaut, ils se rendirent compte que tout cela n'était pas un cauchemar, ou plutôt que c'en était un, mais réel. Leur mémoire leur retraça les événements sans leur épargner un détail, un tressaillement convulsif les parcourut des pieds au sommet du crâne, ce qui n'avait pas encore imprégné leur âme, leur esprit, leur cerveau,

---

[75] Si Dieu me prête vie, plusieurs énigmes non élucidées dans ce roman feront l'objet de développements plus larges dans l'autre, qui sera la suite et le roman parallèle de celui-ci.

se déversa en vagues monstrueuses, la funeste vérité les cingla de plein fouet, ils se dévisagèrent, bouche bée, les yeux dilatés à l'extrême, et alors un long hurlement retentit, et ce hurlement remplit la forêt d'un de ces frissons qui, dit-on, est si déchirant qu'il fait pleurer Dieu lui-même.

Fin de la deuxième partie

Troisième partie : l'Ere du Verseau

Livre premier :
Le crépuscule des Froides-Aigues

Plaies incurables

Si en ce mois de septembre, un improbable promeneur s'aventurait le long d'un chemin poudreux hérissé à sa gauche d'une gigantesque muraille de rochers plus hauts que des cathédrales, bordé à droite par un ravin vertigineux ; en supposant que ce promeneur parvenait à vaincre un formidable éboulis rocailleux qui obstruait le sentier aux trois quarts de sa distance, s'il poussait sa pointe quelques coudées au-delà de l'orée de la forêt, il n'était pas peu déconcerté de tomber ex-abrupto et pour ainsi dire nez à nez, au milieu d'une végétation jaune et rabougrie, avec un vaste bâtiment de noble et fière architecture. L'édifice semblait désert, tant il était silencieux. Le promeneur appelait, personne ne répondait. Il franchissait un portail en grille de fer forgé sommé de pointes lancéolées et, détail insolite, armé d'un treillis de fils barbelés, comme si quelqu'un avait soutenu à une époque une attaque ou un siège. L'homme, vaguement averti que quelque chose de terrible avait bouleversé ces lieux farouches, hasardait une œillade à l'intérieur d'une cour large et spacieuse. Tout à coup il avisait, assises sur une dalle faisant entablement au pied d'un escalier, deux étranges créatures. Il allait vers elles et reculait aussitôt trois pas, tant elles étaient effrayantes : leurs pâles et hâves figures surmontaient des corps affreusement décharnés. On aurait dit de ces personnages de science-fiction dont l'épiderme est dépigmentée.

Alexandre et Olivier avaient eu le courage de vivre. Seulement, ils en payaient le prix fort. Ils n'étaient plus que les spectres d'eux-mêmes. Le plus jeune avait à peine dix-sept ans, l'autre allait sur ses vingt-et-un ; tous deux étaient ratatinés

349

comme des vieillards, front flétri, joues émaciées, paupières éraillées. Leur peau, couturée de rides et de crevasses, avait la texture d'un parchemin. Toute la journée, ils fixaient quelque chose devant eux avec une espèce de stupeur rigide, pignochant quelquefois, lorsque leur estomac criait trop famine, dans une écuelle qui contenait on ne savait quel brouet. Coquilles pétrifiées dont la substance se vidait chaque jour davantage. Ils respiraient parce que la respiration est une fonction automatique, voilà tout. Pour le reste, accablement, résignation. Ils attendaient la fin.

La fin se faisait désirer. Si indifférents qu'ils fussent à leur sort, si livrés à toutes les diminutions de soi que véhiculent le désespoir, le manque de sommeil, la mauvaise nourriture, ils perduraient.

Le souvenir des Périontes les harcelait.

Quelquefois l'un d'eux se levait à grand'peine, faisait le tour de la maison d'un pas mécanique, comme s'il cherchait quelque chose ou quelqu'un, allait jusqu'au chemin, s'arrêtait puis secouait la tête et balbutiait : *ah oui, c'est vrai…*

La maison était à l'abandon. On ne l'entretenait plus. Dans l'ancien auditorium, des dartres noirâtres souillaient le plancher. L'armature brisée de la fenêtre battait au vent avec un grincement sinistre de girouette désarticulée ; les meubles, les parquets étaient gris de poussière. Les garçons ne s'en souciaient pas. Depuis deux mois, ils n'avaient pas eu une seconde de répit, pas un instant de paix. L'horreur s'était amalgamée à eux. Elle les écrasait mais ne les tuait pas. La mort qui leur aurait été une délivrance leur faisait faux bond. Ce recours en grâce leur était refusé.

Parfois, au crépuscule, des relents douceâtres s'exhalaient des Brosses. Alors Alexandre appuyait sa joue sur une cuisse d'Olivier et demeurait ainsi, sans bouger, de longues heures. Olivier lui caressait tendrement les cheveux, filasse rigide et sale qui cordonnait des tresses entre lesquelles affleurait le blanc du crâne.

On était à l'équinoxe, la saison avançait.

L'horreur de la vie

Une fois, ils s'éveillèrent comme à l'ordinaire, hagards ; Olivier se dressa sur son séant et s'écria :

— Maintenant, ça suffit !

Le cadet le dévisagea et partit d'un rire sec et nerveux.

— Ça suffit ! répéta Olivier, qu'est-ce que tu veux faire ? Ils ne reviendront plus, ils sont morts, tu entends ? Morts !

Il haletait, les paupières rougies par l'insomnie. Il s'approcha d'Alexandre et, d'une voix où se mêlaient la désolation et le renoncement qui la commente avec l'éloquence poignante de ce qui ne trouve pas ses mots, il reprit, sur un ton lamentable :

— On doit faire front, il le faut. Il faut essayer, au moins, se relever, ne pas rester comme ça. C'est pire que tout... Et puis voilà, il y a tout de même une chose, je t'aime, mon petit copain, tu sais pas ?... toi et moi, on est seuls désormais, on est les survivants. Tiens, survivants, tu sais comment ça se dit ? Périontes ; alors à travers toi, à travers moi, c'est eux qu'on aime, c'est comme si on les résumait, on est un condensé d'eux, et puis aussi de tout ce qu'on a vécu à leurs côtés. Il faut continuer à y croire, continuer, continuer, c'est idiot, hein ? mais on doit le faire... On a encore de longues années peut-être devant nous, mais au bout du calvaire, peut-être une lumière, peut-être…

Olivier avait ponctué cette espèce de litanie répétitive d'un sanglot impossible à enrayer. Les poings convulsifs, il se pelotonna contre l'adolescent, et alors ces deux blocs de douleur, ces deux cœurs ulcérés de chagrin s'épanchèrent l'un dans l'autre.

Il était temps.

Leur existence était un martyre aride. Tout ce qui naguère palpitait en eux, enthousiasme, spontanéité, jusqu'aux plaisirs

quotidiens les plus innocents, s'était éteint. Ils étaient deux
sépulcres scellés par un couvercle de plomb. Pendant deux
mois ils avaient erré dans un dédale sans issue, suppliant la
providence de les affranchir d'un insupportable fardeau,
n'importe comment, par la folie, par la mort. Deux mois !
Peut-être y a-t-il au-dessus des souffrances humaines un
praticien qui, touché de pitié, prescrit enfin le remède et
ordonne la convalescence, parce que l'épreuve a assez duré,
parce que la mesure est comble, et que rajouter une goutte au
calice, ce serait pousser les malheureux au suicide. Alors leurs
yeux qui ne se croisaient plus, ces yeux mornes et vitreux rivés
à la tombe des Brosses, se confondirent en un éclair unique, et
de même qu'au plus âpre de l'hiver une fleur timide naît d'un
rayon de soleil, sur leurs lèvres naquit un sourire.

Pour la première fois depuis le seize juillet, ils se
confectionnèrent un vrai repas, avec hors d'œuvre, plat de
résistance et dessert. Quand ils eurent mangé, la faim réclama
ses arriérés. Ils mangèrent encore le jour suivant, puis celui
d'après.

Cette amorce de résurrection se confirma bientôt par un
besoin d'activité physique :

– Et si on nettoyait la maison ? proposa Olivier.

Alexandre opina. Mais ils déchantèrent vite : leur
épuisement était tel et le moindre effort si insurmontable que
l'initiative, quelque louable qu'elle fût, vira vite à la corvée. Ils
ne s'y obstinèrent pas moins, l'opiniâtreté palliant à grand'peine
une apathie décidément récalcitrante. Détail macabre, ils
ramassèrent sur le plancher de l'auditorium un morceau de
chair informe en état de décomposition avancée. Olivier se
rappela qu'il était l'auteur de cette monstruosité. Il se rua hors
de la maison et vomit toute la bile de son corps à s'en déboîter
les maxillaires :

– Il ne faut plus retourner là-dedans, bégaya-t-il à
Alexandre, plus jamais…

– Et ton piano ? fit tristement l'adolescent.

– Le piano, pour moi, c'est fini… en tous cas ici.

Quelques temps après, ils entrèrent, on ne sait pourquoi, dans la salle d'énergie, après en avoir longtemps cherché la clef[76]. Des matelas y étaient empilés, tout imprégnés encore de l'haleine de leurs compagnons :

— On devrait les brûler, dit Alexandre.

— A quoi bon ? Les souvenirs, eux, ne brûlent jamais…

L'auditorium frappé d'anathème, la salle d'énergie le fut aussi. Il condamnèrent les deux pièces comme ils avaient condamné la crypte.

Quand leur besogne fut achevée, quand, ayant débarrassé la demeure des vestiges de la tragédie qui s'y était perpétrée, ils n'eurent plus rien à faire, ils songèrent à eux et le travail d'hygiène domestique s'étendit à leurs personnes. Puis ils dormirent. La faim avait exigé sa quittance, le sommeil exigea la sienne.

---

[76] On se rappelle peut-être que Xavier l'avait serrée dans un des placards de la cuisine, afin d'empêcher Jérémie de quitter son poste de surveillance dans le Tertre. Voir le chapitre Dispositions tardives.

Le ciel irrité

Environ une semaine plus tard, c'était aux premiers rayons de l'aurore, Alexandre secoua son camarade et lui dit, avec une vivacité perplexe :

— Olivier, tu ne sens rien ?

Le temps qu'Olivier émergeât des brumes du sommeil, Alexandre s'était précipité à la fenêtre. L'aîné bondit sur ses talons et s'accouda côte à côte avec lui contre le plat-bord :

— T'as raison, il y a une odeur, murmura-t-il.

— Ça pue le soufre, dit Alexandre.

— Du soufre, c'est ça, du soufre. Les volcans nous en remettraient une couche que ça ne m'étonnerait pas.

Les deux garçons étaient plus curieux que craintifs ; la filiation qui se reliait logiquement à la période d'activité volcanique de l'année précédente les exhorta à examiner la chaîne des Puys tout au loin, à l'est. Aucun symptôme d'émission magmatique, rien qui augurât d'une phase solfatarienne. Le soleil brillait toujours d'une même canicule. Dans la forêt, beaucoup de résineux menaçaient de rendre l'âme, surtout les sapins bleus du Colorado, espèce rare dont les Froides-Aigues s'enorgueillissaient, mais qui, n'étant pas xérophytes[77], n'endurent pas la privation d'eau. On voyait le roux brique de leurs longues branches pendre comme des membres flétris par une lèpre.

La sécheresse durait depuis six mois. A l'exception d'un orage en juin, pas une goutte d'eau. Les Froides-Aigues s'étaient parées d'une livrée de savane : herbes brûlées, chemins sablonneux, arbres rabougris, animaux terrés ou morts. De drôles de serpents, non répertoriés sous ces latitudes, rampaient de broussaille en broussaille. D'énormes insectes, tout aussi

---

[77] Xérophyte se dit d'une végétation adaptée à la sécheresse.

inédits, tapissaient les murs, s'introduisaient dans les fissures, à travers les hiatus des portes, et colonisaient tranquillement les chambres en s'agglutinant derrière les rideaux, sous les moquettes, entre les ajours des plinthes. Une fois, en décrochant un tableau, Alexandre en dérangea une douzaine, grappe répugnante qui sûrement patientait la nuit pour se disséminer. Heureusement, l'intendance était encore pourvue en poudre insecticide. Les deux garçons assainirent les pièces une à une. Ce dérivatif leur fit du bien, il allégea leur joug pendant quelques heures. Cependant, les symptômes alarmants dont ils étaient témoins, siccité beaucoup trop longue et parfaitement anormale, bigaille d'habitat ordinairement tropical, reptiles de même biotope, et, pour faire bonne mesure, des spécimens d'oiseaux exotiques, toutes ces altérations d'un environnement qui semblait préluder à on ne savait quelle mutation de l'écosystème, les inquiétaient de plus en plus.

Ils ne s'apercevaient pas qu'en s'inquiétant, ils reprenaient goût à la vie.

Quelques jours après, vers le milieu de la matinée, un voile irisa le firmament d'une fine pellicule opaline. En même temps des nuées de flocons pareils à des ailes de papillons virevoltèrent dans l'air.

Rien ne prouve mieux le vieil instinct de conservation que le petit frisson d'angoisse qui secoua Olivier et d'Alexandre. Quitter cette terre, certes, ils avaient souhaité cela cent fois ; qui, dans des circonstances tragiques où chacune des secondes que scande le métronome est plus intolérable que la précédente, qui n'a pas appelé la mort de ses vœux ? Se manifeste-t-elle ? Bien menteur qui prétend ne pas regretter de l'avoir convoquée à son ban. Il y a une fable qui conte la chose[78]. C'est là une des amarres les mieux ancrées de la condition humaine. Une voix nous murmure, même au fond de notre plus insoutenable désespoir, que le souffle qui nous anime est sacré, et au moment où ce souffle va s'éteindre, où les choses quelconques et ravissantes que nous ne regardions

---

[78] Esope, le vieil homme et la mort.

plus, qui nous étaient devenues indifférentes, vont disparaître pour toujours, cette voix nous en retrace la nostalgie. Tel objet que nous négligions brille subitement d'un éclat tout neuf. On dira ce qu'on voudra : notre séjour ici-bas et son cortège de malheurs, est un don. Unique. Y attenter, c'est jouer à l'apprenti sorcier. Que savons-nous de nos origines ? Que savons-nous de ce que nous étions, *avant* ? Nous appartient-il à nous, chétives intelligences, forcément limitées à l'univers où nous évoluons, et par-là incapables de rien concevoir au-delà, de sonder l'insondable et de formuler des conjectures sur ce qui nous est utilement caché ? Que notre temps soit bref ou long, notre tâche plus ou moins ardue, contrecarrer le déroulement du fuseau de la Parque c'est refuser d'assigner le protêt que Dieu a tiré sur nous, c'est nous amoindrir en nous retardant, c'est surseoir à l'échéance qui est due et que, d'une manière ou d'une autre, nous devrons rembourser.

Un phénomène qui s'éternise engendre l'accoutumance. Peu à peu, l'étrange aquarelle des aurores et des soirs ne leur fut plus qu'un simple et banal spectacle. Les deux reclus renouèrent avec leurs occupations, comme si de rien n'était.

Et puis, pour tout avouer, ce caprice de la nature les agaçait, il n'était jamais qu'un réchauffé d'un plus ancien, une redite, un rabâchage. Qu'y avait-il encore ? Qu'est-ce que c'était que cette nouveauté si peu neuve ? S'imaginait-on les effrayer de ce que le ciel allait crouler sur leurs têtes ? Quel ridicule, en vérité, que les acharnements du sort ! Quel fléau aurait ajouté une once de plus au faix de douleurs qui accablait leurs épaules ?

Nous étions à la fin de septembre de l'année 2042. Olivier et Alexandre trimbalaient dans leur hotte deux années et demie de tribulations presque incessantes. Ils avaient surmonté tous les obstacles, tous les périls, ceux des hommes, ceux de la nature ; ils avaient combattu le crime né des institutions, la barbarie née de l'anarchie, affronté la pire apocalypse de l'histoire de la civilisation, ils s'étaient aimés comme peu d'être ici-bas en sont capables, ils avaient aimé les Périontes, leurs frères, en leur faisant l'oblation de leur cœur avec la joie rayonnante qui approprie l'être que l'on étreint à la Création que l'on adore. Puis ce trésor leur avait été confisqué, l'éden s'était volatilisé, et il ne surnageait plus de l'époque de miel qu'un album dont chaque photo les écrasait sous des tonnes d'un incurable accablement. A quoi aspiraient-ils, à présent ? A rien. Rien, c'est à dire la passivité neutre, la surface lisse qui ne fait pas un pli, le marais sans une vague dont le plus pugnace des hommes a quelquefois besoin pour se reposer. Et bien, non, objection ! Cette quiétude soumise qui se satisfait de son propre ennui, pas question d'en jouir. Tout à coup on leur disait : *allez, vous n'avez pas assez transpiré ; vous vous croyez au bout de vos peines ? Erreur !*

Alors Olivier et Alexandre en eurent assez. Ils opposèrent leur veto à la fatalité, ils lui contestèrent sa tyrannie. Qu'on nous passe une trivialité, il lui firent un bras d'honneur. Ils résolurent de planter leurs quartiers d'hiver et de n'en plus bouger.

Ayant arrêté cette décision, ils présumèrent qu'il suffisait de la vouloir pour l'exécuter.

Le résultat fut désastreux.

Ils se mentionnèrent rapidement qu'ils ne maîtrisaient rien, surtout pas le néant auquel ils aspiraient, qu'ils étaient pareils à des boxeurs exténués qui se flattent que le combat est terminé, et que l'entraîneur houspille parce qu'il y a encore un round à disputer.

L'après-midi était à son zénith, quand brusquement le jour s'effaça, un dais sinistre estompa le soleil avant de l'occulter entièrement. Olivier et Alexandre, dubitatifs, scrutèrent les points cardinaux des Froides-Aigues d'où tant de vents contraires avaient soufflé. Il leur sembla que Dieu se riait d'eux.

Vers le début de la soirée, l'astre chassa les miasmes qui l'avaient dépoli, les cieux recouvrèrent leur pureté d'azur.

Un sentiment inconnu, et qui attestait à quel point ils ne se possédaient plus, s'était broché sur ceux qui les oppressaient. Etait-ce la facilité avec laquelle les Routiers avaient investi la place ? Depuis le massacre des Périontes, ils avaient l'impression que les Froides-Aigues, naguère inexpugnables, garde-fou contre les bouleversements du dehors, étaient déchues de leur souveraineté tutélaire. Il y a des châteaux forts, comme cela, dont les ponts-levis s'abaissent tout seuls ; l'ennemi n'a plus qu'à se présenter, il ne rencontrera pas de résistance.

Le trente septembre, au petit matin, une explosion ébranla l'atmosphère.

– Les volcans ! s'exclama Olivier ; ils se réveillent...

Ils se réveillaient, en effet. Au sud-est, l'horizon était d'un noir de jais. On aurait dit qu'une gigantesque usine évacuait ses fumées.

L'éruption couvait : le soir, une formidable déflagration claqua comme un colossal coup de canon. De magnifiques halos empruntèrent au spectre des couleurs la palette intégrale de son chromatisme. Rien de plus grandiose, les cratères expulsaient une multitude de tourbillons qui retombaient avec la fantaisie des petits bouts de papier qu'on lance dans les foires et que les enfants attrapent au vol. Quand cette toile diaprée eut colonisé les trois quarts de la voûte, quand il fut indéniable que la magnificence qu'elle déployait complotait on ne savait quel épandage de pestilence qui allait dégringoler en pluie peut-être mortelle, quand le chef-d'œuvre révéla ses intentions délétères, quand il fut incontestable qu'en arrière de ce splendide décor eschatologique il y avait l'asphyxie ou bien la combustion, voire les deux ensemble, alors Olivier et Alexandre cédèrent à la panique, se ruèrent au cellier et là, dans ce refuge qui les avait déjà abrités une fois, ils se pelotonnèrent.

La terre trembla pendant trois jours.

Pusillus rex, servum pecus [79]

De but en blanc, les éruptions cessèrent, les grondements se turent, le soleil brilla d'un éclat de pureté virginale dans un ciel lumineux d'azur.

A S…, madame Touchapire alluma des cierges en l'honneur de la Madone, qu'elle révérait fort. Le père Paulimane prononça une oraison de la voix onctueuse et pateline qu'ont à peu près tous les prélats de la terre, mais qui, chez lui, s'aggravait du ton sentencieux. Un peu comme Bossuet qui aurait pris des cours du soir chez Torquemada.

Il convient ici de dire un mot du bourg et de ce les technocrates appelleraient, en analysant les différents contextes, son *développement conjoncturel*.

S… avait été confrontée à des fortunes diverses. Située hors de la zone d'influence de l'armée, la localité n'avait eu d'autre échelle que de confier à ses propres aptitudes le soin de se préserver des bandes organisées qui écumaient la région avec une férocité dont les Routiers fournirent le spécimen le plus appréciable. On se souvient peut-être de ce que sous l'étendard de la dernière municipalité en date, la petite ville avait créé sa propre milice. Ce grand'œuvre de salubrité publique était le fruit des vertus entrelacées de monsieur Hound et de madame Touchapire, un peu sur le modèle des pubs pour shampooings qui vous proposent un produit unique, *deux en un* : l'esprit et la matière coiffés d'un même chapeau pour recruter les rangs de leur camarilla de la pire canaille qui honorait son mandat avec un zèle digne d'émarger le livre d'or des célèbres dictatures de l'histoire.

Au plus dramatique de la terreur des Routiers, il avait été décrété qu'un périmètre serait défini autour de ce qu'on

---

[79] Parodie de pusillus grex, servum pecus, lâche troupeau, peuple servile. Ici, le retrait du "g" nous rappelle que du troupeau au monarque, rex signifiant roi, il n'y a souvent pas bien loin.

nommait la *mouvance territoriale* de la commune. Tout étranger qui profanait le sanctuaire était fusillé sur-le-champ. Il ne faut souvent qu'un fumet pour exciter les appétits : la bonne aubaine d'avoir sous la main de quoi étançonner sa soif de justice expéditive ranima les vieux instincts frustrés par quelques lambeaux de constitution démocratique qui avaient surnagé on ne sait comment. Les mises à mort allèrent donc bon train. L'imprudent qui transgressait une ligne de démarcation fixée selon une convention précise, et annoncée par de gros panneaux peinturlurés de têtes de mort sur fond d'entrecroisement de tibias, était arrêté, c'est à dire battu, puis interrogé, c'est à dire torturé, puis jugé, c'est à dire liquidé. Cette frontière n'était pas sans reproduire, à la proportion près, celle qui séparait en son temps les nations occidentales du bloc communiste : miradors haut perchés, fils de fer barbelés, rondes d'hommes en armes, chiens dressés, l'attirail par excellence des régimes qui maçonnent à leur mentalité les mêmes murailles dont ils circonscrivent leurs domaines. Conséquence : les Routiers, qui avaient brassé large la sphère d'extension de leurs razzias, furent dans la douloureuse nécessité de rayer S... de leurs papiers.

A S... régnait une loi martiale imitée des indémodables paradigmes à la Ceausescu ou à la Pinochet dont tous les tyranneaux de la planète, attendris de convoitise, rêvent la réhabilitation. Cette loi déléguait à une poignée de sicaires de l'AJC, bras armé de l'AFCR, le droit exclusif de traquer la dissidence larvée ; accessoirement on égayait la matière de bonnes petites perquisitions chez les citoyens dont le civisme était jugé un peu tiède et qui étaient ainsi étiquetés : *anarchistes contre-révolutionnaires.* On ne s'étonnera pas outre mesure que les absolutismes traduisent volontiers ce mot, *anarchiste*, selon la mention ci-après appliquée uniformément à une classe d'individus : *qui ne pense pas exactement comme nous.* Il est amusant de noter que les formules employées pour l'édification disciplinaire de la populace, quoique fulminées par un pouvoir d'obédience fasciste, récapitulaient sans trop de scrupules les subtilités de la vieille sémantique chère aux marxistes. *La fin justifie les moyens* est un des axiomes les plus délicieusement digérés par ces Protées qu'on appelle hommes d'état.

Un personnage, à S..., maniait d'une main experte la balance et le glaive garants de son hégémonie. Ce personnage, monsieur Hound bien sûr, s'était auto-proclamé puissance législative et puissance exécutive. Pour rehausser et affermir d'un air de népotisme le prestige de ce cumul de fonctions, il s'étançonnait à son épouse, créature cataloguée par l'anthropomorphisme dans la catégorie femme. On n'aura sûrement pas oublié ce que c'était que cette femme, une espèce de tonneau rempli à ras bord de fiel, suintant la jalousie, l'envie et la haine par tous les pores de sa peau grasse, et dont la méchanceté était en perpétuelle compétition avec la laideur. Madame Hound, qui avait à cœur de se pavaner en *prima donna assoluta* de S..., s'était minutieusement diligentée à écheniller le bourg de tout ce qui attentait, même de loin, à sa suprématie de matrone reconvertie kapo.

Signalons une coïncidence, à moins qu'il ne s'agisse que d'un vulgaire plagiat, où l'érudition des exégètes puisera de quoi enrichir les succulentes rubriques de l'histoire. Madame Hound s'était décerné un attirail de titres dont nous ne résistons pas au plaisir de citer les plus éloquents : Docteur en Sciences, Docteur en Sociologie, Fondatrice du Bienfait Universel, Présidente de la Ligue de Vertu Immaculée *Les Vestales*. Toute apothéose générant son propre superlatif, la sienne s'auréolait et se béatifiait de cette somptueuse couronne additionnelle : Présidente de l'Académie des Lettres et des Arts. En fait de lettres et d'arts, madame Hound en était encore à épeler les aventures de Oui-Oui en gros caractères sur pages cartonnées.

Main dans la main, le couple s'enorgueillissait d'avoir épuré S... des *jacobins* comme au bon vieux temps de Robespierre. Programme inauguré par le meurtre du comte de Pompignac. D'autres suspects n'avaient pas tardé à garnir la charrette des condamnés. Ici, une question se pose naturellement : aux yeux de gens de la trempe des Hound, qu'était-ce qu'un suspect ? Un séditieux ? Sans doute. Mais les frondeurs s'étant fait un peu rares à la longue, encore convenait-il de surveiller la cuisson de la marmite répressive en se rabattant sur tous ceux qui ne récitaient pas assez spontanément les louanges de la politique en usage et rechignaient à témoigner leur zèle à l'égard de leurs instituteurs. Témoigner son zèle, c'est à dire déférer aux ukases émanés de César ou de Césarine, le doigt sur la couture du pantalon.

Pendant les derniers mois de la seconde guerre mondiale, une région de Lombardie du nord, tout près du lac de Garde, avait été le théâtre d'une de ces pantalonnades sanglantes dont regorgent les archives séculaires des civilisations, et qui, à chaque fois, conjuguent la folie barbare d'un ou plusieurs histrions à demi déments avec le ridicule dont ils en règlent le cérémonial : Caligula, Tibère, Ceausescu, Enver Hodja, Amin Dada, Bokassa, Pol Pot, autant de monstres tortionnaires qui ont plus ou moins longtemps fait joujou avec leur sceptre pour exercer in extenso les prérogatives d'une mégalomanie endémique. Cette coterie s'était intitulée *République de Saló* ; chétive congrégation de potentats au petit pied qui prétendait retracer la grandeur de Rome à coups de trompettes et de défilés, mais qui confondant la ville d'Auguste avec Sodome et un aigle avec un goret, prenait ses vessies pour des flambeaux et accrochait à ses oriflammes en façon d'emblème l'abject haillon de sa pitrerie.

Ce qu'avaient réussi le maire et sa femme s'identifiait en tout point au modèle. Avec de la sévérité, nous pourrions même les accuser de larcin et leur reprocher de n'avoir rien entrepris qui n'eût déjà été inventé avant eux. Ne soyons pas si durs : Hound mâle et femelle eurent, qu'on le veuille ou non, leur pittoresque à eux et une incontestable originalité dans la manière dont ils firent le ménage de S... Ils y mirent moins de volupté, mais plus d'ardeur. Leur spécialité consistait à dépêcher en pleine nuit chez les *terroristes*, lesquels figuraient sur une liste de proscription pareille à celles de Scylla, des brigades dites *de désinfection*, terme officiel. On déboulait à grand fracas dans la maison du rénitent sujet après avoir défoncé la porte, on investissait les pièces, on tombait à bras raccourcis sur tout ce qui était là, hommes, femmes, enfants, les premiers étant passés à tabac, en attendant de les préparer à la suite. La suite avait pour décor champêtre un terrain vague, à l'intérieur d'un enclos grillagé où s'espaçait de dix à dix mètres un jalonnement de miradors. A la périphérie de l'une des deux longueurs de cet enclos avait été creusé un long fossé parallèle à un bâtiment de corps de garde. Les prisonniers étaient alignés devant le fossé, une batterie ajustait ses mitrailleuses, un officier beuglait un ordre, la batterie crachait le feu, les prisonniers s'affalaient les uns après les autres dans la tranchée comme moines de cartes.

Quelquefois, quand il se trouvait de loisir, car monsieur le maire était un homme occupé qui n'avait pas toujours le temps, il inspectait le bivouac et se faisait réciter par un factotum la liste des trépassés. Un ordinateur consignait ces statistiques dans une base de données. Car on avait de l'électricité à S..., une vieille centrale thermique ayant été restaurée.

A la fin du mois de septembre de l'année 2042, S... qui avait survécu aux fléaux climatiques des années précédentes, appartenait aux bourgades qualifiées autonomes, l'armée, répétons-le, n'y ayant pas étendu son protectorat. De là à y présager l'indice d'un autre protectorat, divin celui-là, il n'y avait que l'homologation de l'impresario local de Dieu, monsieur le curé Paulimane. Celui-ci pérora bruyamment la preuve par A+B que la cité était sous égide céleste, dans un style qui s'efforçait d'égaler celui de Bourdaloue mais qui parvenait à peine à singer celui du Télé Achat.

Prêtons-nous ici à une courte réflexion.

Il est étonnant de constater comme les époques troubles épanouissent, chez certains êtres, un génie que les temps de paix n'aurait peut-être jamais fait fleurir. Les grandes déroutes sociales accouchent presque toujours d'hommes astucieux et dénués de vergogne qui possèdent l'art d'assortir la détresse collective à leurs ambitions. Ces arrivistes reniflent admirablement les opportunités avec la capacité intuitive qu'ont tous les usurpateurs du monde de faire bouillir les bons pots au bon moment. L'édile songea qu'après tout il ne lui était pas interdit d'offrir de l'expansion à sa seigneurie et, pourquoi pas, de promouvoir S... en capitale d'un nouvel héritage dont le nom rejoindrait dans la légende celui de Camelot et du roi Arthur. Il se berça d'hommages-liges rendus au vainqueur, lui, d'un nom, le sien, enluminant les chroniques de la postérité et inspirant ménétriers et troubadours, de gloire burinant au fronton de son palais princier un haut-relief fleuronné d'aigles impériales. L'ancien militaire qui sommeillait dans le matamore se piqua d'un *come back* tout pareil aux vedettes de la chanson qui ont besoin d'argent pour acquitter un redressement fiscal et qui accablent leur public des rides de leurs joues et des fêlures de leurs voix. Il en eut des vapeurs, une ombre, évidemment prophétique, lui interpréta l'herméneutique de ses extases visionnaires, il se carra en élu de l'émanation supérieure qui avertit le héros que les dieux l'ont choisi pour accomplir un destin illustre et impérissable.

Ce que monsieur Hound ignorait, c'est que le destin, précisément, ne se violente pas, et que si les Napoléons ont pour sanction le champ de bataille de Waterloo, les Falstaff ont pour opprobre le vomi dans lequel ils s'étouffent.

Il ne tarda pas à l'apprendre, à ses dépens.

Les vestiges du paradis

Tandis que Hound tirait des plans sur sa comète, Olivier et Alexandre énuméraient les dégâts consécutifs aux éruptions et aux séismes. Pendant trois jours francs, ils n'avaient pas quitté le cellier. Ils étaient affamés, assoiffés, exténués, amaigris, faméliques, réduits à l'état cacochyme de deux squelettes ambulants. Ce n'étaient plus des êtres humains, mais des épouvantails.

Les Froides-Aigues ne valaient guère mieux qu'eux.

Partout régnait un chaos indescriptible : les cendres volcaniques, les lapilli, les bombes, les blocs anguleux, les pierres ponce et autres ingrédients constitutifs de ce que le langage technique nomme *dépôt pyroclastique*, avaient débridé large action météorique. Par bonheur, à cette pluie de feu qui aurait dû tout brûler, s'était superposée, événement plutôt sensationnel dans le contexte, une pluie bien naturelle celle-là, la première depuis cinq mois, ce qui fit que les innombrables foyers d'incendies qui s'étaient déclarés s'éteignirent presque aussitôt.

— Il pleut, dit Olivier, presque incrédule, tu te rends comptes ? Il pleut...

— Ça paraît incroyable après une telle sécheresse, répondit Alexandre, reste à savoir si la maison a bien résisté...

Comme il énonçait cet élément d'équation à une inconnue, l'aîné, qui s'était déplacé de façon à embrasser une perspective large du bâtiment, désigna de l'index le toit.

Alexandre leva la tête et contint un tressaillement.

Toute la toiture de ce côté-ci, c'est-à-dire à l'est, était lézardée. Depuis le faîtage jusqu'à la corniche de gouttière, une estafilade d'un demi-pied, entaillée d'arêtes régulièrement échelonnées qui dessinaient une ligne brisée de quinconces, avait échancré les ardoises.

Les deux garçons inspectèrent la surface opposée : la balafre s'y prolongeait avec une même continuité symétrique.

– On dirait un rift en miniature, dit Alexandre.

– Le rift rend une bonne partie de la baraque inhabitable, fit Olivier.

– Bof, on logera dans l'habitable.

L'*habitable* avait résisté, certes, mais les faux entraits étaient sectionnés presque à hauteur de la maîtresse poutre, de même que la plupart des solives de plafond et des chevrons dits en porte à faux.

Pour les fenêtres, elles étaient intactes, à deux ou trois exceptions près, compte non tenu de celle à travers laquelle la malheureuse Nadine avait été catapultée ; il est vrai que par prévention on avait eu le réflexe de clore les volets. Or, ces volets reposaient sur des scellements en béton armé d'une solidité exceptionnelle.

Le perron, en revanche, avait essuyé de sérieuses avaries : des ais étaient fissurés et désolidarisés de leur marche-pied, certains coupés net en deux morceaux. Cependant, à condition de choisir le bon plat-bord, il était encore possible de se frayer chemin sur l'escalier.

Autres dommages, la remise, effondrée planche sur planche, la grille d'entrée arrachée à ses gonds, et qui gisait à terre, ses barreaux torsadés et gauchis en tous sens, et les deux portes du rez-de-chaussée, la porte cochère et la porte bâtarde, hachées menu ; mais le plus grave concernait l'éolienne : elle avait subi une bizarre courbure de haut en bas à telle enseigne que son sommet touchait presque à sa base et reproduisait de façon comique l'obséquieuse révérence d'un courtisan géant qui aurait eu la physionomie d'un tournesol.

Signalons un incident qui n'est pas sans quelque importance pour les événements à venir. On se rappelle l'écroulement de la Roche Tarpéienne en juin. Le séisme avait annulé l'action de la foudre, si bien que le passage était entièrement dégagée ; réserve faite d'un petit déblaiement accessoire, on y circulait désormais à claire-voie. En revanche, une partie des rochers de la Crête ayant colonisé le Sillon, celui-ci n'existait pratiquement plus.

– Tu vois, commenta Olivier, c'est étrange comme les choses s'inversent. Hier, le chemin nous protégeait, le Sillon nous protégeait ; aujourd'hui, plus de protection. La topographie est sens dessus dessous, il est logique que notre vie le soit aussi.

Il pivota vers l'adolescent et ajouta, d'une voix si résignée qu'elle en était sereine :

– Il y a quelque chose autour de nous, qui annonce la fin du roman... Les Froides-Aigues, c'est du passé révolu, la page est tournée

Au soir de cette journée, les deux camarades dînèrent, puis se couchèrent. Ils n'étaient même pas surpris, ils étaient blasés. Le plus jeune exprima leur sentiment commun par cette remarque désabusée :

– Un tremblement de terre, finalement, c'est peu de chose. Le terrible, c'est le tremblement de l'âme.

Après la mort des Périontes, Olivier et Alexandre étaient persuadés d'avoir bu la dernière goutte du calice. Dès lors, rien ni personne ne devait plus les émouvoir.

Ils se trompaient.

Le destin a de ces acharnements imprévisibles.

Essais de reconstruction

Ils tentèrent de rabibocher ce qui pouvait l'être, à la vérité pas grand'chose. Labeur morne, fastidieux, mécanique, corvée acariâtre menée par des bras revêches, qui empruntait son héroïsme aux travaux d'Hercule et son ridicule à on ne savait quel conte des Trois Petits Cochons. L'inanité d'une besogne superflue ne se montre pas tout de suite ; il faut plusieurs essais pour se persuader que décidément cela ne sert à rien, que l'ouvrage où l'on sue est une couillonnade et les ouvriers des gâcheux. Ils grimpèrent sur le toit, les ardoises étaient glissantes, ils manquèrent à dix, à vingt reprises de se briser les os. Cet acharnement à défier l'adversité traduisait d'un même pinceau l'indifférence à leur sort et l'agacement d'avoir à brûler pour néant leur peu d'énergie subsistante/résiduelle. Ils n'en réussirent pas moins à panser, à l'aide d'une toile, toute une surface endommagée. La toile arrimée, ils redescendirent. Olivier se mit à rire.

— Pourquoi tu ris ? fit Alexandre.

— Parce que c'est risible, pardine…

— Tiens, oui, répondit Alexandre, j'y avais pas pensé, c'est risible en effet.

Ce qui était risible, c'était leur persistance à colmater des dégâts matériels, quand les vrais dégâts étaient, eux, irréparables. L'instant d'après, ils parlèrent de se donner la mort. Après tout, pourquoi pas ? La mort n'avait-elle pas déjà fait une partie du chemin ? Ce ne serait jamais qu'une avance sur salaire. Elucubration, évidemment, qui se dissipa d'elle-même. Ils avaient beau haïr leur condition qui les plantait debout sur un amoncellement de ruines, s'expédier leur répugnait. Alors, que faire ?

— Attendre, dit Olivier.

C'était de quoi s'esclaffer de plus belle.

— Attendre, riposta Alexandre, c'est la meilleure ! Au fait, qu'est-ce qu'on attend ? Le déluge ? C'est une idée, çà, le déluge... Après le feu, l'eau ; après Pompéi, l'Atlantide. Les temps sont durs, Olivier, on ne sait plus à quelle météorologie se vouer. Il y a des puanteurs dans l'atmosphère, tu sens rien ? C'est l'odeur de la calamité. On aurait dû la flairer plus tôt, cette odeur, ça nous aurait évité...

Un hoquet brisa net sa prosodie. Le jeune garçon se recroquevilla contre l'aîné avec des sanglots si lamentables que ce dernier renonça à refouler ses propres larmes :

— C'est affreux, Olivier : nos copains, nos merveilleux copains... Quand je vais sur le sentier je crois les voir, ils sont là, ils sourient, ils s'amusent, ils sont heureux. Tu sais, il y en a qui embêtent Cyprien en lui tirant les cheveux et Cyprien se laisse faire ; quelle patience il a, ce Cyprien ! Avec Jérôme on n'arrêtait pas de lui faire plein de farces, et il nous poursuivait comme des petits à qui on va donner une fessée, et au lieu de la fessée il nous embrassait. Et Claude, quand tu devisais avec lui de matelas à matelas et que tu n'entendais plus que ses ronflements parce qu'il s'était endormi, ça aussi, c'était rigolo. Et Florent avec Thomas, toujours comme cul et chemise, ils complotaient des tas d'histoires qui nous faisaient crouler, même que Dorothée n'avait pas réussi à dormir parce qu'elle se poilait dans son lit à en avoir mal au ventre. J'étais à côté d'elle et de l'entendre se bidonner je me suis bidonné à mon tour et on a tellement ri, et même plus encore quand on a été voir la trombine de Thomas qui roupillait, qu'on a dû aller boire un chocolat froid pour nous calmer.

Il observa une pause, accablé par la cruauté des scènes qui affluaient comme l'album d'une famille disparue :

— Dorothée, justement, où est-ce qu'elle est ? Elle a disparu, on ne sait rien d'elle, elle est peut-être vivante...

Il reprit le fil de sa consternante litanie :

— Une fois, au milieu de la nuit, Yannick était venu tout près de moi, parce qu'il était anxieux. Je pige maintenant pourquoi il était anxieux, il avait le troisième œil, comme toi. Avec Jérôme, on était bien, tu sais ? On se racontait des aventures, on jouait à se peindre le visage et le corps avec des gouaches qu'on avait piquées dans ton bureau, on avait donné aux couleurs un symbole, et même on imaginait que les Routiers nous verraient et qu'ils auraient tellement peur qu'ils s'enfuiraient en criant. Olivier ! Olivier ! Ils sont venus, ces maudits Routiers, ils sont venus et ils ont tué nos copains, ils les ont tués tous ! tous ! tous ! Ah, quelle abomination !... Mon Dieu, tu as vu ce qu'ils ont fait à Jérôme…

Alexandre ne pleurait pas, il râlait. Ses bras enlacés à la taille de son camarade la comprimaient avec la force d'un étau, il était secoué de spasmes si violents qu'il en suffoquait :

– C'est épouvantable ! Où ils sont, où sont les Périontes ?

Olivier se pencha sur l'adolescent, déposa un baiser à l'endroit du cœur et dit :

– Là.

Alexandre haletait bruyamment, bouche ouverte, des perles de sueur imbibaient son front et ses tempes. On aurait dit qu'une lèpre le rongeait de l'intérieur. Soudain, il gémit une longue plainte et murmura : *j'en peux plus, tu sais ?* avant de renchérir d'un timbre rauque :

– Olivier, j'ai l'impression que quelque chose me dévore la chair, je me sens mal, ça fait des jours et des jours que ça dure, comme si je me désintégrais petit à petit.

L'intermède sismique et volcanique avait concédé un soupçon de répit au désespoir. L'oisiveté le délia. L'atroce douleur, enrayée pendant une ou deux semaines, sonna une énième charge et se rua cette fois avec une fureur décuplée. Le pire, c'était non seulement le souvenir opiniâtre des jours heureux, aussi tenace qu'une sangsue sur une plaie, mais, phénomène terrifiant par le surcroît d'horreur qui en débordait, le sentiment que cette période s'estompait derrière un brouillard épais et tenace, comme si le temps s'accélérait, qu'il élargissait une brèche entre le paradis d'hier et l'enfer d'aujourd'hui, et qu'on avait vieilli de plusieurs lustres. Cette sensation était d'autant plus exécrable que la mémoire avait beau s'espacer, elle ne s'affaiblissait pas. Les deux jeunes gens avaient atteint la limite de ce qu'ils étaient capables de supporter : au-delà, le suicide, non de façon réfléchie et délibérée, nous avons expliqué leur opinion face à cette *voie de fait sur l'inconnu* [80], mais sous l'empire d'un de ces accès de folie qui désagrègent les stoïcismes les plus immuables.

Dès lors, ils se cloîtrèrent. Ils exclurent de leur décor quotidien ce qui avait été les Froides-Aigues et qui n'était plus qu'un désert stérile. Leurs journées se peuplèrent d'abdication. Du crépuscule qui les enveloppait ils se firent une bastille, ils signèrent leur propre écrou et se déclarèrent en réclusion d'eux-mêmes.

Autour d'eux, une muraille, au-dessous d'eux, un précipice. Partout des ténèbres glaçantes sous trente-cinq degrés de chaleur.

On a beau se barricader hors de la vie, la vie s'insinue malgré tout. Des linéaments de timide clarté trouaient sporadiquement l'obscurité de leur cachot. Alors, ils causaient. De quoi ? De leur rencontre dans le blizzard. Comme ils auraient aimé le braver une nouvelle fois, ce blizzard... Comme il avait été magnifique, le calvaire à deux dans le froid et la neige conclu par un bain en pleine nuit ! Comme les jours d'après leur semblaient drôles, avec l'entêtement de l'un à s'en aller et la détermination de l'autre à l'en dissuader ! Puis il y avait eu l'hiver, la lente incubation de l'amour, le printemps, Janos premier obstacle, la dramatique péripétie de la grotte, tout menaçant de s'arrêter là, tout repartant de plus belle, l'énigme d'U... jamais résolue avec son énigmatique course-poursuite en voiture, les urgences domestiques intuitivement présagées, une année complète de douce joie et de solitude bienfaisante.

Que le temps n'eût-il été suspendu à cette époque bénie ! Pourquoi les tremblements de terre et les éruptions ? Pourquoi les convulsions du globe ? Sans ces cataclysmes, les Périontes n'auraient jamais existé, mais les Routiers n'auraient pas existé non plus, et chacun serait chez soi au sein de sa famille. Eux, Olivier et Alexandre, auraient continué à s'épanouir, à grandir

---

[80] Victor Hugo.

côte à côte, indéfectiblement unis, enivrés de la somptueuse nature qui était leur jardin et leur temple. Ils auraient œuvré à l'avènement de l'ère du Verseau, dans la félicité qui bâtit demain ce que l'on a conçu hier, et autour d'eux auraient éclos des merveilles. Ils auraient été les pionniers d'un cycle sans précédent de l'humanité métamorphosée par la félicité de ceux qui concourent à son avènement.

Tout cela n'était-il donc que chimère, mensonge, tromperie ? L'incompréhension foncière des faits sur lesquels filtrait goutte à goutte cette hydre de scepticisme était terrifiante. Car enfin, Olivier, Alexandre, les Périontes, avaient-ils eu à un moment ou à un autres les coudées franches avec eux-mêmes ? Avait-il été du ressort de leur volonté d'interjeter le verdict d'une providence aussi muette qu'inexorable ? En un mot, et pour élever le propos à sa dimension métaphysique, l'homme n'était-il de toute essence qu'une bamboche désarticulée dont d'obscurs prestidigitateurs règlent la mascarade en coulisse ? Dans ce cas, quelle valeur attribuer à l'incarnation terrestre ? Ne parque-t-elle pas dans des enclos un troupeau d'esclaves tenus en lisière par un despote intransigeant, ce qu'on nomme le *déterminisme* et qui leur rive à jamais le collier autour du cou ? Comment concéder un artificieux principe d'individualité à une créature perpétuellement dépendante d'une loterie aussi versatile que tyrannique ? Comment ce qui devrait être l'apanage qui la distingue des espèces végétales et animales influence si chétivement le cours de son existence ? Tout ne ressortirait qu'à une immense martingale dénuée de sens qui fait dire à quelques exégètes que Dieu joue aux dés ? Si cela était, la notion même de Dieu, colosse aux pieds d'argile, s'effacerait d'elle-même, et l'univers ne serait plus qu'une absurde mécanique sans but, par conséquent sans conscience, dominée par l'omnipotence du pire des postulats, le hasard. La jonction d'Olivier et d'Alexandre dans la nuit eu 4 au 5 janvier 2040, serait donc l'un de ces hasards dont s'emparent les poètes et les mystagogues de tous poils afin de l'accommoder à leur sauce sacristaine. L'affaire Janos provoquée par une cascade de coïncidences, elle aussi hasard ? Hasard, la formation des Périontes, non moins troublante dans sa genèse ? Si tout se ratatinait en hasard, alors la tragédie de juillet n'avait plus rien de commun avec une pseudo fatalité bonne pour les faiseurs de drames homériques, et se rabougrissait en un simple concours malheureux de circonstances. Les Froides-Aigues, les Périontes, les Routiers, cet assemblage d'un improbable puzzle ne reflétait pas une combinaison d'enchaînements inéluctables, ce n'était plus l'imbrication de fragments visibles d'un tout invisible dont le sens profond répond à un dessein supérieur, mais un banal jeu de poker.

Les contradictions où se noient les cœurs sincères épris d'idéal sont des gouffres. Olivier et Alexandre étaient orphelins de tout, ils vacillaient corps et âme au-dessus d'une vacuité qu'ils éprouvaient avec l'ineffable tourment du riche dépouillé de ses biens qui n'a plus à mâcher qu'un os sans viande.

La note à régler était démesurée.

Eux, les plus opulents des garçons, déshérités du jour au lendemain ! Il avait suffi de quelques heures pour abolir le règne de l'âge d'or. Quelques heures ! Cette date fatidique du seize juillet, seize comme la seizième lame du Tarot, la Maison-Dieu, la plus néfaste, était-elle l'assignation à comparaître fulminée par un démiurge vengeur faisant succéder l'anathème à la bénédiction ? En présumant la viabilité d'une espèce de protocole fourré de manichéisme qui distribuait les bons points et les bonnets d'âne selon des critères inintelligibles, fallait-il imputer à la résolution d'avoir éliminé la plus abjecte engeance du canton le fléau qui avait frappé les Froides-Aigues ? On aurait donc été puni parce qu'on avait combattu le crime au prix de la vie de ceux qui en étaient le prototype, parce qu'on avait brandi sur la tête d'une horde de monstres des armes qui n'auraient jamais dû souiller des mains de justes ? La vocation de quinze miraculés de la civilisation, les Périontes, qui n'aspiraient qu'à la fraternité, qui rayonnaient toutes les voluptés de la jeunesse, qui attiraient à eux ce qu'ils aimaient pour l'aimer plus encore, cette vocation était-elle d'accueillir en frères des assassins, de se jeter dans la gueule de ces loups corde au cou en psalmodiant des *Confiteor* et des *Salve Regina* ? Le conflit qui les avait opposés aux Routiers était-il une sorte d'examen de passage qui engageait l'entière soumission à une égide contre laquelle les fusils auraient été inefficaces de par la grâce d'un tout-puissant aux humeurs lunatiques ? Les Périontes étaient-ils des élus indignes et leur mort la sanction de cette indignité ?

Ni Olivier ni Alexandre n'adhérait à une thèse aussi sommaire. Cette simplification à outrance d'un mystère qui est le secret des secrets, ils avaient pu l'envisager en réaction du choc culpabilisant qu'inspire une boucherie dont on est les instigateurs ; aujourd'hui avec le recul, ils réfutaient tout en bloc. L'épopée des Périontes était un livre scellé, et le revers des événements qui avaient ensanglanté la minuscule contrée du Massif Central où ils s'étaient accomplis se perdait dans les méandres d'un labyrinthe trop décousu pour être appréhendé in extenso. Olivier songeait à un pilote d'avion qui décolle au milieu d'un paysage sillonné de rivières : il ne voit d'abord que des tronçons de cours d'eau sans source ni embouchure ; ce n'est qu'en gagnant de l'altitude que la carte homogène se dessine peu à peu.

En dépit de leur chagrin, les deux camarades commençaient à discerner, au bout du long tunnel où ils tâtonnaient, l'étrange phosphorescence d'une révélation prochaine. Une perception floue, mais pressante, leur chuchotait que de même que le bonheur avait été nécessaire, de même le malheur l'était aussi, et que le dénouement de l'extraordinaire odyssée de quinze jeunes gens sur ce coin de montagne s'accordait à une nécessité dont ils étaient les artisans et les rouages.

Une semaine s'écoula.

La santé d'Alexandre ne cessait de se détériorer.

Livre second :
L'ultime combat

Le bourg occupé

Le dimanche dix-neuf octobre 2042, *entre tierce et sexte* [81], les habitants de S... vaquaient à un reliquat d'occupations circonstancielles, réparation des toits endommagés, réfection des jardins, curage des ruisseaux, assainissement et rafistolages divers. Car si le séisme et les éruptions avaient relativement épargné le bourg, deux ou trois quartiers en avaient essuyé comme qui dirait quelques plâtres.

L'horloge venait de sonner dix heures, les bonnes ouailles du père Paulimane sortaient à pas solennels de l'église, la face ornée de ce sourire de satisfaction un peu niais qui exhibe beaucoup de gencive et peu d'âme. Il faisait le plus bel azur du monde, la place publique était le confluent de palabres qui roulaient sur les répercussions de la sécheresse, décidément persistante en dépit d'une rincée d'ondées tardives. Dans les rues, des hommes remorquaient des charrettes à bras bourrées de victuailles. C'étaient des paysans qui proposaient leurs produits sur le marché, la conjoncture qui sévissait depuis plus d'un an ayant réhabilité les vertus de l'économie de proximité, celle de nos grands-parents. Soit dit en passant, les nostalgiques du bon vieux temps jadis feraient bien d'y réfléchir à deux fois avant de pourfendre l'agriculture intensive et les méthodes de production modernes. Toutes réserves émises sur l'aspect philosophique de la question, forcément discutable[82], il n'est pas une époque qui ait maîtrisé comme la nôtre le problème si dramatique de la faim. Nous parlons ici,

---

[81] C'est-à-dire entre neuf heures et midi.
[82] On songera surtout à la manière ignominieuse dont sont traités procs et poulets en batteries par ce qu'on appelle communément des éleveurs, et qui ne méritent souvent que le nom de bourreaux.

qu'on nous comprenne bien, d'un point de vue strictement restreint aux nations riches et sans préjudice des abus de tous calibres qui ont empoisonné la nourriture autant que les déjections industrielles et agricoles empoisonnent l'eau, l'air et la terre. Il va de soi que tant que le bénéfice de notre technologie ne sera pas fraternellement offert à ceux pour qui manger est une angoisse quotidienne, tant qu'il subsistera sous tel méridien ou telle latitude des populations accablées de la misère la plus noire tandis que d'autres se complaisent dans un luxe insultant, tant que nous n'aurons pas fait de la parole du Christ notre pain spirituel quotidien, ce que nous déglutirons, ce que nous digérerons sera toujours un vol perpétré aux légions de malheureux qui croupissent dans les favelas de Rio ou dans les bidonvilles de l'Inde. Cela dit, il faut un commencement à tout ; nous avons résolu une équation, égoïstement, certes, mais avec une indiscutable compétence pratique. La manière dont nous en réglerons l'usage futur décidera de notre avenir.

Revenons à S...

Ici, il doit être mentionné une bonne initiative de la mairie. Une fois n'étant pas coutume, monsieur Hound avait promulgué un édit plein de bon sens et de justice, qui spécifiait que les ressources en produits de première nécessité seraient distribuées à parts équitables entre les citoyens, sans privilège ni dérogation. Les peines encourues pour manquement étaient sévères. Un charcutier s'avisait-il de conserver par-devers lui quelques jambons ou saucisses ? Un laitier mouillait-il son lait[83] ? Le charcutier et le laitier étaient immédiatement collés au poteau et fusillés. A situation rigoureuse, loi draconienne. De ce fait, l'inflexibilité du décret portait ses fruits, personne ne souffrait de la famine. Une convention d'échange, impuissante à user de contre-valeurs en espèces, la monnaie fiduciaire ayant disparu, départissait les quote-part en fonction des compétences : le couvreur restaurait la toiture du sylviculteur, lequel le lui rendait en bois de chauffage. Chacun travaillait pour chacun et tous

---

[83] Mouiller le lait, c'est y ajouter de l'eau.

pour tous. Sous une autre botte que celle du couple Hound, S...
aurait esquissé, qui sait, les fondations d'une société idéale. Mais
rien de louable ne se bâtit par la contrainte. La contrainte falsifie
l'autorité, une férule dénature les enthousiasmes en les
refroidissant. Les Hound, malgré cette étincelle d'impartialité,
n'en étaient pas moins des scélérats. On ne les aimait pas, mais
on les craignait. Les gens de S... courbaient l'échine et se
taisaient.

Ce jour-là, dix-neuvième d'octobre donc, un des
autochthones, qui logeait à la périphérie du bourg, aux portes
de la route de M..., et qui était en train de consolider une
barrière de bois, fut dérangé par un bruit singulier et lointain.
Ce bruit se juchait sur une tessiture et vibrait à une fréquence
propres à réactualiser les éphémérides encore fraîches des
tribulations volcaniques qui avaient rudoyé la région. L'homme
redoutait d'autant plus un second tome de ces joyeusetés qu'il
était cultivateur et qu'il possédait une belle et vaste grange
richement dotée d'un précieux équipement agricole du début
du vingtième siècle, réaffecté au service actif par la disette de
produits pétroliers, entre autres une splendide moissonneuse à
traction animale. Perdre cela, c'était tout perdre, c'était devenir
une charge pour la communauté, c'était ne plus être en mesure
de lui fournir son écot. Rien de plus désastreux, le système
Hound excluant d'office l'assistanat et frappant les *bras morts*
d'une impitoyable pénalité d'ostracisme.

Cependant, le bruit se rapprochait. Un bruit qui se
rapproche se précise, s'affine, on en dissèque de mieux en
mieux les harmoniques, et ce dégrossissement de la palette
sonore désavoue parfois le caractère initial qu'on lui avait
présumé. Le fermier prodigua la divagation d'un geste en
pointillés, façon de suspendre son premier jugement à un
complément d'enquête. En aiguisant son ouïe, ses soupçons se
confirmèrent : la basse continue qui à présent lui assourdissait
le tympan n'évoquait en rien les prémices d'un bouleversement
éruptif ou sismique. Elle faisait plutôt songer au
bourdonnement d'un moteur à explosion. Un moteur ?
L'homme s'affirma et se réaffirma qu'il y avait belle lurette

qu'aucun véhicule ne roulait plus, faute de carburants. Mais enfin, la trépidation persistait, ce qui l'induisit à délibérer avec lui-même : *ce sont peut-être des pompiers,* bougonna-t-il, *ou bien des gendarmes. Mais où se seraient-il ravitaillés en essence ?*

Brusquement, à quatre ou cinq cents mètres de là, au débouché d'une courbe que décrivait la départementale 22, assez avariée par l'injure des années et des dépôts pyroclastiques, une longue carapace se détacha par couches successives du décor ocre de la campagne hâlée de soleil. On aurait dit un arthropode géant aux articulations emboîtées à la perfection les unes dans les autres, dont les jointures s'adaptaient mécaniquement à la géométrie tour à tour rectiligne et anguleuse du terrain où elles se mouvaient. Cette carapace à la dégaine d'un énorme crustacé était sertie de myriades d'yeux qui brillaient comme des ronds d'étoiles. Elle avançait avec une lenteur implacable en soulevant à droite et à gauche des émeutes de poussière.

Ainsi que c'est la coutume dès qu'une péripétie bouscule la routine quotidienne, l'homme s'était recruté d'une poignée de curieux qui faisaient silencieusement cercle autour de lui. On se dévisageait en haussant les épaules, on s'interrogeait par moues réciproques, on était perplexe, étonné et passablement inquiet.

Au bout de quelques minutes, quelqu'un s'écria :

– Ça serait pas des camions ?…

L'interjection, articulée sur le mode mi-interrogatif et mi-exclamatif qui postule indifféremment des approbations ou des démentis, se répandit à la cantonade : quelques-uns se retirèrent *prudemment,* les plus courageux hésitaient, partagés entre la démangeaison d'en apprendre davantage et l'appréhension qu'inspire l'ingérence d'un événement inhabituel. Car dans les périodes de calamités, tout ce qui est inédit, les faits comme les hommes, réveille les vieux instincts de défiance.

L'identité de la cohorte ne fit bientôt plus de doute : il s'agissait bien de camions. Leur couleur à la fois sombre et bariolée, camaïeu de bruns, de jaunes et de verts, l'espèce de placidité qui rhythmait leur allure, évoquaient les silhouettes grotesques et débonnaires des gentils monstres qui illustrent les contes d'enfants.

De part et d'autre des machines, deux rangées d'hommes à pied marchaient d'un pas égal, coiffés de casquettes à visière et la poitrine cuirassée de volumineux objets anthracite qui la leur couvraient presque entièrement. Fourgons et hommes étaient habillés sur un patron identique. La matière seule du vêtement différait : ici armure, là étoffe.

Les hommes étaient des soldats, les poids lourds des blindés, chenillettes, canons automoteurs et transports de troupes, les objets que les soldats serraient sur le torse des fusils mitrailleurs.

Parmi les badauds, le même qui avait annoncé les camions claironna soudain, non sans une certaine excitation : *mais... c'est l'armée !* Il ne faut ordinairement qu'une impulsion pour faire boule de neige et rameuter les indécis : ceux qui avaient tourné les talons réintégrèrent aussitôt le gros de la foule. L'armée à S... après des mois de régime quasi feudataire, c'était le droit réhabilité, la légitimité qui destituait l'usurpateur, la souveraineté républicaine déboulonnant le trône des altesses préemptives ; c'était, pour tous ceux que l'hégémonie des Hound exaspérait, la fin du règne de terreur, les lois martiales abolies, le despotisme cassé aux gages et pourquoi pas, tant qu'on y était, la tête du despote au bout d'une pique. Il y a comme cela de discrets héroïsmes qui s'improvisent maquisards au bon moment.

Du coup, les langues se délièrent, on débattit à qui prononcerait le traditionnel discours de bienvenue ; surtout pas question d'avertir l'édile et sa femme. A quoi bon ? Il était clair que leur dynastie s'éteignait aujourd'hui.

Cependant, le convoi se trouvait maintenant à moins de cinquante mètres. Il était aisé de distinguer de plus en plus nettement les troupiers de tête et même le chauffeur qui conduisait le premier engin de la file. Un parfum de jubilation flottait au-dessus des visages qui contemplaient, émus et réconfortés, *ces braves troufions.* Il y eut des *hourras !* des *bravo l'armée !* qui témoignaient l'incomparable soulagement de renouer son cordon ombilical à un giron trop longtemps exilé, d'avoir au-dessus de soi un sceptre notoire, un conformisme de bon aloi, tout l'attirail de ce qu'un auteur nommait la *douceur de la servitude coutumière.*

Les pékins du cru, redisons-le, aspiraient à un retour à l'ordre ancien. Le pouvoir en vigueur leur avait rogné les ailes. Les avatars politiques s'étaient imposés à eux comme on jette du grain aux poules. D'un aréopage de démagogues socialistes répudiés deux lustres plus tôt à une cour de potentats fascisants, il n'y avait eu que le sacre d'un bulletin dans l'urne. Soit dit par parenthèse, les grands principes qui régissent l'affranchissement des peuples spécifient pour modalité fondamentale l'éviction de tous les Hound de la terre. Faire le 14 juillet, d'accord, mais sans 93 en arrière-plan. Commencer avec Mirabeau pour finir avec Collot-d'Herbois, ce n'est pas le plus sûr moyen d'épanouir une nation. Or, la populace de S… n'existait, ne respirait qu'à l'ombre d'une oligarchie à forte propension népotique où pontifiaient deux autocrates, Hound mâle et Hound femelle. L'immixtion de l'armée, en troquant leurs chaînes récentes contre de plus orthodoxes, procédait à une hygiène de vieille couronne relustrée ; quelque chose comme Louis XVIII après Napoléon. Ils se sentaient allégés par la perspective du changement de label de la manille.

Un homme, plus perspicace que les autres, ou plus attentif, ce qui souvent revient au même, n'adhérait pas à la liesse générale. Il scrutait le bataillon d'une mine dubitative qui a noté un détail gênant et qui veut élucider pourquoi précisément ce détail gêne. Quelqu'un qui aurait été assez près de lui pour saisir le sens de ce qu'il ronchonnait en aparté, lui aurait surpris cette étrange apostrophe : *qu'est-ce que c'est que ces bidasses ?*

Il était si intrigué qu'il en aurait confessé quelque chose à ses voisins les plus proches, si ces derniers ne lui avaient prêté qu'une oreille distraite. Du coup, il se désolidarisa d'eux, enfila un layon qui s'enfonçait à travers un réseau de cultures potagères, et s'y s'évanouit. C'était l'instant où l'équipage franchissait le panneau nominatif de la commune.

Tout à coup, presque sans transition, les clameurs s'interrompirent, les cris se turent, l'exaltation s'étrangla net, en lieu et place des manifestations d'allégresse s'appesantit un silence sépulcral.

Le détachement fendit la presse avec une magistrale désinvolture. C'est tout juste si deux ou trois soldats obliquèrent un œil amusé sur ces drôles de spectateurs qui s'écartaient respectueusement devant eux. On devinait dans la morgue avec laquelle ils les toisaient le placement d'un insubmersible mépris.

Un saisissement prolongé vous ankylose les muscles, mais aussi l'esprit. C'est le syndrome du cobra qui hypnotise sa proie pour mieux la mordre ensuite. Les citoyens de S... n'avaient qu'une envie, prendre la poudre d'escampette, mais étant cloués de stupeur ils n'en firent rien. Scandée par le ronflement des moteurs et la percussion des bottes sur le sol, dans une exhalaison de cuir et de gas-oil, une dizaine de gros tonnages, flanqués de deux longs cortèges parallèles de fantassins, traversa les faubourgs de S.... Chacun d'eux, dont la vitesse s'ajustait à celle des hommes, arborait à sa calandre une hampe sommée d'un drapeau qui flottait au vent.

Ces drapeaux étaient à bandes horizontales vertes, blanches et rouges, avec un emblème rouge à quatre croissants dans le blanc.

Le glaive, instrument de la loi

La colonne entra dans S... comme les légions de Titus à Jérusalem. Imaginez une fratrie de lions qui déambuleraient au milieu d'un troupeau de gazelles, nonchalants, tranquilles, ne daignant pas même abaisser un regard sur ce gynécée alimentaire, certains qu'ils sont de le croquer à discrétion quand il leur conviendra.

Une fois sur la grand'place, où rappelons-le trônait la mairie, le cortège fit halte. Des portes claquèrent, des éclats de voix aboyèrent une artillerie de jurements secs et rêches, les hommes se rassemblèrent par pelotons.

Les moteurs éteints, un lourd silence avait succédé au vacarme précédent. Ce silence contenait tout à la fois de l'attente, de la peur et de l'intimidation. Ceux qui ont vécu les heures noires de l'occupation savent de quoi il est question ici.

Comme les fantassins, à peu près deux mille, s'étaient figés au garde-à-vous, un véhicule léger surgit à toute vitesse, pavillon au vent, avec cette vélocité ostentatoire et solennelle qui annonce invariablement la survenue des autorités. Le véhicule se rangea face aux carrés de janissaires, un petit homme courtaud s'en extirpa en bondissant. Aux galons qui garnissaient ses épaulettes, il était facile de lui décerner un grade d'officier supérieur.

Son relief extérieur n'était guère engageant : visage rogue, front bas et soucieux, yeux perçants, cheveux ras, moustache fine, démarche saccadée ; le faciès d'un chien de chasse assorti au maintien d'un procureur. Il avait été rejoint par deux autres officiers, probablement ses aides de camp, et tous trois délibéraient. Tout à coup, l'un des subalternes éructa une brève sommation, une demi-douzaine de soldats marchèrent sur la mairie en deux files parallèles. L'officier supérieur les devançait, escorté de ses deux lieutenants.

Il n'est pas hors contexte de brosser l'attitude des gens de S... tout au long des différentes phases de la péripétie relatée ici.

Quand il fut indubitable que la phalange arborait non les couleurs françaises, mais un drapeau étranger, les spectateurs que nous avons vus au dernier chapitre encaissèrent le traumatisme façon douche écossaise, celle qui vous réfrigère *du haut jusques en bas*. Le quidam qui s'était éclipsé après avoir flairé l'anomalie dans ces spadassins décidément bien bizarres, avait trotté dare-dare jusqu'à la mairie pour y faire une irruption de Troyen publiant la prise de la ville par les Grecs. A son récit les Hound pâlirent, ceux qui étaient là, employés, citoyens ayant des affaires administratives à diligenter, se rengorgèrent d'un scepticisme irrité qui impute la responsabilité du communiqué à son estafette par ce genre d'invectives : *qu'est-ce que tu nous racontes là ? Qu'est-ce que c'est que ces histoires ?* Perplexités postiches que les faits ont tôt fait de démentir rapidement : quelques minutes plus tard, le déploiement du convoi confirmant le rapport, Hound et sa suite assistaient, de l'une des fenêtres de l'édifice, à ce qui a été décrit plus haut. Ne dissimulons pas que leur bravoure ne se risqua pas au-delà. Quelqu'un remarqua que monsieur le maire était extrêmement nerveux et qu'il trépignait comme un enfant gâté à qui on aurait confisqué son jouet préféré. Pour la grosse Hound, la quantité d'effarement dont le ciel l'avait gratifiée s'exprimait par un œil bovin dardé sur les intrus, et ponctué de la grimace dépitée d'une maritorne que la promotion d'une beauté rivale augurerait de sa disgrâce prochaine.

Soudain, son mari se déhancha vers elle et lui susurra, d'un filet de voix acidulé :

– Mais qu'est-ce qu'ils me veulent ?

Un *me* pour un *nous*, et voilà les âmes dépouillées de leurs oripeaux, et voilà à nu la mentalité de certains hommes. Monsieur Hound dit : *qu'est-ce qu'ils me veulent*, comme un spéculateur dirait : *mes surprimes, mes bénéfices, mes plus-values*.

Cependant, l'officier, un colonel pour être précis, talonné par son équipage, avait franchi le péristyle et pénétrait dans l'antichambre de la salle du public, celle-là même où trois ans plus tôt, Olivier avait eu maille à partir avec le couple, alors en pleine outrecuidance de son règne. Les soldats firent faction en sentinelles sur le seuil, l'officier requit la délégation de l'un de ses lieutenants et tous deux se dirigèrent vers un luxueux escalier attenant qui aurait fait honneur à un opéra de province, sans de grossières fautes de goût qui l'assimilaient à un perron de casino.

En ce moment, descendant les degrés avec la pompe d'un impresario, s'épata dans toute la fatuité de sa gloire un personnage digne d'Offenbach, cambré comme un matamore, souriant d'un sourire crispé, les bras tendus en avant, dans le plus pur style des politiques maffieux qui arborent d'autant plus de dentition qu'ils ont de délits sur la conscience.

Le colonel n'avait pas fait un pli à sa posture marmoréenne. Ses deux petites prunelles noires et dures percèrent les grosses orbites torves du Hound. On aurait dit un loup qui examinait un phoque. Le maire, rafraîchi par ce comportement glacial peu en complaisance de ses simagrées, et peut-être éclaboussé par quelques embruns de son ridicule, tenta de sucrer la moutarde en déballant un verbiage de flagorneries onctueuses enrobées d'une confiserie de salamalecs. Grandiloquence parfaite pour aggraver l'indigence de sa diplomatie. Jusqu'ici il n'avait été que risible ; le risible dégénéra en pitoyable. L'addition du bélître et du paltoquet aboutit presque toujours à ce résultat, un cabotinage tragique de m'as-tu-vu. Ses matassinades suintaient quelque chose de monstrueusement idiot. L'idiotie culmina sur un monument d'obséquiosité qui n'aurait pas déparé un florilège de la collaboration vichyssoise :

— Je suis le maire de cette bourgade, déclama-t-il avec emphase, vous êtes ici chez vous. Soyez les bienvenus ; vous n'avez pas idée du bonheur que vous nous faites ! Tant de longs mois sans voir personne…

L'officier trancha net dans ce miellat. Sa riposte fut cassante :

— Au nom du commandement des Forces Musulmanes Coalisées, la commune est réquisitionnée, bâtiments privés et publics. Veuillez informer vos gens qu'ils ont une heure pour quitter leurs maisons.

Ayant braillé ce monitoire, il claqua des talons et vida les lieux sans autre commentaire.

De décrire la réaction du Hound, c'eût été, dans d'autres circonstances, de quoi se dilater la rate. Plus roide qu'une statue qu'on va desceller de son socle, il avait ouvert la bouche d'une aune et rattrapait le colonel en lui bredouillant, tout confit en dévotion :

– Mais comment donc ! Il sera fait comme il vous siéra. Je vais de ce pas rendre compte à mes concitoyens de vos désirs.

– Ce ne sont pas des désirs, rétorqua vertement l'autre, ce sont des ordres.

Il ajouta, encore plus cinglant :

– Vous avez une heure ; passé ce délai, en tant que responsable, vous serez fusillé.

S'il est un mot pour traduire l'impact sur Hound de cet ultimatum, ce serait liquéfaction. Un ruissellement de terreur panique s'infiltra en lui par tous les orifices de son anatomie. Il voulut bégayer quelque chose, se confondre en excuses et regrets, sans succès : sa gorge ne jabotait que des sons inarticulés, ses dents claquaient, son front transpirait à grosses gouttes. Ses subordonnés constataient, médusés, la décomposition d'un homme qui régnait en potentat depuis plus de dix années, qui avait fait occire un nombre invraisemblable de dissidents, qui s'était vautré dans les turpitudes de l'impudence la plus féroce, dont les discours, assaisonnés de mimiques à la Mussolini, retentissaient comme des coups de canon, et qui se révélait soudain ce qu'il était en réalité, un étalon de pleutrerie sans une ruade de hardiesse, le pire des poltrons, une *fiotte*.

Cette pathétique bouffonnerie n'était pourtant qu'un prélude : ce dont furent témoins les habitants de S... présents ce jour-là devait à tout jamais se graver au fond de leur mémoire. Il y a de ces paroxysmes de trivelinade qui vous écrivent en caractères burlesques les éphémérides d'une cité.

Le Hound, haletant, s'était précipité dehors pour déférer aux injonctions de l'officier. Il allait et venait, cognait aux

385

portes des maisons mitoyennes, hurlant, geignant, piaffant, se fâchant, menaçant de sévir si on ne sortait pas sur-le-champ, *et plus vite que ça !*, et se déhanchait avec une frénésie si désespérée et un zèle si grotesque que c'en était gênant pour tout le monde. Tout le monde, sauf les soldats qui regardaient ce navrant spectacle, écroulés de rire.

L'officier, pourtant peu en veine de philanthropie, n'en était pas moins ému de la compassion à double compartiment, l'un pour la pitié, l'autre pour la dérision, qui étudie de près le néant d'un être humain. Comme la méthode du Hound échouait, personne ne parvenant à interpréter ses gesticulations, il manda des émissaires aux quatre coins du bourg, soutenus de représentants municipaux. Moins d'une heure plus tard, un cheptel de pékins désemparés arpentaient les rues adjacentes à grand renfort de vociférations gutturales, pressés en cadence par un cordon de soudards. Monsieur le curé Paulimane et madame Touchapire, flanc à flanc, étaient excités d'une baïonnette par un caporal qui n'aurait certes pas boudé son plaisir de faire le diable[84] à de pareils paroissiens s'il avait su quelles saintes fesses il piquait.

Quand les régnicoles de S… eurent été agglomérés un peu sur le modèle d'un salon de l'agriculture, l'officier se campa au plus haut degré de l'escalier extérieur de la mairie, et avec la sécheresse d'un garde-chiourme beugla à travers un haut-parleur :

— Vos maisons sont réquisitionnées tout le temps que nous serons ici. Elles vous seront rendues ensuite.

Il allait continuer, lorsqu'un anonyme égosilla cette récrimination :

— Et où on va vivre ?

Il n'y eut pas de réponse, seulement un imperceptible signe du menton de l'officier à un sergent ; aussitôt, cinq ou six pandours fendirent la masse des autochthones, tombèrent à bras raccourcis sur l'individu et le traînèrent à genoux devant leur chef. Ce dernier, les mains sur les hanches, proféra :

---

[84] Faire le diable à quelqu'un, le plus de mal que l'on peut.

– Ici, on ne discute pas, on se tait et on obéit. Discuter, c'est mourir.

Il toisa l'homme du même œil qu'un maquignon juge d'un cheval, lui empoigna une touffe de cheveux et lui télescopa le front contre le bitume avec une formidable moue de dédain. Puis il s'adressa de nouveau à la foule, mais cette fois en superposant le ton farouche au ton rigoureux. Il ne prononça pas ces paroles, il les cracha :

– Chiens d'occidentaux, dit-il, vous n'êtes qu'un ramassis d'animaux nuisibles souillés de luxure. Soyez trop heureux que nous ne vous ayons pas déjà tous tués. Allah, dans sa grande miséricorde, nous a demandés de vous épargner. Nous obéissons à Allah, nous sommes ses fidèles ; vous, vous n'êtes que de la fiente.

Son épiphonème vociféré, il ordonna la dispersion.

Une dispersion, c'est toute latitude pour la soldatesque de s'adonner aux divertissements dont elle raffole. C'est qu'il faut bien conjurer les frustrations du pioupiou, et on n'a guère le choix des exutoires. Tandis que les habitant de S... étaient refoulés extra muros, les insultes et les coups pleuvaient, l'affolement des uns redoublait l'animosité des autres, des chocs de crosses sur des nuques répliquaient aux gémissements et aux supplications ; ici des rires obscènes, là des geignements, des deux camps un concert d'exclamations, le vaincu ployant sous les fourches caudines du vainqueur, celui-ci tâchant de comprendre pourquoi on le traitait ainsi, celui-là détachant la bride à ses bas instincts. Partout des fuites éperdues, des vieillards renversés, des enfants piétinés, des femmes humiliées, sempiternel cortège de la barbarie triomphante qui bastonne sa dictature aux peuples soumis.

Au cours de ce qui aurait eu l'ampleur d'un exode, si la trivialité de la mise en scène ne l'avait affadi en banale mise à la porte, fleurirent quelques scènes indissociables de ces sempiternels lieux communs inhérents à toute conquête par la force du mousquet, où l'uniforme consacre et exalte sa prépondérance selon les caprices de son bon plaisir. Un groupe de jeunes conscrits d'une quinzaine d'années, fédérés sous ce blason, le *levain du Coran,* avait avidement traqué des filles de leur âge avant de les isoler à l'écart. Là, ils arrachèrent leurs vêtements et les violèrent sans plus de procès en leur clabaudant que la semence déposée dans leur vase était un honneur, qu'elles étaient désormais imbibées du suc d'Allah, c'est-à-dire estampillées à sa norme, et que s'il résultait une progéniture de cette union, elle contribuerait à assainir la planète de la lie des incroyants. Ce n'était évidemment qu'un prétexte, la loi coranique interdisant les mixités ethniques, sauf après conversion.

Quelques heures plus tard, la population expulsée, le régiment entérinait officiellement ses quartiers à S...

On a beau imposer sa dragonne et sa cocarde, on ne s'avise pas de tout, ce qui fait qu'on a besoin de la main-d'œuvre locale, fût-elle impure. La main-d'œuvre, en temps de guerre, c'est d'abord l'administration. Avoir sous son égide une pelletée de régionaux entendus à la gestion des territoires conquis, rien n'est plus précieux. Les Hound étant tout logiquement désignés coadjuteurs du pacha, aussi furent-ils exempts de bannissement, avec quelques autres chevilles ouvrières de la commune.

Serons-nous surpris d'apprendre que pendant que ses concitoyens étaient délogés, le maire n'avait eu de cesse de consolider et de lustrer en lui la dégaine doucereuse ? A figure de courtisan, manières de laquais : quand il se mentionna qu'il était considéré à part, il eut d'abord l'impudence de présumer qu'il avait été apprécié pour son dévouement. Cela le raffermit d'un semblant d'aplomb. Il hésitait, toutefois. A quoi, vous direz-vous ? A échafauder un protocole d'humanisation de l'envahisseur au bénéfice de ses compatriotes ? A préméditer le biais le plus diplomatique pour ménager la chèvre et le chou et obtenir quelque libéralité profitable à tous ? Rien de tout cela : Hound n'était dévoré que d'une obsession, son nombril. Les deux pôles inamovibles de son accréditation de vassal, aplatissement et prosternation étant garantis mordicus, il s'agissait de formuler ses doléances selon l'étiquette en vigueur. Car qu'est-ce qu'un larbin qui ne nettoie pas judicieusement le pot de chambre de son seigneur ? Le décorum, ça compte, nom d'un chien ! Pour le maire, le plus de courbettes dont on torture son épine dorsale, c'était la part du feu sauvée, un début de réhabilitation dans l'air, l'honneur replâtré avec pour perspective l'insigne privilège de gueuser un emploi auprès du nouveau patron.

Il est rare qu'un misérable ne le soit pas jusqu'au bout de sa carrière : le misérable de Hound avait son étage au sommet de l'édifice, nec plus ultra, pinacle et apogée de sa plénitude de gredin. Cette cerise sur le gâteau, c'était son talent d'opportuniste. La suspicion du colonel à son égard ayant un peu trop diminué sa cote d'estime, il était capital d'abattre sur le tapis un atout majeur qui lui assurerait un port dans la tempête. Comme tous les rats de son espèce, Hound cultivait le génie de la duplicité. Ce n'est pas autrement qu'il s'était fait élire dix ans plus tôt, en évinçant un à un ses rivaux. Il savait admirablement se délester sur autrui des soupçons dont il était la cible. C'est ce qu'il rumina, nous verrons avec quel machiavélique concours : il entreprit de sucrer l'animosité de l'officier en la déviant vers un tiers infiniment plus répréhensible que lui dans l'ordre moral.

Toutefois, rien n'étant gratuit ici-bas, l'occasion de dévoiler cette batterie stipulait le tacite remboursement au tarif plein du protocole de jugement interlocutoire[85] qui s'y attachait.

---

[85] Un jugement interlocutoire est un jugement qui préjuge le fond tout en ordonnant une preuve ou une instruction. Dans le cas présent, le colonel s'en remettra aux déclaration de Hound et de sa femme avant d'aller vérifier lui-même sur le terrain.

Plutôt mourir que vivre esclave

Le lendemain, il pouvait être dix ou onze heures du matin, l'occupant mettait la dernière touche aux modalités de son cantonnement. Hommes de troupe, sous-officiers, officiers avaient colonisé les maisons réquisitionnées et y allaient de l'enthousiasme typique de tous les soudards de la création qui se sont adjugé droit d'octroi sur les biens d'autrui. Cet enthousiasme se manifeste ordinairement par de la déprédation. On a d'abord molesté les personnes, il s'agit ensuite de détériorer le patrimoine. Briser les meubles, enfoncer les cloisons, salir, souiller, coucher habillé dans les draps, recrépir les murs en réinventant l'art rupestre de Lascaux au titre de l'école scatologique, il semble que ce soit là une activité inséparable de la suprématie du conquistador. Il faut bien prouver, par Mahomet ou par quelque autre émissaire divin, que la loi du plus fort n'est pas une vue de l'esprit. De là les saines émulations de la guerre, saccages, viols, meurtres, vandalisme. De retour au bercail, *home sweet home*, on a la mémoire pleine des souvenirs que l'on raconte, ému, à ses petits-enfants au coin du feu pendant les longues soirées d'hiver.

Depuis la veille, le colonel était en grand colloque avec monsieur le maire et son épouse. Ce qui s'était dit entre les trois personnages, nous le développerons plus tard. Retenons que l'officier paraissait extrêmement intéressé par une brochette de révélations qu'on lui avait glissées à l'oreille et en contrepartie desquelles on sollicitait de sa bienveillance, et avec le plus profond respect, un passe-droit en faveur des prisonniers. Les prisonniers, qu'on ne s'y méprenne pas, c'était d'abord Hound lui-même, ensuite sa femme, accessoirement le personnel de la mairie. Le colonel étant un peu mieux disposé à l'égard de l'édile, il y avait aubaine à lui soutirer quelques complaisances afin de l'infléchir à donner de son régiment, le trente-deuxième régiment de fantassins de Téhéran, intitulé *le régiment des fils d'Allah,* nous citons ses paroles, *un exemple qui resterait comme un archétype d'humanité et de clémence.*

En ce moment, un furieux vacarme retentit sur la place. Les fenêtres de la salle où conversaient ces messieurs-dames, celle du conseil municipal, étant ouvertes, il aurait fallu être sourd comme un pot pour ne pas ouïr à franches esgourdes un tintamarre de vociférations rauques qui alternaient avec des percussions d'objets dont on heurterait quelque chose ou quelqu'un. Presque concomitamment, une estafette faisait irruption, saluait et débitait à son supérieur une longue litanie d'une seule respiration, sans une virgule, sorte de *tenuto* [86] dans le style des récitatifs de l'opera seria. Le colonel congédia l'estafette, puis dit à Hound :

– Voici l'occasion de vous montrer comment nous punissons les insoumis.

L'officier sortit, suivi comme un chiot par le maire, dont l'adulation se débonda en une tirade où culminait l'assurance de sa fidélité et de sa loyauté éternelles. L'instant d'après, tous deux étaient sur le parvis de la mairie et voici ce qu'ils virent.

Des soldats avaient colleté un individu et le faisait agenouiller après lui avoir lié les bras dans le dos en lui bloquant la tête contre l'asphalte, un peu comme quand on prie le prophète, au tapis près. Un caporal clabauda un compte-rendu mécanique, à quoi l'officier répondit par un jappement équivalent et aussi euphonique.

Un petit éclaircissement n'est pas superflu.

Les hommes qui avaient investi S..., on l'aura compris, étaient des Iraniens. Leur langue, de la famille indo-européenne, racine commune à la plupart de nos langues occidentales, est aussi éloignée de l'arabe que l'arabe l'est du chinois. Cet idiome, avatar de l'ancien persan, est sans contredit un des plus harmonieux de la planète. Il y a dans ses inflexions une beauté qui en a fait, à une certaine période, le

---

[86] Terme de notation musicale qui signifie tenu. On dit cela d'une note quand il s'agit de la prolonger, de la filer plus ou moins longtemps.

véhicule par excellence de l'expression poétique. Preuve, la richesse de sa littérature, spécialement de sa littérature médiévale. Aussi, lorsque nous employons les mots de *mécanique, clabauda, jappement*, etc., ce n'est pas à la structure de la langue que nous faisons allusion, mais à la façon dont certains hommes, surtout les militaires, ont accoutumé à rendre odieux les dialectes les plus exquis.

Hound s'était planté sur la dernière marche, plus balourd et dodelinant qu'une otarie de cirque qui va faire son tour. Il ne démêla pas pourquoi l'officier s'avança vers lui, la mine contrariée, comme quelqu'un qui remâche une remontrance :

— Monsieur le maire, dit ce dernier, vous m'avez trompé.

Le Hound déglutit sa salive, extirpa un mouchoir de sa poche et s'épongea le front. Il vaut mieux s'y habituer, nous le verrons souvent s'éponger le front. D'autres se pisseraient dessus, lui s'inondait de sueur. C'est tout aussi piteux, mais un peu moins sale. A peine.

— Vous m'avez trompé, reprit l'officier en lorgnant par intermittences l'homme que l'on maîtrisait.

Hound eut la sensation que les molécules de son corps se dissolvaient. Il aurait bien bégayé quelque chose, mais il ne réussissait qu'à avaler sa langue. Ce mutisme pathologique se secondait d'une panoplie de contorsions, mouvements de tête précipités, roulades d'yeux s'ingéniant à suppléer l'éloquence en défaut. Néanmoins, au bout de quelques minutes, son cerveau recouvra quelque consistance, il baragouina ce morceau d'anthologie :

— Je vous assure que ce que ma femme vous a dit est vrai… On connaît l'endroit, on vous y mènera, pourquoi ne nous croyez-vous pas ? Tenez, je peux vous y conduire tout de suite, ainsi vous ne douterez plus de ma loyauté.

L'officier répliqua à brûle-pourpoint :

— Ce n'est pas de çà que je parle, imbécile !

C'était la première fois qu'il l'insultait ostensiblement. Jusqu'ici, il s'était contenté de décorer le mépris qu'il lui inspirait d'une politesse en détrempe qui tâte le pavé, qui agit à la manière des pommades avec lesquelles on extirpe une écharde : quand l'écharde perce, c'est dans du pus. Certaines âmes visqueuses suppurent ce genre d'épanchements ; on s'aperçoit alors que ce qu'il y a dessous est sanieux et sent mauvais.

L'officier en était à la phase conclusive qui tire à clair l'irréductible poltronnerie d'un être intégralement guimauve. Quant à l'épithète *imbécile,* on ne surprendra personne en disant qu'elle eut sur Hound un effet de hache de bourreau remisée au râtelier. Etre insulté, quelle douceur ! Qu'est-ce qu'une insulte ? Un paratonnerre. Qui injurie ne maltraite pas. Il y a entre l'outrage et le poteau avec bandeau sur les yeux la différence qui distingue un chien gueulard d'un chien méchant. Hound respira.

Cependant, le colonel avait à cœur de lui motiver ses reproches :

– Nous venons de prendre l'un des vôtres en flagrant délit de sédition.

Depuis la veille, le pauvre Hound subissait le contraste météorologique dit du chaud et du froid que lui soufflait l'officier avec la sereine persévérance d'un bourreau de métier. A cet énième chamboulement de son horoscope, le processus de sa désagrégation repartit de plus belle. C'en était fait, il allait être fusillé. En qualité de caution de la sécurité de ses *hôtes,* ne lui avait-on pas notifié qu'il endossait la responsabilité de tout acte d'insubordination ? Au bord de la syncope, il eut tout de même le réflexe, propre aux paltoquets, d'arquebuser le quidam coupable de sa condamnation, à lui Hound, d'un regard dont il est impossible de rendre ce qu'il peignait, tant s'y enchevêtraient pêle-mêle l'acrimonie à fleur de peau, la crispation du caca nerveux imminent, et l'attirail pléthorique et hyperbolique de la couardise qui sacrifierait père et mère pour s'épargner une touffe de cheveux.

La frayeur enfante parfois des prodiges. Soudain, le maire céda à une bouffée de pathos qui lui dicta l'auto plaidoirie ci-après, déblatérée avec une loquacité d'écluse rompue :

– Mon Dieu, je ne sais ce que c'est que cet homme-là, nous avons pourtant chassé tout le monde comme vous l'avez ordonné... Pardon, monsieur l'officier, vous savez il y a toujours des... des... des trublions, des récalcitrants qui n'obéissent pas, qui font les malins, et qui mettent en péril les autres uniquement pour se... se pavaner. Il se sera caché, ce moins que rien, tandis que vous fouilliez les maisons, et après il aura voulu perpétrer un attentat. Je ne sais même pas qui c'est, il n'a pas l'air d'être d'ici ; pardon, soyez compréhensif, on ne peut avoir l'œil partout à la fois... Tenez, vous n'avez qu'à le punir, il le mérite, c'est encore un de ces anarchistes qui se moquent de tout, qui foulent aux pieds ce que les autres construisent, et qui s'en vantent...

– Nous allons le punir, en effet, répondit froidement l'officier...

Il homologua aussitôt sa sentence :

– Et vous serez aux premières loges.

Ce que Hound ressentit à ces mot délicieux, *et vous serez aux premières loges*, il n'y a qu'à le comparer à une soupape par laquelle s'évacuait le trop-plein d'une inénarrable angoisse, à un rayon de soleil réchauffant l'épiderme après une pluie glaciale. On lui offrait une brèche inespérée, il s'y engouffra :

– Oh oui alors ! fit-il, je vous approuve, monsieur l'officier, il faut être sévère, sinon on est bientôt confronté à un ramassis de bandits tout prêts à profiter de la confusion ; et puis, on ne plaisante pas avec la discipline, c'est mon dada la discipline, figurez-vous que...

Une interruption brutale cisailla net sa logorrhée :

– On ne plaisante pas, effectivement, vous ne croyez pas si bien dire.

Deux secondes plus tard, le prisonnier était jeté aux pieds de l'officier. Depuis qu'il avait été traînaillé sur la place, pas la moindre plainte n'avait franchi ses lèvres. En dépit des gourmades, son attitude réverbérait une incompressible fierté qui en imposait. Les gens de guerre ne sont jamais tout à fait insensibles à la bravoure. On devinait chez ce gaillard le placement d'une âme indifférente à son sort. Il riva ses prunelles à celles de l'officier et clama sans se décontenancer :

– Potius mori quam feodari[87].

Probablement le colonel n'avait-il pas potassé son Virgile, car il singea un rictus qui prétendait peut-être au comique mais qui manqua son but, personne n'ayant ri. Ceci acheva de l'ulcérer. Il leva sa botte sur la joue du captif et la lui piétina :

– Petit Français, gronda-t-il, tu es un ver de terre qui frétille trop ; aussi, nous allons mettre fin au frétillement.

Pendant les quelques secondes où l'individu avait provoqué l'officier par sa citation latine, érudition trop rare soit dit en passant pour être fortuite, chacun s'était mentionné qu'en fait d'homme, ce n'était qu'un tout jeune homme, vingt ou vingt-et-un printemps au plus. Ses yeux effrontés, sa bouche large et sensuelle, ses cheveux noirs éparpillés en boucles capricieuses sur un front pétillant d'intelligence, la truculente insolence de sa physionomie, l'assimilaient à un jeune héros indomptable qui devant la mort ne recule pas et devant l'opprobre conserve intacte sa noblesse.

Ce portrait ne nous est pas inconnu.

Trois ans et demi plus tôt, par un beau matin de juillet, une poignée d'adolescents déboulaient aux Froides-Aigues pour deux mois de vacances qui devaient être inoubliables, et qui allaient l'être, en effet, mais sous une optique infiniment moins réjouissante que prévu. L'un de ces garçons se prénommait Loïc. C'était lui qui avait subodoré avec le plus d'acuité les manigances d'un certain Wilfried. Après la disparition de ce dernier et de Romuald, Loïc s'était rallié à l'ingratitude générale en abandonnant son ancien compagnon de pensionnat, Olivier. Triste fragilité des amitiés qui se débandent au premier vent contraire et font des serments de la veille les trahisons du lendemain.

N'accablons pas ce pauvre enfant. A dix-sept ans, on est excusable par bien des aspects. *Le rouleau de l'existence*, comme disait un auteur, *ayant encore toute son épaisseur* [88], l'expérience fait défaut et taille parfois de rudes croupières aux objurgations de

---

[87] Plutôt mourir que vivre esclave.
[88] Victor Hugo.

la conscience. D'ailleurs, pour méditer sur ces jugements que nous sommes si prompts à prononcer sur autrui, n'avons-nous jamais, vous qui les lisez ces lignes, moi qui les écris, n'avons-nous jamais commis nos petites lâchetés, nos petites capitulations, n'avons-nous jamais préféré le reniement à la fidélité, tout simplement parce que nous en redoutions les complications, voire les compromissions ?

Intercalons une brève digression sur Loïc.

Quand éclatèrent les calamités qui allaient démanteler la société, Loïc habitait une petite ville, M…, non loin de S…. Ses parents étaient morts d'on ne sait trop quelle maladie aussi foudroyante qu'incurable. Avec quelques autres survivants, Loïc se réfugia entre les murs d'une ancienne abbaye désaffectée, quelque part en Limousin, entre Saint-Yrieix-la-Perche et Nantiat. Lui et ses compagnons réalisèrent ce que les Périontes devaient réaliser plus tard aux Froides-Aigues, en cultivant la terre bien en dehors du rayon d'action des meutes motorisées qui commençaient à écumer la province. Seulement, ce dont disposaient les Périontes, une abondante pharmacopée, Loïc et ses compagnons d'infortune en étaient privés. Cela fit qu'en moins d'une année, beaucoup périrent et le groupe se disloqua. Loïc retourna à M…, miraculeusement épargnée, et prit ses quartiers dans la maison familiale. Un jour, il observa une colonne de soldats vêtus de drôles d'uniformes ; il en déduisit qu'on était en guerre et la France envahie. Comme aucun moyen de communication ne fonctionnait plus, impossible de s'instruire de la genèse et des développements du conflit. Loïc se débrouilla pour intégrer une section de résistants. Sa cooptation s'inférait de l'aide qu'il avait prodiguée à deux sous-officiers d'un corps expéditionnaire de Charente qui avait combattu près de Niort. Les deux soldats, grièvement blessés, étaient morts dans ses bras. Ce fut pour Loïc comme un détonateur. Il avait été instruit par eux qu'un maquis constitué dans le Cézallier contrôlait un canton entier. L'idée de figurer dans la légende germa-t-elle au fond de cette âme rebelle ? Toujours est-il qu'on le manda en éclaireur du côté de S…, où avaient été signalés des déplacements de troupes, afin d'y collecter des renseignements. Il fut appréhendé sur le clocher de l'église en possession d'un appareil photographique, pendant qu'on délogeait les autochthones. L'appareil photo faisait de lui un espion ; ajoutez-y un pistolet, et l'espion s'aggravait du terroriste. Cumul d'emplois qui n'admettait qu'une sanction, la peine capitale, avec sentence immédiatement exécutoire.

Ce qui va être relaté illustre invariablement l'arrogance altière et hautaine du dictateur se fait un trophée d'enchaîner ses victimes à son char de triomphe. Tout antagonisme entre deux pays d'inégal niveau économique engendre un appel d'air par où s'engouffre le ressentiment du conquérant pauvre envers le conquis riche. Quelle volupté que de manger à la table du nanti ! De là, lorsque Attila ravage l'Italie, lorsque l'opulence est taillée en pièces par l'indigence, le plaisir de marcher sur le corps de l'ennemi. Nous avons peine à imaginer, nous qui vivons bien douillettement à l'abri de nos couettes, duvets et autres symboles de la mièvrerie domestique, la concrétion de jalousie qu'accumule chez les peuples qualifiés *en voie de développement* par le jargon politicard, la rage de mesurer que leur misère est bien souvent le corollaire de la prospérité d'en face. Personne ne se plastronne avec plus d'orgueil des attributs du justicier qu'un homme frustré et envieux brusquement en situation de se dédommager de ceux dont le confort lui est un perpétuel camouflet. Les vocations que suscitent les conjonctures belligérantes façonnent des individus qu'en temps de paix on aurait du mal à distinguer de leurs concitoyens, tant ils sont médiocres et insignifiants. Il suffit d'un galon sur une manche, et les chroniques de l'histoire s'épellent à la fumée des Oradour-sur-Glane.

Le colonel était de ces hommes-là.

Il détestait les Occidentaux en général et les Français en particulier ; les Occidentaux, parce qu'à la mosquée on lui avait rabâché que cette engeance n'était qu'un pandémonium de pervers dépravés, les Français parce qu'ayant été affecté en France, il est plus commode de haïr ce qu'on a sous la main. Pour l'heure, cette haine, ayant un os à ronger, s'exerçait localement à l'encontre de deux créatures, Hound et le prisonnier. Hound parce qu'il incarnait la collaboration veule prête à tout pour s'économiser une égratignure ; le prisonnier l'exaspérait, en ce qu'il lézardait ses certitudes sur l'incapacité d'une nation ramollie par la corruption de fomenter une insurrection organisée et efficace ; ici, la pleutrerie dégradante, là le glaive inattendu brandi devant l'envahisseur. Glaive d'autant plus horripilant qu'il frappe toujours à l'improviste.

On aura noté que l'officier parlait un français châtié. Une dizaine d'années auparavant, il avait fréquenté l'Université de Paris. Il avait acquis de ce séjour l'aptitude à aiguiser l'intellect, à confondre les sophismes et à démystifier les trompe-l'œil à laquelle la langue de Molière se prête avec tant d'aisance. Seulement, il lui manquait ce que seule la naissance sur le sol natal transmet par hérédité, ce détachement, cette faculté inimitable de rire de tout, y compris de soi, dont Voltaire est peut-être l'archétype le plus brillant, et qui rend l'habitant des Gaules si agaçant aux étrangers. L'officier était dépourvu de ces vertus qu'il aurait volontiers cultivées mais auxquelles son éducation musulmane opposait une fin de non-recevoir catégorique.

Son intention avait d'abord été de faire fusiller Loïc. Il se ravisa. Tout à coup, il se déhancha vers Hound, patelin, presque sympathique :

— Tenez, monsieur le maire, dit-il, je suis prêt à vous pardonner. Je n'y mets qu'une condition.

L'autre en était à ce stade où ses aspirations confidentes se résumaient en ceci : étouffer sous le boisseau toute objection, faire le chien couchant, accepter la soupe servie sans chicaner le plus ou moins de viande qu'il y a dedans. Il se hâta de répondre, en s'entortillant les doigts et en allongeant le cou comme frère Coutu[89] :

— Mon colonel, je ferai ce qu'il vous semblera bon, vous pouvez compter sur mon dévouement.

---

[89] Voir la Relation de la mort du jésuite Berthier, de Voltaire.

398

L'officier poursuivit avec un sourire raide qui s'efforçait d'être narquois et ne parvenait qu'à en être la caricature :

— Vraiment ?

Il considéra le Hound presque en ricanant, dégaina d'un étui qu'il avait à la ceinture un *Strij* russe neuf millimètres[90], le lui tendit et proféra, en désignant le prisonnier :

— Logez-moi une balle dans ce crâne.

En même temps qu'il articulait cette sommation, il lui sembla que Hound rapetissait, qu'il coulait à pic comme un navire percé au-dessous de la ligne de flottaison. Il coula tant qu'il s'affaissa sur le pavé, à demi évanoui.

Dès lors, le colonel proscrivit de son comportement tout ce qui en édulcorait tant soit peu l'impitoyable austérité. En matière de dégoût, il avait outrepassé les bornes en deçà desquelles aurait encore subsisté une ombre de mansuétude. Avec une fureur que rien n'émoussait plus, il enjoignit qu'on ranimât cette *merde*, version originale garantie. Il bombarda lui-même le Hound de coups de rangers dans les reins en lui hurlant que tant qu'il ne truciderait pas lui-même le prisonnier, il serait tabassé, et tabassé encore jusqu'à ce qu'il en crevât. Les gourmades dégringolaient sur le gros pécore qui geignait et larmoyait, la babine inférieure toute lippue, pareil à un garnement que l'on corrige et qui n'en fait pas moins le mutin. Enfin, quatre poignes de fer le hissèrent debout sans ménagement, l'officier lui cala l'arme à feu entre les doigts et pesta sourdement :

— Vous avez trente secondes pour lui brûler la cervelle. Passé de délai, c'est moi-même qui réduirai la vôtre en bouillie.

Tout en sifflant cet ultimatum, il braqua une autre arme sur sa tempe et le poussa du genou vers Loïc. Ce dernier, ébloui par l'horizon qui se dévoile à l'heure de la mort, était absent, absorbé dans sa contemplation.

Ce n'était pas le cas du maire. Plus il s'était rapproché du captif, plus il se décomposait. Son menton en proie à un tressautement sénile, il ânonnait en bavant :

---

[90] Pistolet russe qui avait remplacé le Makarov dans les années 2012/2013.

– Peux pas, peux pas, peux pas…

Depuis plus de trois ans qu'il opprimait S... de sa tyrannie, Hound était le commanditaire, l'instigateur, l'éminence grise de quarante-cinq meurtres, addition vérifiée. On lui devait, outre le massacre des Bordiers, l'assassinat du comte de Pompignac, celui d'une dizaine d'opposants ainsi que l'élimination d'une fournée innombrable de citoyens qui avaient eu le tort de ternir ses écussons en pourfendant sa politique, d'une manière ou d'une autre. Pour mieux lustrer sa couronne et se la boulonner inamovible sur l'occiput, il s'était arrogé les services de René. René, avant de s'acoquiner aux Routiers, avait été son spadassin qui accomplissait les directives planifiées par l'AFCR. La mission remplie, il percevait ses émoluments et on lui appointait assignation pour la future campagne inscrite au calendrier.

Un jour, en se rasant, monsieur le Maire s'était coupé. Il avait failli tourner de l'œil. Comme Wilfried, Hound n'endurait pas la vue du sang. L'hémoglobine était odieuse à cette crapule douillette.

On conçoit dès lors sa répugnance, parfaitement invincible, à trucider le prisonnier. C'était déjà quelque chose que d'être témoin de visu d'un supplice, mais horreur ! faire jaillir délibérément un affreux coulis grenat, peut-être même en être maculé, là non, on exigeait trop de lui, il y a des valeurs dans ce monde, tout de même ! Les menaces des tous les officiers d'Iran et d'ailleurs n'y auraient rien fait, cet acte, supprimer une vie *motu proprio*, le glaçait d'épouvante. Il était prostré, effondré, balbutiant, lamentable. L'officier assistait aux pantomimes de l'arlequin en se demandant s'il valait la corde avec laquelle il l'aurait pourtant volontiers pendu.

Les sanglots et les trémulations convulsives de Hound dégorgeaient de grosses rigoles de suée qui lui dégoulinaient de partout. En essuyant sa trombine d'un revers de manche, le pistolet lui échappa.

Quelqu'un le ramassa. Ce quelqu'un n'était pas prévu au programme. Instinctivement, les soldats le couchèrent en joue ; d'un geste impérieux, l'officier s'interposa :

— Que voulez-vous faire avec ça ? dit-il à l'intéressé.

— Ce qu'il ne fera pas.

— Allez-y.

L'individu manipula la culasse avec une dextérité de barbouze, se posta de demi-profil derrière Loïc, ajusta posément la nuque du garçon qui avait clos les paupières et dans le coin desquelles perlait une petite larme.

Une balle suffit. Loïc pivota sur le flanc. L'exécuteur fit claquer le chargeur à la façon d'un desperado, puis tendit le pistolet à l'officier en lui martelant :

— La prochaine fois, quand vous voudrez vous adresser au maire, ne confondez pas : chez nous, le pantalon, c'est moi qui le porte.

Où l'on propose un hôtel particulier à ses hôtes

Au coup de feu, Hound s'était détourné et, à genoux, se mordait les doigts. Malgré ce déhanchement, il n'avait pas échappé à la vision, insoutenable pour lui, d'une rigole de sang qui s'extravasait autour de la tête du cadavre. Eperdu d'horreur, il s'enfuit vers la mairie en titubant. L'officier le laissa faire. Se déranger une seconde de plus pour un pareil guignol n'était digne ni de son grade, ni de son ministère. Et puis, il lui était débiteur, même indirectement, d'une précieuse information ; il est permis de supposer que ce service lui tint lieu de circonstance atténuante.

Qu'était-ce que ce service ?

Revenons une demi-heure en arrière.

Lorsque Loïc avait été débusqué sur le clocher de l'église, Hound et l'officier menaient grand conciliabule dans le bureau de l'édile, autour de la table des conseillers municipaux, ainsi que nous l'avons dit précédemment. Ce n'est pas que le colonel fût en humeur de concéder passe-droit à un pékin qui lui devait obéissance, il n'était pas homme à cela. La conversation roulait sur les clauses de l'occupation. Hound, guindé dans son obséquiosité habituelle, acquiesçait avec cette bonhomie pateline qui affale au vent le plus favorable pour se faire bienvenir. Il avait plutôt bien mené sa barque, car l'officier lui manifesta sa satisfaction, ce qui ne le dispensa pas d'une petite admonestation récurrente :

— Vous êtes un fort mauvais administrateur, fit-il ; si mes hommes n'avaient pas été là pour vous aider, vous y seriez encore.

Là, qu'on m'excuse d'oser introduire dans ce livre ce qui est peut-être la réplique la plus ridicule qu'on aura infligée au lecteur, mais il en va de l'authenticité de son concepteur et nous ne saurions déroger à l'obligation de le peindre sous toutes ses coutures. Hound rétorqua sans éprouver la moindre vergogne ce joyau de déclamation qui pourtant aurait fait rougir un enfant jusqu'aux oreilles :

— Sans doute, mon Colonel, sans doute ; ce sont de rudes gaillards qui ne font pas les choses à moitié.

Confronté à un tel cas pathologique de plate servilité, le colonel eut bien du mal à dissiper la gêne qu'elle avait fait naître chez tous les acteurs et figurants de l'entretien. Certains accès de flagornerie sont si impudiques, si mièvres, si vendus à tous les déshonneurs qu'ils engendrent une confusion embarrassée où pataugent même les tempéraments les plus inaltérables. Vous êtes un officier d'une arme d'élite, rompu aux bivouacs et aux branle-bas des champs de bataille, vous annexez des nations entières, rien ne vous fait peur, surtout pas la mort, tout à coup vous voilà face à un ennemi mollusque qui vous glisse entre les doigts. Que faire ? L'officier se tira du cloaque houndien par une pirouette :

— Priez pour n'avoir pas à la subir vous-même, cette rudesse, dit-il ; mais brisons là. Je ne suis pas mauvais joueur, je vous accorde le bénéfice du zèle. Cela dit, un problème reste en suspens...

— Comment ? Un problème ? Mais nous allons le résoudre, mon colonel, je m'en porte garant. Faites-moi seulement l'honneur de me dire de quel problème il s'agit.

— Voilà, reprit l'officier ; nous sommes deux mille et ces deux mille sont une dizaine de trop ; à ces dix-là il faut des logements supplémentaires.

— Vraiment ? Et bien, nous avons ceux de nos employés, vous pouvez vous installer chez eux.

— Et où coucheront-ils, ces employés ?

Hound se fit doucereux, la bouche en cul de poule, à la manière d'un jésuite qui dénoncerait un huguenot au chancelier Le Tellier :

— Mais où ils voudront, qu'est-ce que cela fait ? N'y a-t-il pas des priorités ?

L'officier objecta illico :

— Monsieur le maire, j'ai mes règles propres que je respecte à la lettre : puisque aussi bien j'ai besoin de ce personnel, il m'importe qu'il soit à son aise ; je veux diriger des gens en parfait état de répondre à ce que j'exigerai d'eux. Donc, pas question de les expulser.

— Dans ce cas, j'ai beau me creuser, je ne vois pas…

— Etes-vous bien sûr qu'il n'y aurait pas par-ci par-là deux ou trois habitations qui auraient échappé à votre inventaire ? Faites un effort : quand on fait des efforts pour moi, on ne le regrette jamais.

Le Hound se pinça le menton et s'enfonça dans la réflexion faussement appliquée de l'élève qui n'a pas fait ses devoirs et qui se bat les flancs pour démontrer le contraire. Sa femme, silencieuse mais en tiers à ce dialogue, buvait mot à mot tout ce qui se disait. Elle avait l'air d'un monolithe qui écoute.

Cependant, Hound était camus. Il se distillait les méninges, récapitulait de mémoire les moindres quartiers du bourg où se nicheraient quelques toitures utiles à son avancement ; en vain. L'échec eut pour notation une moue navrée, pour une fois sans fard :

— Je vous jure bien, dit-il, que je ne vois pas ; vous savez, cette bourgade est tout d'un bloc, à cause des hivers qui sont très froids. Il n'y a pas d'habitations isolées, hormis la propriété de feu le comte de Pompignac.

— En effet, belle demeure… j'ai choisi d'y établir mes quartiers.

— C'est bien le moins pour l'officier en chef de ce régiment.

Ce dernier tamponna les deux paumes des mains l'une dans l'autre et s'écria, passablement contrarié :

— Donc, rien d'autre que ce que nous avons sur nos tablettes ?

— Hélas, rien d'autre en effet, je le crains.

— Erreur ! rugit quelqu'un, il y a un endroit.

Les prunelles de basilic du colonel dérivèrent sur la grosse Hound en la toisant de haut en bas. Jusqu'ici, nous l'avons dit, celle-ci n'avait articulé ni consonne ni voyelle. L'accent dont elle ponctua le mot *erreur* fit à peu près la même sensation que le coup de théâtre de Jean Valjean au tribunal d'Arras.

Cette immixtion d'un élément féminin dans une discussion d'hommes aurait en toute autre circonstance inspiré à l'officier une riposte cinglante sur le rôle qu'il assignait au sexe dont, de son arbitrage, la vertu était censée se resserrer entre les quatre cloisons de l'épouse modèle, à savoir le silence, l'humilité, la docilité et l'ardeur aux tâches ménagères. Il s'en abstint. D'abord, la Hound, par sa virilité, rectifiait le Hound, change appréciable. Ensuite, on a beau être le satrape en pleine orgie de conquête, on n'en est pas moins astreint à l'observance des usages locaux. Aussi s'adressa-t-il à la gorgone avec une certaine courtoisie :

— Madame nous parle ?

La Hound renifla de ses naseaux, se rejeta en arrière sur sa chaise et grogna :

— Je dis qu'il existe un endroit où vous pourrez héberger ces dix personnes.

— Tiens, tiens, tiens ! fit l'officier en lorgnant sévèrement le maire ; connaîtriez-vous des rubriques que votre époux nous escamote ?

— Ne croyez pas ça, intercéda la Hound, il n'y a pas songé, tout simplement parce qu'on ne songe jamais à cet endroit.

Le colonel, piqué par la curiosité, insista :

— Et pourquoi n'y songe-t-on pas ?

— Parce que c'est au bout du monde.

— Au bout du monde ?

— Eloigné du bourg d'une bonne trentaine de kilomètres.

— Trente kilomètres, fit l'officier sur le mode comique militaire, mode qui à coup sûr mériterait une réhabilitation, vous me proposez l'exil.

Un grand éclat de rire accueillit ce bon mot qu'on s'empressa de traduire et qui se propagea à la cantonade. L'officier, d'ailleurs, s'assurait qu'on riait selon le règlement et à cette fin auscultait ses sous-officiers avec la même assiduité qu'un boursicoteur attentif à la valeur de ses actions. Quand on eut bien ri, il reprit :

— Ma foi, je plaisantais : trente kilomètres, ce n'est rien ; nous en avons bien fait cinq mille pour venir ici.

La Hound continua :

— D'autant que c'est spacieux, à ce qu'on dit, spacieux et luxueux. Seulement, il y a une autre difficulté.

— Encore ?

— Sur ces trente kilomètres, il y en a un bon tiers par un chemin de forêt.

— Quelle importance ? N'avons-nous pas des véhicules appropriés ?

— Et il s'agit de trouver le bon, parmi un tas qui ne vont nulle part.

— Quand je veux trouver quelque chose, je le trouve toujours.

— Vos véhicules auront à côtoyer des précipices.

— Pas autant que vous en côtoyez, vous, en ce moment. Votre précipice, c'est nous.

La Hound ignora :

— Les séismes ont peut-être tout chamboulé, fit-elle ; qui sait si la maison est encore accessible ?

— Qui ne tente rien n'a rien.

— Et puis, je le répète, vous y serez éloigné de tout.

— L'éloignement est le pain sec du soldat.

La mégère sourit, si le sourire était adaptable à son mufle, et enchaîna en appuyant sur l'aspect sibyllin du rébus qu'elle donnait à résoudre :

— Lui, dirait : c'est un atout.

— Plaît-il ?

— Je dis : lui, dirait que l'éloignement est une aubaine.

— Qui ça, lui ?

— Celui qui habite la maison en question.

— Il décampera, comme les autres.

— Ça c'est sur, mais...

— Mais quoi ?

— Excusez-moi : croyez-vous, comment dire… à l'ambiance qu'il y a dans certains lieux ?

— Je suis musulman, madame, je ne crois pas aux balivernes.

— Dans ce cas, veuillez pardonner cette question idiote.

La Hound se leva comme pour clore l'entretien. Audace d'un culot inouï qui, pendant une ou deux secondes, sidéra l'officier, dont la voix aigre éclata en même temps que son poing heurtait violemment la table :

— Asseyez-vous ! aboya-t-il, je ne vous ai pas autorisée à vous retirer !

On aura deviné que l'attitude de la femme ne visait qu'à provoquer précisément cette réaction. Cela se confirma à un nouveau sourire, aussi hideux que le premier, qui s'esquissa sur ses grosses lèvres bourrelées d'excroissances squameuses.

— Vous en avez trop dit ou pas assez, tonitrua le colonel, qu'est-ce que c'est que cette... ambiance ?

— Comme un esprit : ça se voit pas, mais on le sent.

— Stupidités !

— Peut-être : en tous cas, tous ceux qui y ont été, dans cette maison, ont bien des choses à en dire…

— Par exemple ?

— Par exemple ? Que ça pourrait être celle du diable.

Ici, l'officier faillit s'étrangler, tant le grotesque poussé au noir vous dériderait même le plus indéfrisable des rocantins :

— Le diable ? fit-il en tâchant de dompter l'hilarité désopilante qui l'étouffait, j'étais persuadé que l'époque des sorcières était révolue dans votre pays, depuis Voltaire. Je vois qu'il y subsiste, je cite votre grand auteur, *la rouille de la superstition*.

Il s'essuya les yeux et enchaîna :

— Allons, je vous absous ; mais vous devriez vous méfier des lectures qui embrouillent la cervelle. Tenez, je vous conseille le Coran ; vous y trouverez de quoi méditer sur notre présence ici, cela vous changera des contes à dormir debout.

La Hound n'avait pas bronché. On se moquait d'elle, à la bonne heure ! Son faciès contus et camard reflétait à ravir le secret contentement d'être brocardée ; en réalité, elle préparait son élan pour mieux rebondir. Pendant que le commandant lui

407

taillait un costume de midinette, elle avait rechargé ses batteries ; tout à coup, elle contre-attaqua :

— Mon colonel, ce que je vous dis là, c'est pas du flan, c'est un fait incontestable, avec des témoignages.

En ce moment, l'officier oscillait de carême à mardi gras[91]. D'une part, il stigmatisait souverainement les rêveries des bonnes femmes qui ont trop fourré leurs lunettes dans les feuilletons d'alcôves, de l'autre il subodorait vaguement, sous une apparence de niaiserie, une révélation qui ne serait peut-être pas sans intérêt :

— Je vous écoute, dit-il.

Il ajouta aussitôt :

— Mais je vous préviens que si vous ne me convainquez pas, je vous fais fouetter comme une odalisque.

La Hound fit la sourdaude :

— Cette maison est maudite, reprit-elle, parce que celui qui y loge est un maudit.

Un rictus d'une ironie mordante décora la physionomie de son vis-à-vis :

— Et qu'appelez-vous un… *maudit* ?

Maudit fut épinglé en fin de phrase comme il est écrit, avec une pause avant le mot et en s'arc-boutant sur les syllabes.

— Quelqu'un qui vit contre la loi.

— La seule loi qui ait cours à présent est celle que j'édicterai. Votre... locataire s'y pliera.

— Ce n'est pas de cette loi-là que je parle, mais d'une plus générale.

— C'est à dire ?

— Une loi contre laquelle on ne peut pas aller.

— Précisez.

— Voilà : il y a certains garçons qui sont comme qui dirait, anormaux.

— Dans ce cas, il faut les enfermer dans un asile ; si celui dont vous parlez vit à l'écart, c'est bien, il ne nuit à personne.

— Il est nuisible pour tout le monde.

---

[91] C'est-à-dire qu'il hésitait entre deux attitudes contraires.

– Et comment cela ?

– Par le seul fait qu'il existe ; ce genre de monstre ne devrait pas avoir le droit de respirer.

– Vous respirez bien, vous...

La Hound encaissa sans sourciller :

– C'est des anomalies de la nature, reprit-elle.

– J'en connais d'autres depuis deux jours, mais passons.

La maritorne nageait dans ces eaux tumultueuses où l'on redouble d'effort pour ne pas se noyer ; elle allongea le col vers l'officier et le bigla de toute l'expressivité tératologique de ses orbites de méduse. On aurait dit qu'elle allait imploser :

– Ce garçon, dit-elle, est un pédé.

– Un quoi ?

– Un pédé, un homosexuel.

Dans un affrontement du genre de celui-ci, où l'un des protagonistes tourne la broche de l'autre tout en s'absorbant à le coiffer de sa volonté, le mot juste, le mot propre, possède indéniablement le pouvoir de renverser une situation défavorable. Toucher l'endroit sensible, ce fut exactement ce que fit ce mot catalyseur, *homosexuel*. L'attitude du colonel en subit un sérieux ébranlement.

L'éclair de la victoire avait illuminé la Hound ; ayant déblayé le terrain propice, elle s'y engagea résolument :

– Une tapette, quoi ! Ah, on les a vus, lui et ses copains se vautrer dans la débauche, à cinq, à six, et à faire des choses que j'ai à peine le courage de dire ! C'est écœurant, ce qu'ils faisaient, ils étaient tout nus avec des jeunes et ils les pressaient, et ils les tâtaient, et ça leur plaisait à ces petits vicieux, et après ils prenaient des photos et faisaient des films à plusieurs qu'ils devaient se repasser en s'excitant de leurs propres cochonneries.

Pendant qu'elle vidait son sac à calomnies, la mine du colonel n'avait cessé de s'assombrir. Quand elle l'eut épuisé, celui-ci croisa les mains et lui chuinta, d'une voix pénétrée :

– Vous êtes sûre de ce que vous affirmez ?

La Hound eut le génie de ne pas affaiblir l'efficacité de son réquisitoire en surenchérissant, ce qui eût été suspect. Elle se contenta d'opiner du chef.

Ce fut alors que la péripétie de Loïc interrompit l'audience. L'officier, après s'être fait expliquer ce qu'il en était du barouf au dehors, repoussa sa chaise et se dirigea vers la porte. Il allait la franchir quand il fit volte-face et énonça posément :

— Savez-vous, dit-il, de quelle manière on punit ce crime, chez nous ?

Il requit un subalterne qui était là depuis le début et qui devait entendre le français car ce fut en français qu'il reçut cet ordre :

— Expliquez-leur, lieutenant.

Le lieutenant toisa les Hound avec une rigidité glaciale, saisit une pomme d'un panier de fruits d'automne qui garnissait une crédence, et la posa sur la table. Lentement, il extirpa un long sabre d'un fourreau qu'il avait au côté, l'abattit sur la pomme et la fendit en deux. Le sabre se planta dans le bois avec un bruit de vibration métallique.

Le voile déchiré

Les tragédies qui s'éternisent sont des nuits polaires. Olivier et Alexandre avaient ingurgité leur brouet noir jusqu'à la dernière bouchée ; maintenant, ils titubaient, ils étaient exsangues : si l'extinction d'êtres humains procède par petits anéantissements successifs, il est certain qu'ils en avaient atteint le dernier échelon, celui qui précède le capotage final.

Plus de forces, plus de courage : leur vie s'effilochait comme un vieux haillon. Ils étaient étrangers à tout ce qui les entourait. Ils essuyaient des accès de terreur inopinées qui, suprême ironie, dégageaient néanmoins une utilité, celle de rompre la monotonie d'une prostration dont la langueur les rongeait comme un chancre. Ils mangeaient à peine et consumaient leurs journées à attendre, quoi ? Qu'attend-on quand on est à soi-même une prison dont rien ni personne ne possède la clef ?

Quant à la reconstruction, évoquée à deux ou trois reprises, elle leur semblait si dénuée de sens, si dérisoire, que dès qu'ils y songeaient ils s'esclaffaient d'un rire aigre. Rire qui est un masque, le malheur étant le carnaval.

Et puis d'abord, en leur présumant la volonté de s'y atteler, à cette reconstruction, comment s'y prendre ? Comment réparer une charpente ? Avec quels matériaux ? Avec quels outils ? Ils manquaient de tout ; admettons même qu'ils eussent disposé d'un atelier complet, quel usage en auraient-ils fait ? Aucune flamme ne brûlait plus en eux. Ils en étaient à ce degré d'abdication où le geste le plus anodin est tributaire d'insurmontables efforts.

Cette santé déficiente ne se déclinait cependant pas à égale gravité chez les deux garçons : celle d'Olivier subissait les inévitables conséquences d'une mauvaise alimentation, mais sans affecter l'intégrité de son métabolisme.

Il n'en allait pas de même du plus jeune. Alexandre était la proie d'un malaise permanent qui l'affaiblissait davantage de jour en jour, comme si un feu le consumait de l'intérieur, lentement mais sûrement. Ses articulations le suppliciaient, des migraines à répétition lui lacéraient le crâne, sa vue, son ouïe se troublaient, il se réveillait en pleine nuit, le front brûlant imbibé d'une sueur malsaine. Il avait affreusement maigri et ses côtes étaient si saillantes qu'il ressemblait à un scorbutique.

De tels symptômes tourmentaient d'autant plus Olivier que la pharmacie ne subsistait que de quelques rares médicaments inadaptés. Dans l'impuissance à établir un diagnostic, il lui prescrivit des capsules de vitamines, mais peine perdue, l'état de l'adolescent ne s'améliorait pas, il empirait, au contraire : une fois, une terrible quinte de cette fièvre qu'on qualifie *hectique* [92] le terrassa.

Comme beaucoup de pathologies qui se sont déclarées insidieusement, celle-ci ménageait de spectaculaires intervalles de rémission. Ordinairement, l'éclaircie se manifestait l'après-midi : les douleurs s'atténuaient, il avait la tête plus libre. Mais le soir, une violente hyperthermie le clouait au lit.

Ces phases d'alternance entre crises et régénération se relayaient avec une régularité métronomique. Peu à peu, toutefois, la fièvre baissa. Mais ses genoux, ses épaules, jusqu'aux phalanges des pieds et des mains, le martyrisaient.

Là-dessus, une demi-semaine s'écoula sans maux ni même la moindre incommodité majeure. La fatigue n'en était pas moins constante, témoins de grosses ocellures d'une méchante teinte cobalt qui tuméfiaient ses paupières. Cela ne le départissait pas de se barder d'un optimisme à rebours de ces stigmates alarmants dont un médecin n'aurait rien auguré de bon :

— Finalement, dit-il, c'était rien, le contrecoup des mois passés. Ça arrive qu'on flanche à retardement, c'est moral.

---

[92] Une fièvre hectique est une fièvre qui consume.

Il fit bonne chère autant que les victuailles le permettaient et se coucha avec la ferme intention de lire. Olivier l'en dissuada et le pria de se reposer :

– Dors, lui dit-il, pendant ce temps, je vais faire le compte des médicaments qui nous restent.

L'aîné consacra une bonne partie de la soirée à dresser l'inventaire de l'officine. Non seulement la quantité avait sérieusement diminué, mais le peu de sérums et de vaccins encore exploitables excédaient la date de péremption.

Vers une heure du matin, il regagna la chambre, alluma une chandelle et avisa son compagnon.

La chandelle faillit lui échapper des mains :

– Ah, mon Dieu ! s'écria-t-il en aspirant un râle.

Alexandre était allongé sur le dos, couverture rejetée.

Il n'avait plus figure humaine.

Ce n'était pas un adolescent de dix-sept ans, mais un vieillard : les cernes de ses yeux avaient doublé de volume, ses lèvres étaient couleur de cendre, ses joues jaune maïs comme du parchemin. Il respirait par saccades, les poings crispés, les pommettes saillantes, les gencives enflées. Sous sa peau transparente se ramifiait l'arborescence turquoise des veines.

Alors qu'il examinait cette diaphanéité bien trop azurée, presque céruléenne, une bizarrerie canalisa son attention : de part et d'autre de la région cervicale, le cou d'Alexandre était boursouflé d'un chapelet de protubérances. Olivier souleva alternativement ses deux bras : les mêmes excroissances colonisaient la zone axillaire. Il écarta la couverture, tâta l'aine et plus particulièrement les cavités pubiennes, une onde glacée lui dégoulina dans les reins.

Tous les ganglions lymphatiques étaient hypertrophiés, les tumeurs formaient des cloques si enflées qu'elles déformaient son corps comme autant de vessies qui auraient gonflé sous la peau.

D'un revers de main il chassa une gigantesque membrane noire qui lui voilait la face ; la membrane se reconstitua aussitôt. Alors, il comprit ; il comprit que c'était fini. Il le comprit avec la lucidité qui balaie le moindre doute et lui substitue la brutalité d'une évidence inexorable.

Les replis d'un cœur écrasé de chagrin, n'essayons pas de les sonder, on ne gribouille pas en un alinéa ce qui est trop vertigineux.

Le garçon que contemplait Olivier, ce garçon naguère radieux, à présent décharné, ce printemps trop tôt basculé dans l'hiver glacé de l'agonie, ce paladin des temps nouveaux, glorieux symbole de l'ère du Verseau que tant d'écueils, la maison de correction, Janos, avaient tenté de briser sans jamais y parvenir, jetait un dernier éclat, celui de sa jeunesse fauchée par une maladie qui la foudroyait avant même qu'elle eût éclos.

Olivier épancha un sanglot convulsif et murmura :

– C'est indécent de faire ça, c'est de l'imposture…

Il était effaré, le cœur lui battait violemment, il faisait *non* de la tête en se disant que les ganglions qu'il avait palpés allaient se résorber d'eux-mêmes, que ce n'était rien, que tout s'arrangerait sous peu avec une bonne nuit de repos, que d'ailleurs il est normal que des ganglions grossissent quand on a la fièvre, c'est une réaction des défenses naturelles tout ce qu'il y a de plus ordinaire, et que dès que la fièvre serait tombée, ils disparaîtraient.

Il se disait tout cela bouche bée en se demandant pourquoi ses lèvres avaient un goût salée. Il ne s'était même pas aperçu que les larmes qui coulaient sur ses joues y ruisselaient à seaux.

Tout à coup, il chuchota à quelqu'un qui était peut-être là :

– Et pourquoi pas moi ?

Il se leva et posa de nouveau la question, dix fois, cent fois, comme pour justifier la révolte qu'elle contenait :

– Oui, pourquoi pas moi ? J'ai le droit, figurez-vous, j'ai le droit de mourir à ses côtés, de mourir avec lui, puisque je l'aime ! Et alors ? Qu'est-ce que je ferai, quand il ne sera plus là ? C'est tellement idiot que pour un peu ça me ferait rire. Tout seul, plus d'Alexandre ? Vous n'y songez pas ! Ne plus jamais le voir ? Moi j'ai envie de de le toucher, de le sentir, de lui caresser les cheveux, de l'embrasser, et vous, vous me dites que tout ça c'est fini ? Alors, on n'aurait été réunis il y a trois ans

que pour être séparés par une mort complétement conne !
Oui, conne, merde ! Il a dix-sept ans, c'est pas croyable qu'on
meure à dix-sept ans ! Qu'est-ce que ça pouvait faire qu'on
continue à vivre ensemble, ça dérangerait l'ordre divin ? C'est
pas assez d'avoir perdu les Périontes, il faut aussi que je perde
mon compagnon... que j'aime tant... que j'aime à en mourir
moi aussi...

Son débit, d'abord véhément, et même vindicatif, s'était
décomposé pour se convertir en un filet liquide étranglé par un
spasme. Olivier s'était appuyé de la main latéralement à la
cloison, et soudain, en répétant *que j'aime tant*, la main y glissa
comme si elle était enduite de savon, ses jambes fléchirent, il
tomba à genoux, le dos courbé en avant, son front heurta le
plancher, et alors les deux bras ramenés de part et d'autre du
crâne un cri de détresse fusa de sa poitrine ulcérée des plus
atroces douleurs qu'un être humain puisse éprouver, une de
ces douleurs qui vous tenaillent jusqu'au plus profond de votre
âme, de votre chair, qui vous tordent à vous disloquer, qui
sont plus qu'insupportables, immondes, inhumaines, et n'ont
d'autre issue que le suicide ou la folie.

Olivier demeura prostré, combien de temps ? Qu'importe,
le désespoir se comptabilise-t-il ?

Etait-ce le proche dénouement d'une tragédie désormais
inéluctable ? Son esprit abruti par l'excès d'émotions dérivait
malgré lui vers une espèce d'univers contigu et parallèle qui ne
le retranchait pas de la réalité, mais qui l'y habituait. Il était
emmuré à l'intérieur d'une geôle qu'il ne consentirait pas à
quitter tant que tout ne serait pas accompli. Le cataclysme qui
le broyait inventait des techniques de familiarisation avec ses
exigences, il l'empêchait de s'évader, il coupait court à ses
velléités de rébellion, il se portait garant de ce qu'il boirait le
calice jusqu'à la lie, dût-il en avoir la nausée.

Le moment d'après, l'étreinte du bourreau se desserrait,
mais avec des distinctions, des raffinements de cruauté, une
torture pire encore où le malheur extrême ressasse une forme
de masochisme presque voluptueux qui devrait vous tuer à
terre mais qui ne fait que vous enivrer. C'est incompréhensible,

illogique, choquant, mais c'est ainsi, tout à coup vous voilà hors de votre souffrance pourtant bien présente, mais marginalisée, minimisée comme si elle vous ricanait : *tu ne vas pas nous faire ta chochotte pour si peu.*

Olivier s'adossa au mur, bras ballants, et les yeux grands ouverts, glissa dans une spirale où se condensaient tant de lignes de force, celles-ci convergentes, celles-là divergentes, où les exordes et les péroraisons de toute chose décryptaient le sens des mutismes sévères de la Providence, des acharnements du mal, des longanimités du sort, des superpositions de la volonté sur les renoncements, des imbrications des destins entrelacés à un écheveau dont on ne sait s'il possède une trame, ou si tout n'y est que hasard. Il voyait défiler les obscures décompositions du principe humain déchu de sa quintessence divine, les croissances et les décroissances des perspectives qui s'épanouissent après la mort, les fluctuations de l'improbable dans le temporel devenant fondations dans l'intemporel, les opacités troubles des futurs pressentis et les flottaisons du Moi en lutte contre ses lacunes qui le prouvent et le bornent. De cet enchevêtrement de paradoxes qui n'en étaient pas et de certitudes aussitôt démenties naissait un univers d'équilibre et d'harmonie où tout s'imbriquait parfaitement dans une plénitude absolue. Cette plénitude, c'était l'amour divin et l'amour humain glorifiés l'un par l'autre. Merveille des merveilles ! De quelle source jaillissait un tel miracle ? Et on avait été les enfants de ce paradis sans concevoir qu'il n'était pas de ce monde, qu'il n'était pas possible qu'il fût de ce monde ! Pourtant, il avait prospéré, il avait été l'incomparable confluent de la jeunesse et de la félicité, il avait resplendi cinq mois durant sur un petit coin resserré de montagne, il y avait fait fructifier la joie exubérante et inépuisable qui, quelque part, là où nous irons tous, a ses ouvriers qui y travaillent inlassablement, auguste labeur par lequel la création exalte son apothéose.

Olivier avait déjà été le récepteur de l'énigmatique émissaire qui chuchote tant de secrets à l'intuition. Quand était-ce ? Il y avait si longtemps. Il était seul alors, il avait derrière lui peu de passé et devant lui tout l'avenir. Il était vierge d'expérience ; il était le voyageur qui n'a pas commencé son voyage. Ce voyage, il l'avait entrepris, ici, aux Froides-Aigues. Il avait délibérément franchi le seuil qu'il pressentait redoutable, il avait accepté la mission de toute la pureté de sa foi, sans jamais reculer. Il était l'hiérophante qui a soulevé le voile d'Isis, que la fortune de la terre ceint de la couronne royale et que la fortune du Ciel habille d'humilité. Il avait exhaussé sur ses épaules un lourd fardeau qui s'était allégé de lui-même, comme avait été si léger, voici trois ans, la dépouille inerte de son jeune ami sanglée à son dos. Quel symbolisme ! Ce faix librement consenti, c'était le don de soi par excellence, l'offrande de l'arbre dont les branches ploient sous le poids des fruits mûris par le soleil de l'amour. Au gré d'un parcours jalonné de tant d'écueils, deux astres s'étaient confondus en un seul et avaient attiré à eux d'autres astres, et les terres stériles s'étaient parsemées de fleurs et les âmes affligées s'étaient peuplées de consolation. Tout cela était en eux pour toujours, car ce que l'on adore ici-bas est impérissable.

Tout à coup, les visions s'effacèrent, l'extase s'évanouit, Olivier se traîna jusqu'au chevet de son compagnon, l'enveloppa d'un baiser d'une ineffable ferveur et bégaya avec un accent si bouleversant qu'il en tressaillit lui-même : *pourquoi ?*

Un éclair illumina la pièce, une déflagration roula d'écho en écho au loin dans la montagne.

— L'orage est partout, murmura Olivier.

Tu vois l'heure de ta mort, mais tu ne la connais pas

Le jour allait poindre lorsque la tempête se déchaîna.

C'était une des ces bourrasques, fréquentes en automne dans les régions de montagnes, aussi brèves qu'impétueuses, qui dégorgent des cataractes diluviennes, font des rus les plus gringalets des torrents ravageurs, labourent et arasent les surfaces meubles, déracinent les arbres, tordent, emportent, foudroient, calcinent, sectionnent, convertissent les trombes d'eau en laminoir, le vent en bélier, saccagent tout, depuis les talus et les redans de collines éboulés jusqu'aux ravines dont la topographie est modifiée par ce titanique affouillement.

Olivier était au chevet d'Alexandre. Il n'avait pas dormi mais ne s'en ressentait pas. Quand l'être cher agonise, la fatigue est une friandise. Il était dans ce sublime état d'oubli de soi où l'on n'existe plus que pour l'autre, où l'on mourrait debout, assis, n'importe comment, sans s'en soucier, tant les choses alentour ont atteint leur extrême dépouillement. L'orage redoublait, la pluie oblique mouillait la moquette par la fenêtre ouverte : rien n'y faisait, Olivier n'avait cure ni des éclairs ni de l'averse. Il égrenait entre ses doigts les doigts inertes du garçon avec cette résignation qui n'a plus une larme à fournir, qui est calme, tranquille et radieusement tragique. De temps en temps, les paupières d'Alexandre frissonnaient, pareilles aux ailes d'un papillon qu'attise encore un souffle de vie. L'adolescent n'avait plus le teint livide de la veille, comme si la mort faisait grâce à sa beauté de triompher une dernière fois. Ses traits s'étaient affermis d'une fraîcheur ronde et colorée, ses lèvres avaient l'air de deux fleurs vermeilles, il respirait d'une haleine régulière. Seulement, cette haleine était si ténue qu'on la devinait tout près d'expirer,.

Subitement, le fracas du tonnerre éclata à deux pas de la maison. Olivier sursauta, bondit sur ses jarrets et rabattit les croisées de la fenêtre que les rafales faisaient claquer. Le vacarme de la trombe s'amortit, un silence, insolite par le contraste, envahit la pièce. Le silence fut rompu par un tout petit bruissement timide :

– Y a du bruit dehors…

– N'aie pas peur, dit Olivier en s'agenouillant au flanc du malade, ce n'est qu'un orage...

– J'ai soif…

Il alla quérir de l'eau et aida le malheureux enfant à boire. Alexandre avala une gorgée, puis une autre, et s'affaissa sur l'oreiller, exténué.

L'aîné crut d'abord qu'il s'était rendormi. Mais sa bouche remua comme s'il voulait dire quelque chose. Un regard d'outre-tombe plongea dans le sien, un timbre rauque écuma ces mots :

– Olivier, il faut qu'on parte…

Il est vraisemblable que la supplication d'Alexandre galvanisait la faculté prémonitoire à laquelle l'imminence de la fin prête une lucidité particulièrement aiguë. Le jeune garçon, incapable de remuer un bras tant il était affaibli, contemplait dans une sorte d'exultation muette celui qui depuis presque trois ans partageait sa vie, l'inséparable ami, plus qu'un ami, un compagnon, plus qu'un compagnon, l'alter ego par excellence. Prodigieuse abnégation de deux êtres qui n'existent plus pour eux-mêmes. Rien n'est comparable sur cette terre à ceci : deux âmes éprises à jamais l'une de l'autre dans un éternel baiser. Cette richesse-là est la vraie richesse, la seule qui s'accroisse à mesure qu'on la dépense. Quand on aime, on n'a plus rien à demander, le reste est superflu.

On ne sait rien des ressources de la volonté ; soudain, Alexandre se dressa sur son séant, et lui qui un peu plus tôt n'aurait pas soulevé un verre vide, serra l'épaule d'Olivier avec la force d'un milan qui agrippe une proie. Il répéta, surexcité :

– Allons-nous en d'ici !

Olivier l'obligea à se recoucher. Il était le siège d'un chahut intérieur qui supprimait toute logique, qui ne coordonnait ni les gestes ni les pensées, qui ne réagissait plus que par de pauvres et sporadiques expédients, et qui assistait, impuissant, à l'inanité d'un combat perdu d'avance.

Cependant, l'agitation d'Alexandre s'amplifiait ; ses pupilles hagardes transperçaient les siennes, :

— Partons, je t'en prie, répéta-t-il, il faut partir, sans tarder...

— Mais tu ne tiens pas sur tes jambes, protesta Olivier, et la fièvre te dévore... Pourquoi partir ? Pour aller où ?

Le cadet épancha une longue plainte :

— N'importe où..., à Gymnésie ; c'est ça, à Gymnésie ; personne ne nous fera de mal à Gymnésie.

— Personne ne nous fera de mal ici, insista Olivier en épongeant les tempes brûlantes de son camarade. D'ailleurs, tu ne pourrais pas franchir le Promontoire.

La remarque était d'une telle justesse et si pertinente que le visage d'Alexandre se crispa comme un naufragé qui constaterait de visu la crevaison de sa bouée de sauvetage :

— Alors, fit-il, tout est fini...

La débauche d'hystérie du cadet n'était pas loin de suggérer une véritable psychose délirante ; Olivier en était désolé, mais il le fut plus encore quand celui-ci enchaîna, sur un ton macabre à en frissonner de la tête aux pieds :

— Olivier, le malheur est sur nous...

— Mais non, voyons... Le malheur ? Quel malheur ? Est-ce qu'on n'en a pas assez eu, de malheurs ? Que peut-il nous arriver de pire ? On n'a plus rien à redouter, dorénavant. Et puis, écoute : tout est paisible. La tempête s'est apaisée, bientôt on ira se promener, comme avant. Tu te rappelles, comme avant ? Il y avait tant de belles choses...

Un pauvre sourire orna les lèvres d'Alexandre. Le sourire d'un mourant est un rayon de soleil en hiver ; il ne réchauffe pas, mais il embellit. L'embellie ne dura pas. Le sourire se brouilla, un vent de panique s'empara de nouveau du benjamin ; il ne parlait plus, il implorait :

— Rien n'est paisible, rien... je t'en supplie, écoute-moi, partons, partons.... le danger est tout près, ils sont là, ils arrivent, ils vont nous tuer...

420

Olivier était totalement désorienté par cette crise hallucinatoire. Mais Alexandre s'obstinait :

— Il est là, je le sens, il va se ruer sur nous... c'est horrible ! Où sont nos armées ? Où sont-elles ? Tous morts, Olivier ! Tu l'as dit un jour, tu as dit ce que tu avais vu, c'était... je ne sais plus, et puis après encore, quand nos copains étaient vivants. Olivier, je t'en prie, Olivier !

Alexandre divaguait sous l'empire d'une exaltation où ne surnageait rien de cohérent. Olivier faisait ce qu'il pouvait pour l'apaiser, mais sans succès, l'adolescent suffoquait. Une convulsion plus violente que les autres, aggravée d'un raidissement de ses muscles, enraya net cette gradation frénétique, sa tête retomba sur l'oreiller, il ne bougea plus.

Olivier attrapa son bras et prit le pouls. Une chétive pulsation l'animait encore. Alors le jeune homme, harassé de fatigue et d'émotion, se recroquevilla sur la couverture.

Un chatouillis dans la nuque l'arracha à sa semi somnolence. Alexandre le couvait des yeux à travers une nébulosité trouble :

— Tu as raison, murmura-t-il, d'ailleurs ça ne servirait à rien.

Olivier, étouffé par les larmes, balbutia cette question dérisoire :

— Qu'est-ce qui ne servirait à rien, mon petit copain ?

— Nous enfuir ; c'est inutile.

Il chuchota, en fixant quelque chose au plafond :

— On a bien vécu, n'est-ce pas ?

Il était métamorphosé. On aurait dit qu'une aura le nimbait d'une myriade de petits points multicolores en suspension :

— N'aie crainte, reprit-il, on sera toujours ensemble, et on sera avec les Périontes, parce qu'on les aime. Je vais te dire un secret : chaque fois qu'un amour naît sur la terre, il y a une étoile de plus dans le ciel. C'est beau, non ?

Olivier pleurait, pelotonné sur le sein du merveilleux garçon qui lui faisait ses adieux, comme une vague se retire doucement du rivage.

Alexandre continuait, de plus en plus impalpable :

— Tu sais, il vaut mieux être nous qu'eux, les autres, ceux qui ont fait tout le mal. On a été si heureux… Mais c'était trop tôt, tu vois, Les Froides-Aigues, les Périontes, c'était un essai… Les temps ne sont pas encore venus. Ils viendront, quand tout ça sera passé. Alors il n'y aura plus de chagrin, je le sais maintenant, on me l'a dit, il y a quelqu'un qui me parle. D'ailleurs, c'est pour ça qu'on meurt, parce que le chagrin n'est pas mort. Toi aussi tu mourras, mais plus tard, bien plus tard, quand tu seras très vieux… Ah, Olivier, c'est magnifique, tout a un but, rien n'est hasard…

Quelques secondes s'égrenèrent, bercées par la mélodie de ce chant funèbre si étrangement serein :

— Tu te rappelles notre rencontre ? reprit Alexandre, il y a presque trois ans...

Sa voix n'était plus qu'un mince filet qui étirait de longues syllabes à peine perceptibles :

— Tout est si loin… Même les Périontes sont loin. Un abîme s'est creusé, les siècles l'ont rempli.

Olivier, écrasé de douleur, baisa son front :

— Repose-toi, dit-il, repose-toi, mon petit amour…

— Mais je ne suis pas fatigué, tu sais…

Alexandre empruntait la contention du suprême effort qu'il faisait sur lui-même au courant d'énergie qui circule encore avant de se tarir définitivement. Il poursuivit, avec une espèce de jubilation presque surnaturelle :

— Laisse-moi te parler, ça me fait du bien de te parler, ça m'a toujours fait du bien, dès le moment où on s'est connus. D'ailleurs, se connaître, il ne pouvait pas en être autrement. Et puis, il ne pouvait pas en être autrement non plus de ma mort : on vient dans ce monde, notre temps y est court ou long, ça dépend, c'est Dieu qui règle tout ça ; moi, j'ai respiré les cendres nocives, l'année passée déjà, et encore une fois il n'y a pas longtemps, et elles ont empoisonné mon sang : il est tout rose, je le sais, je me suis coupé l'autre jour et j'ai compris, je sais ce que j'ai[93]… Toi, tu es plus résistant, tu vivras. C'est le

---

[93] Alexandre est donc atteint d'une leucémie.

destin : la mort, ce n'est rien ; ce qui est important, c'est la tâche non accomplie. Notre tâche, c'est un grand cahier vierge, avec tant de pages, il faut écrire sur ces pages, on a le droit à un certain nombre ; et puis même, le sujet est imposé, comme à l'école ; seulement, il faut y mettre ce qu'on a de meilleur en nous. Voilà, la vie c'est rien d'autre, un cahier qui deviendra livre, qui sera lu, ou bien jeté au feu.

Au plus terrible des grandes souffrances, il se niche toujours un intervalle, la plupart du temps mort-né, pendant lequel l'esprit se contumace contre l'inéluctable et empoigne le destin au collet. Olivier sonna la charge de cette rébellion :

– Mais pourquoi ces propos ? Alexandre, tu es jeune, tu vas guérir, ce n'est rien, ça se soigne bien aujourd'hui, les cancers, c'est comme le sida, on a fait de tels progrès. Et puis, la mort n'est pas de ton âge, c'est la vie qui est en toi, et la vie...

Il s'interrompit, convaincu de la vacuité de ses objections, et bredouilla :

– Oh, pourquoi tout ça... ?

– Pour nous préparer, fit une voix encore plus grêle qu'avant.

– A quoi ? sanglota Olivier.

– A l'entrée dans la grande lueur...

Cette fois, l'aîné plia voile noire. Il avait vidé toute sa besace d'illusions. Lui qui ne renonçait jamais, il jeta l'éponge.

Nous avons souvent, au cours de cette histoire, évoqué l'inaptitude du langage à traduire ce qui n'est plus du domaine du rationnel. Qu'on nous pardonne d'y revenir : en ces heures où aucun idiome, fût-ce le plus raffiné, n'ébaucherait même sommairement ce qui se nouait entre deux êtres plus unis sur la terre que les anges ne le sont dans les cieux, seuls ceux qui ont enduré les mêmes affres savent de quoi il est question. C'était une torture et un abandon. Tout ce qu'Olivier consacrait depuis trois ans à ce garçon qui était pour lui un inestimable trésor de dilection se résumait dans la façon dont il lui effleurait la joue, ainsi qu'on effleure le pétale d'une rose. Un mot perla sur ses lèvres, le mot unique après lequel tous les autres sont malpropres :

– Alexandre, dit-il, je t'aime.

Le jeune garçon répondit avec une plénitude parvenue à l'extrême limite de la perfection possible à une âme humaine :

– Ce n'est pas moi qu'il faut aimer, mais Lui.

Ce furent ses dernières paroles. Désormais, nous ne l'entendrons plus. Olivier demeura on ne sait combien d'heures sur ce cœur qui n'avait battu que pour faire battre le sien, et qui succombait. Puis tout à coup, machinalement, avec une raideur d'automate, il se dressa debout et quitta la chambre. Il fit cela en titubant à chaque pas et en s'appuyant au mur pour ne pas flancher. Au rez-de-chaussée, il entra dans la cuisine, s'assit sur une chaise, colla sa joue à la table et marmonna à plusieurs reprises ce navrant leitmotiv : *quand je me réveillerai, Alexandre sera mort.*

Une invincible torpeur le terrassa, il s'endormit.

Non procedes amplius [94]

Un raclement lui remonta dans sa gorge et s'étrangla aussitôt. Il se détendit debout avec la rigidité du condamné à mort devant qui défile la procession infernale des juges et des bourreaux. Brusquement, il repoussa la chaise, se précipita dans la chambre, s'accroupit au chevet de l'adolescent, tâta son pouls et exhala un long soupir :

— C'est ça, dit-il, te laisse pas aller, on va te sortir du merdier ; d'ailleurs, j'ai bien réfléchi, c'est toi qui as raison, il faut partir d'ici, tout sera mieux ailleurs. Bon sang, ne meurs pas, ce serait trop bête que tu meures sans que je meure moi aussi. D'ailleurs je ne te survivrais pas...

Pendant quelques secondes, il se suspendit à une réflexion ; puis il s'insurgea, cette fois sur un ton résolu :

— Tu vas voir si tu vas mourir !

L'instant d'après il était de nouveau à la cuisine et collectait quelques victuailles encore disponibles pour préparer un déjeuner. Ce déjeuner, il allait l'administrer à Alexandre. Tandis qu'il s'affairait, aiguillonné par l'excitation fébrile du baroud d'honneur qui est à la fois poignante et navrante, il se félicitait de son initiative :

— On ne se casse pas comme ça de ce monde, dit-il, on n'abandonne pas égoïstement son copain sur cette planète à la con pour se la couler douce au ciel. Qu'est-ce que je ferai tout seul, hein ? Seul dans une baraque qui ne tient plus qu'à quelques pierres branlantes ? Alors, mon petit pote, tu vas me faire le plaisir de te tirer d'affaire comme il y a deux ans et demi. D'ailleurs l'utilité de l'avoir fait une fois, c'est de le faire une seconde fois ; récidiver, voilà qui serait balaise, et même élégant : narguer la mort à deux reprises, c'est lui faire le pied

---

[94] Tu n'iras pas plus loin, sentence qui assigne à chaque être humain sont temps de vie sur Terre et les aptitudes qu'il a reçues pendant ce séjour.

de nez qu'elle mérite, c'est envoyer paître le diable, parce que c'est lui forcément qui est la cause du bordel qui fait mourir des jeunes gens de dix-sept ans. Comme s'il était permis de trépasser à un âge où on n'a rien fait et tout à faire !

Sa harangue déblatérée, il débola au rez-de-chaussée pour il ne savait plus quel motif, car une fois en bas, il se demanda pourquoi il était descendu :

— Voyons, dit-il, je suis venu pour quelque chose, et j'ai complétement oublié...

Une grande canadienne jaunâtre à moitié délavée était pendue à un clou, tout au fond de l'immense pièce tour à tour havre dans la tempête et claie de martyr[95], derrière l'héroïque quatre-quatre qui avait eu son heure de gloire et qui rouillait avec une placidité olympienne. Cette canadienne était un coupe-vent dont on se servait pendant la mauvaise saison pour les travaux extérieurs. Depuis le terrible hiver de la rencontre avec Alexandre, elle prenait la poussière à sa patène. Olivier la décrocha, la brossa, l'enfila, enfouit ses mains à l'intérieur des larges et profondes poches et se mit à rire entre cuir et chair :

— Tiens, dit-il presque guilleret, mon ciseau à froid ! Dire que ça fait des mois que je le cherche partout...

Le jeune homme pointa le nez dehors à travers le trou béant de l'ancienne porte cochère, et fit quelques pas sur le gravier. Un poème s'offrait à sa mémoire. Allez démêler par quelle fantaisie, au fort des conjonctures les plus cauchemardesques, celle-ci ouvre grand ses tiroirs et vous propose de ces entr'actes lyriques totalement incongrus. Olivier psalmodia :

Demain nous entrerons dans les froides ténèbres.
Adieu vive clarté de nos étés trop courts [96] *!*

Quelques gouttes échappées de nuages retardataires martelaient deux ou trois tôles disséminées çà et là, de ce

---

[95] Là où Xavier avait été décapité.
[96] Baudelaire.

rhythme particulier qui chante et scande simultanément. Un rayon de soleil échevelait la brume matinale en y improvisant de charmantes volutes. L'air était plein d'âcres parfums de terre mouillée et d'humus. Une escadrille de choucas croassaient au-dessus du Bois des Sources :

— Il y a donc des oiseaux ! bredouilla Olivier.

Il considérait le chemin que n'escamotait plus la haie, déracinée par le séisme. Un entassement de planches démantelées, vestiges de la remise, obstruait l'espace entre la grande cour et ce qui restait de la grille, tordue dans tous les sens et descellée de ses poteaux de soutènement. Quelle importance ! Dans quelques semaines, les Froides-Aigues ne seraient plus qu'un souvenir. Dès qu'Alexandre serait guéri, on dirait pour jamais adieu à ce séjour où tant de joies avaient payé le lourd tribut de tant de chagrins.

Une sensation singulière de réconfort rassérénait le jeune homme. Il y a toujours de ces accalmies au sein de la bourrasque, c'est l'œil du cyclone où le vent est nul. Peut-être le cœur humain possède-t-il un double fond pour l'optimisme et le renouveau. L'optimisme naît de l'espérance et fait parfois dans les âmes affligées de bienfaisantes scarifications. Olivier était dans une de ces situations qui sont si calamiteuses qu'elles n'ont plus d'autre exutoire que la sérénité.

Tout à coup, il eut la désagréable sensation d'être observé. Il promena le regard autour de lui : personne. Il écarta un abatis de décombres et distingua sur le chemin trois individus habillés de vêtements kaki.

Certains saisissements agitent le cerveau d'un tumulte qui tamise l'émotion plutôt qu'ils ne la suscitent, parce qu'il y a d'abord une question purement intellectuelle à satisfaire. Olivier se formula, presque à haute voix : *ces gens-là sont des soldats, qu'est-ce qu'ils viennent marauder ici ?* Il les examina non sans superposer à son étonnement une gêne dont il ne débrouillait pas de quoi elle procédait. Soudain, une bouffée de chaleur lui incendia les tempes : leurs uniformes bigarrés, leur type méditerranéen à la peau mate et aux cheveux d'ébène, leur allure excessivement martiale, tout cela était trop exotique pour ne pas suinter l'anomalie. Il se chuchota : *ce ne sont pas des soldats français.* Deux d'entre eux pointaient à bout de bras des fusils automatiques, le troisième, engoncé dans un costume plus classique, brandissait une arme de poing. Les uns comme les autres méfiants et ombrageux. Au demeurant, ils n'avaient pas été long à se dénoncer la présence d'un échalas osseux et blême qui les épluchait avec hébétude. Ils s'avancèrent vers lui en l'enjoignant gestuellement de lever les mains. Olivier, ébaubi, n'obtempéra qu'à grand'peine et comme au ralenti. Le troisième personnage, de toute évidence un gradé, lui pressa son pistolet contre le diaphragme et clabauda un ordre laconique dans une langue étrangère ; aussitôt ses subordonnés s'introduisirent au rez-de-chaussée.

Celui qui le couchait en joue était un petit homme sec et nerveux à l'œil perçant, avec une moustache très fine qui, sans son teint basané et sa taille brève, aurait modélisé à s'y méprendre l'archétype de l'officier des Indes de l'Empire britannique. Cet homme, nous le connaissons, c'était le commandant[97] du régiment qui occupait S...

L'officier demanda laconiquement :

– Qui êtes-vous ?

Le changement radical de contenance qui s'opéra alors en Olivier, pourtant réduit à une stricte défensive, n'est pas de ceux qui nous surprendront. Nous l'avons vu, quelques années auparavant, dans une circonstance à peu près similaire, à couteaux tirés avec un inspecteur de police déterminé à user et à abuser de tous les moyens que requéraient sa fonction et son mandat. Nous nous rappelons comment la plus implacable ténacité assortie à la répartie la plus cinglante avait acculé Janos à ses derniers retranchements. En avisant les trois soldats, Olivier avait d'abord encaissé une commotion bien compréhensible dans le contexte. Mais ses traumatismes dégelaient vite : un épanchement de bravoure flatta ses entrailles, toute crainte s'évanouit, il ne décerna plus à ceux qui le menaçaient qu'un label d'intrus à qui il convenait de tailler

---

[97] Rappelons qu'ici, commandant désigne la fonction et non le grade, qui est colonel.

des croupières. C'est pourquoi, à la question *qui êtes-vous ?*, il rétorqua sans désemparer :

— Je suis chez moi, vous êtes chez moi, vous intervertissez les rôles, c'est à vous à décliner votre identité.

Si l'officier avait eu quelqu'un à ses côtés, il l'aurait probablement assigné à témoignage d'une insolence aussi inqualifiable. Mais il avait envoyé ses hommes dans la maison, ce qui le désappointait ; il fit jouer le percuteur du pistolet. Le garçon n'en eut cure :

— C'est çà, dit-il, faites le fier. Vous êtes tous les mêmes, vous autres spadassins : sans votre quincaillerie, vous ne valez plus tripette...

La réplique fut immédiate : l'officier frappa Olivier en pleine face du revers de son arme. Mais le jeune homme avait doublé d'autres détroits ; la douleur ne l'étourdit que le temps de se rétablir et de larder son vis-à-vis de toute l'arrogance de sa superbe :

— Encore une fois, monsieur, dit-il, vous avez du talent pour gourmer les gens. Toutefois, je serais curieux d'apprendre comment vous vous comporteriez à mains nues, d'homme à homme...

Ici, l'officier, cramoisi, vida un peu les étriers :

— Petit salopard, rugit-il, je vais te faire taire ton caquet !

Tout en braillant cette intimidation, il braqua la gueule du pistolet sur le cou d'Olivier, et peut-être allait-il tirer lorsque ses deux séides se découpèrent sous le porche de l'immense nef où logeaient l'atelier, la chaudière, la salle des batteries et la buanderie. Survenue qui fit diversion ; l'officier aboya une nouvelle injonction, les deux soldats empoignèrent le prisonnier sous les aisselles et le contraignirent à la station à genoux. Quand il fut maîtrisé, l'officier lui releva le menton de la pointe de sa ranger :

— Alors ? dit-il, on fait moins l'intrépide ? Je pose la question une dernière fois : qui es-tu ?

Toute la volonté d'Olivier s'était coagulée en ceci : défier l'hurluberlu comme il avait défié Janos, ne lui concéder d'alternative qu'entre l'assassinat et le ridicule dont lui, Olivier, aiguisait déjà les flèches. Mais les sbires le garrottaient impitoyablement. Incapable d'un mouvement, il opta pour la seule issue que réclamait sa dignité, le silence.

Il était patent que l'officier n'avait pas prévu une telle résistance ; disons-le, s'il en accusait beaucoup d'humeur, cette humeur se métissait d'un zeste d'admiration. Un sentiment analogue l'avait empreint à l'égard de Loïc, et Dieu sait si, sans l'initiative de la Hound, il ne l'aurait pas épargné, uniquement à ce titre.

Cette estime que manifestent certains militaires envers la crânerie s'illustra ex abrupto par une relaxe. L'officier le gratifia même d'une moue où affleurait quelque déférence :

— Très bien, dit-il, cette fois sans agressivité, je suis homme à apprécier le courage, par conséquent à excuser ses outrances.

Pour Olivier, le contraste entre une rogne encore fraîche et l'espèce d'aménité qui lui succédait, ne lui disait rien de bon. Il n'était pas assez baroque pour entériner sans examen un revirement aussi catégorique ; il subodorait la ruse là où la force avait échoué :

— Je ne sais pas, répondit-il, si je suis un exemple de courage ; en revanche ce que je sais, c'est que vous êtes chez moi.

— Et nous y sommes pour longtemps, fit l'officier.

Il compléta :

— C'est la loi de la guerre...

A cette phrase, *c'est la loi de la guerre*, Olivier plissa le front de cette manière qui y dessine un gros point d'interrogation. Sa physionomie se décora d'une stupeur si spontanée, si dépourvue de malice que la sincérité qui en découlait emporta l'adhésion de l'officier ; celui-ci enchaîna :

— Vous ne saviez donc pas, jeune homme ?

— Savoir quoi ? balbutia Olivier.

— Voilà ce que c'est de vivre comme un sauvage en se coupant du monde ! Sachez, monsieur l'ermite, que votre pays a été envahi.

— Envahi ?

— Comme je vous le dis...

430

Le commandant était aussi ahuri que son vis-à-vis, à cette nuance néanmoins que son ahurissement à lui l'amusait : apprendre l'histoire contemporaine à un anachorète, l'instruire des récents développements politiques dont il ignorait le B.a.-Ba, ce raffinement de soldat en campagne lui fournissait l'occasion de piquer d'une banderille récréative le contingent de sa mission. Il renchérit, de plus en plus allègre :

– Puisque les dés sont jetés, je ne vais pas trahir un secret d'Etat, il a suffi de quelques années de travail de sape de nos services secrets pour réduire à néant votre infrastructure de défense civile et militaire ; si vous étiez un peu sorti de chez vous, vous n'auriez pas manqué de remarquer que la police était sur les dents, qu'elle faisait partout la chasse aux espions et que la psychose était devenue maladive.

La déclaration de l'officier avait été pour Olivier un trait de lumière. Il murmura :

– Ça alors…

Ça alors, c'était la clef de deux incidents enfouis jusqu'ici dans l'ensevelissement des faits non élucidées. Premièrement, le mobile de la course-poursuite en auto au septième jour des pérégrinations alimentaires qu'on n'aura peut-être pas oubliées[98]. Ensuite, l'improbable archivage d'une enquête liée à la disparition d'un policier, Janos. Tout s'expliquait, tout concordait. La parenté de ces péripéties se ramifiait même aux craintes qu'à l'époque du lycée certains élèves et certains professeurs avaient ouvertement publiée de la prolifération anarchique des lieux de culte musulmans dans les villes et les banlieues. La politique de tolérance, la trop fameuse politique complaisante enrobée de discours démagogiques n'avait vu que de l'azur au syndrome du cheval de Troie que représentaient ces foyers de terrorisme, et hors deux ou trois cas extrêmes sévèrement sanctionnés, la faction activiste avait eu tout loisir de se développer derrière les belles façades des mosquées et les déclarations lénifiantes des imams. Une fois le Front National élu, trop tard, le ver était dans le fruit.

---

[98] Voir le chapitre Périls extra-muros, tome 2.

Dénouement du scénario, un conflit à l'échelle universelle. Quant à l'armée, elle reconduisait sa vocation par laquelle la défaillance endémique des gouvernements, plus mollassons et incompétents les uns que les autres, livrait la patrie aux hordes étrangères. A un siècle de là, les leçons du passé n'avaient été d'aucun secours, et les mêmes erreurs accouchaient des mêmes désastres.

Le colonel, qui pétillait d'enfoncer le clou en concluant par un tableau concis du triomphe des croyants sur les infidèles, n'eut pas trop de scrupules à encenser les exploits de ses drapeaux :

— Les trois quarts de l'Europe sont sous notre domination, à nous et à nos alliés, et nous réquisitionnons les maisons pour y cantonner nos troupes et nos cadres. La vôtre est un peu bancale, mais nous ferons avec, comme vous dites, vous autres Français. Suis-je assez bon historien ?

Ce que ressentait Olivier, c'était un mélange de consternation et de fatalisme. La guerre, il n'y avait jamais vraiment songé, n'ayant aucune idée de ce qui aurait bien pu l'allumer. Pour lui, les événements des deux dernières années se limitaient à un cadre purement social et n'impliquaient pas d'antagonisme entre peuples. Ce fut ce qu'il exprima :

— Donc, nous sommes en guerre...

— Et oui ! dit l'officier, et jusqu'au cou.

Olivier avala une bouffée d'air, regarda l'homme, cette fois sans plus aucune hostilité, et lui dit :

— Dans ce cas, monsieur, je n'ai plus qu'à passer carrière ; effectivement, la loi du plus fort exerce ses prérogatives. D'ailleurs, j'ai été étonné, je n'aurais pas du l'être : tout bien pensé, cela devait arriver. Au fait, vous vouliez savoir mon nom ? Le voici : je m'appelle Olivier Lorenz.

— Très bien, monsieur Lorenz ; à présent, je vous prie de boucler votre baluchon et de vous en aller.

Olivier sourit et répondit :

— Le croiriez-vous ? C'est précisément ce que j'allais faire.

— Ah oui ?

— Oui, nous allions partir d'ici.

— Nous ?

— Je ne suis pas seul.

— Tiens, tiens !

Sous les appoggiatures dont on ponctue certains mots se dissimule parfois l'amorce d'un feulement. La façon dont l'officier dit : *tiens, tiens* ! ne plut pas à Olivier. Il lui sembla que ce *tiens, tiens !* déroulait des perspectives peu engageantes. Il poursuivit cependant, comme si de rien n'était :

— Mon frère est là-haut, dans une chambre, malade ; il a besoin de soins.

— Ton... *frère* ?

La substitution du *tu* au *vous* acheva de l'alarmer. Du reste, la figure de l'officier s'était assombrie et n'affichait plus rien du retour de sympathie précédent. Son œil avait viré inquisiteur, aggravé par une indéfinissable suspicion dont on ne déchiffre pas tout de suite la nature, mais qui ne va pas tarder à se dévoiler.

Brutalement, l'officier fulmina une instruction aride à l'un des soldats, avant d'apostropher Olivier en ces termes :

— Toi, tu ne bouges pas d'ici !

Un des soldats se carra à deux pas du garçon, prêt à faire feu. Le colonel et l'autre fantassin s'éclipsèrent derrière l'angle sud-est de la maison ; tous deux gravirent l'escalier extérieur à demi-écroulé qui menait aux appartements. Moins d'une minute plus tard, l'officier revenait et grondait sourdement :

— Tu as menti, petit Français !

Le jeune homme, à sec de riposte, était aphone ; certains mutismes sont des acquiescements. De l'acquiescement à l'aveu, il n'y a que la confirmation d'un soupçon. Le colonel enchaîna :

— Tu n'as pas de frère, tu n'en as jamais eu !

Il se planta devant lui et, un formidable rictus au coin des lèvres :

— Tu es orphelin, beugla-t-il ; et avant ça, tu étais fils unique. Un fils unique, ça n'a pas de frère !

Comme il inondait Olivier de ce déluge de venin trois silhouettes se profilèrent dans la Petite cour ; deux d'entre elles remorquaient par les épaules un corps nu et efflanqué, dont les pieds joints traçaient un sillon sur le sol. C'était Alexandre. Le pauvre garçon dégingandé ressemblait à une de ces poupées de chiffon que les petites filles bringuebalent négligemment derrière elles. Quand le cortège fut à mi-distance de la grille, l'adolescent obliqua le chef vers son compagnon et alors un ineffable sourire illumina ce visage gangrené par la souffrance. Olivier, bouleversé, voulut aller à lui. Un impact de crosse l'arrêta net. Alors, fou d'angoisse, il se prosterna devant l'officier et implora sa miséricorde. Sa voix modulait des accents déchirants de supplication :

— Que faites-vous ? dit-il, laissez-le, il est souffrant, il faut le soigner, on ne brutalise pas un enfant malade, voyons ! Pourquoi le traiter ainsi, il n'a rien fait de mal…

N'importe qui aurait été touché par l'inflexion pathétique de cette prière ; n'importe qui sauf le colonel. Celui-ci s'était raidi, bloc de marbre sans une veine de pitié ; s'il est un terme pour peindre ce qu'il éprouvait, ce serait vomissement. Dans sa seule façon de toiser celui qui l'adjurait, il y avait du crachat :

— Alors ? glapit-il à l'oreille d'Olivier, c'est ton… frère ?

Les points de suspension étaient on ne pouvait mieux rendus par la pause entre *ton* et *frère*. Olivier, qui ne concevait rien à cette grêle d'animosité, dirigeait alternativement son regard sur l'officier, sur Alexandre et sur les soldats.

— Qui est ce garçon ? reprit l'officier, ulcéré.

— Mais enfin, fit Olivier, je vous l'ai dit, mon frère, mon frère de cœur…

Une gifle retentissante le renversa en arrière. La gifle fit jaillir l'éclair, un vertige le tétanisa.

— Ce n'est pas ce qu'on m'a raconté ! vociféra l'officier. Tu sais ce qu'on m'a raconté ?

Olivier, à demi étourdi, haletant, n'était plus en état d'articuler la moindre parole.

— Que toi et ce chien vous êtes… comme mari et femme.

Il insista en postillonnant un hurlement hystérique :

— Comme mari et femme !

Subitement sa fureur tomba, une effrayante impassibilité la relaya, il alla vers Alexandre, lui agrippa une touffe de cheveux et, sans heurt et sans colère, mais avec un indescriptible mépris, lui décocha cette insulte :

– Sale petite putain !

L'insulte s'était recrutée d'une bordée d'invectives succursales dans son idiome. L'officier en dégurgitait de plus belle un feu roulant et accablait de bottées rageuses le ventre du plus jeune. Celui-ci, inerte, n'émit pas une plainte ; des filets de sang s'égouttaient de sa bouche.

En ce moment, ses yeux croisèrent ceux d'Olivier. Deux rayons se confondent dans le ciel, ils aboutissent, sur la terre, à ce soupirail, le regard. De tous ceux que les deux garçons avaient échangés, ce fut le plus beau.

Ce fut aussi le dernier.

Le colonel avait harponné l'aîné au col et, le faciès épouvantablement crispé, lui mugit, aussi insinuant et patte-pelue qu'un procureur qui va prononcer une sentence :

– Chez nous, il n'y a qu'un châtiment pour les infâmes.

Une sommation métallique gicla de sa bouche, puis il franchit la grille au-delà de laquelle s'activait le tapage indistinct de quelque chose qui se met en place hâtivement.

Tout alla très vite.

Olivier ne comprit pas pourquoi les deux soldats traînaillaient Alexandre au milieu du sentier, comme un animal en laisse. L'adolescent, déséquilibré, trébucha à plusieurs reprises et s'affala près d'un gros billot de bois. Le billot était celui sur lequel René avait décollé Xavier trois mois plus tôt. De dégoût, Olivier l'avait jeté quelque part entre le Tertre et la Cheminée. Les soldats l'avaient déniché et s'en étaient emparé.

En cet instant, son sang lui reflua au cœur : les prunelles exorbitées, glacé par cette congélation qui anticipe les visions d'horreur, il aperçut l'un des sbires qui se campait latéralement à son compagnon, un sabre à la main, tandis l'autre lui liait les poignets et le hissait sur le billot.

Olivier banda ses muscles pour se ruer : une violente percussion dans la nuque le terrassa. A demi évanoui, il entendit un long geignement aigu auquel fit écho un choc sourd. Quand il releva la tête, celle d'Alexandre gisait dans la poussière.

Fin de la troisième partie

Premier épilogue :
Le héros solitaire

Une lueur dans la nuit

Il pleuvait.

Assis de part et d'autre d'une tranchée, des hommes attendaient.

Certaines attitudes courbées trahissent un irrémédiable renoncement. Le renoncement, c'est le versant ténébreux de la résignation. Qu'importe ce qui peut arriver, pourvu que cela arrive vite.

Depuis deux semaines, ces hommes croupissaient dans la fange d'une étendue plate et morne que la contiguïté des villes façonne en terrains vagues et le voisinage de la campagne en garennes. Mixité où cohabitent le lapin sauvage et l'adolescent des cités.

C'était une superficie grossièrement rectangulaire circonscrite par une clôture de fils de fer barbelés que soutenait un jalonnement de poteaux de bois sans doute récemment redressés si l'on en jugeait par la terre fraîche dans laquelle ils étaient fichés. Une dizaine de miradors, espacés à égale distance les uns des autres, et occupés chacun par une vedette armée d'une mitrailleuse, renseignaient sans équivoque sur la fonction dévolue à cette conciergerie à ciel ouvert.

La Conciergerie, l'histoire s'y est assez appesantie pour lui décerner ses titres de noblesse, et si celle-ci faisait plutôt songer à un stalag, elle rendait hommage point pour point à son glorieux modèle : car le sort des prisonniers qui y avaient échoué n'était guère plus enviable que celui des élus de Louisette[99].

---

[99] Nom que Marat donnait à la guillotine.

Sous cette optique, *prisonniers* est une commodité de langage : en réalité, cadavres en sursis et pas seulement à cause de ce qui a été écrit plus haut, mais aussi et surtout parce qu'il n'y en avait pas un dont le corps ne fût lacéré, labouré ou haché de plaies hideuses qui secrétaient une sanie nauséabonde. La plupart des crânes, des bras, des jambes, étaient ceints de bandages de chiffons sanglants d'où suintait du pus noir et visqueux. Détails qui prêtaient un caractère particulièrement tragique à leur état d'indigence et d'impotence, quelques-uns étaient essorillés, d'autres manchots, d'autres encore unijambistes. Sur toutes les faces, les stigmates des mauvais traitements, contusions, blessures, nez écrasés, yeux crevés, on complétera de soi-même le catalogue des difformités que de temps immémorial la barbarie inflige à ses victimes.

Ces pauvres hères s'échelonnaient en une double colonne d'une centaine de toises[100], sur les deux flancs d'un fossé large de six ou sept pieds et profond d'autant. En tout, cinquante pékins parqués selon la géométrie qui s'applique indifféremment aux animaux d'exposition dans les marchés agricoles et à la disposition des anciens galériens en partance pour Toulon. Qu'est-ce qui les avait jetés là ? Le hasard des inévitables maux que la guerre draine dans son sillage, famine, épuisement, maladie. Une odeur d'excréments s'exhalait du fossé stercoraire transformé en latrines par les besoins hygiéniques, où s'amoncelait un cloaque d'immondices. Comme la première rangée tournait le dos à la seconde, et qu'un intervalle de deux ou trois mètres séparait les individus d'une même rangée, il résultait de cet agencement qu'aucun contact de près n'était possible. Les deux files épousant la longueur totale du camp, les plus mal lotis étaient indubitablement ceux qui jouxtaient l'entrée. Plus on en était éloigné, plus on bénéficiait, s'il est permis de parler ainsi un tel contexte, d'une certaine liberté.

---

[100] A peu près cinquante mètres.

Vis-à-vis cette double haie humaine, une distribution de hangars en tôle rouillée où s'activaient incessamment des gens en uniforme. En retrait, une mosaïque terne de toiles de tentes kaki jointives par des couchis de palettes de bois improvisées appontements. Ce pourpris austère et passablement fruste baignait dans l'atmosphère poisseuse d'un blême après-midi d'hiver ; crépuscule qui se communiquait aux misérables et leur enfonçait encore davantage leur détresse dans la chair.

De temps en temps, un véhicule jeep roulait à toute vitesse entre les baraquements et le premier cordon des détenus avec l'empressement zélé qui obéit à la consigne et qui, en s'ingéniant à y répandre de la terreur, finit par y mêler pas mal de ridicule. Eternelle suffisance bête du vainqueur qui savoure l'humiliation du vaincu. A chaque passage, le chauffeur du véhicule se divertissait, dans un concert de rires approbateurs, à éclabousser les captifs de grosses flaques d'eau. Si l'un d'eux faisait un écart, s'il feignait seulement de se protéger, cinq séides armés de battes de bois lui tombaient dessus et le rouaient de coups. S'il résistait, l'un des sicaires dégainait un pistolet, le lui pointait dans la nuque et le tuait.

Nous étions le jour de Noël 2042, à cette heure entre chien et loup où la grisaille du soir aspire le peu de clarté diurne de la saison la plus livide de l'année. Une animation inhabituelle régnait parmi les cadres du cantonnement. Une demi-douzaine de camions de transport de troupes y avaient bruyamment déboulé, un contingent de soldats s'était figé au garde-à-vous devant une bicoque un peu moins délabrée que les autres ; une petite voiture avait franchi en trombe le poste de contrôle, plusieurs gradés s'en étaient extirpés et avaient été accueillis avec déférence et salués par des gradés moins bien attifés, leurs subordonnés probablement.

La délégation avait fait cercle avec les officiers locaux et tout ce beau monde-là discutait ferme. La diversion du maton, c'est l'aubaine pour le taulard, c'est sa part filoutée d'entorse à la discipline. L'effectif des militaires s'étant concentré d'un côté, ce qui se trouvait de l'autre était provisoirement sous moindre surveillance. Quand on est astreint depuis d'interminables semaines au silence claustral sous peine de mort, un peu de bavardage, c'est une friandise. Les reclus en profitèrent pour se chuchoter des propos qu'on se chuchotent toujours en pareil cas, et qui sont l'éloquence du désespoir.

A l'extrémité de la file extérieure, à l'angle du terrain le plus limitrophe de la clôture de démarcation, deux personnages semblaient en perfusion réciproque d'un conciliabule hautement confidentiel. Ce qu'ils se disaient s'enrobait d'un tel luxe de discrétion que leurs compagnons les plus adjacents ne se doutaient de rien. Ils cultivaient avec un art consommé un procédé de dialogue clandestin où le son produit par la gorge ne remue presque pas les lèvres sans pourtant affecter l'élocution. L'un était un jeune homme engoncé dans une ample canadienne jaunâtre, l'autre un sous-officier d'une trentaine d'années accoutré d'un treillis de combat en haillons. Eu égard la volubilité circonspecte dont ils tamisaient leur palabres, il était aisé de présumer qu'ils causaient déjà depuis un bon moment.

Cependant, l'effervescence de la soldatesque s'accroissait. Les moteurs des camions ronronnaient de plus belle, ce qui présageait un événement imminent. Les deux interlocuteurs haussèrent le ton juste ce qui était prudent pour ne pas se dénoncer à la vigie du mirador le plus proche. Voici ce qu'ils se disaient :

— Vingt.

— Quoi ?

— Vingt, je les ai comptés.

— Tu les as comptés, d'ici ?

— J'ai une bonne vue.

— Et y en a vingt ?

— Pas plus, pas moins.

— Tu les as déjà vus, ces mecs ?

— Oui, à S…

— Et alors ?

— C'est mauvais.

— Pourquoi mauvais ?

— Ce sont des *finisseurs*.

— C'est quoi, çà ?

— Des types chargés des exécutions capitales.

— Merde ! Ils vont nous liquider ?

— Exactement.

— T'es sûr de toi ?

— Parfaitement sûr.

— Alors, il faut tenter quelque chose…

— Ça vaut mieux, parce que dans moins d'un demi quart d'heure, on sera tous dessoudés.

— Comment tu peux savoir tout çà ?

— Je te l'ai dit, je les ai vus à l'œuvre.

— Précise !

— A S… , ils ont réuni la population sur la place publique, un officier a sélectionné des otages qui ont été mis à l'écart. Quand il y en a eu une centaine, ils les ont fait cerner par un demi-cercle de tirailleurs. Les tirailleurs les ont flingués à bout portant.

— Putain, on est cuits.

— Pas sûr.

— Tu rigoles !

Le plus jeune ébaucha un imperceptible signe de l'index dans la direction des fils barbelés, en tâchant d'indiquer un point précis :

— Regarde bien, dit-il ; tu vois ce monticule à notre droite ?

— Ouais, je vois… ça s'appelle un rideau.

— Eh bien, au-delà de ce rideau, le treillage est rompu.

— Hein ?

— Je dis : à cet endroit, on peut se faufiler, parce que le barbelé est cisaillé.

— C'est pas possible.

— C'est certain, vu que c'est moi qui l'ai coupé.

— Tu as coupé le fil ?

— Quand on est arrivé, il y a deux mois, les gardes ont fouillé tout le monde, mais il m'ont oublié. Ils n'ont donc pas remarqué le ciseau à froid que j'ai dans une poche.

— S'ils t'avaient gaulé, ils te logeaient un pruneau dans la cervelle illico.

– Qui ne risque rien n'a rien.

– T'es gonflé ! T'as fait ça quand ?

– Cette nuit. C'était facile, je suis le dernier de la rangée.

– Chapeau ! J'ai strictement rien vu. Un vrai sioux.

– Ce camp est tout en crevasses et galeries ; enfant, je jouais au foot ici, c'était interdit, on passait par les trous, ils n'ont aucun secret pour moi.

– C'est bien tout ça, mais qu'est-ce que tu proposes ?

– On se barre.

– Et les copains ?

Le jeune homme soupira :

– La Providence choisit ses graciés ; le reste ne nous regarde pas.

– Mais ils vont se faire buter !

– Nous aussi, si on reste les bras ballants.

– T'as raison, advienne que pourra.

– Alors, faut se magner, parce que d'ici à cinq minutes, c'est foutu.

D'un infime hochement du chef, le jeune homme désigna l'entrée du camp, où s'était agglutiné une recrudescence inquiétante de fantassins armés jusqu'aux dents. Brusquement, quelqu'un clabauda un ordre dans un haut-parleur, les spadassins s'alignèrent au pas de course parallèlement au front intérieur du fossé. Un camion bâché s'engagea en avant du ruban qu'ils déroulaient, et tandis que se coordonnait cette mise en scène, la bâche du camion fut décapotée, les sinistres encolures de deux artilleurs se détachèrent en retrait des mitrailleuses et ajustèrent les captifs ; des claquements retentirent, un hourvari de clameurs leur fit chorus : le camion roulait au pas et tirait méthodiquement, avec le calme imperturbable du bourreau qui remplit son office, en veillant bien à ne manquer personne. Les corps, percés de cratères d'où jaillissaient des giclées écarlates, s'affaissaient les uns après les autres. Quant aux fantassins, ils arrosaient systématiquement ceux qui dans la panique tentaient d'échapper au massacre.

Le jeune homme et son compère avaient eu une réaction extraordinaire : ils n'avaient pas bougé d'un poil. Conséquence, la vigie, absorbée à canarder les quelques malheureux qui fuyaient en tous sens, se désintéressa d'eux. Deux ou trois secondes de dissipation du geôlier, et le bagnard qui a déjà scié un barreau de sa cellule lui glisse entre les pattes : tandis que l'effroi semait partout un indescriptible chaos, les deux complices débridèrent un furieux roulé-boulé et se projetèrent ainsi jusqu'à la clôture. Sauts de puce d'une synchronisation parfaite. Quelques contorsions supplémentaires et ils s'esquivaient en deçà du repli du môle, hors du champ visuel du factionnaire. A condition de se recroqueviller, invisibilité garantie. A portée de bras, une clôture à triples fils barbelés, au-delà une vaste lande. En s'approchant, l'aîné se confirma ce que lui avait dit son collègue, que sa base était sectionnée d'une large entaille. Le duo rampa sous ce hiatus, jambes repliées, en s'aidant des coudes. Mais le remblai qui les dérobait au vigile, efficace pendant quatre ou cinq mètres, s'infléchissait rapidement jusqu'au niveau du terrain plat sans perpétuité de camouflage ; seul expédient, décarrer à toute vitesse façon sprinter. Tout au loin, à travers la nébulosité d'une brume opaque, un étroit routin échancrait la lisière de coteaux boisés à l'infini. S'ils parvenaient à cette orée, c'était gagné ; le cadet, familier de ses moindres labyrinthes, répondait de leur salut.

Subitement, ils s'élancèrent. Le sol était spongieux, leurs chaussures s'y enlisaient comme dans du sable mouvant : peu importait, ils se ruèrent avec la vélocité décuplée qui avale les obstacles. Ils enjambèrent des excavations, bondirent par-dessus des niches, dépensèrent toutes leurs forces dans un frénétique sauve-qui-peut, effarés, transcendés, des ailes dans le dos, l'épouvante dans l'âme.

Sur le mirador, le planton n'avait été ni oisif ni infirme à repérer une paire de silhouettes qui s'étaient carapatées et galopaient à toute volée hors de l'emprise du camp. Hurlements, ordres gutturaux, les balles sifflèrent, une pluie de crépitements fit contre-point à celle qui *nettoyait* les prisonniers. Les deux fugitifs galvanisés par l'enivrement, on pourrait dire par l'ivrognerie de la hargne qui se décuple, faisaient des prouesses de célérité : leurs volonté était le projectile et l'instinct de survie la baliste qui la catapultait.

Un juron étouffé rompit la course de celui qui allait en tête et qui avait acquis pas mal d'avance ; sa foulée véloce attestait le sportif qui, en dépit d'une santé médiocre, a conservé d'excellentes ressources. Au cri de son camarade, il s'arrêta court, fit volte et se hâta vers lui. Celui-ci était tombé nez dans la boue ; on voyait son dos perforé d'un gros trou rouge. Le cadet le fit pivoter latéralement sur les hanches et le serra dans ses bras avec une émouvante effusion; mais l'autre agonisait : les yeux presque déjà révulsés, la bouche expectorant des filets pourpres, les muscles contractés par l'essoufflement qui contient le sanglot de la mort, il bredouilla :

— Sauve-toi vite, jeunot ; allez, casse-toi !

A moins d'une lieue de là, une escouade de véhicules tous terrains fonçaient vers les deux évadés ; on aurait dit une armada de léviathans cuirassés.

Le jeune homme attrapa le poignet du mourant ; ce dernier eut encore la force de bégayer :

— Comment tu t'appelles ?

— Olivier Lorenz.

— Moi, c'est Philippe Cartier : j'étais du 9ème DIMA de Nantes[101].

Une minute plus tard, pendant que les engins se ruaient à la poursuite du cadet, l'homme était achevé d'une balle dans la tempe. Une section battit le secteur de long en large jusqu'à la nuit close. Mais Olivier, aguerri aux périls qu'il faut parer vite, s'était évanoui dans l'inextricable dédale dont il connaissait par cœur tous les embranchements et toutes les solutions de continuité.

---

[101] Voir tome 2, chapitre Causes et conséquences d'une alerte nocturne.

Reminiscitur Argos [102]

Environ une semaine après ce qui a été relaté au chapitre précédent, par une aube moite et humide, quelque part sur les contreforts escarpés d'un haut plateau d'altitude, un individu était embusqué à l'abri d'un éperon rocheux qui surplombait un étroit layon à la pente particulièrement accusée. Il surveillait, droit dans sa ligne de mire, à une trentaine de mètres de distance, une maison bourgeoise, véritable petit châtelet, qui avait dû être de fort belle facture, mais dont le toit lézardé en plusieurs endroits montrait çà et là l'ossature de la charpente. Il était vêtu d'une gabardine jaunâtre décolorée, et se tenait immobile comme quelqu'un qui est aux aguets et qui attend son heure.

Il n'attendit pas longtemps : deux personnages se profilèrent bientôt sur le perron de la porte principale de l'édifice et descendirent les marches d'un escalier accidenté où l'on avait ajusté des coffrages de bois pour corriger la détérioration de la maçonnerie originelle. Les deux hommes, habillés d'uniformes vert olive à parements rouges, foulèrent le gravier d'une cour attenante au milieu de laquelle stationnait un véhicule léger. Ils y prirent place, actionnèrent le moteur et roulèrent au pas en direction d'un reste de grille de fer tordue qui avait été remisée à l'écart pour faciliter l'accès. Puis ils bifurquèrent à gauche le long d'un chemin qui s'enfonçait sous une épaisse casaque de résineux.

L'estafette disparue, l'individu dévala le raidillon, vola à la demeure et s'y introduisit par une ouverture à claire-voie où achevait de se disloquer l'armature de ce qui avait été une porte cochère. Il gravit péniblement un escalier, enfila un corridor, dompta comme il put un formidable malaise, et tout à l'issue s'insinua à droite vers un autre escalier qui menait au second

---

[102] Il se souvient d'Argos, formule attribuée à Énée après sa fuite de Troie, qui évoque le souvenir des lieux où l'on a été heureux et que l'on regrette.

étage. Là, il pénétra à l'intérieur d'une pièce où trônait un piano à queue protégé d'un drap blanc. Il dérangea fébrilement deux lattes du plancher dont il extirpa un objet qui ressemblait à un briquet et sur lequel était gravée cette suscription : *Cantates.* L'objet enfoui dans une large et profonde poche de sa gabardine, il allait s'esquiver quand il avisa une horloge au mur qui marquait sept heures et quart. Son regard allait du cadran au jour naissant qui lanternait par une fenêtre au chambranle démoli. Tout dans sa façon rapide et intermittente de fixer alternativement l'horloge et la fenêtre décelait un trouble dubitatif qui tente de concilier le résultat d'un calcul et qui décidément s'acharne à en réfuter l'évidence.

Cependant, la prudence l'incitait à ne pas s'attarder : il débloula prestement au rez-de-chaussée et parvenu dans la petite cour de la maison longea la façade, doubla une tour crénelée adjacente et courut jusqu'à une jachère encombrée de ronciers et d'ajoncs. Il s'accroupit près d'un piquet qui visiblement avait été fiché là exprès pour servir de repère, déblaya la terre et en exhuma une boîte de métal qu'il ensevelit dans la même poche où était l'autre l'objet chapardé intra muros.

En cet instant, il pivota lentement sur son axe et scruta autour de lui.

On a ce genre de réflexe presque conditionné quand se manifeste la sensation d'une anomalie, mais sans qu'elle mobilise vraiment l'attention, comme si elle agissait d'abord en sourdine. Ce n'est qu'après un certain temps qu'elle accapare à plein la curiosité et ne lui laisse plus d'autre recours que d'être satisfaite ou frustrée. L'individu examina les arbres des Froides-Aigues, les fourrés, le ciel, jusqu'au faîtage de la maison, de plus en plus incrédule. Soudain, il se chuchota :

– Il n'y en a plus un vaillant à la ronde…

Il respira à fond et reprit, sur le même ton :

– Il paraît que c'est ainsi, ils ne nichent plus dans les lieux maudits de l'histoire…

Une minute plus tard il quittait la propriété. Cependant, au lieu d'escalader le raidillon au haut duquel il avait fait exacte sentinelle, il vira à droite, c'est-à-dire à l'opposé de l'itinéraire qu'avait emprunté le véhicule militaire. Une huitaine de kilomètres plus loin, il s'enfourna à main gauche vers un bosquet en se fiant à un sillon qui n'avait pas été totalement effacé par la croissance de la végétation. Une masse noire, grossièrement rectangulaire, se découpait misérablement à quelque distance ; c'était une cabane, si bringuebalante, si décrépite qu'il n'en subsistait plus que de rares solives qui soutenaient tant bien que mal une structure en piteux état. L'individu poussa une porte pourrie par la moisissure et entra avec mille précautions.

Sur une paillasse de rotin, quelqu'un dormait dans un gros manteau d'hiver. A son flanc, une natte ovale aux bords relevés, pas plus grande qu'un couffin, où reposait un tout jeune bébé encapuchonné d'une draperie de langes et de couvertures, ses deux petits poings crispés à même ses paupières closes. L'homme à la gabardine s'agenouilla au chevet des deux créatures et les considéra avec une telle émotion que ses yeux s'humectèrent. La diffusion muette de sa présence réveilla l'aînée qui ébaucha un pauvre sourire et souffla, en prodiguant un geste instinctif de soulagement :

— Tu es là, enfin…

— Ils s'absentent tous les matins, répondit son vis-à-vis, d'abord les sous-officiers, ensuite deux officiers subalternes, la maison est vide à partir de sept heures.

— Tu les as trouvées ?

Celui à qui s'adressait cette question ôta sa capuche, ce qui fit qu'il dévoila son visage. C'était un jeune homme d'une vingtaine d'années, dont la physionomie transpirait une auguste et bienveillante douceur, une dignité d'une incomparable noblesse, mais l'une et l'autre empreintes d'une telle douleur qu'elles lui peignaient le masque de l'affliction. Il tira de sa poche le premier des deux objets qu'il y avait serrés :

— Je te les confie, dit-il en le lui tendant.

Il ajouta, avec une moue désabusée :

— Mais de prendre tant de risques pour si peu de choses…

— Ce n'est pas peu de choses.

— Que veux-tu en faire ?

— Les transmettre.

– A qui ?

– A elle, dit le personnage alité en désignant le bébé.

Le jeune homme soupira et enchaîna :

– Est-ce que je peux t'aider autrement ?

– Non, laisse-moi à présent.

– Te laisser ici… protesta le garçon avec un trémolo dans la gorge.

– C'est nécessaire…

Quelques secondes s'écoulèrent, scandées par un silence respectueux auquel se mêlait l'empressement propre aux colloques qui n'ont pas vocation à s'éterniser. Tout à coup, le jeune homme demanda :

– Tu es sûre d'eux ?

– Sûre.

– Qui sont-ils ?

– Lui, tu le connais : la fille, c'est sa femme, tu ne l'as jamais vue.

– Pourquoi fait-il ça ?

– Par remords. Il t'avait abandonné, autrefois, et il avait été contraint de te trahir en volant ta voiture sur l'ordre de Hound. Il se rachète. C'est son expiation.

Quoiqu'il n'y parût pas, le jeune homme venait d'encaisser un choc traumatique d'une violence inouïe : l'ultime abcès non vidé de trois années de séjour aux Froides-Aigues crevait enfin et réactualisait les manigances, les chantages et les crimes d'un exécrable potentat, Hound, qui tenait à bail tout un canton et y exerçait en toute impunité la dictature mesquine et sanguinaire des scélérats d'opérette:

– C'était donc lui…, fit-il au comble de la consternation.

– Le maire lui a mis le couteau sous la gorge : s'il avait refusé, c'est toute sa famille qui en aurait pâti…

– Quand viendront-ils ?

– D'ici peu.

– Ils ne doivent pas me voir ?

– Et tu ne dois pas les voir : va-t'en, maintenant, ne reste pas là, ce serait gênant pour tout le monde.

Elle renchérit, la voix modulée par une bouleversante inflexion :

— Gênant pour ses proches, et pour lui une torture : il t'a toujours aimé, toujours, il me l'a dit... Il y a des accents impossibles à déguiser.

Le jeune homme, abasourdi, allait prendre congé, mais son regard enveloppa de nouveau le nourrisson avec une indicible tendresse :

— Comment s'appelle-t-elle ? murmura-t-il.

— Aurore.

— Aurore..., répéta le garçon, la lumière nouvelle...

— ... née des ténèbres ; de même, tu a reçu le prénom de la paix, et tu as dû faire la guerre.

— Et toi, sublime fille, ton prénom signifie *le don de Dieu* ; mais quel martyre dans cette offrande...

— Tout mal engendre un bien. La bile est un poison et en même temps un remède. Le secret, c'est la transformation. Te souviens-tu ? Yannick et toi, vous nous aviez parlé de ça, un soir. L'aurore vient de poindre, la transformation est en marche, la paix se répand. Aie confiance. Mais avant cela, tu parcourras bien des continents ; ta tâche commence à peine : elle est longue et difficile.

Le jeune homme se pencha au-dessus du berceau, déposa un long baiser sur le front de l'enfant et lui murmura comme s'il était certain qu'il comprenait ce qu'il disait :

— Aurore... tu n'auras connu ton parrain qu'un bien bref instant...

— Son parrain, c'est peut-être aussi son père.

— Adieu, Dorothée.

— Adieu, Olivier.

Le garçon contempla une dernière fois la maman et le radieux petit être qui s'était réveillé et qui babillait joyeusement. Puis, en s'imposant un prodigieux effort pour endiguer une commotion qu'il n'était plus sûr de vaincre, il s'enfuit promptement de la cabane. Mais au lieu de rejoindre le sentier des Froides-Aigues, il fonça résolument droit devant lui.

L'ermite

Les îles Aléoutiennes décrivent un curieux chapelet, longue traîne presque ininterrompue qui s'étire de l'arc inférieur de l'Alaska jusqu'au large du Kamtchatka où elle se disperse en s'émiettant. Son tracé semi-circulaire n'est pas sans évoquer celui d'un compas dont l'aiguille ferrée piquerait le détroit de Béring, tandis que l'insuffisante pression de la mine dessinerait une courbe de pointillés inégaux.

Ces îles ont mauvaise réputation. Les deux épithètes qui les qualifient se disputent la hiérarchie entre *inhospitalières* et *sinistres*, et il faut avouer que rien n'est plus justifié. Une peuplade clairsemée, une végétation rare, des communications difficiles, impraticables neuf fois sur dix, le climat y étant toujours exécrable, quelques arbres souffreteux tordus par des tempêtes incessantes, un relief escarpé, des paysages tourmentés, des hivers épouvantables, des étés qui n'ont d'estivaux que l'adjectif, telles sont les îles Aléoutiennes qu'un voyageur a annotées ainsi : *le vestibule de l'enfer polaire.*

Ce vestibule a pourtant son antichambre.

A cinq cents kilomètres de là, aux environs du cinquante-sixième parallèle, loin au nord du croissant que reproduit la chaîne de l'archipel, face à un essaim d'îlots connus sous l'intitulé *Quatre Montagnes,* se nichent deux autres terres, encore plus isolées, encore plus sauvages, plus froides, plus venteuses, plus tumultueuses et plus inaccessibles, ayant de tout côté, à droite, à gauche, en haut, en bas, la même immensité. L'une de ces îles s'appelle Saint-Paul, l'autre Saint-George. Rien n'est curieux comme la manie qu'ont les hommes d'affubler de noms de saints les méridiens les plus rébarbatifs du globe.

Saint-Paul et Saint-George sont peu habitées. Quelques navires de ravitaillement s'y arrêtent en de rares occasions, lorsque le temps le permet, ce qui, statistiquement parlant, doit totaliser une vingtaine de jours de janvier à décembre, et encore, les bonnes années.

En cette fin de juillet, si un de ces bateaux avait croisé à environ dix kilomètres au sud-ouest de Saint-George, il aurait remarqué deux singularités : d'abord, en plein océan, un gros caillou vomi des flots comme un furoncle sur une peau malsaine, l'île Otter, ou île de la Loutre, grosse pierre de 67 hectares dont le pinacle culmine à 285 mètres ; ensuite, cette île n'était peut-être pas aussi déserte que le stipulait sa monographie de référence. Là, il y avait de quoi se gratter le cuir chevelu en se convainquant qu'un locataire dans ses parages relevait de l'illusion d'optique, car c'était tout bonnement impensable. Cependant, une vigie tant soit peu perspicace finissait par se dire, avec de plus en plus de certitude : décidément, il y a quelqu'un sous ces latitudes, et même quelqu'un qui fait du feu.

Une colonne de fumée, en effet, à peine visible et très vite dissipée par le vent, s'évanouissait au-dessus de l'agglomération de rocailles et d'à-pic, géologie dominante de l'île. Chose inconcevable : dans cette solitude à la stérilité quasi-absolue, sur ce conglomérat d'emmarchements scabreux et d'éboulis anarchiques, une créature humaine respirait, un quidam, un citoyen avait établi ses pénates.

En supposant que le caboteur ou le chalutier jetait l'ancre au large, s'il mettait à la chaloupe, celle-ci, après s'être faufilée dans les méandres d'un semis de récifs coupants comme des rasoirs, réussissait peut-être à louvoyer entre les courants traîtres, à esquiver les accores, puis après avoir reconnu l'atterrage, à ne pas se fracasser contre la côte hérissée d'énormes ecchymoses de granit, enfin à engraver sur une toute petite langue de sable, de part et d'autre de deux murailles cyclopéennes. Il n'était pas interdit alors à l'audacieux matelot d'escalader une étroite corniche qui débouchait sur un plateau tout en bosses et en ravines où poussait une herbe frêle. Il affrontait à ses risques et périls cette avalanche ruinique et soudain, au creux d'une combe qu'étranglaient deux môles abrupts, il tombait nez à nez avec un improbable édifice surgi de nulle part qui lui arrachait spontanément cette exclamation : qu'est-ce que c'est que ce machin ?

L'architecture du machin, d'abord incohérente, se dégrossissait peu à peu dans son esprit, et avec de l'imagination se corrigeait par ce substantif de raccroc, logis. Car il faut bien traduire même maladroitement la chose qu'on avait sous les yeux, faute d'un mot approprié qui est à inventer.

Qu'on se figure un édifice de trois mètres de long sur deux de large, d'une vilaine couleur marron, délavé, misérable, hideux, haut de moins de six pieds, façonné d'un assemblage de rondins de bois disparates. La baraque avait une porte, mais pas de fenêtres. A quelques enjambées de la porte, laquelle s'ajustait de guingois à des gonds désolidarisés de leurs fixations, un jardin rudimentaire protégé d'une toile de plastique qui aurait peut-être éveillé l'idée d'une serre si elle n'avait abouti qu'à sa caricature. A l'intérieur de la serre, un carré de légumes rachitiques. L'un des pignons de la cahute était accosté d'une volumineuse gouttière en zinc qui canalisait l'eau de pluie vers une futaille rouillée toujours débordante.

On pénétrait à l'intérieur, et le mot approprié qui est à inventer désavouait le renfort d'un néologisme, tant celui de galetas exauçait la lexicographie : sol de terre battue, cloisons maçonnées d'un agrégat de solives que jointoyait un bousillage blanchâtre ; en guise de plafond un guillochis de lattes à moitié déclouées dont les fissures vomissaient des touffes de paille pourries par l'humidité. Pièce unique ne recevant la lumière du dehors que par un orifice percé à même le toit. L'orifice, surmonté d'un chapeau, tenait lieu de cheminée. A son aplomb, une marmite suspendue au-dessus d'un rond de briques où quelques morceaux de tourbe séchée suaient leur sève. Quant au mobilier, il se bornait à un lit de sangle qui apprivoisait la vermine d'un vieux matelas rongé d'une lèpre de moisissures. Quelques ustensiles de cuisine étaient accrochés à des clous plantés çà et là sur un tableau mural vermoulu.

Tout à coup, au fond de cette tanière, une ombre se mouvait avec le frôlement d'une aile de chauve-souris. La pâle clarté que diffusait la cheminée à claire-voie l'enveloppait d'un halo et réverbérait les contours d'une silhouette fantomatique.

On avait devant soi un homme sans âge, grand, efflanqué, famélique, le menton offusqué d'une barbe hirsute, et coiffé d'une chevelure si abondante qu'il était aisé de pronostiquer à travers cette broussaille le quotient d'un dénuement intégral. Quant à son habit, il consistait en un rapiécetage de plusieurs sacs de toile, totalement impropres à fournir la moindre chaleur, et qui avortaient à deux pouces sous les genoux.

Comment ce gueux avait échoué là, dans quelles circonstances il y avait élu domicile, rien ni personne n'éluciderait jamais un tel mystère si la vaste chronologie qui s'intercale entre le chapitre précédent et celui-ci ne faisait l'objet d'un récit adjacent à l'histoire qui est contée dans ce livre, et qui sera mené à son terme pourvu que Dieu prête vie à l'auteur. Contentons-nous de publier que notre quidam appartenait aux oubliés de la civilisation. L'île était sa résidence ; sa prison serait le terme adéquat.

Rectifions, cependant : oublié, il ne l'était pas tout à fait.

Approximativement tous les trois mois, il claudiquait vers une petite crique et se hissait sur une plate-forme haut perchée, entre deux falaises abruptes. La sculpture naturelle de cette alvéole y avait arasé un entablement assez exigu mais praticable. Gilliatt avait sa chaise Gild-Holm'-Ur[103], l'ermite de l'île du froid avait la sienne. Il s'asseyait sur ce banc de granit et scrutait l'horizon pendant de longues heures, comme s'il y guettait la survenue de quelque chose ou de quelqu'un. Les anciens stylites[104] se tenaient ainsi dans leurs cellules.

Vers la fin de juillet, cette phase immuable d'observation durait depuis environ trois semaines. Il pouvait être midi, le ciel charriait de méchants paquets de cumulo-nimbus, une lavasse irascible et cinglante giflait l'homme de plein fouet. Il grelottait, mais ne remuait pas, absorbé par un de ces songes qui vous récapitulent votre désastre en vous en restituant

---

[103] Héros des Travailleurs de la mer, de Victor Hugo.
[104] Les stylites étaient des solitaires chrétiens qui plaçaient leurs cellules au-dessus de portique ou de colonnes.

minutieusement les rubriques une à une. Parfois, il se forçait à rire avec une espèce de frénésie puérile, puis il se statufiait de nouveau dans son impassibilité marmoréenne.

Il demeura ainsi jusqu'à la brune. Peu avant la nuit close, il retourna à la cabane, tira d'une boîte de métal une matière pâteuse, y croqua à trois ou quatre reprises, se coucha et ne dormit pas. Le lendemain matin, il alla au rocher et y réitéra son maussade et énigmatique séjour.

Le même manège se répétait invariablement, avec une persévérante assiduité. Chaque soir, l'homme croquait un peu moins dans la pâte. Quand elle fut épuisée, il ne croqua dans rien et se coucha sans avoir mangé.

Un fait est à signaler ici. Tandis que se s'échelonnaient ces factions, sa physionomie se métamorphosait. Les malades en phase terminale éprouvent de ces réconforts où la certitude de mourir dévoile l'envers du décor. Il souffrait certes, et Dieu sait si souffrir de la faim et un supplice, mais on aurait dit que son calvaire s'acheminait vers un dénouement heureux. Il était manifeste qu'un événement aurait dû advenir, que cet événement se faisait attendre, et que cette défection le soulageait.

Un matin, ses muscles le trahirent, il fut incapable de se lever. Il patienta quelques minutes, haletant ; il avait soif, il allongea un bras vers un pot à eau qui était à son chevet et but avidement à grandes gorgées. Ce geste dut galvaniser le peu de forces dont il disposait car s'étant appuyé sur les coudes, il pivota latéralement et ramassa ses jambes pour se dresser debout.

Un violent étourdissement l'en empêcha, une copieuse suée dégoulina de ses tempes, il s'affala sur le grabat, et alors ce visage émacié, amaigri par les privations, s'illumina d'une clarté crépusculaire. Le crépuscule dans la chair annonce l'aurore dans l'âme.

– Enfin ! murmura-t-il.

Il avait à peine bégayé cette interjection qu'il en molesta l'abdication implicite qu'elle suggérait. D'un furieux sursaut, il se détendit sur ses jarrets avec la puissance d'une catapulte et s'étançonna à la cloison, cette fois sans endurer de vertige, mais en titubant. Tituber, c'est soit le chant du cygne avant l'effondrement, soit l'amorce d'un mieux-aller. Après avoir titubé, il clopina ; c'était plus que suffisant pour le véhiculer à sa guérite.

Comme il atteignait la petite grève, unique gisement abordable par l'intérieur des terres, soudain il se figea en arrêt : la marée basse y avait abandonné une dizaine d'objets cylindriques qui se dodelinaient sous le clapotis du flux descendant. Les objets étaient des conteneurs.

L'homme les examina avec un incommensurable désarroi. D'un pas accablé, il se dirigea vers leur alignement qui imitait un débarquement d'armada, décapsula le couvercle du premier, puis du deuxième et ainsi de suite, vida tout le chargement sur le sable, y saisit une boîte, actionna le mécanisme d'ouverture, engloutit avidement ce qu'il y avait dedans, de la sardine, et quand il eut achevé ce repas à l'improviste, s'affaissa prostré front contre le sol. Un long et lamentable râle rugit de sa gorge, si poignant, si bouleversant qu'il semblait disputer ses modulations au mugissement du vent. Ses lèvres psalmodiaient inlassablement la même phrase, navrant et pathétique leitmotiv qui avait les accents d'une imploration :

– Il faut donc vivre encore…

Le vieil instinct de conservation est tenace : lui qui avait accepté la mort, qui l'avait accueillie avec gratitude, voilà qu'il la rebutait. Machinalement, il s'évertua à collecter les vivres en les entreposant à l'abri d'une caverne située au-dessus du niveau d'amplitude supérieure de la marée. Il se déplaçait à présent avec une vigueur reconquise. Il était évident que la nourriture avait ragaillardi d'un surcroît d'énergie ce corps malingreux, que le riche éventail nutritionnel distribué par les barils contribuait à réparer ses déficiences. Ajoutons aussi que sa complexion, que nous avons peinte si scorbutique, était foncièrement d'une exceptionnelle robustesse, à telle enseigne qu'ayant couronné son dîner d'une tablette de chocolat, il recouvra pleinement son assiette et ne se ressentit quasiment plus de ses malaises antérieurs.

Lorsque les dernières victuailles eurent été rangées avec un soin méticuleux, les ténèbres ensevelissaient la plage. L'ermite s'était accroupi et contemplait un point devant lui, insensible au blizzard qui lacérait ses joues et à la pluie qui dégringolait à seaux. Sa crinière de lion, son accoutrement dépareillé lui prêtaient l'allure fauve d'un homme des cavernes.

La besogne alimentaire l'avait distrait de ses vicissitudes. Intermède qui n'était qu'une brève rémission : il regardait tour à tour les vagues, les récifs, les zébrures des éclairs qui striaient les lourds nuages accourus de l'ouest et qui pesaient sur la mer comme des ventouses, il entendait bruire le ressac et gronder l'orage, mais sans rien discerner qu'un visage qui l'obsédait, et sans rien écouter que le roulement lointain du tonnerre. Si l'odeur est un aide-mémoire, de combien d'écrasants souvenirs un son, un simple son, ne se fait-il pas l'ambassadeur ! Cette musique-là, pour lui l'hymne le plus funèbre, ravivait les plaies d'une torture que l'injure du temps n'avait jamais émoussée. Quand l'amour vous embrase, quand il a infiltré vos veines, tout votre être, et que la plénitude dont il vous comble est à la fois sa consolation et sa tyrannie, les siècles, l'éternité même n'y ont plus prise. Les paupières de l'homme étaient inondées autant par l'averse que par les larmes, il écarta les paumes de ses mains en holocauste, et s'adressant à quelqu'un qu'il apercevait à travers l'obscurité glacée, sa voix déchirante fit retentir ce prénom :

— Alexandre !...

Second épilogue :
Après

Le village

Le soleil resplendissait. Splendeur si pure, si légère, si délicieusement odorante *qu'elle ravissait quiconque.* On ne s'y habituait que pour aimer davantage ce qu'elle mêlait à l'air chaleureux du matin. Dans notre univers imparfait, les meilleures choses, situations prospères, succès, fortune, que nous tentons de récapituler sous ce faible vocable, bonheur, subissent invariablement l'érosion de la durée. Les sorts les plus enviables sont à étapes plus ou moins régulières jalonnés d'éclipses qui engendrent une inexplicable lassitude. On est riche, on est beau, on est brillant, on triomphe, on a tous les plaisirs, le monde est à nos pieds ; l'instant d'après, on éprouve, allez savoir pourquoi, le sentiment que cette opulence souffre de malfaçon, qu'il y a de l'illusion dans ce déploiement de fastes, et qu'en dépit de l'embonpoint de nos comptes bancaires, des tapis de gloire sur lesquels nous marchons, on se surprend, à certaines heures, à écouter, évadée des mystérieux replis de l'âme, une petite voix qui nous avertit du peu de notre condition et de l'aveuglement qu'il y aurait à s'en satisfaire. Les appels d'en haut distillent en nous ces mélancolies, qui sait, peut-être pour nous rappeler que la vraie vie est ailleurs.

Ici, la nature s'épousait elle-même en un perpétuel enfantement. La joie était partout, dans les arbres, dans le ciel, dans les abeilles qui bourdonnaient, dans les passereaux qui babillaient, et cette joie n'empruntait rien des excès qui, à un moment ou à un autre, finissent par la rendre fastidieuse. Pourtant, excessive elle l'était, ne fût-ce qu'à travers la débauche de félicité dont elle imprégnait tout. Mais ce trop était lui-même mesure, sa profusion emplissait sans encombrer, c'était un déferlement qui n'avait rien de heurté, une surabondance qui réalisait la proportion idéale.

L'impression que causait un tel rutilement était que chaque seconde vivait, entre de la béatitude méditative et de l'ivresse consciente. Le doux vent du matin exhalait une haleine d'enthousiasme et d'émerveillement. Tout était à sa place, tout se mouvait avec la jubilation de la pensée qui est acte et qui bâtit sans cesse. Pas de repos, un travail perpétuel, mais quelle allégresse dans cette besogne, quelle majesté dans cette tâche ! La création entière s'y amalgamait. On était là dans la contrée des âmes qui aiment. Eperdument.

Au creux d'un vallon encaissé entre deux hautes collines, se nichait un village à l'aspect insolite. Les maisons y étaient basses, rondes, agencées de pièces spacieuses de plain-pied. Tout autour, de grands jardins luxuriants où des fontaines s'épanchaient dans des vasques d'une matière spéculaire [105] chatoyante. Les maisons communiquaient les unes aux autres par de petits sentiers qui serpentaient entre des massifs de fleurs et de plantes dont les arômes exhalaient d'exquis aromates. A la périphérie du village, le damier multicolore d'une futaie étendue à perte de vue rassemblait une pléiade d'espèces fruitières plutôt déconcertantes, et pour nous passablement exotiques.

De singulières créatures habitaient ces lieux enchanteurs.

Ces créatures étaient vêtues de courtes chlamydes d'un tissu fin richement diapré qui moirait mille tonalités chromatiques. Je dis *tonalités chromatiques*, car la couleur est une musique des yeux. Leurs cheveux reflétaient leur costume ; ce n'étaient pas des cheveux mais une cascade de lumière. Leurs yeux étincelaient et prêtaient à leurs physionomies une espèce de noblesse innocente qu'on observe dans le regard si particulier de certains enfants, et qui est à la fois grave et paisible. Il en résultait une harmonie qui par la pénétration physique qu'opère la beauté sur l'âme des hommes, leur conférait la dimension d'une descendance accomplie.

---

[105] Spéculaire, composé de lames brillantes qui reflètent la lumière.

L'accomplissement, c'est la fusion de la matière et de l'esprit, but suprême. Le Christ porte la tunique pourpre, mariage du bleu et du rouge, communion de l'amour céleste et de l'amour terrestre. Le Christ exalte l'homme par la chair autant que par l'âme. D'où l'erreur profonde des églises prêchant l'ascétisme et cousant les anathèmes de leurs articles doctrinaires aux revers de la *guenille*. L'homme a pour mission de sacraliser la Création afin de l'affranchir du poids du péché. Comment ? Par les mortifications ?

Non : par la joie.

Les religions, qu'elles soient catholiques, protestantes, juives, musulmanes, n'enseignent pas la joie. Pour elles, souffrir, haïr, tuer, est une clause formelle garante du salut. Qui veut plaire à Allah ou à Jéhovah doit commencer par se fouetter jusqu'au sang, après quoi un petit massacre d'infidèles débrouillera plus large la voie du paradis. Au mieux, lorsqu'elles ne sont plus en mesure de prêcher la guerre hérétique, ce qui est le cas chez nous après plus de dix siècles d'abominations papelardes, elles s'ingénient à entraver le plus qu'elles peuvent l'instinct de la jeunesse pour laquelle la vie ne doit surtout pas être sensation mais démonstration. Décréter le sexe d'obédience satanique, prohiber les amours *infâmes* sous prétexte d'immoralité, rouler de gros yeux devant tout ce qui s'émancipe des monitoires, bulles et rescrits de l'école apostolique ou de l'école coranique, lesquelles font admirablement cohabiter l'encensoir et le pistolet, prononcer l'arrêt d'irrecevabilité de la liberté d'aimer en deçà d'un certain âge, fulminer l'opprobre sur les infracteurs du prêt à penser, aboucher pour cette belle tâche la bigoterie et le crétinisme, c'est le fait des clergés modernes alliés aux états modernes, dont les litanies onctueuses déposent sur les livres saints qu'elles souillent le triste sceau de leur forfaiture.

Au village, un temple nouveau accueillait un sanctuaire inédit. Ce sanctuaire était sans autels, sans sacristies, sans génuflexions, sans patenôtres. A la place des palais épiscopaux, des icônes, des brefs[106], à la place de la liturgie compliquée de dogmes inamovibles, les êtres qui séjournaient sous ces latitudes proposaient l'oblation de leur cœur épanoui. Leurs actes quotidiens étaient leurs prières. Quel *pater noster,* même le plus sincère, même le plus convaincu, vaudra jamais ceci, un sourire, un baiser, une main qui en serre une autre, un chant qui s'accorde à un chant ? Dans leur seule façon de se dévisager, il y avait de la bénédiction.

Ils avaient un nom. On les appelait les Phèdres. Phèdres, traduisez, *les éveillés.*

---

[106] Nom que l'on donne aux lettres du pape qui traitent de quelque affaire.

Les Phèdres

Ils ignoraient l'exclusivité. La notion de couple, avec son cortège de présomptions possessives et de jalousies arbitraires, n'existait pas entre eux. Cette expression, prendre femme, leur était étrangère. Pour eux, tel Phèdre étant l'égal de tel autre, comme tous s'aimaient, leurs inclinations affectives dérivaient de la même loi d'attraction réciproque. De là à conclure que le village ne constituait rien de moins qu'un foyer de stupre et une pépinière de débauchés, il n'y a qu'un pas que la plupart des esprits rassis franchiront au premier saut. Les vociférations des idéologies théocratiques façonnent ces jugements resserrés entre le faible d'un mandement d'évêque et les gesticulations irritées d'une présidente de ligue de vertu. Le souffle qui animait ces créatures était aussi différent de notre conception de l'amour que le soleil l'est d'une chandelle. Ajoutons, s'il en est besoin, leur totale imperméabilité à la pudibonderie qui fait tant de ravages dans nos sociétés, par l'opprobre dont elle flétrit l'acte du monde le plus susceptible de faire aimer la vie. Les Phèdres se séduisaient, se caressaient, se touchaient, s'unissaient sans y entendre malice, simplement parce que ce plaisir leur appartenait de droit et qu'ils n'avaient pas au-dessus d'eux de *Splendor Veritatis* pour étendre de tisane coupée d'eau bénite une félicité qu'ils buvaient à pleines gorgées. Jouer, rire, chanter, danser, avait pour corollaire faire l'amour.

Qu'était-ce que les Phèdres ? Le couronnement du genre humain, son expression achevée. Cette apothéose se manifestait par une beauté physique proche de la perfection : lignes d'un admirable équilibre, fronts larges annonçant les intelligences qui pétillaient dessous, yeux scintillants et illuminatifs, corps fondus en une sorte de synthèse miraculeuse de l'ensemble des races de la terre. Complétons par l'élégance et la force, telles étaient les créatures du village des enfants heureux. Enfants de qui ? Le mystère de leur genèse commençait par là.

Nonobstant les caractéristiques qui viennent d'être énoncées, les Phèdres ne se distinguaient pas de n'importe quel attirail de jeunes gens tels que nous en croisons chaque jour, nous hommes du vingt-et-unième siècle. On a tant abusé, dans les romans d'anticipation, de la gravité indissociable de toute civilisation spirituellement évoluée, on a tellement dépeint la sagesse d'après le modèle monolithique de la vertu féroce, on a taillé tant d'uniformes sur le patron de l'habit du pasteur anglican, on a superposé si bêtement à ce que nous sommes impuissants à imaginer les spécimens de nos propres lacunes, que ces époques futures, à vrai dire, nous inspirent plus de réticences que d'enthousiasme.

Ici, la joie éclatait à chaque seconde, infinie et sans rupture, exactement comme un fleuve roule des eaux paisibles ; elle s'exaltait à travers la manière de se parler, de se lever le matin, jusqu'à la façon de manger un fruit, en plissant les paupières avec une tendre et complice espièglerie.

Evidemment, ils n'étaient jamais malades. Leur vocabulaire souffrait d'une lacune de termes relatifs à l'infirmité.

Les Phèdres rayonnaient de santé.

La mémoire oubliée

Il y avait deux endroits où ils n'allaient jamais. Le premier était un plateau de moyenne altitude, pas très loin du village, auquel on accédait par un sentier typique de montagne qui s'arc-boutait à sa droite à une paroi verticale tout d'une pièce, et à sa gauche ouvrait sur une dépression étagée en gradins. Nous lui dédierons l'épilogue de cette histoire.

Le second s'étendait derrière les hautes collines du ponant. En deçà, une terre généreuse, jeune, fraîche, opulente, verdoyante, gorgée de suc et de sève, un éternel printemps où foisonnait une énergie en parfaite concordance avec ce qui vivait. Un seul climat réparti sur quatre cycles de trois mois se succédant à intervalles réguliers sans affecter l'équilibre de l'ensemble, avec des nuits humides et des jours chauds. Pas une ombre dans cette splendeur, pas une ride sur cette création, éminemment juvénile. Partout de pétulants cours d'eau aux eaux limpides alimentées par un régime nival homogène, des forêts luxuriantes, des champs fertiles, de grasses prairies prodigues de plantes et de fruits renouvelés selon les saisons et qui fournissaient une nourriture telle que nous n'en avons pas la moindre notion chez nous où tout est à peu près pollué sous bénéfice d'inventaire.

A mesure qu'on approchait du cinquième horizon, la forêt s'éclaircissait, les ruisseaux tarissaient, le ciel s'alourdissait d'une blancheur laiteuse, moite et pesante, l'air devenait irrespirable, la chaleur suffocante, le sol poudreux ; tout à coup, plus un arbre, plus un oiseau ; le relief se damasquinait d'une lèpre de rochers d'une méchante teinte entre le brun et le brique ; au lieu de mousses, d'herbes, de fleurs, un empilement abrupt de pierrailles coupantes infestées de serpents et d'insectes venimeux ; à la place de la somptueuse ornementation des espèces végétales, une aridité battue de vents brûlants, un long entablement de plateaux secs et rêches surplombés d'une voûte d'airain, entre de longues et inégales brisures qu'on appelle *rifts*. Cette contrée se nommait le Désert.

Le Désert était l'inépuisable vivier de gloses plus ou moins sérieuses, d'exégèses plus ou moins fondées, et de tout un luxe d'interprétations qui à force d'avoir été paraphrasées par d'insignes commentateurs et transmis ensuite oralement d'une génération à l'autre, avaient contribué à bâtir une de ces légendes qui meublent autant les bibliothèques qu'elles vaporisent les esprits. On attestait de terrifiants témoignages, que ce Désert était le fief d'un abominable peuple cavernicole mangeur de chair qui baragouinait un idiome farouche hérissé de consonnes, et dont la pilosité, plus fournie que des cheveux sur un crâne, tapissait tout leur corps, y compris les bras et le dos.

Il n'y a pas de fumée sans feu : toute fantaisiste que paraissait cette rubrique, elle n'en circulait pas moins depuis des lustres, c'est donc qu'elle avait un auteur présumé. Or, le mensonge, la plus infime affabulation même, était étranger aux Phèdres. Par conséquent, soit elle précédait leur avènement, ce qui accréditait l'hypothèse d'une fiction antérieure créée de toutes pièces ; soit elle leur était contemporaine, et alors on n'avait plus affaire à un roman mais à une relation véridique émanée d'une source fiable. Seulement, dans ce cas comme dans l'autre, la signature de cet énigmatique historien se dérobait derrière un indémêlable anonymat.

Les Phèdres en étaient donc là, à nager entre deux eaux, celle du mythe et celle d'une vérité dont l'authenticité suscitait bien des questions légitimes : qui étaient les habitants du Désert ? Quelle ethnie les avait engendrés ? Surtout, pourquoi existait-il une contiguïté aussi limitrophe entre deux civilisations aussi dissemblables ?

Ces interrogations seraient peut-être demeurées au stade embryonnaire, si elles n'avaient confusément suggéré leur filiation à un étrange sentiment de sourde et incompréhensible angoisse qui étreignait les Phèdres environ deux à trois semaines après le solstice d'été. Sourde, parce qu'elle se manifestait en demi-teinte ; incompréhensible, parce qu'elle s'associait à une invincible nostalgie dont elle était solidaire. Certains de nos rêves les plus tenaces déposent parfois dans notre subconscient une empreinte analogue à ce que nous évoquons ici, où s'exerce une attraction morbide pour ce qui nous épouvante. Peut-être y a-t-il en nous un cordon ombilical qui nous rattache à un passé nécessairement frappé d'amnésie mais dont dans certaines conditions de réceptivité nous recevons un lointain écho : notre séjour sur la Terre n'étant qu'un segment, Dieu sait de quoi est composée la droite.

Le fait est que personne n'échappait à cet envoûtement, même les plus jeunes. Aussi, quand s'annonçait sa date fatidique, les Phèdres monopolisaient leur attention à l'ouest, sur le cinquième horizon, galvanisés par la sensation viscérale que ce qui en transpirait avait un rapport étroit avec eux. Puis le malaise se dissipait et il n'y paraissait plus. Au fil des années, ce qu'on intitulait le *syndrome de juillet* s'était ancré dans les mœurs et si chacun en appréhendait l'échéance, ce n'était pas sans renforcer la conviction que la clef de bien des mystères résidait dans la passerelle qu'il jetait du Désert au pays des Phèdres, comme si ces deux mondes que tout opposait avaient un dénominateur commun.

Le hasard, qui est bien souvent le factotum de la Providence, allait les instruire au-delà de leurs espérances.

Les Phèdres faisaient souvent de longues excursions dans la forêt. Un jour, deux d'entre eux, partis au petit matin, s'y égarèrent.

Le voile d'Isis

Ils s'étaient aventurés trop loin. A un moment, l'un d'eux fit volte face et dit : *par où est-ce qu'on est venu ?* à quoi l'autre répondit : *je n'en ai pas la moindre idée...*

Il en va souvent ainsi : on franchit un ruisseau, ce qui incite à en franchir un autre. Puis cette colline qui est là, n'est-elle pas excitante ? Que peut-il donc y avoir derrière ? Après une colline, une autre colline, après un vallon, tiens ! un nouveau vallon. De plis en ressauts, d'escarpements en ondulations, de méandres en ravines, on a tôt fait d'effilocher sa trace.

On tente bien de la ressaisir, mais la nuit ne va pas tarder, ce qui était clair se trouble, les contours se ternissent, la visibilité est amoindrie, un tampon d'ouate vert-de-gris dépigmente les prairies, les bois s'emmitouflent d'une brouée diffuse, les couleurs s'estompent, l'indistinct et l'uniforme se coalisent. Le crépuscule, c'est la mise à la porte du jour.

En attendant, on est bel et bien égarés.

On persiste, néanmoins, il n'y a pas de raison, la fortune sourit aux audacieux. Alors on va au hasard, on appuie vers ce qu'on croit être un môle et qui est une nappe de brouillard, on extrapole mille conjectures, on essaie de pallier l'absence de perspective en se fiant à la boussole naturelle qui, plus ou moins bien développée, affine ou dérègle le sens de l'orientation ; à cent reprises, on s'écrie : *c'est par là !* A cent reprises, *c'est par là* a pour rectificatif *ce n'était pas par là.*

En général, ces divagations se prescrivent à elles-mêmes leur seul remède efficace, la nécessité d'une franche et nette délibération *papiers sur table.* L'illusion ayant épuisé son sac à mirages, il s'agit d'assortir une résolution aux sages mesures qu'elle requiert, la première d'entre elles incitant à ne pas s'entêter, surtout lorsqu'on distingue à peine le sol que l'on arpente.

Les deux garçons firent donc halte diplomatique et s'assirent sur une pelouse grasse.

Chez les Phèdres, il n'y avait qu'une main à tendre pour improviser un bon dîner, l'abondance des arbres fruitiers et des légumes sauvages prêtant à l'épithète giboyeux son acception végétarienne. Cette manne, riche en eau et en substances vitaminées et protéiniques, les nourrit et les désaltéra d'un seul tenant.

Comme ils n'avaient à redouter ni les animaux ni le froid, ils se couchèrent sous une plante à l'aspect d'une fougère arborescente et s'endormirent sans préambule.

Les deux compagnons étaient des *énantes,* ce qui dans la langue phèdre signifiait des *garçons contraires,* métaphore assez subtile que le marquis de Sade traduirait ainsi : *de la mouvance de Chalcis* ou *de la côte d'Arcadie* ou encore *de l'étoffe de Ganymède.* Inutile de préciser que les Phèdres estimaient cette originalité à une aune infiniment plus déférente que nos jugements délayés dans la sauce du Lévitique ou dans l'indigeste soupe mahométane. Ils en extrayaient la confirmation de la loi universelle par laquelle l'antithèse ne contredit le corollaire que pour le corroborer. Or, n'en déplaise aux ligues de vertu, l'uranisme est un mystère au même titre que le génie, la gémellité ou la gaucherie[107]. Pour les civilisations insuffisantes, la règle des sexes opposés est immuable, péremptoire, et ne transige pas ; toute entorse qu'on lui fait est un affront passible des pires châtiments. Les civilisations évoluées l'entendent d'une oreille un peu mieux sonnante où l'intelligence chuchote qu'un démenti qui atteste une généralité avalise le principe essentiellement dérogatoire de la complexion humaine. De ce point de vue, qui de nous disconviendra que des Cheyennes, qui révéraient religieusement cette *anomalie,* dans le sens strict du mot, aux Américains actuels et autres intégristes musulmans qui la condamnent sans rémission, il n'y ait un abîme insondable d'élévation spirituelle ? Ici, un peuple suprêmement mystique, là la plus sordide bigoterie au nom de laquelle pasteurs, révérends et autres saltimbanques de droit divin se sont empressés de

---

[107] Le fait d'être gaucher se dit gaucherie.

fulminer leurs monitoires sur l'autorité en détrempe de vieilles doctrines usées jusqu'à la corde.

Au petit matin, les jeunes voyageurs s'éveillèrent.

Le matin, c'est la renaissance : on avait un dais au-dessus de soi, quelqu'un l'a ôté.

Les deux Phèdres firent des étirements de faunes et pas mal de cabrioles dans la luzerne. Cette gymnastique les ayant ragaillardis, l'un d'eux consulta quatre points cardinaux et dit :

– Il me semble reconnaître les parages.

– Ah bon... répondit l'autre en se grattant le nez.

Ah bon... était si éloquent, et les pointillés si bien modulés par l'intonation que son compère suppléa sur-le-champ la douce ironie qui en suintait.

Il est de bonne politique, quand on a rompu sa piste, que les opinions divergent sur l'itinéraire à rattraper. Les adolescents devaient être en veine de fustiger le protocole, car ils s'accordèrent au même diapason, quoique au fond ni l'un ni l'autre ne fût sûr de rien.

Un bref petit déjeuner avalé, ils affûtèrent leurs grègues : métaphore un peu outrée, leurs pieds étant aussi nus que le reste. La brume de l'aube se dissipait par nappes translucides qui s'évaporaient comme des cheveux d'ange. Bientôt elle s'évanouit, le firmament déploya un azur d'une pureté liliale.

Tout en cheminant, ils dialoguaient.

Leur langage, aux sonorités à la fois fermes et suaves, n'était pas sans évoquer l'ancien dorien, énergiquement rehaussé de je ne sais quelles appoggiatures cousines de l'elfique inventé par Tolkien pour sa superbe saga *Le Seigneur des Anneaux*. L'absence d'accent tonique inférait également une parenté avec le français. Tant de racines lexicales et grammaticales s'étaient combinés pour truffer cet idiome d'une complexité indéchiffrable à tout autres qu'eux. Ses innombrables raffinements syntaxiques, modelés pour traduire au mieux les subtilités de la pensée, auraient infligé une effrayante tablature à n'importe lequel de nos linguistes spécialistes des dialectes les plus altaïques. On était là aux antipodes de l'irresponsable manie de tout simplifier, de tout réduire à l'expression squelettique d'un archétype rudimentaire, cure d'abêtissement idéale imposée chez nous à nos enfants qui n'auront bientôt plus que deux cents mots pour jargonner en prose boiteuse le feuilleton larmoyant de leurs malaises existentiels.

Depuis quelques minutes, une incommodité d'abord flottante, puis de plus en plus manifeste, s'était greffée sur l'enthousiasme initial des deux randonneurs, avant de lui rogner peu à peu les ailes : de part et d'autre de l'étroit chenal qu'ils foulaient, la forêt abandonnait sa familiarité rassurante qui fait dire qu'on est sur la bonne voie.

Ils n'en poursuivirent pas moins leur excursion, mais avec un empressement trop mitigé pour ne pas trahir une sourde crainte. Elément aggravant qui la confortait, la déclivité insidieuse mais permanente de l'inclinaison du terrain. Il était indubitable qu'on allait en pente décroissante, par conséquent que l'on perdait de l'altitude. Depuis quand et dans quelles proportions ? Impossible de le calculer. Mais rien ne démontrait plus cet infléchissement que la température qui augmentait avec une régularité constante.

Vers le milieu de la matinée, la forêt s'était considérablement espacée : les arbres s'élançaient moins hauts, les sous-bois avaient abdiqué leur exubérance, les abords étaient plus nivelés, la végétation moins riche. L'un des Phèdres s'exclama, les deux poings sur les hanches :

— On n'est pas là où il faudrait être.

— C'est sûr, tout est autrement, ici…

Le soleil touchait à son zénith quand le dépit vira au franc désarroi : une lande monotone aux herbes courtes et jaunes avait succédé à la sylve avec la désespérante transition d'une tête de moins en moins chevelue à un crâne intégralement dégarni.

— Qu'est-ce que c'est que ce pays ? proféra celui qui ouvrait la marche.

— J'en sais rien, répondit son camarade, mais je n'aime pas ça.

— Ni moi non plus.

— Il faut revenir.

— En arrière ?

– Oui, on a dû dévier sans s'en rendre compte, parce qu'au départ, la direction était la bonne, l'orient.

– Alors que là, on va sûrement vers l'occident.

Cette réflexion, *on va sûrement vers l'occident,* avait transi l'autre garçon de la gêne que provoque l'invasion d'une pensée soudaine. Il leva ses grands yeux pers sur son alter ego et lui dit, d'une voix oppressée :

– Tu ne sens rien ?

– Oui, on dirait…

– …que l'air est surchauffé tout là-bas, regarde !

– Bon ! Ecoute, on s'en va d'ici, c'est affreux, ce n'est pas le pays des Phèdres, et on n'arrête pas de descendre, on dirait qu'un aimant nous attire.

– Justement : tu savais, toi, qu'il existait un pays aussi moche ?

– On le sait tous, on sait qu'après le cinquième horizon, il y a…

Il n'acheva pas sa phrase. Le front tendu vers l'ouest, tous deux tâchaient d'observer quelque chose qui leur échappait encore, mais qu'ils pressentaient de toute la puissance de leur instinct.

Une sorte de télépathie simultanée avait relié, on pourrait dire avait connecté le duo, comme émetteurs à récepteurs. Leurs visages obliquèrent l'un vers l'autre d'un mouvement démultiplié qui obéissait à une irrésistible attraction. Il importe peu importe de savoir lequel murmura :

– C'est là que commence l'autre monde, celui qui a failli…

Le participe passé était-il employé absolument, ce qui lui suggérait un terrible sous-entendu, admettait-il un complément sciemment escamoté ? Ce qui est certain, c'est que les deux énantes continuèrent droit devant eux. Ils étaient hypnotisés par leur témérité qui abattait un à un les garde-fou d'une prudence désormais hors de saison. Il en va ainsi lorsqu'on ne s'appartient plus : le courage se dépolit, la volonté flanche, mais la petite flamme héroïque est là, elle apprivoise et redresse ce qui vacille. On court peut-être au suicide, qu'importe ! Le devoir, c'est la pierre de touche de l'abnégation.

Tout à coup, la lande s'effaça totalement, plus de végétation, d'énormes pierres qui jonchaient le sol, tordaient les chevilles et blessaient la plante des pieds.

Il y a pire qu'une terre pelée, c'est une terre aride. Tout était ocre, poudreux, brûlant, desséché, stérile. Aussi loin que se déroulait leur champ visuel, celui-ci étriquait la perspective à un goulet resserré entre deux rocailles qui finissaient s'étranglaient en cul-de-sac à l'échancrure d'un hideux promontoire. Qu'était-ce que ce promontoire, et que dissimulait-il ? Questions qui résumaient anxieusement le caractère emblématique de leur périple. Ils gravirent les dernières coudées de ce *limes* [108] transis de stupeur, affolés par l'intrépidité aveugle avec laquelle ils se jetaient dans la gueule du loup, le ventre noué d'une épouvante qui les ensorcelait. Ce qu'ils accomplissaient les dépassait, ils étaient les instruments d'une souveraineté qui leur dictait ses ordonnances et à laquelle ils obtempéraient, mourants de peur, une irréductible bravoure chevillée à l'âme.

Ils atteignirent le sommet main dans la main et s'arrêtèrent sur l'extrémité de l'arête du plateau, gigantesque visière au-delà de laquelle se dérobait ce qu'aucun Phèdre n'avait jamais contemplé. *Contemplé* est à peine une antiphrase, car certains spectacles, ceux qui vous font refluer votre sang au cœur, vous subjuguent jusqu'à la fascination.

– Le Désert, murmura l'un en avalant sa salive.

– Nous sommes au cinquième horizon, bredouilla le second.

Un précipice abyssal plongeait dans le vide à une distance si vertigineuse que son étage le plus bas, se soustrayait à la vue. Ce gouffre ressemblait à un gigantesque champ de lave magmatique d'un rouge brique intolérable, embrasé par une implacable canicule, langue de feu vomie d'une fournaise dont on n'osait imaginer quel antre maudit l'avait dégorgée à la surface.

---

[108] Frontière, en latin, prononcer limesse.

Le vieil homme sans âge

Bien des années après ce qui a été écrit dans les pages précédentes, le village avait changé. Ce n'est pas qu'il n'eût le même aspect, mais quelque chose, un détail presque anodin, inconnu auparavant, s'y était introduit. Autrefois, ses habitants vivaient joyeux et insouciants, un peu comme des enfants.

Les enfants, cela grandit. Les peuples aussi.

On est dans une classe, on a eu de bonnes notes, on aspire à s'instruire davantage. Pour employer une métaphore facile, les Phèdres entrevoyaient la phase d'admission au rang supérieur.

Le rang supérieur, en quoi est-ce que cela consistait ?

Pour les premiers Phèdres, les théories de la destinée, du karma, du libre-arbitre, du déterminisme, etc., étaient un livre scellé ; par conséquent, elles ne figuraient pas au catalogue de leurs préoccupations. Ils n'avaient d'autre souci quotidien que d'être heureux, et heureux, ils l'étaient. Cela leur suffisait. Une brise de désinvolture soufflait sur leur petit éden.

Peu à peu, cependant, la question du *pourquoi* ? dérangea cette belle quiétude. *Pourquoi*, c'était tout à la fois *qui sommes-nous, d'où venons-nous* et, syllogisme inductif, *quelle est la finalité de notre présence ici-bas* ?

Les profondes interrogations qui nous assiègent parfois émettent indéniablement des ondes télépathiques, et ceux qui nous côtoient en subissent le pouvoir d'attraction. Depuis quelques semaines, une fille était le foyer d'une intériorité méditative qui braquait sur elle l'attention générale. Elle avait des bouffées visionnaires encore balbutiantes mais qui s'organisaient peu à peu et devenaient de plus en plus cohérentes, comme un jeu de construction dont on assemble les pièces disparates.

C'était une adolescente de seize printemps en qui se conjuguaient la beauté, la grâce et l'innocence. Sa splendide chevelure ruisselait par vagues régulières sur une chute de reins à faire pâmer Raphaël. Elle jouait toutes sortes de flûtes et ravissait son auditoire quand elle entonnait le célèbre *Syrinx* de Debussy à la traversière, ou la *Spagnoletta* de Praetorius à la baroque.

Du reste, et pour le dire en passant, Debussy et Ravel sont les compositeurs intemporels par excellence. Leur musique éveille l'indéfinissable réminiscence d'un âge d'or disparu, et ses étranges harmonies semblent récapituler à travers le souvenir d'époques immémoriales la nostalgie du paradis perdu. Bizet est le musicien provençal, Grieg est le musicien scandinave, Sibelius le musicien finlandais, Wagner est le musicien allemand, Moussorsky est le musicien russe, Manuel de Falla est le musicien espagnol, Debussy et Ravel sont les musiciens cosmiques. La filiation de l'homme d'hier à l'homme de demain se pressent autant par le *Prélude à l'après-midi d'un faune* que par *Daphnis et Chloé*.

La fille se nommait précisément Chloé.

Petit coupure dans notre récit : nous avons délibérément prêté un anonymat circonstanciel aux deux énantes du chapitre précédent. Circonstanciel seulement, car ils portaient bien leurs noms respectifs, mais en vertu d'une attribution si différente de nos usages, à nous hommes de notre temps, qu'il aurait été fastidieux de consacrer une étude approfondie à un sujet qui ne doit être qu'effleuré. Car la véritable hérédité ne s'incarne dans la chair que sous l'égide d'une ascendance infiniment plus authentique qui nous fait naître ici-bas dans des conditions précises et uniques pour chacun d'entre nous. Il n'y avait donc pas d'état civil chez les Phèdres avec accolement d'un prénom à un patronyme sur la désignation du hasard ou d'un choix plus ou moins fantaisiste, en tous cas toujours arbitraire. Jusqu'à l'âge où l'individualité se dégage du matériau brut de l'enfance, ils s'appelaient les uns les autres par des hypocoristiques amusants qu'ils s'inventaient entre eux, la plupart du temps selon un procédé imitatif typiquement puéril.

473

Lorsque enfin l'adolescent pointait, lorsque s'affirmait son unicité, c'est d'elle-même que leur personnalité inaliénable et imprescriptible créait l'élection onomastique qui en consacrait le caractère exclusif.

Revenons à Chloé.

Une nuit, elle reposait auprès d'un ravissant éphèbe dont le sourire réécrivait la longue extase que tous deux venaient de partager. Ce garçon, du reste, l'intriguait. Il avait des élans songeurs et des enthousiasmes pensifs. Sa radieuse physionomie se compliquait d'une mélancolie persistante, et quand on le lui faisait remarquer, il répondait immanquablement et sans autre commentaire : *je suis celui qui porte le poids le plus lourd.* Chloé avait pressenti la servitude de ce joug avec une acuité amplifiée par la communion intime de l'ivresse amoureuse, et dans l'abandon qui la décuple elle avait peut-être feuilleté quelques pages de l'énigme. Nonobstant, celui-ci demanda à brûle-pourpoint :

– Comment se fait-il qu'il ne naît plus de jeunes Phèdres ? Depuis plusieurs années déjà, aucune fille n'est enceinte.

Chloé l'embrassa tendrement et lui chuchota :

– Il n'est pas temps de lever le voile, nous devons encore mûrir.

Plusieurs mois s'écoulèrent.

Chloé était l'épicentre d'une sollicitude toujours plus soutenue, un peu comme une grande-prêtresse, mais en plus simple, sans le décorum.

Un intérêt qui converge invariablement vers le même foyer n'est pas fortuit. Le sixième sens y subodore une médiation, le truchement au moyen duquel ce qui est inintelligible à l'esprit humain devient explicite par paliers successifs. Chloé possédait les apanages qui faisaient d'elle une ambassadrice apophatique. Pour cerner ce que traduit ce mot bizarre mais irremplaçable dans le contexte, *apophatique*, car il dit bien plus que *visionnaire* ou *prophétique*, imaginons une perception où se condenseraient la vision claire du passé et de ses conséquences, la nature divine des hommes liée à l'essence de la Création et à sa résolution dans les différents mondes, la nécessité des phases probatoires aboutissant à la transmutation de toute chose et l'interdépendance des formes de vie comme condition absolue de leur épanouissement.

Ces porte-parole de la dimension qui, aux périodes charnières de l'humanité interfèrent avec elle, sont des canaux parfaitement conscients. Ce qu'ils ont à transmettre leur a été divulgué, mais à petites doses, on pourrait dire à doses homéopathiques, car sans cette accoutumance progressive, ils ne le supporteraient pas, de même que la rétine a besoin d'intervalles graduels entre l'obscurité et le grand jour.

Chloé n'avait pas assimilé d'autre pédagogie : ses aptitudes s'étaient développées avec la patience souterraine de la racine qui se gorge d'abord des substances indispensables à sa germination, avant d'éclore en surface et d'y fructifier.

Le vingt-quatre juin de cette année, date trop symbolique pour être fortuite, le calice était plein. Depuis quelques semaines, les Phèdres respiraient un air saturé d'apocalypse[109]. Leurs facultés en exergue vibraient avec une intensité toujours plus vive.

Ce soir-là, donc, ils s'étaient réunis pour une de leurs festivités qui se prolongeaient rituellement en concert de musique. Tout à coup, un jeune garçon remarqua que le visage de Chloé se nimbait d'une étrange luminescence. Il s'écria :

– Silence !

Les prunelles confluèrent d'une seule brassée sur l'adolescente. Elle avait rehaussé son port de tête comme une tragédienne qui va entamer son monologue.

Elle entr'ouvrit la bouche, hésita, et soudain proféra :

– Attention, ce n'est plus moi qui parle…

La solennité hiératique qui l'auréolait n'avait rien d'ostentatoire, mais en imposait. On aurait dit qu'une spirale phosphorescente lui bleuissait les paupières :

– Ecoutez-moi, reprit-elle : demain, nous irons dans la Montagne. Vous n'aurez aucun habit, afin que vous soyez nus comme l'est la Vérité.

---

[109] Au sens de révélation, qui est l'étymologie du mot, et non de catastrophe.

Une rumeur *pianissimo* ronronna confusément. Chloé continua :

– J'ai été choisie pour vous révéler d'où vous venez, de quel arbre vous êtes les branches, parce que c'est la tâche qui m'a été confiée et que j'ai acceptée.

Elle s'absorba un bref instant :

– Surtout ne vous effrayez pas de ce que je vais vous dire : ceux qui nous ont procréés ont été eux-mêmes procréés au-delà du cinquième horizon, qui n'était pas encore le Désert. Ils étaient les outils forgés dans l'ancien monde pour édifier celui qui est en train de le supplanter. Chacun de leurs pas a semé une vie nouvelle sur les décombres de ce qui était mort.

Le murmure précédent s'était résorbé en silence pythagorique.

– De l'accouplement de la mère unique avec les pères multiples est né le berceau de cinq générations. Presque un siècle sépare ce premier maillon du dernier : le dernier maillon, c'est nous. Nous sommes les descendants de l'entre deux ères, du temps où une toute petite poignée de précurseurs ont érigé le pont entre l'ère des Poissons finissante et l'ère du Verseau commençante. Celle qui a engendré durant cette période est la mémoire indélébile du passé, car ce qui est perpétré ne s'efface jamais. Quand les hommes immatures ont tué ceux qu'on appelait les Survivants dans une langue dont nous, Phèdres, avons moissonné un lointain héritage, elle a fui à travers le pays dévasté. Son ventre était engrossé de l'embryon universel, celui qui décuple la paternité en la brisant, et qui est pourtant l'œuvre d'un seul, puisqu'une seule fusion est possible. Mais là où l'embryogénie n'a qu'une source, l'esprit glorifie le symbolisme de la pluralité.

Chloé observa un court silence avant de reprendre :

– Pesez bien ce que je vais dire, c'est capital : l'ignorance innocente est la préparation à la connaissance : si la connaissance n'est pas la co-naissance, c'est-à-dire une seconde naissance, par l'esprit, elle détruit l'innocence et l'homme descendu dans l'univers duel n'a plus de lien avec l'homme venu de l'univers où règne l'unité. La soif d'apprendre est le fondement et ne doit pas être confondue avec la simple curiosité, sinon le caractère sacré de l'incarnation est bafoué. Lorsque le losange se divise en deux triangles, le triangle charnel du bas actionne un processus irréversible : tout est lié, rien n'est hasard. L'impulsion initiale agit comme un ressort : la foi prédispose à l'épreuve, l'épreuve assumée devient probation et la probation conduit à la délivrance, parce qu'elle est le germe de la révélation. Le germe dort, puis prospère, mais seulement s'il est couvé. La croissance du germe, deux Phèdres liés par l'amour lui ont prodigué les soins nécessaires, ils ont été guidés vers le cinquième horizon grâce à leur confiance, plus puissante que toutes les épouvantes, car le Mal n'existe pas, il est le Bien non transformé. Les deux Phèdres l'ont transformé, ils ont vaincu les ténèbres en accroissant la lumière. Leur innocence s'est nourrie du savoir d'en haut, fruit béni aujourd'hui parce qu'il est donné ; hier, il était maudit hier parce l'égoïsme le corrompait. Tout est dans le don : l'autre étant soi, donner à l'autre, c'est se donner à soi-même. Adam était égoïste, mais le père des Phèdres a donné à ses frères sans compter.

La fille but un verre d'eau, puis poursuivit :

— Retenez bien ceci, gravez-le en vous à jamais : l'ascension est la force de celui qui s'élève de lui-même ; l'assomption est la force encore insuffisante qui a besoin d'aide. Le premier des Phèdres s'élève de lui-même et nous aidera à nous élever. Il était créateur, et sa musique est née de son propre génie ; nous, nous sommes les ouvriers de la création, et notre musique a été créée par lui. Nous créerons à notre tour, hors du segment [110], car ce qui est exemple ici-bas est ailleurs promotion. Entre l'éveil et la connaissance il y la barrière de la mortalité. La mortalité se vainc par la trinité Amour, Jeunesse, Beauté. La Terre est le séjour du courage, de l'abnégation et du perfectionnement. Les cycles s'y répètent, toujours les mêmes et toujours différents, jusqu'à la fin des temps. Les Phèdres signalent l'achèvement de l'ère des Poissons qui a commencé il

---

[110] Le segment symbolise le séjour sur Terre, marqué par les deux extrémités de la naissance et de la mort.

y a deux mille cent soixante ans. Le vieil homme sans âge est à la fois le premier et le dernier des Phèdres : il a ouvert et refermé la carrière afin que les Phèdres soient transfigurés et qu'un nouveau cycle commence sur la Terre, mais à un degré supérieur au précédent, car tant que l'espace intersidéral sera en expansion, toute évolution doit être positive.

Elle fit une pause. Parmi les assistants, silence de cathédrale :

— Le solstice d'été est la Saint-Jean et les jours diminuent ; le solstice d'hiver est Noël, et les jours augmentent. Nous sommes à la Saint-Jean, nos jours ont atteint leur durée maximale ; mais ils ne diminueront plus, parce que demain nous nous séparerons à jamais la sphère où ces moitiés de temps cohabitent.

Chloé dut encore se désaltérer avant d'enchaîner :

— Nous sommes le Peuple Nouveau. Sur ce globe, de grands chamboulements sont imminents. Le cycle est révolu, d'autres âmes attendent ; elles sont pleines du tourment nécessaire, elles doivent entreprendre à leur tour le voyage qui mène à la renaissance. C'est le tourment des âmes prisonnières de leur incomplétude qui nous étreint tous les seize juillet, lorsque les hommes primitifs ont massacré les Douze[111]. Triompher de la mort est difficile pour qui est attaché à hier. Hier, c'est la lune des symboles[112], elle retient dans son orbe, elle a retenu Orphée dans les Enfers. Les hommes lacunaires ont cédé à l'attrait des jouissances faciles dont ils auraient pu se libérer s'ils s'étaient reconnus dans ceux qu'ils ont tués, et leurs cœurs secs ont été les artisans de toutes les calamités. Ceci vous sera enseigné par celui qui ne vient jamais qu'une fois, lorsque la brèche est ouverte. Il est l'ouvrier de la brèche, son esprit a été inlassablement fécondé au cours de sa très longue vie ; au début il ne savait pas ce que c'était, mais il l'a conservé en lui comme une graine. La graine a été arrosée, elle est devenue fruit qui nourrit et fleur qui embellit, mais aussi arbre

---

[111] Les Périontes, moins Dorothée.
[112] Probablement Chloé fait-elle allusion à la lame de la Lune, dans le Tarot ésotérique, qui symbolise l'attachement au passé.

d'abord isolé, mais dont la pollinisation a fait pousser des forêts là où naguère tout était stérile. Il est celui qui a révélé l'existence du monde où il n'y a plus de temps et où la mort est morte. Les mondes où le temps perdure amorcent un nouvel alpha. Car l'homme ancien vit entre l'alpha et l'oméga, là où est le Deux, mais l'Homme Nouveau vit entre l'oméga et l'alpha, là où est l'Un. Demain, vous verrez l'Elu, vous entendrez son histoire de sa bouche, et alors votre genèse ne sera plus un secret.

Chloé se tut. Peu à peu, elle recouvra sa tournure familière, comme un miroir déformant rectifie son angle d'incidence et rétablit sa réfraction naturelle. Du reste, aucun signe de fatigue. Elle se contenta de manger un fruit.

Ce fut dans cette atmosphère quasi mystique que s'ébaucha une magnifique péroraison.

Un garçon avait subrepticement glissé un mot à ses voisins les plus proches. Ce conciliabule entraîna bientôt de furtifs déplacements par petits groupes vers une vaste et profonde tribune qui faisait face aux spectateurs. Bientôt, une soixantaine de Phèdres s'échelonnèrent sur les gradins d'une estrade en hémicycle, les bras encombrés d'objets hétéroclites plus ou moins volumineux, quelques-uns assez comiques, tous apparemment utiles à ce qui se tramait. Certains des participants à ce singulier ballet étaient exonérés des fardeaux que portaient leurs camarades. Ceux-là faisaient demi-cercle aux quatre derniers rangs de ce qui dans une église serait l'abside, tandis que les autres s'asseyaient sur des chaises devant lesquelles trônaient des espèces de guéridons.

Quand l'effectif au complet fut en place, quelqu'un se détacha de la foule et sauta sur un petit podium, face à la phalange, à cette même distance où les orateurs d'autrefois dominaient un public, avant l'invention des microphones.

C'était le jeune homme à qui Chloé vouait une affection dont les points d'ancrage lui avaient été si longtemps une indéchiffrable tablature. Sa taille moyenne, ses longs cheveux châtain très foncés, son nez retroussé à la diable, sa physionomie léonine, celle qu'on prêtait jadis aux Grecs d'Ionie, ses yeux émeraude d'une pureté cristalline, autant de pinceaux d'un portrait qui remuait en elle un trouble indescriptible, bien distinct de celui qui les galvanisait pendant leurs épanchements amoureux.

Son nom même était un rébus. Ceux des autres Phèdres, nous l'avons dit, mettaient illustraient leurs tempéraments natifs, mais celui-ci semblait une espèce de hasard malencontreux ou de loterie. Il avait beau pratiquer sa passion avec la vocation la plus douée, on l'appelait Barys. Barys veut dire la pesanteur, ce qui est lourd.

Il salua le public d'une fort gracieuse révérence, lui tourna le dos et manipula d'une main une baguette flexible qu'il tendit à mi-poitrine, ce qui invitait ses vis-à-vis à se concentrer sur sa gestique. Ceux-ci saisirent leurs objets, qui à la bouche, qui contre l'épaule, qui entre les jambes.

En cette minute, une pluie de sonorités miraculeuses déferla.

Ce furent d'abord quatre percussions de timbales ; puis d'autres sons, à la fois lyriques et énergiques, l'éclat des trompettes, le velouté des cordes, enfin un crescendo de tout l'orchestre culminant en un *tutti* fracassant. Les Phèdres aux mains nues se superposèrent bientôt à ce faste, et leurs voix se mêlèrent aux instruments.

Le concert tint en haleine plus de deux heures.

Quand le dernier accord eut été plaqué, Chloé, qui était l'une des flûtistes, s'avança au-devant de la scène et dit :

– L'œuvre qui vient d'être jouée, aucun Phèdre ne l'a jamais entendue auparavant. Elle s'intitule les *Six Cantates de la Saint-Jean*. Le premier des Phèdres les avait composées pour les hommes anciens ; ils ont d'abord aimé cette musique, puis les années l'ont enseveli, mais la mère des Phèdres a reconquis le trésor et l'a transmis aux générations futures.

Une voix claire et drue retentit :

– Comment s'appelait la mère des Phèdres ?

– D'un ancien nom qui signifie *le don de Dieu*, Dorothée.

Le lendemain, aux premières lueurs de l'aube, une procession de presque quatre-cent cinquante corps nus gravissait en file indienne un sentier escarpé bordé à gauche d'un étagement de glacis en pente peu accusée, et à droite une falaise si monumentale que son sommet était toujours empanaché de nuages. Une demi-heure plus tard, le sentier s'élargissait, une anfractuosité trouait la falaise, la colonne s'engagea par ce hiatus à l'intérieur d'une cuvette qui n'était pas sans évoquer le cirque de Gavarnie, mais en plus modeste, et dont le péristyle s'arc-boutait à un amphithéâtre de parois de granit que circonscrivait une étroite piste en corniche.

De ce décor majestueux filtrait une souveraineté débonnaire, presque bon enfant, mais vivifiée par des flux d'énergie qui y circulaient à une vitesse phénoménale. Illusion d'optique ou effet de l'altitude ? Une telle ténuité s'irradiait de la pierre et insufflait au paysage une paix si sereine que tout y acquérait une légèreté inouïe.

Subitement, une silhouette se découpa sur l'écran gris de la corniche. Surgie d'on ne savait quel repli, elle se mouvait parmi des arabesques de scintillements que réfléchissait le soleil sur la roche. Un être extraordinaire, d'un aspect totalement étranger aux Phèdres, fit une apparition qui avait quelque chose de fantastique. C'était une créature d'assez haute taille dont le menton, détail tout aussi insolite, était festonné d'une ample toison blanche. Les livres scripturaires des siècles antérieurs, les grimoires ancestraux lui auraient sans doute décerné le titre de patriarche.

Patriarche, assurément, si l'on se fiait à son visage chenu de vieillard, mais d'où toute notion péjorative de caducité était immédiatement démentie par la vitalité de sa constitution. Son épaisse chevelure d'albâtre coiffait la physionomie d'un centenaire où triomphait l'éclat d'une jeunesse inflétrissable. Toute sa personne diffusait l'altruisme à l'apogée de son apothéose, et cette cordialité familière s'ennoblissait d'une bienveillance, d'une compréhension si élevée, si majestueuse du principe même de la Vie qu'elle se propageait à tout ce qui l'environnait.

Pourtant, en marge de cette humanité resplendissante, quel côtoiement d'abîmes, quel interminable jalonnement de drames ! Cet homme qui rayonnait la quintessence de l'amour avait enduré les misères les plus noires, essuyé les tragédies les plus effroyables et dévoré une longue litanie de chagrins continuels. Sur son large front se résumait l'épopée d'un cheminement de souffrances presque ininterrompues que les larmes ont burinée chapitre à chapitre.

Après avoir salué ses hôtes, le vieil homme emprunta un escalier taillé à même le roc et les rejoignit. Ceux-ci ne remuaient plus d'un poil.

Quand il fut au milieu d'eux, il les enveloppa d'un regard débordant d'adoration. L'espace de quelques secondes, ce regard s'arrêta sur Chloé et sur Barys, et alors son émotion redoubla tant que l'on crut qu'il pleurait. Ce fut pourtant d'une voix claire et chantante qu'il énonça :

— Mes enfants, je suis ici pour confirmer et compléter ce que Chloé vous a dit hier. Votre aïeule est la souche de l'arbre qui a poussé ses rameaux, et ces rameaux, c'est vous. Ses entrailles ont reçu l'offrande des treize compagnons, même du compagnon énante[113], et le fluide qui les a fécondées a façonné la descendance de celui dont les vapeurs délétères ont empoisonné le sang. De ces unions, multiples par l'esprit et unique par la chair est née Aurore, conçue dans la joie et enfantée dans la douleur ; Aurore a conçu à son tour avec le fils du frère fertile pour fonder les épigones des Périontes, vous, les Phèdres.

Il caressa d'une main les cheveux de Chloé et de Barys. Ce dernier, bouleversé, se liquéfiait :

— Vous leur ressemblez tant, murmura l'homme, je crois les avoir devant moi…

Il ajouta, sur le même ton confidentiel :

— Ton poids a disparu, Barys, ce n'est donc plus ainsi qu'il faut t'appeler, mais *celui qui repousse l'ennemi* [114] ; c'était son prénom, jadis, et tu es son sosie. Et toi, Chloé, tu es le sosie de

---

[113] Il s'agit donc de Gervais.
[114] Le jeune garçon est donc le descendant direct d'Alexandre, l'ancien compagnon d'Olivier.

482

celle qui a reçu son germe, les preuves sont indubitables, on appelle cela l'atavisme.

Il fit un retour sur lui-même et cette fois augmenta le volume de sa voix pour être entendu de tous :

— Un chapitre est achevé, dit-il, la terre doit retourner à la terre, un nouvel œuf va éclore ; ainsi en est-il afin que le réservoir des âmes ne soit jamais vide.

Les bouches béantes auraient avalé tous les insectes de la création, tant l'osmose avec l'orateur était totale. Celui-ci reprit :

— Je vais vous raconter une histoire telle qu'aucun autre siècle n'en a consigné ni n'en consignera jamais d'aussi poignante. Ecoutez-moi, et toi, Chloé, et toi Barys, tenez-vous la main, car vous êtes les deux branches les plus directes de ceux qui s'étaient eux-mêmes appelés les Périontes, et qui par vous vont revivre.

Il s'assit et, après avoir recueilli sa mémoire, entama son récit :

— Il y a de cela un peu moins d'un siècle, quelque part dans un coin reculé d'un pays qu'on appelait France, vivait un jeune garçon solitaire…

FIN

Table des matières